Siegfried Obermeier
Das Spiel der Kurtisanen

Siegfried Obermeier

Das Spiel
der Kurtisanen

Roman

Langen*Müller*

Für Susanna

Besuchen Sie uns im Internet unter
www.langen-mueller-verlag.de
www.siegfried-obermeier.de

© 2008 Langen*Müller* in der
F. A. Herbig Verlagsbuchhandlung GmbH, München
Alle Rechte vorbehalten
Umschlaggestaltung: Atelier Sanna, München
Umschlagmotiv: bridgemanart.com
Satz: C. Schaber Datentechnik, Wels
Gesetzt aus: 10,5/13,2 Punkt Garamond BQ
Druck und Bindung: GGP Media GmbH, Pößneck
Printed in Germany
ISBN 978-3-7844-3133-8

Erstes Buch

1

Rom war nicht nur die Ewige Stadt, wo der Thron Petri über der Grabstätte des Apostelfürsten stand und seine Nachfolger residierten – Rom war nicht nur das ersehnte Ziel von Pilgern und Büßern, es war auch die Stadt der Kurtisanen. Zwar gab es hier nicht weniger Arme als in anderen großen Städten, dafür aber ungleich mehr Reiche. Das waren vor allem die hier lebenden Kardinäle und Bischöfe, die aus mancherlei fernen Pfründen große Gelder bezogen, ohne jemals gezwungen zu sein, sich darum kümmern zu müssen. So war Cesare Borgia, Domherr, Abt und Bischof zahlreicher Kirchen, Klöster und Städte, und diese Einkünfte flossen in einem stetigen Strom in die Ewige Stadt und ein beträchtlicher Teil davon gelangte in die Truhen der Kurtisanen.

Zu ihnen zählte Diana di Pietro Cognati, die es in den etwa fünfzehn Jahren ihrer Tätigkeit zu einigem Wohlstand gebracht hatte. Ihre Mutter, eine Gemüsehändlerin, hatte etliche Kinder schon im Säuglingsalter verloren, nur sie, Diana, war gesund aufgewachsen und dabei immer schöner geworden. Ein Vater war nicht vorhanden und Diana wusste nicht einmal, ob er tot oder nur verschwunden war. Darüber nicht zu reden, war ein stillschweigendes Abkommen zwischen Mutter und Tochter.

Als das Geschäftsleben unter den Päpsten Sixtus und Innozenz aufzublühen begann, brachte auch der kleine Obsthandel genug ein, um Diana auf einer Klosterschule eine gründliche Ausbildung zu ermöglichen. Der Unterricht bei den braven Nonnen war freilich stark religiös geprägt, und wenn die Mädchen lesen konnten, dann wurde das nicht an Ovid, Bocaccio oder Petrarca erprobt, sondern an Heiligenlegenden und frommen Gedichten. Mit anderen Seiten der Dichtkunst machte sie ihr Musiklehrer bekannt, der ihr nicht nur das Lautenspiel beibrachte, sondern auch einige Lieder, die dazu gesungen wurden. Besonders liebte er das »Canzoniere«, ein von Petrarca noch selber zusammengestelltes Liederbuch. Da ging es nicht um die himmlische, sondern um die irdische Liebe, und nicht die Heilige Jungfrau wurde angerufen, sondern Amor, der heidnische Liebesgott.

Trovommi Amor del tutto disarmato,
et aperta la via per gli occhi al core …
(Es fand mich Amor völlig unbewaffnet,
und offen seinen Weg zum Herzen hin durch Augen …)
Der noch ziemlich junge Musiklehrer musste seinen Unterricht bei offener Tür abhalten, sodass ihre Mutter auch beim Obstverkauf ein Ohr auf die beiden hatte. Dann kam aber doch ein unbelauschter Augenblick, den der *musico* gleich nutzen wollte, um seiner Schülerin die praktische Seite der *canzoni erotiche* zu zeigen, aber die Mutter fuhr noch rechtzeitig dazwischen und hatte bald darauf mit Diana ein klärendes Gespräch.
»Töchterchen, du bist jetzt vierzehn geworden und erblüht wie eine wunderschöne Rose. Schönheit und Duft aber halten nicht lange an und du hast nur zwei Möglichkeiten, sie einzusetzen. Ich könnte versuchen, für dich einen braven Mann zu finden, aber das ist natürlich riskant. Heute ist dieser Mann brav, genießt seine junge und schöne Frau, aber dann werden die Kinder geboren und sie kommt in die Jahre. Männer, musst du wissen, altern anders als wir. Einer, der etwas auf sich hält, Körper und Kleidung pflegt, der kann mit vierzig, ja sogar mit fünfzig, noch recht passabel daherkommen. Bei einer Frau ist es mit dreißig, höchstens fünfunddreißig mit Schönheit und Anziehungskraft vorbei. Wenn es sich fügt, dass sie mit einem älteren Mann verheiratet wird – einem, der den vor Gott geleisteten Treueschwur ernst meint, dann hat sie großes, großes Glück, mit dem du aber nicht rechnen kannst.
Nun zur anderen Möglichkeit. Wir sparen deine *verginità* auf, bis einer kommt, der sie dir teuer abkauft. Nicht irgendeiner, bei Gott, nein! Das muss einer von hohem Stand sein, einer, dem es nichts ausmacht, für dein Jungfernkränzchen um die hundert Dukaten zu bezahlen. Das ist eine schöne Mitgift und hat den Vorteil, dass sie dir allein gehört und du dich auf eine Weise einrichten und ausstatten kannst, dass dein erster Freier ähnliche nachzieht. Lass dir Zeit, Diana, überlege es dir in Ruhe und wähle dann.«
Seltsam genug, Diana brauchte keine Zeit der Überlegung, für sie genügte es, sich vorzustellen, an einen Mann gebunden zu sein, für den sie waschen und kochen musste, begleitet von Schwangerschaft und Geburten. Dennoch wollte sie nicht vor der Mutter als leichtfertig erscheinen und bat um Bedenkzeit. Als sie zwei Tage später ihren Entschluss mitteilte, atmete die Frau Mama sichtlich auf und bereitete sorgsam das Nötige vor.

Sie gehörten zur Pfarrei Santo Spirito im Borgo-Viertel, und nun wurde jeden Sonntag der Kirchgang zelebriert. Diana, schicklich, aber erlesen gekleidet, schritt an der Seite ihrer Mutter zu der besuchtesten Messe um zehn Uhr vormittags. Das war auch ein gesellschaftliches Ereignis, bei dem sich die Bewohner von Borgo Nuovo und Borgo Vecchio trafen, Neuigkeiten austauschten, Geschäfte abschlossen und den heiratsfähigen Nachwuchs begutachten konnten.

Der Borgo war kein vornehmes, aber beileibe auch kein schlechtes Viertel – dem Vatikan benachbart und deshalb mit Palästen von Prälaten durchsetzt. Freilich dominierten hier die Pilgerherbergen, meist von Deutschen oder Schweizern geführt, aber die Nähe zu Peterskirche und Papstpalast gab dem Viertel doch ein gewisses Gewicht. Dass sich darunter auch ein paar üble Kneipen befanden, sogar solche, wo man einen *bravo* dingen konnte, das wurde achselzuckend hingenommen.

Schon nach einigen Kirchgängen kamen gewisse Anfragen, doch Dianas Mutter hielt sich bedeckt, verstand immer nur Ehe und Heirat und sagte, dafür sei es noch viel zu früh. Erst als nach Sonnenuntergang der Sekretär eines noch jungen, neu ernannten Kardinals erschien, erklärte sie sich zu Verhandlungen bereit. Zweihundert Dukaten sei ihr die Sache schon wert, dazu eine notarielle Bestätigung, für ein mögliches Kind aufzukommen. Der Sekretär wiegte bedenklich seinen Kopf und sagte, das müsse er noch mit seinem Herrn besprechen. Der aber hatte sich nicht nur in das jugendfrische und bildschöne Mädchen verliebt, er hatte mit Freunden gewettet, der Erste zu sein, der diese Blume knickte. So erklärte er sich mit der notariellen Bestätigung einverstanden, wollte aber nur hundert Dukaten bezahlen, die Dianas Mutter auf einhundertzwanzig hinaufhandelte. Ein teurer Spaß, gewiss, aber in römischen Kreisen nicht ungewöhnlich. Freilich muss man sich fragen, welches Vergnügen solche Herren von einem unerfahrenen Mädchen denn erwarteten. Die meisten von ihnen lagen scheu, ängstlich und verkrampft in ihren Betten, aber es gab wohl Männer, denen das Zerreißen des Hymens einen Triumph bedeutete, der alles andere überwog.

Der junge Kardinal konnte den Mund nicht halten, prahlte mit seiner »Eroberung« und machte andere neugierig. Was ihn bei seinem ersten Besuch gestört hatte, war die bescheidene Wohnung, obwohl Dianas Mutter alles getan hatte, um den Empfangsraum angemessen auszustatten. Bei seinem zweiten Besuch sagte er:

»Für dich, Diana, ist das hier nicht der richtige Rahmen. Verstehst du, was ich meine? Du siehst aus wie die wiedererstandene Göttin Juno, aber anstatt in der Pracht des Olymp zu hausen, bist du von Armut umgeben. Das werden wir ändern!«

Der junge Kardinal hatte sich mit einem überraschend geerbten Vermögen die rote Robe und zwei Bistümer erkauft, was unter dem habgierigen Sixtus IV. leicht möglich war. Dieser Papst hatte eine Liste mit sechshundertfünfundzwanzig kirchlichen Ämtern erstellen lassen, die jedermann kaufen konnte. Das reichte von einem nichtssagenden Ehrentitel wie »päpstlicher Hauskaplan« für hundert Dukaten bis zur Kardinalswürde, die nicht unter zwanzigtausend zu haben war.

Die Einkünfte von Dianas Verehrer reichten für einen kleinen Palast im Ponte-Viertel und gestatteten eine luxuriöse Lebensführung. Er hatte Diana nicht nur entjungfert, sondern sich auch in sie verliebt und gedachte, sich dieses Mädchen als *concubina* zu halten. So richtete er ihr und ihrer Mutter im Borgo Vecchio ein schönes Haus ein. Der Obsthandel wurde verpachtet und Diana lebte zunächst als die erklärte Mätresse des jungen Kirchenfürsten, der es aber nicht lassen konnte, ihre Schönheit zu rühmen, um seinen Standesgenossen etwas voraus zu haben, denn innerhalb des Kardinalskollegiums bildete er – wie so treffend gesagt wird – das Schlusslicht. Obwohl sein Amtsbruder Pietro Riario etwa gleich alt war, stand er als Neffe des Papstes in der ersten Reihe, aber das ließ sich wohl nicht ändern. Als der Kardinal für einige Wochen nach Norden reiste, um sein in der Toskana gelegenes Bistum aufzusuchen, sah Dianas Mutter keinen Grund, nicht auch andere, sorgsam ausgewählte Besucher zu empfangen.

Diana, inzwischen fast siebzehn geworden, hatte eine Art majestätischer Schönheit erreicht, die sie älter erscheinen ließ. Das kastanienfarbige Haar fiel – in der Mitte gescheitelt – offen auf ihre wohlgeformten Schultern. Die dunklen Augen in dem ovalen Gesicht blickten etwas schwermütig, doch sie konnte ihnen ein solch feuriges Strahlen verleihen, dass den Herren die Kehlen trocken wurden. Ihr voller Busen war unter den schweren prunkvollen Stoffen, die sie bevorzugte, kaum zu erahnen, sodass ihre Liebhaber nichts sehnlicher wünschten, als dass sie sich bald ihrer Kleider entledigte. Aber damit hatte es eine *cortigiana onesta* nicht eilig, und es wurde auch nicht ernsthaft von ihr erwartet. Spielend gelang es ihr, die Wartestunden mit Lautenspiel, Gesprächen und Vorträgen

schlüpfriger Gedichte kurzweilig zu gestalten, und sie hatte es sich zur Regel gemacht, niemals vor Sonnenuntergang ihre Kleider abzulegen.
Ein älterer steinreicher *banchiere* hatte es ihr erklärt: »Auch erfahrene Männer schätzen an Frauen das Verborgene, Geheimnisvolle. Wenn eine billige Hure bei hellem Tageslicht unter einer Brücke die Beine breit macht, dann tut sie das, was der Freier von ihr erwartet. Tagelöhner, Fischer, Lastenträger sind körperlich meist so ausgemergelt und verbraucht, dass ihnen nur ein solcher Anblick auf die Beine helfen kann.«
Er schien etwas verlegen und schaute Diana dabei zärtlich an.
»Wir aber, die wohlerzogenen und gebildeten Herren, verlangen weniger und zugleich mehr. Weniger, weil keiner von uns von einer *cortigiana* erwartet, unverzüglich ins Schlafzimmer geführt zu werden. Mehr, weil es für dich und deinesgleichen schon einigen Aufwand bedeutet, uns in prachtvoller Kleidung über Stunden hin geistvoll und gebildet zu unterhalten. Das stimmt die meisten von uns auf die zu erwartenden Freuden ein. Wenn du dann beim Flackerlicht einiger Kerzen deine kostbaren Kleider ablegst und Stück um Stück deinen schönen Körper enthüllst, dann ist es das, was die Gebildeten und Wohlerzogenen erwarten.«
Gewiss ein guter Rat des alten erfahrenen *banchiere*, aber Diana erkannte bald, dass es nicht immer angebracht war, ihn zu befolgen. Bei den »gebildeten und wohlerzogenen Herren« gab es auch solche, die Latein und Griechisch sprachen, Catullus, Ovid und Petrarca aus dem Stegreif zitieren konnten, außerdem hatten ihre Erzieher ihnen eingebläut, wie man in allen Lebenslagen eine »bella figura« macht, was aber nichts daran änderte, dass sich ihre feurige Jugendkraft nur auf ein Ziel richtete. Sie wussten, wie eine Laute klang, kannten die schlüpfrigen *carmina* des Catullus, doch im Grunde wollten sie nur eines – nämlich das lustvolle Spiel von *cazzo* und *potta* betreiben, möglichst bald, möglichst lange und möglichst oft. Gerade noch, dass diese Herren ein Glas Wein nahmen, dazu ungeduldig eine *confettura* knabberten und sie dabei mit glänzenden hungrigen Augen verschlangen, während sie ihr in Gedanken schon die Kleider vom Leib rissen. Auch auf eine solche Kundschaft musste sich eine angesehene *cortigiana* einstellen und – warum auch nicht? – Diana tat es gern, manchmal sogar mit einer gewissen Leidenschaft.
Einer dieser feurigen jungen Herren war es dann, der sie – trotz aller Vorsicht –, als sie achtzehn war, schwängerte. Sie wollte das Kind abtreiben lassen, doch die Mutter gab ihr zu bedenken:

»Du brauchst eine Nachfolgerin! Eine, die schon erwachsen ist, wenn du dich zurückziehen musst. Du kannst ihr eine Hilfe sein, kannst sie lehren, was du weißt, kannst ...«
»Halt, Mutter, halt! Was tue ich, wenn es ein Sohn wird?«
»Gleich nach der Geburt ins Kloster abschieben und es noch einmal versuchen.«
Zum Glück war es eine Tochter, die im Herbst des Jahres 1481 von der *levatrice* ans Licht gezogen wurde. Zuerst blieb sie stumm, bis sie nach einigen kräftigen Klapsen auf das Hinterteil laut und empört zu schreien begann. Diana nannte sie Lucrezia und ließ es bei der Erziehung an nichts mangeln – ersparte ihr sogar die Klosterschule. Erfahrene und erprobte Hauslehrer hatten mit der Wissenshungrigen nicht viel Mühe, und als die bestochenen Kardinäle Rodrigo Borgia auf den Stuhl Petri hoben, war Lucrezia fast elf Jahre alt und ihre Brüste begannen sich schüchtern zu wölben.
Um diese Zeit wurde Dianas Mutter krank und damit auch fromm, zog sich in ein Kloster zurück, wo sie kurz darauf starb. Lucrezia war fassungslos und beweinte die geliebte Nonna tagelang. Ihre Mutter versuchte sie zu trösten.
»Das ist der Lauf der Welt, mein Täubchen – werden und vergehen, so hat es Gott bestimmt. Es ist ehrenvoll, eine gewisse Zeit zu trauern, aber dann – vor allem, wenn man jung ist – heißt es nach vorne blicken und sich so gut wie möglich im Leben einrichten. Deine Nonna war noch eine kleine Gemüsehändlerin, aber sie hat ihre und meine Möglichkeiten genutzt und ihr ist es zu verdanken, wenn ich heute zu den ersten *cortigiane* Roms zähle. Aus dir aber werde ich die Allererste machen, die Königin der Kurtisanen – nein, Königinnen gibt es viele, du wirst die Kaiserin sein!«
Lucrezia wusste, dass ihre Mutter manchmal zum Überschwang neigte, und lächelte geduldig.
»Ich werde mein Möglichstes tun, Frau Mama.«
Doch Diana schüttelte verbissen ihren Junokopf.
»Nein, das genügt nicht! Zwei Eigenschaften gehören dazu, die eine ist angeboren, die andere muss erworben werden. Das Angeborene ist die Schönheit, und die hat dir Gott in die Wiege gelegt. Erwerben aber musst du dir ein Wissen um Musik, Dichtung, vornehme Lebensart, erlesene Kleidung, vor allem aber ein Wissen um die Männer. Seit du den-

ken kannst, habe ich dich im Rahmen des Schicklichen an meinem Gewerbe teilhaben lassen und ich weiß, dass du eine gute Beobachterin bist. Das Weitere wird dich die Erfahrung lehren, aber eines möchte ich dir ans Herz legen, in den Kopf hämmern, in die Seele brennen: Verliebe dich niemals in einen Mann! Wenn du liebst, bist du für unser Gewerbe verloren, weil es dich schwach und angreifbar macht. Sollte es dennoch sein, dann heirate ihn und ziehe hier weg. Eines verträgt sich nicht mit dem anderen, hörst du? Versprich es mir!«
»Ich verspreche es Euch, Frau Mama.«
Diana nickte, wusste aber zugleich, dass ihre Mühe vergeblich sein würde, käme nur der Richtige. Ich musste es ihr sagen, dachte sie trotzig, denn ich möchte mir später nicht vorwerfen lassen, ich hätte sie nicht gewarnt.
Am nächsten Tag fügte sie noch hinzu:
»Wenn ich dich vor der Liebe zu einem Mann warnte, dann heißt es nicht, dass du nicht später heiraten sollst. Das aber tue aus praktischen Erwägungen und um deinen Lebensabend zu sichern. Für eine Kurtisane über dreißig gibt es im Wesentlichen drei Möglichkeiten: Langsam in die Armut und ins Elend abgleiten und als kranke Groschenhure im Armenhospiz enden; ins Kloster gehen und Buße tun; heiraten und vielleicht einer Tochter den Weg in unser Gewerbe ebnen.«
Sie lachte spöttisch.
»Du kannst es dir ja aussuchen ...«
Bald darauf folgte Diana de Cognatis ihrem eigenen Rat und heiratete Paolo Trotti, einen Sänger in der päpstlichen Kapelle. Sie kaufte ihm den Titel eines »continuo commensale«, was etwa als »Tischgenosse des Papstes« zu verstehen wäre, aber nur bedeutete, dass er bei großen Festbanketten im Vatikan in einer finsteren Ecke sitzen durfte. Das Ehepaar erwarb einige Häuser und baute das von ihnen bewohnte auf der Piazza Scossacavalli zu einem kleinen Palast aus.
Dort begann Lucrezia ihre Laufbahn als *cortigiana onesta* und legte sich den Namen Imperia zu. Sie sah es als eine Verpflichtung, diesem Namen Ehre zu machen, um tatsächlich zur Kaiserin der Kurtisanen zu werden.

Äußerlich glich sie ihrer Mutter wie eine jüngere Schwester. Ihre schwere dunkle Schönheit hellte sie damit auf, dass sie ihrem fast schwarzen Haar durch eine geheim gehaltene Sonderbehandlung einen leuchtenden Kupferton verlieh. Dazu gehörte, dass sie ihre Haarflut stundenlang der brennenden Mittagssonne aussetzte, wobei sie auf einer eigens dafür gebauten Ruhebank im Schatten lag, während ihre Locken hinter einem Vorhang in der Sonne bleichten. Mit ihrer hohen Stirn, den ernsten dunklen Augen wirkte sie älter, als sie war, was sie noch durch prunkvolle, aber zu einer reiferen Dame passende Kleidung betonte. Gut, ihre leicht gebogene Nase ragte ein wenig zu weit vor, aber das war nur vom Profil aus zu erkennen und, da Imperia dies wusste, zeigte sie ihr Gesicht nur von vorne.

Mit siebzehn wurde Imperia schwanger und sie gebar eine Tochter, die sie Lucrezia nannte, damit es, wie sie sagte, wieder eine solche gab, nachdem ihr eigener Name dem stolzen »Imperia« hatte weichen müssen.

In den letzten drei Monaten ihrer Schwangerschaft empfing sie nur Freunde im *salotto*, aber keinen Liebhaber in der *alcova*. So blieb sie über die Stadtereignisse am Laufenden und erfuhr von einem ihrer Verehrer, einem dicken Prälaten, dass seit einiger Zeit eine junge, aus Florenz zugezogene Kurtisane viel von sich reden machte.

»Und?«, fragte sie. »Muss mich das interessieren?«

Der Prälat nickte bedächtig.

»Ich glaube schon. Sie soll – sie soll etwas ganz Besonderes sein …«

Imperia lachte weich und dunkel.

»Aber Monsignore, das bin ich doch auch!«

Da wurde er ganz eifrig.

»Da bin ich der Letzte, der dies bezweifelt, aber wie man so hört, muss sie anders sein – als – als die anderen …«

Sein feistes Gesicht glänzte vor Verlegenheit, denn wie immer, wenn er in Bedrängnis geriet, begann er fürchterlich zu schwitzen. Imperia blickte ihn mitleidig an. Sie wusste, dass er zu ihren ergebensten Freunden zählte und dass er sich bemühte – soweit es ihm möglich war –, ihr jeden Wunsch zu erfüllen. Nun aber war sie neugierig geworden und wollte nicht einfach das Thema wechseln.

»Anders – was heißt das? Älter, jünger, größer, kleiner, reicher, ärmer – schöner als ich?«

»Ich habe sie noch nicht gesehen, Donna Imperia, nur von ihr gehört. Ihr könnt Euch ja denken, dass der Vatikan eine einzige riesige Gerüchteküche ist. Da bleibt anscheinend nichts verborgen, was der Papst tut und was seine Kardinäle treiben, aber das geht dann von Mund zu Mund

und was am Ende herauskommt, enthält – wenn es gut geht – noch einige Körnchen der Wahrheit. Schöner als Ihr? Nein, das kann ich mir nicht vorstellen, und was das andere betrifft – nun, sie mag etwa Eures Alters sein und hat mit ihrer Mutter einen kleinen Palast im Ponte-Viertel bezogen, nahe der Kirche Santa Maria della Pace. Das lässt ja nicht gerade auf Armut schließen ...«
»Da habt Ihr recht, Monsignore. Solltet Ihr diese Dame einmal persönlich kennenlernen, dann erstattet mir Bericht.«
Der Dicke atmete auf und sagte dienstbeflissen:
»Da werde ich mich sofort umtun, Donna Imperia, Ihr wisst ja, für Euch tue ich alles – alles!«
Sie strahlte ihn an und zauberte in ihre schönen dunklen Augen eine Versprechung, die sie nicht einzulösen gedachte, die aber dem dicken Prälaten die schönsten Hoffnungen bescherte.

2

Was Fiammetta und ihre Mutter betraf, so hatte Papst Alexander in allem Wort gehalten. Einer seiner Sekretäre wurde beauftragt, im noblen Ponte-Viertel ein geräumiges Haus zu mieten, notfalls auch zu erwerben, um Tadea de Michelis mit ihrer Tochter Fiammetta eine angemessene Wohnstätte in Rom zu schaffen. Alexander hatte nie die reizvolle Kurtisane Tadea vergessen, die ihm damals in Florenz, in seiner Zeit als päpstlicher Legat, für einige Wochen so nahe gekommen war. Er glaubte zu fühlen, dass auch sie über das Berufliche hinaus für ihn eine tiefe Zuneigung empfunden hatte. Seit einem halben Jahr wusste Fiammetta, wer tatsächlich ihr Vater war, der nun als Stellvertreter Christi auf Erden über die katholische Menschheit gebot.
Ihrem Wunsch, dem Bußprediger Savonarola das Handwerk zu legen, hatten die beiden päpstlichen Kommissäre schnell und zügig entsprochen. Als Tadea später hörte, wie man mit dem Frate umgesprungen war, versuchte sie, das aufkommende Mitgefühl mit dem Gedanken an ihren ermordeten Sohn zu ersticken. Francesco hatte sich in Florenz einer der

vielen Banden jugendlicher Heißsporne angeschlossen, die, von Savonarolas hasserfüllten Tiraden gegen die Sittenverderbnis angeheizt, in die Häuser der Wohlhabenden eindrangen und die Bewohner zur Aushändigung weltlicher Prunkstücke drängten. Der Junge war, gerade fünfzehn Jahre alt, bei einem dieser Raubzüge in ein Handgemenge geraten und dabei zu Tode gekommen.

Im Sommer des Jahres 1498 klopfte ein seltsamer Besucher an die Tür ihres Hauses, doch dieser Mann wollte nicht der jetzt 16-jährigen Fiammetta seine Aufwartung machen, sondern begehrte ein Gespräch unter vier Augen mit Donna Tadea de Michelis. Zu dieser Zeit empfing sie nur noch auserwählte Kundschaft, denn die jetzt über Dreißigjährige war dabei, sich ganz in den Matronenstand zurückzuziehen und nur noch auf die Finanzen ihrer Tochter ein Auge zu haben.

Dieser Francisco Remolines war ein Mann Mitte dreißig mit einem intelligenten, scharf geschnittenen Gesicht, als habe ein Bildhauer Wangen, Stirn, Nase und Mund sorgfältig geformt. Er sei geborener Spanier, von Beruf Jurist, mit der Familie Borgia befreundet und wolle später eine kirchliche Laufbahn einschlagen. Dass dieses »später« hieß, so lange seine Frau lebte, erfuhr Tadea erst durch andere.

Sie führte den Besucher in ein kühles Nordzimmer, das zu den ihr vorbehaltenen Wohnräumen gehörte und hauptsächlich zu geschäftlichen Besprechungen diente – welcher Art auch immer. Remolines nahm erst Platz, nachdem Tadea sich gesetzt hatte, wie er überhaupt in Sprache und Gestik einen vollendeten Kavalier verkörperte. Jedenfalls ließ nichts an seinem Auftreten erkennen, dass er die geistliche Laufbahn anstrebte.

»Seine Heiligkeit hat mir in einem kürzlichen Gespräch nicht nur sein Lob über den schnellen Abschluss des Ketzerprozesses ausgedrückt, sondern auch angedeutet, Euch, Donna Tadea, könnte an einer Aufklärung über diesen Fall gelegen sein. Ihr hättet, so Seine Heiligkeit, mit dem Frate eine persönliche Rechnung zu begleichen ...«

Remolines sah sie fragend an, und in seinen eng stehenden schwarzen Augen lag etwas wie eine Drohung. Diese Augen, so nachtschwarz, dass keine Pupille zu erkennen war, hatten etwas – etwas Teuflisches an sich. Tadea erschrak und wies diesen Vergleich sofort zurück. Ein Mann, der dabei war, die Priesterlaufbahn einzuschlagen – nein! So zwang sie sich zu einer besonders liebenswürdigen Entgegnung.

»Ja, so kann man es auch ausdrücken, aber ich werde nicht die Einzige sein, die durch den vom Frate entzündeten Aufruhr einen Sohn, einen Bruder oder einen Gatten verloren hat.«
Remolines zeigte höfliches Bedauern.
»Ja, Seine Heiligkeit hat etwas angedeutet, doch ich sehe, wie es Euch bewegt, und so wollen wir es nicht weiter aufrühren. Darf ich Euch jetzt berichten?«
Nein, drängte es Tadea zu sagen, nein, ich habe von seinem Tod erfahren und mehr will ich nicht wissen, aber ein Instinkt gebot ihr, Remolines geduldig anzuhören. Sie nickte und schenkte noch etwas von dem leichten Frascati nach, der wie Gold in den Gläsern funkelte, wenn ihn ein Lichtschein traf. Um diese heiße Jahreszeit waren sämtliche Fensterläden im Haus geschlossen, doch ein schmaler Lichtstreifen drang durch die Lattenöffnungen wie ein helles Band ins Zimmer und traf zufällig das Weinglas des Gastes. Der bemerkte es und rückte das Glas mit einer schnellen anmutigen Geste beiseite.
»Guter Wein verträgt keine Sonne ...«
Sie nickte.
»Also, Don Francisco, lasst mich Euren Bericht hören.«
»Wie Ihr vielleicht wisst, hat Seine Heiligkeit zwei Kommissäre ernannt, Fra Turriano, den General des Dominikanerordens, und mich als Mitglied der Sacra Rota, des päpstlichen Gerichtshofs. Schon vor unserem Erscheinen war Savonarola der peinlichen Befragung unterworfen worden, aber offenbar nicht mit dem nötigen Nachdruck, weil er sein Geständnis jedes Mal danach widerrief. Einem erfahrenen Berufsjuristen wird ein solcher Fehler nicht unterlaufen. Jedes Mal, wenn dieser störrische Mönch nach der Folterung seinen Mund zum Widerruf öffnete, ließ ich ihn gleich wieder hochziehen. Schon einige Tage vorher hatten ungeschickte Büttel ihm dabei den linken Arm gebrochen, sodass wir ihn nur noch am rechten aufziehen konnten, aber danach verzichtete er auf einen Widerruf, und so erfolgte die Anklage wegen Verschwörung gegen den Heiligen Stuhl und einiger schwerwiegender Irrlehren. So waren wir uns bei der Schlusssitzung am 22. Mai im Schuldspruch einig, der übrigens nicht nur ihn, sondern auch zwei Mitverschworene traf, nämlich Fra Silvestro und Fra Domenico.
Ja, meine Liebe, mitgefangen – mitgehangen, da musste man schon konsequent sein. Der jetzige Papst ist ja nun wirklich kein Hexenjäger, und

seine Begriffe von Ketzerei und Häresie sind so weitherzig, dass bis jetzt – nach immerhin fast sechs Jahren Pontifikat – meines Wissens aus solchen Gründen weder eine Frau noch ein Mann vor ein geistliches Gericht treten mussten. Aber dieser Mönch ging zu weit! Er verunglimpfte den Papst auf das Schlimmste und hielt sich meist nicht an das Predigtverbot.«

Tadea konnte jetzt nicht mehr schweigen und lispelte vor Aufregung und Befangenheit.

»Aber die Lebensführung Seiner Heiligkeit entspricht ja tatsächlich nicht ganz ...«

»Aber Donna Tadea! Sind wir nicht alle Sünder vor dem Herrn? Im Übrigen kennt jedermann die verzeihliche Schwäche Seiner Heiligkeit gegenüber euch Frauen – nun, aber darum geht es nicht. Das kanonische Recht besagt, dass auch ein sündiger Priester – selbst wenn er ein Mörder wäre – nichts von seiner durch die Weihe erhaltenen Kraft einbüßt. Wenn Euer Beichtvater gestern seine Eltern grausam ermordet hätte und Ihr würdet heute bei ihm beichten, so ist seine Absolution ebenso gültig, als hättet Ihr sie von einem Heiligen erhalten. Auf den Papst übertragen bedeutet das: Er ist Stellvertreter Christi auf Erden und Oberhaupt der katholischen Christenheit, auch wenn sein privates Leben mit Sünden gepflastert ist. Diese wichtige Tatsache hat der Frate abgeleugnet und war damit als Irrlehrer entlarvt. Im Übrigen brauche ich Euch nicht zu sagen, welches Elend er über viele Florentiner Familien gebracht hat, denn Ihr selber wart eine der Leidtragenden. Inzwischen schien die ganze Stadt aus einem Albtraum zu erwachen. Wenn jetzt über ihn abgestimmt worden wäre, hätte sich kaum eine Hand zu seinen Gunsten erhoben. Am 23. Mai war es dann so weit und der Frate musste mit seinen beiden Kumpanen den Weg zum Scheiterhaufen antreten. Dieser war mitten auf der Piazza della Signoria aufgebaut worden, rund um einen hohen Pfahl, an dessen Spitze zuerst die Frati Silvestro und Domenico, zuletzt Savonarola erhängt wurden. Seine Heiligkeit hatte, in mir unverständlicher Milde, ein Verbrennen bei lebendigem Leib untersagt und ihnen zudem eine Generalabsolution erteilt. Wie auch immer, es wird anderen eine Lehre sein und sie daran hindern, ihre Mitmenschen mit ketzerischen Predigten zu irritieren. Aber für Euch, Donna Tadea, muss es doch eine Genugtuung sein, wenn ...«

Sie stand auf.

»Nein, Don Francisco, so sehe ich es nicht. Erstens einmal macht der Tod dieses – dieses Mönches meinen Sohn nicht wieder lebendig, und zum zweiten wollte ich keine Rache, sondern Gerechtigkeit. Mir hätte es genügt, wäre der Frate in ein fernes Kloster verbannt worden.«

Später wunderte sie sich selber über ihre Worte, denn so hatte sie es nicht sagen wollen. Ja, sie hatte tatsächlich eine tiefe Genugtuung empfunden, als sie vom Tod des Frate erfuhr, aber etwas hatte sie gezwungen, in dieses selbstzufriedene Juristengesicht hinein ihre Worte anders zu formulieren.

Remolines hob erstaunt seine buschigen Augenbrauen und seine schwarzen blicklosen Augen weiteten sich.

»Ah – so seht Ihr es heute? Warum auch nicht, das ist christlich gedacht, aber ich hoffe, Ihr zweifelt nicht den Gerechtigkeitssinn Seiner Heiligkeit an ...«

»Das steht mir nicht zu, Don Francisco.«

Die letzten Sätze hatten sie im Stehen gesprochen, weil sich Remolines sofort nach Tadea erhoben hatte.

»Und Donna Fiammetta? Geht es ihr gut? Darf ich ihr meine Aufwartung machen?«

Nein, Ihr dürft nicht, drängte es sie zu sagen, doch sie nickte nur und schickte die *serva* in Fiammettas Wohnräume. Dann zwang sie sich zu einem Lächeln.

»Wenn es ihr nicht passt, wird sie es uns wissen lassen.«

Sie glaubte, auf Remolines' scharf gezeichnetem Gesicht so etwas wie Spott zu entdecken, aber es konnte auch ein Irrtum sein. Die Magd kehrte mit der Nachricht zurück, man möge sich noch etwas gedulden, aber sie sagte nicht, warum, was Tadea mit stiller Freude erfüllte. Ihr Gast aber verneigte sich lächelnd.

»Wer bei Frauen keine Geduld zeigt, hat das Spiel schon halb verloren.«

Welches Spiel?, überlegte Tadea, doch sie wollte nicht fragen. Sie plauderten Belangloses, und nach einer knappen halben Stunde betrat Fiammetta den Raum.

Schlank und zierlich stand sie da, ihr goldblondes Haar war in aufgesteckte, mit Perlen umwundene Zöpfe geflochten. Im Gegensatz zur römischen Mode trug sie helle luftige Kleidung. Ihr blaues, um Schultern und Brust eng anliegendes Seidengewand war von einem goldenen, edelsteinbesetzten Gürtel umfasst, den langen schmalen Hals schmückte eine

Kette aus Perlen und Lapissteinen. Weiter war kein Schmuck zu sehen, aber ein Blick in ihre großen türkisfarbenen Augen ließ diesen Mangel vergessen.

Tadea stellte ihr den Gast vor.

»Venus ist vom Olympos herabgestiegen«, murmelte Remolines und verbeugte sich tief. Seine Erfahrungen mit Frauen waren der unterschiedlichsten Art, aber ein solches Wesen war ihm noch nicht begegnet.

»Ihr seid schon im Gehen, Don Francisco?«

»Ja, leider, aber ich komme wieder – wenn ich darf.«

»Wir werden sehen ...«, sagte Fiammetta unbestimmt, während die *serva* den Gast hinausbegleitete. Die beiden Frauen traten ans Fenster, sahen, wie Remolines sein Pferd bestieg und – von einem Diener begleitet – in Richtung Castello Sant'Angelo ritt.

»Dieser Mann – dieser Mensch gefällt mir nicht ...«

Fiammetta wandte sich zu ihrer Mutter.

»Was gefällt Euch nun nicht – der Mensch oder der Mann?«

Tadea drohte mit dem Finger und lachte leise.

»Aber was soll uns das kümmern! Wir haben andere Sorgen – und andere Freuden! Übrigens ist immer häufiger von dieser Imperia die Rede, sie soll ja die Kaiserin der Kurtisanen sein. Wir sollten sie uns einmal ansehen ...«

»Wie stellt Ihr Euch das vor?«

»Ein *banchetto* veranstalten – sie dazu einladen.«

»Und der Anlass?«

Fiammetta krauste ihre sonst marmorglatte Stirn und rieb sich das zierliche Näschen. Dann lächelte sie erleichtert.

»Natürlich! Alessandro Farnese, unser *Cardinale gonnella*, ist doch ständig auf der Suche nach Anlässen zu einem Fest. Soviel ich weiß, feiert er im September seinen Geburtstag ...«

Tadea unterbrach sie.

»Seinen wievielten?«

»Er muss wohl um die dreißig sein, aber darüber spricht er nicht gerne. Manchmal benimmt er sich wie ein Junge, der nicht erwachsen werden will. Trotzdem soll man seinen Einfluss auf den Papst nicht unterschätzen – schließlich ist er der Bruder von Giuliabella.«

»Also gut – ich werde die Sache in die Wege leiten. Übrigens hat Alessandro seine Kardinalserhebung nicht nur im Kreis seiner Brüder in

Christo, sondern auch in meinem Bett gefeiert, da war er noch keine fünfundzwanzig ...«
Fiammetta blies erstaunt ihre Backen auf.
»Was? Alessandro ist auch bei Euch gelegen?«
Tadea blicke sie ruhig an.
»Ja, Töchterchen, damit musst du dich abfinden. Nicht wenige deiner jetzigen Liebhaber sind auch durch meine *alcova* gewandert, und ich nehme es als Ausdruck von Treue und Verbundenheit, wenn sie dies bei meiner Tochter fortsetzen. Aber sei beruhigt. Ich hatte damals nicht genügend Zeit, mir in Rom eine *clientela* zu schaffen, gehörte aber immerhin zu einem guten Dutzend der angesehensten *cortigiane*. Du aber bist mit fast achtzehn schon ganz oben ...«
»Gäbe es nicht diese Imperia«, warf Fiammetta ein.
»Darum werden wir sie uns jetzt ansehen. Ihr Name muss nicht bedeuten, dass sie quasi die oberste der römischen Kurtisanen ist. Sie hat einmal Lucrezia geheißen und will vielleicht die Borgia-Tochter nicht verärgern, obwohl gerade sie gegen uns Kurtisanen keine Vorbehalte kennt, denn sie lebt ja bekanntlich mit Giulia Farnese in einem Palast.«
Fiammetta tat empört.
»Du wirst doch die Geliebte des Papstes nicht als *cortigiana* ansehen? Das Volk nennt sie die ›Braut Christi‹ ...«
Tadea winkte ab.
»Das Volk hat immer ein loses Maul. Aber es ist nicht gewiss, ob Imperia unserer Einladung folgen wird.«
»Aber Frau Mama! Für wie dumm haltet Ihr mich? Die Einladung wird natürlich vom Kardinal Farnese kommen.«
»Aha – dann bin ich ja wohl überflüssig ...«
Lachend umarmte Fiammetta ihre Mutter und küsste sie heftig auf beide Wangen.
»Jetzt redet Ihr aber Unsinn, Frau Mama! Überflüssig? Was wäre ich denn ohne Euch?«

Fiammetta, schon dabei, dem Kardinal Farnese eine Einladung überbringen zu lassen, konnte sich durch sein plötzliches Erscheinen die Mühe sparen. Hatten Rangniedere einen Kardinal mit Reverendissimus Princeps anzureden, so blieb Fiammetta der Regel ihrer Mutter treu und nannte alle geistlichen Würdenträger »Monsignore«.

Konnte man den Papst als stattlichen Mann bezeichnen, so traf auf Alessandro Farnese eher der Ausdruck »schöner Mann« zu. Nicht wenige scheuen davor zurück, einen Mann schön zu nennen, weil sie dieses Attribut nur auf Frauen anwenden wollen und es bei den Herren als unmännlich empfinden. Dennoch – an Farnese war nichts Weibliches, seine großen schönen Augen vielleicht ausgenommen, die auch einer Frau Ehre gemacht hätten. Die hohe Stirn, eine schmale, leicht gekrümmte Nase und der eher kleine volllippige Mund – halb verborgen unter dem sorgsam gestutzten Bart – fügten sich zu einem angenehmen Bild. Seine Gewohnheit, aus allem und jedem einen Scherz zu machen, seine immer spendable Großzügigkeit – nicht nur Frauen gegenüber – ließen vergessen, auf welch schäbige Art er seinen Kardinalsrang erworben hatte.

Wenn Farnese zum eigenen Vergnügen unterwegs war, dann hielt er es wie früher Cesare Borgia – er trat in ziviler Kleidung auf. Unbekümmert, wie er war, begleitete ihn dann keine Leibwache, sondern nur ein vertrauter Diener.

»Monsignore!«

Fiammetta setzte ihr strahlendstes Lächeln auf, und es war nicht einmal gespielt.

Farnese blickte wie ein gescholtener Junge drein und sagte:

»Ja, ich bin's – hatte auf meiner Bank zu tun, und da es zu Euch nur ein paar Schritte sind …«

»Aber Ihr braucht Euch doch nicht zu entschuldigen, Monsignore! Euer Besuch ist mir willkommen, zu jeder Tages- und Nachtzeit. Wenn Ihr wollt, könnt Ihr gleich zur *cena* bleiben – das Lamm schmort schon seit einiger Zeit im Topf.«

Der Kardinal schnalzte mit der Zunge.

»Lamm! Da trefft Ihr wieder einmal meinen Geschmack … Wisst Ihr das Neueste schon?«

Kaum hatte er gefragt, schlug er sich mit der Hand auf den Mund.

»Dio mio – eigentlich dürfte ich Euch nicht davon erzählen, aber ich glaube, dass es ohnehin bald allgemein bekannt werden wird.«

Fiammetta gähnte verhalten.

»Etwas Politisches? Das behaltet lieber für Euch, davon möchte ich nichts wissen.«

Ach, Fiammetta, dachte der Kardinal, was du auch sagst oder tust, du bist

immer schön, immer begehrenswert ... Was hat sie eben gesagt? Vom Politischen wolle sie nichts wissen ...
»Aber es kommt auch eine Frau darin vor, und sie wird demnächst eine tragende Rolle in der künftigen Politik spielen.«
»Eine Frau? Ach, wisst Ihr, weibliche Wesen interessieren mich nur, wenn ich mit ihnen verwandt oder befreundet bin. Bei Euch ist das wohl etwas anderes – Eure zahlreichen Geliebten, die schöne Schwester ...«
Der Kardinal drohte scherzhaft mit dem Finger.
»Meine Schwester lasst bitte aus dem Spiel, und was meine Geliebten betrifft, so gibt es im Grunde nur eine, die mein Herz besiegt hat, und das wisst Ihr genau.«
Sie spielte die Erstaunte.
»Aber Monsignore – ich dränge mich doch nicht in Euer Privatleben ...«
»Da seid Ihr aber schon mittendrin ...«, sagte Farnese trocken und fuhr fort: »Da ich vorhin etwas wie Neugier aus Eurem Antlitz zu lesen glaubte, werde ich Euch nun doch den Namen dieser Frau nennen: Er ist Caterina Sforza, die Witwe von Girolamo Riario. Sie hat für ihren unmündigen Sohn die Herrschaft über Imola und Forli übernommen, doch das sind seit alters Kirchenlehen, und Cesare Borgia ist dabei, sie dem Patrimonium Petri wieder anzugliedern.«
»Diesen Cesare möchte ich einmal kennenlernen«, sagte sie versonnen.
Farnese hob bedauernd beide Hände.
»Dazu wird es in nächster Zeit wohl nicht kommen, der Gonfaloniere ist zu sehr beschäftigt. Seit er dem Papst das Kardinalsgewand vor die Füße geworfen hat, ist er ein anderer Mensch geworden – nein, wohl kein anderer, sondern er kann jetzt tun, wozu er sich aufgerufen fühlt. Seine Heiligkeit hätte ihn nicht zum Kardinal machen dürfen ...«
»Ja, aber da gab es noch Juan, Cesares Bruder, der soll ja mit weltlichen Ämtern überladen gewesen sein, aber mehr weiß ich auch nicht.«
»Er ist seit zwei Jahren tot ...«
»Das ist allgemein bekannt.«
»Wie er zu Tode kam, konnte man bis heute nicht herausfinden.«
Das sagte der Kardinal mit Nachdruck und Fiammetta verstand ihn sehr wohl, denn das hieß: Schlusspunkt! Bis hierher und nicht weiter! Da und dort waren damals Stimmen laut geworden, Cesare selbst habe diesen Bruder beseitigen lassen, aber als man einen dieser Verleumder fasste,

ihm die Zunge herausschnitt und ihn durch die Stadt führte, wobei die blutende Zunge um seinen Hals hing – von da an wurde der Fall totgeschwiegen. Man hatte längst erkannt, dass es gefährlich war, sich mit den Borgia anzulegen und dass nicht nur der Verlust einer Zunge auf dem Spiel stand.
Dann wurde das Abendessen aufgetragen; auch Tadea nahm daran teil. Der Kardinal Farnese errötete wie ein kleiner Junge, während er ihr die Hand küsste. Fiammetta hielt es für besser, wenn ihre Mutter die Einladung aussprach.
»Wenn ich mich recht erinnere, naht Euer Geburtstag mit Riesenschritten – im September?«
»Ja, am 9. September ...«
»Ist es unschicklich, Euch nach dem Alter zu fragen?«
Fiammettas türkisfarbene Augen strahlten ihn aufmunternd an.
»Nein – nein, warum auch? Da werde ich einunddreißig Jahre alt ...«
Tadea nickte.
»Keine runde Zahl, aber ich denke, Ihr werdet Euer Geburtsfest dennoch feiern?«
»Darüber habe ich mir noch keine Gedanken gemacht ...«
Tadea lächelte sanft.
»Wir schon. Es wäre uns eine große Ehre, wenn das Bankett in unserem Haus stattfinden könnte. Eurem geistlichen Amt angemessen, haben wir an zwölf Herren gedacht ...«
Da lachte der Kardinal laut heraus.
»Eine Imitation des Abendmahls? Nein, das dürfen wir uns nicht anmaßen; ich schlage vor, dazu zwölf Damen einzuladen.«
Jetzt waren es die beiden Frauen, die das Lachen ankam. Als sie nach der Mahlzeit auf die Gästeliste zu sprechen kamen, winkte der Kardinal ab.
»Ich bedinge mir nur aus, dass Ihr, Donna Fiammetta, meine Tischdame seid.«
Dann nannte er noch einige persönliche Freunde, die er dazu laden wollte.
»Welche Damen sie mitbringen, will ich den Herren selber überlassen.«
Tadea zog sich bald zurück, ihre Tochter begleitete sie hinaus und fragte flüsternd:
»Und wer soll Imperias Begleiter sein?«

»Das kannst du mir überlassen«, sagte Tadea und ging die Treppe in ihre Räume hinauf.
Als sie in den *salotto* zurückkehrte, stand Farnese sofort auf. Fiammetta zeigte sich überrascht.
»Ihr wollt schon gehen?«
Nun schien es, als hätte er alles Schüchterne und Jungenhafte abgelegt.
»Ach, Fiammetta, ich kann doch nicht sitzen, solange Ihr steht. Außerdem küsst es sich im Stehen besser ...«
Er ging auf sie zu, legte zärtlich seine Arme um sie und flüsterte ihr ins Ohr:
»Sobald ich bei Euch bin, fallen mich monogame Empfindungen an ... Da scheint es mir plötzlich gottgewollt und selbstverständlich, nur eine Frau zu haben und nur sie zu lieben – ein ganzes Leben lang. Ach, Fiammetta, wie gelingt es dir nur, in mir solche Empfindungen auszulösen?«
»Da bin ich überfragt ...«
Er küsste sie ungestüm, ließ keinen Fleck in ihrem Gesicht aus, traf sie auf Stirn, Wangen, Lippen, Ohren und Hals, bis sie ihn sanft zurückschob.
»Aber Alessandro, seid doch nicht so stürmisch ...«
Bei der Anrede gab es so etwas wie einen Kanon. In Gesellschaft, aber auch bei Besprechungen unter vier Augen hielten sich beide an die Höflichkeitsform. Kam es zu Intimitäten, dann wartete Fiammetta ab, bis der *amante* sie duzte, worauf sie ihn beim Vornamen nannte. Zum vertraulichen Du ging sie erst über, wenn sie beide nackt im Bett lagen. Aber das galt auch nur für wenige vertraute Besucher. Bei würdigen älteren Herren blieb sie bei der Höflichkeitsform, es sei denn, der Kunde wollte ausdrücklich geduzt werden. Das war aber bis jetzt kaum einmal geschehen ...
Alessandro Farnese wusste, was sich gehörte, und fügte sich Fiammettas sanfter Abwehr.
»Wir wollen uns ein wenig einstimmen«, schlug sie vor und ließ von der *serva* neuen Wein bringen, gleich mit dem Hinweis, sie brauche das Mädchen nicht mehr. Die Kleine war erst vierzehn, hatte aber inzwischen gelernt, bei solchen Befehlen nicht vielsagend zu grinsen, sondern mit todernstem Gesicht einen artigen Knicks zu machen und rückwärts aus dem Raum zu gehen.

Schweigend tranken sie sich zu. Der rubinrote Wein war mit aphrodisischen Kräutern gewürzt, deren Wirkung sich erst richtig entfaltete, wenn die Liebesbereitschaft schon vorhanden war. Farnese hätte dieser Anregung nicht bedurft, er verfolgte jede Bewegung Fiammettas mit hungrig glänzenden Augen. Sie kannte ihn, wusste um seine Ungeduld, wusste aber auch, dass er es liebte, ein wenig hingehalten zu werden. Fiammetta griff zur Laute und stimmte sie ein wenig.

»Vor einiger Zeit bin ich auf ein anakreontisches Lied gestoßen, das Ihr unbedingt hören müsst.«

Er nickte nur stumm, doch war ihm kein Ärger wegen der Verzögerung anzumerken. Sie lächelte und begann mit klangvoller geschulter Stimme ihren Vortrag.

»*Physis kerata, taurois*
oplas d'edoken hippois ...
Es gab Natur die Hörner
dem Stier, dem Ross die Hufe,
Schnellfüßigkeit dem Hasen,
dem Löwen Rachenzähne,
dem Fische seine Flossen,
dem Vogel seine Schwingen.
Dem Manne gab sie Denkkraft,
doch für das Weib blieb nichts mehr.
Was tun? Sie gab ihm Schönheit
statt aller unsrer Schilde,
statt aller unsrer Lanzen.
Ja, über Stahl und Feuer
siegt eine Frau, die schön ist.«

Der Kardinal klatschte begeistert und wiederholte die letzte Liedzeile: »Siegt eine Frau, die schön ist! Mag das im Großen und Ganzen stimmen, so sind doch unsere, die Ansprüche der Männer, seit den Tagen der alten Griechen ein wenig gestiegen. Schau dich doch nur selber an, Fiammetta! Du bist schön, deine Augen strahlen wie Türkise, dein schlanker Hals ist wie aus Carrara-Marmor gemeißelt, dein goldenes Haar umfängt dein liebliches Gesicht wie eine Aureole – aber ist das alles? Nein und nochmals nein! Du sprichst Latein wie ein Kleriker, trägst griechische Lieder zur Laute vor und Namen wie Ovid, Catull oder Petrarca sind für dich keine Rätsel, denn du kennst ihre Werke. Es mag Männer geben, die der-

gleichen weniger schätzen, die es nur als lästigen Aufschub betrachten, sich Lautenklang und Petrarcas Poesie anhören zu müssen.«
»Dazu gehört Ihr aber nicht, Alessandro ...«
»Gewiss nicht! Das weißt du so gut wie ich, und wenn ich dir jetzt sage, dass ich noch stundenlang mit Vergnügen deinen Liedern lauschen könnte, dann ist das keine Lüge.«
Er hatte sich in Begeisterung geredet; ihm war heiß geworden und er legte sein Wams ab.
»Stundenlang? Nein, mein Lieber, dagegen möchte ich mich verwahren. Stundenlang vielleicht bei einem alten *banchiere*, weil wir beide wissen, dass danach nicht mehr viel kommt, aber bei Euch ...«
Der Blick ihrer Augen fuhr ihm wie ein Liebespfeil in die ohnehin schon vom Würzwein erhitzten Lenden. Ja, wenn es darauf ankam, sich wie ein Mann – ein ganzer Mann zu fühlen, dann wusste diese Frau die richtigen Worte dazu.
Nach zwei Sonetten von Petrarca und einigen anzüglichen Liedern des unvergleichlichen Catullus gingen sie eng umschlungen ins *dormitorio*, wo sie der Alkoven mit zurückgeschlagenen Brokatvorhängen wie mit einer stummen Einladung empfing.
Es gibt Männer, die sehen in geistlichen oder weltlichen Festgewändern recht stattlich aus, weil sich da manches verbirgt, was Natur oder Alter nicht ganz so vorteilhaft gestaltet hatten. Alessandro Farnese aber war auch nackt ein schöner Mann. Er hatte eine vornehme Ausbildung genossen und war als junger Adelsspross auch in körperlicher Hinsicht nach dem von Juvenal verkündeten Vorbild »*mens sana in corpore sano*« erzogen worden.
Fiammetta saß auf dem Bett, doch als Farnese sich ihr nähern wollte, forderte sie ihn auf:
»Alessandro, lass dich anschauen, denn anders als vielleicht unsere Dichter von Liebesliedern bin ich der Meinung, dass auch ein nackter Mann einen durchaus erfreulichen Anblick bieten kann.«
In gespielter oder vielleicht sogar echter Verlegenheit wandte er sich ab, um den schon steil aufgerichteten Phallus zu verbergen.
Fiammetta kicherte.
»Aber Alessandro, seit die gebildeten Leute die antiken Statuen sammeln, anstatt sie zum Häuserbau zu verwenden, wissen wir doch alle, wie die Römer ihren Wald- und Wiesengott Faunus dargestellt haben ...«

Nun war auch für Farnese der Zeitpunkt gekommen, da ihm jede Verzögerung ärgerlich war, und sie wusste das und öffnete weit ihre Arme. Als vollendeter Kavalier war er beim Liebesspiel nicht nur auf sich bedacht, sondern auch darauf, die Wünsche seiner Partnerin zu berücksichtigen. Ja, der Kardinal Farnese gehörte zu den wenigen Männern, mit denen Fiammetta gern – sehr gern sogar – eine Liebesnacht verbrachte.

Als er sie am nächsten Morgen nach dem Frühmahl verließ, hatte er, wie es seine Art war, ohne viele Worte eine gefüllte Börse auf der Fensterbank hinterlassen.

»Richtet damit das Bankett aus, Donna Fiammetta«, sagte er nur.

Das Zusammenstellen der Gästeliste überließ sie ihrer Mutter, die sie ihr dann unaufgefordert vorlegte. Flüchtig glitten ihre Augen über die Namen.

»Ah, die beiden Chigis, Finanzberater Seiner Heiligkeit. Warum hast du Remolines eingeladen? Wir mochten ihn doch beide nicht ...«

»Aus Berechnung! Einen Mann, der bei den Borgia – wenigstens zurzeit – derart persona grata ist, können wir nicht übergehen.«

»An wessen Seite wird Imperia sein?«

»An der von Lorenzo Chigi, der mit seinem Bruder seit einiger Zeit um ihre Gunst wetteifert.«

Fiammetta schüttelte belustigt den Kopf.

»Um eine Kurtisane kann es doch keine Eifersüchteleien geben.«

Tadea blickte auf.

»Das glaubst du vielleicht! Ich könnte dir da einiges berichten, aber diese Erfahrungen sollst du selber machen.«

»Wenn ich die Herren auf der Liste nachzähle, komme ich nur auf elf.«

Tadea nickte.

»Ja, doch Farnese hat mich gebeten, einen Platz freizulassen für einen hohen Gast.«

Wie das Volk über den Papst, seine Kardinäle und über die politischen wie sozialen Zustände dachte, war seit einiger Zeit am Pasquino nachzulesen. Dieser Marmortorso einer antiken Statue war beim Straßenbau gefunden worden und stand nun vor dem Palast des Kardinals Carafa. Seinen Namen erhielt er von einem Kneipenwirt, der für sein Schandmaul bekannt war. Was irgendein Lästerer des Nachts dort auf einen Zettel geschrieben hatte, flog am Morgen in Windeseile durch Rom – etwa über die junge Geliebte des Papstes.

Giuliabella, stets lieb und nett
ist zwar verheiratet, doch nicht faul
findet man sie eher in Alexanders Bett
und der stopft mit Gold Orsinis Maul.

3

Offiziell war Cesare Borgia nach Frankreich gereist, um in seinem Herzogtum Valence nach dem Rechten zu sehen und natürlich auch, um seiner Gattin Charlotte d'Albret – eine Nichte des französischen Königs – einen Besuch abzustatten. Mögen diese Gründe auch mitgespielt haben, so war es doch Cesares Hauptanliegen, von König Ludwig XII. ein Truppenkontingent zu erhalten, um die Städte der Romagna – vor allem Rimini, Pesaro, Imola, Forli und Faenza – in den Schoß der Kirche zurückzuführen, wie es so schön hieß. Tatsächlich waren alle diese Orte Kirchenlehen gewesen, doch im Lauf der letzten Jahrzehnte hatten dort Tyrannen die Macht übernommen, die nicht im Traum daran dachten, einen Tribut nach Rom zu senden.

Nun, da er dabei war, Imola und Forli der wegen ihrer Grausamkeit berüchtigten Caterina Sforza zu entreißen, verfügte er über viertausend französische Söldner. Sie war die Witwe des Girolamo Riario, hatte neun Kinder geboren und wechselte schnell ihre meist jüngeren Liebhaber. Die Schönheit der hochgewachsenen blonden Frau war weithin berühmt; sie liebte Schmuck und kostbare Kleider, galt als geistreich und war von einer bezaubernden Beredsamkeit.

In ihrer schlimmen, fast aussichtslosen Lage verfiel Caterina auf eine grausame List. In Forli hatte die Pest geherrscht, die jetzt am Erlöschen war. Sie besorgte sich ein Tuch, in das tagelang eine Pestleiche gehüllt gewesen war, und wickelte es um ein scheinbares Kapitulationsangebot, in der Hoffnung, ganz Rom und vor allem Cesare und den Papst damit anzustecken. Der Plan kam auf, und nun hatte Alexander einen hieb- und stichfesten Grund, Caterina zu entmachten, nämlich wegen eines »Mordanschlags auf Seine Heiligkeit Papst Alexander VI.«.

Cesare, der keinem Boten traute, ritt – nur von einer kleinen Leibwache begleitet – in aller Eile nach Rom, um sich mit seinem Vater zu besprechen. Alexander, sonst durch nichts aus der Ruhe zu bringen, zeigte sich vom Plan der Catarina Sforza mehr empört als erschreckt.

»Wenn es um die Existenz einer ganzen Sippe geht, verstehe ich schon, dass man gelegentlich zu unsauberen, ja verabscheuungswürdigen Mitteln greift, um dem Feind zu schaden. Aber bin ich der Feind? Ich bin die Kirche, bin der gesalbte und erwählte Vikar Christi! Hätte sie dir, César, einen Mörder ins Haus geschickt, wäre das schlimm, aber ich könnte es noch verstehen. Sich am Papst zu vergreifen, ist jedoch ein Sakrileg und ich möchte diese Dame – auch wenn es kaum zu vergleichen ist – mit Savonarola in einen Topf werfen!«

»Beruhigt Euch, mein Vater, und seid guten Mutes. Diese selbst ernannte Amazone werde ich als Erstes vernichten. Freilich, auf den Scheiterhaufen können wir sie nicht schicken, aber meine Spione haben aus Forli und Imola berichtet, dass sie bei ihren Untertanen höchst unbeliebt ist, bei nicht wenigen sogar verhasst. Die französischen Söldner – berüchtigte Raufbolde aus der Gascogne – kennen keine Gnade und jeder Einzelne würde sich der Lächerlichkeit preisgeben, vor dieser Furie zu weichen. Ihr, Heiliger Vater, könnt dieser Ketzerin inzwischen einen Platz in der Engelsburg reservieren.«

Der Papst lachte erfreut und erleichtert.

»Deine Zuversicht gefällt mir, und zudem weiß ich Gott den Herrn auf unserer Seite. Kirchenlehen sind Gotteslehen, aber das scheinen diese Leute vergessen zu haben. Ich meine damit auch Malatesta von Rimini, den Sforza in Pesaro und Manfredi, den Zwingherrn von Faenza. Doch lass dir Zeit, César, und überstürze nichts!«

Sohn und Vater blickten einander in stillem Einvernehmen an.

»Überstürzen? Nein, das verbietet sich von selber, weil immer wieder die Geldmittel ausgehen. Mein Vater, ich werfe mich Euch zu Füßen und bitte nur um eines: Schafft Geld – Geld – Geld! Sobald eine Lohnzahlung länger überfällig wird, lassen mich die Söldner im Stich oder laufen zu den Tyrannen über.«

Alexanders Gesicht wurde ungewöhnlich ernst.

»Geld herbeischaffen, das sagt sich so leicht: Auch einem Papst sind gewisse Grenzen gesetzt …«

»Ich habe Euch nur meine Lage geschildert.«

Alexander legte seine kräftige, doch schon altersfleckige Hand auf den Arm des Sohnes.

»Eines kann ich dir jedenfalls versprechen: Das Jubeljahr 1500 steht vor der Tür, und es werden so viele Pilger nach Rom kommen wie nie zuvor. Ich werde Generalablässe verkünden, und – glaube mir – es wird Geld regnen! Im nächsten Jahr sieht alles ganz anders aus.«

»Vielleicht solltet Ihr inzwischen einige Kardinalswürden verkaufen ...«

»Das habe ich vor einigen Jahren getan, und es entspricht nicht der Würde unserer Kirche, dies schnell zu wiederholen. Im Übrigen ...«

Der Papst erhob sich und griff in das Regal an der Wand. Dann warf er einen Stapel Papiere auf den Tisch.

»Anfragen? Dutzende von Anfragen nach Kardinals- und Bischofswürden. Nicht, dass diese Leute kein Geld hätten – nein, darum geht es nicht. Aber wer sind sie? Überwiegend Gauner, Emporkömmlinge, Betrüger ...«

Cesares gebräuntes Gesicht mit dem sorgfältig gestutzten Kinn- und Wangenbart blieb unbewegt. Dann richtete er sich auf und blickte den Papst ruhig an.

»Ich bin da, mein verehrter Herr Vater, etwas anderer Meinung. Alle Leute aus vornehmen oder altadeligen Familien, mögen sie nun Colonna oder Savelli, della Rovere oder Orsini heißen, haben irgendwann klein angefangen, oft genug als Landräuber, Brudermörder oder Piraten. Nach einigen Generationen wird das Erraubte und Erschlichene mit der Zeit ehrbar, ein Titel kommt hinzu, später ein höherer, und dann macht man sich einem König oder Herzog, einem Papst oder Bischof nützlich und der Aufstieg setzt sich fort. So wandelte sich eine zähe schlaue Bauersfamilie aus den Albaner Bergen in das Fürstengeschlecht der Colonna und bei den Orsini, Savelli, Cibo, Carafa, della Rovere und auch bei den Borgia wird es nicht anders gewesen sein. Freilich sind Hunderte von Familien, die denselben Ehrgeiz hatten, sang- und klanglos untergegangen, aber so ist es nun einmal. Mein Vater, ich würde mir niemals anmaßen, Euch in kirchliche Entscheidungen hineinzureden, aber was nützt es Euch, wenn Ihr einen Colonna, Orsini oder Cibo zum Kardinal erhebt? Damit setzt Ihr Euch nur eine Schlange mehr an die Brust, während der Weinhändlersohn für Euch vor Dankbarkeit durchs Feuer geht. Ich bitte Euch, dies zu bedenken.«

Der Papst als kluger und langjährig erfahrener Kirchenmann musste seinem Sohn im Stillen recht geben. Seit er aber auf dem Thron Petri saß, hatten sich seine Ansichten in manchen Dingen geändert.

»Ja, César, das ist das eine – gewiss. Als Papst bin ich außer Gott niemandem Rechenschaft schuldig, kann aber dennoch nicht nach Lust und Laune handeln. Wie jeder geistliche oder weltliche Fürst bin ich zu gewissen Rücksichten verpflichtet, und bei mir müssen sie vor allem dem Kardinalskollegium gelten. Etwa die Hälfte davon weiß ich auf meiner Seite, entweder weil sie unserer Sippe angehören oder weil sie von mir ernannt worden sind. Aber die anderen, die Orsini und Savelli, die Colonna und Riario sind meine geheimen und manchmal auch offenen Feinde. Sicher kennst du den alten Spruch: Der Feind unseres Feindes ist mein Freund. Da sowohl die Colonna wie auch die Orsini mich als ihren Feind betrachten, beginnt der eigene generationslange Zwist zu verblassen. Dagegen muss ich mich – müssen wir uns – zur Wehr setzen. Das heißt aber auch, dass jede Kardinalserhebung sorgsam bedacht sein muss, um nicht durch Unachtsamkeit der Hydra ein weiteres Haupt wachsen zu lassen.«
Cesare verneigte sich im Sitzen.
»Ihr habt recht daran getan, mich zu belehren, *padre santissimo*, aber so seht Ihr auch, dass ich für die weltlichen Dinge weitaus geeigneter bin.«
Er stand auf und hob fordernd die Hand.
»Das ändert aber nichts daran, dass ich für meine Truppen Geld – sehr viel Geld benötige. Den Kriegszug gegen die Furie Caterina Sforza stehe ich noch durch, aber wenn es gegen Rimini, Pesaro und Faenza geht, müsst Ihr mir neue Mittel verschaffen. Doch bedenkt auch, mein Vater, dass die Kirchenlehen, sobald sie wieder ihre Tribute an das Patrimonium Petri zahlen, die verlorenen Gelder im Laufe der Zeit vielfach wieder einbringen.«
Der Papst nickte.
»Das weiß ich, und so, wie ich dir vertraue, darfst du mir – und auf Gottes Hilfe – vertrauen. Schlafe dich jetzt aus!«
Alexander erhob sich und zeichnete das Segenskreuz über Cesares gebeugtem Haupt.
Was empfand der Valentino, so nannte ihn jetzt alle Welt nach seinem französischen Herzogtum, was empfand Cesare Borgia dabei? Glaubte er an Segen und Beistand Gottes? Oder hatte er sich als rechtes Kind seiner Zeit von der inneren Bedeutung des christlichen Glaubens entfernt und beachtete nur noch die äußeren Formen?
Darüber befragt, was niemand, auch nicht sein Vater, wagte, hätte vermutlich auch er keine schlüssige Antwort gewusst. Im Vordergrund sei-

nes Bemühens stand – daraus machte er keinen Hehl – die Bereicherung seiner Sippe und die Erhöhung der eigenen Person, mit dem Ziel, Herzog, vielleicht auch König der Romagna zu werden. Zur höheren Ehre Gottes natürlich, aber wer war Gott – wo war er? Gewiss im Himmel, aber sehr, sehr fern. So fern, dass er auf Erden einen Stellvertreter brauchte, weil er offenbar weder willens noch gesonnen war, selber in irdische Belange einzugreifen. Die dies behaupteten – etwa Bußprediger mit dem Hinweis auf Gottes Zorn, der die Menschheit jederzeit mit Seuchen, Missernten, Hungersnöten und anderem zu strafen bereit war –, glaubten entweder aus geistiger Einfalt selber daran, oder sie nutzten ihre Drohpredigten, um das einfache Volk mit dem Glaubensknüppel zu beherrschen.

Cesare aber handelte in allem so, dass er weder seinem Schicksal noch auf himmlische Hilfe vertraute, sondern ausschließlich dem eigenen Wollen und Können. Sein fast krankhaft anmutendes Misstrauen entsprang einer bis aufs Äußerste geübten Vorsicht. Selbst seinem bösen Schatten, der eiskalten, immer gehorsamen Tötungsmaschine Michelotto, traute Cesare nicht zur Gänze. So hatte er auch diesmal den erschöpfenden Gewaltritt nach Rom auf sich genommen, um alles Wichtige mit dem Papst persönlich zu besprechen. Jetzt aber war er todmüde und schlief schon halb, als er sich auskleiden ließ.

Miguel da Corella, den alle Welt Michelotto nannte, war aus Spanien nach Rom gekommen, als Rodrigo Borgia zum Papst gewählt wurde. Bald war Cesares Auge auf diesen Mann gefallen, der fechten konnte wie ein Teufel und bei dem Wort Gewissen nur die Achseln zuckte. Er war es auch, der Cesares Bruder Juan in aller Stille beseitigt hatte, und zwar nur auf die vage Bemerkung seines Herrn, dass dieser in jeder Beziehung unfähige Mensch inzwischen entbehrlich geworden sei.

Äußerlich suchte Michelotto seinem Herrn in allem zu gleichen. Er trug den gleichen Bart, bevorzugte dunkle schmucklose Kleidung und verhielt sich, wenn es um die Borgia ging, sehr schweigsam. Von seiner Gestalt her fehlte ihm das vornehm Feingliedrige und, wenn Cesare auf seine Umgebung wirkte wie ein gezogener Degen, so hätte man Michelotto mit seiner etwas plumpen, gedrungenen Gestalt eher als schlagbereiten Knüppel bezeichnen müssen.

Sonst immer an seiner Seite, hatte Cesare es diesmal vorgezogen, Michelotto bei der Truppe zu belassen. Vielleicht bekam er da manches zu hören, das in der Anwesenheit des Heerführers nicht oder nur hinter vorgehaltener Hand ausgesprochen wurde.

Cesare erwachte in den späten Vormittag hinein und erfuhr, dass Seine Heiligkeit schon dabei sei, eine Morgenmesse in der Capella Sistina zu lesen. Wider Willen kam ihn ein Lächeln an, als er an diese privaten, nur für Freunde und hohe Gäste zugänglichen Messfeiern dachte. Rodrigo Borgia, zeit seines Lebens mit Wichtigerem beschäftigt, als eine Messe zu lesen, beherrschte auch als Papst den lateinischen Text nur ungenügend. Er mischte spanische Brocken dazwischen, überging auch längere Passagen mit undeutlichem Gemurmel. Saßen unter den Besuchern Frauen, die er kannte, so konnte er es sich nicht versagen, ihnen eine Kusshand zuzuwerfen und dabei bedeutungsvoll zu blinzeln.
Cesare gähnte. Aber was zählt das schon, dachte er zufrieden, nur auf die Macht kommt es an, die hinter der Gestalt eines Papstes steht. Noch heute ging die Legende von Baldassare Cossa um, einem ehemaligen Seeräuber, der es auf krummen Wegen zum Kardinal und 1414 sogar zum Papst gebracht hatte. Er nannte sich Johannes XXIII. Und hielt sich mit Hilfe einer beachtlichen Truppenmacht immerhin fünf Jahre auf dem päpstlichen Thron. Auf dem Konzil von Konstanz wurde er abgesetzt und starb wenig später im florentinischen Exil. Die Chronisten reihten ihn später unter die Gegenpäpste ein. Aber für Cesare zählte nur, dass sich dieser Mann mit Mut, Zähigkeit und manchmal grausamer Rücksichtslosigkeit einige Jahre auf dem Stuhl Petri hatte behaupten können. Wir aber, ging es ihm durch den Kopf, stehen hinter einem Papst, der nicht nur einstimmig gewählt und von aller Welt anerkannt wird und sich zudem auf eine ansehnliche Truppenmacht stützen kann.

Es war schon später Vormittag, als Cesare den Papstpalast verließ. Niemand achtete auf ihn, denn ein Mönchshabit mit in die Stirn gezogener Kapuze verbarg sein Äußeres. Zuvor hatte er einen Boten in Lucrezias Palast geschickt, dass um die Mittagszeit ein Frate einzulassen sei. So schlüpfte Cesare in das dem Vatikanpalast benachbarte Haus und wurde dort gleich von seiner Schwester in den *salotto* geführt. Eine geschwisterliche Ähnlichkeit war kaum zu erkennen, denn Lucrezia glich ihrer Mutter wie eine jüngere Schwester, hatte auch deren tiefblondes Haar geerbt, das sie mit allerlei Tinkturen auf einen hellen Goldton gebracht hatte.

»Ich dachte, Ihr seid ...«
Cesare legte einen Finger an seinen Mund.
»Ich bin bei meinen Truppen vor Imola«, flüsterte er, »musste aber unserem Vater persönlich Bericht erstatten. Übermorgen reise ich wieder ab, wollte aber nicht versäumen, Euch vorher noch einen Besuch abzustatten.«
»Das ehrt mich, Cesare, aber ich kann Euch dennoch nicht mit Freude empfangen.«
Cesares Gesicht blieb unbewegt.
»Was habe ich Euch getan, Donna Lucrezia?«
»Mir den Gatten weggenommen, nicht mehr und nicht weniger.«
Sein Blick drückte ehrliche Verwunderung aus, doch Lucrezia kannte ihn und wusste, dass alles nur gespielt war.
»Ist das seine Meinung oder nur Eure?«
Sie zuckte die Schultern, weil sie wusste, dass es manchmal besser war, nichts zu sagen.
»Keine Antwort ist auch eine Antwort ...«
»Wollt Ihr hören, was Ihr längst selber wisst? Nämlich dass Don Alfonso sich in Rom zunehmend bedroht fühlt? Und als man ihm – durch die Blume freilich – zu verstehen gab, dass seine Rolle als Gemahl der Lucrezia Borgia ausgespielt sei, zog er es vor, die Stadt zu verlassen.«
Ein höhnisches Lachen flog über Cesares sonst immer beherrschtes Gesicht.
»Eine feige Flucht war das, so recht nach der Art eines *pauroso* ... Ich hättet Euch einen anderen Mann suchen sollen.«
Ihre honigfarbenen Augen verengten sich zu böse funkelnden Schlitzen und sie schnaubte verächtlich.
»Einen anderen Mann? Wie soll das gehen? Der Familienrat hat bestimmt und ich musste gehorchen!«
Um sie nicht zu sehr zu verunsichern, lenkte Cesare ein.
»Ich habe kürzlich mit dem Heiligen Vater gesprochen und wir waren uns einig, dass Don Alfonsos Platz an Eurer Seite ist und er in Rom nichts zu fürchten hat.«
»Dann schreibt ihm das mit Brief und Siegel! Vielleicht ist er so dumm und glaubt es.«
Cesare stand auf und ging zum Fenster. Ja, dachte er, da müsste er wirklich dumm sein. Aber er ist es nicht und weiß genau, dass seine politische

Rolle und damit die eines Ehemanns der Donna Lucrezia ausgespielt ist. Dieser Bastard des Königs Ferdinand ist nutzlos geworden wie ein dürrer Ast, und wenn wir an die heutigen Möglichkeiten denken, dann wäre es sträflich, diese Verbindung nicht bald zu lösen. Aber er hat sich in den Schutz Mailands begeben und muss erst wieder nach Rom gelockt werden. Da hörte er von hinten Lucrezias Stimme:
»Ich habe dir etwas zu sagen, Cesare!«
Er wandte sich um und setzte sein bezauberndstes Lächeln auf.
»Zu Euren Diensten, Donna Lucrezia!«
»Wenn du schwörst, dass Alfonso sich in Rom ungefährdet bewegen kann, dann werde ich dafür sorgen – dann werde ich versuchen, ihn zur Rückkehr zu bewegen.«
»Ich schwöre es!«
Das kam schnell – zu schnell. Sie schüttelte unwillig ihren Kopf.
»Das genügt mir nicht. Schwöre es beim Leben deiner Geschwister!«
Aus taktischen Gründen zögerte er etwas.
»Gut, wenn du es so willst. Ich schwöre beim Leben meiner Geschwister, dass deinem Gemahl Don Alfonso von Aragon in Rom nichts geschehen wird.«
So wenig Lucrezia diesem Bruder traute, so hatte ihr doch das trauliche »du«, das er zuletzt gebraucht hatte, eine trügerische Sicherheit verschafft.
Dann schlüpfte Cesare wieder in sein Mönchsgewand. Er ging zur Tür, streckte behutsam den Kopf hinaus, um dann schnell die schmale Treppe hinabzulaufen. Unten aber stieß er fast mit Kardinal Farnese zusammen, der empört rief:
»Ihr habt es wohl sehr eilig, Frater Incognito? Wohin so schnell?«
Da schlug Cesare die Kapuze zurück und Farnese erschrak.
»Ihr, Don Cesare? Aber Ihr solltet doch ...«
Cesare lachte unbekümmert.
»Man tut nicht immer, was man sollte.«
Farnese nickte.
»Da habt Ihr wohl recht – seid Ihr in Eile?«
»Nicht so sehr ...«
»Ich möchte Euch etwas fragen ...«
Sie gingen in den hinteren Teil des Gebäudes, wo Giuliabella, Farneses Schwester, einen kleinen Haushalt unterhielt.

»Ich habe Giulia eben zu einer Freundin gebracht; gehen wir in den *salotto*.«
Den fragenden Blicken der Bedienten begegnete Farnese mit dem Hinweis:
»Ich habe mit dem Frate etwas zu besprechen.«
Cesare mochte diesen Kardinal, der ein Bruder Leichtfuß war, aber sein hohes Amt niemals zu irgendwelchen Betrügereien genutzt hatte. Außerdem stand er treu zu den Borgia und im Kollegium war auf seine Stimme Verlass.
»Wie lange bleibt Ihr noch in Rom?«
»Noch einige Tage, doch Ihr wisst von nichts – offiziell bin ich gar nicht hier.«
»Dann werdet Ihr die Einladung zu meinem Geburtstag wohl ausschlagen? Das Bankett findet übermorgen in Fiammettas Palazzo statt.«
Cesare lächelte spöttisch.
»Ihr seid wohl der hartnäckigste Verehrer dieser Dame? Es wäre an der Zeit, dass ich sie einmal kennenlerne.«
»Gerade darum geht es ja! Bei gutem Wetter findet das Bankett in ihrer *vigna* an der Porta Viridaria statt, bei schlechtem in ihrem Haus im Ponte-Viertel. Ihr könnt Eure jetzige Verkleidung beibehalten, bis alle Gäste versammelt sind. Dann gebt Ihr Euch zu erkennen; doch ehe ein Gerede beginnt, seid Ihr abgereist.«
»Ich komme! Ein wenig Abwechslung tut mir gut, ehe ich wieder ins Feld muss.«
»Auch Imperia ist geladen.«
»Dio mio, Ihr seid ja ein *stregone*, wenn es Euch gelungen ist, die beiden Damen unter ein Dach zu bringen.«
»Kennt Ihr eine der beiden Damen?«
»Fiammetta habe ich niemals gesehen, und Imperia – nun, kennen ist wohl das falsche Wort. Sie entspricht nicht ganz meinem Geschmack. Es ist diese Art von feierlicher Schönheit, die sich selber zum Denkmal stilisiert. Ich mag es ein wenig kecker, unmittelbarer, etwas, das unsere Phantasie herausfordert.«
»Da wärt Ihr bei Fiammetta besser aufgehoben.«
Cesare lachte.
»Ihr müsst es ja wissen!«
»Sie ist schon etwas Besonderes ...«, meinte Farnese versonnen.

»Wer ist übrigens noch geladen? Ich frage nicht aus Neugier, sondern aus Vorsicht.«

»Da könnt Ihr beruhigt sein – es sind lauter zuverlässige Leute.«

4

Eine Stunde nach Cesares Gespräch mit Alessandro Farnese hielt Fiammetta eine Botschaft in Händen mit der Bitte, den zwölften Platz für einen Überraschungsgast freizuhalten.

»Wer mag das sein?«

Tadea, von ihrer Tochter informiert, hob die Schultern.

»Geheimniskrämereien, wie sie kleine Jungen auch noch als erwachsene Männer lieben. Lass dich einfach überraschen.«

Tags darauf erwachte Rom, in nebelige Schleier gehüllt wie ein verzauberter Ort, doch die Herbstsonne hatte noch Kraft genug, um den Dunst in kurzer Zeit wegzublasen und der Stadt einen falschen Sommertag zu bescheren. Daraufhin gab Fiammetta die Anweisungen, das Bankett in ihre *vigna* bei der Porta Viridaria zu verlegen.

Zwischen den Kirchen Santo Spirito und San Onofrio erstreckte sich hügeliges Land, von dem ein Teil mit Reben bewachsen war, ein anderer den Schafen und Ziegen als Weide diente. Obwohl vom lebhaften Ponte-Viertel nur durch den Tiber getrennt, herrschte hier eine bukolische, nur manchmal von den Rufen der Schäfer unterbrochene Stille.

Eigentlich hatte Fiammetta geplant, einen hartnäckigen, wenn auch erfolglosen Verehrer namens Giacomo Stella den zwölften Platz anzubieten, aber der musste nun dem »Überraschungsgast« weichen. Zusammen mit Alberto Becuto, einem päpstlichen *cameriere*, gehörte der Protonotarius Stella zu Fiammettas engstem Hofstaat. Von ihnen erfuhr sie aus erster Hand die wichtigsten Ereignisse im Vatikan, und so hatte sie beiden gelegentlich ihre Gunst gewährt, sie aber dann auf Abstand gehalten. Jeder hatte den anderen bei ihr ausstechen wollen, und so waren mit der Zeit aus guten Bekannten erbitterte Feinde geworden. Fiammetta hatte

sich mehrmals vergeblich bemüht, die Streithähne wieder zu versöhnen, denn sie mochte – aus praktischen Erwägungen – beide nicht missen, doch vorerst war es ihr nicht gelungen.
Nun aber hatte sie andere Sorgen. Der Tag hielt, was er am Morgen versprochen hatte, und über den teilweise schon abgeernteten Weinfeldern lag ein schwerer spätsommerlicher Dunst, durchwebt vom Geruch vergorener Trauben.

Unter den Ersten erschien Francisco Remolines mit einem schüchtern dreinblickenden Mädchen, das er als entfernte Verwandte vorstellte. Er tat dies in wohlgesetzten Worten, aber mit einem gönnerhaften Unterton, als wolle er sagen, diese Begleitung sei ihm nicht ganz angemessen. Dann kam Angelo del Bufalo, der auf den ersten Blick den Eindruck eines jungen Stutzers machte. Gegen die Mode jener Tage trug er nur einen dünn ausrasierten Lippenbart, dafür aber übertrieben lange Haare, die seinen Nacken bis zum Schulteransatz bedeckten. Sein ein wenig nichtssagendes Gesicht wirkte beim ersten Anblick einnehmend. Das mit Silberfäden bestickte lichtgrüne Wams trug er so kurz, dass der pralle Schambeutel seiner goldbraunen Hose deutlich zu sehen war. Auf seiner weinroten Kappe wippte keck eine Hahnenfeder, doch dies alles passte zu ihm, als sei er in einer solchen Kleidung zur Welt gekommen. Er entstammte einer verarmten römischen Patrizierfamilie, übte offenbar keinen Beruf aus und war doch immer gut mit Geld versehen. Es wurde gemunkelt, er sei mit einer betuchten, schon älteren Witwe liiert, die ihm seine Liebesdienste reich entlohne. Eines jedenfalls stand fest: Für jede Gesellschaft war dieser Mensch in seiner humorvollen und liebenswürdigen Art ein Gewinn. Er konnte eine geistvolle Unterhaltung genauso bestreiten, wie er auch den leichten und lockeren Ton beherrschte, der in dieser klatschsüchtigen Stadt gang und gäbe war. Trotz seiner stutzerhaften Erscheinung, die manche zu der Missdeutung veranlasste, man habe es mit einem weibischen Kerl zu tun, stand er in brachial ausgetragenen Konflikten durchaus seinen Mann. Wer ihn als Fechter kennengelernt hatte, mied künftig jeden Streit mit ihm. Vielleicht war es Angelo del Bufalo gar nicht bewusst, dass ihn eine Aura des Geheimnisvollen umstrahlte, weil man sich nicht recht erklären konnte, dass dieser Mann, der nichts war und wenig besaß, auch in den höchsten Kreisen eine persona grata, ein gern gesehener Gast, manchen sogar ein vertrauter Freund war.

Ein besonderes Kapitel in del Bufalos Leben stellten die Frauen dar, und das dürfte auch eine Erklärung für seine Beliebtheit bei Festen und Banketten gewesen sein. Obgleich Rom eine geistliche Stadt und somit ein Ort für Männer war, wurden die Häuser der meisten kirchlichen Würdenträger von Frauen regiert. Auch wenn eine ganz geringe Zahl von Prälaten ihr zölibatäres Leben so streng auslegten, dass sie auf jeden Umgang mit Frauen verzichteten, so waren es bei ihnen Schwestern oder weibliche Verwandte, die dem Haushalt vorstanden. So sehr die meisten Männer del Bufalos Gesellschaft schätzten – seine Beliebtheit bei den Frauen übertraf alles andere. Er gehörte zu den ganz wenigen, die auch ohne Geld oder Geschenke bei den Kurtisanen gerne gesehen waren, doch sein Ruf als Liebhaber von Witwen oder vernachlässigten Ehefrauen war legendär. Wenn die begehrtesten Kurtisanen von den Spitzen der römischen Gesellschaft umworben wurden, so war del Bufalo das erklärte Ziel liebeshungriger Damen, die sich bei intimen Gesprächen brüsteten, ihn als *amatore* gewonnen zu haben. Er selber war so klug, keiner den Vorzug zu geben, aber jeder zu versichern, dass sie – auf ihre Art – einmalig, unverwechselbar und höchst begehrenswert sei. Dabei wurde freilich von anderen viel geflunkert und aufgebauscht, während del Bufalo zu all dem schwieg und dabei sein heimliches Vergnügen hatte.

An diesem Abend erschien er an der Seite Brunellas, einer bescheidenen Kurtisane, die schon fast keine mehr war. Sie lebte nämlich schon seit Jahren in einem eheähnlichen Verhältnis mit drei Herren, von denen jeder auf zwei Wochentage einen festen Anspruch besaß. Den Sonntag behielt sie für sich, zum Kirchgang und zu frommer Betrachtung. Schon nahe der dreißig war sie eine stille Schönheit, und je genauer man sie betrachtete, umso angenehmer zeigte sich ihre ganze Erscheinung. Sie hätte es leicht so weit bringen können wie Fiammetta oder Imperia, hätte ihr nicht die eigene Gutmütigkeit im Wege gestanden. Immer zeigte sie eine offene Hand für Bedürftige oder in Not Geratene; zudem wäre es ihr nicht im Traum eingefallen, Häuser, Grundstücke oder andere Besitztümer zu erwerben. Dafür unterstützte sie regelmäßig ein Nonnenkloster, in das sie zu ihrem vierzigsten Geburtstag eintreten wollte – »wenn Gott mich so alt werden lässt«, fügte sie stets hinzu. Im Gegensatz zu Remolines, der seine Begleiterin ein wenig von oben herab behandelte, kümmerte del Bufalo sich in vorbildlicher Weise um die bescheiden auftretende Brunella.

Zu den letzten Gästen – die rosig verglühende Sonne schwebte schon eine Handbreit über den Weinbergen – gehörten die Brüder Agostino und Lorenzo Chigi, beide im Bankgeschäft sehr erfolgreich tätig, vor allem durch ihre Beziehungen zum Vatikan. Der jetzt dreiunddreißigjährige Agostino hatte Papst Alexander große Geldsummen vorgestreckt und dafür die Alaunminen bei Tolfa überschrieben bekommen. Unter päpstlicher Verwaltung waren diese Minen nicht sehr ertragreich gewesen, doch Chigi baute sie zu einer Goldgrube aus, die ihm in kurzer Zeit mehr einbrachte, als er dem Papst geliehen hatte. Das gab er freilich nicht zu und wenn man ihn darauf ansprach, zeigte er eine tief betrübte, sorgenvolle Miene und meinte, dies sei das schlechteste Geschäft seines Lebens gewesen, aber da er es mit der Kirche gemacht hatte, erhoffe er sich dafür himmlischen Lohn. Sein Bruder Lorenzo stand in Agostinos Schatten, aus dem er nur selten heraustrat.
Jetzt aber tat er es, denn an seiner Seite schritt Imperia, seine heutige Tischdame, deren dunkle schwermütige Augen aber verstohlen auf Agostino ruhten. Sie versuchte, dies möglichst unauffällig zu tun, doch dem ränkesüchtigen Remolines entging es nicht.
Wie es sich gehörte, war Kardinal Farnese als Erster gekommen, weil es sein Geburtstag war und weil er – zusammen mit Fiammetta – die Vorbereitungen überwachen wollte.
Die anderen Gäste – Frauen wie Männer – standen dem Kardinal als Freunde und Verwandte nahe, und alle waren sie jetzt neugierig auf den von ihm angekündigten Überraschungsgast.
»Was kann einen heutzutage in Rom noch überraschen?«
Diese Frage warf Remolines in den Raum, und seine Stimme klang dabei recht hochmütig.
»Wartet es nur ab«, sagte Farnese und »ich werde mich an Eurem Staunen weiden«.
Remolines, der mit allen Mitteln nach oben strebte, hatte es sich angewöhnt, höherrangigen Personen nicht zu widersprechen. So setzte er ein schiefes Lächeln auf und verneigte sich kurz.
Was nun die Kurtisanen betraf, so bewegten sie sich in unterschiedlichen Freundeskreisen, und an diesem Abend gab es kaum einen Mann, der die beiden gleich gut kannte.
Bei der Begrüßung hatte sich Imperia – wie es ihre Art war – zurückgehalten und etwas steife Würde gezeigt, während Fiammetta in ihrer sponta-

nen Art die Kollegin lächelnd auf beide Wangen küsste, wenn dabei auch die türkisfarbenen Augen kalt und wachsam blieben. Jede prüfte genau das Gesicht der anderen, und Fiammetta entschied: Eine etwas langweilige Schönheit, doch ihre Nase ist ein wenig zu groß. Imperia aber dachte: Eine etwas vulgäre Schönheit, doch ihre Nase ist entschieden zu klein.

Die Herren urteilten freilich weniger kritisch und es gab keinen, der nicht beide Frauen – jede auf ihre Art – schön, anziehend und begehrenswert fand.

Von der Sonne war nur noch ein rötlicher Schein am Horizont geblieben, die Dämmerung stieg wie ein zartes Gespinst aus den Tälern auf und breitete sich langsam über die graugrünen Rebenhügel. Ein leiser Wind war aufgekommen, der von den Albaner Bergen herabwehte und die erhoffte Kühlung brachte.

Es mochte kein rechtes Gespräch aufkommen, weil jeder mit einem Ohr nach draußen lauschte. Dann hörten sie das Pferdegetrappel, und Kardinal Farnese hob die Hand.

»Das werden unsere letzten Gäste sein ...«

Alle blickten zur rebenumrankten Gartenpforte, wo jetzt ein Mönch auftauchte, stehen blieb und die Gesellschaft lange musterte. Dann trat er beiseite und machte einer weiblichen Gestalt Platz, die mit ihm langsam auf den gedeckten Tisch zuschritt. Als der Mönch mit einem Ruck seine Kutte abwarf, rief Kardinal Farnese:

»Unsere letzten, dafür aber hochgeehrten und hochwillkommenen Gäste – Seine Durchlaucht Cesare Borgia, begleitet von Donna Giulia Farnese-Orsini.«

Alle standen auf und umringten das Paar. Cesare gratulierte dem Kardinal zu seinem Geburtstag und wandte sich dann an die Gastgeberin.

»Es freut und ehrt mich, Euch, Donna Fiammetta, bei dieser Gelegenheit endlich kennenzulernen. Ich gestehe, dass es eine Schande ist und ich mich schäme, einer der reizendsten Frauen von Rom nicht längst meine Aufwartung gemacht zu haben. Könnt Ihr das einem vielbeschäftigten Mann verzeihen?«

Fiammetta, sonst selten um eine Antwort verlegen, hatte es die Rede verschlagen. Dass der nach dem Papst bekannteste und wohl auch mächtigste Mann Roms ihr auf diese Art schmeichelte, hatte sie nicht erwartet. Giulia aber hatte sofort erkannt, was in Fiammetta vorging, und sprang ihr schwesterlich bei.

»Lasst Euch von seinen Schmeicheleien nicht beeindrucken, Donna Fiammetta. Solche Reden hat unser Valentino dutzendweise auf Lager, und bei jeder schönen Frau lässt er sie vom Stapel.«
Fiammetta hatte sich schnell wieder gefangen.
»Ihr kennt den Herzog besser als ich, doch sollt Ihr wissen, dass uns Schmeicheleien lieber sind als grobe Reden, mit denen manche der Herren sich brüsten und noch glauben, dies sei ein Zeichen besonderer Männlichkeit.«
Als leises Murren aufkam, hob sie beschwichtigend die Hand.
»Dass dies auf keinen der Anwesenden zutrifft, weiß ich natürlich. Setzen wir uns wieder – ich lasse jetzt ein bescheidenes Nachtmahl auftragen.«
Wie immer, wenn im Freien gegessen wurde, waren es kalte Speisen, doch Fiammetta – mit Farneses Geld reichlich versehen – hatte es an nichts fehlen lassen. Dreierlei Geflügel, rohen und gekochten Schinken, Räucherfisch, zweierlei Brot, dazu frisches Obst, Trauben, Dörrfrüchte, und wer durstig war, konnte zwischen weißem, rotem und gewürztem Wein wählen. Krüge mit quellfrischem Wasser standen bereit, denn die altrömische Sitte, zum Essen nur verdünnten Wein zu trinken, wurde nach wie vor gepflegt.
Remolines war wohl der Einzige, der fast reines Wasser trank, weil er seine Eigenschaft kannte, bei Trunkenheit geschwätzig, aber auch aggressiv zu werden und nicht genau hinzuhören, was die anderen sagten. Darauf aber kam es ihm heute besonders an, denn er hielt es für wenig wahrscheinlich, noch einmal die beiden Menschen an einem Tisch zu sehen, die dem Papst so nahe standen. Er hatte einen Sitz in Cesares Nähe ergattert, doch der Valentino gab nichts preis, was nicht ohnehin schon bekannt war. Auch von Giuliabella war kaum zu erwarten, dass sie als »Braut Christi« etwas über ihr Liebesleben mit dem Papst verriet. Dennoch war Überraschendes von ihr zu vernehmen.
»Ich werde Anfang des neuen Jahres zu meinem Gatten zurückkehren. Der Arme hat es lange genug ohne mich aushalten müssen, aber meine Pflichten gegenüber Donna Lucrezia ...«
Alles horchte auf. Was mochte sie mit diesen Pflichten meinen? Cesare spürte die leise Unruhe.
»Meine Schwester hat vielleicht etwas übertrieben und vergessen, dass auf Donna Giulia ein Ehemann wartet.«
Giulia seufzte hörbar.

»Ja, wir sind wie Zwillingsschwestern – eine möchte ohne die andere nicht sein. Aber jetzt, da Seine Heiligkeit ...«

Cesare fiel ihr ins Wort, wobei er sich entschuldigend verneigte.

»Verzeiht, vielleicht sollten wir heute noch nicht davon sprechen. Seine Heiligkeit hat nämlich geruht, Donna Lucrezia mit Aufgaben außerhalb von Rom zu betrauen.«

Nach dem Essen hatte Remolines – entgegen seiner früheren Absicht – das Mischen des Weines aus Nachlässigkeit versäumt und es geschehen lassen, dass der Bediente seinen leeren oder halb leeren Becher gleich wieder auffüllte. So geriet er in eine gereizte Stimmung voll Ungeduld und Angriffslust. Freilich war er so klug, den Valentino niemals zu unterbrechen und Giuliabella nicht ins Wort zu fallen, aber als einer der Gäste auf die von Agostino Chigi gepachteten Alaungruben zu sprechen kam und der *banchiere* geduldig erklärte, man benötige diesen Stoff zu vielerlei Zwecken, etwa zur Farbherstellung, zum Gerben, zum Beizen, aber auch für medizinische Anwendungen, da konnte sich Remolines nicht mehr halten und warf dazwischen:

»Dieser Kram interessiert hier doch niemanden! Wesentlich aufregender wäre es, wenn wir Männer heute einmal die Rolle des Paris übernähmen. Der hatte zwar unter drei Frauen zu wählen, doch wir könnten uns mit zwei begnügen und abstimmen, ob Imperia oder Fiammetta die Siegespalme der Schönheit gebührt.«

Cesare Borgia wollte den ihm Befreundeten auf ein anderes Thema lenken, doch Giulia kam ihm zuvor. Sie hatte sofort erkannt, dass ein solcher Wettstreit zwar keine der Kurtisanen besonders treffen würde, aber bei den Herren zu blutigem Hader führen konnte. Lachend hob sie die Hand.

»Halt, halt, meine Herren – so geht das nicht! Wir sollten die alte Legende schon ernster nehmen und genauer nachspielen. So wäre mein Vorschlag, dass Don Francisco Remolines die Rolle des Paris übernimmt, der aber – und darauf bestehe ich – unter drei Frauen zu wählen hätte, nämlich Imperia, Fiammetta und mir.«

Gut gesprochen, dachte Cesare zufrieden, eine solche Lösung wäre auch mir nicht eingefallen.

Auch Kardinal Farnese war stolz auf seine wortgewandte Schwester und sagte schnell:

»Dem kann ich nur zustimmen! Nun, Don Francisco, was sagt Ihr dazu?«

Wenn Remolines auch etwas betrunken und deshalb von zorniger Aufgeregtheit war, so stand ihm doch immer sein Ehrgeiz hilfreich zur Seite. Um keinen Preis wollte er die – zwar oberflächliche – Freundschaft mit Cesare gefährden noch den Kardinal Farnese verärgern, und so wiegelte er geschickt ab. Er verneigte sich.
»Donna Giulia, Euer Vorschlag ist höchst ehrenvoll, aber damit bin ich überfordert. Jede der drei Damen könnte für sich die Siegespalme als die schönste Frau von Rom beanspruchen – wo bleibt da die Möglichkeit einer Wahl?«
Damit war die Situation gerettet und Fiammetta musste diese Antwort widerwillig als kluge, ja fast einzige Lösung anerkennen. Weniger hatte ihr gefallen, dass seine Worte zwar an Giulia Farnese und die anderen Damen gerichtet waren, er dabei aber sie am längsten und mit einer gewissen Aufdringlichkeit angeblickt hatte. Wäre der Spieß umgedreht worden und sie hätte unter den Männern zu wählen gehabt, dann hätte sie sich ohne zu zögern für Cesare Borgia entschieden. Da stach sie der Hafer und sie dachte, warum sollte ich mich nicht bei den Borgia ein wenig einschmeicheln? Ihre Türkisaugen strahlten, als sie lächelnd sagte:
»Warum sollen immer nur die Männer unter uns Frauen zu wählen haben? Auch als Frau versteht man etwas von weiblicher Schönheit, und so würde meine Wahl auf Donna Giulia Farnese fallen.«
Imperia verstand sehr wohl, dass dieser Pfeil auch gegen sie gerichtet war, aber er traf sie nicht und so setzte sie noch eins drauf:
»Damit teile ich Euren Geschmack, Donna Fiammetta!«
Giulia Farnese strahlte.
»Ich muss schon sagen, wenn zwei der schönsten Frauen von Rom mir ernsthaft versichern ...«
Da begann sie plötzlich zu kichern.
»Oder war es nicht ernsthaft? War es, weil ich ...«
Sie hielt sich den Mund zu. Giulia, werde nicht geschwätzig!
Das schalt sie sich selber und schlug dann vor:
»Die uns allen bewusste Tatsache, dass dies zum ersten und vielleicht auch zum letzten Mal ist, die beiden angesehensten *cortigiane* von Rom an einer Tafel zu versammeln, nutze ich zu einer Bitte: Donna Imperia, Donna Fiammetta, ich ersuche euch, uns die Freude eines gemeinsamen Vortrags zu machen.«

Fiammetta schaute Imperia fragend an, denn es gehörte sich, dass sie der Römerin den Vortritt ließ. Die aber nickte nur leicht, worauf Fiammetta sich lächelnd erhob und einen schnellen Blick auf Cesare warf. Der Valentino deutete sein Einverständnis mit einer leichten Verbeugung an.
Da war Imperias bedauernde Stimme zu hören:
»Wäre ich hier nicht Gast, sondern Gastgeberin, dann hätte ich natürlich meine Laute zur Hand, aber so ...«
Fiammetta setzte ein süßes falsches Lächeln auf.
»Das verstehe ich doch, meine Liebe – die Gastgeberin bin ich und eine Laute ist verfügbar.«
Eine Magd hatte sie schnell aus dem Haus herbeigeholt.
»Es ist zwar mein altes, jetzt wenig benutztes Instrument, aber ...«
Imperia beugte sich über die Saiten, begann sie zu stimmen, um dann unvermittelt eine Melodie aufzugreifen, zu der sie anfangs leise, dann mit voller Stimme sang:
»*Denn meiner Laute Saiten,*
sie singen nur von Liebe.
Jüngst tauschte ich die Saiten
Sogar die ganze Leier,
zu singen von den Tagen
des Herakles – die Laute
erklang in Liebestönen.
So lebt denn wohl ihr Helden,
es singt ja meine Leier
doch nur allein von Liebe.«
Sie hielt inne, schaute Fiammetta mit spöttischer Aufforderung an und streckte ihr die Laute hin. Ohne zu zögern, übernahm sie das Instrument und sang das Antwort-Lied:
»*Es sagen mir die Mädchen:*
›*Anakreon, du alterst.*
Schau nur in deinen Spiegel;
Die Haare sind geschwunden,
und licht sind deine Schläfen.‹
Ob ich noch Haare habe,
ob sie mir ausgegangen,
ich weiß es nicht; doch weiß ich,

dass umso mehr dem Greise
Scherz und Vergnügen ziemen,
als er dem Ende nah ist.«

Kaum hatte Fiammetta geendet, begann Cesare heftig zu klatschen und alle anderen fielen ein.
Ein wundersames, nie gekanntes Gefühl ergriff den Valentino. Seit seinem vierzehnten Lebensjahr – da verführte ihn eine liebeshungrige ältere *cugina* – hatte er Umgang mit Frauen gehabt, ohne dabei sein Herz an eine der Damen zu verlieren. Er nahm sie, wie sie kamen, war als kenntnisreicher Liebhaber geschätzt, aber sein Begehren war auf den Phallus beschränkt und hatte niemals das Herz ergriffen. Jetzt aber fühlte er, wie es pochte, drängend, fordernd und verstörend. Ich bin von ihrer Schönheit ergriffen, suchte er sich zu beruhigen, diese Türkisaugen, das kecke Näschen, der schöne Mund, ihr schlanker Hals … Es fügt sich eben alles zu einem Bild, das meinen Sinn betört und – ja, so ist es nun einmal, auch mein Herz schneller schlagen lässt.
Imperia war in ein Gespräch mit Agostino Chigi vertieft, behielt aber dabei – so unauffällig es möglich war – Angelo del Bufalo im Auge. Sie war fähig, ihrem Partner Rede und Antwort zu stehen, sich zugleich aber die Frage zu stellen, was del Bufalo an dieser langweiligen Brunella nur finden könne. Es ist doch bekannt, welch braves und ereignisloses Leben sie mit ihren drei alten Dauerliebhabern führt – was gibt es da noch zu erzählen?
Da hörte sie Chigi sagen:
»Lorenzo und ich sind gerade dabei, ein eigenes Bankhaus zu gründen – übrigens angeregt von Seiner Heiligkeit, der zu mir sagte, wenn einer fähig sei, eine Bank groß und mächtig zu machen, dann sei ich es.«
Imperia nickte respektvoll.
»Wenn Seine Heiligkeit das sagt, dann ist es, als gäbe er seinen Segen dazu. Ich jedenfalls würde Euch sofort mein gesamtes Vermögen anvertrauen.«
»Das ehrt mich … Wer verwaltet es jetzt?«
»Das Bankhaus Ruccellai – zu meiner Zufriedenheit.«
Chigi nickte.
»Fähige Leute mit dem richtigen Gespür, doch hoffe ich sie eines Tages zu übertreffen.«

»Das traue ich Euch zu. Was meint Ihr mit dem richtigen Gespür?«
»Ach, Donna Imperia, das war zu einer Zeit noch vor Eurer Geburt, da ging es um die Pazzi-Verschwörung. Die Ruccellai hielten sich da klug heraus, galten als Parteigänger der Medici. Als diese vor einigen Jahren aus der Stadt vertrieben wurden, gingen sie mit ins Exil. In einigen Jahren werden sie gemeinsam zurückkehren und wieder die Macht in Florenz übernehmen – davon bin ich überzeugt.«
Imperia musste mit Gewalt ein Gähnen unterdrücken. Zugleich aber stellte sie fest, dass ihr Agostino doch wesentlich besser gefiel als sein staubtrockener Bruder Lorenzo, der nur Zahlen im Kopf hatte und einmal – sie waren im Schlafzimmer gerade dabei, ihre Kleider abzulegen – plötzlich ausrief: »Wir hätten die Anteile doch kaufen sollen!« Dabei schaute er sie so vorwurfsvoll an, als habe sie ihn davon abgehalten. Da war sie zornig geworden. »Um Himmels willen – wovon redet Ihr?« Da schien ihm einzufallen, wo er war und was er gerade tat. »Verzeiht, das war etwas Geschäftliches …«
Solch peinliche Versehen unterliefen del Bufalo freilich nicht. Ein Tunichtgut zwar, der jedem Weiberrock nachlief, aber wenn er ihre Schwelle überschritt, dann gab es für ihn nur noch sie, Imperia. Von welchen Geschäften hätte er auch reden sollen? Fragte man danach, dann lachte er nur, und es war schon viel, wenn er sagte: »Mal dies, mal das – wie es sich eben ergibt.« Ein anderes Mal hob er nur gelangweilt die Schulter und sagte schmunzelnd: »*Affendo a darmi buon tempo …*« Diese Antwort – »Ich lasse es mir wohl sein« – machte im Freundeskreis die Runde, und wenn manche Herren auch über ihn spotteten, so wurde er von fast allen stillschweigend beneidet.
Etwa eine Stunde nach Mitternacht erlahmten die lebhaften Gespräche, da und dort wurde gegähnt, einige sprachen vom Aufbruch, blieben aber dennoch sitzen.
Cesare erwog den Gedanken, mit Fiammetta die Nacht zu verbringen, doch morgen – nein, heute schon war der Tag vor seiner Abreise und es gab noch viel zu tun. Kardinal Farnese, vom Wein und von den scharf gewürzten Speisen erhitzt, hegte ähnliche Gedanken. Ja, auch Francisco Remolines spielte mit einer solchen Vorstellung, wollte aber keinem der Höherrangigen in die Quere kommen. Nein, er würde in Ruhe den günstigsten Zeitpunkt abwarten und sich bei Fiammetta in aller Form ansagen, was eine *cortigiana onesta* schon erwarten konnte.

Da den Valentino jetzt zu vieles andere bewegte und beschäftigte, beschloss er, sein Vorhaben zu verschieben, aber Fiammetta sollte doch wissen, welches Feuer sie in ihm entfacht hatte.

Ihre Augen trafen sich und er nickte ihr zu. Sie berührte ihren Gesprächspartner entschuldigend am Arm, und dann gingen sie aufeinander zu.

»Ein schönes Fest, Donna Fiammetta, gekrönt von Euch als Gastgeberin – was kann man sich mehr wünschen?«

»Mein geheimer Wunsch, Euch einmal bei mir als Gast zu sehen, ist heute in Erfüllung gegangen. Es würde mich freuen, Euch zu gegebener Zeit wiederzusehen.«

Ihre Augen leuchteten, von ihrem Gesicht ging ein Strahlen aus, das ihn sagen ließ:

»Ich werde als Sieger nach Rom zurückkehren und diesen Sieg mit Euch feiern – in Euren Armen ...«

»Ein schönes Versprechen, mein Fürst, von dem ich hoffe, dass Ihr es einlöst.«

»Das werde ich, aber nennt mich nicht Fürst, denn das entfernt mich von Euch. Don Cesare genügt, und ich sehe den Tag kommen, da werde ich auch den Don draußen vor Eurer Tür lassen. Da müsst Ihr Euch allein mit dem Cesare begnügen.«

Fiammetta wusste, dass gewichtig ausgesprochene Mannesworte am Ende federleicht wogen, sich oft genug in Rauch auflösten. Ihm aber glaubte sie – zu ihrer eigenen Verwunderung. Zugleich aber begann sie an den Gerüchten zu zweifeln, die in ganz Italien über ihn umgingen. Der Papst, so wurde gemunkelt, sei Wachs in den Händen seines schrecklichen Sohnes und tue alles, um dessen hybride Wünsche zu erfüllen. Wo etwas nicht nach seinem Willen geschehe, würde der Valentino mit Gift und Dolch nachhelfen.

Von Michelotto ging die Rede, er habe im Auftrag seines Herrn schon so viele Menschen beseitigt, dass er nach einem Dutzend aufgehört habe zu zählen. Die Abergläubischen – und das waren nicht wenige – warfen die Frage auf, wie es diesem in Sünde gezeugten Spross eines Kardinals in so kurzer Zeit gelingen könne, den König von Frankreich für seine Zwecke zu gewinnen, von ihm adoptiert und zum Herzog ernannt zu werden und als Draufgabe noch dessen Nichte Charlotte zur Frau zu bekommen. Wer solches im Handumdrehen schaffe, der müsse mit dem Teufel im Bund sein. Die aus Angst um ihr Leben ins Ausland geflüchteten Kardinäle – Ascanio Sforza und Giovanni della Rovere, um nur zwei zu nennen – schürten diese Vermutungen und ließen in anonymen Schriften verbreiten: Papst Alexander sei der Antichrist und selber durch Teufelskünste auf den Thron gelangt. Zusammen mit Cesare sei er nun dabei, sich ganz Italien zu unterwerfen.

Diese Gerüchte gingen durch Rom, drangen auch in die Häuser der Kurtisanen, doch Fiammettas Mutter hatte nur ungläubig den Kopf geschüttelt.

»Ich finde es infam, einen Mann so zu verunglimpfen, der den größten Teil seines Lebens im Dienst der Kirche verbracht hat. Der Kardinal Borgia, der mich in Florenz mehrmals mit seinem Besuch beehrte, hatte nun wahrhaftig nichts Teuflisches an sich und man könnte sich nur wünschen, es gäbe viele Männer von seiner Art.«

So hatte Tadea de Michelis gesprochen und ihre Tochter hatte es nicht vergessen, denn schließlich war ja von ihrem Vater die Rede gewesen. Nun hatte sie seinen Sohn Cesare kennengelernt und auch an ihm nichts Teuflisches, ja nicht einmal die den bösen Engeln nachgesagte Düsternis gefunden. Etwas aber verwunderte sie schon: Nicht ein einziges Mal war ihr zum Bewusstsein gekommen, dass sie mit ihrem Halbbruder sprach. Es schreckte sie auch nicht, sich vorzustellen, dass er – wie angekündigt – bei seiner Rückkehr mit ihr zusammen seinen Sieg feiern und dass diese Feier naturgemäß im Bett enden würde. Zu sehr war ihr von der Mutter eingehämmert worden, dass der heutige Papst samt seiner Familie eine Welt für sich sei, mit der sie beide nichts zu schaffen hätten.

Als Cesare gegangen war, kam der trunkene und nach weiblichem Umgang lüstern gewordene Kardinal Farnese auf seinen Plan zurück. Er war der festen Überzeugung, dass Fiammetta seine Bitte – quasi ein letzter Geburtstagswunsch – nicht ablehnen würde. Doch Fiammetta schüttelte den Kopf.

»Aber Don Alessandro, es ist lange nach Mitternacht und Euer Geburtstag war gestern. Ich bin müde und werde hier in der *vigna* übernachten – da geht es ohnehin sehr primitiv zu.«

Sie lachte kurz.

»Das Bett ist schmal und meine Magd schläft im selben Zimmer am Boden. Mein Lieber, da sind wir Besseres gewohnt, nicht wahr?«

Farnese gab auf. Was sollte er darauf antworten? Auch gehörte er nicht zu den Männern, die gegen den entschiedenen Wunsch einer Frau handeln wollten.

Remolines hätte es getan und er hatte es auch schon getan. Das den Kurtisanen zugestandene Recht, einen Mann ablehnen zu dürfen, hatte er schon mehrmals durch Gewalt gebrochen, wohl wissend, dass keine von ihnen deswegen zum Gericht laufen würde. Einige von ihnen hatte er durch Zahlungsversprechungen dazu gebracht, sich von ihm schlagen und demütigen zu lassen und hatte ihnen dann statt des Goldes ein paar Quattrini hingeworfen. Freilich, bei Fiammetta würde er sich anders betragen müssen, aber schließlich und endlich war sie auch nur eine Hure, wenn auch eine teure.

Imperia hatte sich schon gedacht, dass ihre Mutter vor Neugier kaum schlafen können und gleich am Morgen erscheinen würde. Und so war es dann auch. Sie lag noch im Bett, als ihre Mutter von einer verschreckten Magd eingelassen wurde.

»Wie ist es dir gestern ergangen, *tesoro mio*? Hat diese Fiammetta dich herausgefordert?«

Imperia gähnte verhalten.

»Warum sollte sie? Wir sind kultivierte Menschen, haben sogar auf Giulias Wunsch gemeinsam etwas vorgetragen.«

Diana setzte sich ans Bett ihrer Tochter.

»Giulia? Welche Giulia? Und mit wem ist sie gekommen?«

»Giulia Farnese natürlich, in Begleitung von Cesare Borgia.«

Dianas Mund öffnete sich vor Erstaunen und blieb eine Weile so. Imperia sah mehrere Zahnlücken und dachte, es sei höchste Zeit gewesen, dass ihre Mutter sich in ein bürgerliches Leben zurückgezogen hatte.

»Aber – aber, ihr hattet ihn doch nicht eingeladen?«

»Nein, Mama, er war der von Farnese angekündigte Überraschungsgast.«

Diana schüttelte den Kopf.

»Aber es hieß doch, er sei im Norden auf einem Feldzug ...«

»Ja, und dabei muss es bleiben. Er war inkognito gekommen und wird morgen zu seinen Truppen zurückkehren. Also kein Wort darüber – hört Ihr!«

»Hältst du mich für eine *cicala*?«

»Ihr seid keine Schwätzerin, Frau Mama, aber ich wollte ganz sichergehen.«
»Du wirkst so abwesend – beschäftigt dich etwas?«
»Ich bin noch so müde ...«
»Und dieser Cesare? Welchen Eindruck hat er auf dich gemacht?«
»Ich weiß nicht – keinen besonders guten; außerdem hatte er nur Augen für die andere. Ich frage mich, was die Männer an ihr finden. Die Nase ist zu klein, das Kinn zu spitz und ihr Benehmen ist auch nicht das Beste ...«
»Vielleicht hat man in Florenz andere Vorstellungen von Schicklichkeit, wer weiß? Trotzdem wäre es besser, du legst dich nicht mit ihr an. Ich habe auf Umwegen erfahren, dass Seine Heiligkeit in eigener Person ihr im Borgo ein Haus hat besorgen lassen. Da muss es irgendwelche Verbindungen geben ...«
»Kann sein, Mama – lasst Ihr mich jetzt noch ein wenig schlafen?«

5

Nicht weniger neugierig als Imperias Mutter war Tadea de Michelis, und sie empfing ihre Tochter schon an der Haustür.
»Alles gut gelaufen, Colombina? Nun erzähl schon!«
»Darf ich erst einmal ins Haus kommen?«
Sie gingen in den *salotto*, und Fiammetta wartete genüsslich, bis die Magd ihr den verlangten Becher Milch gebracht hatte. Sie trank, tupfte sorgfältig den Milchbart ab und schaute ihre Mutter spöttisch an.
»Nun – was möchtet Ihr hören?«
»*Dio mio*, was ich hören möchte? Alles natürlich!«
»Dann muss ich gleich damit anfangen, dass dies keine gewöhnliche Geburtstagsfeier war, sondern eine ganz besondere.«
Tadea konnte ihre Ungeduld nicht mehr zügeln.
»Muss ich dir jedes Wort einzeln aus der Nase ziehen oder würde eine kräftige *mostacciata* deinen Eifer etwas beflügeln?«
Fiammetta lachte und tat empört.

»Also, Frau Mama, ich muss schon bitten! Gut, wenn Ihr es schon wissen wollt: Cesare Borgia und Giulia Farnese waren zu Gast – unerwartet.«
»Aber alle Welt weiß doch, dass Cesare …«
»Alle Welt war eben falsch unterrichtet«, sagte Fiammetta schnippisch.
»Welchen Eindruck hat er auf dich gemacht?«
»Wenn ich ganz ehrlich bin: Den besten! Viele stellen ihn als seelenloses, macht- und mordgieriges Monster hin, ich aber habe ihn als gebildeten, rücksichtsvollen und feinfühligen Menschen kennengelernt.«
Tadea blickte ihre Tochter argwöhnisch an.
»In so kurzer Zeit?«
»Wir hatten ein langes Gespräch.«
»Hoffentlich nicht allein …«
»Aber Mama, wo denkt Ihr hin? An diesem Fest nahmen vierundzwanzig Menschen teil, ein Dutzend Bedienter schwirrte herum, wie hätten wir da allein sein können?«
»Die *vigna* ist groß …«
»Und Ihr glaubt, ein Cesare Borgia wäre bereit, bei stockfinsterer Nacht zwischen Rebstöcken herumzustolpern?«
»Wenn ein Mann etwas will.«
»Aber er wollte nichts.«
»Ich frage ja nur.«
»Warum erkundigt Ihr Euch nicht nach Imperia?«
»Das hätte ich schon noch getan – also, welchen Eindruck hat sie auf dich gemacht?«
»Eigentlich keinen besonderen. Ich frage mich, was die Männer an ihr finden. Die Nase ist zu groß, das Kinn zu breit und sie kleidet sich wie eine Matrone. Sie lacht nicht, lächelt nur selten, bewegt sich gestelzt – also, ich kann mir nicht denken, dass ein Mann, der mich kennengelernt hat, viel mit ihr anfangen kann.«
Tadea lächelte wissend.
»Ja, der Geschmack mancher Herren treibt oft seltsame Blüten. Da wirst du noch die kuriosesten Dinge erleben können. Alles in allem war das Fest jedenfalls ein Erfolg?«
»Ja, das kann man schon sagen …«
Sie blickte verträumt in die Ferne und lächelte erinnerungsschwer.
»Woran denkst du jetzt, Fiammetta?«

»Daran, dass mir während des Gesprächs mit Cesare Borgia nicht ein einziges Mal zu Bewusstsein kam, dass er mein Halbbruder ist. Wenn man uns nebeneinanderstellt, wird man wohl auch keine besonderen Ähnlichkeiten finden.«
»Das mag daran liegen, dass ihr beide mehr euren Müttern gleicht.«
»Ihr habt ihn ja noch gar nicht gesehen.«
»Das denke ich mir halt so.«
»Nach dem Feldzug will er mich wieder besuchen.«
Tadea hob warnend die Hand.
»Dann vergiss niemals, dass ihr Halbgeschwister seid!«
»Aber was ist mit ihm? Er ahnt ja nichts davon.«
»Wenn er dich im Bett haben will, wirst du es ihm sagen müssen.«
»Ich weiß nicht recht ...«
»Du wirst dich doch nicht zum *incesto* verleiten lassen?«
»Ach, Mama, wir reden da von sehr fernen, in nebliger Zukunft liegenden Dingen. Im Übrigen könnte es ja sein, dass Donna Vanozza auch mit anderen Männern ...«
»Das schlag dir aus dem Kopf! Vanozza de Cattaneis – und das weiß alle Welt – hat sich niemals als Kurtisane betätigt. Sie war die Tochter eines ehrbaren Kirchenmalers, und der Papst – ich meine, Rodrigo Borgia soll sie kennengelernt haben, als sie ihrem Vater etwas zu essen in die Kirche brachte, wo er gerade beschäftigt war. Ein Jahr später kam Cesare zur Welt ...«
Fiammetta schüttelte erstaunt den Kopf.
»Woher wisst Ihr das alles?«
Tadea tat verschämt.
»Nun ja – so ganz am Rande gehöre ich doch auch in sein früheres Leben, und da habe ich mich eben erkundigt.«
»Stimmt es, dass Donna Vanozza zweimal verheiratet war?«
»Sie ist es noch, doch diese beiden Männer dienten zu Scheinehen, die Rodrigo Borgia der Ehrsamkeit wegen arrangiert hat.«
»Aber könnte Cesare nicht aus einer dieser Ehen ...«
»Ich muss mich schon wundern! Du wirst dich doch nicht in ihn verliebt haben?«
Fiammetta errötete sanft, doch sie wehrte sofort ab.
»Aber nein, Frau Mama, Ihr braucht Euch keine Sorgen zu machen. Trotzdem wollte ich wissen ...«

»Also gut! Bei ihrer ersten Ehe war Cesare schon geboren, und ihr Ehemann starb kurz darauf. Erst sechs Jahre später heiratete sie zum zweiten Mal, und da war ihr letzter Sohn – Jofré – noch ein Säugling. Im Übrigen hat Rodrigo Borgia – auch nicht als Papst – niemals ein Geheimnis aus seinen Kindern gemacht. Seine Vorgänger, sobald sie Papst geworden waren, nannten ihre Kinder dann plötzlich ›Unsere geliebten Neffen und Nichten‹. Er aber spricht ganz frei von Söhnen und Töchtern. Ich habe mir lange überlegt, ob ich Seiner Heiligkeit von dir etwas verraten soll, aber ich werde es nicht tun und glaube, dass es so besser ist.«
»Warum besser?«
»Die Borgia sind nicht beliebt in Rom, und sie tun leider alles, um sich den alten Patrizierfamilien verhasst zu machen. Ein halbes Dutzend der aus diesen Kreisen stammenden Kardinäle ist ins Ausland geflohen und opponiert von dort aus gegen den Papst.«
»Ich verstehe das nicht! So wie es aussieht, ist das Volk mit ihm zufrieden, und bei öffentlichen Umzügen habt Ihr ja selber hören können, wie ihn alle bejubeln.«
»Und mit Recht! Jeder Papst wird bejubelt, denn er ist der vom Heiligen Geist erwählte Stellvertreter Christi auf Erden, der Pontifex Maximus – der große Brückenbauer. Daran glauben wir katholischen Christen in aller Welt und du hoffentlich auch.«
»Natürlich glaube ich daran ...«

Dann begann wieder der Alltag, und zwar mit zwei Nachrichten. Die eine war ein längeres Schreiben von ihrem Verehrer, Zuträger und gelegentlichen Bettgenossen Giacomo Stella – eben jenem, der zuerst für den zwölften Platz bei Farneses Geburtstagsfest vorgesehen gewesen war und dann Cesare Borgia hatte weichen müssen.

Verehrte Donna Fiammetta, Gruß und Gesundheit zuvor.
Dieser Brief war eigentlich als Dankesschreiben gedacht, für Euer Versprechen, mich zu dem illustren Geburtstagsfest einzuladen. Als einer Eurer treuesten Verehrer hätte ich es wohl verdient gehabt, aber Ihr seid quasi in letzter Minute anderen Sinnes geworden und habt die Einladung an einen mir Unbekannten vergeben. Dazu mögen Euch gewichtige Gründe bewegt haben, doch ich sehe es als Vertrauensbruch und werde daraus die Konsequenzen ziehen.
Möge Gott Euch auch fürderhin behüten. G.S.

Fiammetta hielt das Schreiben lange in der Hand, und mit der vertrauten Schrift erschien das Gesicht des päpstlichen Notarius Giacomo Stella vor ihren Augen – etwas rundlich, mit kleinen verschmitzten Augen, dazu der stets leicht offene Mund, umrahmt von dem gestutzten rotbraunen Juristenbart. Ganz hatte sie ihm niemals vertraut, wurde den leisen Verdacht nicht los, dass er einiges aus ihrem Haus weitertrug – aber wohin und zu welchem Zweck? Jetzt wird sein alter Konkurrent, der päpstliche Kammerherr Alberto Becuto, den Kopf höher tragen, wird glauben, das Spiel sei nun endlich zu seinen Gunsten entschieden.

Der Cameriere war ein eher unauffälliger Mann, der sich sorgfältig kleidete. Sein Titel war natürlich gekauft, und er hatte nur ganz selten im Vatikan einen Dienst zu versehen. Seine Haupteinnahmequelle war ein geschickt betriebener Reliquienhandel – samt und sonders Falsifikate –, begünstigt durch den Umstand, dass ihm ein Vertrauensmann in der Kurie die entsprechenden Gutachten schrieb.

Becuto war von aufbrausender Natur, und wenn der Zorn ihn ankam, neigte er zur Maßlosigkeit. Das geschah zum Glück selten, aber Fiammetta wurde eine leise Angst nicht los, sobald sie mit ihm in einem Raum allein war. Zwar ein seltener Umstand, aber die wenigen Male, da er ihr beigelegen hatte, war nichts an seinem Verhalten auszusetzen gewesen. Beim Beischlaf neigte er eher zu kaninchenartiger Hast, als wolle er es schnell hinter sich bringen. Andererseits war er immer großzügig und liebte es, ihr Geschenke zu machen.

Seine äußere Erscheinung war nicht gerade vorteilhaft. Für einen Mann zu klein, konnte man ihn eher dürr als schlank nennen, und sein Gesicht hatte etwas seltsam Unfertiges. Es war, als hätte ein Bildhauer das Tonmodell eines Kopfes geformt, es aber dann unvollendet stehen gelassen. Die Nase saß leicht schief, die Augen standen zu eng. Mit einem ruhigen und entschlossenen Auftreten versuchte er die Mängel auszugleichen, was ihm auch gelang, solange er nicht Opfer seines jähen Zorns wurde.

Obwohl Fiammetta ihn ein wenig fürchtete, traute sie ihm mehr als Stella, ohne es hinreichend begründen zu können.

Die zweite Nachricht kam von Cesare Borgia, war sehr kurz und trug keine Unterschrift.

In der Stunde des Aufbruchs sind meine Gedanken bei Euch und ich freue mich so sehr auf die Rückkehr, als sei das Dazwischenliegende ein Kinderspiel. Doch ich vertraue auf Fortuna, die mich zum Sieg und zu Euch zurückführen wird.

Natürlich wusste Fiammetta auch ohne Unterschrift, woher der Brief kam, und eine jähe Freude, fast ein Triumphgefühl, durchströmte ihren Körper, als hätte sie ein berauschendes Mittel genommen. Obwohl ihre Mutter das Schreiben von dem Boten entgegengenommen und an sie weitergegeben hatte, begegnete sie Tadeas fragenden Blicken mit Schweigen. Sie wird langsam erwachsen, dachte die Mutter, und das ist gut so, auch wenn mir manches nicht passt. Tadea verhielt sich so wie fast alle Mütter auf dieser Erde: Ihr Kind blieb auch als erwachsene Frau das Kind und würde es bleiben, so lange sie lebte.

Gegen Abend machte Kardinal Farnese einen hastigen Besuch, bei dem er flüsternd erzählte, dass auf Cesare Borgia bei seiner nächtlichen Heimkehr von der Feier ein Anschlag verübt worden war.
»Aber – aber er hat mir doch einen Brief – kurz vor seiner Abreise ...«, stammelte Fiammetta.
Farnese tätschelte beruhigend ihren Arm.
»Ihm ist nichts geschehen, aber Seine Heiligkeit ist entsetzt und lässt in ganz Rom nachforschen. Einer der Täter wurde verletzt festgenommen, von ihm erhofft man nähere Aufschlüsse. Mehr weiß ich auch nicht.«
Als Cesare Borgia inkognito nach Rom gekommen war, hatte der Papst darauf bestanden, dass ihn – wo immer er sich aufhielt – eine Leibwache von vier Mann sogar noch auf die *latrina* begleitete. Cesare hielt das für übertrieben, ließ aber zu, dass zwei bewährte *lanzi* ihn bewachten, wenn er das Haus verließ, was in den wenigen Tagen seines Aufenthalts ohnehin kaum geschah. Bei seinem Besuch im Mönchshabit wären die beiden Bewaffneten aufgefallen, und so hatte er sie angewiesen, ihm nur in einigem Abstand zu folgen.
Etwa zwei Stunden nach Mitternacht verließ der Valentino Fiammettas *vigna* und weckte die draußen schlafenden *lanzi*. Da er das Mönchsgewand nicht mehr anlegen mochte, befahl er seinen Begleitern, sich in nächster Nähe zu halten, doch sie kamen unbehelligt zum Borgo Vecchio und überquerten die mondbeschienene Piazza di San Pietro. Vor ihnen ragte der verschachtelte Gebäudekomplex des Vatikans auf, dessen nördlicher Teil von Lucrezia und Giulia Farnese bewohnt war. Als er sich von seinen *lanzi* trennen wollte, bestanden sie darauf, ihn bis vor die Palastpforte zu begleiten. Er nickte ihnen zu und begann die Stufen hinaufzusteigen, als aus der Richtung des Borgo Nuovo drei Gestalten auf-

tauchten und ihn von hinten anfielen. Zum Glück hatten die *lanzi* ihr Quartier noch nicht erreicht, hörten verdächtige Geräusche, preschten zurück, sprangen von den Pferden und kamen Cesare zu Hilfe. Der hatte sich blitzschnell umgewandt, dabei Degen und Dolch gezogen. Ein gezielter Stich in die Herzgegend prallte an dem seidengefütterten Lederkoller ab, während er den Angreifer in den Hals traf. Die beiden anderen mussten sich gegen die Attacke der beiden *lanzi* wehren, doch diesen geübten Kämpfern waren sie weit unterlegen, und es lagen am Ende zwei Tote auf den Palaststufen. Der dritte Angreifer, leicht am Arm verletzt, wurde in Fesseln abgeführt.

Cesare steckte jedem der *lanzi* ein Goldstück zu und befahl:

»Kein Wort darüber, dass ich beteiligt war! Ihr seid überfallen worden und habt euch gewehrt – mehr nicht!«

Er deutete auf die Toten.

»Und beseitigt diesen Unrat – verstanden!«

So nahm der nahe gelegene Tiber wie fast allnächtlich sein Menschenopfer entgegen. Meist blieben die Leichen irgendwo hängen, wurden von Fischern entdeckt und ausgeraubt. Selten kam es vor, dass man sie irgendwo verscharrte, meist spülte der Fluss die nackten Leiber ins Meer, wo Salzwasser und Raubfische den Rest besorgten.

Cesare verschob seine Abreise um einen Tag, weil er der Befragung des Verletzten beiwohnen wollte. Das war einer jener *bravi*, die so lange vom Meuchelmord lebten, bis sich an ihnen das Bibelwort erfüllte: »Wer das Schwert nimmt, der soll durch das Schwert umkommen.« Den beiden anderen war es so ergangen, aber dem Gefangenen drohte nicht nur der Galgen, sondern zuvor auch eine peinliche Befragung. Cesare hatte die Mittel angewiesen:

»Gleichgültig, wie ihr es macht – ich will, dass er seine Auftraggeber nennt.«

Nachdem der *bravo* dreimal aufgezogen und dabei mit schweren Lederpeitschen bearbeitet worden war, gab er auf, weil er wusste, dass er ohnehin sterben würde, aber da zog er den Galgen der Folterkammer vor. Freilich konnte er keine Namen nennen, was Cesare ihm auch glaubte, da die Auftraggeber eines Mordes in der Regel niemals selber in Erscheinung traten. Doch hatten die Männer ihren Auftrag in der Locanda del Sole erhalten, und diese Kneipe gehörte zur Klientel der Riario-Familie. Da brauchte Cesare nur zwei und zwei zusammenzuzählen.

Den Mordanschlag hatte der Kardinal Raffaele Riario inszeniert, um seiner Verwandten Caterina Sforza – einer geborenen Riario – zu Hilfe zu eilen.
So ließ Cesare den Riario-Palast sogleich von einer Truppe *lanzi* umstellen, doch der Kardinal war am frühen Morgen zu einem Jagdausflug aufgebrochen, von dem er – als ihm seine Spitzel das Misslingen des Anschlags meldeten – klugerweise nicht mehr zurückkehrte.
Cesare war schon in das Feldlager nach Imola abgereist, als der Fall – durch Kardinal Riarios Flucht – wenige Tage später aufgeklärt war. Sofort ließ der Papst den Palazzo Riario beschlagnahmen und alles Verwertbare verkaufen.
Letztlich hing auch dieses Ereignis mit dem Geburtstagsfest in Fiammettas *vigna* zusammen. Hätte Cesare nicht daran teilgenommen, so wäre ein Anschlag auf ihn – zumindest während seines kurzen Rom-Aufenthalts – nicht möglich gewesen. Aus einem längeren Abstand betrachtet – so schien es später einigen der Beteiligten – hatte dieses nächtliche Fest doch so manches Leben in eine andere Richtung gelenkt.
So konnte Angelo del Bufalo seit jener Nacht die Kurtisane Imperia nicht mehr vergessen. Das passte nicht zu ihm, dem Bruder Leichtfuß, und er selber fand es ärgerlich, konnte aber nichts dagegen tun. Er versuchte, sich darüber klar zu werden, warum ihn diese Frau innerlich so beschäftigte, denn in ihrer Art war sie geradezu das Gegenteil seiner eigenen Lebensauffassung. Er tat im Grunde alles, um seine Umwelt vor den Kopf zu stoßen. In einer Zeit, da selbst junge Männer – kamen sie aus guten Kreisen – sich überwiegend schwarz kleideten und es schon kühn war, die unter dem Wams hervorlugende *giubbetta* in lebhaften Farben zu tragen, zeigte del Bufalo diese Farben unbekümmert nach außen. Als er einmal zu einem Fest verschiedenfarbige Hosenbeine trug, wies ihn die Hausherrin mit der trockenen Begründung ab, die Zeit des Karnevals sei noch fern. Sein überlanges Haar erregte anfangs den Verdacht, er huldige dem *cibo da prelato*, wie man die Knabenliebe wegen ihrer Verbreitung in Klerikerkreisen spöttisch nannte. Doch schnell erwies es sich, dass diese Annahme unbegründet war, denn in Rom gab es nicht wenige Kurtisanen, die er besucht und beschwatzt hatte. Warum beschwatzt? Weil in Angelo del Bufalos Börse eine chronische Ebbe herrschte, doch seltsamerweise gelang es ihm stets, seine Schulden – wenn auch meistens verspätet – wieder zu tilgen.

So bunt und verspielt seine Kleidung war, so scharf war sein Verstand. Also versuchte er seinen Empfindungen auf den Grund zu gehen, sie kühlen Kopfes zu analysieren. Das ging aber nicht. Das war so vergeblich, als versuche man beim Schlucken eines Löffels Honig das Saure oder beim Biss in eine Zitrone das Süße herauszufinden.

Seufzend gab er seine Versuche auf und wandte sich – dabei Vergessen suchend – seinen Geschäften zu. Es wurde erwähnt, dass er nichts davon preisgab, doch im Grunde handelte es sich um eine höchst ehrenwerte Sache, dabei wollte er nur vermeiden, etwaige Konkurrenten auf seine Fährte zu locken. Hatte man in Rom noch vor hundert Jahren die ständig zutage kommenden Kunstwerke aus antiker Zeit den Kalkbrennern ausgeliefert, so war man in den letzten Jahrzehnten auf die Schönheit vor allem der Götterstatuen aufmerksam geworden, und immer mehr Menschen der gebildeten und wohlhabenden Schichten begannen sie zu sammeln und in ihren Gärten aufzustellen. Das Römische Reich hatte ja immerhin an die tausend Jahre bestanden, und so wurde in seiner Hauptstadt Rom eine Flut von Kunstwerken aus Marmor, Bronze oder anderen Materialien geschaffen. Sobald die Bauarbeiter einen Keller aushoben, um eine Villa oder einen Palast zu bauen, stießen sie auf antikes Mauerwerk und nicht selten auf seit Jahrhunderten verschüttete – damals Haus und Garten schmückende – Statuen, Figuren, Vasen, Schalen und anderes mehr. Am besten hatten sich freilich die Stücke aus Marmor erhalten, während die Bronze stark patiniert oder verbeult war.

Angelo del Bufalo unterhielt in Rom eine Reihe von Zuträgern, die ihm sofort meldeten, wenn etwas Brauchbares zutage kam. Noch ehe der Bauherr davon Kenntnis erhielt, musste er zur Stelle sein, um zu prüfen, ob sich das Gefundene für seine Auftraggeber eignete. Gesucht waren vor allem Statuen der Göttinnen Venus, Diana oder von lieblichen Quellnymphen, aber auch dekorative Männerfiguren wie Apollo, Mars oder Neptun fanden ihre Abnehmer.

Bei dieser quasi beruflichen Tätigkeit trat del Bufalo in einfacher unauffälliger Kleidung auf, und wer ihn bei festlichen Anlässen in seiner stutzerhaften Gewandung gesehen hatte, wäre bei seiner Arbeit an ihm vorbeigegangen, ohne ihn zu erkennen.

6

Es war schon die Rede davon, dass der Notarius Giacomo Stella und der päpstliche Kammerherr Alberto Becuto zu Fiammettas Hofstaat gehörten und sie mit Klatsch aus den inneren Kreisen des Vatikans versorgt hatten. Stella, der – vielleicht zu voreilig – von Fiammetta an die Geburtstagstafel geladen worden war, musste zugunsten des »Überraschungsgastes« zurücktreten, und seinem Brief war zu entnehmen, wie sehr er ihr das übelnahm, sich sogar von ihr lossagte.
Zuerst glaubte Fiammetta, dass dies seinem Nebenbuhler Becuto gewaltigen Auftrieb geben würde, doch kein Mensch gleicht dem anderen, und so wurde sie von seiner Reaktion überrascht. Becuto hatte die Tatsache, dass nicht er, sondern Stella zu dem Fest geladen war, als persönliche Beleidigung empfunden. Dass er dann auf seinen Platz an der Festtafel verzichten musste, behielt Stella aus Bosheit für sich. So musste Becuto annehmen – was er eigentlich schon seit jeher tat –, dass die Kurtisane seinen Nebenbuhler vorzog und sich mit ihm, dem kleinen Dürren mit der schiefen Nase, auf dem Geburtstagsfest eines Kardinals nicht zeigen wollte. Das traf ihn so tief, dass er sich nicht einmal – wie sonst – durch einen heftigen Wutausbruch erleichtern konnte, sondern wie gelähmt in seiner kleinen Wohnung im Borgo Nuovo sitzen blieb und sich so lange betrank, bis er in einen todesähnlichen Schlaf sank. Am späten Vormittag erwachte er, weil jemand heftig an seine Tür pochte, und nun kam es doch zu einem seiner jäh entflammenden Wutausbrüche.
Der Jammer des Beiseitegeschobenseins vermischte sich nun mit der würgenden Übelkeit seines vom vielen Wein übersäuerten Magens, und als er die Tür aufriss, glich der kleine, dürre, schiefnasige Mann einem zornigen Kobold. Draußen stand einer seiner Reliquienjäger und streckte ihm grinsend ein Samtsäckchen hin, worauf Becuto es ihm mit einem lästerlichen Fluch aus der Hand schlug, ihm noch zwei Maulschellen verpasste und dann seine Tür mit einem solchen Schwung zuschlug, dass darüber der Verputz aus der Decke bröckelte. Er warf sich auf sein zerwühltes Bett und brach in Schluchzen aus, doch der Wutanfall hatte seine Sinne wieder halbwegs geklärt, und er begann zu überlegen.

Anders als sein Gegner Stella war Becuto durch seinen Handel ein wohlhabender Mann geworden, der – wenn es einen Anlass gab – mit Geschenken und Zuwendungen nicht geizte. Einmal hatte er Fiammetta zum Geburtstag eine Kette aus Flussperlen geschenkt, was sie derart entzückte, dass sie ihm noch am selben Tag ihre Gunst schenkte. Zwar nur für eine gute Stunde und nur am Nachmittag – doch immerhin. Obwohl Becuto sich seines dürftigen Aussehens durchaus bewusst war, fehlte es ihm nicht an Selbstgefühl. Genau besehen, so dachte er zufrieden, bin ich vielen Männern an Geist, Witz, Schlagfertigkeit und entschlossenem Auftreten überlegen. Im Großen und Ganzen stimmte das sogar, aber sein Eindruck auf die meisten Frauen war doch so, dass sie eher auf sein Äußeres als auf seine Redeweise achteten. Ein Zitat von Homer, eine Lebensweisheit von Seneca oder ein passendes Sonett von Petrarca konnten letztlich auf die Dauer doch nicht von seinem dürftigen Äußeren ablenken.
Nachdem Becuto eine kräftige Mahlzeit eingenommen und einen Becher Würzwein getrunken hatte, war er sich über sein künftiges Verhalten Fiammetta gegenüber klar geworden. Von nun an würde sie auf seine Gesellschaft und auf seine intimen Hofberichte verzichten müssen. Im Übrigen wäre es dem wohlhabenden Becuto nicht schwergefallen, eine Ehefrau zu finden, die nach einem Blick in seine Börse seine dürre Gestalt und die schiefe Nase großmütig übersah. Doch es war immer etwas dazwischen gekommen und jetzt, da er sich dem dreißigsten Lebensjahr näherte, hatte er sich an die Ehelosigkeit gewöhnt. Zum anderen schätzte er die Gesellschaft von Frauen mit guter Aussicht auf feurige Liebesstunden, zu denen sein etwas missratener Körper durchaus fähig war.
Vom Hörensagen und von gelegentlichen Besuchen kannte er die Namen einiger der angesehenen Kurtisanen, die er sich jetzt durch den Kopf gehen ließ. Da war einmal die üppige Saltarella, die aber sehr launisch sein konnte, und auch die zartgliedrige, ständig zerstreute Cornelia kam ihm in den Sinn. Auch die scharfzüngige Spagnola und die maßlos eitle Veneta gehörten zu denen, die unter einem klingenden Lohn von zwei bis vier Dukaten ihre Tür nicht öffneten.
Imperia! Nein, sagte er sich nüchtern, die ist nichts für dich, da müsstest du schon mehr sein als ein päpstlicher Kammerherr. Bei ihr verkehrten Kardinäle, Bischöfe und *banchieri* mit klingenden Namen. Aber schön wäre es doch ... Da regte sich sein Selbstbewusstsein, und er klopfte ent-

schlossen auf den Tisch. Warum nicht? Als Erstes werde ich ihr ein schönes Geschenk machen – ihrem Ruhm und ihrem Namen angemessen. In den nächsten Tagen wollte er einige schwebende Geschäfte zum Abschluss bringen und den Gewinn in einem *regalo* anlegen, der ihm Ehre und ihr Freude machen würde.

Er ging zur bemalten Truhe, die am Fenster stand, und öffnete sie. In ihr lag eine eiserne Kassette verborgen, deren fingerdicker Deckel nur mit fünf verschiedenen Schlüsseln zu öffnen war. Das dauerte eine ganze Weile, doch dann konnte er seine kostbaren Schätze Stück für Stück herausnehmen. Ein religiöser Mensch musste bei ihrem Anblick einen frommen Schauder empfinden.

Da war einmal die vergilbte, etwa handlange Feder aus den Flügeln des Erzengels Michael, die er verloren hatte, als er Adam und Eva aus dem Paradies vertrieb. Von sämtlichen zwölf Aposteln gab es größere oder kleinere Knochenreste oder Stücke ihrer blutgetränkten Kleidung, soweit sie als Märtyrer gestorben waren. Am wertvollsten war natürlich ein Stück des Lendenschurzes von Petrus, abgerissen, als er mit dem Kopf nach unten am Kreuz starb. Doch Becuto konnte auch mit Reliquien aufwarten, die in direktem Bezug zu Jesus Christus standen. Da gab es zwei winzige, jeweils in edelsteinbesetzte Kapseln gefasste Splitter des Kreuzes Christi, dann ein münzengroßes Stück seiner Windel, einen Dorn von Christi Leidenskrone, eine kleine gläserne Ampulle mit Resten von Mariens Muttermilch, die allerdings zu einer bräunlichen Masse vertrocknet war. Noch manches mehr war in der Eisentruhe verborgen, und zu jedem gab es die von einem Bischof gesiegelte Urkunde. Die kanonischen Vorschriften erheischten noch die päpstliche Approbation, doch die war durch gestaffelte Gebühren vom jetzigen Papst ebenso leicht zu erhalten wie von seinen Vorgängern. Der damit befasste Kuriensekretär prüfte den Geldeingang und drückte das päpstliche Siegel auf.

Die Reliquienverehrung hatte zwar in den letzten Jahrzehnten spürbar nachgelassen, doch das betraf fast ausschließlich den höheren Klerus, der ohnehin wusste, dass das meiste davon falsch war. Doch einfache Leute, aber auch viele Fürsten und Standespersonen aus nördlichen Ländern, waren nach wie vor eifrige Reliquienverehrer und -sammler. Im Übrigen hatte Becuto beschlossen, sich seine Glanzstücke für das nächste, das Heilige Jahr, aufzubewahren.

Draußen hatte ein Herbstregen eingesetzt, der von sanftem Rieseln in ein lautes Geplätscher überging, sodass Becuto das Fenster schloss und durch die trüben, bleigefassten Butzenscheiben nach draußen starrte.

Ein lautes Pochen riss ihn aus seiner Versunkenheit. Das konnte nur die Hauswärterin sein, die für ihn mitkochte und ihn jetzt an den *pranzo* erinnerte.

»Ich komme schon!«

Am frühen Nachmittag erschien die Sonne und schwamm fröhlich durch das seidige Blau eines wie reingewaschenen Himmels.

Becuto lenkte seine Schritte in Richtung auf die Piazza Navona. Hier standen die Häuser der Familien Cibo und Orsini, flankiert von den Kirchen Sant'Agnese und San Giacomo. Dazwischen waren noch steinerne Sitzreihen zu erkennen, denn die alten Römer hatten hier ein Stadion errichtet. Nördlich davon – da kreuzten sich zwei kleinere Straßen – war ein bisher namenloser Platz seit einigen Jahren im Volksmund zur Piazza Fiammetta geworden.

Alberto Becuto hatte es sich zur Regel gemacht, seine Besuche zuvor anzukündigen, um Fiammetta nicht in einer intimen Stunde zu stören, aber heute – noch aufgewühlt von seinen Überlegungen – platzte er einfach in ihr Haus.

Fiammetta, dem hässlichen Männchen auf fast abergläubische Weise zugetan, nahm es ihm nicht übel.

»Don Alberto! Ein unerwarteter Gast ...«

»Ja, Donna Fiammetta, heute bin ich vom Üblichen abgewichen und erscheine unangemeldet.« Er lächelte entschuldigend.

»Wenn ich ungelegen komme, mache ich auf der Stelle kehrt!«

»Nein, nein, legt ab und setzt Euch.«

Die *serva* trug seinen Mantel hinaus und Becuto nahm Platz, nachdem Fiammetta sich in ihren mit orientalischen Teppichen belegten *divano* gekuschelt hatte.

Nach höflichem Austausch der üblichen Floskeln über Befinden und Wetter ging Becuto entschlossen in medias res.

»Es war allein Eure Entscheidung, aber nennt mir bitte doch den Grund, warum dieser Stella eine Einladung zu Farneses Geburtstagsfeier erhielt.«

Fiammetta reagierte blitzschnell.

»Warum? Das kann ich Euch schon sagen. Ich wollte nämlich Euch die Enttäuschung ersparen, wieder ausgeladen zu werden, woraus Ihr erseht, wie hoch ich Euch schätze.«
Becuto stutzte.
»Enttäuschung? Das verstehe ich jetzt nicht …«
Fiammetta zog unter allerlei auf dem Tisch liegenden Papieren Stellas Brief hervor.
»Da – lest selbst! Das beantwortet wohl Eure Frage.«
Becuto, der sich anderen gegenüber immer sehr gelassen gab, sperrte Mund und Augen auf und stotterte:
»Aber – aber – so habe ich – das heißt – Ihr habt also mich – habt mich …«
Fiammetta lächelte.
»Schonen wollen? Nicht ganz der richtige Ausdruck, aber Stella – so scheint mir – hat inzwischen gewisse Dinge als selbstverständlich, ja, als ihm zustehend betrachtet. Vielleicht wollte ich ihm eine Lehre erteilen und bin zu weit gegangen – was meint Ihr?«
Becuto fühlte sich auf eine Woge von Zuneigung und Verständnis gehoben, und so konnte er seinem Nebenbuhler Stella gegenüber kaum eine Genugtuung fühlen, eher etwas wie Mitleid.
»Nun, Donna Fiammetta, ich weiß natürlich, dass dieser Mensch manchmal – in letzter Zeit vielleicht sogar öfter – Eure Geduld auf die Probe gestellt hat. Haltet mich jetzt bitte nicht für allzu neugierig, aber nun möchte ich doch gerne wissen, wer dieser Überraschungsgast war.«
»Ich habe mein Versprechen gegeben, darüber zu schweigen.«
»Gut, lassen wir es dabei. Inzwischen hat sich herumgesprochen, dass Donna Imperia dabei erstmals Euer Gast war – welchen Eindruck hat sie auf Euch gemacht?«
Fiammetta runzelte die Stirn.
»So, hat sich das herumgesprochen? Da muss wohl jemand geplaudert haben. Um Eure Frage zu beantworten, mein Eindruck war etwas zwiespältiger Natur. Oder anders gesagt: Ich kann mir ihre Wirkung auf die Männer nicht recht erklären. Auf manche Herren schon, gewiss, aber ihr Ruhm scheint mir doch etwas seltsam. Ihr, Don Alberto, seid ein Mann und könntet es mir vielleicht besser erklären.«
»Aber ich kenne sie nicht.«
»Das ließe sich ändern.«

»Ich soll also ...«
»Ihr seid ein Mann von Geist und habt mich schon richtig verstanden. Gesellt Euch unauffällig der Reihe ihrer Verehrer zu, macht großzügige Geschenke, ohne eine Gegenleistung zu erwarten. Das ist dann so, als hättet Ihr sie mir gemacht, und ich werde mich dann schon erkenntlich zeigen.«
Ihre Türkisaugen funkelten so verheißungsvoll, dass ihm ganz heiß wurde. Sofort war er fest entschlossen, ihr in allem gehorsam zu sein, winkte doch süßer Lohn. Als er reden wollte, war seine Stimme so heiser, dass er sich mehrmals räuspern musste.
»Vielleicht könnt Ihr mir genauer sagen ...«
»Aber Don Alberto, ich muss mich schon wundern! Ihr seid doch ein Mann von Geist und schnellem Verstand. Sperrt einfach Augen und Ohren auf, mehr verlange ich nicht. Wer bei ihr verkehrt, die Art der Geschenke, die sie nimmt, oder – im Gespräch mit ihren Freunden – welcher Liebeslohn ihr angemessen erscheint. Dies alles muss so unauffällig geschehen, dass niemand Anstoß nimmt – am wenigsten sie selber. Aber was rede ich, Ihr werdet ja selber wissen, was zu tun ist. Giacomo Stella – so denke ich – wäre dafür zu ungeschickt.«
Er straffte seine kleine dürre Gestalt.
»Ja, Donna Fiammetta, Ihr könnt Euch auf mich verlassen.«
Becuto segnete seinen Entschluss, sich nicht sang- und klanglos von Fiammetta abgewandt, sondern zuerst das Gespräch mit ihr gesucht zu haben.

Weniger zufrieden mit dem Gang der Dinge zeigte sich Francisco Remolines. Mit hohen Erwartungen war er der Einladung des Kardinals Farnese gefolgt, der dies wiederum nicht aus Zuneigung, sondern aus Berechnung getan hatte. Der Jurist und päpstliche Kommissär hatte bei der Verurteilung Savonarolas einige so herausragende Dienste geleistet, dass er seither den Borgia eine *persona grata* war. Remolines aber hatte sich Hoffnungen gemacht, Donna Fiammetta auf diesem Fest ein wenig näherzukommen, aber dann war Cesare Borgia erschienen, und ihre ganze Aufmerksamkeit gehörte dem Valentino. Wenn auch Kardinal Farnese als ihr erklärter Liebhaber galt, so war er doch einer von mehreren und hätte für Remolines kein Hindernis bedeutet. Dann aber sagte er sich: Cesare Borgia ist fern, wird vielleicht aus dem Feldzug nicht mehr wie-

derkehren, ich aber bin nah und jederzeit verfügbar. So gab er sich einen Ruck und schrieb einen überaus höflichen Brief an Donna Fiammetta, ob und wann er ihr seine Aufwartung machen dürfe.
Sie zeigte das Schreiben ihrer Mutter mit den Worten:
»Ich mag diesen Menschen nicht, weigere mich, ihn zu empfangen. Tue ich es, so macht er sich gleich irgendwelche Hoffnungen …«
»Du lässt dich wieder einmal von deinen Gefühlen hinreißen, die ich übrigens teile. Doch wäre es unklug, ihn schroff abzuweisen. Er hat das Ohr des Papstes, gilt bei den Borgia viel. Du musst ihn hinhalten! Stößt du ihn zurück, so ärgert er sich und wird gegen dich arbeiten. Das kann viel oder nichts bedeuten, ich würde es aber trotzdem nicht riskieren. Empfange ihn und bringe dabei den Valentino mit ins Spiel. Dir wird schon das Richtige einfallen …«
Das sagt sich so leicht, dachte Fiammetta, gab aber im Grunde ihrer Mutter recht. Nach einer gerade noch schicklichen Wartefrist sandte sie an Remolines die erhoffte Nachricht, allerdings in sehr dürren Worten. Zwar spürte Remolines den trockenen Ton, empfand ihn aber nicht als abweisend, sondern sagte sich, dass bei einer auf Würde bedachten Kurtisane diese Sprödigkeit bei einem fast Unbekannten durchaus angebracht wäre. Seinem Gönner Cesare Borgia hatte er seine Professorenstelle in Pisa zu verdanken, wo er sich gelegentlich zeigen musste, das Salär aber alljährlich einstrich. Auch seine sonstigen Dienste für die Borgia-Sippe wurden gut honoriert, und er stand auf der Vormerkliste für die nächsten oder übernächsten Kardinalserhebungen.
Wie aber konnte dies sein? Remolines war verheiratet und alle, die ihn näher kannten, wussten das. Was aber nur wenige wussten, war die Tatsache, dass die Sacra Rota bereits mit der Auflösung seiner Ehe befasst war. Seine Gemahlin sollte dafür eine reichliche Abfindung bekommen, und – das gab sie freilich nicht zu erkennen – sie trauerte diesem Gatten nicht nach. Sie waren noch in Spanien von ihrer Familie in ganz jungen Jahren verheiratet worden, doch als sie ihn nach Rom begleitete, begann er sich von ihr abzuwenden. Mit dem zu erwartenden Geld wollte sie nach Spanien zu ihrer Familie zurück, um dort – sie war um einiges jünger als ihr Mann – ein neues Leben zu beginnen.
Was sonst nicht seine Art war: Remolines erschien überpünktlich zu dem Treffen mit Fiammetta und wurde zu seinem Unbehagen von ihrer Mutter empfangen.

»Ja, Don Francisco, ein wenig müsst Ihr Euch schon noch gedulden, im Übrigen ist es erst ...«
Er unterbrach sie ungeduldig.
»Ja, ich weiß, habe einige Geschäfte früher abschließen können als erwartet und bitte um Verzeihung für mein zeitiges Erscheinen.«
Tadea spürte den herrischen Ton, der die Entschuldigung in eine Rechtfertigung verwandelte. Sie zwang sich zu einem verbindlichen Lächeln.
»Ich weiß, dass Ihr bei Seiner Heiligkeit hoch angesehen seid, und im Umgang mit ihm und seiner Familie habt Ihr Euch eine gewisse Überpünktlichkeit angewöhnt. Das verstehe ich und halte es auch für wichtig. Aber in unseren Kreisen geht es ein wenig lockerer zu, und wer sich für nachmittags angekündigt hat, ist auch zur frühen Abendstunde noch willkommen. Und selbst dann kann es sein, dass Donna Fiammetta sich nicht für ein bestimmtes Kleid entschließen kann und es noch eine Stunde dauert, bis sie sich zeigt. Ich hoffe, Ihr könnt das verstehen?«
Remolines hob wie entschuldigend die Hand. Gewinnst du die Mutter, so dachte er, dann ist die Tochter schon halb erobert.
»Aber Donna Tadea – ich bitte Euch! Wer für dergleichen kein Verständnis aufbringt, hat in unseren Kreisen nichts verloren.«
So plätscherte ihr Gespräch noch eine Weile dahin, bis plötzlich Fiammetta erschien, in ein lichtblaues Hauskleid gehüllt, bis auf eine kurze Perlenkette um den Hals fast schmucklos. Das aufgesteckte Haar wurde durch ein feines Goldnetz gehalten, an ihren Ohren hingen zwei winzige Rubine.
»Verzeiht, wenn ich so einfach gekleidet erscheine, aber es liegt mir nicht, mich zu Hause aufzuputzen und vielleicht sogar einen *habito romano* anzulegen. Imperia soll es ja so halten, doch jeder pflegt seinen eigenen Stil – nicht wahr?«
In einiger Entfernung ist er ein recht ansehnlicher Mann, dachte sie, aber aus der Nähe betrachtet hat sein Gesicht etwas Scharfes, Ungutes. Das war nicht nur ihr aufgefallen, auch andere Frauen hatten daran Anstoß genommen. Wenn Remolines sich zu einem Lächeln zwang, dann blieben seine Augen davon unberührt, blickten kalt und abwägend. Dazu kam die seltsame Blicklosigkeit seiner nachtschwarzen Augen, in denen die Pupille unsichtbar blieb. Er stimmte ihrer Frage sofort zu.

»Ganz meine Meinung, Donna Fiammetta – aber soll man es zum Beispiel auch auf Angelo del Bufalo anwenden? Die grellen Farben, das allzu kurze Wams ...«
Fiammetta lachte fröhlich, und es war wie das Tönen silberner Glocken.
»Ja, dieser Herr fällt schon ein wenig aus dem Rahmen des Üblichen. Vielleicht will er nur zeigen, was er hat ...«
Remolines schüttelte verwirrt den Kopf.
»Verzeiht, das verstehe ich jetzt nicht ...«
»Aber Don Francisco, das zu kurze Wams soll vielleicht nur ausdrücken, dass manches andere – Ihr versteht?«
Ja, er verstand und versuchte nun das Gespräch in intimere Bahnen zu lenken.
»Freilich, da hat die Natur uns Männer etwas benachteiligt. Was bei den Frauen wie eine Schatzhöhle im Innern verborgen bleibt, ist bei uns nach außen sichtbar, und es kann sogar ein Maß angelegt werden. Aber geht es darum? Wenn schon ein Maß, dann sollte es an den ganzen Menschen gelegt werden, und da gilt es, eine ganze Reihe von Dingen abzuwägen.«
»Wie recht Ihr doch habt! Schließlich gibt es auch Menschen, die wenig in der Börse und viel im Kopf haben oder solche mit einer prallen Börse und dem Benehmen von Schweinen. Unendlich viele Varianten gäbe es da herauszufinden, doch wie sähe eine Welt aus, bestünde sie aus genormten Menschen?«
In Remolines erwachte eine leise Ungeduld. Diese Kurtisane musste doch allmählich spüren, dass er nichts wollte, als sie zu vögeln, dass hinter ihrem belanglosen Gespräch nur eines stand, nämlich das erregende Spiel von *cazzo* und *potta*. Freilich war eine *cortigiana onesta* nicht mit einer Straßenhure zu vergleichen – nicht in ihren Ansprüchen und auch nicht in dem, was geboten wurde. Aber was bot sie denn schon? Sollte er deutlicher werden und seine pralle Börse auf den Tisch werfen? Es war allerdings so, dass Francisco Remolines die Erfahrung mit den hochrangigen Töchtern der Venus fehlte. Das Liebesspiel mit seiner abweisenden und verklemmten Gemahlin hatte er längst aufgegeben, ansonsten waren es halt die jungen und mäßig teuren Huren im Viertel um den Ponte Sisto gewesen. Aber nun, da er auf der Liste der zu ernennenden Kardinäle stand und zu den Freunden der Borgia zählte, musste er auch seine Ansprüche erhöhen.

Je näher er verbal dem Thema einer Liebesnacht rückte, je mehr verstand es Fiammetta, das Gespräch auf andere Themen zu lenken. Dann brach der Abend herein und Remolines platzte heraus:
»Donna Fiammetta, ich gewinne den Eindruck, dass Ihr vor einem zweiten, längeren Treffen zurückscheut. Verzeiht die Frage, aber bezweifelt Ihr meine Zahlungsfähigkeit? Was Kardinal Farnese Euch gibt, bekommt Ihr auch von mir, und wollt Ihr mehr, so soll es mir recht sein.«
Fiammettas Türkisaugen funkelten im Licht der Kerzen, die von der *serva* angesteckt worden waren.
»Ich hielt Euch für feinfühliger, Don Francisco, aber da Ihr es offenbar nicht seid, muss ich deutlicher werden. Da Ihr mit Don Cesare befreundet seid, wollte ich dieses Thema vermeiden, aber nun zwingt Ihr mich dazu, es dennoch anzusprechen. Allerdings müsst Ihr Euch mit einigen Andeutungen begnügen. Während des Geburtstagsfestes hatte ich mit Don Cesare ein längeres Gespräch, und ich bin mit ihm übereingekommen, seine Rückkehr vom Feldzug in – sagen wir einmal so – in ruhiger Abgeschiedenheit abzuwarten. Mehr braucht Ihr nicht zu wissen. Das Heilige Jahr steht bevor – warten wir einmal ab, was es bringt.« Sie erhob sich.
»Ich hoffe, Ihr bleibt mir gewogen, Don Francisco?«
Sein bleiches Gesicht wirkte wie eine geschnitzte Maske mit dunklen Augenhöhlen. Wäre dieser eine Name nicht gefallen, so hätte er mit der blutjungen Kurtisane einen erbitterten Streit begonnen. Doch sein verletzter Stolz bäumte sich in ihm auf wie ein gefesseltes Tier, und er begann am ganzen Körper zu zittern. Er hatte sich gleich nach Fiammetta erhoben und wandte alle Kraft auf, dieses Zittern zu unterdrücken. Bitterer Speichel füllte seinen Mund, er musste einige Mal schlucken, ehe er antworten konnte. Sie hörte seine tonlose Stimme:
»Gewogen? Ja, warum nicht? Lebt wohl, Donna Fiammetta.«
Draußen umfing ihn die kühle Luft einer Spätherbstnacht, und er atmete einige Male tief ein und aus. Der Hausdiener band sein Pferd los und führte es ihm zu.
»Soll ich Euch mit der Fackel begleiten, Eccellenza?«
Schon lange hatte der Diener herausgefunden, dass er mit dieser Anrede nicht fehlgehen konnte. Die keinen Anspruch darauf hatten, fühlten sich geehrt und auf die Hochrangigen traf es zu. Nur beim Papst, dachte sich der Diener, werde ich eine Ausnahme machen müssen, aber der wird hier wohl kaum vorbeikommen.

»Nein«, brummte Remolines unwillig, »ich brauche dich nicht.«
Er fand sich in dem Gebiet zwischen Borgo und Ponte fast blind zurecht, außerdem waren die da und dort aufragenden Palazzi der Reichen und Vornehmen durch einige davor aufgehängte Windlichter spärlich erhellt.

Er ritt nach Süden bis zum Ponte Sisto, wo es – wie er aus Erfahrung wusste – eine Anzahl von Schenken gab, in denen Huren sich feilboten. Er betrat das »della Corona«, eine Kneipe, die er schon von einigen Besuchen her kannte.

Die lockeren Sittengesetze unter Alexander VI. erlaubten praktisch jede Art von Prostitution. Die Kurie unterhielt sogar ein großes Bordell beim Ponte Sisto und hatte dafür einen Pächter gewonnen, der den pompösen Titel »Capitaneus Prostibuli de Ponte Sisto« tragen durfte und pro Hure monatlich zwei Carlini an den Vatikan abführen musste. Dem Bordell angeschlossen waren ein Spielsalon und einige Kneipen, die von dort aus mit Huren versorgt wurden – mit Rücksicht auf gewisse Herren, die es vermeiden wollten, ein solches Haus zu betreten.

Das geschulte Auge des Kneipenwirts erkannte sofort den »besseren Herrn«, und so wurde er gefragt, ob er allein oder in Gesellschaft trinken oder speisen wollte.

»Allein«, knurrte Remolines und fügte hinzu: »Die Gesellschaft suche ich mir dann selber.«

So wurde ihm ein kleiner Tisch neben das Fenster gestellt, von dem aus das Lokal gut zu überblicken war.

Er atmete ganz flach, denn es dauerte eine Weile, bis seine Nase sich an den typischen Kneipengeruch nach Schweiß, saurem Wein, Urin und dem Bratenduft scharf gewürzten Fleisches gewöhnt hatte.

Er aß eine Kleinigkeit, trank dazu durstig mehrere Becher von dem honiggelben Frascati. Dann schaute er sich um. An dem langen schmalen Tisch neben der Theke saßen einige der Mädchen wie aufgereiht nebeneinander, doch keine Perle war darunter.

Zweien seiner hübschesten Mädchen hatte der Wirt durch Blicke signalisiert, dass es da einen Hahn zu rupfen gab, und eine von ihnen schlenderte zu Remolines' Tisch und schenkte mit trägen Bewegungen seinen Becher nach. Sie war noch jung, doch ihr Gesicht zeigte notdürftig überschminkte Anzeichen des *mal francese*, wie man die Syphilis seit ihrem Auftauchen vor einigen Jahren nannte.

Remolines war ein Mann, der nur Dinge fürchtete, die wirklich eine Bedrohung bedeuteten, und dazu gehörte die Franzosenkrankheit. Er bedankte sich freundlich und beschaute die andere *putana*, die aufgestanden war und ihm über fünf Tische hinweg zuzwinkerte. Das rundliche kecke Gesicht und die – vermutlich falschen – Blondhaare erinnerten ihn etwas an Fiammetta, und so nickte er ihr zu. Der anderen war dies nicht entgangen und sie entfernte sich mit unwirschem Gesicht. Die Blonde nahm unaufgefordert an seinem Tisch Platz, lächelte professionell und begann:
»Ich wünsche dem Herrn einen schönen Abend – ich heiße ...«
»Du heißt Fiammetta«, unterbrach Remolines sie grob, »für mich heißt du Fiammetta, verstanden!«
»Aber ja, aber ja – wie Ihr wollt. Darf ich noch etwas bestellen?«
Er nickte, und so tranken sie gemeinsam den zweiten Krug leer.
»Hast du hier ein Zimmer?«
»Nein, drüben im *bordello* ...«
Er schüttelte den Kopf.
»Dahin gehe ich nicht.«
Sie lächelte ihn beruhigend an.
»Für solche Fälle hat der Wirt ganz oben einen Raum, aber das kostet zwei Baiocchi extra.«
Er kramte die Münzen heraus, und sie ging zum Wirt und gab sie ihm. Remolines erhob sich, bezahlte die Rechnung und ein Junge stieg mit einer Laterne die steile Treppe hinauf. Das Giebelzimmer hatte so steile Wände, dass nur in der Mitte ein schmaler Gang blieb, wo man aufrecht bleiben konnte.
»Ich nehme fünf Baiocchi«, sagte das Mädchen mit leiser Stimme.
Remolines nickte.
»Vielleicht bist du mir sogar mehr wert – wir werden sehen.«
Auch in ihrer zierlichen Gestalt ähnelte sie Fiammetta. Sie schlüpfte schnell aus ihren Kleidern und legte sich auf dem breiten, mit einem schäbigen Fell bedeckten Lager erwartungsvoll zurück.
»Fiammetta, warum hast du dich mir verweigert? Bin ich weniger wert als andere?«
Das Mädchen richtete sich erstaunt auf.
»Aber mein Herr, wie käme ich dazu ...«
»Dreh dich um!«

Seine Stimme erschreckte sie und sie zögerte etwas.
»Hast du nicht gehört?«
Sie legte sich auf den Bauch. Remolines riss sich die Kleider vom Leib und nahm den ledernen Hosengürtel.
»Jetzt wirst du für deine Weigerung bestraft, Fiammetta, und wenn du zu laut schreist, erwürge ich dich.«
Das Mädchen begann zu zittern.
»Aber mein Herr, solche Sachen – für solche Extras bin ich nicht – das mag ich nicht ...«
»Ich zahle das Doppelte, aber jetzt halte endlich den Mund!«
Er versetzte ihr einen kräftigen, laut klatschenden Hieb und rief:
»Na, wie schmeckt dir das, Donna Fiammetta?«
Dann schlug er wieder und wieder zu, und die Hure begann zu wimmern, versuchte ihr Gesäß mit der Hand zu schützen, doch Remolines schlug weiter und sie hörte ihn erregt schreien.
»Ich schlage dich so windelweich, dass du mir die Füße leckst, *carogna maledetta!*«
Kreuz und quer zogen sich jetzt blutrote Striemen über die Hinterbacken. Als das Mädchen laut zu schreien begann und sich umdrehte, warf er den Gürtel weg. Entsetzt starrte sie in das verzerrte Gesicht mit den schwarzen Augenhöhlen.
»Du bist – du bist – der Teufel ...«
Laut lachend warf er sich auf ihren nackten Körper, zwängte ihre Schenkel auseinander und drang brutal wie ein Stier in sie ein.
»Na, Fiammetta, damit hast du nicht gerechnet, du verdammtes Luder, du Abschaum einer Hure, verdammtes Miststück ...«
Auch von anderen Kunden hatte sie solche Worte vernommen, und sie war erleichtert, dass sich dieser Mann nur noch verbal austobte.
Als er von ihr abließ und sich erhob, fragte er zynisch:
»Na, Fiammetta, wie viel knöpfst du sonst deinen Freiern ab? Bist ja in Rom eine Berühmtheit, wirst schon deine drei oder vier Dukaten nehmen. Aber so viel bist du nicht wert und ich werde dich nicht einmal in Gold entlohnen.«
Er griff nach seiner Börse und warf ein Dutzend Silbermünzen auf den Boden.
»Heute kriegst du noch Silber, Fiammetta, bald wird es nur noch Kupfer sein!«

Ohne das Mädchen noch eines Blickes zu würdigen, ging er hinaus, ließ die Tür hinter sich offen.

Die Hure befühlte ihr heißes, brennendes Gesäß und murmelte: »Wie muss er sie hassen, diese Fiammetta ...«

7

Papst Alexander VI. befand sich in äußerst gehobener Stimmung. In wenigen Tagen würde mit der Öffnung der zuvor vermauerten Eingangspforte von St. Peter das Heilige Jahr 1500 beginnen. Dies aber geschah nicht am 1. Januar, sondern am Christabend zuvor, also am 24. Dezember 1499. Schon jetzt waren Hunderte von Pilgern in Rom eingetroffen, und während des Jubeljahres würden es Hunderttausende sein.

Der Papst saß in trauter Runde in der Galleriola, die auch als der »Kleine Audienzsaal« bezeichnet wurde. Um ihn waren zwei mit ihm verwandte Borgia-Kardinäle versammelt, dazu seine Tochter Lucrezia, neben ihr Giulia Farnese, mit der sie unablässig tuschelte, dann Johannes Burcardus, der sehr einflussreiche Zeremonienmeister, und Kardinal Alessandro Farnese als dritter Purpurträger in dieser Runde.

»Gott«, sagte der Papst mit seiner sonoren wohlklingenden Stimme, »Gott ist zweifellos auf Unserer Seite. Der Feldzug des Herzogs Valentino entwickelt sich – wie Wir kürzlich erfahren haben – zu Unserer vollen Zufriedenheit, und bald werden Forli und Imola wieder in die Reihen der Kirchenlehen treten. Mit Rimini und Faenza wird dies ebenso geschehen, doch da müssen wir uns alle noch in Geduld üben.«

Er schwieg und schaute dabei seine Geliebte zärtlich an.

»Nun, Donna Giulia, was gibt es denn mit meiner Tochter so eifrig zu bereden?«

Giulia blickte auf ihre Freundin.

»Vielleicht will es Lucrezia Eurer Heiligkeit selber sagen?«

Diese hob leicht ihre Schultern.

»Warum sollen es nicht alle wissen? Ich konnte in Spoleto meinen Gemahl überreden, wieder nach Rom zurückzukehren.«

»Was – Don Alfonso kehrt zurück? Das ist nun wirklich eine Überraschung!«
Kardinal Farnese blickte um sich, doch die meisten Gesichter blieben unbewegt. Der Papst aber fragte:
»Was überrascht Euch daran so sehr, Don Alessandro?«
Jetzt hielt Farnese sich lieber bedeckt.
»Eigentlich nichts – dennoch finde ich es irgendwie kühn.«
»In Rom ist er sicher wie in Abrahams Schoß«, versicherte der bärtige Kardinal Ludovico Borgia, doch sonst mochte niemand Stellung dazu nehmen.
Der jetzt fast siebzigjährige Papst bot einen imposanten Anblick. Die Nase in dem faltenlosen Gesicht ragte kühn hervor, sein etwas fülliger Körper bewegte sich kraftvoll und mit Würde. Die wachen dunklen Augen blickten jeden Gesprächspartner heiter und gütig an – nach außen hin jedenfalls erfüllte Alexander jeden Anspruch, den die Welt der Gläubigen an ihr Oberhaupt stellen mochte.
Nun wandte er sich an Burcardus, der eigentlich Burchard hieß und aus Deutschland stammte. Das Amt eines Zeremonienmeisters übte er schon seit Innozenz VIII. aus und hatte es unter Alexander nicht nur beibehalten, sondern war durch seine pedantische Tüchtigkeit, absolute Verschwiegenheit und Unbestechlichkeit zu einer wichtigen Vertrauensperson des Papstes geworden.
»Was sagt unser *ceremonière* zu all dem?«
Burchard wirkte durch seinen bis auf die Brust reichenden, grau melierten Patriarchenbart älter, als er war. Als Mann um die fünfzig sah er aus, als sei er – und nicht der Papst – der Senior dieser Gesprächsrunde.
»Es wurden mehrere Themen angesprochen, und wenn Eure Heiligkeit mir mitteilt, zu welchem ...«
»Ihr seid ein Schlaukopf, Burcardus, und wollt Euch nicht festlegen. So werden Wir Uns in Euer Metier begeben und nach den Vorbereitungen zum *Anno santo* fragen.«
»Das meiste ist getan, Eure Heiligkeit, doch möchte ich daran erinnern, dass die Cozelebranten Eurer Heiligkeit bei den Festlichkeiten am 24. Dezember noch nicht feststehen.«
Der Papst tat überrascht.
»Er hat recht! Diesbezüglich ist noch alles offen, aber Wir werden es gleich hier und jetzt festlegen. Wie viele Begleiter sind vorgeschrieben?«

Burcardus wiegte sein bärtiges Haupt.
»Das steht im Belieben Eurer Heiligkeit.«
Der Papst nickte und deutete auf Kardinal Ludovico Borgia.
»Dann werdet Ihr Uns begleiten, auch Farnese als Vertreter der Jugend soll dabei sein und Kardinal Orsini, damit man Uns nicht vorwerfen kann, Wir missachten die alten Patriziergeschlechter.«
Burcardus nickte gewichtig.
»Dann aber sollten Eure Heiligkeit auch einen Colonna einladen – um Eifersüchteleien vorzubeugen.«
»Wir werden das bedenken.«
Dann erhob sich der Papst abrupt.
»Für heute gibt es nichts mehr zu besprechen – liebe Freunde, ihr dürft euch zurückziehen.«
Mit Giulia Farnese hatte der Papst sich durch einen Blick verständigt. Sie nickte unmerklich und flüsterte dann Lucrezia etwas ins Ohr. Die lachte verhalten und neigte sich vor dem Papst.
»Ich wünsche Eurer Heiligkeit eine geruhsame Nacht.«
»Die deine, liebe Tochter, sei von Gott gesegnet.«
Als Liebhaber war Papst Alexander heute nicht so recht bei der Sache. Mehr erstaunt als enttäuscht, versuchte Giulia den Grund herauszufinden. Alexander richtete sich auf.
»Obwohl die Nachrichten aus Imola die besten sind, habe ich Bedenken, ob Cesare der Lage auf die Dauer gewachsen ist.«
»Aber Rodrigo – was redest du da?«
Bei intimen Stunden nannte Giulia ihn stets bei seinem alten Namen.
»Schließlich hat Don Cesare zwei wichtige Vorteile, nämlich dass er im Recht und zudem das Volk dort auf seiner Seite ist. Du wirst sehen, wir werden das Heilige Jahr mit einem Siegeszug einweihen können.«

So sah es tatsächlich aus, denn die so unruhige wie auch grausame Caterina Sforza hatte im Laufe ihrer Herrschaft alle Sympathien bei ihren Untertanen verspielt. Wer ihr verächtlich nachsagte, sie wäre besser als Mann geboren worden, hatte ihr Unrecht getan. Sie war eine bildhübsche Frau, hatte drei Ehemänner und zahlreiche Liebhaber verbraucht und quasi so nebenher neun Kinder zur Welt gebracht.
Als der heimtückische und habgierige Papst Sixtus nach achtjährigem Pontifikat gestorben war, begann man seine Sippe blutig zu verfolgen,

und ihr gehörte auch Caterinas damaliger Ehemann Girolamo Riario an. Sie war es dann, die im stählernen Harnisch die Engelsburg verteidigte. Als ihr Gatte ermordet wurde, hatte sie nicht geruht, bis die letzten Verschwörer – zusammen mit ihren Familien – ausgelöscht waren. Daraufhin empörte sich halb Forli gegen sie und rief zur Zitadelle hinauf, nun seien ihre Kinder dran. Da hob sie hohnlachend ihre Röcke und rief: »Schaut nur her, damit kann ich immer wieder neue machen.«
Nun aber war sie ihrem Gegner Cesare Borgia preisgegeben. Ihr Bundesgenosse Florenz hatte sie aus politischen Erwägungen im Stich gelassen, eine Armee war nicht vorhanden, auf die Bürger von Imola und Forli war kein Verlass. In ihrer Verzweiflung versuchte sie, dem Papst die Pest anzuhängen, doch dies war misslungen. Nun empfing Cesare geheime Botschaften aus den beiden Städten, die ihm anboten, beim Nahen seiner Truppen sofort die Tore zu öffnen.
Cesare reichte die Schreiben an den hinter ihm stehenden Michelotto weiter. Der trat an den Zelteingang und las mit gerunzelter Stirn.
»Das kann eine Finte sein ...«
»Jetzt geht dein Misstrauen aber zu weit! Was sollte eine solche Täuschung bewirken?«
»Dass Ihr unvorsichtig werdet, Don Cesare.«
Der Valentino legte seinem Vertrauten einen Arm um die Schulter.
»Anscheinend kennst du mich noch immer nicht. Misstrauisch bin ich in jedem Fall, und an Vorsicht lasse ich es niemals mangeln. Nein, nein, die Botschaften sind echt, und wir werden bald sehen, wie ernst das Angebot gemeint ist.«
Am Morgen des zwölften Januar begann die Beschießung, und einem der geschicktesten Kanoniere gelang es, mehrmals hintereinander das gleiche Mauerstück zu treffen, das dann unter Getöse und in einer Staubwolke zusammenstürzte. In ihrer Verzweiflung befahl Caterina, die Pulverkammer in Brand zu stecken, aber der Rauch und die herumfliegenden Trümmer behinderten die Verteidiger noch mehr als die Angreifer.
Ein Schweizer Söldner, angelockt von dem auf Caterina gesetzten Kopfgeld, stürmte durch den Pulverdampf und kletterte über Schutthügel, bis es ihm gelang, sie festzunehmen. Man sperrte sie in das Verlies ihrer Festung, wo einige »Verräter« festsaßen und daran gehindert werden mussten, die Tyrannin in Stücke zu reißen. Danach ließ Cesare sie – gefesselt an Händen und Füßen – zu seinem Quartier bringen. Ja, sie war noch

immer schön – hochgewachsen, blond, mit einer Haut wie Samt und eisgrauen Augen, in denen der Hass brannte.

»Ah, Donna Caterina! Lang, allzu lange habt Ihr mir den Genuss Eurer Gegenwart verwehrt, sodass ich ein wenig Zwang anwenden musste. Auch Seine Heiligkeit in Rom wartet schon mit Ungeduld darauf, endlich Eure Bekanntschaft machen zu dürfen.«

»Um mich dann gleich in das Castello Sant'Angelo werfen zu lassen«, stieß sie hervor.

»Wohin sonst? Immerhin wolltet Ihr ja Seine Heiligkeit ermorden lassen. Aber Ihr werdet es nicht glauben – auch dort gibt es sehr bequeme Räume, und Ihr werdet Euch schnell daran gewöhnen. Jetzt aber rufen mich dringende Pflichten nach Pesaro, wo Euer Vetter Giovanni Sforza sich nach wie vor weigert, die Stadt dem Patrimonium Petri zurückzugeben. Er wird es aber tun müssen – früher oder später.«

Kaum hatte Cesare Forli den Rücken gekehrt, nahm der *capo* der Schweizer Söldner die Gefangene in seine Obhut. Er befürchtete, Donna Caterina könnte nach Rom gebracht werden, noch ehe ihm ein Lösegeld gezahlt wurde, das ihm als Führer der Schweizer zustand. Damit waren aber die Franzosen gar nicht einverstanden; Yves d'Alègre, ihr Kommandant, erlitt einen Anfall von Ritterlichkeit und behauptete, die Gefangennahme einer Frau verstoße gegen die Kriegsregeln. Wie muss Caterina Sforza diesen Zwist genossen haben, umso mehr, als sie spürte, dass d'Alègre dabei war, ihrem Zauber zu erliegen.

Aus Cesares Reise nach Pesaro wurde nichts, weil die Schweizer sich weigerten, ihm zu folgen. Sie wollten einen neuen Kontrakt mit höherem Sold, was den Valentino so wütend machte, dass er drohte, die Einwohner von Forli zu den Waffen rufen zu lassen, um sie auf die Schweizer zu hetzen. Da nun Söldner nicht für ein Vaterland, sondern für blanke Münze kämpfen und stets alles daransetzen, ihre Haut zu retten, gaben sie nach. Bei Donna Caterina aber blieben sie hart, und er musste seine Gefangene um viertausend Dukaten von den Schweizern »zurückkaufen«. Er tat es zähneknirschend, aber er konnte jetzt keine Zeit mehr verlieren, brach gleich am nächsten Tag mit seinen Truppen nach Cesena auf und nahm Caterina mit.

Da solche Dinge nicht im Geheimen geschehen und halb Forli mit ansehen konnte, wie Cesare sich um seine Gefangene stritt, zogen die abenteuerlichsten Gerüchte ins Land. In Rom verbreiteten sie sich am schnellsten und Kardinal Farnese war nicht unschuldig daran, dass Fiammetta als eine der Ersten davon erfuhr. Während des Geburtstagsfestes war ihm nicht entgangen, dass sie immer wieder mit Cesare Blicke getauscht hatte, die er – von unterdrückter Eifersucht geplagt – als Signale des Einverständnisses deutete. Er vergaß dabei keineswegs, dass Fiammetta sich als Kurtisane betätigte und nicht seine Konkubine war. Der Rang einer *concubina* unterschied sich nicht wesentlich von dem einer Ehefrau. Sie lebte ständig im Haus ihres *amante*, und wenn Kinder kamen, dann waren es seine anerkannten Nachkommen. Es verstand sich von selbst, dass der Mann frei war und – außerhalb des Hauses – gelegentliche Liebschaften pflegte, von ihr jedoch wurde erwartet, dass sie ihm treu blieb bis in den Tod oder bis zur einvernehmlichen Trennung. Fiammetta jedoch war eine *cortigiana onesta*, was sie sowohl von einer Hure als auch von einer *concubina* unterschied. Treue wurde von ihr nicht erwartet, wohl aber die sorgfältige Auswahl ihrer Liebhaber. Kein Mann konnte und durfte ihr verübeln, wenn sie ihn – ohne Angabe von Gründen – ablehnte. Dies alles entsprach einem Sittenkodex, der sich im Laufe der Zeit aus dem Zusammenleben kultivierter Menschen entwickelt hatte. Jeder, der etwas auf sich hielt, achtete diese ungeschriebenen Gesetze; sogar ein Remolines unterwarf sich ihnen zähneknirschend, auch wenn es dann einfache Huren büßen mussten.

Es war ein angekündigter Besuch an einem frostigen Nachmittag Anfang Februar des Heiligen Jahres. Die Stadt lag noch ruhig und verschlafen da, denn die vor allem aus dem Norden erwarteten Pilgerströme mussten die Begehbarkeit der Gebirgspässe abwarten, während die Pilger aus dem Westen – also Frankreich und Spanien – dieses Heilige Jahr nicht so hoch einschätzten. Ludwig XII. saß erst seit zwei Jahren auf dem französischen Thron und hatte zu Norditalien ein schlechtes, zum Papst ein gespanntes Verhältnis. Mit anderen Worten: Franzosen waren in Rom nicht gerne gesehen und daran änderte auch die Tatsache nichts, dass Cesare zum Teil mit französischen Söldnern seine Kriege führte.
Die »Katholischen Majestäten« von Spanien – Ferdinand und Isabella – hatten von Religion eine weitaus strengere Vorstellung als dieser Borgia-Papst und folgten eher den Weisungen des finster-fanatischen Großinquisitors Tomas de Torquemada, der Jahr um Jahr Hunderte von Häretikern in prunkvoll arrangierten Autodafés verbrennen ließ.

Fiammetta hatte den Kamin im *salotto* anheizen lassen und Farnese trat gleich nach der Begrüßung zum Feuer und rieb sich die Hände.
»Wie kalt mag es da erst in den deutschen oder skandinavischen Ländern sein? Dank sei Gott, der uns Rom als Heimat beschert hat.«
Fiammetta trug ein goldbraunes Kleid mit Pelzbesatz; ihre blonden Haare hatte sie in zwei Zöpfen flechten und aufstecken lassen. Die kleine smaragdgrüne Pelzkappe verlieh ihrem ohnehin schon kecken Gesicht etwas Verwegenes, ohne dabei seine Anmut zu mindern.
Er hatte sich keine besondere Strategie zurechtgelegt, wollte spontan entscheiden, was es zu sagen gab.
»Hat Don Alberto, Euer teurer Paladin, noch nicht von den Gerüchten gesprochen, die jetzt umgehen?«
Sie ließ sich nicht aus der Ruhe bringen.
»Auf Becuto ist wenigstens Verlass und, wie Ihr wisst, kann man das nicht von allen Freunden sagen. Was nun die Gerüchte betrifft – die hat es in Rom seit jeher gegeben und es wird sie auch künftig geben.«
»Aber nein, meine Liebe, diesmal geht es nicht um Rom, es betrifft Cesare Borgia.«
Dabei beobachtete er sie genau, doch auf ihrem sonst so bewegten Gesicht war keine Regung zu erkennen.
»Ach, der Valentino – ich kenne ihn ja kaum, habe ihn nur dieses eine Mal – bei Eurem Geburtstag – gesprochen. Ihr seid doch ziemlich eng mit ihm befreundet?«
»Ja, sicher, darum erstaunt es mich einesteils nicht, was man jetzt von ihm hört – zum anderen …«
Sie ließ keine Neugier erkennen, wiederholte nur:
»Zum anderen?«
»Für einen Feldherrn finde ich es nicht klug, wie er sich verhält.«
Sie schwieg, und das erstaunte ihn. Warum zeigt sie keine Neugier? Vielleicht habe ich mich geirrt und er ist ihr gleichgültig? Er hob beide Hände.
»Nun gut, dann lassen wir dieses Thema bleiben. Euch interessiert es nicht und die Wahrheit wird erst später zutage kommen.«
Sie lächelte ihn an.
»Heute Abend wird Don Alberto bei mir das Nachtmahl einnehmen, da werde ich mit Sicherheit erfahren, was vorgeht.«
Farnese hob zweifelnd die Schultern.

»Ob Becuto aus den richtigen Quellen schöpft?«
»Kommt es bei Gerüchten darauf an?«
Nun hielt er es nicht mehr aus und platzte heraus:
»Jetzt sagt mir um Himmels willen, ob Ihr noch nichts von Cesares Verhältnis zu Caterina Sforza gehört habt?«
Sie tat erstaunt und überrascht.
»Ich weiß nur, dass er sie besiegt hat und Caterina in seiner Hand ist.«
Er lachte unfroh.
»In seiner Hand gewiss auch, dazu vielleicht noch in seinem Bett. Diese Annahme liegt umso näher, da ja beide sehr sinnliche, leicht erregbare Menschen sind. Wahrscheinlich war es sie, die sich an seinen Hals geworfen hat. Dem Valentino traue ich so viel Verstand und Beherrschung zu, dass er sich als siegreicher Feldherr nichts vergibt.«
»In Kriegszeiten wird er Wichtigeres zu tun haben, als hinter Frauen her zu sein – noch dazu solchen von der Art Caterinas.«
Sie behielt recht. Während alle Welt sich an der Vorstellung ergötzte, Cesare haben sich von Caterinas Liebeskünsten behexen lassen, zerbrach sich der Valentino den Kopf, wie er den jetzt eintretenden Schwierigkeiten begegnen sollte. Zwar hatte sein Gegner Giovanni Sforza sich schon zur Flucht aus Pesaro bereit gemacht, da wurde der Hauptteil von Cesares Truppen vom französischen König nach Mailand zurückgerufen. Ihm blieben nur noch etwa fünfzehnhundert Mann Fußvolk und Berittene, sodass er beschloss, das Gewonnene zu bewahren, sonst aber auf bessere Zeiten zu warten.
Doch das Gerücht war ihm vorausgeeilt, und Pasquino verkündete:
Caterina ist gefangen, doch
gefesselt ist der Valentino
und er wirft sie nicht ins Loch
sondern hüpft in ihr lettino …

Ende Februar zog Cesare Borgia mit seiner Gefangenen in Rom ein und die ganze Stadt nahm an diesem Ereignis teil. Die Via Lata – Verbindung der Porta del Popolo mit der Piazza Venezia – brodelte vor neugierigen Menschen, deren Zahl sich durch die täglich anschwellenden Pilgerscharen um ein Beträchtliches vermehrt hatte. Ja, ein Cesare Borgia war es schon wert, dass man einige Mühen auf sich nahm, um den strahlenden Papstsohn bewundern zu können.

Zu Ehren seines Sohnes hatte Papst Alexander alles aufgeboten, was in seiner Macht stand. Burcardus, der für die Abfolge des Empfangszuges verantwortlich war, befand sich am Rande der Verzweiflung. Tagelang hatte er die Prozessionsordnung geplant: Voraus die Kardinäle als höchste Würdenträger der Kurie mit ihrem zahlreichen Gefolge, danach die Amtsträger der Stadt, die Gesandten aller in Rom akkreditierten christlichen Staaten, dann natürlich die römischen Patrizierfamilien. Bei denen aber gab es Schwierigkeiten, denn ihre Häupter waren längst ins Ausland geflohen, um – wenn nicht schon den Besitz – wenigstens ihr Leben zu retten. Für sie wäre der Triumph dieser mörderischen Familie auch ein bitterer Anblick gewesen. Vor allem die Orsini, Colonna und Savalli hatten gehofft und gebetet, Cesare Borgia möge scheitern und als Geschlagener zurückkehren, aber nun war das Gegenteil eingetreten.

Dass Burcardus die Abfolge seines Zuges nur mit Mühe aufrechterhalten konnte, lag daran, dass sich viel ungebetenes Volk daruntergemischt und so die sorgfältig erdachte Ordnung empfindlich gestört hatte. Diese losen Vögel nahmen es schon einmal in Kauf, dass ihnen die päpstlichen *lanzi* einen Hieb über den Kopf oder den Rücken zogen. Doch das Durcheinander war so groß, dass die lästigen Schreihälse schnell in der Menge verschwanden. Zudem ärgerte sich Burcardus über die Frechheit der ausländischen Söldner, die unter der Fahne mit Cesares Wappen marschierten und sich einen Rang anmaßten, der ihnen nicht zustand.

Aber diese Umstände taten der Wirkung des Zuges keinen Abbruch, denn nach all den Farbenspielen der prächtigen Roben von geistlichen und weltlichen Amtsträgern erschien nun der von Kopf bis Fuß schwarz gekleidete Cesare Borgia, dessen einziger Schmuck die goldene Kette des Michaelordens war. Er ritt zwischen den Kardinälen Orsini und Farnese, doch gleich hinter ihm, als gehöre er zu den besten Freunden, kam Alfonso Bisceglie, illegitimer Spross des Königs von Neapel und Lucrezia Borgias zweiter Gemahl. Es war ihr gelungen, ihn zu einer Rückkehr nach Rom zu bewegen, und er ließ sich von der Freundlichkeit des Papstes blenden, der ihn aber – wie auch sein Sohn Cesare – als politisch nutzlos geworden bereits abgeschrieben hatte.

Der Zug kam nur langsam voran, denn Cesare musste von Zeit zu Zeit anhalten, um Blumen, Glückwünsche und kleine Geschenke anzunehmen. Immer wieder glitten seine suchenden Blicke über die auf Loggien, Balkonen und Dächern sich drängenden Menschen, doch schließlich hatte er sie entdeckt und straffte sofort die Zügel.

Warum hält er denn schon wieder?, dachte Kardinal Farnese unwillig, da er zunächst keinen Grund dafür sah. Dann aber folgte er Cesares Blick und wollte schon die Hand zum Gruß heben, doch er tat es nicht, als er bemerkte, wie Cesare Fiammetta zuwinkte und sie mit einem Nicken zurücklächelte. Er fühlte einen Stich im Herzen und ärgerte sich darüber. Sie ist doch nur eine Kurtisane, redete er sich zu, warum also rege ich mich auf?

Cesare aber dachte spöttisch: Jetzt habe ich mich in eine Kurtisane verliebt und bin neugierig, wie lang es anhält.

Der Zug bog nach Westen zum Castel Sant'Angelo ab, wo – so hatte Cesare es geplant – eigentlich die besiegte Caterina Sforza hätte einsitzen müssen, doch der Papst, als Frauenfreund in jeder Lage, hatte es abgelehnt. Zu seiner Umgebung bemerkte er galant: »Wäre sie ein Mann gewesen, so läge dieser in Ketten, aber eine Frau, noch dazu eine so schöne – nein, nein, das geht gegen meine Natur.«

Von der Engelsburg ertönten donnernde Salven aus gewaltigen Kanonenrohren, um den Sieger zu ehren, dann aber ging es ohne Aufenthalt zum Vatikan, wo der Papst sich schon weit über die Brüstung der Loggia seines Palastes beugte. Er winkte seinem Sohn zu, eilte danach in den kleinen Audienzsaal, genannt Sala del Papagallo, und nahm auf dem erhöhten Thron Platz.

Als Cesare eintrat und sich zum Fußkuss niederbeugte, konnte Alexander nicht mehr an sich halten, er stand auf und umarmte den Sohn unter Tränen. Dann nahm er wieder Platz und Cesare stellte sich an seine rechte Seite, denn der Papst wollte den wichtigsten Teilnehmern an diesem Kriegszug seinen Segen erteilen. Aber wer erschien da gleich unter den Ersten, die sich niederbeugten, um den weißen Seidenschuh des Papstes zu küssen? Caterina Sforza, aufrecht, wunderschön, das Blondhaar züchtig unter einem schwarzen Schleier verborgen, wie es bei Papstaudienzen Vorschrift war, spielte die Zerknirschte. Da ertönte Alexanders warme sonore Stimme:

»Du hast gefehlt, meine Tochter, hast den von deinem Gatten übernommenen Besitz, anstatt ihn wieder der Kirche in den Schoß zu legen, tyrannisch und eigensüchtig an dich gerissen. Du solltest Gott für diesen

Frevel um Verzeihung bitten – die Vergebung der Kirche können Wir, als Vikar Christi, dir erteilen.«

Die behandschuhte Segenhand erhob sich und zeichnete ein Kreuz über dem Haupt der Sünderin.

Caterina schwieg, weil sie es in dieser Situation für angebracht hielt. Hätte der Papst ihre Gedanken dabei gelesen, wäre sie wohl sofort in den Kerker gebracht worden. Auch du wirst nicht ewig leben, alter geiler Bock! Würde nicht schon Giulia dein Bett wärmen, ich würde dir den Verstand aus dem Kopf vögeln. Ich bin noch jung und du bist alt, sodass das Ende dieser Geschichte erst einmal offen bleibt.

Da aber auch ein Papst nicht in die Köpfe der anderen blicken kann, beschloss Alexander, an Caterinas Einsicht und Zerknirschung zu glauben. So wurde sie nicht in der Engelsburg festgesetzt, sondern durfte vorerst in der wunderschönen Villa Belvedere in den Vatikanischen Gärten einen milden Hausarrest antreten.

Den Abend verbrachte der Valentino im Kreis der Familie. Zugegen waren Lucrezia mit ihrem Gatten Don Alfonso, Cesares jüngster Bruder Jofré mit seiner Gemahlin Sancia von Aragon, einer südländischen Schönheit mit Adlernase und nachtdunklen Augen. Ihr wurde nachgesagt, sie habe ihren um einige Jahre jüngeren Ehemann von Anfang an betrogen, was zumindest einer an diesem Abend bestätigen konnte.

Am Tage nach ihrer Hochzeitsnacht beklagte sie sich bitter bei Cesare, dass ihr Gemahl noch ein unreifes Kind und nicht fähig sei, einer Frau beizuwohnen. Er spielte den Besorgten.

»Da halte ich es für meine Pflicht, dem Brüderchen beizuspringen. Dennoch muss ich Euch bitten, mit Jofré Geduld zu haben – was nicht ist, kann noch werden.«

Es wurde dann ein recht vergnüglicher Nachmittag, und Cesare stellte dabei fest, dass Sancia keine Jungfrau mehr war, doch darüber schwieg er sich aus.

Nun, da sie einander nach längerer Zeit wieder gegenübersaßen, verschlang Sancia ihn mit hungrigen Blicken, doch Cesare tat, als bemerke er es nicht. Seine Gedanken waren schon zu Fiammetta vorausgeeilt, aber der Respekt vor seinem Vater und das Gewicht eines Familientreffens mahnten ihn zur Geduld.

Familie hin oder her: Der Papst hatte darauf bestanden, dass auch Giulia Farnese dabei war, was Sancia im Stillen empörte, Lucrezia aber guthieß, denn die Geliebte ihres Vaters war ihre beste Freundin. Cesare, der sich bereits Gedanken darüber machte, wie dieser nutzlose Don Alfonso am besten aus der Welt zu schaffen sei, begegnete dem Schwager mit besonderer Freundlichkeit.

»Wir alle sind erleichtert, dass Ihr endlich nach Rom und zu Eurer Gattin zurückgefunden habt. Auch Ihr seid schließlich ein Teil unserer Familie und ich hoffe, Ihr habt bemerkt, wie willkommen Ihr uns allen seid.«

Nun – Don Alfonso war ein Ehrenmann, sein Vater – König Alfonso von Neapel – hatte den illegitimen, aber geliebten Sohn zum Herzog von Bisceglie erhoben, aber das war in der derzeitigen Lage für die Borgia ohne Belang. Jetzt, da Cesare daranging, Fürst der Romagna und vielleicht sogar König von Italien zu werden, musste Lucrezia für einen weit höherrangigen Gemahl bereit sein. Der Papst und Cesare hatten schon eine Liste von Kandidaten aufgestellt, doch Don Alfonso wusste von alldem nichts.

Der Papst wandte sich an seinen Sohn.

»So festlich dein heutiger Einzug auch gewesen sein mag, dein großer Tag wird morgen sein. Du wirst einen Triumphzug anführen, den unser Burcardus auf eine Weise gestaltet hat, die mir außerordentlich zusagt. Alle sollen sehen, dass du deinen stolzen Namen nicht umsonst trägst.«

»*Aut Caesar, aut nihil*«, warf der klassisch gebildete Alessandro Farnese ein, während Sancias Gesichtsausdruck immer ungeduldiger wurde. Weder verstand sie Latein, noch interessierte sie sich für Politik. Alles, was sie wollte, war, eine Nacht mit Cesare zu verbringen, um ihren Gemahl, den Trottel Jofré, für eine Weile vergessen zu können. Er war inzwischen neunzehn Jahre alt geworden und fürchtete seine Frau so sehr, dass er jedes Mal im Bett versagte. Allein ihr angewidertes gelangweiltes Gesicht, wenn er Liebesdienste verlangte, nahmen ihm Lust und Laune, sodass er inzwischen darauf verzichtet hatte, von Sancia eheliche Pflichten einzufordern. Immerhin hatte ihn sein Schwiegervater, König Alfonso von Neapel, zum Fürsten von Squillace gemacht, mit einem stolzen Jahreseinkommen von vierzigtausend Dukaten. So vertat er sein Geld mit teuren Huren, die ihm – von seiner Freigebigkeit entzückt – eifrig versicherten, noch nie einen solch virtuosen Liebhaber erlebt zu haben. Sancia aber nahm die Männer, wie sie kamen, und ihr jetziges Ziel war Cesare

Borgia, der Herzog von Valence, der Sieger. Natürlich hatte er ihre Blicke bemerkt, doch war er nicht gesonnen, darauf zu reagieren.
»Wenn Ihr gestattet, mein Vater, so möchte ich mich jetzt verabschieden. Der morgige Tag wird anstrengend sein und ich möchte noch einige Vorbereitungen treffen.«
Dem Papst war die Enttäuschung anzusehen, aber wie immer fügte er sich den Wünschen seines abgöttisch geliebten Sohnes.
Da fragte Sancia plötzlich:
»Darf ich Euch begleiten, Don Cesare? Ein wenig frische Luft würde mir guttun …«
Cesare verbeugte sich galant.
»Heute geht es nicht, Donna Sancia, aber wir werden den Spaziergang bei Gelegenheit nachholen.«

8

Michelotto, Cesare Borgias Schatten, hatte auf Geheiß seines Herrn bei Fiammetta vorgesprochen und ihr das Kommen des Valentino für diesen Abend angekündigt. Beim Anblick des ernsten düsteren Mannes verspürte sie ein Frösteln und sie vermied es, in seine kalten unbewegten Augen zu blicken. Doch konnte sie sich die Bemerkung nicht versagen:
»Das kommt ein bisschen plötzlich, mein Herr. Der Abend könnte verplant sein und so müsste ich …«
»… absagen, Donna Fiammetta – ja, das wäre wohl angebracht.«
Die leise tonlose Stimme unterstrich noch die übrige Erscheinung dieses Menschen, der seinem Äußeren nach auffällig Don Cesare glich, aber bei näherer Betrachtung doch nur sein Schatten war.
Weil Fiammetta während Cesares Abwesenheit ihren Umgang stark reduziert hatte, war dieser Abend – wie auch die Tage zuvor – frei gewesen.
Alberto Becuto, der päpstliche Kammerherr und Devotionalienhändler, hatte ihre Erwartungen nicht enttäuscht. Seine Verbindungen reichten bis weit in den Vatikan hinein und – seltsam genug – offenbar traute man dem

kleinen, dürren und schiefnasigen Menschen mehr als vielen anderen. So mancher sprach vor ihm Dinge aus, die er nicht einmal dem Ehepartner anvertraut hätte, und Becutos gütiges geduldiges Nicken gaukelte dem anderen mitfühlendes Verständnis vor. So war er auch genau über Don Cesares Ankunftstag informiert gewesen und konnte sein Wissen an Fiammetta weitergeben. Aber hatte er auch – ihrem Wunsch gemäß – Verbindung zu Imperia aufnehmen können? Doch, es war ihm geglückt, und er war dabei seinem früheren »Nebenbuhler« Giacomo Stella begegnet, der sich durch Fiammettas Ausladung schlecht und rücksichtslos behandelt gefühlt hatte. Da war Becutos jäh aufflammender Zorn nicht mehr zu unterdrücken.
»Ah – sieh da! Ihr habt Eure Bemühungen um Donna Fiammetta wohl aufgeben müssen? Ich kann ja verstehen, dass Eure Anwesenheit zu ihrem sonstigen Umgang nicht mehr passte. Aber wie habt Ihr es geschafft, zu Donna Imperia vorzudringen? Seid Ihr unerwartet zu einem Vermögen gekommen?«
Der rundliche Notarius mit den kleinen verschmitzten Augen bewahrte nur mit Mühe seine Fassung.
»Was – was erlaubt Ihr Euch da? Der stattlichste Mann von Rom seid Ihr gerade nicht, und im Übrigen weiß Donna Imperia auch die inneren Werte eines Menschen zu schätzen.«
Becuto schnaubte verächtlich.
»Die inneren Werte! Dass ich nicht lache! Sogar eine Kurtisane vom Rang der Donna Imperia kann auf die Dauer von solcher Münze nicht leben. Und was mein Äußeres betrifft, so zählt bei einem Mann wohl eher der Geist als die schöne Gestalt. Mit Ersterem war es bei Euch schon früher etwas bescheiden bestellt, aber vielleicht habt Ihr dazugelernt und haltet Petrarca nicht mehr für einen römischen Feldherrn und Cola di Rienzi nicht mehr für einen Dichter.«
Stella schnappte nach Luft.
»Das – das ha-habe ich nie getan! Ihr unterstellt mir da etwas, das ...«
Becuto schnitt ihm das Wort ab.
»Ich will mit Euch auf der Straße nicht weiter streiten. Jedenfalls müsst Ihr Euch daran gewöhnen, dass nun auch ich von Zeit zu Zeit Donna Imperia meine Aufwartung mache.«
Da stellt sich freilich die Frage, wie es Alberto Becuto gelungen war, in Donna Imperias Kreise einzudringen. Das hatte er – wie so vieles – mit seinem regen Geist und seiner stets wachen Klugheit erreicht.

Wenn auch die *cortigiane oneste* in relativem Wohlstand lebten, so vergaßen sie doch nie, welchem Umstand sie dies zu verdanken hatten. Sie waren quasi von Berufs wegen Sünderinnen, übten fortwährend Unzucht und bei verheirateten Männern waren sie das Werkzeug zum Ehebruch. Wenn auch die römische Gesellschaft bis hinauf zum Papst diese Zustände nicht nur tolerierte, sondern die *cortigiane oneste* sogar für alle Kreise als gesellschaftsfähig erachtete, so änderte dies nichts an den religiösen Geboten. Zum Ausgleich für ihr sündiges Leben floss ein Teil ihrer Einnahmen in wohltätige Stiftungen, in die Armenpflege und die Pfarrei, der sie angehörten. Bei Fiammetta war es die Kirche San Agostino, die sie zu Lebzeiten reich bestiftete und wo sie für sich eine eigene Grabkapelle einrichten ließ. Imperia stand ihr dabei nicht nach, sie hatte sich in der uralten Kirche San Gregorio Magno eine Grabstelle nahe dem Altar gekauft.

Wenn man auch beide Kurtisanen als fromm bezeichnen konnte, so waren sie es doch auf unterschiedliche Weise. Fiammettas Verhältnis zu Kirche und Religion war ihrem Wesen entsprechend eher unstet und launenhaft. Es kam schon vor, dass sie mit irgendeinem Heiligen – gleich welchen Geschlechts – haderte, weil ein Gebet nicht erhört, ein Wunsch nicht erfüllt worden war. Darauf folgte dann regelmäßig ein Anfall von Reue, begleitet von Opfergaben und Bußgebeten. Imperias religiöses Empfinden war tief verwurzelt und konnte auch durch Schicksalsschläge kaum getrübt werden. Niemals versäumte sie die sonntägliche Messe, niemals vergaß sie, regelmäßig zu beichten oder die Fastengebote einzuhalten.

Becuto waren diese Unterschiede bekannt; zudem hatte er herausgefunden, dass Imperia einige Reliquien wie kostbare Schätze in ihrem Haus hütete. Ein Devotionalienhändler muss auch das Wesen seiner Kunden erforschen, und wenn zu einem gottesfürchtigen Krieger eher Reliquien von St. Michael oder St. Georg passen, so wird eine fromme Witwe diesbezüglich andere Wünsche haben. Was aber konnte eine Kurtisane schätzen? Da gab es kein langes Nachdenken: Eine Sünderin wird Reliquien von ihresgleichen bevorzugen, und da wird im Neuen Testament vor allem eine genannt: Maria Magdalena. Schon von Berufs wegen war Becuto mit den Evangelien vertraut, und so wusste er auch um die Streitfrage, ob es sich bei der von Lukas erwähnten namenlosen Sünderin um jene Maria aus Magdala gehandelt hat.

Für sich entschied Becuto den Streit mit einem Ja, und da diese Sünderin die Füße Jesu gewaschen und sie mit ihren Haaren getrocknet hatte, musste er ein Haar der heiligen Sünderin besorgen. Irgendetwas sträubte sich in ihm, Donna Imperia mit einer Totalfälschung zu betrügen, und so beauftragte er einen seiner Zuträger, ihm aus einer der Katakomben das Haar einer Heiligen zu besorgen.
Der Mann blicke ihn misstrauisch an.
»Einer Heiligen? Welcher Heiligen?«
Becuto wurde ungeduldig.
»Irgendeine! Das wird doch nicht so schwer sein!«
Der Mann seufzte hörbar.
»Verzeiht, Don Alberto, aber Ihr müsstet wissen, was in den Gräbern der Märtyrer zu finden ist – Knochen! Nichts weiter als Knochen, denn Haare aus jenen Tagen haben sich nicht erhalten.«
»Also gut, dann versucht Euer Bestes.«
Zwei Tage später hielt er ein Haar in Händen, etwa drei *palmi sacri* lang, grau-schwarz und in sich geringelt. Es sah sehr altehrwürdig aus und Becuto verfasste dazu sogleich einen lateinischen Text. Er besaß einen Vorrat der unterschiedlichsten Schriftträger und Schreibgeräte, war im Kirchenlatein so bewandert, dass er sogar die dort üblichen Fehler und Vereinfachungen in den Text mit einbauen konnte. So erfand er einen Pier-Luigi da Modena, der vor etwa fünfzig Jahren als Pilger ins Heilige Land gezogen war und dort in einer christlichen Kirche für teures Geld ein Haar aus dem Büschel erworben hatte, das Maria Magdalena sich nach Jesu Fußwaschung aus Buße und zur frommen Erinnerung abgeschnitten hatte. Dann nutzte er seine Beziehungen beim Vatikan und besorgte die für Reliquien notwendigen Echtheitszertifikate. Das war nicht schwierig, aber in diesem Fall um einiges teurer, weil sein Verbindungsmann dazu bemerkte:
»Ein Haar von Maria Magdalena? Bei allen Heiligen – so etwas ist mir bis jetzt noch nicht untergekommen. Es wird nicht leicht sein, das Ding an den Mann zu bringen.«
Becuto schüttelte lächelnd den Kopf.
»Nicht an den Mann – an die Frau! Das soll für sie ein ganz besonderes Geschenk sein …«
Das hätte Becuto nicht sagen sollen, denn nun wusste der andere, dass die Reliquie quasi schon vergeben war, und verlangte das Dreifache des

sonst Üblichen. Zwar konnte Becuto etwas davon herunterhandeln, aber teuer genug war es dennoch. Doch er musste es nicht bereuen, denn das Geschenk öffnete ihm bei Donna Imperia Tür und Tor.
Die Reliquie übersandte er ihr mit den Worten:
Der göttlichen Imperia zur Erbauung in besinnlichen Stunden und zur Erinnerung daran, dass auch Sünderinnen zu Heiligen werden können.

Danach machte er sich Sorgen, ob sein Geschenk nicht zu anspielungsreich gewesen sei, ob es Imperia vielleicht als Mahnung zur Umkehr verstehen könnte. Doch er hätte sich keine Sorgen zu machen brauchen. Imperia war von dem Geschenk so ergriffen, dass sie gleich ihre Mutter um einen Besuch bat. Die zeigte sich zuerst etwas unwillig.
»Du vergisst ganz, dass ich seit über einem Jahr verehelicht bin und für einen eigenen Haushalt zu sorgen habe. Paolo ist ein Ordnungsfanatiker, und jetzt, da er für die Osterfeiertage zu proben hat, ist er sehr angespannt. Also was gibt es?«
Imperia kannte ihre Mutter und hatte kaum auf ihre kritischen Worte geachtet.
»Da – schaut einmal her! Ich glaube kaum, dass es in Rom eine zweite Frau gibt, die eine Reliquie dieser Heiligen besitzt.«
Donna Diana beäugte misstrauisch das in feinste Seide eingeschlagene Haar.
»Na ja, das mag schon etwas Besonderes sein, aber so ein Geschenk macht kein Mann umsonst. Dieser Becuto will mit dir ins Bett, ohne etwas dafür zu berappen. Sieht mir ganz danach aus ...«
Manchmal fiel Diana de Cognatis doch wieder in die Vulgärsprache zurück, mit der sie aufgewachsen war.
Imperia lächelte schwermütig.
»Was andere wollen, muss nicht immer mit dem übereinstimmen, was ich ihnen gestatte.«
Donna Diana schmunzelte.
»Als ob ich das nicht wüsste! Sollte dieser Becuto aber eine Ehefrau suchen ...«
»Nein, Frau Mama, dafür ist noch Zeit! Ihr habt Euch schließlich auch Zeit gelassen, bis es angebracht war, den Beruf – will sagen, die Lebenssituation zu ändern.«

»Ja, ja, ich weiß. Ich kann dir nur sagen, es ist nicht das Schlechteste, verheiratet zu sein. Übrigens sagt man, dass Donna Fiammetta sich weitgehend aus dem Beruf zurückgezogen hat. Sie empfängt nur noch ganz vertraute Freunde …«
»Ja, ich habe davon gehört. Giacomo Stella, den Notarius, hat sie so vergrault, dass er zu mir übergewechselt ist. Er ist nicht reich, hat aber die besten Verbindungen zu den höchsten Kreisen.«
Diana nickte.
»Das kann auch etwas wert sein, gewiss. Vielleicht hat Fiammetta eine Stelle als Konkubine gefunden? Nicht übel, wenn der Liebhaber reich und geistlich ist, die verheirateten Männer sind unsichere Kandidaten. Da braucht die Frau Gemahlin nur einen Sohn zur Welt zu bringen und du bist abgeschrieben. Merke dir das für alle Fälle!«
»Gewiss, Mama. Aber womit soll ich mich bei Becuto bedanken? Mit dem Geschenk war keine Bitte verbunden, keine Bedingung, kein Wunsch.«
»Lade ihn auf ein Stündchen zu dir, dann wirst du schlauer sein.«

Als Alberto Becuto zu Imperia in den *salotto* geführt wurde, war ihm die Erregung über den Streit mit Stella noch anzusehen. Imperia ahnte den Zusammenhang, doch anders als Fiammetta fiel sie niemals mit der Tür ins Haus, sondern kam erst auf das Geschenk zu sprechen.
»Also, ich muss schon sagen, Don Alberto, Ihr habt mir da ein so nobles Präsent gemacht, dass ich mir ernsthaft überlegen musste, es anzunehmen. Andererseits hat mich die Ehrfurcht vor etwas so Heiligem …«
»Ja, Donna Imperia, wenn man bedenkt, dass dieses Haar die Füße Christi berührt hat, dann wird einem ganz fromm zumute. Schließlich sind wir alle gute Christen, und aus dieser Sicht …«
Imperia nickte heftig.
»Das hat mich dann schließlich auch bewogen, es anzunehmen. Wäre es ein Schmuckstück oder etwas Ähnliches gewesen, so hätte ich es von einem Unbekannten natürlich ablehnen müssen.«
Das hättest du wohl nicht, dachte Becuto nüchtern, doch das Zusammenleben von Menschen wäre kaum zu ertragen, würde jeder stets aussprechen, was er denkt.
»Ich hätte da noch eine Frage«, kam es fast schüchtern heraus.
»Nur zu, Donna Imperia!«

»Ein einziges Haar ist doch nur etwas ganz Winziges, bezogen auf den gesamten Körper. Wie kann es dann so heilig sein?«

Becuto straffte seinen kleinen hageren Körper und sagte beflissen: »Darüber haben schon die Kirchenväter nachgedacht und sind zu dem Ergebnis gekommen: *Ubi est aliquid, ibi totum est.*«

Ihr Gesicht hellte sich auf.

»Wo ein Teil ist, da ist auch das Ganze. Ich danke Euch, Don Alberto!«

»Und ich sehe wieder einmal, wie gebildet Ihr seid.«

Imperia versuchte indessen behutsam zu ergründen, welche Hoffnungen Becuto mit seinem Geschenk verknüpft hatte. Zuerst aber kam sie auf den Streit zu sprechen.

»Meine Magd hat mir vorhin von einem Wortwechsel vor meinem Haus berichtet, in den ein Bekannter – Giacomo Stella – verwickelt war. Vielleicht wart Ihr auch Zeuge, im Vorübergehen ...«

»Nein, Donna Imperia, ich selbst war ein Teilnehmer dieser Auseinandersetzung. Don Giacomo ist ein alter Bekannter – äh – von Berufs wegen, und wir hatten da sehr oft verschiedene Ansichten. Ansonsten schätze ich ihn durchaus, aber es gibt eben Dinge – nun, wenn ich offen sein darf, so ist Don Giacomo auf mein unansehnliches Äußeres zu sprechen gekommen. Natürlich weiß ich selber, wie wenig stattlich ich bei einer ersten Begegnung – besonders auf Frauen – wirken muss, aber daran möchte ich von anderen nicht immer erinnert werden.«

»Das kann ich verstehen – im Übrigen aber gleicht Euer gesittetes Auftreten, Eure gewandte Rede diese leichten Mängel mehr als aus.«

Ihre dunklen Augen blickten ihn so offen und freimütig dabei an, dass er fast geneigt war, ihre Worte für bare Münze zu nehmen. Aber eben nur fast, denn er wusste recht gut, dass es zu den Kurtisanenkünsten gehörte, den Männern zu schmeicheln.

»Auch Don Giacomo hat seine guten Seiten ...«

Wie immer, wenn Alberto Becuto mit jemandem private Dinge besprach, öffneten sich ihm die Herzen, weil die meisten Menschen das unbewusste Empfinden hatten, dieser kleine hässliche Mann müsse für ihre Probleme ein Verständnis aufbringen, das sie schönen und stattlichen Menschen nicht zutrauten.

Und so begann Imperia, zunächst indirekt, von Angelo del Bufalo zu sprechen, der sie auf dem Geburtstagsfest so sehr beeindruckt hatte, dass er ihr nicht mehr aus dem Kopf ging.

»Ihr seid doch ein erfahrener Mann, lernt durch Euren Beruf die unterschiedlichsten Menschen kennen und seid imstande, sie richtig einzuschätzen.«
Obwohl dies eine Feststellung und keine Frage war, fühlte Becuto sich zu einer Antwort verpflichtet.
»Dem stimme ich in aller Bescheidenheit zu – gewiss.«
»Dann bitte ich Euch, mir einen Menschen verstehen zu helfen, der mich – nun, verwirrt und zu Fragen veranlasst, die ich an ihn selber nicht zu stellen wage.«
»Es geht um Angelo del Bufalo«, warf Becuto ein.
Ihr schönes, sonst immer beherrschtes Gesicht zeigte unverstellte Überraschung.
»Aber – aber – woher wisst Ihr das?«
Becuto lächelte bescheiden.
»Ihr selbst wart ja vorhin so freundlich, mich als erfahrenen Mann zu bezeichnen. Nun habt Ihr die Probe aufs Exempel.«
»Ich habe gleich gewusst, dass Ihr der Richtige seid – für solche Fragen, meine ich.«
Becuto unterdrückte den aufsteigenden Zorn. Hatte er Ähnliches nicht schon oft gehört? Jetzt hätte er eigentlich fragen sollen: Der Richtige nur für so etwas? Das schließt wohl alles andere aus? Doch die Klugheit gebot ihm, eine Frau wie Imperia behutsam zu behandeln. Er zwang sich ein Lächeln ab.
»Das verrät nur Eure gute Menschenkenntnis, Donna Imperia.«
Sie blickte etwas verlegen drein.
»Die wohl nicht immer vorhanden ist, denn bei Don Angelo versagt sie völlig. Ja, ich gebe es zu, dieser Mann hat etwas – etwas durchaus Anziehendes, das mich sofort für ihn eingenommen hat, und dennoch ...«
Sie schwieg bedeutungsvoll, hob die Schultern und schaute Becuto dabei bittend an.
Es war schon so, dass er sich zu Angelo del Bufalo eine Meinung gebildet hatte – er war ihm ja oft genug bei allen möglichen Gelegenheiten begegnet. Wäre Becuto nicht ein nüchterner Denker gewesen, der nur dem Augenschein traute, so hätte er vermuten können, del Bufalo sei manchmal an verschiedenen Orten gleichzeitig gewesen.
»Eines gleich vorweg, Donna Imperia: Ihr wisst so gut wie ich, dass Männer und Frauen verschiedene Sichtweisen haben und dass gerade beim

eigenen Geschlecht eine gegensätzliche Einschätzung erfolgt. Es gibt Herren, die in der Frauenwelt – mit wenigen Ausnahmen – hoch angesehen sind, während andere es einfach nicht verstehen können, dass irgendein Schlappschwanz, Hochstapler, Angsthase oder was auch immer bei den meisten Frauen einen Stein im Brett hat. Umgekehrt schütteln viele Frauen nur verständnislos den Kopf, wenn eine der ihren einen derartigen Erfolg bei uns Männern hat, dass sie es nicht erklären können. Auch ich kann solche Rätsel nicht lösen, wir müssen sie als gegeben betrachten und damit leben.
Nun aber zu Don Angelo und zu seinem seltsamen Aufzug, der manchen verstören oder erschrecken mag, viele aber nur belustigt. In der Regel aber ist es so, dass ein Mensch, der andere zum Lachen bringt, selbst lächerlich wird. Warum aber ist das bei del Bufalo nicht der Fall? Dafür mag es mehrere Erklärungen geben, ich aber sehe es so, dass Don Angelo in seinem seltsamen Aufzug – wenigstens den meisten – nicht verkleidet erscheint, sondern das ihm zugehörige Gewand trägt, wie der Papagei sein buntes Gefieder. Übrigens kenne ich ihn auch anders, denn in seinem Arbeitsleben, etwa wenn er eine eben ausgegrabene Statue besichtigt, tritt er in einfacher unauffälliger Kleidung auf – Ihr würdet ihn nicht wiedererkennen! Alles in allem: Dieser Mann ist mit sich selber im Einklang und sein Verhalten entspringt einer festen Überzeugung und einem guten Gewissen. Gerade Männer neigen ja dazu, in irgendwelchen Masken herumzulaufen, angestrengt bemüht, die selbst auferlegte Rolle perfekt zu spielen. Angelo del Bufalo tut es nicht und gerade das macht ihn vielleicht so anziehend – übrigens auch für Männer. Mir würde es niemals einfallen, ihn nicht ernst zu nehmen, und wer den Fehler begeht, diesen Mann zu verlachen, darf dies einmal, vielleicht sogar zweimal tun, aber dann wird von ihm Rechenschaft gefordert und ich kann Euch versichern, dass ich nicht vor seiner gezogenen Klinge stehen möchte.«
Imperia hatte ihm gespannt zugehört, und nun blickte sie ihn dankbar und – wie ihm schien – auch ein wenig bewundernd an.
»Es ist schon seltsam, Don Alberto, aber Ihr habt ausgesprochen, was ich denke. Meine Einschätzung dieses Menschen ist mit der Euren fast identisch, doch mir fehlt die Wortgewandtheit, es so treffend auszudrücken. Jedenfalls möchte ich mich bei Euch bedanken ...«
Becuto verneigte sich höflich, noch im Sitzen, aber schon bereit aufzustehen.

Inzwischen hatte es zu dämmern begonnen, aber Imperia wies die *serva* ab, als sie einige Kerzen anstecken wollte. Becuto hatte sie mit seiner flüssigen, durchdachten, aber auch abwägenden Rede beeindruckt. Was in diesem kleinen Kerl alles steckte! Dann fiel ihr das schöne Geschenk ein und ein Gefühl kam sie an, das aus Dankbarkeit und zärtlichem Mitleid mit dieser dürren schiefnasigen Kreatur gemischt war. Jetzt, da die Dämmerung seine Züge verwischte und er im Sitzen so klein gar nicht wirkte, reifte in ihr der Entschluss, die Möglichkeiten ihres Berufs zu nutzen und sich bei ihm als Kurtisane zu bedanken.
»Wollt Ihr noch ein Stündchen bleiben?«
Ihre Stimme klang dunkel und lockend, sodass Becuto das unausgesprochene Angebot erriet.
»Ihr könnt nach Belieben über meine Zeit verfügen, Donna Imperia.«
Sie nickte und rührte die silberne Handglocke.
»Noch etwas Wein, dann brauche ich dich nicht mehr.«
Das Mädchen knickste, brachte den Wein, schob ein Buchenscheit in den fast erloschenen Kamin und verschwand lautlos.
Mit einem hochrangigen Liebhaber hielt sie es so, dass sie sich im *dormitorio* entkleidete und nackt in einen pelzgesäumten Hausrock schlüpfte. Das Ablegen dieses kostbaren Kleidungsstücks geriet dann zu einer reizvollen Zeremonie, wenn sie es zuerst ein wenig aufschlug, während der Liebhaber seine Gewänder ablegte. Dann öffnete sie es weit und umschloss den Herrn wie eine Schutzmantelmadonna mit dem pelzgefütterten Mantel, der seine nackte Haut umkoste, während Imperia ihn leidenschaftlich küssend an ihre Brust drückte.
So viele Umstände machte sie bei Becuto freilich nicht. Sie blieben auf dem geräumigen Sofa im *salotto* und Becuto, der – im Gegensatz zu seiner sonstigen Erscheinung – als Liebhaber nicht schlecht ausgestattet war, genoss die Gunst der Stunde. Für Imperia aber war es wie ein Vorspiel zu einer Liebesnacht mit Don Angelo. Was Becuto ihr von ihm berichtet hatte, gab ihrer Sehnsucht nach diesem seltsamen Mann neue Nahrung. War das Liebe oder nur Verliebtsein? Aber warum erst jetzt? War Don Angelo nicht schon mehrmals in ihrer *alcova* zu Gast gewesen? Hatte sie auf dem Geburtstagsfest nicht eher den *banchiere* Agostino Chigi mit verliebten Augen verfolgt? War nicht del Bufalo ein Liebhaber wie jeder andere gewesen, wenn auch großzügiger und zärtlicher als die meisten? Sie hatte nichts Besonderes dabei empfunden, doch hatte sie schon danach

seine Gesellschaft so manchem anderen vorgezogen. Nun aber, da er sie länger nicht besucht hatte, war der Liebesfunke in ihr Herz gedrungen und hatte es entflammt.

Übrigens stimmte es längst nicht mehr, dass niemand von del Bufalos Antikenhandel wusste, denn Pasquino hatte vor Kurzem verraten:
*Del Bufalo holt's vom Boden herauf
und verhökert's an reiche Leute,
die stellen es in ihrem Garten auf
und nennen's die Kunst von heute.*

Diesmal kam Cesare nicht im Mönchsgewand als heimlicher Besucher, sondern mit seiner berittenen Leibwache, die sich auf der Piazzetta vor ihrem Haus drängte und so die Nachbarn ans Fenster oder auf die Straße lockte. Der Valentino war gekommen, um Donna Fiammetta zu besuchen, aber warum, so dachten manche, wandte er seine Gunst nicht Imperia, der geborenen Römerin zu? Nun, das war allein seine Sache, außerdem gab es ja den Spruch: Was nicht ist, das kann noch werden. Zwei Geschenke hatte Don Cesare mitgebracht – das eine von hohem materiellem Wert, das andere eher zur Hebung des Ansehens. Zuerst legte er ihr die aus Rubinen und Smaragden gefertigte Halskette um, dann schob er den *moro* vor sie hin, einen vielleicht zehnjährigen dunkelhäutigen Knaben, der auf den Namen Basilio getauft war. Beides waren Beutestücke, die Cesare der Caterina Sforza abgenommen hatte. Der kleine Mohr als Leibdiener hatte sich bei den Reichen und Mächtigen durchgesetzt, war sozusagen das unerlässliche Schaustück eines hochherrschaftlichen Haushalts. Vor einigen Jahrzehnten war dies in Venedig große Mode geworden und hatte inzwischen fast ganz Europa erfasst. Durch ihre weltweiten Handelsbeziehungen – auch in die muslimischen Länder Nordafrikas – waren die Kaufherren der Serenissima immer wieder in die Verlegenheit geraten, schwarze Sklaven als Geschenke annehmen zu müssen. Für Christen eine heikle Sache, doch schließlich hatte der Patriarch von Venedig entschieden, solche Geschenke keinesfalls zurückzuweisen, denn so ließen sich die meist sehr jungen Sklaven problemlos taufen. Der Welt einen neuen Christen zu schenken, meinte der Patriarch, sei verdienstvoller als alle Handelsgeschäfte. Da waren die Kaufherren freilich anderer Meinung, doch die behielten sie – wie auch die Mohrenknaben und -mädchen – für sich.

Fiammetta schlug die Hände zusammen.
»So große Geschenke! Wie werde ich Euch das jemals vergelten können?«
Cesare verbeugte sich galant.
»Allein mit Eurer Existenz habt Ihr das schon getan ...«
Da Michelotto in Cesares Auftrag dringend darum gebeten hatte, an diesem Abend keine weiteren Gäste zu laden, war Fiammettas Haus – von den Dienstboten abgesehen – leer. Nach einem Begrüßungsschluck bat Cesare, sein gefüttertes Wams ablegen zu dürfen, aber letztlich ging es um die Panzerweste, die er darunter trug. Zögernd betastete Fiammetta das aus gehärtetem Leder bestehende Stück. Cesare lachte unbekümmert.
»Lästig, besonders wenn dann die warmen Tage kommen, aber einige Male hat sie mir schon das Leben gerettet. Früher bevorzugte man ein eisernes Kettenhemd, aber das muss noch viel unbequemer gewesen sein.«
Fiammetta schüttelte ungläubig den Kopf.
»Dieses bisschen Leder soll imstande sein, Dolche und Pfeile abzuwehren?«
»Ihr könnt ja versuchen, mich zu erdolchen – nein, aber im Ernst: Diesen Schutz haben die Chinesen erfunden, die ja überhaupt ein hochbegabtes Kulturvolk sein sollen. Zwischen zwei Schichten gehärtetem Leder sind einige dichtgewebte Seideschichten eingefügt, die von Pfeilen gar nicht, von Dolchen aber nur schwer zu durchstoßen sind. Aber was rede ich da! Bin ich zu einer Amazone gekommen, um mit ihr die Kniffe der Waffentechnik zu erläutern?«
Da musste Fiammetta herzlich lachen, und sie warf sich in seine Arme und küsste ihn mit einer nicht gespielten Leidenschaft, die er – angenehm überrascht – heftig erwiderte. Nach einiger Zeit wehrte sie ihn ab.
»Halt, halt – wir wollen den Abend doch nicht verkehrt herum beginnen.«
Cesare schmunzelte.
»Man soll das Pferd nicht am Schwanz aufzäumen, den zweiten Schritt nicht vor dem ersten tun, den Tag nicht vor dem Abend loben ...«
Cesare verneigte sich schweigend und Fiammetta bewegte die Handglocke. Nun wurde ein Nachtmahl aufgetragen, das sie nach tagelanger Überlegung zusammengestellt hatte.

Zuerst gab es zur Anregung des Appetits in Essig eingelegtes Gemüse, geräucherte Sardinen und Austern im Kräutersud. Dann wurden mit Gänseleber gefüllte Wachteln aufgetragen, später Spanferkel auf einem Bett von gedünsteten Zwiebeln, Rüben, Lauch und Sellerie. Dazu wurde dreierlei Brot gereicht, so wie es auch drei Weinsorten gab – weiß, rot und gewürzt, dazu frisches Quellwasser. Den Abschluss bildeten mit Nüssen und Pinienkernen gefüllte Datteln und eine mit Pfeffer gewürzte, aus Milch, Eiern und Honig gefertigte Süßspeise.

Cesare aß und trank mäßig, schien überhaupt der Mahlzeit kein großes Gewicht beizulegen. Da fragte Fiammetta geradeheraus, wie es ihre Art war:

»Sind die Speisen nicht nach Eurem Geschmack?«

Zuerst schien ihn die Frage zu verwirren, doch dann zuckte er die Schultern.

»Verzeiht, Donna Fiammetta, aber in unserer Familie misst man dem Essen keine große Bedeutung bei. So bin ich erzogen worden, und auch später habe ich mich nicht zum Feinschmecker entwickelt. Die Gastmähler Seiner Heiligkeit sind bei einigen Kardinälen geradezu gefürchtet, denn da geht es sehr einfach zu und ein gebratenes Huhn ist schon der Gipfel der Kochkunst. Was Ihr mir heute hier geboten habt, ist außerordentlich, aber ich bin es einfach nicht gewohnt.«

Später kamen sie auf Cesares Heirat zu sprechen, oder besser gesagt, es war Fiammetta, die ihn geschickt auf dieses Thema lenkte.

»Inzwischen ist schon fast ein Jahr vergangen, und Ihr könnt Euch denken, dass es eine politische Heirat war. Charlotte d'Albret ist die Schwester des Königs von Navarra und durch ihre Mutter auch mit den französischen Majestäten verwandt. Sie war damals erst sechzehn …«

»Und wie sah sie aus?« Sie schlug sich auf den Mund.

»Oh – verzeiht die ungehörige Frage, aber Frauen sind eben neugierig …«

Cesare sah sie belustigt an.

»Männer manchmal auch, da könnt Ihr gewiss sein. Wenn ich versuche, Euch Charlotte zu beschreiben, dann genügt ein Satz: Sie ist Euch ähnlich. Das geht schon so weit: Wenn ich versuche, mich an ihr Bild zu erinnern, dann seid Ihr es, die vor meinem inneren Auge erscheinen. Haltet es nicht für Schmeichelei, wenn ich Euch sage, dass ich während des Feldzugs mehr an Euch als an meine Gattin gedacht habe.«

Sie lachte leise.
»Das klingt sehr schön, auch wenn es nicht wahr sein sollte.«
»Es ist wahr!«
»Vielleicht dachtet Ihr an das Nächstliegende? Rom ist nahe, Frankreich ist fern ...«
Er antwortete nicht, umarmte und küsste sie und dann – als seien sie eines Sinnes – erhoben sie sich gleichzeitig und gingen engumschlungen in die Schlafkammer. Wie durch einen Zauber flogen ihnen die Kleider vom Leib und sie sanken auf den teppichbelegten Boden. Sie blickte zum Alkoven.
»Wollt Ihr nicht?«
»Nein, Fiammetta, es ist mir ganz recht so.«
Sie verschmolzen ineinander und verharrten lange ohne eine Regung. Fiammetta ging ein Wort ihrer Mutter durch den Kopf, als sie sagte, die höchste Lust für eine Kurtisane müsse der Klang der Goldmünzen sein. Als Cesare die Umarmung lockerte und in immer schnelleren Stößen ihre Lust auf den Höhepunkt trieb, bis sie vor Wonne laut zu stöhnen, zuletzt zu schreien begann, da hätte sie – so empfand sie es später – nicht einen Beutel Gold gegen dieses Erlebnis eingetauscht. Noch zweimal wurde ihr während dieser Nacht eine solche Freude zuteil. Am Morgen bemerkte Cesare scherzend:
»Wäre ich ein Muslim, so würde ich dich noch heute zu meiner zweiten Gemahlin machen.«
Fiammetta streckte sich und gähnte anhaltend.
»Was hätte ich davon?«
Er sah sie erstaunt an.
»Wir könnten dann zusammen leben, Nacht für Nacht in einem Bett vereint ...«
»Ja, wenn Ihr zufällig einmal in Rom seid«, sagte sie schnippisch.
Er sprang aus der *alcova*, ging nackt zum Fenster und stieß die Läden auf. Das Sonnenlicht überflutete den Raum wie eine Lichtwoge. Cesare trat zurück und zog einen der Läden wieder zu. Da erkannte Fiammetta an seinem nackten Körper die grausamen Spuren des *mal francese* – der Franzosenkrankheit. Sie war vor fünf Jahren in Rom aufgetaucht, angeblich von französischen Soldaten bei der Eroberung von Neapel eingeschleppt. Die rötlichen Narben an Hals, Schultern und Oberschenkeln zeugten davon. Cesare strich sich über die Brust.

»Euer Blick bleibt an meinen Narben hängen, die ich leider nicht vor dem Feind erworben habe, sondern bei einer anderen Art von Kampf. Die Krankheit ist dank *mercurio* überwunden, doch die Spuren bleiben.«

»Auch die Spuren des Liebeskampfes sind ehrenvoll«, sagte sie und setzte hinzu: »Dank *mercurio*?«

»Das ist eine Behandlung mit Quecksilber, die leider auch unangenehme Nebenwirkungen hat, doch …«, er wischte das Thema mit einer Geste beiseite, und Fiammetta fragte schnell:

»Wie lange werdet Ihr in Rom bleiben?«

»Das hängt von verschiedenen Umständen ab, doch einige Monate werden schon vergehen, bis ich den Feldzug fortsetzen kann.«

Mit dem neuen Tag redeten sie sich beide wieder in der Höflichkeitsform an, doch während der Nacht hatte das Du gegolten.

Cesare kleidete sich an und seine Frage kam zögerlich, fast verschämt.

»Würde es Euch etwas ausmachen, Donna Fiammetta, diese Zeit für mich freizuhalten?«

Kein Mann hatte es bisher gewagt, einen solchen Wunsch zu äußern, das wäre bei einer Kurtisane auch ungehörig gewesen. Ohne lange nachzudenken, sagte sie:

»Wenn Ihr es wünscht …«

»Es ist eine Bitte, die Euch seltsam erscheinen mag, aber was Euch in dieser Zeit entgeht, werde ich ersetzen.«

Was entgeht mir schon, dachte sie, allein die Halskette ist an die zweihundert Dukaten wert. Sie richtete sich auf.

»Ihr habt ja gestern recht geschickt einen Spion eingeschleust, der Euch über alles berichten wird.«

»Einen Spion?«

»Habt Ihr Basilio vergessen? Der Mohr ist doch gewiss Euer Zuträger.«

»Darauf wäre ich gar nicht gekommen, aber jetzt …«

Er lachte und legte seinen Lederpanzer an.

»Vielleicht brauche ich ihn nicht mehr – wer weiß?«

»Sicher ist sicher!«

»Da habt Ihr freilich recht – also, Euer Versprechen gilt?«

»Es gilt, aber harmlose Gäste werdet Ihr mir doch erlauben?«

»Tagesgäste – ja, aber keine zur Nacht.«

Sie küsste ihn.

»Keine zur Nacht!«
In Rom blieb es nicht unbemerkt, dass Fiammetta jetzt zurückgezogen lebte und kaum noch Gäste empfing. Pasquino aber nannte den Grund ...
Konkubine ist jetzt Fiammetta,
gehört ganz dem Valentino – und
das macht bei anderen böses Wetter,
doch die halten lieber den Mund.

9

Der Sonntag Laetare war gekommen, der vierte Fastensonntag. Wie alljährlich musste der Papst an diesem Tag – nach altem Brauch – die Goldene Rose weihen. Das war ein kostbares, aus Gold, Rubinen und Diamanten gefertigtes Gebilde, dem Weihrauchessenzen einen betörenden Duft verliehen. Dieses Kunstwerk, auch Tugendrose genannt, wurde dann zur Osterzeit meist einer fürstlichen Dame verliehen, die sich durch Tugend und Frömmigkeit ausgezeichnet hatte.
Natürlich hatte der Papst zuvor mit Cesare die in Frage kommenden Kandidatinnen besprochen, spürte aber gleich zu Anfang ein Desinteresse, das wohl besagen sollte, es gäbe weitaus wichtigere Themen. Cesares erster boshafter Vorschlag war:
»Caterina Sforza! Sie hätte durch Mut und Ausdauer die Goldene Rose wohl verdient.«
Der Papst runzelte die Stirn.
»Dein Spott hilft uns auch nicht weiter! Wenn dir dazu sonst nichts einfällt, werde ich die Dame aus eigenem Gutdünken bestimmen.«
»Wie wäre es mit Giulia Orsini? Wer hätte sich mehr um die Kirche verdient gemacht?«
Der Papst schmunzelte. Ja, diesen Spaß nahm er gerne hin, wenn er für ihn auch ein Körnchen Wahrheit enthielt. Denn er, ihr oberster Herr, verkörperte diese Kirche, und durch Giulias strahlende Jugend fühlte auch er sich verjüngt und gekräftigt.

»Niemand aus unserer Familie – nein, das geht nicht. Da hätte ich ja auch Lucrezia nennen können, die sich immer als tüchtig und fügsam erwiesen hat. Wenn du also keine Vorschläge mehr hast, dann ...«
Cesare unterbrach ihn.
»Doch, denn mir fällt gerade ein, dass ich beim nächsten Feldzug ein neutrales, wenn nicht befreundetes Mantua benötige, also bitte ich Euch, die Goldene Rose an Isabella d'Este zu verleihen, vermählt mit Francesco Gonzaga, dem Herzog von Mantua.«
Der Papst atmete sichtlich auf; dieser Vorschlag gefiel ihm, auch weil er Cesares Plänen nützen konnte.
»Gut, das lässt sich hören – ich werde in Mantua anfragen lassen, ob sie geneigt ist, diese Ehre anzunehmen.«
Cesare lächelte spöttisch.
»Ja, besser wir vergewissern uns, denn die Gonzaga mögen uns nicht. Der Name Borgia ist für sie wie ein rotes Tuch.«
»Sie werden von Uns den österlichen Friedenskuss empfangen«, sagte Alexander förmlich.
»Wenn Ihr gestattet, mein Vater, so möchte ich noch einmal auf Lucrezia zurückkommen. Ihr nutzloser Gatte kostet uns Geld, er vertrödelt seine Zeit mit nichtigen Dingen und ist für uns inzwischen so überflüssig geworden wie ein Furunkel. Was aber macht man mit einem so lästigen Geschwür? Man brennt oder schneidet es aus.«
Der Papst nickte.
»Gut, das war bildlich gesprochen. Aber wie willst du mit Don Alfonso verfahren? Ausbrennen?«
»Natürlich nicht. Die Ehe könnte geschieden werden, um nur eine der Möglichkeiten zu nennen.«
»Da wird er nicht mitspielen. Was sind die anderen Möglichkeiten?«
»Ich schicke ihm Michelotto ins Haus.«
»Was heißt ins Haus? Schließlich wohnt er mit Lucrezia im Vatikan. Und was soll Michelotto tun? Ihn außer Landes jagen?«
»Das würde an seiner Ehe nichts ändern. Er wird ihn zum Zweikampf reizen und töten!«
Der Papst schüttelte den Kopf, wenn auch nicht sehr heftig.
»Wir müssen zuerst mit ihm reden, das sind wir ihm schuldig.«
»Wir schulden ihm nichts! Ganz und gar nichts!«
Cesare war sehr heftig geworden und hatte seine Stimme erhoben.

»Jetzt beruhige dich! Lassen wir die Sache an uns herankommen, manchmal ergeben sich überraschende Lösungen.«
»Aber leider nur manchmal. Doch die Zeit drängt und Lucrezias dritte Ehe muss für uns von großem politischem Nutzen sein.«
»Hast du schon jemanden im Auge?«
»Ja, wieder einen Don Alfonso, doch diesmal ältester Sohn und Erbprinz des Herzogs von Ferrara. Alfonso d'Este ist verwitwet und kinderlos. Bei unserer potenziellen Empfängerin der Goldenen Rose handelt es sich übrigens um seine Schwester.«
»Aha – und warum gerade Ferrara?«
Cesare beugte sich eifrig vor.
»Bedenkt unsere derzeitige Lage! Ist die Romagna einmal von allen Tyrannen befreit, dann ist der künftige Herzog von Ferrara mein Nachbar und ein vorzüglicher Puffer zwischen uns und dem raubgierigen unberechenbaren Venedig, das auch er fürchtet. Die Romagna, verbündet mit Ferrara, ist ein Gegner, den anzugreifen die Serenissima sich hüten wird.«
»Das klingt überzeugend. Ob der Herzog von Ferrara seinen Erstgeborenen eine zweimal geschiedene Borgia heiraten lässt, ist allerdings eine andere Frage.«
»Sie ist nur einmal geschieden, beim zweiten Mal könnte sie auch eine Witwe sein …«
Der Papst ging nicht darauf ein.
»Wer wird übrigens die Goldene Rose bezahlen? Mit Material und Arbeitskosten kommt sie auf über sechshundert Dukaten.«
»Das Geld ist gut angelegt, Ihr werdet schon sehen, Santissimo Padre.«
Der Papst wagte keine Gegenrede, wie immer, wenn Cesare etwas endgültig bestimmt hatte. Cesare war aufgestanden und wandte sich zum Gehen.
»Braucht Ihr mich noch, mein Vater?«
Alexander schmunzelte.
»Ich sehe schon, du hast es eilig. Wohin des Wegs?«
»Ach – nur Freunde besuchen.«
»Vergiss dabei deine Feinde nicht.«
Cesare hob sein Wams und wies auf den Lederpanzer.
Dass Cesare mit »Freunde besuchen« derzeit nur eine bestimmte Dame meinte, wusste der Papst natürlich. Aber er wusste auch, dass dieser Sohn

in seiner Beziehung zu Frauen ganz nach ihm geraten war, und so empfand er ein durchaus wohlwollendes Verständnis.

Wenn Alberto Becuto in letzter Zeit immer seltener kam, so hatte sich Fiammetta dies mit der häufigen Anwesenheit von Don Cesare erklärt. Sein Spitzeldienst bei Imperia hatte ihr immerhin die Nachricht überbracht, dass Giacomo Stella, der Notarius, jetzt zu ihrem »Hofstaat« gehörte und es sogar Remolines gelungen war, dort Fuß zu fassen.
Seit einigen Wochen waren Becutos Berichte ausgeblieben, doch die wahren Gründe sollte Fiammetta erst später erfahren.
Becuto nämlich war durch Imperias kurze nachmittägliche Gunst so aus seiner Bahn geworfen worden, dass er alle Brücken hinter sich abbrach. So war er in die fatale Lage geraten, nun wiederum in Giacomo Stella – wie es schon zuvor bei Fiammetta gewesen war – den Nebenbuhler zu sehen, doch diesmal – das schwor er sich – würde er der Sieger bleiben. Sein Äußeres war dazu freilich nicht angetan, da machte er sich nichts vor, aber da Imperia, wie alle berühmten Kurtisanen, begierig auf den süßen Klang des Goldes lauschte, intensivierte Becuto seinen Devotionalienhandel, was bei den jetzt in Scharen heranströmenden Pilgern nicht einmal schwierig war. Sein Einfall, für Sünderinnen ein Haar der Maria Magdalena bereitzuhalten, erwies sich als Goldgrube. Der Anteil der Frauen, die sich zum Heiligen Jahr nach Rom auf den Weg machten, war gering, doch unter ihnen gab es viele, die etwas abzubüßen hatten, und so konnte Becuto nach und nach einen ganzen Haarschopf der reuigen Heiligen unter die Sünderinnen bringen. Sehr gut lief das Geschäft auch mit Reliquien der kriegerischen Heiligen St. Georg, St. Martin und St. Michael, weil im Heiligen Jahr außergewöhnlich viele fürstliche Persönlichkeiten nicht nur den päpstlichen Generalablass erwerben wollten, sondern in ihren künftigen Zwisten und Kriegen siegen und triumphieren wollten. So hatte Becuto sich einen Vorrat von St. Martins zerschnittenem Mantel zugelegt, dazu zahllose Holzsplitter von St. Georgs Lanze und von St. Michael, der ja schließlich kein Mensch, sondern ein Erzengel war, eine Sammlung kleinerer und größerer Federn aus seinen Flügeln. Davon abgesehen bot Becuto auch preiswerte Reliquien weniger bekannter Heiliger an, dafür aber recht ansehnliche Stücke wie Arm- und Beinknochen, Unterkiefer, Hirnschalen, Fingerglieder oder, wenn es sich um Märtyrer handelte, blutgetränkte Fetzen ihrer Kleidung.

So konnte Don Alberto bald mühelos über die bescheidenen finanziellen Möglichkeiten seines Nebenbuhlers Giacomo Stella triumphieren, und seine Geschenke an Imperia wurden immer pompöser. Die aber befand sich in einer ähnlichen Lage wie Fiammetta – sie hatte sich verliebt. Bei ihr ging es freilich nicht so weit, dass sie deshalb andere Bewerber abgewiesen hätte, umso mehr, als das Objekt ihrer Begierde von ihrer Verliebtheit noch nichts wusste.

Panta rhei, sagt der große Herakleitos, und das gilt für jedes Ding auf der Welt – ja, für die Erde selbst. Alles fließt, alles ist in Bewegung, alles ändert sich, ob es uns nun passt oder nicht und so sehr wir uns manchmal wünschen, ein Zustand möge länger, möge ewig dauern.

Becuto spürte, wie Imperia ihn gleichgültig, sogar abweisend behandelte, trotz seiner Geschenke, trotz seines Bemühens, es ihr immer recht zu machen. Er hätte es mit den Launen einer Frau entschuldigen können, spürte aber deutlich, dass sie den Notarius Giacomo Stella, diesen armseligen trockenen Juristen, deutlich vorzog. Imperia hätte ihm leicht erklären können, warum sie es tat, doch sie war keine Plaudertasche und – anders als Fiammetta – ihr geschah es nie, dass sie sich verplapperte oder etwas heraussprudelte, das sie später bereute.

Es war nun so, dass Angelo del Bufalo inzwischen seine Geschäfte so intensiv betrieb, dass er kein Geheimnis mehr darum machen konnte. Giacomo Stella aber, als päpstlicher Notarius, war mit der Zeit zu seinem Zuträger geworden, denn er sperrte weit die Ohren auf, wenn es um Altertümer ging. Diese Geschäftsverbindung wandelte sich fast zu einer Freundschaft, aber eben nur fast, denn del Bufalo war mit aller Welt befreundet, ohne dass sich einer seiner Bekannten wirklich als Freund hätte bezeichnen können. Don Giacomo war in diesen Tagen für Imperia wichtiger als der arme Becuto, dessen immer kostbarer werdende Geschenke sie am Ende abstießen. Ohne es ihm direkt ins Gesicht zu sagen, gab sie ihm doch zu verstehen, dass sie sich nicht mehr imstande sehe, ihm als Mann entgegenzukommen und sie deshalb auch seine Geschenke nicht mehr würdigen könne. Sie formulierte ihre Absage so schonungsvoll wie möglich und betonte dabei ausdrücklich, dass er sich durch das Haar der Maria Magdalena ihre ewige Dankbarkeit erworben habe.

Trotzdem – für Alberto Becuto war es, als hätte ihn ein harter Knüppelschlag getroffen. Zuerst war er wie betäubt, dann aber übermannte ihn ein aus Zorn, Enttäuschung und Erniedrigung gemischtes Gefühl. Sein

Zorn aber richtete sich nicht gegen Imperia, sondern gegen Stella, den er nun als den siegreichen Nebenbuhler sah und ihn dafür tödlich hasste. Der gute Stella aber wusste nichts davon, denn Imperias Bevorzugung galt nicht seiner Person, sondern allein seiner nahen Bekanntschaft mit Angelo del Bufalo. Stella sah das anders und wertete die wenigen inzwischen gewährten Liebesstunden als Zeichen der Zuneigung, die ihm als Mann galt. Freilich musste er dafür auch etwas tun und da ihn Imperia darum bat, tat er es gern.

Gleich bei seinem nächsten Treffen mit Angelo del Bufalo – sie feierten einen erfolgreichen Geschäftsabschluss in einer Schenke am Ponte Sisto – brachte er sein, oder besser: Imperias Anliegen behutsam vor.
»Don Angelo, verzeiht, wenn ich darauf zu sprechen komme, doch ich schließe aus gewissen Anzeichen in Donna Imperias Verhalten, dass sie sich von Euch vernachlässigt fühlt.«
Del Bufalo, heute in unauffälliger Arbeitskleidung, hob erstaunt die Brauen.
»Ich zähle meine Besuche zwar nicht nach, meine aber doch, dass die Abstände nicht größer geworden sind.«
»Die vielen Geschäfte …«, gab Stella zu bedenken und sein rundliches Gesicht sah wieder einmal aus, als könne er kein Wässerchen trüben.
Del Bufalo nickte.
»Ja, da könnt Ihr recht haben.« Er lachte und schlug Stella auf die Schulter. »Aber wir verdienen nicht schlecht dabei!«
»Habe ich mich etwa beklagt?«
»Dazu gäbe es auch keinen Grund. Was spricht man in Sammlerkreisen?«
»Die scheinen sich zu erweitern. Kürzlich hat sich das Gerücht verbreitet, Kardinal Cibo beginne nun auch den Park seiner Villa mit Statuen auszuschmücken und habe bedauert, dass kaum noch etwas zu finden sei.«
Del Bufalo lachte leise.
»Na, wenn er sich da nicht täuscht. Doch mir geht Eure Bemerkung von vorhin nicht aus dem Kopf, Donna Imperia betreffend. Wenn ich genau darüber nachdenke, muss ich Euch recht geben. Ich glaube, seit meinem letzten Besuch ist schon ein Monat, vielleicht sogar mehr, vergangen. Donna Imperia ist ja nun wirklich eine Dame, die häufigere Besuche ver-

dient. Jedenfalls danke ich Euch für den Hinweis. Ihr seid ein wahrer Freund, Don Giacomo.«
Stella atmete auf. Er hatte schon gefürchtet, dass Angelo del Bufalo seine Worte in die falsche Kehle bekommen könnte.

Angelo del Bufalo hielt Wort. Sein Bote erschien bei Imperia, und in seinem Schreiben schlug er einen Tag in der Karwoche vor, den sie bestimmen möge. So lud sie ihn beziehungsvoll zum Tag der Venus ein, das war Venerdi – diesmal ein Karfreitag. Don Angelo aber dachte eher daran, dass dies der strengste Fastentag sei und das Gebot der Fleischlosigkeit von der Kirche in der Regel auch als Verzicht auf den Liebesakt verstanden wurde.
Was will sie damit andeuten? Will sie meine Festigkeit im Glauben prüfen oder nur sagen, dass es an einem solchen Tag zu mehr als einer harmlosen Plauderei nicht kommen würde?
Er jedenfalls trug diesem christlichen Trauertag Rechnung und kleidete sich schwarz. Sein Wams reichte züchtig bis über die Knie, auf der schwarzen Samtkappe steckte keine Feder, und wo waren die schulterlangen Haare geblieben? Er hatte sie zwar nicht abgeschnitten, aber hochgesteckt, sodass Imperia bei seiner Erscheinung gleich die scherzhafte Frage stellte:
»Guten Tag, mein Herr, Ihr seid gewiss Don Angelos Bruder? Lässt er sich entschuldigen?«
Natürlich erkannte Angelo del Bufalo den Schalk in dieser Frage, und er ging auf das Spiel ein.
»So ist es, Donna Imperia, die Sittenpolizei hat ihn heute Morgen verhaftet, als er mit grellroten Hosen und einem grasgrünen Wams zur Kirche gehen wollte.«
Sie schüttelte empört den Kopf.
»Das nenne ich geschmacklos unchristlich! Er sollte im Büßergewand und mit einer zweipfündigen Kerze in der Hand Abbitte tun – meint Ihr nicht auch?«
»Ich sehe schon, heute gefalle ich Euch nicht. Am Karfreitag hielt ich es für angebracht ...«
»Um Himmels willen! Eure Kleidung ist diesem Tag angemessen, aber nun sehe ich Euch zum ersten Mal in einer so feierlichen Aufmachung, die – verzeiht mir meine Offenheit – einfach nicht zu Euch passt. Kurz gesagt, sie passt zum Tag, aber nicht zu Euch.«

Lächelnd hob er beide Hände, als wolle er sich mit dieser Geste entschuldigen, aber es dauerte nicht lange, dann fanden sie zu ihrem alten vertrauten Ton. Als zum Nachtmahl die Fastenspeise serviert wurde – verschiedene Fische, in Kräutern gedünstet –, meinte del Bufalo:
»Es ist schon seltsam, dass unsere Kirche alle aus Meer und Flüssen stammenden Speisen für die Fastenzeit als geeignet erachtet. Wer Fisch, Krebse und Muscheln dem Fleisch vorzieht, für den wird die *quaresima* doch zum reinen Vergnügen.«
»Da habt Ihr freilich recht, doch das muss ein jeder für sich selber entscheiden. Wer ein köstliches Fischgericht während der Fastenzeit als sündig empfindet, der kann sich ja mit Wasser und Brot begnügen.«
»Das sollten wir den strengen Klosterorden überlassen. Vor einiger Zeit habe ich mit einem Kardinal über das Qudrogesimal-Fasten gesprochen – die vierzigtägige Fastenzeit vor Ostern – und er sagte, Christus selbst habe vom Fasten nicht allzu viel gehalten und es sogar verspottet, was irgendwo – ich glaube, bei Matthäus – nachzulesen ist.«
Dem Karfreitag angemessen verzichtete Imperia auf Musik und Gesang, brachte dann das Gespräch auf den *dies veneris*, und del Bufalo begann zu spüren, dass nicht der Karfreitag, sondern der Tag der Venus hinter dem Sinn der Einladung stand. Später dann, im *dormitorio*, legte er seine schwarze Kleidung ab und scherzte dabei:
»Ihr werdet sehen, dass unter meiner Karfreitagsuniform ein Mann steckt, einer, der gesonnen ist, den Tag der Venus gebührend zu feiern.«
Imperia sah ihm dabei zu und hörte die Stimme ihrer Mutter: »Nackt sieht einer wie der andere aus. Der eine mag größer ein, der andere kleiner, es gibt Dicke und Dünne, aber jeder wird auf deine *potta* schielen, wird deine *poppa* mit kundigen Augen prüfen, dann schwillt ihm der *cazzo* und es geht zur Sache.«
Keiner ist wie der andere, dachte Imperia trotzig. Wenn ich sehe, mit welcher Anmut sich Angelo entkleidet und mich dabei anlächelt, dann fallen mir solche ein, die vor Verlegenheit zitterten und kaum einen Knopf aufbrachten – andere, die sich so hastig die Kleider vom Leib zerrten, als hätte man ihnen – wie dem Herkules – ein Nesselhemd übergeworfen.
Nackt wirkte Don Angelo fast feingliedrig, doch das ging nicht ins Zierliche, ließ eher an die elegante Schlankheit einer antiken Adonisstatue denken.

»Ihr seht aus wie eine der römischen Jünglingsfiguren, die Ihr – wie man sagt – für reiche Sammler herbeischafft.«
Er setzte sich zu ihr aufs Bett und begann zart ihre Brüste zu liebkosen. Dann lachte er leise.
»So – sagt man das? Manche meinen, diese reichen Herren müssten dem *piacere dei grandi* huldigen, denn wer sonst sollte an einem nackten Jüngling Gefallen finden? Aber das stimmt nicht – nein, ich kenne meine Kunden besser.«
Imperia legte sich zurück und Angelo begann küssend und streichelnd ihren üppigen Körper zu erforschen, bis sie ihn ungeduldig an sich zog und mit kundiger Hand seine pralle *mentula* an Ort und Stelle brachte. Sie liebte dieses Wort, mit dem der große Catullus so häufig das männliche Glied benannte. *Cazzo* war vulgär und volkstümlich – *mentula* aber klang zärtlich und geheimnisvoll. Ja, Angelo wusste mit der seinen umzugehen, denn er hielt hastig-wildes Kaninchenrammeln für ein Zeichen von unkultivierter Grobheit, nicht anders als schnelles Hinunterschlingen erlesener Gerichte.
Etwas in dieser Art stellte Imperia für ihn dar: ein erlesenes Gericht, dem mit Verständnis und Respekt zu begegnen war. Imperia spürte es, genoss es und empfand eine Lust, die sie bei früheren Begegnungen nicht so intensiv erlebt hatte. Weil ich ihn liebe, dachte sie später, weil ich ihn liebe.

Erging es Fiammetta mit Don Cesare nicht ähnlich? Ja und nein. Liebe kann die unterschiedlichsten Formen annehmen, und so, wie Imperia ihren Kurtisanenberuf nachdenklich, ein wenig schwermütig und feierlich zelebrierte, so finden wir in der munteren, kecken, vorlauten und sprunghaften Fiammetta ihr Gegenstück. Freilich liebte auch sie ihren Cesare, oder sollen wir doch besser von einem Verliebtsein sprechen? Mögen andere es nennen, wie sie wollen, Fiammetta empfand es als Liebe und so, wie Don Cesare sich verhielt, durfte sie ohne weiteres annehmen, dass auch er so fühlte.
Auf seinen Wunsch hatte sie ihre alte, unansehnlich gewordene Kutsche verkauft und eine neue angeschafft, die mit breiten Lederriemen gefedert war, was alle harten Stöße in ein wohliges Schaukeln verwandelte. Hinten war ein Steg mit zwei Handgriffen angebracht – da stand dann Basilio mit seinem schwarz glänzenden Mohrengesicht und hatte, außer der

Aufgabe, die Tür aufzureißen, nur die dekorative Wirkung eines in prächtige Pumphosen gekleideten Exoten auszustrahlen. Natürlich hatte Imperia gleich von Cesares eindrucksvollem Geschenk erfahren, doch sie selber weigerte sich, den schnell um sich greifenden Brauch nachzuahmen, und zwar mit der Begründung, sie als Christin könne keine Sklavenhalterin sein. Das war freilich Fiammetta auch nicht, und niemand konnte ihr vorwerfen, sie würde den schwarzen Basilio wie einen Sklaven behandeln. Zu Hause bei den Muslimen war er tatsächlich einer gewesen, aber jetzt – von einigen leichten Aufgaben abgesehen – brauchte er nur in seiner schmucken *livrea* zu glänzen.

Nie zuvor war Fiammetta so viel herumgekommen wie jetzt an der Seite von Cesare Borgia. Fast jeder von Cesares Freunden und Bekannten besaß vor den Toren der Stadt eine *vigna*, wo man im Zeichen des Frühlings und der langen warmen Tage die Nächte durchfeierte. Mit nur wenigen Ausnahmen waren sie alle junge Leute zwischen zwanzig und dreißig, die keine Müdigkeit verspürten und, wenn Cesare seine Geliebte im Morgendämmer nach Hause brachte, dann wurde das nächtliche Fest meist noch bis in den Tag hinein nackt und zu zweit fortgesetzt. Waren sie allein, so gebrauchten sie jetzt immer das vertrauliche Du, das aber in Gesellschaft sofort verschwand. Einen Cesare Borgia duzte man nicht vor anderen, daran mussten sich auch seine engsten Freunde halten.

Ein Wunsch, der Fiammetta schon länger beschäftigte, wurde in diesen Tagen so dringend, dass sie ihn vor Cesare aussprach.

»Wäre es möglich, Seine Heiligkeit einmal persönlich zu sehen? Ich wünsche es mir so sehr ...«

Bei jedem anderen wäre Cesare misstrauisch geworden, denn meist wurden solche Bitten nicht ohne Absicht geäußert.

»Du willst dir nur einen Generalablass für deine Sünden erschmeicheln«, scherzte er und drohte mit dem Finger.

Sie saßen bei einem späten Frühstück auf der überdachten Westterrasse des Hauses und genossen den Blick in den etwas verwilderten, aber verschwenderisch grünenden und blühenden Garten. Als Cesare sie einmal auf den ungeordneten Zustand angesprochen hatte, meinte sie, gerade so sei es ihr recht. Sie habe nicht die Absicht, dort Wege anlegen und Statuen aufstellen zu lassen, denn alles sollte nach Lust und Laune wachsen und wuchern, blühen und vergehen.

Fiammetta lachte hell auf.

»Generalablass? Nein, so etwas brauche ich nicht, aber wenn ich schon mit dem Sohn Seiner Heiligkeit …«

»Ja, ja, das lässt sich leicht machen. Die Verleihung der Goldenen Rose an Isabella d'Este ist auf die Pfingsttage verschoben worden. Diese Feier wird in der Sala del Papagallo stattfinden, und ich werde dafür sorgen, dass du geladen wirst. Dazu musst du dunkle Kleidung und einen Schleier tragen.«

»Werde ich dem Papst vorgestellt?«

»Jeder kann und soll Seine Heiligkeit begrüßen.«

»Wenn ich dabei einen Schleier trage, wird er mein Gesicht nicht sehen.«

Cesare begann sich zu wundern.

»Warum soll er es sehen? Außerdem sind die für alle Damen vorgeschriebenen Schleier so grobmaschig, dass Seine Heiligkeit dein Gesicht erkennen wird.«

Jetzt ist der Augenblick gekommen, dachte Fiammetta. Sie hatte nichts überlegt oder gar geplant, es war ein spontaner Entschluss.

»Vielleicht beschleicht ihn eine Ahnung, vielleicht entdeckt er etwas Vertrautes …«

Cesare hob argwöhnisch seine dunklen Brauen und schaute sie fragend an.

»Worauf willst du hinaus?«

»Wir sind Halbgeschwister, mein Freund, und so war es auch unser Vater, der meiner Mutter und mir in Rom Asyl anbot. Damals tyrannisierte Savonarola unsere Stadt, mein Bruder kam bei einer Straßenschlacht um …«

Cesare lächelte spöttisch.

»War auch er mein Halbbruder?«

»Nein, er nicht. Ich sehe schon, du misstraust mir, aber ich werde dir davon erzählen, und danach magst du entscheiden, ob wir unseren Umgang abbrechen sollen.«

Fiammetta wiederholte den Bericht ihrer Mutter und sagte, wenn er wolle, könne er in den Archiven alle Daten nachprüfen. Am Ende schien er ihr zu glauben.

»Als Kardinal hat mein Vater vielleicht mehr Kinder gezeugt, als er selber weiß.«

Er wandte sich ihr zu, und seine sonst etwas kalten dunklen Augen blickten sie zärtlich an.

»Und du glaubst, das stört mich? Ach Fiammetta, wenn du wüsstest …«
»Was soll ich wissen – jetzt aber raus damit!«
»Schau, schau, das Schwesterchen wird ungeduldig. Nun, da ich weiß, dass es in der Familie bleiben wird, sollst du etwas erfahren, das bis jetzt nur zwei Menschen wissen.«
In sein sonst immer beherrschtes Gesicht war ein seltsam faunischer Zug gekommen, hinter dem etwas wie lüsterne Geilheit steckte. Fast erschrak Fiammetta vor diesem Ausdruck, der ihr an Cesare fremd war, aber er hielt nicht lange an und schnell zeigte sein Antlitz wieder die gewohnte Beherrschung.
»Wenn es nur zwei Menschen wissen, dann soll es vielleicht dabei bleiben, denn der zweite ahnt nichts von dem, was du mir offenbaren willst.«
»Offenbarung – ja, das klingt gut: Geheime Offenbarung. Apokalypse, wie es die Griechen nannten. Aber was ist denn noch geheim an der Apokalypse des Johannes? Sie liegt in sämtliche Sprachen übersetzt vor und jeder Schriftkundige kann Einsicht nehmen. Ob er es dann versteht, ist eine andere Frage. Nun aber zu deinem Einwand. Ja, der zweite Geheimnisträger ist nicht zugegen und ich weiß nicht, ob es ihm recht ist – besser, ob es *ihr* recht ist, wenn ich da etwas ausplaudere.«
»Es geht um eine Frau?«
»Auch, Fiammetta, aber es handelt sich um meine – um meine Schwester Lucrezia.«
Nun war sie doch neugierig geworden, hielt es aber für besser, zu schweigen. Er sollte selber entscheiden, ob und wie er darüber sprechen wollte.

Die späte Vormittagssonne traf zwar noch nicht die überdachte Westterrasse, doch es wurde so warm, dass sie sich ins Innere des Hauses zurückzogen. Basilio klopfte, trat ein und verbeugte sich. Cesare grinste ihn an.
»Basilio, du dunkles Geheimnis, ich habe einen Auftrag für dich. Du stellst oder legst dich vor die Tür dieses Zimmers und verwehrst jedem – ob Mann, Frau oder Kind – den Eintritt, bis du von uns anders lautende Befehle erhältst. Verstanden?«
Basilio nickte, verneigte sich und verschwand.
Sie nahmen auf der Fensterbank Platz und Cesare legte einen Arm um ihre Schulter.

»Mit unserem Gedächtnis hat es eine seltsame Bewandtnis. Mir scheint, als hätte unser Schöpfer da ein unsichtbares Sieb eingebaut, das alles durchfließen lässt, was nicht von Belang ist. Die größeren Brocken, also Dinge, die uns wichtig sind, bleiben hängen und so lange in unserem Gedächtnis, bis auch sie an Bedeutung verlieren, zerfallen und ins Nichts versinken. Manches aber, so glaube ich, bleibt ein Leben lang in Erinnerung, und dazu gehört für mich das folgende Erlebnis. Unsere Familie hatte damals einen Sommersitz in den Albaner Bergen, eigentlich nur eine zugige, wenn auch sehr geräumige Burg in der Gegend von Frascati. Dort lebt jetzt übrigens Orsino Orsini, der gehörnte Gemahl unserer Giuliabella. Für meinen« – er schmunzelte – »für unseren Vater war es der letzte Sommer als Kardinal. Ich muss damals sechzehn und Lucrezia um die zwölf gewesen sein. Juan hielt sich, wie häufig, abseits, während der vielleicht zehnjährige Jofré uns – ich meine Lucrezia und mir – zäh an den Fersen hing. Ihm selber fielen keine Spiele ein, er brauchte immer jemanden, der ihn mittun ließ. Wir machten uns einen Spaß daraus, ihn abzuhängen, uns unsichtbar zu machen. Das war in diesem weit verzweigten Gemäuer keine Kunst. Der schon stark verfallene Südflügel war uns Kindern verboten, und gerade deshalb hatten wir diesen Teil genau erkundet und zogen uns in Räume zurück, die Jofré unbekannt, vielleicht auch unheimlich waren. Wenn ich ›uns‹ sage, meine ich immer Lucrezia und mich.

Es muss wohl zur heißesten Zeit, so um die Mitte des August gewesen sein, wenn sich die Erwachsenen nach dem *pranzo* zu einer langen Siesta zurückziehen. Für uns Kinder war das freilich nichts – oder soll ich uns überhaupt noch Kinder nennen? Jofré lauerte schon darauf, sich uns anzuschließen, und ich verständigte mich mit Lucrezia durch einen kurzen Blick. Sie gähnte ausgiebig.

›Ich lege mich auch ein wenig hin …‹

Jofré schaute mich fragend an.

›Und ich geh pinkeln …‹, brummte ich.

Jetzt stand er da und wusste nicht, wie er sich verhalten sollte. Lucrezia war schnell verschwunden und Jofré folgte ihr, wohl um zu prüfen, ob sie sich wirklich zur Ruhe legen würde. Doch sie war längst über alle Berge und ich sagte zu ihm, wenn ich zurück sei, könnten wir zum *ruscello* gehen und uns abkühlen. Das war ein kleiner namenloser Bach, der von den Bergen kam und hinter der Burg ein kleines Becken bildete. Stattdessen eilte ich zu Lucrezia in unser Versteck, doch diesmal war Jofré mir heimlich gefolgt und merkte bald, dass ich nicht den Weg zum Abtritt einschlug, sondern zur kleinen Tür schlich, die in den Südflügel führte. Aber er war nicht schnell genug, den durch Gerümpel verborgenen Aufgang zu finden, und irrte herum wie eine verlorene Seele. In unserer fast lichtlosen Kammer hatten wir eine Art Refugium eingerichtet – da gab es einen Tisch, zwei Stühle, ein paar Brett- und Kartenspiele, einen zerlesenen Band mit den Liedern des Catullus, die wir uns kichernd vorlasen, immer auf der Suche nach ›Stellen‹, die uns rätselhaft oder mehrdeutig erschienen. Nun aber hielten wir uns still, weil wir Jofré schon ganz in der Nähe rumoren hörten. Da kam Lucrezia plötzlich ein Lachen an, das sie nicht zurückhalten konnte, und ich hielt ihr den Mund zu. Da biss sie mir in den Finger, doch als ich leise aufschrie, presste sie meinen Kopf gegen ihre schon lieblich gerundeten Brüste. Wir trugen leichte Sommerkleidung und es kam dann so, dass die Berührung unserer Körper ein heißes Begehren – wenigstens in mir – entzündete. Jofré war vergessen, die Geräusche entfernten sich, doch wir wälzten uns am Boden – ich bemüht, Lucrezias Knie auseinanderzuzwängen, sie halbherzig darum bemüht, es nicht geschehen zu lassen. Dann geschah es doch, wenn auch auf eine sehr schnelle, verschämte Art. Ich weiß bis heute nicht, ob ich sie dabei entjungfert habe; mein Samenerguss kam so schnell und reichlich, dass das meiste davon auf ihrem Bauch landete. Weitere Versuche gab es nicht mehr. Als unser Vater im Jahr darauf die Papstwahl gewann, wurden wir getrennt erzogen und Lucrezia hat dann bald ihren ersten Mann geheiratet.«

Fiammetta schaute Cesare fragend an.

»Hast du es noch einmal versucht?«

»Es gab keine Gelegenheit mehr, aber hätte sie gewollt, so wäre ich jederzeit wieder mit ihr ins Bett gehüpft. Dass sie meine Schwester war, störte mich nicht. Für andere mag der Inzest höchst verabscheuungswürdig sein, doch mich hat es verlockt, mit ihr zu schlafen, gerade weil sie meine Schwester ist.«

»Das hast du mit mir jetzt nachgeholt …«

Er küsste sie ungestüm.

»Ja, und wir werden es wieder tun – wieder und wieder!«

10

Isabella Gonzaga, geborene d'Este, Fürstin von Mantua und hochberühmt wegen ihrer umfassenden Bildung und glänzenden Rednergabe, hielt nicht viel von der Familie Borgia. Sie entstammte einem der ältesten Fürstenhäuser Italiens, war aber zu gut erzogen, um dies stets zu betonen oder in den Vordergrund zu stellen. Die Menschen, mit denen sie gleichrangig verkehrte, wussten ohnehin Bescheid und wer es – aus welchen Gründen auch immer – ganz genau wissen wollte, konnte in den Stammrollen der Fürstenhäuser nachlesen, dass ein Marchese Otberto d'Este schon unter Kaiser Otto I. Pfalzgraf von Italien gewesen war. So war ihre Ehe mit Francesco Gonzaga durchaus standesgemäß, denn auch dieses Geschlecht war über Jahrhunderte zurückzuverfolgen und hatte seit dem Mittelalter in Mantua praktisch die Macht in Händen gehalten.
Vor Ostern traf nun die Nachricht ein, Seine Heiligkeit Papst Alexander VI. sei gesonnen, die »Rosa aurea« in diesem Heiligen Jahr der Fürstin von Mantua, Isabella Gonzaga, zu verleihen. Die Begründung war kurz und sprach nur von ihrem »tugendhaft christlichen Leben«.
Francesco Gonzaga, mehr erheitert als begeistert, meinte:
»Wie sehr dies zutrifft, weiß niemand besser als ich, Euer Gemahl. Aber – verzeiht, wenn ich das sage – es würde auch noch auf ein Dutzend anderer Fürstinnen zutreffen, also muss die Verleihung einen gewichtigen politischen Grund haben.«
»Und der wäre?«
»Ja, meine Liebe, das lässt sich nicht in wenigen Worten sagen. Einesteils ist Don Cesare ein Mensch, der nur schwer verlieren kann, andererseits denkt er doch zu politisch, um sich zu etwas hinreißen zu lassen, das ihm Nachteile bringt. Da muss ich gleich an ein Erlebnis in Siena denken, das etwa ein Jahr nach Alexanders Thronbesteigung stattgefunden hat. Wir beide, Don Cesare und ich, hatten uns zur Teilnahme am Paliofest für den 16. August angemeldet. Da wollte dieser kaum achtzehnjährige Papstbastard den Sieg erzwingen, indem er kurz vor dem Ziel vom Pferd sprang. Das von seiner Last befreite Tier ging als Erstes ins Ziel, ich, natürlich im Sattel, als zweiter. Die Kampfrichter bestimmten mich zum Sieger, den der Palio ist seit alters ein Reiterkampf und nicht ein Rennen führerloser Pferde. Cesare appellierte sogar an den Senat der Stadt, doch

der verwies ihn an die Kampfrichter. Ich weiß nicht, ob er mir diesen doch verdienten Sieg jemals verziehen hat.

Ihr werdet Euch jetzt wundern, dass bisher immer nur von Don Cesare die Rede war, wo doch Seine Heiligkeit Euch die Tugendrose – auch so wird sie genannt – angetragen hat. Es gibt hinreichende Gründe, um anzunehmen, dass auch dahinter Don Cesare steht, wie hinter allem, was außenpolitisch geschieht. Diese Ehrung gehört mit Sicherheit dazu, und Ihr, meine Liebe, seid gewiss so würdig wie kaum eine andere Dame in Italien. Don Cesares Grund aber ist die Lage von Mantua, das genau zwischen zwei Machtblöcken liegt, nämlich dem von Venedig, dessen Gebiet mit Verona beginnt, und dem von ihm angestrebten Herzogtum der Romagna mit Städten wie Imola, Forli, Faenza, Rimini, Urbino und anderen. Was ihm dort als Kriegsgrund dient, dass nämlich diese Orte allesamt abgefallene Kirchenlehen seien, das trifft auf Mantua nicht zu. Andererseits weiß er, dass wir auch nicht seine Freunde sind und uns unter bestimmten Umständen seinen Gegnern anschließen könnten. Das will er vermeiden und diese Geste soll dazu dienen. Es würde mich keinesfalls befremden, wenn Ihr Euch weigert, denn diese Rose aus der Hand eines solchen Papstes zu erhalten, erweckt doch Bedenken.«

Isabella, eine strenge Schönheit mit hoher Stirn und klugen Augen, wiegte zweifelnd ihren Kopf.

»Alexander ist bekanntlich einstimmig gewählt worden, was – neben einigen Bestechungsgeldern – gewiss nicht ohne Gottes Willen geschah. Wenn ich die Rose annehme, schaue ich auf das Amt, nicht auf den Menschen.«

»Ihr werdet es also tun?«

»Gewiss, aber nur, wenn Ihr einverstanden seid.«

»Wir vergeben uns dabei nichts ...«

So wurde das Herzogspaar von Mantua in der Pfingstwoche von Seiner Heiligkeit in die Sala del Papagallo geladen, wo der Papst die »Goldene Rose« übergeben wollte, die er auch hier, am vierten Fastensonntag, geweiht hatte. Zugegen waren acht Kardinäle, Lucrezia Borgia mit ihrem Gemahl Don Alfonso, Cesare Borgia mit einigen Freunden, auch der *banchiere* Agostino Chigi – nicht aber Giulia Farnese, deren Mann Orsino Orsini dringend nach ihr verlangt hatte. Der Papst hätte sie gerne dabei gehabt, aber er wollte seine Rolle als Ehebrecher nicht zu sehr betonen. Verdrießlich hatte er vor einigen Tagen zu Cesare gesagt:

»Dieser Mensch wird allmählich zum Ärgernis. Die Welt braucht keinen Orsino Orsini, aber ich brauche meine Giulia.«
»Ich verstehe das«, hatte Cesare ernst erwidert und dann gefragt: »Wann erhält unser *becco cornuto* seine nächsten Gelder?«
»Er will dauernd welche! Irgendwann im Sommer, du kannst dich ja erkundigen.«
Diesmal wird sie Michelotto überbringen, dachte Cesare und freute sich, seinem Vater einmal einen persönlichen Dienst erweisen zu können.

Unter den eintreffenden mehr oder weniger tief verschleierten Damen war auch Fiammetta, die aber darauf bestanden hatte, die päpstliche Einladung unter ihrem richtigen Namen, Maria de Michelis, zu erhalten.
»Gut«, sagte Cesare, »aber bei dieser Gelegenheit kann ich nicht an deiner Seite sein. Willst du einen Begleiter?«
Sie nickte.
»Eine Begleiterin – meine Mutter.«
»Ja, das lässt sich machen.«

So standen Mutter und Tochter unter den illustren Gästen im Sala del Papagallo und sanken in die Knie, als Seine Heiligkeit im edelsteinbesetzten Prunkgewand mit der Tiara auf dem Haupt, von zwei älteren Kardinälen gestützt, hereinkam. Es hätte der Stütze nicht bedurft, aber ein zu Boden stürzender Papst galt als sehr schlechtes Omen, und so versuchte man, dem vorzubeugen.
Tadea fand ihren einstigen Liebhaber wenig verändert. Sein Gesicht schien etwas voller, und als ihm seine Begleiter die Tiara abnahmen, sah sie, dass sein Haar grau und schütter geworden war.
Als Alexander Platz genommen hatte, erhob sich die Gesellschaft wieder und bildete vor dem Thron eine Schlange, dem Stellvertreter Christi zu huldigen. Der Zeremonienmeister las dabei die entsprechenden Namen von einer Liste ab. Schließlich hieß es:
»Donna Tadea de Michelis aus Florenz mit ihrer Tochter Maria.«
Auch wer Fiammetta als Kurtisane kannte, hätte mit diesem Namen nichts anfangen können. Sie sanken in die Knie, aber als Tadea den weißseidenen Pantoffel des Papstes küssen wollte, zog er schnell den Fuß zurück, beugte sich vor und berührte ihre Ellenbogen. Bei Vertrauten kürzte das die Zeremonie ab, doch Alexander nützte die Nähe, um ihr zuzuflüstern:

»Tadea, Ihr seid noch schöner geworden! Habt Ihr Euch in Rom gut eingelebt?«
»Die gnädige Unterstützung Eurer Heiligkeit hat uns alles sehr erleichtert.«
Fiammetta hatte bewusst einen so dünnen Schleier gewählt, dass ihr Gesicht aus der Nähe gut zu erkennen war. Alexander, auch als Siebzigjähriger ein Anbeter weiblicher Schönheit, verschlug es die Sprache. Schon war er geneigt, mit Tadeas wunderschöner Tochter das fortzusetzen, was er mit der Mutter in Florenz begonnen hatte, da fühlte er Cesares zornig funkelnden Blick. Ja, er fühlte ihn, als hätte dieser Sohn mit einem Pfeil auf ihn gezielt. Cesare aber kannte seinen Vater, wusste auch, dass ihm in Giulias Abwesenheit nachts bildschöne junge Mädchen zugeführt wurden. Der Papst verstand den Blick und sagte nur:
»Eurer Jugend, Maria de Michelis, gilt mein besonderer Segen mit dem Wunsch, Gott möge auch künftig seine schützende Hand über Euch halten.«
Da die meisten der zu Begrüßenden sehr schnell abgefertigt wurden, erregte das kurze Zwiegespräch des Papstes mit den beiden Damen Neugier und Interesse. Die Wenigen im Saal, die Fiammetta trotz ihrer Verschleierung erkannt hatten, schwiegen sich aus, da niemand wusste, ob der Papst sich eines Tages von Giulia ab- und einer anderen zuwenden würde.
Fiammetta aber hatte den Papst genau beobachtet. Dieser Mann im Prunkgewand ist also mein Vater und alle Welt sinkt vor ihm auf die Knie. Sie fühlte sich seltsam angerührt und spürte eine Zärtlichkeit für diesen Menschen, auf die sie nicht gefasst war. Aber sie hatte sich schon zuvor die Einstellung ihrer Mutter zu eigen gemacht, dass nämlich Rodrigo Borgia von Papst Alexander zu trennen sei.
Als die *salutazione* zu Ende war, erhob sich das seitlich auf niedrigen Hockern sitzende Fürstenpaar von Mantua. Sie mussten dem Papst freilich nicht den Fuß küssen, sondern nur den Fischerring, und als regierende Fürsten blieb ihnen auch der Kniefall erspart. Francesco Gonzaga verbeugte sich leicht und Isabella d'Este deutete einen Knicks an. Dann brachte der Zeremonienmeister Burcardus in eigener Person die auf einem rot-samtenen Kissen ruhende »Rosa aurea«. Der Papst nahm sie auf und reichte sie der Herzogin. Dazu erschollen aus dem Hintergrund Pauken und Fanfaren, während die silberhellen Stimmen eines Knabenchores den eigens dafür geschaffenen Lobgesang anstimmten.

Sogar Isabella d'Este musste diesem Papst im Stillen ein würdiges Auftreten einräumen, wie sie sich widerwillig eingestand, da auch der Mann Alexander nicht ohne Wirkung auf sie gewesen war. Jedenfalls hatte sich ihr abschätziger Gedanke, diese Borgia seien im Grund nur kleiner, vor einem Jahrhundert kaum bekannter Landadel gewesen, verflüchtigt und war der Einsicht gewichen, dass diese Leute – so gewissenlos wie tüchtig – ihren hohen Ämtern durchaus gewachsen waren. Auch war sie von ihrem Gemahl daran erinnert worden, dass schon Alexanders Onkel es vor einem halben Jahrhundert zum Papst Calixtus III. gebracht hatte.

Es soll auch nicht verschwiegen werden, dass unfromme Gedanken die Herzogin bewegten, als Alexanders dunkel brennender Blick ihre Augen traf und sie darin ein Begehren zu erkennen glaubte, das ihrer Person als Frau galt. Sie hatte schon richtig gesehen, nur war es so, dass dieser Blick allen einigermaßen ansehnlichen Frauen zuteil wurde. Schon der junge Rodrigo Borgia hatte ihn eingeübt, sodass er ihm zur zweiten Natur geworden war.

Auf Francesco Gonzaga, den Herzog von Mantua, wirkte dieser Papst wie ein großartiger *attrice*, der mit Eifer und Hingabe seine Rolle spielt, dabei aber dem Kundigen – wozu der Herzog sich zählte – nicht verbergen kann, dass dahinter ein ehrgeiziger, habgieriger, frauengeiler Wüstling steckt. Von Cesare Borgia aber gewann der Herzog einen anderen, weitaus günstigeren Eindruck. Don Cesare war imstande, mit einer solch fürstlichen Noblesse aufzutreten, dass die in seinem Besitz befindlichen Herzogtümer – vor allem das französische – ihm wie auf den Leib geschnitten schienen.

Am nächsten Tag lud der Papst das Herzogspaar in sein Arbeitszimmer, das mit allegorischen Fresken der Künste und Wissenschaften ausgeschmückt war. Don Cesare war auch zugegen und wartete mit vollendeter Höflichkeit, bis die Gäste den Papst begrüßt und sich gesetzt hatten. Ohne Umschweife begann er dann über die Vorteile einer Ehe Lucrezias mit Don Alfonso d'Este zu reden, dem Kronprinzen des Herzoghauses Ferrara. Das Herzogspaar blickte sich erstaunt an. Da es sich um Isabellas Bruder handelte, ergriff sie als Erste das Wort.

»Eure Heiligkeit, Don Cesare – ich muss mich wundern. Mein Bruder Alfonso ist Witwer, gut, das weiß alle Welt, aber ebenso, dass Donna

Lucrezia nach wie vor in gültiger Ehe mit Alfonso d'Aragon, dem Herzog von Bisceglie, verheiratet ist. Wollt Ihr sie zur Bigamistin machen?«
Der Papst lächelte erheitert, doch Cesare blieb ernst. Als sein Vater nichts sagte, meinte er:
»Wo denkt Ihr hin? Natürlich nicht! Es ist nur so, dass dieser Mensch unserer Familie inzwischen alles andere als Ehre macht. Im Vorjahr hatte er sich monatelang von seiner Gemahlin ferngehalten und ist nur nach wiederholter Aufforderung nach Rom zurückgekommen.«
Der Herzog warf ein:
»Vielleicht hatte er in Bisceglie zu tun?«
Der Papst winkte ab.
»Nein, er ist nach Mailand zu unseren Feinden geflohen. Im Übrigen klingt es wie ein Scherz, wenn man diese schäbige Hafenstadt kennt – dafür hätte ein Graf auch genügt, aber freilich, Seine Majestät von Neapel musste den Bastard gleich zum Herzog erheben. Euch, den Herzog von Mantua, müsste es schamrot machen, mit einem solchen Menschen als Standesgenossen zu verkehren.«
»Ich kenne diesen Herrn nicht«, sagte der Herzog abweisend, »und will mich in nichts hineinmischen, aber dies alles ändert nichts an der Tatsache, dass er nach wie vor mit Donna Lucrezia verheiratet ist.«
Dass auch Cesare nur ein Bastard war und seine Herzogtümer dem Papst verdankte – das hat dieser junge Kerl wohl vergessen. Diese Gedanken gingen dem Fürsten durch den Kopf, doch er schwieg.
»Es wird sich ein Weg finden«, sagte Cesare steif.
»Welcher Weg?«, fragte Donna Isabella.
»Ein geeigneter.«
Sie nickte.
»Gut, aber bis dahin kann ich mich nicht für etwas einsetzen, das zur jetzigen Zeit unmöglich scheint.«
Cesare lächelte fein.
»Scheint, Donna Isabella – ja, da habt Ihr das richtige Wort gefunden. Seine Heiligkeit und ich möchten Euch nur um eines bitten, nämlich Eurem Bruder diese Möglichkeit anzukündigen.«
»Ich fürchte, da wird er sich taub stellen, ganz zu schweigen von seinem und meinem Vater, dem regierenden Herzog.«
Cesare hob warnend eine Hand.

»Es wird zu Situationen kommen, da wäre es unklug, sich taub zu stellen. Lasst es mich Euch erklären.«

Er nahm eine zusammengerollte Karte vom Tisch, breitete sie aus und beschwerte beide Enden mit der Tischglocke und einem Tintenfass. Sein schlanker Zeigefinger stach zu wie ein Dolch, als er auf die verschiedenen Städte deutete.

»Hier«, sein Finger zog einen Kreis um die Adriastädte, »seht Ihr das künftige Herzogtum Romagna …«

Der Herzog hob schnell die Hand.

»Halt, Don Cesare, wenn ich mich nicht täusche, habt Ihr auch das Gebiet von Bologna mit einbezogen. Dort herrscht aber noch unangefochten die Familie Bentivoglio.«

Der Valentino nickte.

»Ja, das ist der Status quo, doch er wird sich bald ändern. Oben«, wieder beschrieb sein Finger einen Kreis, »sehen wir die von Venedig beherrschten Städte Verona, Vicenza, Padua und andere. Dazwischen, Don Francesco, liegt Euer Herzogtum Mantua und das Eures Schwiegervaters, Ferrara. Don Alfonso wird es erben, und mit Lucrezia als seiner Gemahlin habt Ihr die Gewissheit, dass Ferrara wie auch Mantua in einem engen Bündnis mit der Romagna stehen.«

Cesare hob beschwörend beide Hände.

»Wir brauchen das, Venedig hat nicht umsonst den Löwen im Wappen, der nach allen Seiten wittert und bei Gelegenheit sehr gefräßig sein kann.«

»Bisher ist nur ein kleiner Teil der Adriastädte in Eurer Hand«, bemerkte der Herzog von Mantua ruhig.

»Das wird sich bald ändern, Don Francesco, ich gebe Euch mein Wort darauf.«

11

Als der Papst mit Burcardus und Cesare die Gästeliste zur Verleihung der »Goldenen Rose« zusammenstellte, wurde auch erwogen, Francisco Remolines einzuladen, doch Burcardus machte Einwände geltend.

»Vom Rang her passt er nicht dazu. Eure Heiligkeit hatte ihn damals zum

päpstlichen Kommissär ernannt, aber nur für den Prozess gegen Savonarola. Er hat sonst nichts aufzuweisen ...«
»... außer seiner Freundschaft zu unserer Familie«, warf Cesare ein.
Burcardus blieb ernst; er war ein Mann, der selten lachte – im Dienst tat er es nie.
»Wenn das genügt?«
Der Papst winkte ab.
»Da mische ich mich nicht ein, das soll César entscheiden. Im Übrigen wird dieser Mensch in letzter Zeit etwas aufdringlich. Er will zum Kardinal erhoben werden, ist noch verheiratet ...«
Cesare dachte an Fiammetta und einige Freunde, die er mit einer Einladung auszeichnen wollte.
»Gut, Burcardus, ich muss Euch recht geben – streicht ihn von der Liste.«

Natürlich wusste Remolines von diesem Gespräch nichts, aber später wurde ihm boshafterweise zugetragen, dass er zugunsten Fiammettas von der Liste gestrichen worden war. Da konnte Remolines nur noch eines denken: Zur Hölle mit diesem Weib – zur Hölle – zur Hölle!
An einer der Fiammetta oberflächlich gleichenden Hure kühlte er seinen Zorn, bis das arme Mädchen mit roten Striemen übersät aus dem Zimmer floh. Der Hurenwirt ging nach oben und stellte Remolines zur Rede:
»Hier dürft Ihr so ziemlich alles, mein Herr, ausgenommen ein Mädchen auf diese Weise zu verprügeln. Das kann ich nicht dulden!«
Remolines warf ihm schweigend einen Dukaten hin. Der Hurenwirt steckte ihn schnell weg, beharrte aber auf seiner Forderung.
»Damit mag es abgegolten sein, aber ich verbitte mir eine Wiederholung!«
»Wisst Ihr, wer ich bin?«
»Nein, das ist hier ohne Belang.«
»Eines Tages vielleicht doch ...«
Danach gingen ihm verschiedene Dinge durch den Kopf. Vage erwog er den Plan, die angestrebte geistliche Laufbahn aufzugeben und zu Don Cesares Truppen überzuwechseln. Er konnte fechten wie ein Teufel, hielt sich überhaupt für einen mutigen Menschen. Im Rang eines Hauptmanns wäre er Don Cesare stets nahe und könnte so mehr erreichen als ein meist beschäftigungsloser Jurist.

Einige Tage später bat ihn Cesare zu sich.
»Mein Freund, aus verschiedenen Gründen hat Seine Heiligkeit beschlossen, erst wieder in zwei Jahren Kardinalerhebungen durchzuführen. Bis dahin müsst Ihr einen Weg finden, Euch in Ehren von Eurer Frau zu trennen. Vielleicht verspürt sie Gelüste, ihr Leben Gott zu weihen? Ginge sie ins Kloster, so könnte Seine Heiligkeit … aber gut, dafür sind noch zwei Jahre Zeit. Um Euch inzwischen zu zeigen, dass die Borgia treue Dienste nicht unbelohnt lassen, hat Seine Heiligkeit verfügt, Euch die freigewordene Stellung eines Auditors des *gubernator urbis* von Rom zu verschaffen. Ein hohes einflussreiches Amt!«
Remolines, sonst nicht so leicht zu überraschen, fand fürs Erste kaum Dankesworte.
»Aber Don Cesare – ich – das ist – nun, als Jurist …«
»Ihr habt es verdient, Don Francisco!«
Ja, davon war er selber überzeugt, und nun kam sein Dank in bedächtigen Worten.
Cesare wehrte ab.
»Ihr müsst das Amt wieder aufgeben, sollte Seine Heiligkeit Euch später zum Kardinal erheben.«
»Das weiß ich, das weiß ich.«
Wer sich in Kreisen der römischen Gesellschaft bewegte, musste bald feststellen, dass dies eine durch und durch geistliche Stadt war. Die zahlreichen päpstlichen Ämter wurden mit ganz wenigen Ausnahmen von Priestern aller Weihegrade versehen. Die meisten von ihnen beließen es lebenslang bei den sogenannten niederen Weihen, die *ordines minores*, die noch keine Zölibatsverpflichtung mit sich brachten. Da war man dann offen für alle Möglichkeiten – wenn etwa eine reiche Witwe kam, so konnte man sie heiraten und die niederen Weihen vergessen. Selbst Bischöfe zögerten lange, bis sie mit den drei höheren Weihen als vollwertige Priester galten.
Trotz ihrer überwiegend geistlichen Prägung gab es in Rom auch einen Laienstand, dessen höchste Ränge sich aus den alten römischen Patrizierfamilien zusammensetzten, die allerdings nicht umhin konnten, einigen ihrer Mitglieder den Kardinalsrang zu verschaffen, um wenigstens mit einem Fuß im Vatikan zu stehen, auch um die Möglichkeit zu haben, damit an den Papstwahlen teilzunehmen. Die Erhebung ins zweithöchste Kirchenamt verlieh Einfluss und Ansehen, doch wenn der Kardinal

starb, fiel sein Vermögen an die Kirche zurück, denn durch sie hatte er es ja auch im Laufe der Jahre erworben.

Da alle geweihten Priester dem geistlichen Gericht unterstanden, wurde über die weltliche Gerichtsbarkeit ein *gubernator urbis* gesetzt, dessen verschiedene Pflichten vier Unterbeamte wahrnahmen, darunter der Auditor, zuständig für die Weiterleitung aller Rechtsanträge an die damit befassten Beamten. Ein Auditor saß sozusagen an der Quelle, er konnte vieles bewirken und in Gang setzen, ebenso aber auch verhindern.

Ja, das war ein Amt nach dem Geschmack des Francisco Remolines, und nachdem er es im Juni angetreten hatte, öffnete es ihm Tür und Tor, zumal jedermann wusste, wie angesehen dieser Mann bei der Borgiafamilie war.

Dass ihm trotzdem Fiammettas Haus verschlossen blieb, nahm er vorerst hin, auch zwang er sich dazu, seine gewaltsamen Auftritte bei den Huren zu unterlassen. Freilich darf man daraus nicht den Schluss ziehen, aus Francisco Remolines sei nun ein besserer Mensch geworden. Zwar zügelte er nun als kluger Mann seine Begierden, die aber nach wie vor vorhanden waren, wenn er sie auch jetzt in andere Wege leiten musste. In seinem Kopf geisterte eine Vorstellung, wie er sich an Fiammetta rächen würde, entließe Don Cesare sie aus seinem Schutz. Er würde anonyme Anklagen gegen die Kurtisane fingieren, ihnen mit Eifer nachgehen und sie nach und nach in ein Geflecht von Schuld verstricken, das in einer Verurteilung enden musste. In seiner Wunschvorstellung bestand diese in öffentlicher Auspeitschung mit darauf folgender Verbannung aus der Stadt. In seinen Träumen sah er sich selber als Exekutor, der das *mandatum ad capiendum*, den Haftbefehl, der zu Tode erschrockenen Fiammetta überreichte. Und nicht nur das – er träumte sich in die Rolle des Büttels hinein, der die Verurteilte auf dem Gerüst an einen Pfahl band, ihr das Obergewand herabriss und dann nach einer der frisch gebundenen Weidenruten griff. Schon nach den ersten pfeifenden Hieben riss die Haut auf, doch das spornte den Büttel nur dazu an, weiter auszuholen, stärker zuzuhauen …

So schwankte Remolines zwischen Wunschtraum und Realität, doch er behielt es für sich. Um seiner neuen Würde Ausdruck zu verleihen, meldete er einen Besuch bei Imperia an, die ihn – ein wenig steif zwar – willkommen hieß. Wenn Francisco Remolines Fiammetta und ihrer Mutter aus mancherlei Gründen Abscheu eingeflößt hatte, so ließ Imperia nichts

davon erkennen. Man kann sagen, er traf sie in günstiger Stimmung, denn Angelo del Bufalo, der ihr jetzt so nahe stand, hatte sie enttäuscht, fast verbittert. Zuerst war er wieder häufiger erschienen, zuletzt aber nur kurz, um ihr zu sagen, dass seine Familie ihm dringend eine Heirat nahegelegt hatte, schon deshalb, weil er nach dem Tod seines Vaters als würdiges Familienoberhaupt auftreten müsse. Man habe dabei eine Francesca de Cupis ins Auge gefasst, Schwester eines Kardinals und mit einer beträchtlichen Mitgift ausgestattet. Der künftige Schwager habe ihm zur Wohnung einen Palast in der Via del Anima angeboten, einschließlich einer angemessenen Dienerschaft. Das alles brachte Angelo del Bufalo mit einem amüsierten Lachen hervor, so, als ginge es ihn im Grunde nichts an.
Als Imperia ihm spontan anbot, er könne auch sie heiraten, denn ihre Mitgift übertreffe vermutlich um ein Beträchtliches die der Kardinalsschwester – was war seine Antwort gewesen? Damit würde er sich halb Rom zum Feind machen – das könne und wolle er ihr und sich nicht antun. Da war Imperia aufgestanden und hatte ihn gebeten, sofort ihr Haus zu verlassen. Dieses Ereignis kam Remolines nun zugute, denn in ihrer Enttäuschung war Imperia gesonnen, sich dem Nächstbesten an den Hals zu werfen. Das war ein ihrem Wesen eigentlich fremder Entschluss, der in seiner spontanen Heftigkeit eher zu Fiammetta gepasst hätte.
Nun aber tauchte ihr schwermütiger Blick in die schwarzen blicklosen Augen von Don Francisco Remolines, der heute alle Register einer ihm ungewohnten Liebenswürdigkeit zog. Dabei redete er sich ein, Aussehen und Wesen Imperias entspreche weit eher seinen Ansprüchen als das Fiammettas, die – nüchtern betrachtet – nichts weiter als eine emporgekommene Hure sei und später gewiss in der Gosse enden würde. Wie manchmal im Leben finden Menschen zueinander, weil eine Reihe von Umständen es so will, auch wenn kurz zuvor eine solche Verbindung kaum denkbar gewesen wäre.
Ja, Donna Imperia fand an diesem Mann Gefallen. Das war gewiss kein Bruder Leichtfuß wie Don Angelo. Schon beim ersten Blick war zu erkennen, dass hier ein Mann von Gewicht auftrat, auch wenn sein scharf gemeißeltes Gesicht mit den eng stehenden nachtdunklen Augen etwas Bedrohliches ausstrahlte.
Einen Auditor zum Freund zu haben, überlegte Imperia, das konnte Goldes wert, lebens- und freiheitserhaltend sein. So behandelte sie ihn

mit äußerster Liebenswürdigkeit, und als er andeutete, er wolle auch die Nacht mit ihr verbringen, sagte sie nicht Nein.
Remolines aber wusste, was er seinem durch das hohe Amt geadelten Namen und einer Kurtisane vom Rang Imperias schuldig war. So spielte er den rücksichtsvollen und zärtlichen Liebhaber, der – so schien es ihr – eine angeborene Wildheit zu zügeln hatte. Da Imperia mit Fiammetta innerlich wie äußerlich nichts gemein hatte, fiel ihm das nicht allzu schwer.

Alberto Becuto, der päpstliche Kammerherr, aber empfand sich als Verlierer in diesem Geflecht aus Liebe, Leidenschaft und Rangordnung. Einen anderen hätte es treffen müssen ... Warum nicht Stella, diesen windigen Notarius? Diese Frage stellte er sich, und sie wurde ihm zu einer mit Hass, Zorn und Neid beschwerten Last. Warum nicht Stella? Warum?
Alberto Becuto begann den Beruf und auch seine Person zu vernachlässigen. Jeder lebenserfahrene Mensch aber weiß, dass gerade die Stiefkinder der Natur mit ihren körperlichen Gebrechen und Unzulänglichkeiten peinlich auf ihr Äußeres achten müssen, um nicht ein mit Abscheu gemischtes Mitleid zu erregen. So kamen bei Becuto die schiefe Nase und die kleine dürre Gestalt jetzt, da er kaum noch auf seine Kleidung achtete, besonders zur Geltung. Er hatte auch ein scheues verdrücktes Wesen angenommen und lebte nur noch einem Ziel: Giacomo Stella musste vernichtet werden. Nach und nach machte er sich auch über das Wie Gedanken. Selber Hand anlegen? Nein, dazu war er zu schwächlich, besaß auch keinerlei Erfahrung. Doch er hatte Geld und könnte einen *bravo* anheuern. Wer viel in Rom herum kam, der kannte auch die Namen der anrüchigen Kneipen, wo es angeblich nicht sehr schwierig war, sich einen *uccisore* zu besorgen. Diese Schenken hießen »al Angelo«, »del Sole«, »il Specchio« und »la Zitella«; Becuto kannte die meisten von Geschäftsgesprächen, hatte aber noch nie bemerkt, dass man dort auch *bravi* – also Berufsmörder – dingen konnte.
Auf gut Glück versuchte er es eines Morgens zuerst in der »Locanda del Sole«, wusste aber nicht, wen er fragen und was er sagen sollte. Er bestellte Brot, Wein und einen Teller der köstlich duftenden, dick eingekochten Minestrone. Als er fertig gegessen hatte und ein Gehilfe den Teller fortnehmen wollte, verlangte Becuto den Wirt zu sprechen. Ein bärtiger schmuddeliger Riese mit Muskeln wie ein Lastenträger setzte sich wortlos an den Tisch.

»Herr Wirt?«
Der andere nickte schweigend.
»Eure Suppe muss ich loben, selten habe ich eine bessere ...«
»Darum geht es aber nicht – was wollt Ihr noch?«
Becuto druckste herum.
»Eine etwas heikle Sache – also, es geht um eine – eine Zurechtweisung.«
Ihm fiel kein anderes Wort ein, doch der Wirt hatte offenbar verstanden.
»So etwas wie eine Warnung? Ja, gut, mehr will ich nicht wissen. Trinkt jetzt noch einen Becher Wein und behaltet mich im Auge. Wenn ich mir an die Nase fasse, dann schaut zur Tür, dort wird ein dafür Geeigneter eintreten.«
Becuto empfand Unbehagen und wollte sich schon davonmachen, doch dann stand der gefüllte Becher vor ihm und er trank, ohne den Wirt aus den Augen zu lassen. Etwas hielt ihn an seinem Stuhl fest, etwas war stärker als die kaum noch vernehmbare Stimme der Vernunft. Dann war der Becher leer, und als Becuto nach seiner Börse griff, fasste der Wirt sich an die Nase. Er wandte sich um und sah einen Mann mittleren Alters eintreten, der sofort an den Tresen ging und mit dem Wirt zu flüstern begann. Dann kam der Wirt an seinen Tisch und beugte sich vor.
»Ihr bezahlt jetzt und wartet draußen in der *latrina*. Der Betreffende wird Euch dort ansprechen.«
Becuto verfluchte seinen Entschluss, doch wie unter Zwang folgte er den Weisungen des Wirtes. Er empfand keinerlei Drang, sein Wasser abzuschlagen, fühlte nur, wie sein Herz so laut trommelte, als wolle es die Brust zersprengen. Dass ihn höllisch stinkende Kübel umgaben, nahm er nicht wahr, er stand nur da und starrte auf die Tür. Dann kam der Mann herein, pinkelte und sagte, ohne den Kopf zu wenden:
»Schildert mir in kurzen Worten Eure Wünsche. Sollte jemand eintreten, dann gehe ich hinaus und warte draußen. Ihr folgt mir in einigem Zeitabstand.«
»D... das ist n... nicht so einfach zu sagen ...«
»Dann geht in einer Stunde in die Kirche Santo Spirito, ich sitze als Priester verkleidet im ersten Beichtstuhl links, gleich beim Eingang. Dort können wir in Ruhe ...«
Der Mann hielt inne, als die Tür aufging, ließ den anderen eintreten und verschwand. Becuto räusperte sich, spuckte in einen der Kübel und ging

langsam hinaus. Er hatte das Gesicht des anderen nur ganz kurz gesehen, aber nichts Mörderisches entdecken können. Ein eher gutmütiges Dutzendgesicht mit freundlich und heiter blickenden Augen. Na gut, dachte er, man kann sich täuschen, und manche Gauner bringen es tatsächlich fertig, mit grundehrlichen Visagen herumzulaufen.

Er schlenderte hinüber zur westlich des Tiberufers gelegenen uralten Kirche Santo Spirito, suchte dabei den Schatten von Häusern und Bäumen, denn die Junisonne stand gleißend im Zenit eines wolkenlosen Himmels, sodass er ihre Kraft durch den Stoff seiner Kopfbedeckung spürte. In der Kirche war es angenehm kühl, und er nahm auf der hintersten Bank Platz. Schon ein seltsamer Ort, um einen Mord zu planen. Sofort verbannte er dieses hässliche Wort aus seinem Kopf. Nein, natürlich kein Mord, sondern eine verdiente Rache, die diesen falschen und tückischen Menschen treffen musste. Das war wie im Krieg. Oder einfach Notwehr. Wie mochte dieser Mann mit Donna Imperia über ihn gesprochen haben? Natürlich voll Verachtung und mit Häme! Was konnte man von diesem Stella schon erwarten? Wie immer, wenn er an diesen Menschen dachte, glomm in ihm ein unbändiger Hass auf. Diesem Treiben muss ein Ende bereitet werden – ja, ein Ende!

Aus dem Augenwinkel sah er eine priesterlich gekleidete Gestalt in dem angegebenen Beichtstuhl verschwinden. War die Stunde tatsächlich schon um? Musste wohl so sein. Er stand auf und ging langsam auf die *confessionale* zu, deren Vorhänge sich jetzt flüchtig hoben. Becuto blieb stehen. Freilich, der andere musste ja sicher sein, dass er es war. Eine Hand winkte ihn herbei. Er kniete am Gitter nieder und da kamen ihm ganz von selber die schon in der Kindheit eingelernten Worte auf die Lippen:

»Gelobt sei Jesus Christus! In Demut und Reue ...«

Der andere unterbrach ihn mit halblauter Stimme:

»Erspart Euch den Sermon, Ihr seid nicht zum Beichten gekommen. Nennt mir jetzt Name und Ort des Betreffenden und was mit ihm oder ihr geschehen soll.«

»Es – es ist ein Mann«, begann Becuto mit stockender Stimme, »und er soll – er muss – also ich will, dass dieser Mensch vom Erdboden verschwindet – ja, verschwindet!«

»Nicht so laut! Wollt Ihr ganz Rom in Eure Pläne einweihen? Also gut, aber es gibt drei Tarife: Für Standespersonen, ob weltlich oder geistlich,

zweihundert Dukaten, für untere Beamte, einfache Priester, Mönche oder niederrangige Söldner einhundertzwanzig Dukaten und für alles übrige Volk, also Tagelöhner, kleine Händler, auch Gauner jeglicher Art – je nach Schwierigkeitsgrad – sechzig bis achtzig Dukaten.«
»Er ist päpstlicher Kammerherr …«
»Also einhundertzwanzig – gut, wie heißt er und wo wohnt er?«
Als Becuto zögerte, wurde der andere ungeduldig.
»Wir müssen den Richtigen treffen – also?«
So nannte er Name und Wohnung, wollte noch Stellas Umgang mit Imperia erwähnen, ließ es aber doch.
»Ihr zahlt sechzig Dukaten sofort und die andere Hälfte nach Vollzug. Sollte der *bravo* dabei umkommen oder den Mann nur verletzen, wird Euch der Restbetrag erlassen.«
Becuto nickte nun mehrmals, dann fragte er zaghaft:
»Seid Ihr es selber, der – der …«
Er hörte ein leises belustigtes Lachen.
»Wo denkt Ihr hin? Ich bin nur der Vermittler, denn *bravo* ist nicht gleich *bravo*. Die einen weigern sich prinzipiell, geweihte Priester anzurühren, andere wiederum wollen keine Frauen – na, Ihr wisst schon. Außerdem ist es so, dass immer einer die Tat übernimmt, der möglichst weit entfernt wohnt. Da gibt es keine Bekanntschaft, kein Motiv und die Stadtmiliz wird sich schwertun, den Täter zu finden.«
»Gab es das schon?«
»Ja, aber nur, weil der Kerl nicht richtig traf und der andere so laut schrie, dass die Leute zusammenliefen. Dem war der Galgen sicher, das könnt Ihr Euch ja denken.«
»Und auf Euch wird man nicht kommen?«
»Wie denn? Ich bin ein kleiner städtischer Beamter, ein Schreiber im Magistrat, aber das will ich nicht bleiben.«
»Ihr wollt höher hinauf?«
»Warum sollt Ihr es nicht wissen? Bald habe ich die Summe zusammen, um mir ein kleines Bistum kaufen zu können. Die *ordines minores* habe ich schon, die höheren Weihen lasse ich mir erteilen, wenn es so weit ist.«
»Verzeiht, aber wie bringt Ihr das unter einen Hut? Ihr vermittelt *bravi*, seid also beteiligt an Mord und Totschlag …«
Da wurde die Stimme hinter dem Gitter scharf.

»Das sehe ich anders, mein Herr! Wenn Gottes Wille die Tat missbilligt, dann wird sie nicht geschehen. Es fällt kein Sperling auf die Erde ohne Gottes Willen. Ihr solltet Euch öfters die Heilige Schrift vornehmen! Seid versichert, wenn Gott Eurem Mann das Leben erhalten will, dann sind wir alle machtlos.«

Als Becuto wieder draußen stand und seine Augen vor dem grellen Sonnenlicht zukniff, glaubte er, geträumt zu haben. Dieser Mann will Bischof werden und lässt sich des Geldes wegen in einer Kirche Mordaufträge erteilen ... Becuto hatte bisher geglaubt, die Menschen zu kennen, nun aber begann er zu zweifeln. An sich selber zwar nicht, obwohl auch er noch vor Monaten die Vermutung empört zurückgewiesen hätte, er könnte eines Tages zum Mörder werden.

12

Am Montag, dem 29. Juni des Heiligen Jahres 1500, hatte das Wetter verrückt gespielt. Einmal kam die Sonne heraus und trieb die Menschen in den kaum kühlenden Schatten, dann wieder verfinsterte sich der Himmel wie zu Christi Todesstunde, und aus dem Westen kam ein bedrohliches Grummeln, das sich im Heranzug in ein Poltern und Krachen verwandelte. Von einem orkanartigen Sturmwind begleitet, entlud sich das Gewitter über der Ewigen Stadt, und was nicht festgefügt war, geriet in Gefahr, niedergerissen zu werden.

Unabhängig voneinander hatten der *banchiere* Agostino Chigi und Don Cesare Borgia beschlossen, sich einen faulen Tag zu machen.

Der *banchiere* gehörte schon seit Längerem zu Donna Imperias Bekanntenkreis und hatte bei ihr anfragen lassen, ob dieser Nachmittag frei sei. Eigentlich war er es nicht, denn Angelo del Bufalo hatte sich angesagt, doch in letzter Minute – der Brief kam erst am Mittag – sein Kommen verschoben. Imperia, schon dabei, an Chigi eine höfliche Absage zu verfassen, sagte laut: »Dann eben nicht, verehrter Don Angelo, aber es gibt auch noch andere!«

Im Gegensatz zu del Bufalo war Agostino Chigi immer korrekt gekleidet, wenn er auch hellere und fröhlichere Farben den dunklen vorzog. Sein Haar trug er ziemlich kurz und den Bart, den er sich früher hatte stehen lassen, um älter zu wirken, hatte er wieder abgelegt, was ihn jetzt jünger erscheinen ließ.

Imperias Laune, von Don Angelos Absage noch immer getrübt, hellte sich auf, als Don Agostino mit einer galanten Verbeugung ihre Hand küsste.

»Was wäre Rom ohne Euch, Donna Imperia? Schmucklos, fade, langweilig – eine nüchterne Stadt, nur dadurch geheiligt, dass hier der Thron Petri steht. Ihr aber verleiht unserer Stadt einen Glanz, der sie weit über andere stellt.«

Wie immer, wenn man ihre Person über Gebühr pries, errötete sie leicht.

»Ihr übertreibt, Don Agostino. Wenn es ihn schon gibt, diesen Glanz, dann habt Ihr einen guten Anteil daran. Florenz war früher die Stadt der großen Bankgeschäfte, doch Euch ist es gelungen, einen wichtigen Teil hierher zu ziehen. Seine Heiligkeit – so höre ich – ist des Lobes voll über Eure stets Gewinn bringenden Unternehmungen.«

Ihre letzten Worte waren kaum noch zu verstehen gewesen, denn der anwachsende Sturm begann so sehr an den hölzernen Fensterläden zu rütteln, dass Chigi versuchte, sie fester zu verankern. Der wie aus Kübeln niederstürzende Regen hatte sich nun mit Hagel vermischt, dessen Körner so stark an die Läden schlugen, als würde eine Schar Spechte sie gleichzeitig mit ihren Schnäbeln behacken.

Imperia schaute ihren Gast besorgt an.

»Wenn das länger anhält, gebe ich keinen *baiocco* für unsere Weinernte.«

Don Agostino hob die Schultern.

»Hagel trifft immer nur ein ganz kleines Gebiet. Ist der eine Weinberg zerstört, wird der benachbarte kaum einen Schaden davontragen.«

Imperia lächelte.

»Immer zuversichtlich, Don Agostino? Aber Ihr habt schon recht und ich gebe zu, dass ich davon einen Teil brauchen könnte.«

Der Hagelschlag dauerte nicht lange, draußen rauschte jetzt ein stetiger Regen nieder. Imperia gab das Zeichen zum Auftragen des Nachtmahles, als es heftig an der Tür pochte.

»Ein dringender Bote«, rief die *serva*, da stürzte er schon herein, atemlos und triefend vor Nässe.

»Schlechte Nachrichten«, keuchte er, »für Euch, Don Agostino, und die ganze Stadt. Seine Heiligkeit wurde vom stürzenden Mauerwerk erschlagen und Euer Bruder Don Lorenzo ist unter den Toten.«
Agostino Chigi sprang auf.
»Verzeiht, Donna Imperia, aber das duldet keinen Aufschub.«
Sie blickte ihm nach und musste sich später vorwerfen, dass sie den möglichen Tod des Papstes weniger bedauert hatte als Chigis überstürzten Aufbruch.

Cesare Borgia hatte sich für diesen Montag einen Ausritt vorgenommen, um von Tagesgeschäften unbehelligt über Verschiedenes nachdenken zu können – vor allem über die Möglichkeit, Lucrezias Ehe auf überzeugende Art zu beenden. Das aufziehende Gewitter änderte seinen Plan und er beschloss, den Nachmittag und die Nacht bei Fiammetta zu verbringen. Allmählich erstaunte es ihn selber, dass er kaum noch nach anderen Frauen Ausschau hielt. Natürlich hatte er es zu Anfang ihrer Bekanntschaft getan, doch keine hielt einem Vergleich mit seiner Geliebten stand. Immer hatte er sich davor gehütet, eine Frau mit einer anderen zu messen – jede war ihm nach ihrer Art recht gewesen, doch nun hatte sich sein Blick für Fehler und Unzulänglichkeiten verschärft. Das bedeutete nicht, dass er Fiammetta für vollkommen hielt, aber er musste sich eingestehen, dass sie ihm passte, wie sie war. Sie ist mir, so dachte er, wie von einem genialen *sartore* auf den Leib geschneidert. Aber – so meldete sich sein kritischer Geist zu Wort – bedenke, dass die beste Schneiderarbeit nicht zeitlebens passt! Aber jetzt tut sie es, wandte Cesare ein, und sie tut es schon länger, als ich es erwartete.
Mit ihrer Liebschaft zu Cesare war für Fiammetta etwas in ihr Leben gekommen, das eine Kurtisane vermeiden und nicht akzeptieren sollte: eine Monogamie, die nach und nach alles in Frage stellte, was früher von Bedeutung, notwendig und wie selbstverständlich war – vor allem ihren Freundeskreis. Ihr Zuträger und Maskottchen, der grundhässliche, aber gescheite Alberto Becuto mied ihr Haus jetzt ebenso wie Kardinal Farnese und andere. Sie konnte es sich nur so erklären, dass sie den Platz vor Don Cesare räumten, der – so mochte es erscheinen – keine Kurtisane mehr besuchte, sondern sich eine Konkubine zugelegt hatte. Dass es nicht so war, wussten die beiden Betroffenen selber. Cesare würde im Herbst zu einem neuen, vermutlich langen Kiegszug aufbrechen müs-

sen, der sein jetziges Leben, und dazu gehörte auch Fiammetta, zur Vergangenheit machte. Sie selber hatte nicht im Sinn, ihre Stellung als *cortigiana onesta* aufzugeben, aber es war gegen ihre Art, lange vorauszuplanen. Sie lebte ganz für die Gegenwart, hatte nichts Vergangenes zu betrauern oder gar zu bereuen und überließ die Zukunft dem Ratschluss Gottes.

An diesem Montag hatte sie Cesare nicht erwartet, denn es war seine Gewohnheit, alles Geschäftliche in der ersten Wochenhälfte zu erledigen. Doch als der Tag mit Regen begann und der steife Wind sich in einen Sturm verwandelte, war sie auf sein Kommen gefasst, und sie empfing ihn mit den Worten:

»Ich habe geahnt, dass Ihr heute kommt.«

Er lächelte.

»Was liegt bei einem so bedrohlichen Wetter denn näher, als sich in den Schoß einer Frau zu flüchten?«

Sie küsste ihn so heftig, dass er sie scherzend abwehrte.

»Lass mich doch erst einmal hereinkommen ...«

Er warf seinen nassen Mantel dem an der Tür wartenden Basilio in die Arme.

»Ein solches Wetter gibt es bei dir zu Hause nicht?«

»Mein Zuhause war Venedig, und da hat es oft geregnet«, erwiderte der Mohr steif.

Cesare schlug sich an den Kopf.

»Entschuldige, aber ich vergesse immer wieder, dass du im Grunde ein Venezianer bist. Jetzt raus mit dir und lass uns etwas zu naschen bringen.«

Cesare liebte süßes Gebäck, das er gerne in Würzwein tauchte. Doch sie kamen nicht dazu, auch nur einen Schluck zu trinken, als der Bote aus dem Vatikan hereinstürmte.

»Don Cesare, Euer Vater – ich meine Seine Heiligkeit – ist tot! Ein Kamin ist eingestürzt und das Mauerwerk fiel auf den Thron Seiner Heiligkeit. Auch andere hat es erwischt, aber Ihr müsst ...«

»Ich weiß selber, was ich muss!«

Cesare lief ohne Gruß hinaus, doch auf dem Weg zum Vatikan kam ihm Michelotto mit einigen *lanzi* entgegen.

»Mein Vater ...«, begann Cesare zu rufen, und Michelotto ergänzte schnell:

»Seine Heiligkeit lebt, ich lasse es in der ganzen Stadt ausrufen. Zuerst schien es tatsächlich, als hätte das Mauerwerk ihn begraben, doch dann ...«

Cesare gab seinem Pferd die Sporen, und Michelotto folgte ihm mit seinen Leuten.

Für den Papst hatte dieser Montag recht verheißungsvoll begonnen, denn Lorenzo Chigi hatte sich angesagt, um die sehnlich erwartete Nachricht von neuen Geldquellen zu überbringen. Das wurde auch Zeit, denn Cesares Geldforderungen wurden immer drängender, weil er um die Fortsetzung seines Kriegszuges fürchtete. Dazu kamen seine ständigen Mahnungen, Don Alfonso zu einer Auflösung seiner Ehe zu bewegen.
»Du stellst dir das zu einfach vor«, hielt der Papst dagegen. »So etwas muss gründlich überlegt werden, denn die Augen der ganzen Christenheit sind auf Uns gerichtet.«
Cesare hatte heftig genickt.
»Da habt Ihr ganz recht, aber wenn aus den Überlegungen keine brauchbaren Schlüsse gezogen werden, muss man dem ein Ende machen.«
Dazu hatte der Papst geschwiegen, denn er wusste, was in Cesare vorging, und hoffte, er würde bald handeln, ohne ihn – also die Kirche – zu kompromittieren.
Nach einer ausgiebigen Siesta ging der Papst in den kleinen Audienzsaal, wo schon Kardinal Lopez und der *cameriere* Poto auf ihn warteten. Alexander winkte ab, als die beiden zum Ringkuss antraten, und nahm auf dem Thronsitz Platz. Wenig später kam Lorenzo Chigi herein, dem der Papst schnell die Hand hinstreckte, um ihm den Fußkuss zu ersparen.
»Ich hätte mich schon fast entschuldigen müssen, denn heute war kein Pferd aus dem Stall zu kriegen. Aber meine Sänftenträger haben mich mutig durch den *tempaccio* getragen und so bin ich hier, und« – er klopfte gegen seine Ledertasche – »habe Eurer Heiligkeit erfreuliche Vorschläge zu machen.«
Der Papst nickte lächelnd.
»Erfreuliches hören Wir immer gern, also zeigt einmal her.«
Lorenzo Chigi verneigte sich und wollte gerade die Ledertasche öffnen, als mit schrecklichem Getöse die Decke einbrach, sie alle mit einem Hagel von Schutt bedeckte und in dichten Staub hüllte. Chigi war von einem Mauerbrocken tödlich an der Schläfe getroffen worden; der Kardi-

nal und der Kämmerer blieben fast unverletzt, weil sie im Augenblick des Einsturzes gemeinsam das Fenster schließen wollten. Wo der Thron des Papstes gestanden hatte, ragte nun ein Schutthaufen, sodass die Wachen vor der Tür davonliefen und überall verkündeten, der Papst sei tot. So war es aber nicht, denn ein stürzender Dachbalken war quer über seinem Kopf steckengeblieben und hatte ihn vor dem Schlimmsten bewahrt. Freilich hatte er Quetschungen und blutige Schrammen an Arm und Hand davongetragen, doch konnte er wenig später schon in den benachbarten Raum gehen, wo ihn seine Ärzte versorgten.
Cesare kam dazu und fiel vor seinem Vater auf die Knie.
»Gott hat seine schützende Hand über seinen ersten Diener gehalten – das heißt, dass wir auf dem richtigen Weg sind.«
Wie alles, was um ihn geschah, legte er es sofort zu seinen Gunsten aus und sah in der Rettung des Papstes die Weisung Gottes, seine Eroberungspläne fortzusetzen. Das aber wollte er erst tun, wenn Lucrezia durch ihre Heirat mit dem Kronprinzen von Ferrara ihm die gebotene Sicherheit verschafft hatte.
Als Erstes ließ er Fiammetta die Nachricht zukommen, dass der Papst fast unversehrt, er selber aber einige Zeit verhindert sei, sie zu besuchen. Die Botschaft kam mit einem riesigen Korb von Früchten und Blumen, doch ganz unten lag ein wappengeschmücktes Elfenbeinkästchen mit zehn frisch geprägten venezianischen Dukaten – eine Währung, die in ganz Europa geschätzt wurde. Als Fiammetta das goldgepunzte Wappen näher betrachtete, entdeckte sie ein gekröntes Herz mit den verschlungenen Initialen CF. Sie war so gerührt, dass ihre Augen feucht wurden. Gleich schalt sie sich selber eine dumme Pute, doch es war schon so, dass sie das Liebeswappen mehr beeindruckt hatte als die zehn Dukaten.

Ihr Liebster aber hatte jetzt andere Sorgen und überlegte, wie er sich diese vom Hals schaffen konnte. Michelotto musste kommen und sie schlossen sich in einem abhörsicheren Zimmer ein. Noch ehe Cesare etwas sagen konnte, hörte er die scharfe Stimme seines Schattens fragen: »Don Alfonso?«
»Du hast es erraten. Dieser Mensch steckt mir wie ein Dorn im Fleisch, und ich mag nichts mehr unternehmen, ehe er herausgezogen ist.«
Michelotto nickte, doch er schwieg.
»Was schlägst du vor?«

»Die einfachste Lösung – wie immer.«
Sie erwies sich aber als nicht so einfach, denn im *diario* des Burcardus lesen wir:
»Am Mittwoch, dem 15. Juli, gegen die zehnte Abendstunde, wurde der erhabenste Don Alfonso d'Aragona, Herzog von Bisceglie, Gemahl Donna Lucrezias, der Tochter des Papstes, als er vor dem ersten Eingang an den Stufen der Basilika von St. Peter vorbeiging, von mehreren Personen überfallen und am Kopf, am rechten Arm und am Schenkel schwer verwundet. Die Angreifer flohen an den Stufen von St. Peter entlang, wo an die vierzig Berittene auf sie warteten, mit denen sie in Richtung der Porta Pertusa davonritten.«

Lucrezia und Sancia – Jofrés unzufriedene Gemahlin – wechselten sich in der Versorgung des Kranken ab. Aus Furcht vor einer Vergiftung bereiteten sie seine Speisen eigenhändig zu, und auch der Papst tat ein Übriges: Er ließ Don Alfonso Tag und Nacht bewachen. Cesare beeindruckten diese Maßnahmen wenig, er schwieg und wartete ab.
Fiammetta besuchte er jetzt wieder häufiger und einmal sagte er:
»Mein Schwager muss wohl viele Feinde in Rom haben, doch Seine Heiligkeit lässt ihn bewachen wie einen Schatz. Das ist er aber nicht mehr – er ist wertlos geworden ...«
Fiammetta fröstelte es bei diesen Worten.
»Aber Donna Lucrezia liebt ihn doch?«
Cesare hob die Schultern.
»Ja, ich glaube schon.«

Mitte August – also vier Wochen nach dem Anschlag – waren Don Alfonsos Verletzungen so weit abgeheilt, dass nur noch die tiefe Schenkelwunde täglich behandelt werden musste. So war es auch heute, an diesem schwülen Augusttag, als Don Alfonso aus seiner Siestaruhe erwachte. Lucrezia und Sancia hatten sich schon an seinem Bett eingefunden. Don Alfonso streckte sich und gähnte ausgiebig.
»Höchste Zeit, dass ich wieder unter die Leute komme! Manchmal glaube ich, die Ärzte halten mich absichtlich hier fest.«
So war es tatsächlich, denn Lucrezia fürchtete nach wie vor um sein Leben, und so dehnte sie mit Hilfe der Ärzte seine verordnete Bettruhe immer wieder aus. Noch ehe die beiden Damen auf Don Alfonsos Klage

antworten konnten, war von draußen Lärm zu hören, die Tür flog auf und Michelotto trat ein. Lucrezia sprang auf und stellte sich mit ausgebreiteten Armen vor Don Alfonsos Bett.
»Wie könnt Ihr es wagen, hier einzudringen? Der Herzog steht unter dem Schutz Seiner Heiligkeit, und ich warne Euch ...«
Michelottos Gesicht blieb unbewegt, als er ihr mit seiner scharfen, etwas heiseren Stimme ins Wort fiel.
»Wenn es so ist, Donna Lucrezia, dann schlage ich vor, dass Ihr sofort zum Papst geht und ihm Bericht erstattet. Ich werde einstweilen hier warten.«
Die Frauen eilten hinaus und fanden Alexander in seinem *dormitorio*, wo er sich gerade vom Kammerdiener nach der Siestaruhe ankleiden ließ. Sie erstatteten Bericht und der Papst schüttelte den Kopf.
»Nein, so geht das nicht! Was dieser Rüpel sich herausnimmt. Weiß Cesare Bescheid?«
»Das nehme ich doch an«, stieß Lucrezia hervor, während Sancia achselzuckend schwieg.
Mit einigen päpstlichen *lanzi* liefen sie zurück, doch die Tür war versperrt und von Cesares Leuten bewacht. Als Lucrezia laut protestierte, kam Cesare aus dem Zimmer.
»Es hat einen Kampf gegeben ... Don Alfonso ist tot.«
»Ich will ihn sehen!«, rief Lucrezia laut, doch ihr Bruder schüttelte den Kopf.
»Was hättest du davon?«
»Mörder! Gottverdammter Mörder! Eines Tages wirst du es büßen müssen!«
Sie wandte sich ab, brach in Tränen aus und ging, von Sancia gestützt, davon.

Noch in derselben Nacht wurde Don Alfonsos Leiche in einer Seitenkapelle der Peterskirche hastig und nahezu formlos beigesetzt.
Von diesem Tag an wandte Sancia sich von ihrem früheren Liebhaber ab. Offenbar traute sie ihm auch zu, dass er ihren – wenn auch ungeliebten – Gatten Jofré ebenso beseitigen könnte, wie er es mit seinem Bruder Juan und nun mit seinem Schwager gemacht hatte. Durch Jofré war sie eine Borgia und Fürstin von Squillace geworden, und diesen Status wollte sie behalten. Wenige Tage später brach sie mit ihrem Gemahl nach Süden

auf, wo sie sich in dem kleinen, weitab gelegenen Fürstentum in Sicherheit wusste.

Wie ein Sturmwind sauste die schreckliche Nachricht durch Rom, doch niemand wagte, sie laut zu kommentieren. Lucrezia, die den noblen großmütigen Don Alfonso geliebt hatte, zog sich verbittert in das Städtchen Nepi zurück, wo die Borgia einen Sommersitz unterhielten.

Pasquino freilich ließ sich den Mund nicht verbieten.

Ein harter Mann ist Valentino,
der streitet nicht lange herum,
er schickt den finstren Michelotto,
der bringt Don Alfonso dann um.

Als Cesare etwa eine Woche nach Don Alfonsos Tod einen Besuch bei Fiammetta machte, fragte sie ihn geradeheraus nach der Wahrheit.

»Es wird unter der Hand so viel geredet, die einen sagen dies, die anderen das, und oft ist es das genaue Gegenteil. Wie ist es nun tatsächlich gewesen?«

Cesare konnte ihrer furchtlos-kecken Art nicht widerstehen und schilderte ihr den Fall so, wie er auch vor aller Welt dargestellt wurde.

»Die Wahrheit ist, dass wir uns nicht mochten. Ich hielt ihn als Ehemann für nicht geeignet für meine Schwester und er warf mir vor, der Papst benehme sich mir gegenüber wie ein willfähriger Diener und erfülle jeden meiner Wünsche. Wer ihn vor den Pforten der Peterskirche überfiel, weiß ich nicht, und du darfst mir glauben, dass ich mit Hilfe Michelottos eine weniger auffällige Art gewählt hätte. Don Alfonsos Krankenzimmer schaute auf die Vatikanischen Gärten, und als ich Anfang August dort spazieren ging, hätte mich beinahe ein Pfeil getroffen, der an meinem linken Ohr vorbeizischte und in einer Zypresse stecken blieb. Als ich mich umwandte, konnte ich gerade noch sehen, wie Don Alfonso sich aus dem offenen Fenster zurückzog. Ich stellte ihn sofort zur Rede und er leugnete nicht, der Schütze gewesen zu sein, stritt aber lautstark ab, dass er mich treffen wollte. Ich sei wohl gerade hinter einem Busch gestanden, jedenfalls habe er geglaubt, dass niemand im Garten sei. Michelotto nahm die Sache weit ernster, als ich es tat, und so gerieten sie an jenem Tag in einen handgreiflichen Streit, der leider mit Don Alfonsos Tod endete.«

Fiammetta fragte nicht weiter; sie begnügte sich mit seiner Darstellung, die ihr gar nicht so abwegig erschien. Doch sie gestattete sich die Frage, auf welche Weise der voreilige Michelotto bestraft worden sei.
»In einigen Wochen muss ich wieder zum Feldzug aufbrechen – ich kann es mir nicht leisten, auf einen so treuen und mutigen Mann zu verzichten.«
»Und Eure Schwester?«
»Lucrezia ist nach Nepi gereist, sie will mich niemals mehr sehen und ich kann sie verstehen. Doch wir sind Geschwister und ich vertraue auf die Zeit als alte und bewährte Heilerin von Wunden. Im Übrigen gebe ich zu, dass mir Don Alfonsos Tod – wie man so sagt – in den Kram passt. Nun weißt du alles, Fiammetta, und ich hoffe, wir werden nie mehr darüber reden.«

Cesare Borgia vertraute nicht auf die Hilfe des Himmels, auch wenn er für die Sache der Kirche focht. Anfang September überschlug er die Kosten des bevorstehenden Feldzugs und stellte fest, dass er mehr, viel mehr Geld dazu benötigte. Unter vier Augen stellte er seinen Vater vor die Wahl, entweder müsse er die Eroberungspläne aufgeben oder weitere hunderttausend Dukaten bereitstellen. Der Papst seufzte schwer, aber er gab nach und ernannte am 28. September zwölf neue Kardinäle. Darunter waren Männer höchst zweifelhaften Rufes – Francisco Remolines wurde auch diesmal übergangen. Cesare hatte seinen Vater daran erinnert, dass dieser sich zwar als zuverlässiger Freund der Familie erwiesen hatte, doch nicht die Mittel besaß, den roten Hut zu bezahlen.
So flossen hundertzwanzigtausend Dukaten in Cesares Kriegskasse, und der Papst scheute sich nicht, dem Kardinalskollegium die Verwendung des Geldes zu erläutern.
»Es geht um die Rechte der Kirche! So lange nicht die letzte Spanne Boden, die dem Patrimonium Petri zugehört, wieder dorthin zurückgekehrt ist, fühlen Wir Uns vor Gott und der heiligen Kirche in Schuld. Je schneller diese getilgt ist, verehrte Brüder, desto freier können wir atmen.«
Das sahen die meisten der Kardinäle ein, und die es nicht taten, duckten sich und schwiegen. Natürlich kannte der Papst seine Gegner, an deren Spitze die erlauchten Familien der Colonna und Orsini standen. Früher waren sie verfeindet, jetzt aber zogen sie an einem Strang. Nach Cesares

siegreicher Heimkehr war geplant, diese beiden Geschlechter zu vernichten und ihren ungeheuren Besitz an die Mitglieder der Familie Borgia zu verteilen. Nur der Papst und Cesare kannten diesen Plan, der aber jetzt noch nicht reif war, ihn umzusetzen. Derzeit drückte den Papst etwas anderes, und vor seinem Sohn sprach er es unverhohlen aus.

»Giulia fehlt mir so! Wie sie es nur bei diesem einäugigen Tölpel so lange aushalten kann – ich verstehe das nicht!«

Cesare unterdrückte ein Lächeln.

»Ich schon – sie scheut die üble Nachrede. Ganz Rom bezeichnet sie als die Braut Christi und ihr Gemahl verlangt immer höhere Summen für sein Schweigen. Vielleicht solltet Ihr doch ...«

Da wurde Alexander zornig.

»Ich weiß, was ich will, und brauche von dir keine Belehrung! Lass dir lieber etwas einfallen, um diesen für mich unerträglichen Zustand abzustellen.«

Cesare, der sich längst über die hohen Summen ärgerte, die dieser Nichtsnutz Orsini quasi als Leihgebühr für seine Gemahlin kassierte, ließ Michelotto kommen. Als dieser hörte, um was es ging, flog ein düsteres Lächeln über sein bärtiges Gesicht.

»Wovor das Schicksal den Heiligen Vater bewahrt hat, könnte für Orsini das Ende sein.«

Cesare runzelte die Stirn.

»Könntest du deinen Orakelspruch näher erläutern?«

»Als ich im Frühjahr Orsinis sogenanntes Schloss besuchte, fand ich eine zum Teil baufällige Ruine. Wir könnten Bauarbeiter zu Reparaturarbeiten dorthin schicken, und dann gibt es einen Unfall.«

Cesare dachte nach und nickte.

»Du glaubst, das ließe sich machen?«

»Warum nicht? Einige meiner Männer arbeiteten früher als Maurer und Zimmerleute, aber schließlich soll ja nur zum Schein ...«

»Ja, ja, ich verstehe schon und verlasse mich auf dich.«

Orsino Orsini, der den Spitznamen Monoculus, der Einäugige, trug, stammte aus einer Nebenlinie des berühmten Geschlechts, besaß weder politischen Ehrgeiz noch geistige Interessen. Er liebte die Jagd und den Umgang mit einfachen Mädchen, von denen er einige schon geschwängert hatte. In deren Taschen floss dann ein Teil des Geldes, das er einige

Male im Jahr erhielt und das immer zu wenig war. In diesem Sommer hatte er es mit Erpressung versucht, als er seine Gemahlin einfach auf dem Landsitz festhielt, weil er wusste, dass nur ihre längere Abwesenheit den Papst zu höheren Zahlungen veranlassen konnte.

In diesen Tagen erschien Michelotto, begleitet von vier Bauarbeitern, die ihre Gerätschaften auf Mauleseln mit sich führten.
Orsini kannte Cesares Schatten von früher, und es beschlich ihn ein unbehagliches Gefühl.
»Ihr, Don Michele? Was sollen diese Leute?«
Durch lange Übung war es Michelotto gelungen, für einige Zeit die Maske eines ehrlich-biederen Gesichts aufzusetzen.
»Ein Geschenk Seiner Heiligkeit! Als vor Kurzem in Rom dieser Sturm wütete und der Papst beinahe – nun, wir dachten wenigstens die ärgsten Schäden an Eurem Haus zu beheben. Schließlich sollt Ihr Euch hier wohlfühlen.«
»Und das Geld?«
»Welches Geld?«
»Das ich dringend angefordert habe.«
»Ach so.« Michelotto klopfte auf sein Wams. »Das trage ich bei mir. Die Bedingung dafür ist natürlich, dass Donna Giulia …«
Orsini lächelte schlau.
»Das hängt von der Höhe der Summe ab.«
»Ihr werdet zufrieden sein, Don Orsino.«
Giulia hatte von ihrem Erkerfenster aus Michelottos Ankunft beobachtet und sie hoffte, dass er sie aus dieser Ruine und von ihrem Gemahl befreien würde. In Rom gehörte sie – neben ihrer Freundin Lucrezia – zu den ersten Damen der Stadt, hier aber gab es nur Ärger. Wie so oft in letzter Zeit überkam sie eine Mischung aus Wut und Angst, noch länger diesem einäugigen, hirn- und nutzlosen Tölpel ausgesetzt zu sein.
Ihre Zofe kam herein, eine treue Seele, die ihr schon länger diente.
»Don Michele möchte Euch sehen und Euer Gemahl lässt Euch sagen …«
»Ist gut, ich komme sofort.«
Schnell warf sie einen Blick in den Handspiegel, sagte sich dann, für den finsteren Michelotto müsse sie sich nicht zurechtmachen, sprang auf und eilte die knarrende wackelige Treppe hinab.

Michelotto verbeugte sich tief.

»Donna Giulia! Es ist immer eine Freude, Euch zu sehen und diesmal – so hoffe ich – werdet Ihr mich nach Rom zurückbegleiten.«

Da hob Orsini gleich die Hand.

»Versprecht ihr nicht zu viel! Zuerst muss ich prüfen, ob ...«

Michelotto rief theatralisch.

»Aber natürlich. Gut, dass Ihr mich daran erinnert!«

Er löste einen Lederbeutel vom Gürtel und legte ihn auf den Tisch. Orsini riss ihn auf und schüttete die leise klirrenden Münzen auf den Tisch.

»Viel zu wenig! Das sehe ich auf den ersten Blick.«

Michelotto nickte ruhig.

»Es ist genau die Hälfte Eurer Forderung. Die andere Hälfte wird Euch nach Donna Giulias Rückkehr ausbezahlt. Hier ist der Schuldschein, vom päpstlichen *cassiere* unterzeichnet.«

Orsini hielt das Papier vor sein gesundes Auge.

»Na gut, das scheint in Ordnung.«

Er sammelte die Münzen wieder ein und befestigte den Beutel an seinem Gürtel.

Von draußen war ein lautes Hämmern und Sägen zu hören. Orsini fragte unwillig:

»Wie lange wird der Lärm dauern?«

Michelotto hob die Schultern.

»Ich bin kein Handwerker ... Wir können es uns ja anschauen.«

Die Sonne war schon dabei, sich hinter dem Monte Cavo zur Ruhe zu betten; die Hitze hatte am Abend nachgelassen und ein leiser kühler Wind war aufgekommen.

Michelotto gab den Arbeitern ein Zeichen und rief hinauf:

»Wie lang wird es dauern?«

»Noch einige Tage. Die Hälfte der Dachbalken ist angefault und muss ausgewechselt werden.«

Orsini trat näher.

»Was hat er gesagt?«

Michelotto zeigte nach oben.

»Am Dachgebälk muss einiges erneuert werden. Es geht um den südlichen Teil.«

Orsini machte sich nicht die Mühe, hinaufzuschauen.

»Davon verstehe ich nichts, aber ...«

Michelotto sprang zurück. Ein vom Dach fallender, sich mehrmals überschlagender Balken traf Orsini an Kopf und Schultern. Ohne einen Laut stürzte er zu Boden. Einige Bedienstete liefen herbei, doch Michelotto scheuchte sie weg und beugte sich über den Gestürzten, der leise stöhnte. Da drückte ihm Michelotto schnell und geschickt mit seinen Daumen die Kehle ein. Dabei tat er, als versuche er den Gestürzten aufzurichten.
»Wir müssen ihn hineintragen!«
Da kam Giulia aus dem Haus.
»Was ist geschehen?«
»Ein Unfall, an dem Don Orsino nicht unschuldig ist. Ich habe ihn mehrmals gewarnt, nahe heranzutreten, da hat sich ein Dachbalken gelöst ...«
»Ist er tot?«
Sie legten ihn auf eine Fensterbank und Michelotto bat um einen Spiegel. Dann presste er ein Ohr auf Orsinis Brust und schüttelte den Kopf.
»Es ist kein Herzschlag zu vernehmen.«
Auch der vor Mund und Nase gehaltene Spiegel zeigte keinen Hauch. Michelotto verneigte sich.
»Mein Beileid, Donna Giulia.«
»Oh ja – danke. Da werde ich mich wohl schwarz kleiden müssen?«
Michelotto lächelte steif.
»Das wird Euch ausgezeichnet stehen.«
Dann beugte er sich über den Toten und schnitt ihm geschickt den Beutel vom Gürtel. Mit einer knappen Verbeugung gab er die Börse an Donna Giulia weiter.
»Euer Erbe! Wir wollen verhindern, dass es in falsche Hände gerät.«
Den Schuldschein zerriss er in kleine Stücke und warf sie in den Kamin.
Am nächsten Tag wurde der einäugige Orsino Orsini im Nobelgrab am Altar der Dorfkirche beigesetzt. Michelotto hatte den Priester gebeten, die Zeremonie auf das Nötigste zu beschränken. Wer den Borgia im Wege stand, wurde – wie es auch bei Don Alfonso geschah – ohne große Feierlichkeiten unter die Erde gebracht.
Gab es irgendwelche Nachrufe für den Ungeliebten und Überflüssigen? – Nur einen einzigen, und der kam von Pasquino.

*Don Orsino hatte die falsche Frau
und das wurde ihm zum Verhängnis,
denn schon bald – schau, schau –
kam es zum Leichenbegängnis.
Die Witwe war froh
und der Papst nicht minder,
wir sind halt alle nur arme Sünder ...*

13

Imperia und Fiammetta, die glanzvollsten und wie Fürstinnen residierenden Kurtisanen von Rom, waren übereinander bestens unterrichtet. Dazu bedurfte es keines aufwändigen Spitzeldienstes, da ein Teil der Kunden beide Damen besuchte und einige – aus Bosheit oder Klatschsucht – Neuigkeiten aus dem jeweils anderen Lager verbreiteten. Diese Nachrichten wurden allerdings nach Lust und Laune aufgebauscht, verdreht oder persönlich – und damit entstellend – interpretiert. So erfuhr Imperia schon wenige Tage nach der Verleihung der Tugendrose an Isabella d'Este, dass Fiammetta und ihre Mutter zu dieser Zeremonie als Gäste geladen waren. Wer aber teilte ihr das mit? Es wäre jetzt müßig, Namen zu nennen, denn solche Nachrichten setzten sich oft wie ein Mosaik aus mehreren Stücken zusammen, die sich am Ende zu einem Bild fügten.

Imperia nahm an, dass Fiammetta ihrem derzeitigen Geliebten Cesare Borgia die Einladung zu verdanken hatte, und so empfand sie, ohne diese Vermutung vor anderen preiszugeben, doch etwas wie Neid. Als sie kürzlich erfuhr, dass Fiammetta offizielle Dokumente mit dem Zusatz »di Valentino« unterschrieb, ärgerte sie das schon. Sie wusste, dass es in einigen europäischen Ländern so etwas wie eine »Ehe zur linken Hand« gab, also eine Art Lebensgemeinschaft neben der rechtmäßigen Verbindung mit erbberechtigten Kindern. In Italien hätte diese Form wenig Sinn gehabt, denn – und dafür gab es zahlreiche Beispiele – ein Fürst, dessen rechtmäßige Gemahlin ihm keine Erben gebar, konnte jederzeit den

Sohn einer Konkubine zu seinem Nachfolger ernennen. Don Cesare war zwar in Frankreich mit der hochgeborenen Charlotte d'Albret verheiratet, doch wenn Fiammetta ihm einen Sohn gebar, so konnte er – falls er es wollte – daraus einen Borgia machen und den Sprössling mit Besitz und Pfründen ausstatten.

Wieder kehrten ihre Gedanken zur »Goldenen Rose« zurück. Deren alljährliche Verleihung gehörte in Rom zu den kaum bekannten Ereignissen. Immer waren es Frauen fürstlichen oder geistlichen Ranges, die eine solche Ehrung empfingen, und daran war wenig Beredenswertes. Da glitten Imperias Gedanken plötzlich in eine Richtung, über die sie dann gleich den Kopf schütteln musste. Für einen Augenblick sah sie sich selber als Empfängerin der »Goldenen Rose«, erkannte aber zugleich die Unmöglichkeit dieses Ereignisses. Aber ein Gedankenfluss lässt sich nicht einfach abstellen wie ein Springbrunnen, er geht hartnäckig seine eigenen Wege.

Unmöglich? Warum eigentlich? Galt sie nicht als das glänzendste Beispiel einer Kurtisane von makelloser Lebensführung – auch im christlichen Sinn? Sie bestiftete regelmäßig die Kirche San Gregorio auf dem Monte Celio und wenn die Armenpflege dieser Pfarrei eine Gabe erheischte, dann war sie mit stets offener Hand zur Stelle. Verkehrten bei ihr nicht hohe Herren weltlicher wie geistlicher Herkunft? Fuhr sie nicht in einer prunkvollen Carozza durch die Stadt, begleitet von prächtig gekleideten Dienern? Die Kardinäle Riario, Farnese und Sanseverino gaben sich bei ihr regelmäßig die Ehre und gingen ihr zur Hand, wenn es Probleme irgendwelcher Art gab.

»Ich hätte die Tugendrose verdient!« Das sagte sie laut vor sich hin, wusste aber zugleich, dass es niemals dazu kommen würde.

Zwei Tage später störte sie ein Ereignis auf, das auch für sie weitreichende Folgen haben konnte. Der Notarius Giacomo Stella, etwas widerwillig von Imperia in ihrem »Hofstaat« geduldet, hatte seinen meist kurzen Nachmittagsbesuch beendet, um noch – wie er sagte – eine erholsame Stunde am Tiberufer zu verbringen, das in unmittelbarer Nähe ihres Hauses lag. Wenig später vernahm Imperias Pförtner einen schwachen Hilferuf aus nächster Nähe. Er lief mit dem Gärtner dorthin und sie fanden den schwerverletzten Notarius hinter einem Gebüsch. Schnell trugen sie ihn ins Haus, wo er in tiefe Bewusstlosigkeit fiel. Ein *medico* wurde geholt und fand – als man das blutgetränkte Wams aufgeschnitten

hatte – zwei Einstiche in der Brust. Der Arzt schüttelte den Kopf, versuchte aber dennoch, die Blutung mit einem *polyporus* (Feuerschwamm) zu stillen und den Verletzten mit Salmiak wieder zum Bewusstsein zu bringen.
Besser, er hätte es nicht getan, dachte Imperia später. Stella öffnete die Augen, seine Lider flatterten, und ächzend, aber durchaus verständlich, stieß er mehrmals einen Namen hervor. »Becuto! Das hat dieser *porcaccio* getan! Nur Becuto kann es gewesen sein – nur er ...« Dann murmelte er noch Unverständliches, schloss die Augen, stöhnte laut auf und verschied.
Nun war Becutos Name gefallen, und außer dem Arzt hatten ihn mehrere von Imperias Dienstleuten gehört. Der Arzt erhob sich.
»Da muss ich leider Anzeige erstatten. Der Name war deutlich zu verstehen ...«

Die Stadtmiliz zögerte nicht lange, nahm Becuto am nächsten Tag fest und brachte ihn zur Untersuchungshaft in das dafür vorgesehene Gefängnis »Larga«. Da er zwei Tage vor dem Mord die anonyme Anweisung erhalten hatte, sich während der nächsten Woche zu einer bestimmten Zeit in einer vielbesuchten Kneipe aufzuhalten, bestätigten einige Zeugen, dass er zur fraglichen Stunde in der »Locanda del Sole« gesessen hatte. Wie Imperia vorausgesehen hatte, kam schnell zur Sprache, dass Stella häufiger Gast ihres Hauses gewesen war, und so versuchten die Behörden brauchbare Zusammenhänge herzustellen. Das war gar nicht so schwierig, denn verängstigte Dienstleute konnten bezeugen, dass es zwischen den beiden mehrmals heftigen Streit gegeben hatte.
Wer Geld besaß, musste den Gefängnisaufenthalt selber bezahlen, auch wenn es nur zur Untersuchung war. Becuto ließ sich nichts abgehen, bewohnte einen – wenn auch vergitterten – luftigen Raum und ließ sich von einem Lohndiener täglich die Mahlzeiten servieren. Er, der sich in letzter Zeit so hatte gehen lassen, fühlte sich jetzt wieder recht wohl in seiner Haut, achtete sorgsam auf sein Äußeres – gerade weil er sich in dieser Umgebung von den anderen Halunken unterscheiden wollte. Aber war er nicht auch ein Verbrecher? Er sah das anders. Aus Liebe hatte er es getan! Um sich wieder einen Platz im Herzen Imperias zu erobern! Ja, das waren seine Beweggründe gewesen, vergleichbar jenen *trovatori* in alter Zeit, die Leib und Leben für ihre Herzensdame einsetzten.

So und nicht anders dachte und empfand Alberto Becuto, und das straffte seine kleine Gestalt und bog – bildlich gesehen – die schiefe Nase etwas gerader. Die Gefängniswärter spürten das und behandelten ihn anders als die armseligen Stadtstreicher. Die Aufseher titulierten ihn mit »Don«, außerdem wusste jeder, dass er päpstlicher Kammerherr war und vermutlich über allerlei Beziehungen verfügte. Dennoch waren die Vernehmungen scharf.

»Nach allem, was wir herausfinden konnten, war es ein mit Eifersucht vermischter Hass, der Euch wohl zu einem Mord an dem Notarius Giacomo Stella motivieren konnte. Der Getötete wird Euren Namen ja nicht grundlos genannt haben.«

Becuto hatte zu einer Ruhe gefunden, über die er sich selber wunderte.

»Er tat es aus Hass, um mir noch im Sterben eins auszuwischen. Das war die letzte Möglichkeit, die er noch hatte. Was kümmerte ihn der namenlose Raubmörder, der längst über alle Berge war? Ich war es, mit dem er glaubte, noch eine Rechnung begleichen zu müssen. Er spürte, dass sein Ende nahte, und um nicht vorzeitig an dem Hass gegen mich zu ersticken, stieß er meinen Namen hervor.«

Der Beamte wiegte zweifelnd seinen Kopf.

»Ein sterbender Christ sollte an etwas anderes denken, glaubt Ihr nicht?«

»Da gebe ich Euch völlig recht, aber manchmal ist die menschliche Natur stärker als alle Glaubenssätze.«

Plötzlich schlug der Beamte auf den Tisch und rief:

»Ihr haltet mich wohl für einen Dummkopf? Dann will ich Euch sagen, dass wir Zeugen für mehrere Besuche der anrüchigsten Kneipen im Borgo haben – Kaschemmen, in denen käufliche Mörder verkehren. Etwa im ›del Angelo‹, ›del Sole‹, ›il Bordone‹ …«

Becuto winkte ruhig ab.

»Auch päpstliche Würdenträger verkehren dort – der Borgo ist eben ein Wohnviertel für die unterschiedlichsten Menschen. Sogar Cesare Borgia habe ich einmal dort gesehen …«

Der Vernehmungsbeamte aber blieb bei seinem dringenden Verdacht und reichte die Anklage ein.

Becuto, der sich immer tiefer in die Rolle des für seine Dame leidenden Ritters einlebte, schickte einen persönlichen Boten mit der lateinischen Nachricht: »*Pro te it feci!*« – ich habe es für Euch getan! – zu Imperia, allerdings mit der Maßgabe, dass er seinen hohen Botenlohn erst danach erhielt. So wollte er vermeiden, dass dieser Mensch ihn bei der Gefängnisleitung denunzierte. Der Bote kehrte mit der kurzen Antwort zurück: »Auch ich werde etwas tun.«

Imperia, die unter Umständen zu sich und anderen sehr hart sein konnte, fühlte etwas in ihr angerührt, das sie nachdenklich machte. Sie sah ihn vor sich, den kleinen Alberto Beçuto, dürr und schiefnasig, aber immer auf seine Würde bedacht. Es ergriff sie tief, dass dieser Mann für sie ein Verbrechen begangen hatte, das sie keineswegs guthieß – Stellas Tod hatte sie ehrlich betrauert. Jetzt aber musste sie daran denken, dass Becuto als Einziger auf den Gedanken gekommen war, ihr etwas Heiliges zu schenken, das auf sie – auf sie allein – gemünzt war: das Haar der heiligen Sünderin Maria Magdalena. Ein Angelo del Bufalo, ein Agostino Chigi, auch andere wären niemals auf einen solchen Gedanken gekommen. Allein das bewies doch, wie tief dieser Mann sie liebte und verehrte. Und da sollte sie zusehen, wie er zugrunde ging? Sie nahm einen Spiegel, blickte hinein und rief entschlossen: »Nein – das tue ich nicht!«
Da musste gleich Francisco Remolines kommen, der neu ernannte Auditor. Sie empfing ihn mit ausgesuchter Freundlichkeit, ließ Wein und Gebäck servieren, umging aber zunächst das eigentliche Thema. Da sie von seiner Abneigung gegen Fiammetta wusste, begann sie spöttisch über ihre Konkurrentin zu reden:
»Die arme Fiammetta muss sich jetzt ganz verwaist vorkommen, seit Don Cesare Anfang Oktober Rom verlassen hat. Anstatt sich – wie ich es tue – um ihren Beruf zu kümmern, hat sie wie eine Klette an seinem Hals gehangen und mit Hingabe seine Konkubine gespielt, hat sich sogar erfrecht, als Fiammetta di Valentino zu unterschreiben. Da hat sich diese hergelaufene Florentinerin an einen zu großen Bissen gewagt, meint Ihr nicht?«
Remolines, dem diese Worte eingingen wie köstlicher Nektar, wollte sich dennoch nichts vergeben.
»Aber Donna Imperia, ich muss mich schon wundern! Zwar seid ihr beide euch stets aus dem Weg gegangen, aber jetzt gebt Ihr Eurer Abneigung doch zu großen Raum. Seid immer auf Euren Namen bedacht! Euch sieht man als die Kaiserin von Rom, die anderen – mag Fiammetta auch an ihrer Spitze stehen – sind doch nicht mehr als Euer adliges Gefolge.«

»Ein schönes Kompliment – seid bedankt. Dennoch finde ich es ungehörig, dass eine *cortigiana onesta* ihr doch hochgeachtetes Metier einfach so hinwirft, ihre bisherigen Liebhaber aussperrt und nur noch einem einzigen Mann dient. Ich habe bewusst das Wort dienen gewählt, denn Fiammettas Verhalten ging weit über eine gewisse Gefälligkeit hinaus, wie man sie alten Hausgästen gewährt.«
»Es widerspräche meiner eigenen Einstellung, würde ich Euch da nicht recht geben. Wir werden sehen, ob Fiammettas Verhalten nicht einen Abstieg nach sich zieht, der dann gewiss nicht unverschuldet ist.«
»Trotzdem wollen wir nicht den Stab über sie brechen – das wäre nicht christlich, umso mehr, als man amtlicherseits dabei ist, es bei einem anderen zu tun. Den päpstlichen Kammerherrn Alberto Becuto werdet Ihr ja flüchtig kennen?«
»Wir sind uns begegnet …«
»Dieser wenig ansehnliche und deshalb bedauernswerte Mann hat etwas für mich getan, das ich nicht vergessen kann und will, wenn es auch nicht hierher gehört. Nun will ihm das Gericht den Mord an Giacomo Stella anlasten, der Euch ja auch flüchtig bekannt sein muss.«
Remolines hörte nur mit halbem Ohr hin, weil ihn diese bedeutungslosen Figuren kaum interessierten. Doch sein Beruf als Auditor gebot es ihm, bei dem Wort »Mord« die Ohren zu spitzen.
»Ist er in flagranti ertappt worden?«
»Keineswegs! Eine Reihe von Zeugen bestätigen um diese Zeit seine Anwesenheit in einer Schenke. Doch ein Verdacht blieb hängen, weil Stella kurz vor seinem Ableben Becutos Namen hasserfüllt herausstieß. Ich bitte Euch, Don Francisco, soll man die wirren Worte eines Sterbenden auf die Goldwaage legen?«
»Natürlich nicht, aber was soll ich dazu tun?«
»Becuto wird beim Auditor Einspruch einlegen.«
Auf Don Franciscos scharf gemeißeltem Gesicht erschien ein Lächeln.
»Dem ich stattgeben werde?«
»Ja, darum ersuche ich Euch.«
Natürlich wusste Imperia, was Remolines für diese Gefälligkeit erwartete, und es fiel ihr nicht schwer, sie ihm zu erweisen.
Remolines blieb die ganze Nacht, und bei Imperia erwies sich der sonst zur Grausamkeit neigende Wüstling als durchaus gesitteter Liebhaber. Sie wusste, dass sie sich auf den Auditor verlassen konnte, und dachte mit

Wehmut an Angelo del Bufalo, den ewig schwankenden Paradiesvogel, der doch so liebevoll sein konnte.
So geschah es, dass Alberto Becuto aus der »Larga« entlassen wurde, zum Missbehagen des Vernehmungsbeamten, der nach wie vor von seiner Schuld überzeugt war. Als sie sich förmlich verabschiedeten, drohte er:
»Beim nächsten Mal entkommt Ihr mir nicht!«
Becuto rieb lachend seine schiefe Nase.
»Jetzt seid nicht gleich beleidigt! Besser ein Unschuldiger kommt frei, als zehn Schuldige werden verdammt.«

Nach seiner Freilassung bat Alberto Becuto bei Imperia um einen Besuch. Sie ließ ihn eine geraume Zeit warten, doch dann bestellte sie ihn zur Abendzeit. Im Laufe des Gesprächs ließ Imperia erkennen, dass sie – wie früher – gerne einen Horcher in Fiammettas Umgebung hätte und sich fragte, ob er seine einstigen guten Beziehungen zu ihr wieder aufnehmen könnte. Sie drückte sich nicht so deutlich aus, sondern ließ ihre Wünsche gedämpft anklingen, so wie man eine Glocke hinter einem Vorhang hört. Man vernimmt das Geräusch und kann es zuordnen, auch wenn es sehr undeutlich ist. Becuto verstand, was sie meinte.
»Es wäre nur ein geringer Dienst, den ich Euch erweisen könnte. Verlangt Größeres von mir!«
Sie lächelte auf ihre etwas schwermütige Art und schüttelte den Kopf.
»Nein, Don Alberto, ich glaube nicht, dass man Gleiches mit Gleichem vergelten soll, im Guten wie im Bösen.«
Das lange und inhaltsschwere Gespräch – dazu war viel Wein getrunken worden – hatte sie beide so müde gemacht, dass aus der erwarteten Liebesnacht nichts wurde. Imperia nahm es gelassen hin, weil sie derzeit wirkliche Leidenschaft nur für Angelo del Bufalo empfand, und für Becuto hatte die Tatsache, dass er bei Imperia wieder aufgenommen war, weit größeres Gewicht.

14

Cesare Borgia hatte es sich in den Kopf gesetzt, seinen Abschied von Fiammetta, von Rom, von seinen Freunden in der gleichen *vigna* zu begehen, wo er – als Mönch verkleideter »Überraschungsgast« – ihr zum ersten Mal begegnet war.

Diese letzten Septembertage zeigten sich, wie so häufig in Rom, untertags hochsommerlich, während es am Abend angenehm kühl wurde und man nachts gerne ein paar Becher mehr trank, um sich gegen die frische Luft zu wappnen.

Don Cesare hatte sie in den letzten Wochen immer seltener besucht, weil seine militärischen Vorbereitungen viel Zeit forderten. Seiner Berechnung nach verschlang der bevorstehende Feldzug täglich eine Summe von etwa tausend Dukaten, und die mussten beschafft werden. Die Einkünfte aus dem Heiligen Jahr und die vom Klerus höchst unwillig bezahlte »Türkensteuer« reichten da bei weitem nicht hin. Deshalb hatte der Papst vor Kurzem – wenn auch widerwillig – ein Dutzend neue Kardinäle ernannt, sodass nun für Anfang Oktober Cesares Aufbruch vorgesehen war.

Zumindest einer dieser Herren hatte für den roten Hut nicht bezahlen müssen, nämlich der Venezianer Marco Cornaro. Damit wollte Alexander die Serenissima für Cesares Pläne gewinnen, denn die Seerepublik hielt nach wie vor ihre schützende Hand über die Städte Rimini und Faenza, die der Papst mit Androhung der Exkommunikation bereits unter Druck gesetzt hatte. Venedig hätte wohl kaum nachgegeben, doch die wachsende Türkengefahr in der östlichen Adria zwang die Stadt dazu, auf Faenza und Rimini zu verzichten.

Dies erfuhren nun die Gäste in Fiammettas *vigna* an der Porta Viridaria. Cesare gab nichts preis, was nicht ohnehin schon bekannt war, aber er erzählte davon in heiterem Plauderton, als ginge es um ein Schachspiel mit sicherem Ausgang. Nicht der Schatten eines Zweifels trübte seinen Bericht, sodass niemand in dieser nächtlichen Runde an Don Cesares baldiger siegreicher Rückkehr zweifelte.

Auch Francisco Remolines war dazu geladen worden, hatte aber lange überlegt, ob er nicht unter einem glaubhaften Vorwand absagen sollte. Er tat es nicht und stellte zum eigenen Erstaunen fest, dass seine Rachephantasien bei Fiammettas Anblick keine Nahrung mehr fanden. Wollte er sie vor Kurzem noch öffentlich ausgepeitscht sehen, so verglich er sie jetzt mit Imperia und empfand ein Gefühl von mitleidiger Verachtung. Wie konnte man dieses stupsnäsige, pausbäckige und klein gewachsene Wesen überhaupt mit der majestätischen Imperia vergleichen? Das sei eine Geschmacksfrage, redete er sich ein, und dass die meisten Männer keinen Sinn für wirkliche Schönheit besäßen, mache Fiammettas Erfolg aus. Remolines musste sich solche falschen Gefühle einreden, denn echte brachte er nicht zustande. Nur eine einzige Empfindung kam unmittelbar aus seinem kalten Herzen – der Wille zur Macht und eine unstillbare Gier danach. Da gingen seine Vorstellungen manchmal sehr weit – ungehörig weit. Wenn der Papst ihn – das hatte Freund Cesare fest versprochen – bei der nächsten Kardinalsernennung zum Fürsten der Kirche erhob, dann würde er alles versuchen, um auf den Stuhl Petri zu gelangen. Schon beim nächsten Konklave? Alexander war kerngesund, würde vielleicht achtzig oder älter werden. Cesare war bis dahin Herzog der Romagna und musste die kirchliche Macht der Borgia bewahren, also dafür sorgen, dass einer der Kardinäle aus seiner Sippe zum Papst erhoben wurde. Dagegen stand der wachsende Einfluss der Borgiagegner, und man würde einen Ausweg suchen.

Ein Glück, dass ich bis dahin schon weit über vierzig bin, sodass mir die Jugend nicht im Wege steht wie bei einigen dieser erkauften Kardinalswürden. Da gab es zwei Grünschnäbel, die erst um die zwanzig waren ...

Das kalte Herz des Francisco Remolines erwärmte sich an solchen Gedankenspielen, und da er jetzt seinen Hass auf Fiammetta in mitleidige Verachtung verwandelt hatte, fühlte er sich recht wohl in seiner Haut. Er fragte sich auch, ob diese hochmütige Kurtisane ihn als Kardinal abweisen würde? Spielt das dann noch eine Rolle?

Inzwischen waren die meisten der Geladenen eingetroffen und lautstarke Begrüßungsgespräche schwirrten durch den langsam in Dämmerung versinkenden Weingarten.

Kardinal Farnese hatte seine traumschöne Schwester Giulia mitgebracht, die zum Zeichen ihrer Witwenschaft ein mit Silberfäden durchwirktes schwarzes Kopftuch trug, so nachlässig gebunden, dass es die dunkle Haarfülle kaum verbarg. Jetzt, da sie wieder im Vatikan lebte, hatte der Papst ein scharfes Auge auf sie und verlauten lassen, dass sie zu Festen oder Besuchen in fremden Häusern stets in Gesellschaft ihres Bruders

sein müsse. Dem Kardinal Farnese störte das schon ein wenig, denn viele seiner Wege – zur schwesterlichen Begleitung kaum geeignet – musste er nun einschränken. Andererseits hatte gerade er allen Grund, dem Papst gefällig zu sein, und so übte er sein Amt als Kardinaldiakon von San Cosma e Damiano sehr gewissenhaft aus. Alles in allem war zu bemerken, dass Alessandro Farnese längst nicht mehr hinter jedem Weiberrock herlief und seinen Ruf als Bruder Leichtfuß abzustreifen versuchte.
Cesare wandte sich an Fiammetta und fragte halblaut:
»Fehlt noch wer?«
»Angelo del Bufalo, aber der kommt meistens zu spät.«
»Ich dachte, er sei Imperias Favorit?«
»Ja, das hätte sie gern, aber ein del Bufalo lässt sich nicht in einen Käfig sperren. Früher habe ich ihn oft gesehen …«
Das stimmte zwar nicht, doch Cesare hatte die Menschheit – was freilich nur für Männer galt – in drei Hauptkategorien unterteilt: nützlich, nutzlos, schädlich. Del Bufalo gehörte zu den Nutzlosen, und so nahm Cesare an seinem Leben keinen Anteil, wenn er ihn auch bei festlichen Gelegenheiten durchaus unterhaltsam fand. Er stand auf und klopfte mit seinem Wappenring an ein Glas. Sofort erstarben die Gespräche, nur Giuliabella rief vorlaut:
»Aber keine lange Rede, Don Cesare!«
Er schmunzelte.
»Ich bin ein Freund der Kürze, das weiß alle Welt, allerdings mit einer Ausnahme: Bei den Damen lasse ich mir Zeit.«
Mitten in den Beifall hinein platzte Don Angelo, heute allerdings weniger auffällig gekleidet, denn sein nachtblaues Wams reichte bis zu den Oberschenkeln und bedeckte züchtig den sonst zur Schau gestellten Schambeutel.
»Besser spät als nie!«, rief Cesare ihm spöttisch entgegen.
Mit ernstem, fast tragischem Gesicht gab er zurück:
»Ein niemals, Don Cesare, wäre diesmal nicht in Frage gekommen – um keinen Preis! Hätte mich eine Lähmung überfallen, so wäre ich in einer Sänfte gekommen, wäre ein starkes Fieber das Hindernis gewesen, so hätte ich mich auf eine Bahre …«
»Es reicht, es reicht! Nun seid Ihr hier und wir alle schätzen das. Jetzt aber zu meiner Rede, die Donna Giulias Forderung erfüllt, denn sie wird kurz sein.

Vor ziemlich genau einem Jahr waren die meisten von euch ebenfalls hier versammelt und harrten eines Überraschungsgastes, der dann in Mönchskleidung erschien. Die Zeit der Verkleidung, meine Freunde, ist nun endgültig vorbei. Was ich tat und weiterhin tun werde, dient dem Ruhm der Kirche, deren Schwertarm ich bin, um das Patrimonium Petri zu verteidigen und die von habgierigen Tyrannen abgetrennten Teile wieder anzufügen. Uns, die wir das Glück haben, im heiligen Rom, an der Grabstätte der Apostelfürsten Petrus und Paulus zu leben, betrifft diese Entwicklung in besonderem Maße und ich weiß, dass jeder von euch auf seine Weise alles tun wird, um mein – um unser Vorhaben zu unterstützen. So möchte ich zuerst das Glas auf Seine Heiligkeit erheben, der in stetem Bemühen alles getan hat, um die Macht der Kirche zu stärken und zu festigen. Dass Gott seine schützende Hand über ihn hält, haben wir vor einigen Monaten gesehen, als Seine Heiligkeit sich aus dem Schutt eingestürzter Mauern wie ein Phönix erhob.«

Einige riefen »Viva il Papa!«, doch die meisten hoben nur schweigend ihren Becher. Cesare war stehen geblieben und hob die Hand.

»Mein zweiter Trinkspruch gilt den Frauen in aller Welt, im Besonderen aber den anwesenden Damen. Was wären wir Männer ohne sie? Traurige Wesen, unleidliche Rüpel, elende Säbelrassler, habgierige Raufbolde, den Geist vernebelt von Begriffen wie Ehre, Stolz, Macht und Besitz. Nicht, dass unsere Frauen alle diese Dinge verachten oder ablehnen! Nein, doch von ihnen werden sie in vernünftige Bahnen gelenkt und zurechtgerückt. Durch sie wissen wir, dass Ehre nicht alles sein darf, dass der Stolz gemäßigt werden und die Macht vernünftig ausgeübt werden muss. Wir erfahren auch, dass Besitz eine Verpflichtung ist und von Gott unter der Bedingung zugeteilt wird, auch andere, weniger Begünstigte daran teilnehmen zu lassen. Ich möchte mit einer Feststellung schließen, die – mag sie auch anmaßend klingen – doch eine Form von laudatio – von Gotteslob ist: Als der Herr dem noch einsamen Adam eine Rippe entnahm und daraus die Frau formte, hat er etwas Unumgängliches getan. Von unendlicher Weisheit beseelt, hat Gott der Herr erkannt, dass mit Männern allein nur eine zum baldigen Untergang bestimmte Welt entstehen kann. Die Frauen aber sind es, die nicht nur für den Fortbestand der Menschheit sorgen, sondern auch durch Liebe, Vernunft und Weisheit die Welt im Lot halten. Ihnen gilt mein Trinkspruch!«

Bei dieser Rede waren Fiammetta Tränen in die Augen geschossen, weil sie spürte, dass diese Worte vor allem ihr galten. Giulia aber fühlte sich mit allen Frauen dieser Welt geehrt, wenn sie die Rede auch etwas übertrieben fand. Agostino Chigis Begleiterin, eine entfernte Verwandte, jung, verwitwet und dabei, den *banchiere* ins Bett zu ziehen, fand sich als Frau voll bestätigt. Ja, genauso war es; nur gut, dass Don Cesare es einmal deutlich ausgesprochen hatte.

Angelo del Bufalo – von seiner Familie vor Kurzem zur Verlobung gedrängt – hatte Donna Francesca, seine Zukünftige, mitgebracht, Schwester des reichen, aber so bedeutungs- wie einflusslosen Kardinals Gian Domenico de Cupis. Dieser aber – selber Antikensammler – wusste, dass Don Angelo inzwischen ein beachtliches Vermögen angehäuft hatte und sein Name aus altem römischem Adel kam. Imperia war über diese Verbindung unterrichtet, doch del Bufalo hatte ihr, die Hand auf das Herz gepresst, unter Schwüren versichert, dass auch eine Ehe nichts an seinen Gefühlen für sie ändern würde.

Francesca de Cupis, kaum achtzehn und gerade aus einer Klosterschule entlassen, fand diese Welt da draußen verwirrend, rätselhaft, manchmal abstoßend. Inzwischen musste sie allerdings ihre Vorstellung von den Kurtisanen und ihrer Lebensweise zurechtrücken. Immer wieder flog ihr Blick zu Fiammetta, deren keckes quirliges Wesen, das schimmernde Goldhaar und die leuchtenden Türkisaugen sie so sehr beeindruckten, dass in ihr der Wunsch aufkeimte, ein wenig so zu werden wie diese Frau.

Fiammetta waren die verstohlenen Blicke nicht entgangen, zudem wusste sie über Francesca Bescheid. Dass del Bufalo dieses etwas farblose Wesen zur Frau nehmen wollte, erstaunte sie kaum. Ringsum wurden von ihren derzeitigen oder einstigen Liebhabern Vernunftehen geschlossen, die ein Familienrat aus gesellschaftlichen oder wirtschaftlichen Gründen beschlossen hatte. Dass der junge Ehemann weiterhin – soweit seine Börse es erlaubte – verschiedene Kurtisanen besuchte, nahm ihm keiner übel. Wenn ein Protest kam, dann sicher vom Schwiegervater, der die Mitgift seiner Tochter in die Paläste der *cortigiane* wandern sah.

Fiammetta hatte es auf ihren Gesellschaften immer so gehalten, dass sie mit jedem der Gäste eine kurze oder auch längere Unterhaltung führte, um niemanden zu benachteiligen oder gar zu verärgern. Heute war es zwar so, dass es ein von Don Cesare gegebenes Abschiedsfest war, doch es fand in ihrer *vigna* statt, und so fühlte Fiammetta sich quasi als zweite Gastgeberin aufgerufen, mit jedem der Geladenen einige Worte zu wechseln. Becuto warf sie einen auffordernden Blick zu und wies verstohlen auf Francesca.

Er nahm sich sofort der vereinsamten Donna Francesca an. Wortgewandt und liebenswürdig, wie er war, fasste die junge Frau – ihm war das nichts Neues – sofort Vertrauen, und es dauerte nicht lange, dann waren sie in ein munteres Gespräch vertieft. Francesca spürte, dass sie mit diesem Mann über alles reden konnte.

»Ach, Don Alberto, Ihr könnt Euch nicht vorstellen, wie es ist, von einer Klosterschule wieder zurück zu einer Familie zu gehen, die zwar durch meinen Bruder auch geistlich geprägt ist, sich aber sonst mit weltlichen Dingen befasst. Eine Klosterschule, das – das ist, als sei man schon halbwegs zur Nonne geworden. Beten, beten, geistliche Übungen, täglicher Besuch der heiligen Messe und strikter Gehorsam gegenüber den Nonnen – unseren Lehrerinnen. Dort wurde der Heilige Vater in einem anderen Licht dargestellt, als es offenbar der Wirklichkeit entspricht: Stellvertreter Christi auf Erden und als Pontifex Maximus der Brückenbauer vom Irdischen zum Himmlischen.«

Dann begann sie zu flüstern.

»Da drüben sitzt die wunderschöne Giulia Farnese und scherzt mit der Konkubine eines Kardinals, als sei sie ihresgleichen. Was ist das für eine Welt? Euch, Don Alberto, blieb die Klosterschule erspart, Ihr steht mitten im Leben ... ich bitte Euch inständig, mir diese Widersprüche zu erklären.«

Für Becuto war es nichts Neues, von Frauen um Rat gefragt zu werden, aber eine Frage dieser Art war ihm bisher noch nicht begegnet. Er fasste sich an die Nase, als wolle er sie zurechtrücken.

»Zuerst zu Eurer gewiss berechtigten Frage, wie es mit dieser Welt bestellt sei. Erwartet von mir keine Lösungen der anstehenden Probleme, doch werde ich versuchen, Verschiedenes zu erklären. Was den Heiligen Vater betrifft, so ist dies verhältnismäßig einfach. Alexander VI. hat zu seinem geistlichen Amt auch ein weltliches übernommen: Er ist der Fürst des Patrimoniums Petri – des Kirchenstaates – und als solcher ein weltlicher Herrscher. Im Gegensatz dazu steht etwa der Abt eines Klosters. Das ist ein ausschließlich geistliches Amt und verlangt das entsprechende Auftreten. Nun könnt Ihr aber dem Heiligen Vater manches vorwerfen, aber nicht, dass er sein geistliches Amt vernachlässigt. Als der französische König vor fünf Jahren Rom besetzte und an den Papst eine Reihe von Forderungen stellte, blieb Alexander hart, auch wenn er um des lieben Friedens Willen auf einiges verzichtete. Doch die Würde der Kirche wurde nicht angetastet, und am Ende blieb für Karl VIII. nur der Kniefall vor dem Heiligen Vater.«

Nun begann auch Becuto so zu flüstern, dass Francesca ihm ganz nahe rücken musste.

»Wenn Alexander mit Giulia der Liebe pflegt, dann müsst Ihr ihn als weltlichen Fürsten sehen, und als solcher hat er auch seine Familie gegründet und Kinder gezeugt, die seinen Namen tragen. Ähnliches geschieht bei unseren Kardinälen. A priori ist dies kein geistliches Amt, sondern ein Titel, den auch Männer ohne Priesterweihe tragen können, was ja heutzutage meistens der Fall ist. Zwar haben sie sich zur Ehelosigkeit verpflichtet, doch wenn sie sich eine Lebensgefährtin erwählen, so wird dies toleriert.«

Becuto blies die Luft aus seinen geblähten Backen und sagte laut:

»In unserer Welt geht es nicht ohne Kompromisse, wenn sie halbwegs friedlich bleiben soll!«

Angelo del Bufalo, gerade dabei, sich seiner Verlobten zuzuwenden, lachte und nahm den Gedanken auf.

»Ja, meinen Freunde, das sollten sich die Menschen in aller Welt hinter die Ohren schreiben. Doch scheint es nichts Schwierigeres zu geben, als verträglich miteinander auszukommen. Hass, Habgier und Machtgelüste machen die friedlichen Bemühungen zunichte, und manchmal ist es nicht leicht, sich aus all dem herauszuhalten.«

Zweites Buch

1

Obwohl Cesare Borgia im Herbst des Heiligen Jahres 1500 genug zu tun hatte, um seine Söldnerarmee auf den Stand von etwa zweitausend Mann zu bringen, besuchte er Fiammetta weiterhin mehrmals wöchentlich – und doch war für beide etwas anders geworden ... Das Abschiednehmen fand in den Köpfen der Liebenden statt, während ihre Körper so innig wie je ineinander verschmolzen. Manchmal verfiel Cesare in eine Art von Liebesraserei, bei der er Fiammettas ganzen Körper mit zärtlichen Küssen, manchmal auch mit schmerzhaften Bissen bedeckte. Einmal nahm er eine dicke Strähne ihres goldenen Haares und knüpfte sie um sein steifes Glied.

»So fesselt mich Fiammetta«, keuchte er, »und diese Fessel wird unsichtbar weiterbestehen, wird mich an dich binden, solange ich lebe, für alle Zeiten ...«

Lügen, dachte Fiammetta vergnügt, alles Lügen, doch sie gefallen mir ...

Dabei tat sie ihm Unrecht, denn in dem Augenblick, da er dies sagte, meinte er es auch. Danach aber, wenn das klare Denken wieder einsetzte, wurde ihm deutlich, welcher Abstand ihn von dieser Kurtisane trennte. Was ihn damals so angezogen hatte, war ihre unkonventionelle Weise, sich zu geben – ihre Keckheit, ihre Launen, ihr frischer Lebensmut, ihre Art zu lachen. Ja, ihr Lachen! Das klang wie der verhaltene Silberton einer Fanfare – niemals zu laut, niemals falsch. Seltsam war auch, dass Cesare sich bei ihr vorstellen konnte, sie würde ihn hoch zu Ross ins Feld begleiten. Bei jeder anderen Frau erschien ihm dieser Gedanke abwegig, bei ihr jedoch ... Seine Vorstellungen gingen noch weiter. Höchste Tugend für ihn war, mit sich selber im Einklang zu sein, niemals etwas zu bereuen, zu seiner Vergangenheit zu stehen und das, was man vielleicht falsch gemacht hatte, beim nächsten Mal zu korrigieren. So hielt er es und Fiammetta schien nicht anders zu denken. Verkörperte das nicht die höchste Tugend und sollte es nicht mit der »Goldenen Rose« – der Tugendrose – belohnt werden? Seiner Meinung nach hatten sie die meisten Frauen zu Unrecht erhalten, für etwas, das ihnen in den Schoß gefallen

war – etwa ein fürstlicher Rang, die gute Erziehung, weil ihre Eltern es sich leisten konnten oder bei geistlichen Frauen für etwas, das Glaube und Christentum ohnehin von ihnen forderten. Fiammetta aber hätte – schon aufgrund ihres Berufs – heimtückisch, hinterhältig, habgierig und berechnend sein können. Sie war es nicht. Sie lebte sich selber und wenn ihr etwas nicht passte, dann handelte sie entsprechend.
Cesare hatte von ihr erfahren, dass Remolines – trotz aller Bemühungen – mehrmals von ihr abgewiesen worden war.
»Er hätte mir«, sagte sie, »tausend Dukaten aufs Bett legen können, und meine Meinung über ihn wäre die gleiche geblieben.« Sie schüttelte sich. »Allein seine Augen …«
»Fast alle Menschen sind käuflich, du offenbar nicht.«
»Ja, da bin ich etwas eigen. Das geht schon so weit, dass ich die manchmal gebotenen Heiratsmöglichkeiten ablehne, weil ich das Gefühl habe, gekauft zu werden.«
»Wäre ich nicht Cesare Borgia, ich hätte dir längst einen Antrag gemacht.«
Wieder eine schöne Lüge, dachte sie und blickte ihn zärtlich an.
»Einen Sommer lang waren wir ja so gut wie verheiratet.«
»Ja, das stimmt, und ich kann dir versichern, dass es neben dir keine andere Frau gegeben hat.«

Es wäre noch davon zu berichten, wie Cesare Borgia die berühmte Kurtisane Imperia kennengelernt hatte. Ein wenig Schuld daran trug Fiammetta, und das kam so: Im Frühsommer hatte Angelo del Bufalo beschlossen, es dem Kardinal Farnese nachzutun und seinen Geburtstag in einer *vigna* zu begehen. Da er selber keine besaß, bat er Imperia, die ihre benutzen zu dürfen. Sie nahm es als Beweis seiner Zuneigung und stimmte freudig zu. Als sie die Gästeliste aufstellten, fragte del Bufalo:
»Sollen wir Don Cesare einladen? Vermutlich wird er nicht kommen, so aber kann er mir nicht vorwerfen, ihn übergangen zu haben.«
Als Don Cesare die Einladung erhalten hatte, sprach er mit Fiammetta darüber.
»Ich schätze Don Angelo als unterhaltsamen Menschen, weiß auch, dass er ein tüchtiger Geschäftsmann ist. Trotzdem erscheint es mir wie verlorene Zeit, daran teilzunehmen, da ich vermute, dass er nur sein Fest mit meinem Namen schmücken will.«
Er streckte ihr die Gästeliste hin.

»Der Einzige, den ich näher kenne, ist Lorenzo Chigi, der vermutlich seinen unabkömmlichen Bruder vertreten muss.«
»Da mögt Ihr zwar recht haben, dennoch würde ich die Gelegenheit nutzen, der berühmten Imperia nahe zu sein. Im Übrigen könnt Ihr Euch nach einer Stunde unter einem Vorwand wieder verabschieden. Da erscheint Michelotto mit einer dringlichen Nachricht …«
Cesare drohte ihr lachend mit dem Zeigefinger:
»An dir ist eine *fabbra d'intrighi* verloren gegangen!«
»Man muss sich eben zu helfen wissen …«
»Würdest du mich dorthin begleiten?«
»Nein«, sagte sie schnell, »ich habe Imperia einmal kennengelernt – Ihr wart damals der Überraschungsgast – und dabei soll es bleiben.«
Er nickte.
»Es ist ohnehin besser, ich komme allein. Wenn Michelotto mich nach einer Stunde wieder abholt, soll es mir recht sein.«
Sein Erscheinen erregte dann einige Verwunderung, denn niemand hatte ernsthaft damit gerechnet.
»Wir fühlen uns alle sehr geehrt«, sagte Angelo del Bufalo und nahm erfreut Cesares Geschenk entgegen – es war eine antike Gemme mit einem Stier in Angriffsstellung.
»Seid vielmals bedankt, Don Cesare! Unser gemeinsames Wappen – nennen wir es ein Rind – ist allerdings falsch platziert. Das Eure, ein friedlich weidender Stier mit neckisch geringeltem Schwanz, würde eher zu mir passen, während der angriffslustige Stier, den Ihr mir verehrt habt, den Borgia auf den Leib geschrieben ist.«
Wer das mitgehört hatte, wandte sich schnell ab, blieb aber ganz Ohr. Wie würde Don Cesare auf diese Provokation reagieren? Zuerst furchte er die Stirn, dann flog ein stolzes Lächeln über sein schönes Gesicht.
»Don Angelo, Ihr habt ausgesprochen, was ich schon beim Erwerb des Steines gedacht habe – ja, er würde besser zu mir als zu Euch passen. Aber Ochsen haben die alten Römer nicht in Stein geschnitten …«
Alles atmete auf, doch nun war der Blick auf del Bufalo gerichtet. Da hörte man Imperias dunkles Lachen. Obwohl del Bufalo nur schwer zu provozieren war, fühlte sie, dass Streit in der Luft lag.
»Aber meine Herren, ich muss doch bitten! Wir alle sind gebildete Menschen und wissen, dass Bufalo ein volkstümliches Wort für Ochse ist, der sonst als *bove* oder *bue* bezeichnet wird.«

Sie lächelte Cesare an.

»Wir wollen doch nicht dem Volk nach dem Mund reden, Don Cesare?«

Da wurde der Valentino, wie immer, wenn Frauen das Wort ergriffen, sanft und verbindlich.

»Da habt Ihr freilich recht, Donna Imperia. Wir alle wissen das und Don Angelo natürlich auch, der meinen Scherz gewiss richtig verstanden hat.«

Del Bufalo winkte großmütig ab.

»Ein Narr, wer sich durch mehrdeutige Worte beleidigt fühlt.«

Cesare hob sein Glas.

»Auf Eure Gesundheit, Don Angelo, und auf die unserer verehrten Damen.«

Der Plural traf nicht zu, denn Imperia war die einzige Frau in dieser Runde. Im Gegensatz zu Fiammetta, die für andere Frauen ein schwesterliches Mitgefühl hegte, zog Imperia Männergesellschaften vor. Ein heimlicher Widerwille gegen das weibliche Geschlecht mag da unbewusst eine Rolle gespielt haben – jedenfalls hatte sie del Bufalo gebeten, keine Frauen einzuladen. Wie er hatte auch Imperia nicht mit Don Cesares Erscheinen gerechnet, doch nun, da er einmal da war, wollte sie es auch nutzen. Anders als in Fiammettas *vigna* gab es hier ein schönes mehrstöckiges Haus.

»Der Blick vom Dach nach Westen auf die Stadt hat einen solchen Ruf, dass ich immer wieder von Gästen gebeten werde, sie hinaufzuführen.«

Cesare verbeugte sich leicht.

»Dann bitte ich Euch auch darum.«

Einige hatten dieses Gespräch mit angehört, doch niemand wagte die Frage, sich anschließen zu dürfen, auch weil sie spürten, dass Imperia mit dem erlauchten Gast allein sein wollte.

Um Raum zu sparen und das Gleichmaß im Innern des Hauses nicht zu stören, war die Treppe außen angebracht. Als Imperia vorausgehen wollte, sagte Cesare:

»Nein, das gehört sich nicht! Der Mann muss stets vorangehen, um etwaige Feinde abwehren zu können.«

Da musste Imperia lachen.

»Das ist wohl nicht Euer Ernst! Ich sehe weit und breit keinen Feind …«

»Es könnte sich einer versteckt haben«, scherzte Cesare und wandte sich zur Treppe.

Zu dieser frühsommerlichen Zeit stand auch zur zehnten Tagesstunde die Sonne noch hoch am Himmel und warf ihren goldenen Schein auf die Stadt zu ihren Füßen. Die Tiberschleife mit der schiffsförmigen Insel war zu sehen, dahinter der Senatspalast auf dem Capitol mit seinen wuchtigen Türmen. Zu beiden Seiten ragten die schlanken Türme der Adelsburgen, die wie drohend erhobene Zeigefinger das ganze Stadtbild prägten. Dazwischen klafften weite öde Flächen mit den von Pflanzen überwucherten, kaum noch erkennbaren Trümmern der alten Tempel und Paläste.

»Manchmal wünsche ich mir, das alte Rom möge für kurze Zeit wiedererstehen. Dagegen wäre das, was wir hier vor uns sehen, mehr als armselig.«

Imperias leise, fast traurige Stimme war kaum zu hören gewesen.

»Aber Donna Imperia, hätten wir vor zwei- oder dreihundert Jahren hier gestanden, dann wäre für den damaligen Anblick das Wort armselig zu schwach gewesen. Seit Jahrzehnten sind wir doch dabei, Rom in seinem alten Glanz wiedererstehen zu lassen. Die prächtigen Adelspaläste sind von hier aus kaum zu erkennen, aber es gibt sie! Die Orsini, Colonna, Massimi, Nardini, Caffarelli, Cesarini und auch unsere Familie haben sie errichtet. Die Lücken, die wir jetzt noch sehen, werden sich immer schneller schließen, und – auch wenn wir es nicht mehr erleben – in fünfzig, meinetwegen in hundert Jahren wird sich Rom wie ein strahlender Phönix aus der Asche der Antike erheben und die Welt in Erstaunen setzen.«

»Die Brüder Chigi sprechen in letzter Zeit ständig von einem Palast, den sie sich am Tiberufer errichten wollen.«

Cesare lächelte spöttisch.

»Mit dem Geld, das Seine Heiligkeit ihnen in den Rachen wirft, ist das keine Kunst.«

Imperia hob erstaunt die Brauen.

»Ich dachte, es sei umgekehrt und der Papst erhält von ihnen …«

»Manus manum lavat«, sagte Cesare schnell.

Sie nahmen auf zwei Korbsesseln Platz, die unter einem bunten Sonnensegel standen. Imperia blickte ihn von der Seite an.

»Es ist schon seltsam. Wie oft habe ich meine Gäste hierher geladen und ihnen dabei den schönen Rundblick gezeigt, aber heute …«

Sie schwieg bedeutungsvoll.

»Heute?«

»Heute wagt es keiner, uns zu folgen.«

»Vielleicht mein schlechter Ruf?«
»Man fürchtet Euch, Don Cesare.«
»Nur solche, die einen Grund dazu haben. Die Brüder Chigi, Kardinal Farnese, Angelo del Bufalo, Remolines und viele andere mögen mich zwar nicht lieben, aber sie fürchten mich auch nicht. Wie ist das mit Euch, Donna Imperia?«
Ihre dunklen Augen blickten ihn schwermütig an.
Sie ist schön, dachte Cesare, auf ihre Weise ist sie schön. Warum wirkt das nicht auf mich? Ganz Rom liegt ihr zu Füßen, aber ich fühle kein Verlangen, auch keine Neugier, ihr näherzukommen …
»Ich kenne Euch zu wenig«, sagte sie leise.
»Ihr müsstet mit Donna Fiammetta reden – sie kennt mich genau, und Ihr werdet sehen, dass an mir nichts Schreckliches ist.«
»Sie gehört nicht zu meinem Freundeskreis …«
Das kann ich verstehen, dachte Cesare, sie sind zu verschieden.
Da fuhr sie fort:
»Im Übrigen habt Ihr sie ja ein gutes halbes Jahr mit Beschlag belegt. Bei manchen ist schon der Verdacht aufgekommen, Ihr wollt sie zur Frau nehmen.«
Er schüttelte unwillig den Kopf.
»Das ist doch Unsinn! Warum nennt alle Welt mich den Valentino? Weil ich der Herzog von Valence bin und Charlotte d'Albret geheiratet habe. Wer da glaubt, Seine Heiligkeit gestattet mir die Ausnahme einer Doppelehe, der irrt sich.«
Seine zornigen Worte brachten Imperia nicht aus der Ruhe.
»Auch Donna Lucrezias erste Ehe wurde von Seiner Heiligkeit für ungültig erklärt.«
»Das ist doch etwas anderes; schließlich ist ihr zweiter Gemahl der Herzog von Bisceglie.«
»Der fürchtet Euch auch, wie man hört.«
Cesare hob die Schultern.
»Rom war schon immer eine Gerüchteküche.«

An diesem Juniabend hatten sie noch gelebt: Don Alfonso von Bisceglie und Lorenzo Chigi, aber einige Monate später hatte sich vieles geändert. Jetzt, Ende September, saß Don Cesare in Fiammettas *vigna* und feierte seinen Abschied von Rom. Damals hatte Cesare um dieselbe Tageszeit auf dem Dach von Imperias Haus gesessen, jetzt brach schon die Nacht herein und es wurde kühl. Plötzlich erhob sich der Valentino, und sofort erstarben alle Gespräche.

»Meine lieben Freunde, ich danke euch für die Teilnahme an meiner Abschiedsfeier. Setzt sie ohne mich fort, darum bitte ich euch, aber« – er lächelte, als sei es ihm nicht ernst damit – »mich ruft die Pflicht.«

Nun blickten alle auf Fiammetta, doch sie nickte nur und erhob sich nicht einmal, um Don Cesare zur Pforte zu begleiten. Keiner wusste, dass sie sich schon am Tag zuvor ausführlich vom Valentino verabschiedet hatte und es so besprochen war.

»Dieser Abschied«, hatte Cesare gesagt, »gehört uns allein – dir und mir. Andere haben keinen Teil daran; ich will es so und ich glaube, du denkst nicht anders.«

Doch Fiammetta dachte gar nichts, weil sie ihn kannte und genau wusste, wo er zu Kompromissen bereit war und wo nicht.

So hielt Cesare an der körperlichen Bindung zu Fiammetta bis zuletzt fest, doch die Trennung war im Kopf bereits vollzogen, weil er spürte, dass sich eine große Kluft auftat – und sie spürte es auch. Was er so an ihr geschätzt hatte: ihre kecke Offenheit, ihre sprunghaften Launen, ihre Eigenschaft, häufig das zu tun, was niemand von ihr erwartete – das war nicht seine Welt. Und gerade, weil sie es nicht war, hatte es ihn entzückt und begeistert. Er aber musste zuverlässig planen, und eine kecke Offenheit wäre für ihn ein gefährliches Wagnis gewesen. Er musste täuschen und verschleiern, Lügen und Listen aushecken. Dabei hatte er würdevoll aufzutreten, im Glanz von zwei Herzogtümern – die Königskrone vor Augen. So gesehen, hätte die sich feierlich und zeremoniell gebende Imperia besser zu ihm gepasst, doch Cesare war nicht der einzige Mann, der bei Frauen eine ganz andere Wahl traf und damit den Schritt in eine andere Welt tat.

Seiner Schwester Lucrezia Borgia war das nicht vergönnt, sie durfte sich keinen Liebhaber oder gar Ehemann aus einer anderen Welt erwählen, sie musste innerhalb der ihren bleiben, und diese wurde von Vater und Bruder geprägt. Doch auch sie hatte ihren Stolz und rührte sich nicht aus Nepi fort, trotz der dringenden Aufforderung Seiner Heiligkeit. Sie unterschrieb ihre Briefe mit »*la infelicissima*« (die Todunglückliche), zeigte sich nur tief verschleiert in Witwenkleidung und tat genau das, was Vater und Bruder scharf missbilligten. Sie trauerte um Alfonso von Bisceglie, ihren ermordeten Gatten.

»Der Sache muss ein Ende gemacht werden«, verlangte der Papst, als er seinen Sohn am zweiten Oktober verabschiedete. Seine Heeresmacht war schon am Tag zuvor aufgebrochen und bewegte sich in Richtung auf die Romagna.
Cesare winkte ab, als handle es sich um eine Bagatelle.
»Ich glaube ohnehin, dass ihre Trauer nur geheuchelt ist. Sie muss doch eingesehen haben, dass die Ehe mit diesem Bastard ein Fehlgriff war und dass die Heirat mit dem Erbprinzen von Ferrara sie als künftige Fürstin eines großen und reichen Landes zu den ersten Frauen von Italien macht. Wenn ich daran denke, dass Don Alfonso seit über drei Jahren ein kinderloser Witwer ist, dann wird mir ganz seltsam zumute. Es ist, als hätte Gott in seiner unendlichen Weisheit diesen Mann für unsere Lucrezia aufbewahrt. Er hätte inzwischen Gelegenheit gehabt, tausend Ehen zu schließen – warum hat er es nicht getan?«
Nun glaubten manche, dass der Papst sich nach einem anderen Schwiegersohn umsehen würde, doch da hatten sie seine eiserne Beharrlichkeit unterschätzt. Don Alfonso war nun einmal dazu ausersehen und nur diese Verbindung sicherte Cesares Feldzug in der Romagna.
Zu einer Ehe gehören bekanntlich zwei, doch im Oktober des Jahres 1500 standen die Dinge so, dass weder Don Alfonso noch die in ihre Trauer versunkene Lucrezia dazu bereit waren.
So tat Cesare das Nächstliegende und machte auf seinem Weg nach Norden in Nepi Halt. Zuerst schien es, als sei Lucrezia nicht gesonnen, den Mörder ihres Gatten zu empfangen. Wenn es darauf ankam, war Cesare auch zu einem geduldigen Abwarten imstande, doch jetzt war er auf dem Weg zu seinen Truppen und konnte sich eine Verzögerung nicht erlauben.
Als sich ihnen der Pförtner in den Weg stellte, schlugen ihn seine Leute nieder und drangen in das Schloss ein. Lucrezia hatte sich in einem Turmzimmer eingeschlossen, doch Cesare ließ die Tür aufbrechen. Seine Schwester stand am offenen Fenster und blickte ihm furchtlos entgegen; ihre Zofe kauerte ängstlich in einem Winkel.
»Wenn Ihr nur einen Schritt näher tretet, springe ich hinaus!«
Er blieb stehen und verneigte sich.
»Das wäre so gottlos wie unklug, doch ich nehme es zur Kenntnis. Seine Heiligkeit, unser verehrter Vater, lässt Euch Gruß und Segen übermitteln und bittet Euch, so bald wie möglich nach Rom zu kommen.«

Ihre honigfarbenen Augen blitzten und sie zog den verrutschten Witwenschleier über ihre goldbraunen Haare.
»Was soll ich dort? Auf den nächsten Mann warten, den Ihr mir zum Gatten bestimmt habt? Nein, mein teurer Bruder, ein drittes Mal lasse ich mich nicht dazu missbrauchen – da gehe ich lieber in ein Kloster!«
»Auch darüber ließe sich reden, aber nur unter vier Augen.«
Die verschreckte Zofe wurde hinausgeschickt und zwei von Cesares Männern mussten draußen die Tür bewachen. Lucrezia zögerte, dann ging sie zum Tisch und setzte sich, auch Cesare nahm Platz. Sie blickte ihn so zornig an, dass er in scheinbarer Reue die Augen senkte.
»Ich muss mich dafür entschuldigen, dass ich hier so – so brachial eingedrungen bin, aber mir fehlte einfach die Zeit, deine Genehmigung abzuwarten.«
»Die wäre nie erfolgt – niemals!«
»Ich verstehe dich ja, und ich habe Michelotto zur Rede gestellt, aber er besteht darauf, Selbstverteidigung geübt zu haben.«
Ihr Lachen klang bitter und höhnisch.
»Selbstverteidigung? Daran glaubt vielleicht noch eine Handvoll Dummer, wo doch jeder weiß, dass du hinter allem steckst. Alle wissen es, aber keiner wagt etwas zu sagen. Ich aber schreie es dir ins Angesicht: Mörder – Mörder – Mörder!«
»Lucrezia, ich bitte dich! Wäre ich zur Stelle gewesen, ich hätte es verhindert, aber es ist nun einmal geschehen und wir müssen nach vorne blicken. Seine Heiligkeit hat bei Herzog Ercole von Ferrara angeregt, dessen Thronfolger Don Alfonso mit dir ehelich zu verbinden. An den Namen bist du ja gewöhnt …«
Das hätte er nicht sagen sollen.
»Hinaus!«, rief sie empört. »Mit dir rede ich kein einziges Wort mehr! Hinaus!«
Wieder verschob sich der Witwenschleier, und eine der kunstvoll gedrehten Locken fiel auf ihre Schulter. Cesare schwieg und hob, wie um Entschuldigung bittend, beide Hände – doch er blieb sitzen.
»Vor allem unserem Vater liegt an dieser Verbindung. Ich hätte eher an den Herzog von Gravina gedacht, der ist zwar ein Orsini, doch …«
Sie hielt sich die Ohren zu und stieß hervor:
»Ich möchte nichts mehr davon hören! Solche vermessenen Pläne verstärken in mir nur noch den Willen, mich in ein Kloster zurückzuziehen.«

»Als Äbtissin natürlich ...«
»Spare dir deinen Spott! Seiner Heiligkeit kann es ja nur recht sein, dass seine Tochter in ein Kloster geht, um dort für die Sünden ihrer Familie zu büßen.«
»Lucrezia, ich bitte dich, mir nur einmal ganz ruhig zuzuhören. Du brauchst jetzt nichts zu entscheiden, du sollst nur wissen, worum es geht.«
Sie nickte widerwillig.
»Nur weil du mein Bruder bist ...«
Cesare griff in sein Wams, holte ein Miniaturbildnis hervor und streckte es ihr hin. Sie zierte sich.
»Was soll das?«
»Ich habe von Don Alfonso heimlich ein *ritratto* anfertigen lassen – schau ihn dir genau an!«
Lucrezia blickte auf das bartlose, kluge, doch etwas langweilige Gesicht eines Mannes um die dreißig. Ja, der alte Adel war ihm anzusehen – die leicht gebogene Nase, die hohe blasse Stirn, der etwas schmale Mund, auf dem – kaum sichtbar – ein ironisches Lächeln lag. Lucrezia legte das Bildchen auf den Tisch, ganz behutsam, als sei es etwas Lebendiges. Cesare deutete darauf.
»Don Alfonso ist im achtundzwanzigsten Lebensjahr, seine kurze Ehe blieb kinderlos. Das ist nun drei Jahre her und ihm wurden Bräute aus den erlauchtesten Häusern angetragen, doch sein Vater – Herzog Ercole – hatte an allen etwas auszusetzen. Andererseits, so wurde mir zuverlässig berichtet, ist die Sicherung der Nachfolge sein Herzenswunsch. Er möchte Enkel sehen!«
Cesare legte seine Hand auf Lucrezias Arm.
»Und du wirst sie ihm schaffen!«
»Ich soll also als eine Art Zuchtstute verschachert werden? Das wird niemals geschehen – sag das unserem Vater!«
Cesare lehnte sich zurück.
»Das sagst du ihm am besten selber. Jetzt aber ein Wort zu Ferrara, das ja auch das Herzogtum Modena umfasst. Dieses Land erstreckt sich von der Adria bis fast zum Ligurischen Meer, und im benachbarten und befreundeten Mantua finden wir Isabella d'Este als Markgräfin. Sie war es, die heuer vom Heiligen Vater die Tugendrose erhielt.«
Lucrezia lachte bitter.

»Und sie wird die Letzte sein, die eine solche Hochzeit billigt. Da sehe ich einen Riesenberg von Schwierigkeiten, den abzutragen dir nicht gelingen wird.«

»Da muss ich dir recht geben, mir allein würde es nicht gelingen, aber da ist noch Seine Heiligkeit, unser erlauchter Vater. Als Papst hat er Machtmittel in der Hand, die kein Fürst auf dieser Erde vorweisen kann. Mag es mit dem frommen Sinn bei den Herrschern da und dort etwas schlecht bestellt sein, ein Kirchenbann trifft vor allem das Volk. Da darf keine Messe mehr gelesen, nicht gebeichtet, kommuniziert oder geheiratet werden, und die Toten werden ohne Priester verscharrt. Es gibt eine Reihe von Beispielen aus der Geschichte, welche Wirkung das hat. Doch ich setze nur den Fall, der hoffentlich niemals eintreten wird.«

Lucrezia hatte kaum hingehört, ihr gingen verschiedene Gedanken durch den Kopf. Was war sie denn schon? Eine verwitwete Herzogin von Bisceglie, ein Titel, der jetzt nichts mehr wert war. König Federigo von Neapel würde das Herzogtum an einen anderen vergeben. Was blieb dann noch? Lucrezia Borgia, das Pfaffenkind ... Als Herzogin von Ferrara aber säße sie neben Don Alfonso auf dem Thron eines der reichsten und angesehensten Fürstentümer von Italien. Der Thronfolger war mit achtundzwanzig gewiss ein reifer, gesetzter Mann und sie als Zwanzigjährige ohne weiteres in der Lage, ihm ein Dutzend Kinder zu gebären. Wollte sie das überhaupt? Ihr Söhnchen Rodrigo war jetzt zwei Jahre alt und der Papst hatte ihn später zum Herzog von Sermoneta ernannt. Der kleine Rodrigo war in Rom geblieben und wurde von anderen erzogen. Sie vermisste ihn nicht sehr ...

»Ich werde Ende Oktober nach Rom zurückkehren, und dann soll mir unser Vater seine Pläne genau erläutern.«

Cesares Gesicht hellte sich auf.

»Aber ja – er wird sich freuen! Stelle ruhig deine Forderungen, wenn du dich schon verkaufst – wie du es formuliert hast –, dann zeige deinen Wert.«

Lucrezias Gesicht verschloss sich.

»Ich werde mit Seiner Heiligkeit alles gründlich erörtern – mehr kann ich jetzt nicht sagen.«

2

Fiammetta erheiterten die Versuche verschiedener Herren, sie über den »Verlust« des Valentino zu trösten. Jeder tat es auf seine Art – geschickt, manchmal lächerlich, bisweilen etwas grob oder geradezu albern. Die besten Worte, so schien es ihr, kamen von Alberto Becuto, dem Sprachgewandten, der – wohl als Einziger – erkannt hatte, dass Cesares Weggang Fiammetta weit weniger tief traf, als zu vermuten war.
»Einen Mann wie ihn kann man nicht halten; er steuert ein Ziel an, blickt dabei nicht nach links oder rechts, und was diesem Ziel nicht dient, ist ihm unwichtig, mehr oder weniger. Dabei will ich nicht sagen, dass er Euch nur als eine von Vielen betrachtet hat! Wer ihn kannte, war über seine Stetigkeit tief verwundert, nicht zuletzt auch darüber, dass er sich den ganzen Sommer über mit Euch begnügte – ja, geradezu aufblühte an Eurer Seite. Es gibt Schmerzen, die sind kurz und heftig – etwa wenn ein Zahn gezogen wird –, klingen aber schnell ab. So war es, wenn Ihr mir den Vergleich gestattet, mit Eurer Liebe: kurz und heftig, doch ohne lange Nachwehen – wenigstens was Euch betrifft. In Don Cesares Gemüt kann ich mich nicht hineinversetzen, ich vermute aber, dass er Euch noch eine Weile als süße Erinnerung mit sich herumträgt, um sich dann neuen Liebesverbindungen zuzuwenden, die ihm – wie alle Welt weiß – geradezu in den Schoß fallen.«
Fiammetta hatte bei seinen Worten mehrmals genickt.
»Wer kennt schon die ganze Wahrheit, Don Alberto? Doch ich glaube, Ihr habt genauer als manch andere erkannt, wie es um unsere Liebe bestellt war. Auch was die Nachwehen betrifft, muss ich Euch recht geben: Ich weine Don Cesare nicht nach, fühle weder Betrübnis noch Bitterkeit. Es gab Augenblicke, da stellte ich mir vor, ihm zeitlebens als Konkubine verbunden zu sein. Doch mein nüchterner Verstand sagte mir, dass daraus nie und nimmer etwas werden könne. Ich wusste von Anfang an, dass diese Verbindung – ich möchte sie keinesfalls missen! – nur diesen einen Sommer dauern würde. Don Cesare hat mich ein Stück meines Lebens begleitet, und dies wird mir stets in bester Erinnerung sein.«
Wie immer, wenn Becuto mit Frauen sprach, fand er den richtigen Ton, wurde richtig verstanden und manchmal mit Enthüllungen belohnt, die sie nicht einmal ihrer besten Freundin anvertraut hätten.

Aber wie stand es um seine Tat, wie wurde er damit fertig? Er hatte sie am anderen Ende der Stadt einem ihm unbekannten Priester gebeichtet, der so etwas nicht zum ersten Mal hörte. Seine dringende Mahnung, sich den Behörden zu stellen, begegnete Becuto mit der Behauptung, damit gefährde er eine Reihe von unschuldigen Menschen und das könne er nicht auf sich nehmen. Als er dem Priester zwei Dukaten für die »Armenkasse« unter das Beichtgitter schob, erhielt er sofort die Absolution, mit der Buße, zehn Messen für den Ermordeten lesen zu lassen. Das tat er dann auch. Hatte er sich zuvor schon über seine Tat kaum Gedanken gemacht, so fühlte er sich jetzt frei von aller Schuld.
Ein von Gott auferlegtes Schicksal, dachte er. Hätte er, der kleine Alberto Becuto, über das Leben des Giacomo Stella verfügen können? Natürlich nicht! Die Stunde des Todes lag in Gottes Hand, da war er nur Werkzeug gewesen – freilich, ein sündiges und nur allzu williges Werkzeug. Doch er hatte die Tat gebeichtet, wie es sich gehörte, und Absolution erhalten. Alberto Becuto war mit sich selber im Reinen.

Der Kardinal Alessandro Farnese ließ nach Cesares Weggang eine schickliche Zeit verstreichen, dann bat er Fiammetta höflich, sie besuchen zu dürfen. Sie hatte es erwartet, freute sich darüber, doch wusste sie genau, was sie ihrer herausragenden Stellung schuldig war. So ließ sie ihn zwei Tage warten und setzte dann einen Termin fest, aus dem zu erkennen war, wie beschäftigt sie wieder sei, den sie aber doch so legte, dass er nicht beleidigend wirkte.
Farnese, aus alter hochadliger Familie stammend, die ihre Wurzeln bis ins 13. Jahrhundert zurückführte, war so gut erzogen worden, dass er diese Signale nicht nur verstand, sondern sie auch von Herzen billigte.
Wie immer, wenn er sie besuchte, erschien er in weltlicher Kleidung, doch in einer Sänfte mit seinem Hauswappen, das sechs goldene Lilien zierten. Er hatte nichts zu verbergen! Wenn es ihm auch nicht ganz bewusst war, so wollte er damit auch zeigen, dass er nach wie vor persona grata bei einer Kurtisane war, der Cesare Borgia gestattete, mit »Fiammetta di Valentino« zu firmieren. Das zeigte auch, dass Kardinal Farnese mit der Borgiafamilie auf besondere Weise verbunden war, nicht zuletzt durch seine Schwester Giulia. Sie bewohnte nun wieder einen der vatikanischen Paläste und freute sich schon auf die Rückkehr von Lucrezia Borgia, ihrer Herzensfreundin.

Das milde ruhige Herbstwetter war umgeschlagen und hatte Ende Oktober die Äquinoktialstürme gebracht, die wie ein wildes Heer über Rom hinwegbrausten und einige ruinöse oder schlecht gebaute Häuser mit gewaltiger Faust niederrissen.

»Habt Ihr Sankt Peter irgendwie erzürnt?«

Mit diesen Worten und einem herzlichen Lächeln empfing sie den Kardinal.

»Ich gewiss nicht, Donna Fiammetta, weil ich stets bemüht bin, mit dem Himmel in Frieden zu leben.«

Nach einigen Höflichkeitsfloskeln brachte Farnese das Gespräch auf Cesare Borgia.

»Der Feldzug geht langsamer voran, als wir alle gehofft haben. Es soll aber am Wetter liegen, weil nach den starken Regenfällen die Kanonen im Schlamm steckenbleiben. Andererseits kam vorgestern die Nachricht vom Fall Pesaros. Giovanni Sforza ist Hals über Kopf nach Venedig entflohen, sein Bruder Galeazzo wurde festgenommen. In seiner Haut möchte ich nicht stecken ... Pandolfo Malatesta soll aus Rimini geflohen sein, aber das ist zunächst nur ein Gerücht.«

»Ist dieser Pandolfo der Sohn des berüchtigten Sigismondo Malatesta?«

»Nein, das ist sein Enkel. Wisst ihr, was Papst Pius II. über Sigismondo gesagt hat? Er bezeichnete ihn als den ›schlimmsten Schurken unter allen Menschen, die je gelebt haben oder leben werden‹, nannte ihn ›die Schande Italiens und die Schmach unserer Zeit‹.«

Fiammetta krauste ihr Näschen.

»Was war denn so schlimm an ihm?«

»Er lebte mit Tochter und Sohn in Blutschande, überhäufte Kirche und Papst mit Spott und Hohn, worauf Pius ihn exkommunizierte. Doch ist ihm eine gewisse Größe nicht abzusprechen. Er war hochgebildet, förderte Kunst und Kultur. Sein Enkel Pandolfo aber ist nur noch ein raubgieriger Verbrecher, ohne Bildung und Verstand. Don Cesare wird in Rimini gewiss als Befreier empfangen.«

»Wenn ich von seinen Erfolgen höre, dann freut mich das so, als hätte ich sie selber gehabt.«

Der Kardinal schmunzelte.

»Kein Wunder, ihr beiden habt ja monatelang gelebt wie *tortole* – verliebte Turteltauben, die keinen Blick mehr für andere hatten. Ein wenig eifersüchtig war ich schon – und nicht nur ich ...«

Fiammetta runzelte ihre Stirn.
»Eifersüchtig? Auf eine Kurtisane?«
»Es sah so aus, als wolltet Ihr den Beruf wechseln. Ihr wärt nicht die erste *cortigiana* gewesen, die sich zur *concubina*, manchmal sogar zur Ehefrau wandelte.«
»Es mag so ausgesehen haben, doch beabsichtigt war es niemals. Don Cesare ist nicht der Mann, sich an eine Frau zu binden.«
»Immerhin ist er verheiratet.«
Sie lachte silberhell.
»Ja, in Frankreich und aus politischen Gründen. Eine Ehe auf Abstand ...«
»Mit mir würdet Ihr es keinen Sommer lang aushalten ...«
»Ist das eine Frage oder eine Feststellung?«
Der Kardinal hob unschlüssig die Schultern.
»Ich möchte Euch nicht verärgern ...«
Fiammetta legte kurz ihre Hand auf die seine.
»Seid beruhigt, Euch wird das niemals gelingen, da seid Ihr zu gut erzogen. Ich werde es als Frage nehmen und versuchen, sie ehrlich zu beantworten. Nein, Don Alessandro, ich kenne derzeit keinen Mann, mit dem ich es – als *concubina* – länger aushalten könnte. Müsste es aber sein, dann gehört Ihr zu den wenigen, die dafür in Frage kämen.«
Jeder Mensch – ob Mann oder Frau – ist auf irgendeine Weise eitel und so gefiel dem Kardinal diese schmeichelhafte Antwort über alle Maßen. Dieser Gleichklang bewirkte, dass Fiammettas ohnehin meist fröhliche Stimmung fast in eine Euphorie umschlug, was die beiden ins *dormitorio* und zu einer lustvollen Liebesstunde führte. Dazu hatte Kardinal Farnese eine seltsame Einstellung. Einer Hure beizuliegen, wäre ihm ebenso unmöglich, ja fast sündhaft erschienen, wie eine verheiratete Frau zum Ehebruch zu verleiten. Bis jetzt waren ihm ein Sohn und zwei Töchter geboren worden, deren Mutter als schöne junge Witwe ihm vor seinem Palast mit einem Bittgesuch in den Weg getreten war. Das Verhältnis dauerte bis heute an. Zu den Kindern hatte er sich schriftlich bekannt und für eine gründliche Ausbildung Sorge getragen.

Auch Angelo del Bufalo fühlte sich veranlasst, bei Fiammetta vorzusprechen, um sie – wie er meinte – über den Verlust Don Cesares zu trösten.

»Aber Don Angelo! Wenn Imperia wüsste, wo Ihr Euch herumtreibt, sie würde Euch die bittersten Vorwürfe machen.«
Er winkte gut gelaunt ab.
»Sie hat ein weites Herz und Verständnis für vieles. Außerdem dient mein Besuch nur – ja, ich gebe es zu, der Neugier. Ich komme viel herum, das wisst Ihr ja, meist in Geschäften, bin häufig zu abendlichen Symposien geladen – kurz gesagt, außer Euch und Donna Imperia kenne ich noch eine Reihe von *cortigiane oneste*. Bei keiner habe ich gesehen, dass sie einem einzigen Verehrer zuliebe ihre Daseinsform verändert hätte. Aber so ist das Leben, es beschert einem immer wieder etwas Neues. Und jetzt, Donna Fiammetta? Ihr seid nicht betrübt, fühlt Euch nicht verlassen, beiseitegeschoben?«
Da ertönte ihr wohlbekanntes silberhelles Lachen, die Türkisaugen blitzten fröhlich und munter.
»Aber keineswegs, Don Angelo! Ich will nicht sagen, dass wir einander satt hatten, aber das ganze Verhältnis war in stillschweigendem Einverständnis zeitlich begrenzt. Da ich Eure Neugier nicht enttäuschen will, sollt Ihr auch wissen, dass wir in bestem Einvernehmen schieden und es keineswegs ausgeschlossen erscheint, dass es für uns wieder einen Sommer gibt wie den vergangenen.«
Del Bufalo schüttelte ratlos den Kopf.
»Ich muss mich schon wundern! Da bin ich gekommen, um Euch Trost zu spenden, überlegte lange, welche Worte ich wählen sollte, und nun ist alles so einfach! Ihr seid bester Dinge, vermisst offenbar nichts und niemanden. Da komme ich mir ja ziemlich überflüssig vor.«
»Aber Don Angelo! Kein Mensch ist unnütz oder überflüssig. Es hat nur jeder seinen Weg zu gehen und muss genau darauf achten, den richtigen zu wählen.«
Del Bufalo machte eine hilflose Geste.
»Der Mensch denkt und Gott lenkt, so sagt man, aber was bleibt uns dann noch zu tun? Ich denke, heute mache ich dies, doch Gott lenkt mich woanders hin.«
»Aber Don Angelo, ich habe nicht den Eindruck, dass Ihr bisher irregegangen seid. Es ist Euch doch alles zum Besten geraten …«
»So – meint Ihr?«
»Aber gewiss doch! Nun seid Ihr auch noch mit Francesca de Cupis verlobt und könnt – so meine ich – auf eine beträchtliche Mitgift hoffen.«

Doch del Bufalo hielt sich bedeckt, spreizte abwehrend die Hände und sagte nur:
»Nun ja ...«
In Wahrheit aber hatte er die Hälfte der Mitgift schon erhalten und zu Beginn des nächsten Jahres sollte geheiratet werden.

Es war nun eine Situation eingetreten, die den Papst zwang, immer neue Steuern und Abgaben zu ersinnen. Zuerst traf es die jüdische Gemeinde, doch nicht so, dass es sie ruiniert hätte. Danach wurde dies und jenes besteuert, Tribute erhöht, Geldstrafen verdoppelt und verdreifacht. Die Ursache war Don Cesares durch das schlechte Wetter verzögerter Kriegszug, was bei täglichen Kosten von etwa tausend Dukaten eine beträchtliche Summe ausmachte.
Die staatlichen Gesetze – wozu auch die Festsetzung aller Arten von Steuern und Abgaben gehörten – waren seit dem Mittelalter in heilloser Verwirrung. Papst Alexander und seine Vorgänger im Quattrocentro hatten nichts oder nur wenig getan, um diese Zustände zu ändern. Freilich hatte Paul II. im Jahr 1469 mit einem »Statutenbuch« versucht, die verworrenen Zustände etwas zu ordnen.
Dieses Buch war in die Teile Zivilrecht, Kriminalrecht und Verwaltung gegliedert.
Am schwersten hatte es wohl die Kriminaljustiz, denn das römische Volk war – wie auch der Adel – durch Erbstreitigkeiten und Blutrache auf eine Weise verwildert, die jeder Willkür Tür und Tor öffnete. Zwar gab es jetzt keine Straßenschlachten in großem Stil mehr, doch die zutiefst verfeindeten Familien der Colonna und Orsini, der Savelli, Caffarelli, Alberini und Valle kämpften nach wie vor ihre Streitigkeiten durch besoldete *bravi* aus. Dabei verrammelten sie ihre Häuser und warben kleine Privatarmeen an. Schon Pius II. hatte dafür ein Friedensgericht geschaffen, das freilich wenig bewirkte. Nach wie vor konnte ein Mörder sich freikaufen, wenn die Verwandten des Getöteten einwilligten. So kostete ein ermordeter Baron zwanzigtausend Soldi, ein Ritter achttausend und ein Bürger viertausend. Bei Verwandtenmord gab es allerdings diese Möglichkeit nicht.
Nicht weniger verworren zeigte sich das Steuerrecht. Die Haupteinnahmen der Stadt Rom kamen aus tributpflichtigen Orten und städtischen Gebäuden. Eine weitere Einnahme waren die Zölle für Ein- und Aus-

fuhr von Waren, dazu gab es Mahl-, Schlacht- und Weinsteuern. Wer mit etwas handelte, zahlte für die Stelle, den *sasso*, von der er verkaufte, eine geringe Abgabe.

Nun zurück zu Angelo del Bufalo, der sich bei seinem florierenden Antikenhandel bisher um alle Abgaben herumgedrückt hatte, aber dann doch in das Visier von Steuerbeamten geraten war. Allerdings gab es die Möglichkeit, sich mit den Behörden zu einigen, wenn man Gebäude errichtete. Rom besaß noch viele unbebaute Flächen, und es gab Gegenden in der Stadt, die mit ihren mit Gras überwachsenen und von Schafen bevölkerten Schuttbergen einen pastoralen Zauber ausstrahlten, als befinde man sich in abgelegenen ländlichen Gebieten.
So hatte del Bufalo, da auch die Mitgift der Braut besteuert wurde, sich zum Bau eines prächtigen Hauses entschlossen, das er – in einem Anfall von Großmut und Verliebtheit – Donna Imperia zur Verfügung stellen wollte. Vielleicht sollte es auch ein Ausgleich für die Vernachlässigung sein, der er sich schuldig gemacht hatte. So wenigstens empfand es Imperia, und sie versäumte nicht, sich darüber bei ihm auf eine quasi versteckte Art zu beklagen. Das ging dann etwa so: »Ich habe wohl einen Fehler gemacht, als ich ausgerechnet Euch zu meinem Herzensfreund erklärte. Da ist Donna Fiammetta wohl geschickter gewesen …« Brachte er wertvolle Geschenke, dann wehrte sie ab: »Aber Don Angelo, seid Ihr sicher, dass meine Dienste so viel wert sind? Ihr habt Euch ja in letzter Zeit ziemlich rar gemacht …«
Nun war del Bufalo gewiss nicht der Mann, den solche Vorwürfe schwer getroffen hätten, aber er beschloss, das Angenehme mit dem Nützlichen zu verbinden. Don Angelo – zwar nicht so wortgewandt wie der kleine Becuto – war ohne Weiteres imstande, etwas Unangenehmes in einer Redeform zu präsentieren, die es winzig und fast wieder angenehm erscheinen ließ. Gab es aber etwas Schönes zu verkünden, dann war es seine Art, mit der Tür ins Haus zu fallen.
Als er nun den Entschluss gefasst hatte, einen Teil von Francescas Mitgift in einem Haus für Imperia anzulegen, eilte er gleich zu ihr.
»Ja, ich sehe schon ein, dass ich von nun an meine Herzensdame öfter besuchen muss. Was mich immer wieder daran hindert, sind die Geschäfte, und das wisst Ihr. Man kann nicht immer dem Ruf des Herzens folgen – vor allem wir Männer müssen stets darauf achten, unsere Dinge voranzu-

bringen, um unsere Freundinnen weiterhin mit Geschenken verwöhnen zu können.«

Imperia legte nur selten den Anstrich einer gewissen Feierlichkeit ab, der, zusammen mit dem *habito romano* – dem Prunkgewand der adligen Römerinnen – ihrem Auftreten etwas kostbar Festliches verlieh. Jetzt aber hellte sich ihre immer etwas melancholische Miene auf. Sie lächelte und ergriff del Bufalos Hand.

»Mein Freund, Ihr habt mir schon eine ganze Reihe von Geschenken gemacht, dass ich Euch bitten muss, eine Pause einzulegen. Oder besser gesagt, die Natur Eurer Gaben zu verändern. Anstatt mir einen weiteren Ring, ein anderes Halsband oder neue Ohrringe zu verehren, würde ich mir wünschen, Ihr selber bringt Euch als Geschenk dar.«

Del Bufalo, der sehr wohl verstand, wie es gemeint war, spielte den Verständnislosen.

»Aber Donna Imperia, ich bin doch ohnehin der Eure, mit Leib und Seele, Herz und Verstand. Ihr wisst genau, dass meine künftige Ehe nicht das Geringste damit zu tun hat – sie steht auf einem anderen Blatt, ist Familienpolitik.«

Imperia schüttelte belustigt den Kopf.

»Dann muss ich etwas deutlicher werden: Schenkt mir weniger Schmuck, dafür mehr von Eurer Zeit.«

Del Bufalo ging nicht darauf ein.

»Heute bringe ich Euch ein anderes Geschenk, und ich versichere Euch, dass Ihr so etwas noch nicht besitzt.«

Er zog ein gerolltes Papier aus dem Wams, breitete es auf dem Tisch aus und beschwerte beide Seiten mit der silbernen Handglocke und einem kleinen Dolch, den er ständig bei sich trug.

»Schaut es Euch genau an!«

Sie beugte sich darüber.

»Das – das ist der Plan eines Hauses ...«

Er nickte feierlich.

»Eures künftigen Hauses! Verzeiht mir, wenn ich es so offen ausspreche. Zwar wohnt Ihr im Borgo nuovo in einer guten Gegend, doch Euer jetziges Haus scheint mir Eurem Status nicht mehr angemessen.«

Imperia war die Verblüffung anzumerken.

»Aber bisher – ich meine – es hat mir doch genügt – freilich ein wenig eng ...«

»Eng?«, rief Don Angelo empört. »Ich würde sagen: Dürftig, beschränkt, oder kurz: Für eine Donna Imperia nicht mehr geeignet.«
Er beugte sich vor und ergriff zärtlich ihre beiden Hände.
»Imperia, Ihr seid durch Schönheit, Bildung und Geschick zu Reichtum und Besitz gekommen. Wir aber kennen uns so gut, dass ich sagen darf, Ihr habt dabei die Fähigkeit des noblen Präsentierens vernachlässigt.«
Er blickte sich um.
»Es ist schön, dass es diese meist kostbaren Dinge hier gibt, aber in Eurem *camerino* wirken sie wie eine Anhäufung, und hier ist vieles falsch platziert. So hört meinen Vorschlag: Schräg gegenüber ist ein großes Grundstück, nur mit einer armseligen, längst unbewohnten Hütte bebaut. Ich werde es erwerben, das Haus abreißen lassen und Euch dort einen Palast errichten. Ja, lasst es mich ruhig einen Palast nennen, denn dort« – er wies auf den Plan – »stehen Räume zur Verfügung, abgesehen von einem weiträumigen Dachgeschoss, wo Ihr Eure Dienstleute unterbringen könnt.«
Imperia nickte.
»Dann dürft Ihr mir auch einen Mohren schenken, wie Don Cesare es bei – bei ihr getan hat.«
»Wollt Ihr das wirklich? Warum nicht, ich werde mich umsehen. Fiammetta hat ihr Haus inzwischen zweimal erweitert«, bemerkte del Bufalo.
Imperia hob die Schultern.
»Soll sie es doch tun, was kümmert es mich? Lassen wir das ... Gut, Ihr baut schräg gegenüber den – den Palast. Wie soll es weitergehen?«
Das war etwas, das manche an Imperia falsch einschätzten. Sie thronte mit hoheitsvoller Miene im *habito romano* inmitten ihrer Kostbarkeiten und machte dabei den Eindruck, mit Geld und Geldeswert wenig im Sinn zu haben. Don Angelo ließ sich davon nicht täuschen. Er wusste, wie nüchtern und genau sie rechnen konnte, und bezog diese Fähigkeiten in seine Überlegung mit ein.
»Mein Vorschlag wäre: Ihr zieht mit all Euren Sachen dorthin um, lasst das jetzige Haus schön herrichten und vermietet es weiter. Dafür werdet Ihr eine Jahresmiete von 80 bis 100 Dukaten bekommen. Die gebt Ihr an mich weiter und wohnt dafür in einem gut doppelt so großen Haus.«
»In einem Palast ...«
Er lachte.
»Nennt es, wie Ihr wollt ... Eine Bitte habe ich noch dazu: Einen kleinen Raum möchte ich darin für mich reservieren – möglichst abgelegen und

mit eigenem Eingang. Manchmal habe ich den Wunsch, mich für einige Tage unsichtbar zu machen.«
»Es wird nach Eurem Wunsch geschehen.«
»Ach, Imperia, seid doch nicht so steif – ich bin Euer Herzensfreund, vergesst das niemals!«
»Ihr dürft es mich nicht vergessen lassen ...«
Später gingen sie Seite an Seite in den *dormitorio*, und del Bufalo schien es, als hätte Imperia die feierliche Maske im Salon gelassen. Mit dem *habito romano* legte sie quasi auch die feinen Sitten ab. Wie ein lüsternes Raubtier schnappte sie nach seinem Phallus, den ihre vollen Lippen so geschickt liebkosten, dass die träge Masse sich wie beim Anblick der Medusa in Stein verwandelte – in eine glühende Pfeilspitze, die nur ein Ziel suchte, nur ein einziges kannte. Imperias üppiger junohafter Körper schmiegte sich so fest an den seinen, dass – ähnlich ihren antiken Vasen – die Bruchstücke genau aufeinanderpassten. Als die ansteigende Lust seinen Körper durchdrang wie himmlische Süßigkeit und sein keuchendes Stöhnen in einem tierischen Schrei endete, war sein Kopf so wohlig leer wie ein ausgehöhlter Kürbis. Dann ruhten sie eng aneinandergeschmiegt vom Liebeskampf aus und langsam kehrten seine Gedanken zurück – zuerst nur Bruchstücke, die sich schnell zu einem Satz fügten, der da lautete: Ja, sie ist das Haus wert – sie ist es tausendmal wert!

3

Durch ihre Freunde, aber auch durch Cesares in unregelmäßigen Abständen an sie gerichtete Briefe war Fiammetta in groben Zügen über seinen Feldzug unterrichtet. Es war ein Siegeszug! Veni – vidi – vinci! Das lag vielleicht nicht so sehr an Don Cesares Feldherrnkunst oder an seinen besonders mutigen Söldnern – nein, die amtierenden Stadttyrannen waren beim Volk so verhasst, dass der Valentino wie ein Befreier empfangen wurde, freilich mit einer Ausnahme: Faenza. Dort herrschte die Familie Manfredi in der Gestalt des erst fünfzehnjährigen Astorre, dessen Erziehung durch den Stadtrat offenbar Früchte getragen hatte, denn das Volk liebte ihn. Eine Abordnung aus Faenza ließ Cesare wissen, dass die Stadt wie ein Mann hinter Astorre stehe und nicht gesonnen sei, sie dem Valentino auszuliefern.

Mit Gleichmut hatte Cesare sich diesen Bericht angehört und dann die Boten reich beschenkt wieder zurückgeschickt. Als er aber mit Michelotto allein war, brach es aus ihm heraus.

»Da siehst du wieder, wie dumm Menschen sein können! Da lässt sich eine ganze Stadt von einem Knaben regieren, dem noch die Eierschalen hinter den Ohren kleben. Weißt du, warum er so früh verwaist ist? Weil seine Mutter Francesca seinen Vater aus Eifersucht ermordet hat. Höchste Zeit, dass solche Zustände aufhören und Faenza wieder hinkommt, wo es hingehört: in den Schoß der Kirche! Wir müssen diese Aufsässigen zur Einsicht bringen!«

Das war leichter gesagt als getan; Mitte November begann Cesare Borgia die Stadt mit schweren Kanonen zu beschießen. Als dann drei Tage später ein Teil der Festungsmauer einstürzte, wähnte Cesare sich bereits als Sieger, doch am Ende wurde es eine schwere Niederlage, denn die durch die Bresche stürmenden Söldner wurden unter großen Verlusten zurückgedrängt. Nur vier Mann seien gefallen, schrieb Cesare nach Rom, doch es waren weit mehr und die Disziplin unter den Männern begann nachzulassen. Zudem brach der Winter ein, und während in der Stadt die Bürger in ihren warmen Stuben saßen, zitterten die Belagerer in ihren dünnen Zelten vor Kälte. Bald kam auch noch der Hunger dazu, weil der Nachschub wegen der unpassierbaren Straßen ausblieb. Als auch noch die Gelder aus Rom versiegten, setzten sich täglich einige der Söldner ab, doch Cesare blieb gelassen und meinte, sobald das Geld da sei, würden sie eilig wieder zurückkehren.

Viel schlimmer wirkten sich die Zwiste zwischen den spanischen und italienischen Söldnern aus. Bei dem Zug durch Umbrien hatten sich die Spanier in jeder Hinsicht so schweinisch benommen, dass jetzt die umbrischen Söldner – schon aus Langeweile – sich zu rächen begannen. Täglich gab es Mord und Totschlag; erst als Cesare einige der schlimmsten Streithähne aufhängen ließ, wurde es besser. Das galt aber leider nicht für das Wetter, und heuer schien sich ein besonders harter Winter mit Sturm, Schnee und Frost anzukündigen. So zog Cesare Ende November seine Söldner ab und ließ nur eine kleine zuverlässige Truppe zurück, die dafür zu sorgen hatte, dass die Stadt von jeder Zufuhr abgeschnitten blieb.

Die Weihnachtszeit verbrachte Cesare in Cesena, einer Stadt, die – ursprünglich im Besitz der Malatesta – schon vor etwa drei Jahrzehnten in den Schoß der Kirche zurückgekehrt war. Da es hier nichts zu erobern, niemanden zu vertreiben gab, war Don Cesare – als eine persona grata – willkommen, bewundert, geliebt. Zudem war inzwischen bekannt geworden, dass er Cesena zur Hauptstadt seines künftigen Reiches, der Romagna, machen würde. Die *anziani* – Stadträte – huldigten ihm wie einem Halbgott, der Wunder um Wunder vollbracht hatte. Nicht wenigen erschien das so, denn Cesare hatte innerhalb eines Jahres fast die ganze Romagna an sich gebracht.
Am Weihnachtstag ließ er den prachtvollen Malatesta-Palast für die Bevölkerung öffnen, und da gab es viele erstaunte Ausrufe über den ungeheuren Prunk, den diese Familie sich damals auf Kosten des Volkes geleistet hatte.
Cesare Borgia hatte schon beim Beginn seines Feldzuges beschlossen, niemals als strahlender Sieger oder gar als neuer Tyrann aufzutreten. Ihm ging es vor allem darum, die einflussreichen Bürger zu gewinnen und ihnen zu verdeutlichen, dass mit seiner Herrschaft eine neue Blütezeit anbrechen würde. Um davon einen Vorgeschmack zu geben, ließ er auf der Piazza Spiele ausrichten, bei denen es ansehnliche Preise zu gewinnen gab.
Zum Neujahrsfest veranstaltete er für die wichtigsten Bürger der Stadt ein *banchetto*, und er bat den *podestà* ausdrücklich darum, dass jeder Herr in Begleitung einer Dame zu erscheinen habe.
»Und wie steht es da mit Euch, Don Cesare?«
Der Valentino schmunzelte.
»Als Heerführer würde eine Frau an meiner Seite etwas Verwirrung stiften, außerdem lebt meine Gemahlin in Frankreich.«
Da schlug der *podestà* sich an die Stirn.
»Jetzt hätte ich beinahe das Wichtigste vergessen!«
Er zog ein Schreiben aus seinem Wams, auf dem Cesare das Wappen der Serenissima erkannte. Sofort beschlich ihn ein ungutes Gefühl, denn sein Verhältnis zu Venedig war gespannt. Je größer nämlich sein künftiges Herzogtum sein würde, desto stärker fühlte Venedig sich von dem neuen Nachbarn bedroht. Um sich nichts anmerken zu lassen, warf er das Schreiben achtlos auf dem Tisch.
»Das hat Zeit – wir sind in Cesena und planen ein Fest, das scheint mir doch wichtiger.«

Natürlich fühlte der Bürgermeister sich sehr geehrt, doch kaum war er gegangen, brach Cesare das Siegel und begann zu lesen.
Illustrissime et excellentissime domine, wir treten heute mit einer Bitte an Euch heran, der Ihr gewiss nachkommen werdet. Donna Dorotea Malatesta ist durch ihre Heirat mit dem venezianischen Edelmann Gianbattista Caracciolo eine Bürgerin unserer Stadt geworden und dabei, in ihre künftige Heimat zu reisen. Sie wird in Cesena auf Euer Erscheinen warten und wir bitten Euch, sie mit den entsprechenden Geleitbriefen und einer bewaffneten Eskorte auszustatten. Unserer tiefen Dankbarkeit dürft Ihr gewiss sein ...

Cesare ließ das Schreiben sinken. Ah, die Serenissima bittet mich um etwas – schwer genug wird ihr das gefallen sein. Damit war jedenfalls das Problem seiner Begleitung gelöst, denn er würde sich dieser Dorotea annehmen – ob schön oder hässlich, ob alt oder jung. Sogleich sandte er einen Boten in ihr Quartier und bat sie höflich um einen Besuch. Da sie ein Spross der durchwegs hässlichen Malatesta-Sippe war, machte er sich freilich keine großen Hoffnungen. Inzwischen hatte er erfahren, dass sie eine natürliche Tochter von Roberto Malatesta war, dem Sohn des berüchtigten Sigismondo.
Die Dame ließ sich Zeit. Nun, das Fest fand erst morgen Abend statt, aber Cesare war es nicht gewohnt zu warten und schon gar nicht auf eine Malatesta! Doch dann sagte er sich, sie ist eine Frau, und da gibt es tausenderlei Gründe, sich zu verspäten.

Gegen Abend kam sie dann doch, begleitet von ihrer *cameriera* und einem Diener. Als die Zofe darauf bestand, bei dem Gespräch dabei zu sein, bemerkte Cesare:
»Verehrtes Fräulein, wir haben politische Dinge zu besprechen. Wenn Ihr wollt, könnt Ihr ja draußen die Tür bewachen ...«
Zu Michelotto sagte er:
»Du kannst ihr inzwischen das Schloss zeigen ...«
Er hatte Doroteas Gesicht nur undeutlich gesehen, denn draußen dämmerte es bereits und der Empfangsraum war nur unzureichend beleuchtet. Nun, da sie näher ans Licht trat, verschlug es ihm die Sprache. Wenn er damals Fiammetta gegenüber seine französische Gemahlin – auch um der Kurtisane zu schmeicheln – als ihr ähnlich bezeichnete, so schien es ihm jetzt, als stünde seine Geliebte leibhaftig vor ihm. Das kecke Näs-

chen, die runden Wangen, das goldblonde Haar, dazu die zierliche Gestalt und ihre raschen anmutigen Bewegungen – es war, als hätte sie sich bemüht, Fiammetta nachzuahmen. Nur ihre Kleidung wich von der leichten und luftigen ab, die Fiammetta bevorzugte. Offenbar liebte sie starke Farben, denn ihr Obergewand prangte in sattem Grün mit darauf gestickten blutroten Rosen. Vorne war es weit offen und gab einen Blick auf das brokatene Kleid frei, das in sattem Goldgelb kostbar leuchtete.
Freilich fiel auch Cesare der häufigen Täuschung zum Opfer, dass man einen Menschen geradezu als Zwilling eines anderen, den man kennt, betrachtet. Würde man aber die beiden nebeneinanderstellen – in diesem Fall Dorotea und Fiammetta, dann gäbe es doch beträchtliche Unterschiede. Cesare entdeckte vorerst nur einen: Ihre Stimme war dunkel und rauchig und hatte mit der silberhellen Fiammettas keine Ähnlichkeit. Ihre Augen – nun ja, man konnte sie grün nennen, doch eher von einem Graugrün, wie es das Meer bei bedecktem Himmel zeigt. Dennoch, er war bezaubert und – was selten geschah – er wusste nicht, was er sagen sollte. Die Wahrheit, dachte er dann, ich sage ihr einfach die Wahrheit.
»Ihr seid wunderschön, Donna Dorotea! Seltsam, wenn ich an Euren Großvater denke …«
Ein warmes dunkles Lachen erklang.
»Ja, der alte Sigismondo war eine Mischung aus Schlange und Drachen, dabei ebenso klug wie gewalttätig.«
»Was haltet Ihr von Eurem Bruder Pandolfo?«
»Zum Glück nur mein Halbbruder! Ein Scheusal wie Vater und Großvater, doch ohne ihre Klugheit, ihren Mut. Bei seiner Geburt muss Gott vergessen haben, ihm eine Seele einzuhauchen. Zum Glück habe ich mit der ganzen Sippe wenig zu tun gehabt. Ich bin in Urbino bei meiner Mutter aufgewachsen.«
»Sie muss wohl eine Schönheit gewesen sein?«
»Ja, das ist leider auch diesem Roberto Malatesta aufgefallen, der sie in sein Bett zwang. Aber er hat mich anerkannt und meine Ausbildung gesichert. Deshalb glaubte er, über mich verfügen zu können, und hat mich mit diesem Venezianer verkuppelt.«
»Immerhin ein Caracciolo …«
»Pah – aus einer unbedeutenden Nebenlinie, die vor hundert Jahren von Neapel nach Venedig umsiedelte. In Urbino war ich Hofdame bei Donna Elisabetta, der Gemahlin des Herzogs. Das war ein Leben! Aber nein, ich

musste diesen Caracciolo heiraten und noch dazu in seiner Abwesenheit.«

Cesare schüttelte erstaunt den Kopf.

»Eine Ferntrauung? Das gibt es doch sonst nur bei Sprösslingen von Landesfürsten.«

»Man hat das so arrangiert. Und jetzt bin ich auf dem Weg zu diesem Gemahl, den ich kaum kenne und – ganz ehrlich gesagt – zur Hölle wünsche. Der Mann ist schon um die fünfzig, Witwer und *Capitano* in der venezianischen Armee. Für eine junge Frau ist daran nichts Verlockendes, das dürft Ihr mir glauben.«

»Ich glaube es, aber was kann man da machen?«

Sie beugte sich vor und flüsterte:

»Dafür sorgen, dass ich niemals Venedig erreiche.«

Cesare schwieg, erhob sich und ging zum Fenster, wo er am Griff drehte. Der winterlichen Zeit wegen war es geschlossen, doch er brauchte eine Pause, um nachzudenken.

»Habe ich Euch erschreckt?« Das klang recht spöttisch, und er wandte sich um.

»Ich bin nicht so leicht zu erschrecken, aber wer möchte Venedig zum Feind haben? Der ›Rat der Zehn‹ ist unerbittlich, wenn es um die Belange seiner Bürger geht, noch dazu solcher aus adliger Familie.«

»Ich weiß, ich weiß, doch es war kein Spaß, als ich sagte, ich wolle niemals dort ankommen. Sollte es dennoch geschehen, so werde ich mich nolens volens den Umständen fügen.«

»Nolens volens ...«, wiederholte er nachdenklich und fügte hinzu: »Wir werden sehen ...«

Dann fragte er sie mit galanter Höflichkeit, ob sie ihm die Ehre gebe, an seiner Seite das morgige Bankett zu eröffnen.

»Die Ehre liegt bei mir, Don Cesare.«

Das stimmte freilich und er wusste es, doch Frauen gegenüber hätte er sich lieber die Zunge abgebissen, als sich auf solche Weise aufzuspielen.

»Doch es gibt eine Bedingung, eine einzige ...«

»Wenn ich kann, werde ich sie erfüllen«, sagte sie schnell.

»Ihr müsst dieselbe Kleidung tragen wie jetzt ...«

»Gefällt sie Euch?«

»Nichts anderes wollte ich mit meinem Wunsch ausdrücken.«

Am nächsten Abend trafen die Gäste ein, der Tanz- und Zeremonienmeister zählte achtundsechzig Frauen und Männer. Keiner der Herren hatte es gewagt, sich Cesares Forderung zu widersetzen und, wenn es ein älterer Witwer war, dann mussten seine Töchter oder eine weibliche Verwandte einspringen. Sie taten es gerne, und als Cesare mit Dorotea den Tanz eröffnete, trafen ihn bewundernde und neidische Blicke, denn offenbar hatte er nur Augen für seine schöne Begleiterin. Wer sie war, hatte sich schnell herumgesprochen und gab Anlass zu allerlei Vermutungen. Eine Malatesta? Sogar die Schwester des Pandolfo, den sein eigenes Volk davongejagt hatte. War sie eine Art Kriegsbeute? Nein, nein, stellten andere richtig, sie ist auf dem Weg zu ihrem Gatten in Venedig. Ja, ein Hauptmann bei den Fußtruppen. Ein Witwer. Und schon ziemlich alt.

Dorotea und Cesare vernahmen nichts davon, waren sich selber genug. Üblicherweise hätte der Valentino bei einem solchen *banchetto* alles getan, um sich mit den Honoratioren vertraut zu machen, ihre Wünsche und Sorgen anzuhören, aber Cesena war ihm sicher, war quasi Heimatboden – Lehen der Kirche.

Wer ihm vor und nach dem Tanz oder zwischen der vielgängigen Mahlzeit an Damen und Herren vorgestellt wurde, den fertigte er höflich, doch recht schnell ab.

Dorotea hatte flüsternd angedeutet, dass sie ihm für seine Dienste etwas schenken möchte, dies aber nur unter vier Augen könne. So zog sich Cesare Borgia noch vor Mitternacht unter einem Vorwand zurück und enttäuschte einige der jungen Herren tief, weil Dorotea ihm folgte. Diese Hexe hat ihn verzaubert, dachten die Damen, und die Herren wünschten sich an seiner Stelle in sein Bett.

Dann waren sie allein und Cesare erbat sich das Geschenk. Sie lachte, rau und dunkel.

»Es ist nichts Greifbares, nur meine *verginità*, die ich diesem Säbelrassler missgönne. Sollte ich jemals an seiner Seite sein, so werde ich über seine unsichtbaren Hörner immer etwas zu lachen haben.«

Fast hätte er laut und begeistert ausgerufen: »Ihr seid wie Fiammetta«, da fiel ihm gerade noch ein, dass keine Dame es schätzte, mit einer anderen verglichen zu werden, denn jede wollte auf ihre Weise einmalig und unvergleichlich sein.

So schüttelte er nur den Kopf.

»Ich nehme Euer Geschenk dankbar an, aber keineswegs um diesem Caracciolo Hörner aufzusetzen, sondern weil ich Euch nicht nur liebenswert finde – mir scheint, ich habe mich in Euch verliebt.«
Michelotto wachte – wie immer am Abend – vor der Tür seines Herrn, bis eine Weisung kam. Diesmal lautete sie:
»Du hast heute Nacht mit eigenen Augen gesehen, dass ich Donna Dorotea zum Gästezimmer geleitete und sofort wieder zurückkam. Sie ist verheiratet, und es darf kein Gerede geben.«
Michelotto lächelte düster.
»Das gibt es in jedem Fall. Noch besser wäre, wenn die Dame möglichst bald ihren Weg nach Venedig fortsetzt.«
Cesare schlug ihn hart auf die Schulter.
»So schlau bin ich selber, aber sei beruhigt, sie reist noch morgen ab.«
Dazwischen aber lag eine Nacht – und was für eine! Da zeigte sich freilich der Unterschied zu Fiammetta, der kundigen Kurtisane. Nicht, dass Dorotea zögerlich gewesen wäre, aber sie wusste anfangs nicht recht, was sie tun, wie sie sich bewegen sollte. Doch es dauerte nicht lange, dann verstand sie das Spiel, wusste, worauf es ankam.
Als Cesare später eingeschlafen war, ging es ihr durch den Kopf: Kann Caracciolo mir so etwas bieten? Ein Fünfzigjähriger, der seine Jugendkraft längst verloren hat, ein Soldat, dessen Gedanken draußen bei der Kaserne sind, während er sich bemüht, seine ehelichen Pflichten zu erfüllen? Cesare Borgia – welch ein Name, welch ein Mann! Dann schlief auch sie ein und sie erwachte bei Morgengrauen, weil Cesare mit seinem struppigen Kinnbart über ihre Brüste fuhr.
»Das kitzelt ...«, flüsterte sie.
»Deshalb mache ich es ...«
Er streichelte ihren Schoß, zog überrascht seine Hand zurück und blickte auf die Finger.
»So feucht und klebrig, auch ein wenig Blut ... Habt Ihr Euch verletzt, Donna Dorotea?«
»Verletzt? So will ich es nicht nennen. Ihr habt die Tür ein wenig heftig aufgestoßen, dabei kann schon etwas Blut fließen.«
»Ist sie noch offen?«
»Schaut doch selber nach ...«
Ja, weit stand sie für ihn offen, und Cesare machte einen lustvollen Abschiedsbesuch.

Beim Frühstück bestand ihre Zofe Matilda darauf, sie zu bedienen, doch sie wollte nur diesen Mann sehen, dessen Name allein bei nicht wenigen Frauen die wildesten Wünsche erweckte. Dann räumte sie das Geschirr ab, blieb aber stehen und starrte Don Cesare an. Er lächelte spöttisch.
»Habe ich mich irgendwo bekleckert oder hängen Kuchenbrösel in meinem Bart?«
Das noch junge Mädchen errötete.
»Nein – nein, Euer Gnaden, es ist nur – weil …«
Da wurde Dorotea ungeduldig.
»Matilda, ich glaube, wir wissen, was du meinst – lass uns jetzt eine Weile allein.«
Cesare stand abrupt auf.
»Wir wollen keine Zeit verlieren! Eine Begleitmannschaft von zehn zuverlässigen Männern steht bereit, und Ihr macht Euch sofort auf den Weg nach Venedig. Ob Ihr die Serenissima erreicht, steht in Gottes Hand.«
»Er wird die rechten Helfer finden«, meinte sie bedeutungsvoll.

So zog Donna Dorotea Malatesta, verehelichte Caracciolo, von Cesena nach Norden zur Küstenstraße, um schnell auf venezianisches Gebiet zu gelangen. Doch so weit kam es nicht. Hinter Cervia tauchten aus den dichten Uferwäldern schwer bewaffnete Reiter auf, die sich mit der Eskorte ein kurzes Scheingefecht lieferten. Dorotea protestierte laut und schlug um sich wie eine wehrhafte Amazone, während ihre Zofe sich schluchzend auf dem Boden zusammenkauerte und schließlich mit sanfter Gewalt auf ein Maultier genötigt wurde.
Einer der Männer machte sich am Zügel von Doroteas Pferd zu schaffen und flüsterte ihr dabei zu:
»Wir bringen Euch nach Forli, bis von Seiner Gnaden weitere Befehle kommen.«
Dorotea fühlte eine solche Erleichterung, dass sie hätte jubeln können, doch sie wahrte ihr Gesicht, setzte eine trotzige und verstockte Miene auf, sobald sie während der zweitägigen Reise an die Öffentlichkeit trat.
Wie beabsichtigt, erreichte die Gruppe Forli bei Nacht. Dort wurden die Damen eilig auf die im Süden gelegene Rocca di Ravaldino gebracht, wo eine behagliche Zimmerflucht – die Kamine loderten schon seit Stunden – auf sie wartete.
»Was soll das – wie wird das enden?«, fragte Matilda weinerlich.

»Wir sind Don Cesares – Gäste, ja das ist wohl die richtige Bezeichnung, wir sind seine Gäste. Es wird uns nichts geschehen, aber in nächster Zeit werden wir wohl reisen müssen.«
»Reisen? Wohin?«

4

Die Entführung von Dorotea Malatesta erregte solch unliebsames Aufsehen, dass in Venedig der »Rat der Zehn« in zornige Empörung geriet und den *segretario* Manenti gleich am nächsten Tag zu Cesare schickte. Warum zu ihm? Sein Name war bei der Entführung niemals gefallen, doch wer außer dem Valentino hätte es wagen können, die Seerepublik derart herauszufordern? Der »Rat der Zehn« jedenfalls hatte nicht die geringsten Zweifel und tat noch ein Weiteres, als er geharnischte Protestschreiben an den Papst, den apostolischen Legaten und den französischen Gesandten richtete. Letzteres deshalb, weil Cesare als gewichtigsten Titel den eines Duc de Valence führte.
Cesare war inzwischen nach Imola gegangen, residierte dort im Palazzo delle Volpe und ließ den *segretario* Manenti endlos warten. Zuerst hieß es, Seine Gnaden habe gestern bis spät in die Nacht hinein gearbeitet, dann war es der Barbier, der sich gründlich mit Haar und Bart des Herzogs befassen musste. Inzwischen war es Mittag geworden und der *segretario* kochte vor Zorn. Eine weitere Stunde verbrachte Cesare bei einem späten Frühstück, während Manenti überlegte, wie er, ein Sekretär des »Rates der Zehn«, solcher Anmaßung begegnen sollte. Mitten in seine zornigen Überlegungen hinein platzte die Aufforderung: »Seine Gnaden lässt bitten!«
Cesare war allein, stand am Fenster in lässiger Haltung und hörte sich mit unbewegter Miene Manentis Klagen an. Auf die Frage, wo Donna Dorotea sich jetzt aufhalte, sagte er achselzuckend:
»Bin ich der Hüter dieser Dame? Ich habe mich auf Bitten der Serenissima bereit erklärt, ihr eine Eskorte zu stellen, und mit dieser wird sie unterwegs sein.«

Dann tat er, als denke er nach, hob die Hand und meinte:
»Die Eskorte führt Hauptmann Ramires – ein Mann, der noch vor Kurzem im Dienst des Herzogs von Urbino gestanden hatte. Ihn damit zu betrauen, war wohl ein Fehler. Er muss Donna Dorotea von früher gekannt haben, und nun kann es sein, dass sie beide über alle Berge sind.«
Manenti riss verblüfft die Augen auf.
»Über alle Berge? Was soll das heißen?«
»Nun, er ist Spanier und die sind ein heißblütiges Volk. Ich traue ihm schon zu, dass er die Dame nach Spanien entführen wird.«
»Ich hoffe, Ihr findet das heraus und lasst ihn streng bestrafen.«
»Aber gewiss, sobald wir ihn haben.«

Die mächtige Seerepublik Venedig gehörte zu jenen italienischen Staaten, für die der jeweilige Papst vor allem ein Machtfaktor war – immerhin regierte er den Kirchenstaat –, mit dem man sich auseinanderzusetzen hatte. Dass er der Stellvertreter Christi war, blieb ohne Belang und hätte er über die Republik einen Bann ausgesprochen, so wäre diese Strafmaßnahme weitgehend unbeachtet geblieben.
So wurde der venezianische Botschafter im Vatikan vorstellig und überreichte dem Papst ein geharnischtes Protestschreiben. Nun war es aber so, dass Alexander von diesem Streich seines Sohnes tatsächlich nichts wusste. Er war entsetzt, weil ihm viel an einem guten Verhältnis zu Venedig lag. Sofort diktierte er seinem Sekretär eine scharfe Aufforderung an Cesare, den Schuldigen schnell zu finden und ihn hart zu bestrafen. Ehe er das Schreiben versiegelte, ließ er es den Botschafter lesen. In Venedig galt ein gesundes Misstrauen fremden Staaten und Personen gegenüber als Tugend. Auch der Botschafter misstraute dem Papst, ließ sich aber nichts anmerken.
»Ich nehme an, das Schreiben wird Seiner Gnaden schnell zugestellt.«
»Wenn Eure Heiligkeit es gestattet, werde ich das *breve* selber auf den Weg bringen.«
»Wie Ihr wollt, Monsignore. Wir haben nichts dagegen.«

Cesare nahm den Brief zur Kenntnis, ohne etwas darauf zu erwidern. Bei seinem nächsten Romaufenthalt würde er mit dem Papst darüber sprechen, denn bis dahin hätten sich die Gemüter beruhigt und wenn einer für Weibergeschichten viel Verständnis aufbrachte, dann war es sein Vater.

Nun aber wusste Cesare Donna Dorotea in guter Hut und rüstete zum Frühlingsfeldzug.

Der französische König, wohl wissend, dass er in dem Herzog von Valence einen verlässlichen Verbündeten hatte, unterstützte Cesare mit zweitausend Mann und einem Dutzend Kanonen. So gerüstet marschierte er Mitte April vor Faenza auf. Ein erster Sturmangriff wurde zwar zurückgeschlagen, doch die dauernde schwere Beschießung – Tag und Nacht – veranlasste die Stadt zur Kapitulation. Cesare, nicht ohne Bewunderung für den tapferen Widerstand, verzichtete auf einen triumphalen Einzug und verbot seinen Leuten Plünderung, Vergewaltigung oder Belästigungen irgendwelcher Art. Einige missachteten das und wurden vor der Stadtmauer gehängt, zum Zeichen dafür, dass es dem Herzog mit solchen Befehlen ernst war. Astorre Manfredi, den jungen Fürsten von Faenza, empfing der Valentino von gleich zu gleich, was diesen so begeisterte, dass er sofort in Cesares Dienste trat.

Sein nächstes Ziel war Bologna, wo Giovanni Bentivoglio diktatorisch herrschte und sich vier Monate lang geweigert hatte, die strategisch wichtige Festung Castel Bolognese an Cesare auszuliefern. Jetzt aber hielt er es für angebracht, dies doch zu tun, denn der Borgia war praktisch Herr der gesamten Region. Mitte Mai erhob der Papst Don Cesare zum Herzog der Romagna und verlieh ihm die »Goldene Rose«. Eine große Ehre, gewiss, aber er war nicht sehr erbaut davon.

»Na, Michelotto, was meinst du – soll ich das Ding annehmen?«
»Ein Geschenk Seiner Heiligkeit lehnt man nicht ab.«
»Ja, schon, aber damit befinde ich mich in Gesellschaft von lauter Frauen ...«
Michelotto lächelte düster.
»Das müsste Euch doch angenehm sein ...«
»Das ist, als zöge man mir einen Weiberrock an.«
»Auch Männer haben schon die ›Goldene Rose‹ erhalten.«
»Das ist aber lange her und mein Vater – ich meine Seine Heiligkeit – hat sie bisher nur an Damen verliehen.«
»Dann gebt sie doch einfach weiter – in Rocca di Forli sitzt eine schöne Frau, die sich gewiss freuen würde.«
Cesare griff nach Michelottos Ohr und zog so stark daran, dass er leise zu stöhnen begann, doch ohne eine Miene zu verziehen.

»Manchmal muss ich dich bestrafen wie einen frechen Schüler! Ich weiß nichts von einer Frau in der Rocca di Forlì, aber ich werde deinen Rat dennoch beherzigen.«

Ehe Cesare Borgia nach Florenz aufbrach, schrieb er eigenhändig einen Brief an Fiammetta.

Fiammetta – beniamina, dies ist vermutlich mein letzter Brief an Dich, ehe ich selber nach Rom komme. Verzeih, wenn ich mich jetzt mit einer Bitte an Dich wende, doch sie ist durchaus dringend. Ich bin genötigt, jemanden nach Rom zu bringen, der eigentlich woanders sein müsste, aber es ist kein Gefangener, dafür wäre die Engelsburg viel geeigneter. Dein nach Westen sich erstreckender Garten ist – wie Du es wolltest – eine Wildnis, doch er wäre groß genug, Dein Haus in diese Richtung um etwa drei Räume zu erweitern, mit einem eigenen Zugang. Du wärst also in Deinem Haus durch nichts gestört, im Übrigen wird mein Gast sich so ruhig verhalten, wie es in seiner Situation geboten ist. An den banchiere Agostino Chigi habe ich eine Anweisung geschickt, das Projekt in die Wege zu leiten und Dir – zum Ausgleich für die störenden Bauarbeiten – fünfzig Dukaten auszubezahlen. Die Sache ist äußerst dringlich, und die Räume müssten etwa bis Ende Juni zu beziehen sein. Meine Gedanken sind oft bei Dir, und in wenigen Monaten werde ich es selber sein. Ich komme nicht mit leeren Händen ...

Cesare vertraute diesen Brief einem Boten an, der die Anweisung hatte, ihn nur an Donna Fiammetta persönlich zu übergeben.

Am späten Nachmittag zog der Bote die Klingel am Haus der Fiammetta. Ja, die Padrona sei zu Hause, er möge im Flur auf sie warten. Anders als Imperia, die es ihrem Ruf schuldig zu sein glaubte, jeden Besucher je nach seinem Rang kürzer oder länger warten zu lassen, kam Fiammetta – auch aus Neugier – sofort. Schon von Weitem rief sie:

»Von wem?«

Der Bote schüttelte den Kopf und sagte, alles Weitere stünde in dem Brief. Sie riss ihm das Schreiben aus der Hand und gab dem schwarzen Basilio einen Wink. Der griff in den dafür vorgesehenen, ihm anvertrauten Beutel und reichte dem Boten einen *baiocco*. Der blickte tief enttäuscht, doch das war eingelernt und erbrachte manchmal eine Nachzahlung. Da Fiammetta und Basilio ihn nicht weiter beachteten, schob ihn der Pförtner auf die Straße.

Fiammetta erbrach das Siegel, das nichts verriet, denn dazu war eine Münze verwendet worden. Sofort erkannte sie die vertraute Schrift und

schloss schon beim ersten Anblick aus der Tatsache der Eigenhändigkeit, dass es sich um etwas Wichtiges, Geheimzuhaltendes handeln würde.
Der Inhalt machte sie stutzig. Da war von einem *ospite*, einem Gast die Rede, dessen Geschlecht nicht ersichtlich wurde. Da er nicht in die Engelsburg musste, war er kein Gefangener, sondern offensichtlich nur jemand, der verborgen bleiben musste. Natürlich waren die wichtigsten Einzelheiten von Cesares Feldzug auch in Rom bekannt geworden, und so dachte sie gleich an den besiegten Astorre Manfredi, den Herrn von Faenza. Wie konnte man jemanden einen so unchristlichen Vornamen geben, denn *astore* bedeutete Habicht? Was geht's mich an?, wies sie sich selber zurecht. Der junge Mann hatte sich Cesare angeschlossen, doch das machte ihn in den Augen seiner Standesgenossen zum Verräter. So musste er sich in Rom unsichtbar machen, bis die Lage endgültig geklärt war. Das jedenfalls wäre eine Möglichkeit.
Über Cesares Wunsch wegen der Hauserweiterung musste sie lachen. Am Anfang des Briefes war es noch eine Bitte und am Ende ein unbedingt auszuführender Befehl. Natürlich hatte sie nichts dagegen. Schließlich würde dieser »Gast« sein Versteck eines Tages wieder verlassen und dann besaß sie drei Räume mehr. Außerdem war die Störung mit fünfzig Dukaten mehr als reichlich abgegolten, doch was bedeutete der letzte Satz, er käme nicht mit leeren Händen? Das konnte nur ein ganz besonderes Geschenk sein, wahrscheinlich ein Stück aus der im Feldzug gemachten Beute, so wie damals der Schmuck aus dem Besitz dieser *strega* Caterina Sforza. Dann legte sie den Brief zu Cesares anderen in eine eigene Schatulle.
Wie auch immer, sie musste sich überraschen lassen und zunächst einmal das Notwendige tun. So bat sie den *banchiere* Agostino Chigi zu sich. Bisher hatte sie ihn nur wenige Male und stets im Abstand einer großen Tischgesellschaft gesehen, doch jetzt, als er vor ihr saß, fand sie seine Erscheinung beeindruckend. Im Gegensatz zu seinen Zunftgenossen kleidete er sich – wenn auch korrekt – in helle und fröhliche Farben. Immerhin war er schon Mitte dreißig, doch wirkte er so jugendlich, dass man es vergaß. Schlank, mittelgroß, mit offenem Gesicht und leuchtenden Augen, saß er vorgebeugt da und benahm sich in jeder Beziehung wie ein Herr. Stets ließ er sie ausreden, lauschte auf jedes Wort und gab knappe direkte Antworten. Fiammetta musste daran denken, dass in letzter Zeit die Rede ging, er habe sich Hals über Kopf in

Donna Imperia verliebt und versuche nun alles, anstelle von Angelo del Bufalo ihr bevorzugter Liebhaber zu werden. Man munkelte sogar, er wolle sie heiraten ... Da konnte Fiammetta nur lachen, denn jedes Mal, wenn zwei eine Weile miteinander turtelten, war gleich von Heirat die Rede.
»Ja, Donna Fiammetta, ich weiß Bescheid, allerdings nur so weit, dass ich Euch den Anbau Eures Hauses finanzieren soll – im Auftrag von Don Cesare.«
Sie nickte.
»Ja, es werden drei Räume gewünscht mit eigenem Zugang.«
»Lässt sich alles machen, aber braucht Ihr wirklich so viel Platz? Euer Haus ist doch geräumig, hat insgesamt drei Stockwerke und ...«
»Verzeiht, Don Agostino, offenbar wisst Ihr nicht, dass dieser Anbau für jemand anderen gedacht ist.«
Verblüfft blickte Chigi sie an.
»Aber für wen?«
Sie lächelte fein.
»Auch wenn ich es wüsste, dürfte ich es Euch nicht sagen.«
»Aber Ihr wisst es nicht?«
»Nur so viel, dass mit Don Cesare ein Gast nach Rom kommt, der eine Weile verborgen werden muss.«
»Ein Gast? Da gibt es viele Möglichkeiten ...«
Sie konnte nicht anders, sie musste es ihm sagen.
»Ich habe da schon eine Vermutung, eine sehr naheliegende ...«
»Die Ihr aber nicht aussprechen wollt?«
»Warum nicht? Vermutungen sind schließlich nicht strafbar. Ich nehme an, es handelt sich um Dorotea Malatesta, verheiratet mit dem venezianischen Hauptmann Giambattista Caracciolo.«
»Die entführte Dame?«
»Genau diese.«
Chigi wiegte zweifelnd seinen Kopf.
»Ich weiß nicht, ob Don Cesare so weit geht. Die Serenissima hütet die Ihren mit Argusaugen und kennt kein Erbarmen, wenn irgendwer ihre Kreise stört.«
»Don Cesare ist nicht irgendwer! Auch Venedig wird das nicht vergessen, denn nach seiner Rückkehr wird der Papst ihn – wie alle Welt schon weiß – zum Duca di Romagna erheben. Eine gewaltige Herrschaft und

auch die Serenissima wird auf diesen mächtigen Nachbarn Rücksicht nehmen müssen. Caracciolo ist zwar von Adel, aber sonst ohne Gewicht. Er wird sich der neuen Lage fügen müssen.«
Chigi lächelte.
»Vorerst streiten wir um des Kaisers Bart ...«
»Da habt Ihr freilich recht, also werden wir zunächst tun, was Don Cesare von uns erwartet.«
»Ja, und da es eilt, habe ich schon Verschiedenes in die Wege geleitet. Baldassare Peruzzi – er wird in Kürze mit meiner Villa beginnen – ist von mir beauftragt, den Anbau zu übernehmen. Wenn es Euch passt, kommt er schon morgen hierher und wird dann gleich einen Plan zeichnen. Der Bursche ist zwar erst zwanzig, aber außerordentlich begabt. Ihr werdet zufrieden sein.«
Chigi lachte verhalten.
»Don Cesare geht es gewiss nicht um architektonische Schönheit, sondern um ein sicheres Versteck.«

Peruzzi erschien am nächsten Tag so früh, dass Fiammettas Zofe ihn empört fragte:
»Seid Ihr es gewohnt, die Leute aus dem Morgenschlaf zu reißen? Da werdet Ihr Euch schon ein wenig gedulden müssen!«
Peruzzi, in ganz einfachen Verhältnissen aufgewachsen, war von der üppigen und kostbaren Einrichtung verblüfft. Natürlich hatte Chigi ihm gesagt, dass Donna Fiammetta, die berühmte Kurtisane, ihr Haus um einige Räume erweitern wolle.
Der junge Baumeister lebte und wohnte sehr bescheiden, und wenn es ihn ankam, dann reichte sein Geld gerade für eine Hure im städtischen Bordell nahe dem Ponte Sisto. Er wartete fast zwei Stunden und war schon dabei, sich draußen die Beine etwas zu vertreten, als plötzlich Donna Fiammetta vor ihm stand. Erschrocken fuhr er hoch.
»Ihr wart wohl tief in Gedanken, Maestro, aber kein Mann braucht vor mir zu erschrecken.«
Ihre kecke apfelfrische Schönheit rührte ihn so an, dass er anfangs kein Wort herausbrachte. Dann stieß er hervor:
»Don – Don Agostino Chigi hat – hat mir – hat mich hierhergeschickt, weil Ihr – weil Ihr wollt ...«
Sie tätschelte seine Schulter.

»Nun beruhigt Euch wieder, Maestro. Verglichen mit Chigis Villa ist dies hier ein äußerst bescheidener Auftrag, den Ihr quasi mit der linken Hand erledigen werdet. Kommt mit, wir schauen uns die Sache genauer an.«
Er nickte mehrmals und sie führte ihn zur kleinen Hintertür, die in den Garten führte. Da fand er dann schnell zur Sprache zurück, wurde ganz eifrig.
»Aus diesem Garten könnte man einen Park machen! Links und rechts gewundene Wege, von Sträuchern flankiert, dazwischen Bäume und in der Mitte ...«
»Halt, halt, Maestro! Der Garten bleibt, wie er ist, aber ein kleines Stück davon sollt Ihr bebauen.«
Sie wies auf die Südseite des Hauses.
»Wenn Ihr hier versetzt etwas anfügt, so gehen die Fenster nach Ost und West und der Schlafraum könnte nach Norden ausgerichtet sein. Drei Räume sollen es mindestens werden.«
»Was heißt mindestens? Ich kann den Anbau auch auf vier oder fünf Zimmer erweitern.«
Sie zögerte etwas.
»Nein, drei werden genügen ...«
»Darf ich mir eine Skizze machen?«
Sie nickte und er öffnete eine dicke Ledermappe und machte sich an die Arbeit. Fiammetta blieb stehen und schaute ihm über die Schulter.
»Wann wollt Ihr beginnen?«
»Heute ist Donnerstag – entweder schon morgen oder erst am kommenden Montag.«
Siedend heiß fiel ihr zum Glück die wichtige Verabredung am Wochenende ein.
»Am Montag wäre es mir lieber.«

Die Sache war durch Kardinal Farnese vermittelt worden. Er hatte es ihr genau erklärt.
»Zuerst habe ich an Euch gedacht, auch später ist mir nichts Besseres eingefallen. Ihr seid für dieses Jüngelchen genau die Richtige, und Ihr werdet es richtig machen.«
»Ein wenig deutlicher müsst Ihr es mir schon erklären.«
Er seufzte.
»Dann muss ich weiter ausholen. Eine der ältesten Genueser Adelsfamilien heißt Fregoso, hat in der Vergangenheit Dogen und hohe Staats-

beamte hervorgebracht. Durch generationenlange Heiraten untereinander war die Sippe etwas dünnblütig geworden und zudem verarmt, sodass der letzte männliche Fregoso sich genötigt sah, eine reiche gesunde Bürgerstochter zu ehelichen. Sie gebar ihm innerhalb von zehn Jahren drei Söhne und vier Töchter. Der Herr Papa verplante die männlichen Sprösslinge wie üblich: Der Älteste sollte der Stammhalter werden, der Zweitgeborene sich bei der Armee hervortun, während der dritte für eine geistliche Laufbahn bestimmt war. Wahrscheinlich träumte sein Vater davon, ihn eines Tages als Erzbischof von Genua zu sehen. Er kam also auf ein Priesterkolleg, besaß mit sechzehn bereits die niederen Weihen, da gefiel es Gott dem Herrn, die stolze Adelsfamilie etwas zu lichten. Der Erstgeborene fiel bei einem Duell – angeblich hatte er die Ehre seiner Sippe verteidigt –, der zweite stürzte bei einem Turnier so unglücklich vom Pferd, dass er sich das Genick brach. Da blieb dem Vater nichts anderes übrig, als die geistliche Laufbahn seines Drittgeborenen abzubrechen und ihn quasi wieder weltlich zu machen. Anders als unser Don Cesare aber freute er sich auf ein Priesterdasein, und es war sehr schwer, ihm begreiflich zu machen, dass nur er, Domenico, die Familie der Fregoso weiterführen könne. Der Junge aber blieb störrisch, sagte, er sei Gott geweiht und die Familie träfe ein schweres Unglück, wenn man einen künftigen Priester in die schnöde Welt zurückstoße. Um ihm solche Flausen auszutreiben, hat sein Vater ihn auf Reisen geschickt, damit er die Welt und auch die Frauen kennenlerne, denn er sollte ja so schnell wie möglich eine Familie gründen. Damit ist dieser etwas heikle Fall bei Euch angelangt. Als Domenico dem Papst und einigen Kardinälen vorgestellt wurde, fiel die Wahl Seiner Heiligkeit auf mich, den jungen Domenico di Fregoso in die Freuden und Mysterien der Liebe einzuführen. Nach einem längeren Gespräch mit ihm fürchte ich, dass dieses Gebiet für ihn vorerst noch ein Mysterium bedeutet, doch Ihr sollt dem Buben zeigen, dass es durchaus auch Freuden bereithält.«
Ihr silberhelles Lachen machte Kardinal Farnese so schwach, dass er schon erwog, sich selber diese Freuden zu gönnen.
Dann fragte sie ihn:
»Wie seid Ihr gerade auf mich gekommen?«
»Ich hielt und halte Euch für die geeignetste Lehrerin. Imperia in ihrer hoheitsvollen Art würde ihn nur verschrecken, und aufgrund seines Ranges und Reichtums kommt da nur Ihr in Frage.«

»Und wenn er sich auf seine Weihen beruft?«
Der Kardinal winkte ab.
»Der Papst hat ihn suspendiert und ihm gesagt, dass auch die Gründung einer Familie gottgefällig ist, zudem sei die Ehe schließlich ein Sakrament. Nun wohnen sie in der genuesischen Botschaft und erkunden von dort unser schönes Rom. Ihr seid dabei aus den genannten Gründen fest mit eingeplant …«
So war dann das folgende Wochenende dafür vorgesehen worden, und Fiammetta hatte vorgeschlagen, Domenico solle zuerst bei ihr einen Besuch machen, damit sie ihm – wenn es um das Entscheidende ging – nicht mehr so fremd war.
Das sollte nun am morgigen Freitag sein, und sie bereitete sich gleich nach dem Frühstück darauf vor.
»Was soll ich anziehen?«, fragte sie ihre Zofe mit gekrauster Stirn.
Das Mädchen wusste natürlich, wer kam.
»Denkt daran, dass er fast noch ein Kind ist und aus einer Priesterschule kommt. Also besser nichts Frivoles …«
Fiammetta nickte.
»Du hast recht, das würde ihn eher abschrecken und noch störrischer machen.«
Sie wählte ein hellblaues Kleid, nicht zu tief ausgeschnitten und lose gegürtet. Ihr goldenes Haar steckte sie auf und verbarg es unter einer kleinen dunkelblauen Haube. Als *aqua d'odore* wählte sie das feierliche, aus Myrrhe und Weihrauch gefertigte, das gerade den geistlichen Herren so angenehm und vertraut in die Nase stieg.

In diesen Tagen zog das Aprilwetter alle Register, und ein gewaltig rauschender Frühjahrsregen spülte Domenico di Fregoso in Fiammettas Haus. Sie rief ihnen fröhlich entgegen:
»Ihr hättet eine Sänfte nehmen sollen!«
Der Reitknecht verschwand mit den triefenden Pferden im Stall, während die Diener versuchten, den Jungen und seinen *ajo* trockenzulegen. Dieser Hofmeister war ein noch junger, sehr schlanker Mann mit einem klugen, geduldigen Gesicht. Er lachte.
»Ihr müsst schon verzeihen, Donna Fiammetta, dass wir nass wie Fischottern auf den Wogen des Frühlingsregens sozusagen hereingeschwommen sind. Nennt mich Don Matteo.«

»Schön gesagt, Maestro, aber ihr beide werdet noch nicht trocken sein, dann wird draußen die Sonne wieder lachen.«

Domenico di Fregoso war ein hübscher schwarzer Lockenkopf mit einem pausbäckigen Engelsgesicht. Um sich gegen die ihn umgebende sündige Welt zu wappnen, trug er eine ernste, trotzige Miene zur Schau, die er durch eine senkrechte, wie mit dem Messer eingeschnittene Stirnfalte noch verschärfen konnte. Bei Fiammettas Anblick tat er es, mied standhaft ihren Blick und schaute einmal auf ihre rechte, dann wieder auf ihre linke Schulter. Damit wollte er wohl seinem *ajo* zeigen, dass ihm die Lockungen dieser Welt nichts anhaben konnten. Fiammetta durchschaute ihn und hielt es für besser, mit dem Jungen allein zu reden.

»Ein Vorschlag, Don Matteo: Basilio wird Euch durch das Ponteviertel begleiten und als ein kundiger *guida* viel Sehenswertes zeigen – etwa die Paläste der Bankherren, einige Kirchen und anderes.«

»Eigentlich müsste ich ja bei Domenico bleiben ...«

»Hier ist er in guter Hut, das dürft Ihr mir glauben.«

Der Junge blickte gehetzt um sich.

»Ich soll – soll mit ihr ...«

Als sie ihn an der Schulter berührte, zuckte er zusammen, als hätte ihn ein glühendes Eisen gebrannt.

»Nur ruhig, mein Lieber, wir werden uns erst einmal ein wenig unterhalten.«

»Ich wüsste nicht, was wir zu bereden hätten ...«

Die steile Falte erschien auf seiner Stirn.

»Zwischen gesitteten vernünftigen Menschen gibt es immer etwas zu besprechen. Ich schlage vor, wir setzen uns zuerst einmal hin.«

Sie klatschte in die Hände, ließ süßes Mandelgebäck mit einem leichten Wein servieren. Sie sah an seinen Augen, wie willkommen ihm die Näschereien waren, doch er berührte nichts davon. Ein störrischer, verschreckter Bub, dachte sie.

»Das musst du so machen.«

Sie tauchte ein Mandelplätzchen in ihren Weinbecher, saugte es genüsslich aus und verspeiste es dann.

»Gibt es das in Genua nicht?«

»In Genua vielleicht, aber nicht auf dem Priesterseminar.«

»Ja, Domenico, damit ist es nun vorbei. Denke daran, dass nichts ohne den Willen Gottes geschieht; nur ER konnte deine älteren Brüder aus

dem Leben abberufen. Nun ist es an dir, das vierte Gebot zu beherzigen und deinem Vater zu gehorchen. Nicht nur als Priester, auch als *pater familias* kannst – ja musst du Gott dienen, nur eben anders. Da bestehen deine Aufgaben darin, dass du deine Frau ehrst, deine Kinder christlich erziehst und dein Hausgesinde streng, aber gerecht behandelst.«
Als hätte er ihr nicht zugehört, fragte Domenico:
»Rom ist doch eine geistliche Stadt, Sitz des Nachfolgers Petri, birgt das Grab des Apostelfürsten?«
»Gewiss, aber das weißt du ja selber.«
»Und was finde ich hier? Einen Papst mit zahlreichen Kindern und einer jungen Geliebten. Zudem scheint er auf all dies noch stolz zu sein.«
Etwas reizte Fiammetta, ihm zu entgegnen, auch sie selber zähle zu dieser Kinderschar, doch sie versuchte abzuwiegeln.
»Rom ist zwar eine geistliche Stadt, wenn es mancherorts auch sehr weltlich zugeht – zugehen muss! Vergiss niemals, dass es zudem die Hauptstadt des Patrimonium Petri ist und der Papst sich auch mit weltlichen Verpflichtungen befassen muss. Um dies zu unterstreichen, hat er – wie alle Landesfürsten – eine Familie gegründet.«
Die senkrechte Falte vertiefte sich.
»Diese Stadt ist wie ein fauliger Sumpf, von Lastern gezeichnet, von Sünden verpestet. Wie einstmals Karthago müsste sie ausgelöscht und an anderer Stelle neu errichtet werden. Nur so könnte Rom seine Würde wiederfinden.«
Als sie sah, dass dieser Weg nicht weiterführte, wechselte sie abrupt das Thema.
»Dass du eine Familie gründen wirst und musst, ist nicht mehr zu ändern. Um Nachkommen zu zeugen, musst du deiner künftigen Gattin beiliegen, und das ist nicht nur dein Recht, es ist auch deine Pflicht. Eine süße Pflicht, glaube mir, aber es wäre besser, wenn du vorher ein wenig übst.«
»Üben? Wie – warum?«
Fiammetta blieb ernst.
»Du bist nicht der erste Mann in einer solchen Situation. Viele vor dir waren genötigt, das Priesterkleid abzulegen, weil Familienpflichten es erforderten. Da konnte es schon vorkommen, dass so ein junges Mönchlein glaubte, eine Frau zu küssen diene der Erzeugung von Kindern.«
Der Lockenkopf errötete, die Falte verschwand, er blickte sie hilfesuchend an.

»Das glaube ich zwar nicht, doch – doch ...«
»Etwas Genaues weißt du auch nicht?«
»Nein, Donna Fiammetta. Auf der Schule sind wir niemals mit Frauen in Berührung gekommen.«
»Es gab also keine Möglichkeit, gegen das sechste Gebot zu verstoßen?«
Wieder flog Röte über das Engelsgesicht, und der Lockenkopf senkte sich. Er schwieg.
»Also?«
Ein leichtes Nicken und dann eine ganz leise Stimme.
»Doch, die gab es schon, aber unsere Lehrer sagten, eine schwere Sünde sei nur der Umgang mit Frauen.«
»Also triebt ihr es untereinander?«
»Nicht, dass die Patres es uns erlaubten, keineswegs! Aber wenn es nicht zu auffällig geschah, dann – dann ...«
»Übersahen sie es – gut, ich verstehe.«
»Ist es mit Frauen nicht – ähnlich?«
»Darüber werden wir uns beim nächsten Mal genauer unterhalten. Du bist ein hübscher kluger Junge – ich mag dich sehr.«
Das schien ihn noch stärker zu verunsichern, er sprang auf und lief zur Tür. Sie ging ihm nach, packte seine Schultern, drehte ihn um und küsste ihn fest auf seine zusammengepressten Lippen. Er wand sich unwillig aus ihren Armen. Sie lächelte ihn freundlich an.
»Wir werden schon zurechtkommen, glaube mir.«

5

Angelo del Bufalo war inzwischen verheiratet, doch dieses Ereignis hatte außerhalb seines Freundeskreises um die Kurtisane Imperia stattgefunden. Der Kardinal Gian Domenico de Cupis war – neben dem Brautpaar – der glänzende Mittelpunkt gewesen, und wenn auch einige der männlichen Hochzeitsgäste das Haus der Imperia kannten, so schwieg man sich hier darüber aus.

Imperias leise Befürchtung, del Bufalo würde jetzt – vielleicht beeinflusst von dem Kardinal, seinem Schwager – von dem Plan eines Hausbaus Abstand nehmen, hatte sich als grundlos erwiesen. Ganz im Gegenteil – es war ihm gelungen, dem Vorhaben einen quasi offiziellen Anstrich zu geben. Es machte ihm sichtlich Spaß, davon zu berichten. Seinem Schwager habe er noch während der Hochzeitsfeier zu verstehen gegeben, er sei nicht der Mann, der die Mitgift seiner Gemahlin an nutzlose Objekte verschwende, und habe deshalb gleich einen Teil davon in sicheren Immobilien angelegt. Auf den fragenden Blick des Kardinals habe er gesagt: Ja, in den Bau eines gediegenen Hauses, für das ich schon jetzt eine Mieterin habe – nämlich Donna Imperia. Da sei der Kardinal geradezu entzückt gewesen und habe gesagt, beim römischen Adel sei es eine seltene Erscheinung, dass ein guter alter Name sich mit Geschäftssinn verbinde.
Imperia war trotzdem noch etwas misstrauisch.
»Aber bei uns bleibt es doch bei der getroffenen Abmachung?«
Del Bufalo küsste ihr beide Hände.
»Ihr werdet es schriftlich bekommen: Die Miete für Euer altes Haus kassiere ich – das neue bewohnt Ihr kostenfrei.«
Als dann die Bauarbeiten begannen, erfuhr auch Agostino Chigi davon und machte ihr, wenn auch vielleicht nicht so ganz ernst gemeinte, Vorwürfe.
»Das hätte ich übernehmen müssen! Aber ich war in letzter Zeit so mit Arbeit überhäuft – dazu kam noch die Planung für mein eigenes Haus –, dass ich es versäumte. Für die neuen Räume wird Eure bisherige Einrichtung nicht ausreichen. So erlaubt mir wenigstens, sie zu ergänzen.«
Imperia, die sich nach außen hin gerne bescheiden gab, war im Grunde eine verwöhnte Dame, doch es gelang ihr stets, es so darzustellen, als sei sie überrumpelt worden.
»Don Agostino – das kann und darf ich nicht annehmen! Del Bufalo hat mir vor Kurzem hier vorgeführt, dass meine wenigen Räume auf unziemliche Weise vollgestopft sind. Sobald ich mehr Platz habe, werde ich sie vorteilhafter präsentieren können.«
Chigi lächelte anzüglich.
»Da wird es viel zu tun geben, und am Ende wird man sehen, dass nur eine – nur eine einzige Kurtisane in Rom den Ehrennamen Imperia verdient.«
Sie brachte ein Erröten zustande und senkte ihr Haupt. Plötzlich stach sie der Hafer. Dabei schlug sie einen spaßhaften Ton an.

»Da Rom mir die Ehre antut, mich Imperia zu benennen, scheint es mir angebracht, etwas zu empfangen, das bis jetzt niedrigere Ränge – Gräfinnen, Fürstinnen und Herzoginnen – entgegennehmen durften – die ›Goldene Rose‹.«
Chigi, sonst verbal jeder Herausforderung gewachsen, kam vor Verblüffung ins Stottern.
»Ah – Donna Imperia – das ist – ich meine – will sagen ...« Er gab sich einen Ruck und rief mit Emphase:
»Das ist ein naheliegender Gedanke! Wenn es auf mich ankäme, hättet Ihr diese Auszeichnung längst, doch Ihr wisst, dass sie nur einer vergeben kann: Seine Heiligkeit, der Papst.«
Imperia lächelte schwermütig.
»Das weiß ich doch, es war ja auch nur ein Scherz.«
Seltsam nur, dass sich in dem sonst nüchternen, nur das Mögliche in Betracht ziehenden Verstand des Bankherrn hartnäckig die Vorstellung hielt, Imperia sei tatsächlich eine durchaus würdige und ernst zu nehmende Anwärterin für diese Auszeichnung. Nun, er hatte jederzeit Zugang zum Ohr des Papstes und ihm schien es, als müsse er für diese Forderung nur die richtige Formulierung finden.
Imperias Einstellung zu Angelo del Bufalo hatte sich seit seiner Heirat gewandelt. Seine Behauptung, diese Ehe habe mit ihrem Verhältnis zueinander nicht das Geringste zu tun, begann sie mehr und mehr in Frage zu stellen. Bei einem ledigen Don Angelo schwang doch immer die leise Hoffnung mit, er könnte ihr einen Antrag machen. Wenn auch eine leise mit einer verzweifelten Hoffnung nicht zu vergleichen ist, so blieb ihr Verschwinden doch nicht ohne Spuren. Es entsprach Imperias konventioneller Auffassung – auch wenn sie es niemals aussprach –, dass am Ende eine Ehe doch dem Kurtisanenberuf vorzuziehen sei.

Lucrezia Borgia war Ende des letzten Jahres nach Rom zurückgekehrt, wo sie der Papst – ohne ihr Vorwürfe zu machen – mit sichtlicher Freude empfing.
»Du hast nicht nur mir sehr gefehlt, meine Tochter, der ganze Vatikan litt unter deiner Abwesenheit. Am meisten hat mir Donna Giulia in den Ohren gelegen – ja, sie hat mir sogar damit gedroht, Rom wieder zu verlassen, um irgendwo als einsame Witwe die Tage zu vertrauern.«

»Und das habt Ihr dieser Hexe geglaubt? Ich sehe schon, dass sich hier nichts geändert hat und sie Euch noch immer um den Finger wickelt.«
Dieses Gespräch fand unter vier Augen statt, vor anderen hätte sich Lucrezia solche Bemerkungen nicht erlaubt. Der Papst nutzte die Gelegenheit, um auf den Eheplan zurückzukommen.
»Ich gebe zu, dass diese Ehe auch für das ganze Haus Borgia überaus nützlich wäre, doch ich nehme an, César hat dir das schon erläutert?«
Sie nickte nur.
»Gut, aber auch für dich gäbe es kein besseres Los, als Herzogin von Ferrara zu werden. Ich kann mir keine glänzendere Verbindung denken, zugleich verknüpfe ich damit die Hoffnung, dass du auch in Ferrara das Wohl unserer Familie im Auge behältst.«
»Wie weit sind die Verhandlungen gediehen?«
Der Papst seufzte.
»Ja, die waren sehr schwierig und sie sind es noch. Herzog Ercole konnte inzwischen von den Vorteilen einer solchen Verbindung überzeugt werden, aber Don Alfonso, der Kronprinz, weigert sich nach wie vor.«
»Und warum weigert er sich?«
Da begann Alexanders Gesicht vor Eifer zu glühen.
»Warum wohl? Weil er dich nicht persönlich kennt! Würde er es tun, so wären alle Hindernisse beseitigt. Wer kann deinem Liebreiz widerstehen? Sage mir, wer?«
»Mein Vater, Ihr übertreibt«, wandte Lucrezia ein, doch ohne ein Zeichen von Verlegenheit.
Der Papst winkte ab.
»Du weißt selber, was du wert bist. Aber jetzt das Neueste: Spitzel haben mir aus Ferrara berichtet, dass Herzog Ercole seinem Sohn vor Zeugen gedroht hat, er selber werde dich zur Frau nehmen, falls er es nicht tue.«
Lucrezia erschrak.
»Diesen alten kranken Mann? Das kann doch nur ein Scherz sein ...«
»Ein Scherz? Nein, das ist eine Drohung, um Don Alfonso endlich zur Vernunft zu bringen. Inzwischen hat der Herzog ganz offiziell seine Bedingungen gestellt – unverschämte natürlich, da wird man eben verhandeln müssen.«
»Feilschen, um mich?«
»Nein, nein, es geht um deine Mitgift, und es gibt wohl keine Familie auf der Welt, ob hoch oder niedrig, die da nicht gefeilscht hätte. Sie verlangen

zweihunderttausend Dukaten, die Befreiung vom Jahreszins und vieles andere mehr. Darüber wird zu reden sein, obwohl ich persönlich der Meinung bin, du selber wärst für das Haus Este und Ferrara Geschenk genug.«
Lucrezia lächelte geschmeichelt.
»So kostbar bin ich wieder nicht ...«

Wenig später zeigte der Papst, was ihm seine Tochter wirklich wert war. Ende Juli begab er sich auf seinen Sommersitz in den Albaner Bergen, und Burcardus, den am päpstlichen Hof nichts mehr in Erstaunen versetzte, notierte in seinem Diarium:
Bevor Seine Heiligkeit die Stadt verließ, übertrug er den ganzen Palast und die anstehenden Geschäfte auf seine Tochter Donna Lucrezia Borgia und gab ihr die Vollmacht, sämtliche an den Papst gerichtete Schreiben zu öffnen. In sehr wichtigen Fällen sollte sie den Kardinal von Lissabon um Rat fragen.

Das hatte es bisher noch niemals gegeben. Üblicherweise wurde der Vizekanzler in Abwesenheit des Papsts mit den Geschäften betraut oder ein anderer ranghoher Kardinal. Warum hatte Alexander dieses Herkommen verletzt? Wohl aus zwei Gründen: Zum einen fühlte er sich immer noch schuldig wegen der Ermordung von Lucrezias zweitem Gatten, zum anderen aber war vor wenigen Tagen endlich die Einwilligung von Alfonso d'Este erfolgt. Die künftige Herrin von Ferrara konnte er schon mit diesem Amt betrauen.
Wenige Tage später spottete Pasquino:
Der Papst ist auf Reisen gezogen
und hat Donna Lucrezia jetzt
bei Gott, ganz ungelogen,
auf den heiligen Stuhl Petri gesetzt!

Einige Wochen zuvor war Cesare Borgia nach Rom gekommen, doch diesmal in aller Stille, ohne jedes Aufsehen. Wenig später suchte er Fiammetta auf, in einfacher Kleidung, nur von einem Reitknecht begleitet. Er gab sich sehr förmlich und nichts hätte darauf schließen können, dass sie noch vor einem Jahr seine vertraute Geliebte gewesen war. Er nahm dem Reitknecht einen kleinen länglichen Behälter ab, was er so behutsam tat, als handle es sich um Glas. Dann inspizierte er den längst fertigen Anbau und zeigte sich zufrieden.

Wie es ihre Art war, fragte ihn Fiammetta geradeheraus:
»Und wer wird hier einziehen?«
Er blickte sie nachdenklich an und Fiammetta spürte, wie dieser Blick das inzwischen vergangene Jahr zusammenschrumpfen ließ, als sei jener bewegte Sommer erst vor Kurzem gewesen und der Geliebte mache einen seiner häufigen Besuche. Doch sie fand schnell zur Gegenwart zurück, als er sagte:
»Nennen wir diese Person einen *ospite* – einen Gast. Davon war ja auch in meinem Brief die Rede.«
»Ist dieser Gast eine Frau?«
Er lächelte flüchtig.
»So neugierig kenne ich Euch gar nicht. Wartet es einfach ab. Noch etwas: Die angebauten Räume müssen angemessen eingerichtet werden und Ihr sollt jemand Geeigneten beauftragen. Wenn ich angemessen sage, dann meine ich eine gute, allen Ansprüchen genügende Ausstattung, deren Kosten ich übernehme. Bitte denkt daran: In diesem Zusammenhang darf niemals mein Name genannt werden!«
»Dabei habt Ihr vergessen, dass sich die Wohnungsausstattung einer Frau von der eines Mannes wesentlich unterscheidet. Da müsst Ihr wohl jetzt Farbe bekennen.«
»Fast habe ich Eure Frage erwartet – also richtet die Räume für eine Frau ein.«
Fiammetta lachte und sagte:
»Ich hätte es mir ja denken können!«
Er umarmte sie und küsste sie auf beide Wangen.
»Jetzt aber soll von Euch die Rede sein! Erinnert Ihr Euch an den letzten Satz meines Briefes?«
Sie wusste sofort, was er meinte, spielte aber die Ahnungslose.
»Der letzte Satz? Welchen Briefes?«
»In dem ich Euch um den Anbau bat.«
Jetzt wurde er ungeduldig.
»Aber das müsst Ihr Euch doch gemerkt haben! Wenn von einem Geschenk die Rede ist, dann hat doch jede Frau …«
»Ah – jetzt weiß ich es. Ihr erwähntet zwar kein Geschenk, doch da hieß es – ich kann es nicht mehr wörtlich zitieren – Ihr bringt mir etwas mit …«
Er drohte mit dem Finger.

»Wie ich Euch kenne, habt Ihr den Satz wortwörtlich im Kopf, aber ich wiederhole ihn gern: Ich komme nicht mit leeren Händen.«

Fast gleichgültig schaute sie auf das längliche Kästchen, das Cesare auf dem Tisch abgelegt hatte. Mit einer ungewohnt feierlichen Stimme bat er sie, näher zu treten, öffnete behutsam das Behältnis und nahm sie heraus, die »Goldene Rose«.

»Ich habe sie von Seiner Heiligkeit erhalten und gebe sie mit seiner Genehmigung an Euch weiter.«

Wenn Fiammetta überrascht war, dann zeigte sie es auch.

»Die Tugendrose! Für mich? Das ist – das ist ja – ich bin überwältigt! Und Seine Heiligkeit war einverstanden? Ihr habt ihm doch nicht gesagt, dass ich seine Tochter bin?«

»Nein, nein, ich habe Seiner Heiligkeit nur dargelegt, wie viel ich Euch zu verdanken habe, und er sagte spontan: Dann gib sie ihr! Dieses Geschenk ist ohnehin eher für eine Frau gedacht.«

Nichts davon stimmte. Ohne lange um Erlaubnis zu fragen, hatte Cesare entschlossen verkündet, er bedanke sich für die Auszeichnung und gebe sie an eine Frau weiter. Der Papst nickte nur und kam auf etwas anderes zu sprechen. Er kannte diesen Ton und wusste, dass ein Widerspruch sinnlos gewesen wäre.

Fiammetta berührte Cesare bittend am Arm.

»Das muss unter uns bleiben, versprecht Ihr mir das? Die meisten werden mit Sicherheit die falschen Schlüsse daraus ziehen, es gibt Neid, Gerede, vielleicht sogar Hass, und am Ende wird auch der Papst davon erfahren.«

»Da bin ich ganz damit einverstanden, doch ich möchte betonen, dass ich sofort an Euch dachte, als ich die Rose erhielt.«

»Ich hoffe, Ihr habt Euch auch sonst manchmal meiner erinnert?«

Er lachte.

»So weit mir meine Pflichten dazu Zeit ließen ...«

»Wisst Ihr, an wen ich zuerst gedacht hatte, als Ihr von diesem Gast spracht?«

»An eine Frau?«

»Erst danach – nein, ich hatte vermutet, Ihr wolltet den jungen Astorre Manfredi hier quasi in Hausarrest stecken.«

»Kein schlechter Gedanke, aber dazu hätte es einer Wache bedurft. Nein, ich habe ihn zusammen mit seinem jüngeren Bruder Ottaviano im Castel Sant'Angelo untergebracht.«

»Im Kerker?«
»Dort gibt es auch ganz ansehnliche Wohnungen.«
»Aber Astorre hat sich doch in Euren Dienst begeben?«
»Ja, das tat er, und davon war ich zuerst sehr angetan. Aber dann spürte ich, dass seine adligen Standesgenossen ihn verachteten, weil er sich auf meine Seite geschlagen hatte. Andererseits war deutlich zu erkennen, dass die Bürger von Faenza nach wie vor zu ihm als dem legitimen Herrscher hielten und ich mit Verschwörungen hätte rechnen müssen. Da musste er für eine Weile verschwinden ... Sobald die Lage sich beruhigt hat, wird er freikommen.«
So sprach Cesare Borgia, aber er dachte ganz anders – überlegte im Stillen, ob er die Brüder Manfredi schon jetzt oder erst später beseitigen solle. Michelotto hatte zum Abwarten geraten, mit dem Hinweis, vielleicht könne man die beiden irgendwann noch brauchen.
Als Cesare sich von Fiammetta verabschiedete, sagte er:
»Ihr werdet mich in nächster Zeit noch öfter hier als Besucher finden, doch bin ich verkleidet und werde die Schwelle Eures Hauses nicht betreten.«
»Wozu ich Euch trotzdem einlade ...«
»Wir werden sehen ...«
»Ich möchte Euch nochmals für das schöne und überraschende Geschenk danken.«
»Ihr habt es verdient.«
»Da bin ich mir nicht so sicher.«
Er lächelte und griff nach dem Zügel seines Pferdes.
Fiammetta ging ins Haus, beugte sich über die »Goldene Rose« und sog ihren starken aromatischen Duft ein. Sie wusste, dieser Wohlgeruch würde schwächer werden und vergehen, aber die Schönheit der Rubine – aus ihnen war die Blüte gebildet – würde auf ewig bestehen, ebenso wie die aus Smaragden gefertigten Blätter und die darauf verstreuten Tautropfen – funkelnde Diamanten. Ob die Rose der Isabella d'Este dieser ähnelte? Der Papst würde seinem Sohn kaum etwas weniger Wertvolles schenken ... Behutsam verstaute sie das Juwel in seinem mit rotem Samt beschlagenen Kästchen und legte es in die kleinere der beiden Truhen, die mit einem dreifachen Schloss gesicherte. Hier bewahrte sie auch Cesares Briefe auf und verschiedene kostbare Geschenke von ihm und anderen, die sie niemals würde verkaufen wollen. Oder doch? Auch sie würde alt und unan-

sehnlich werden und wäre dann genötigt, sich andere Einnahmen zu schaffen. Was soll's! Es war nicht ihre Art, lange über die Zukunft nachzugrübeln. Es kommt, wie's kommt, und alles ist in Gottes Hand.

Ein wenig ärgerte es sie schon, dass dieses Geschenk geheim bleiben musste. Es wäre zu schön gewesen, hätte zumindest Imperia davon erfahren ... Man sollte es einfach als Gerücht in die Welt setzen, da blieb immer die Möglichkeit offen, dass es erfunden wäre. Aber Don Cesare würde den Verräter schnell aufspüren. Vor den Augen der Öffentlichkeit hatte er die »Goldene Rose« erhalten und es war allein seine Sache, ob er sie weiter verschenkte. Sie schüttelte so heftig ihren Kopf, dass sich eine Haarsträhne löste und wie ein goldenes Band auf ihrer Schulter lag. Nein – nein – nein! Hatte sie es nötig, sich vor anderen damit großzutun? Sie würde schweigen wie ein Grab!

Das tat sie dann auch, aber Don Cesare beging einen Fehler. In letzter Zeit hatte es sich ergeben, dass sein Freundeskreis sich in einem Nebenzimmer der Schenke »La Zitella« traf. Hier waren sie ungestört, weil die schalldichte Tür von zuverlässigen Leuten bewacht wurde.
Ohne dass es je ausgesprochen wurde, hatte es sich eingebürgert, dass man über alles und jedes sprechen durfte, nur nicht über Tagespolitik – vor allem, wenn Don Cesare zugegen war. Nur wenn er selber geruhte, ein solches Thema zu berühren, dann lauschten alle gespannt, ohne danach lästige Fragen zu stellen.
Heute aber spürte man, dass ihn etwas bewegte, denn er antwortete kaum auf Fragen, wandte sich schnell ab und blickte zur Tür. Wenig später erschien Angelo del Bufalo – wie stets als Letzter –, grüßte unbefangen und in sichtlich froher Stimmung, doch das war bei ihm die Regel.
Cesare rief den Wachen zu, niemanden mehr hereinzulassen, wer immer es sei, und klopfte dann mit seinem Ring an einen Becher. Auch das hatte es bisher nicht getan, denn immer war Stille eingetreten, sobald er nur die Hand hob.
»Meine lieben Freunde, wir schreiben heute den dreißigsten Juni, das heißt, dieses Jahr ist zur Hälfte vergangen, und wie ihr wisst, sollte ich längst wieder bei meinen Truppen sein, habe jedoch die Abreise von Mal zu Mal verschoben. Und warum? Weil das Kapitel Caterina Sforza noch immer nicht abgeschlossen war und weil ich darauf drang, sie des schweren Verrats anzuklagen. Vor etwa einem Monat wurden Briefe von ihr ab-

gefangen, mit denen sie ihren Bruder Francesco – der leider nach Venedig entkommen ist – und andere zu Aufruhr und Widerstand anstiften wollte. Der Heilige Vater, in unverständlicher Milde, ließ sie lediglich von ihrem Hausarrest in der Villa Belvedere in die Engelsburg überführen und drängte sie dazu, endlich formell ihre erschlichenen Rechte auf Forli und Imola auf die Kirche zu übertragen. Sie tat es nicht, und ihr Bruder Francesco hetzte aus Venedig den französischen König so gegen uns auf, dass dieser einen Botschafter nach Rom sandte und ihre Freilassung forderte. Was sollte ich tun? Ich führe den französischen Titel eines Herzogs von Valence, musste meinem Lehnsherrn gehorchen und die Hexe freilassen.«
Cesare trank einen Schluck, grinste vielsagend und sagte hinter spaßhaft vorgehaltener Hand:
»Schön ist sie übrigens noch immer …«
Da durfte gelacht werden, und die meisten taten es.
»Nun ist es ihr gestattet, nach Florenz auszureisen, aber ob die Verwandten ihres verstorbenen Gatten Giovanni de Medici sich sehr darüber freuen werden, wage ich zu bezweifeln. Wir sind sie jedenfalls los!«
Er hob den Becher und alle tranken ihm zu.
Angelo del Bufalo konnte sein loses Maul nicht zügeln und fragte laut:
»Warum habt Ihr uns dies alles erzählt, Don Cesare? Es hätte sich ohnehin bald herumgesprochen …«
Doch del Bufalo genoss eine Art Narrenfreiheit; sogar Don Cesare respektierte das.
»Das ist leicht zu beantworten, Don Angelo. Hätte ich darüber geschwiegen, wäre sogleich der Verdacht entstanden: Aha, jetzt hat ihn dieser Weibsteufel doch herumgekriegt, und er lässt sie frei. So bitte ich euch, verehrte Freunde, herumzuerzählen, was ihr von mir gehört habt.«
Er griff zu seinem Becher, ließ aber die Hand wieder sinken.
»Noch etwas Kurioses zu diesem Fall. Als Seine Heiligkeit mich vor einem Jahr bat, Kandidatinnen für die ›Goldene Rose‹ vorzuschlagen, nannte ich scherzhaft Caterina Sforza, denn sie ist ja tatsächlich eine mutige Frau.«
»Mutig schon, aber nicht tugendhaft«, rief Don Angelo dazwischen.
»Eben deshalb erhielt Isabella d'Este diese Auszeichnung …«
»Und heuer wart Ihr der Empfänger«, sagte Remolines, und es klang etwas unterwürfig.
Da beging Cesare den Fehler zu sagen:

»Ja, und da diese Tugendrose zu einem Mann nicht so recht passt, habe ich sie an eine Frau weitergegeben.«
»An wen? An wen?«
Cesare lachte.
»Ich nenne ihren Namen nicht, möchte aber auf sie trinken.«
Da dachte man sich seinen Teil und, seltsam genug, der Verdacht fiel nicht auf die geheimnisvolle Dorotea, von der niemand wusste, wo sie sich aufhielt, sondern sofort auf Fiammetta, deren Liebesgeschichte mit Cesare noch in bester Erinnerung war.
Nicht bei Nacht und Nebel, sondern bei hellem Tage war Dorotea – gekleidet als schmucker Jüngling – in Rom eingeritten, und man munkelte, der Bursche sei aus edlem Geschlecht und Don Cesare beschäftige ihn als Page.

6

Fiammetta aber, noch ahnungslos, dass sie wieder einmal ins Gerede gekommen war, erwartete an diesem Samstagmorgen den jungen Domenico di Fregoso mit seinem *ajo*. Der Lockenkopf schaute sie finster an, die senkrechte Falte war wie mit einem Messer in seine sonst glatte Stirn geschnitten.
Ein wunderschöner Frühsommertag kündigte sich an – ein Tag, den Fiammetta lieber draußen verbringen wollte, als im dumpfen Alkoven einen ehemaligen Priesterschüler die körperliche Liebe zu lehren. So schlug sie vor, in ihre *vigna* überzuwechseln, und fügte hinzu:
»Auch da gibt es ein bequemes Bett ...«
Da grinste der *ajo*, und Domenico blickte noch störrischer.
Heute hatte sie sich Don Matteo genau angeschaut und festgestellt, dass er recht ansehnlich war.
Er lachte gern, schien alles auf die leichte Schulter zu nehmen und – wenn es ihm passte, reagierte er nicht auf Domenicos Wünsche. So auch jetzt.
»Ich weiß nicht recht ...«, begann der Lockenkopf, zögerte, schaute seinen Erzieher an. Der lachte unbekümmert.

»Euer Vater hat mir aufgetragen, mich mit Euch möglichst oft in der freien Natur zu bewegen. Das härtet ab und treibt die dumpfe Seminarluft aus Euren Gliedern. Wenn Ihr später die Ämter Eures Herrn Vaters übernehmt, dann müsst Ihr manchmal tagelang auf dem Pferd sitzen – bei jedem Wetter!«
Domenico schauderte es und man sah ihm an, dass er lieber auf die Schulbank zurückgekehrt wäre. So hob er nur die Achseln und murmelte kaum hörbar:
»Wenn Ihr meint …«
Der Weg zur *vigna* war relativ kurz, aber Fiammetta genoss ihn wie stets als einen ihr angemessenen prächtigen Auftritt. Sie saß in ihrer zweispännigen *carozza*, vorne thronte der Kutscher in einem bunten Phantasiekostüm, hinten stand Basilio mit Turban und Pluderhosen – als aparter Schmuck für die reiche und angesehene Kurtisane. Vorne ritten zwei Diener auf Mauleseln, dahinter trabten die stattlichen Rösser der Genuesen. Der Kutscher wusste schon, wie er sich zu verhalten hatte, fuhr mit verhaltenem Tempo, hielt sogar dann und wann, wenn seine Herrin einen Bekannten sah, der gleich herbeieilte, um mit ihr einige Worte zu wechseln.
Angelo del Bufalo – er verließ gerade das Bankhaus Calvi – winkte ihr heftig zu. Die Kutsche hielt, er lief – nein, er schritt heran, neigte sich tief und küsste Fiammettas Hand.
»So früh schon unterwegs? Um diese Zeit nehmt Ihr doch sonst Euer Frühstück ein …«
Sie lachte ihn an, ihre Türkisaugen funkelten.
»Da habt Ihr wohl recht, doch heute sind illustre Gäste im Haus, und denen will ich meine *vigna* zeigen.«
Dann stellte sie die Herren vor, wobei Domenico und sein *ajo* aus Höflichkeit von den Pferden stiegen.
»Ja«, meinte Don Angelo gewichtig, »bei Donna Fiammetta zu Gast sein, ist schon etwas ganz Besonderes.«
»Das ist uns bekannt«, sagte Don Matteo, »und wir werden es entsprechend würdigen.«
»Wie gefällt es den Herren in Rom?«
Die Frage war an Don Matteo als dem Älteren gerichtet, doch Domenico sagte schnell:
»Mir nicht so besonders! Das Zentrum der Christenheit, den Sitz des Nachfolgers Petri habe ich mir anders vorgestellt.«

Del Bufalo blieb gelassen.
»Anders? Das müsst Ihr mir näher erläutern ...«
»Domenico meint ...«
»Was ich meine, möchte ich selber sagen. Ich finde, dass hier die geistlichen Herren das Kreuz Christi zu sehr auf die leichte Schulter nehmen.«
Don Angelo lächelte und hob wie entschuldigend beide Hände.
»Wir sind alle nur arme Sünder vor dem Herrn – damit zitiere ich einen Satz, den Seine Heiligkeit gerne äußert. Ihr seht also, dass nicht einmal der Vikar Christi sich als Ausnahme darstellt.«
»Das wäre auch vermessen«, sagte Domenico, und die steile Falte vertiefte sich.
»Aber meine Herren«, rief Fiammetta in gespielter Entrüstung, »es gehört sich nicht, dass ihr auf offener Straße streitet, noch dazu in Gegenwart einer Dame!«
Die Herren entschuldigten sich wortreich, nur Domenico schwieg und dachte, ich werde mich doch nicht für die Wahrheit entschuldigen – ich nicht!
Der Bursche ist noch jung, da ist eine solche Empörung schon verständlich, dachte Don Angelo verständnisvoll. Außerdem fühlte er den Wunsch – da er heute nichts mehr zu erledigen hatte –, sich der Gruppe anzuschließen und Donna Fiammetta zu ihrer *vigna* zu begleiten. Auch sie hegte solche Gedanken, da ihr Don Angelos Gesellschaft immer willkommen war, doch sie schwieg und dachte an das Honorar von zehn genuesischen Dukaten, die sie im Voraus für ihre Dienste erhalten hatte. Ein reichliches Salär, das jeden anderen Gast ausschloss.
Don Angelo sah, wie sie fast unmerklich den Kopf schüttelte, und deutete das Zeichen richtig: Wer bezahlt, schafft an! Er wusste recht wohl, zu welchen Misshelligkeiten es führte, wenn irrtümlich oder absichtlich ein Kunde dem anderen seine Besuchszeit verdarb. Da hatte es schon Mord und Totschlag gegeben ... So verabschiedete er sich und gab Domenico mit auf den Weg:
»Ihr müsst noch viel lernen, mein Freund, aber Ihr seid jung und habt die Zeit dazu.«
Die *vigna* lag da, vom mittäglichen Sonnenlicht vergoldet, von Weinlaub umkränzt wie eine Braut. Das kalte Mittagsmahl war schon bereitgestellt, und Fiammetta sah mit Vergnügen, dass der Lockenkopf zumindest beim Speisen keinerlei novizenhafte Zurückhaltung übte. Das Essen in seiner

Schule wird dementsprechend gewesen sein, dachte sie, und jetzt holt er nach, was ihm jahrelang entgangen ist. Sie seufzte leise, als sie daran dachte, dass er auch Liebesfreuden hatte entbehren müssen. Nahrungsaufnahme liegt in der Natur des Menschen, da wissen schon Säuglinge, was zu tun ist. Sich zu paaren wäre im Grunde einfach, da brauchen wir nur den Tieren zuzusehen, aber beim Menschen kommt das meiste doch aus dem Kopf, und wenn der nicht will, dann misslingt das schöne Spiel von *cazzo* und *potta*.

So dachte die erfahrene Kurtisane und sah Domenico beim Essen zu. Nicht ohne Anmut verschlang er Unmengen von Brot, kaltem Fleisch, sauren Gurken und zuletzt Mandelplätzchen, doch beim Wein hielt er sich zurück. Gerade darauf aber hatte sie gehofft, denn ein geistreicher Kopf hatte das »in vino veritas« verwandelt und verkündet: »in vino feritas« – im Wein ist Leidenschaft.

Sie gab dem Diener einen Wink, und der füllte Domenicos Becher bis zum Rand.

»Ich möchte auf Eure Jugend trinken, lieber Freund, und dass diese Reise Euch weiterhin Vergnügen macht!«

Als er vom Wein nippte, rief sie: »Nein, nein, so geht das nicht! Bei Glückwünschen gehört es sich, den Becher bis auf die Neige zu leeren – also?«

Widerwillig trank er noch einige Schlucke, und der hinter ihm stehende Diener schenkte sofort nach. Sie hob ihren Becher.

»Jetzt trinken wir auf Euch, Don Matteo, dass Gott Euer Erziehungswerk segne. Ihr seid mit einem Signorino auf Reisen gegangen und werdet mit einem Signore heimkehren.«

Der Erzieher lachte.

»Ja, ja, das wünsche ich mir und hoffe auf Eure erfolgreiche Mitwirkung.«

Um der Sache nachzuhelfen, hatte Fiammetta eine Fischpaste mit einem Aphrodisiakum versetzen lassen und sie Domenico als besondere Köstlichkeit empfohlen, doch der sagte, er schätze Fisch nicht besonders. Um die Sache an den richtigen Mann zu bringen, hatte sie zu jedem Gedeck ein Silberschälchen mit der Paste stellen lassen und nur die von Domenico mit *diavolini* – so nannten Kenner das Mittel – würzen lassen. Nachdem dieser es zurückgewiesen hatte, nahm Don Matteo das Schälchen und strich den Inhalt auf ein halbiertes Brot. Hätte sie ihn warnen sollen? Nein, das ging nicht, und es dauerte nicht lange, dann begannen seine Augen zu glänzen und er schaute sie hungrig an.

Da fragte Domenico plötzlich:
»Darf ich einen kleinen Spaziergang machen? In der Priesterschule haben wir es nach dem Essen immer so gehalten ...«
Mit welcher Begründung sollte sie es ihm abschlagen?
»Basilio, begleite Don Domenico auf seinem *passeggio* und achte darauf, dass er nicht in den alten Brunnenschacht fällt! Im Sommer ist die Öffnung so zugewachsen, dass man sie leicht übersieht.«
Kaum waren die beiden verschwunden, begann Don Matteo sie anzumachen.
»Ach, Donna Fiammetta, ich glaube nicht, dass aus unserem Plan noch etwas wird ...«
»Das wird sich bald zeigen ...«
»Immerhin habe ich Euch zehn Dukaten bezahlt, und wenn nichts dabei herauskommt, dann ...«
Sie lachte – hart und hell.
»... soll ich es Euch zurückzahlen? Wolltet Ihr das sagen?«
»Nein, nein, ich will kein Geld zurück, aber Ihr könntet es auf mich übertragen ...«
»Ich muss schon sagen, das ist eine seltsame Auffassung. Anstatt alles zu tun, dass der Schüler etwas Bestimmtes lernt, will der Lehrer es sich aneignen. Dass Ihr es könnt, darf ich ja voraussetzen, aber damit ist Eurem Schüler nicht geholfen.«
Matteo dachte nach.
»Sollte es Euch nicht gelingen, so gäbe es da noch eine Möglichkeit – wir könnten es ihm vormachen. Das würde ihn vielleicht reizen und anregen, es nachzumachen.«
Sie schüttelte den Kopf.
»Was so ein Männerhirn alles ausbrütet! Wie ich Euren Zögling einschätze, wird ihn das eher abstoßen. Nein, ich werde es anders machen, werde versuchen, den Mann in ihm zu wecken. Bei einem Sechzehnjährigen muss das doch möglich sein!«
»Im Grunde ist er noch ein rechtes Kind, zwar mit dem Körper eines Mannes, doch die Geschlechtsreife hat seinen Kopf noch nicht erreicht – Ihr versteht?«
»Das ist nicht misszuverstehen, aber genau deshalb seid Ihr ja zu mir gekommen. Es wird nicht schwierig sein, ihn zu erregen, doch was unten geschieht, muss er auch wollen – sein Kopf muss ja dazu sagen.«

»Nicht anders habe ich es gemeint. Bei mir jedenfalls wäre beides dazu bereit – von Kopf bis Fuß sozusagen ...«

Sie plänkelten noch eine Weile hin und her, als aus der Ferne ein erregtes Gelächter zu vernehmen war. Als die beiden gegangen waren, hatte Fiammetta die *ampolletta* umgedreht und nun sah sie, dass fast eine Stunde vergangen war. Sie erhob sich.

»Wir werden nachsehen, wo die beiden bleiben, das bringt Euch auf andere Gedanken.«

»Das glaube ich nicht«, sagte Matteo, doch er stand auf und sie gingen die Stufen der Terrasse hinunter. Dort lag im Schatten einer Zypresse der *guardia* des Weinberges und hielt Siesta. Als seine Herrin erschien, sprang er auf. Fiammetta lachte.

»Lass dich nicht stören, aber hast du die beiden jungen Männer gesehen?«

Er nickte eifrig.

»Das war Basilio mit einem Gast – ja, die sind da hinuntergegangen.«

Er wies die Richtung, und so stiegen sie den schmalen Weg zwischen den Weinstöcken hinab, hörten dann Stimmen und blieben stehen. Fiammetta legte einen Finger vor den Mund. Behutsam traten sie näher, duckten sich hinter eine Rebe. Durch das lockere Laub blickten sie auf ein kleines Rasenstück, das den Arbeitern während der Lese als Ruheplatz diente. Da lagen die beiden Jungen und wälzten sich nackt am Boden. Domenico versuchte kichernd Basilios Phallus zu erhaschen, der aber rief atemlos:

»Es geht nicht mehr – es geht nicht mehr ...«

»Bei mir schon«, keuchte Domenico, hielt den Schwarzen am Boden fest und machte sich an Basilios schwellendem Hintern zu schaffen. Sein eindeutiger Versuch misslang, weil der Mohr sich wie eine Schlange wand, bis es ihm gelang, sich umzudrehen. Sofort griff er nach Domenicos Glied und presste es so stark, dass dieser aufschrie und Basilio zurückstieß.

Da konnte Matteo nicht mehr an sich halten, sprang auf und stürzte auf die beiden los. Sie bemerkten es erst, als er vor ihnen stand, Basilio zwei kräftige Ohrfeigen verpasste und seinen Zögling an den Haaren packte und auf die Beine stellte.

Inzwischen war auch Fiammetta gekommen, die eine ernste Miene aufsetzte, obwohl ihr eher zum Lachen zumute war. Sie wandte sich an Basilio, der sich mit Schmerzensmiene die Backen rieb.

»Du hast mir ins Handwerk gepfuscht, hast getan, was ich hätte tun sollen ...«

»Nichts – nichts habe ich getan, Signora! Er hat mich dazu genötigt, hat mir die Kleider vom Leib gerissen, mir gedroht ...«

»Gedroht?«, fuhr Domenico empört dazwischen. »Da hat es keiner Drohung gebraucht, der Bursche war geil wie ein Eselhengst und neugierig dazu ...«

Da rief Matteo zornig:

»Schluss jetzt! Dich, Domenico, hat die Priesterschule verdorben, da habt ihr offenbar nicht nur Latein gelernt.«

Fiammetta lachte hell auf.

»*Cibo da prelato* nennt man das in Rom – Futter für die Pfaffen. Aber du sollst ja keiner werden, Domenico, und so fürchte ich, müssen wir dir eine andere Speise vorsetzen. Und du, Basilio, wirst jetzt spüren müssen, dass dein Hintern nicht nur zum Vergnügen da ist.«

Sie winkte den *guardia* herbei, der aus Neugier seine Siesta unterbrochen hatte.

»Nimm den Burschen mit und zähle ihm mit dem Haselstock fünfundzwanzig kräftige Hiebe auf.«

Der Mann grinste, Basilio senkte den Kopf, nahm seine Kleider unter den Arm und trottete hinter dem Wächter her. Unter den grimmigen Blicken seines *ajo* schlüpfte Domenico hastig in seine Kleider.

»Ob Ihr ihn bestraft oder nicht, liegt in Eurem Ermessen, Don Matteo. Aber wenn ich Euch einen Rat geben darf: Sprecht den Fall mit ihm durch und überlegt genau, ob Ihr seinem Vater davon berichten wollt.«

Domenico schwieg und starrte zu Boden, wobei eine senkrechte Falte seine Stirn kerbte.

Als sie zurückgingen, hörten sie schon von Weitem Basilios Schmerzensschreie. Der Wächter hatte ihn am Hauseingang über eine Bank gelegt, und man hörte deutlich das Sausen der Haselgerte. Der *guardia* grinste.

»Wir sind schon bei neunzehn angelangt ...«

»Gnade, Signora, Gnade!«, winselte der Mohr, »ich verspreche Euch bei allen Heiligen, es nie wieder zu tun!«

Fiammetta nickte.

»Also gut, lassen wir es bei zwanzig bewenden.«

Beim letzten Hieb holte der Wächter besonders weit aus und entlockte Basilio damit einen tierischen Schrei. Der *ajo* blickte seinen Zögling scharf an.
»Eigentlich sollte der Mann bei dir gleich weitermachen – ich glaube sogar, dein Vater wäre damit einverstanden.«
Domenico schwieg verstockt und Don Matteo rief den Reitknecht.
»Bringe Don Domenico zurück in die Botschaft. Er steht vorläufig unter Hausarrest.«
»Wollt Ihr ihn nicht begleiten?«, fragte Fiammetta erstaunt.
»Ich glaube, wir haben noch etwas zu bereden«, sagte Matteo und blickte sie dabei verlangend an.
Fiammetta wusste sofort, wonach ihm der Sinn stand, und da sie nicht gewillt war, die zehn Dukaten wieder herauszurücken, nickte sie nur und sie gingen ins Haus. Sie nahmen Platz, doch Don Matteo lehnte weiteren Wein ab.
»Habe zu Mittag schon genug getrunken …«
»Wie Ihr wollt. Heute ist wohl einiges aus dem Ruder gelaufen?«
Don Matteo seufzte, aber es klang nicht sehr echt.
»Nun ja … Don Domenico in den Lustgarten der Liebe zu führen, ist wohl misslungen – aber sonst?«
»Es wäre gelungen, hättet nicht Ihr seine Fischpaste verzehrt.«
Matteo blickte sie erstaunt an.
»Aber er wollte doch keinen Fisch, und ich fand sie vorzüglich.«
»Ja, aber sein Schälchen war nur für ihn bereitet und mit *diavolini* gewürzt, das ist ein erhitzendes und zum Liebesakt drängendes Mittel. Er brauchte es freilich nicht, denn mit Basilio zu tändeln, ist ihm wohl aus der Schule nur allzu vertraut. Jetzt wirkt das Mittel in Euch … Wie können wir da Abhilfe schaffen?«
»Eine etwas seltsame Frage, Donna Fiammetta.«
So kam es, dass Don Matteo, der Erzieher des Don Domenico di Fregoso, in den Genuss dessen kam, das eigentlich für seinen Zögling vorgesehen war.

7

Wenn der Auditor Francisco Remolines manchmal glaubte, er sei mit Donna Fiammetta im Reinen, so war dies keineswegs der Fall. Sobald sich eine Gelegenheit bot, ihr etwas anzutun, griff er schon in Gedanken zu, wenn auch die Verwirklichung kaum möglich war. Da nun Don Cesare sich verplappert und quasi zugegeben hatte, die »Goldene Rose« an eine Frau weitergegeben zu haben, dachte auch er sofort an Fiammetta. Jene entführte Dorotea blieb weiterhin im Dunkeln, nicht wenige glaubten kaum noch daran, dass Don Cesare sie irgendwo verbarg. So wie sich Gerüchte manchmal durch den Augenschein zu Tatsachen wandelten, so konnte es auch geschehen, dass sie durch ständige Wiederholung etwa eines bestimmten Namens zu einem von allen geglaubten Scheinereignis wurden. So weit war es jetzt aber noch nicht.
Donna Imperia hatte schon seit Längerem etwas eingeführt, das die Franzosen *jour fixe* nennen – also einen Tag, der die Freunde ihres Hauses bei einem Glas Wein zwanglos versammelte. Es war dies der Samstagnachmittag, sodass die zahlende Kundschaft ihre Besuchszeiten auf die Tage von Montag bis Freitag zu legen hatte. Dass die Sonntage bei Imperia und den meisten anderen Kurtisanen der Religion und ihrer Ausübung gehörten, verstand sich von selber.

An so einem *giorno di visita* nahm Remolines den Reliquienhändler Becuto beiseite – das heißt, sie gingen in den Garten, der, anders als bei Fiammetta, gepflegt, geordnet und dem Auge wohlgefällig war. Sie nahmen auf einer Marmorbank im hinteren Teil Platz, während die Dämmerung aufstieg und die Zikaden ihr schrilles Lied anstimmten.
»Eines gleich vorweg, Don Alberto, um Missverständnissen vorzubeugen: Ich nehme an – ja, ich setze voraus, dass Ihr wie auch ich für unsere hochverehrte Donna Imperia nur das Allerbeste wollt.«
Der kleine Mann beugte sich vor und tat, was er bei wichtigen Gesprächen häufig tat, er fasste sich an seine etwas schiefe Nase, als wolle er sie zurechtrücken.
»Das dürft Ihr sehr wohl voraussetzen«, entgegnete Becuto steif.
»Ich wollte nur sichergehen … Und nun gleich zur Sache: Es hat sich ergeben, dass Don Cesare die ihm vom Papst verliehene ›Goldene Rose‹ an

eine Frau weiterreichte. Das ist nicht zu kritisieren, denn der Valentino war der durchaus bedenkenswerten Meinung, dass dieses Geschenk eher für Damen geeignet sei. Alles weist nun darauf hin, dass Donna Fiammetta die Empfängerin war, und auch hier will ich nicht werten, sondern nur berichten. Ich halte es aber für unbedingt notwendig, Donna Imperia über diesen Vorgang zu informieren, und zwar aus zwei Gründen: Erstens einmal hat sie Anspruch darauf, über alle wichtigen gesellschaftlichen Ereignisse unterrichtet zu sein, wofür wir alle ständig Sorge tragen. Zum anderen soll sie wissen, dass dieses Geschenk – es wurde inzwischen Hunderten zuteil – nicht allzu hoch einzuschätzen ist. Wir, ihre Freunde, neigen zu der spöttischen Einstellung, dass die Tugendrose für eine Kurtisane nicht unbedingt geeignet sei. Ihr seid von uns allen der Wortgewandteste, und so glaube ich, diese notwendige Aufklärung Euch anvertrauen zu können.«

Becuto, äußerlich von der Natur benachteiligt, achtete genau darauf, seine Stärke, die Kraft der schönen flüssigen Rede, immer wieder bestätigt zu bekommen. So nahm er auch Remolines' Lob wie einen Tribut entgegen, doch wer Tribute empfängt, muss auch Pflichten übernehmen. Daher stimmte Becuto nach einigem schicklichen Zögern zu.

»Ich werde versuchen, dieser Aufgabe in einer Weise gerecht zu werden, die uns alle zufriedenstellt, besonders aber unsere hochverehrte Donna Imperia.«

»Nichts anderes habe ich von Euch erwartet ...«

Doch Becuto machte noch einen Einwand geltend.

»Don Francisco, was haltet Ihr davon, wenn wir alle schweigen? So kann Donna Imperia uns nicht der Schadensfreude verdächtigen, was schon nahe liegt.«

Remolines nickte ernst.

»Auch daran habe ich gedacht. Doch dabei besteht die Gefahr, dass sie uns der Geheimhaltung verdächtigt, dass wir das Ereignis gutheißen und es deshalb vor ihr verbergen. Wie ich sie einschätze, würde sie uns dann vorwerfen, ihr arglistig etwas Wichtiges verschwiegen zu haben – nein, mein Freund, so etwas möchte ich nicht riskieren. Es kommt aber darauf an, wie man eine bittere Nachricht präsentiert. An Euch ist es, sie – auf welche Weise auch immer – zu versüßen und ihr zugleich zu verstehen zu geben, dass wir alle unterschiedslos auf ihrer Seite sind.«

Becuto wiegte zweifelnd seinen Kopf.

»Dabei dürft Ihr niemals vergessen, dass mindestens die Hälfte ihrer Kunden auch in Donna Fiammettas Haus verkehrt.«
»Darin sehe ich kein Hindernis. Was man bei der einen lobt, kann man bei der anderen tadeln. Da geht es nicht um einen Ehrenhandel unter Männern, sondern um die schonende Behandlung reizender Damen, wobei manchmal Notlügen unumgänglich sind.«
Becuto blickte Remolines spöttisch an.
»Also, ich muss schon sagen, auch Ihr seid kein schlechter Redner und würdet die Sache vermutlich ebenso gut machen.«
»Daran zweifle ich sehr!«
»Und wenn Donna Fiammetta die Tugendrose gar nicht erhalten hat? Wenn es eine andere war – etwa jene mysteriöse Dorotea?«
Remolines winkte verächtlich ab.
»Wenn es überhaupt zutrifft, dann war das eine schnelle Liebschaft, die vermutlich längst vorbei ist. Man überreicht der Gattin eines venezianischen Söldners keine ›Goldene Rose‹!«
»Er soll sogar von Adel sein …«
Remolines lachte verächtlich.
»Ja, ein Caracciolo. Das ist gewiss eine zufällige Namensgleichheit, und selbst die stimmt nicht ganz. Die echten Prinzen Caraccioli – ich betone das ›i‹ – leben in Neapel und sind steinreich.«
»Donna Lucrezia und Donna Giulia kämen wohl nicht in Betracht?«
»Hätte Cesares Schwester die Rose erhalten, so wäre dies offiziell gewesen. Was Giulia Farnese betrifft, so hätte der Papst sie gleich ihr und nicht zuerst seinem Sohn verliehen. Nein, mein Lieber, Ihr könnt Euch darauf verlassen, dass sich diese Kostbarkeit in Donna Fiammettas Besitz befindet.«

So bat Alberto Becuto kurz entschlossen die Kurtisane Imperia um ein Gespräch unter vier Augen. Um die zweite Nachtstunde war der letzte Gast gegangen, und Imperia sagte mit drohend erhobenem Zeigefinger:
»Der Samstagabend dient bei mir schon der Vorbereitung auf den Sonntag! Ich hoffe nur, dass Ihr mir Wichtiges mitzuteilen habt.«
Zwar bot sie ihm Platz an, doch es wurde nichts mehr serviert. Becuto wusste daher, dass er sich kurz zu fassen hatte.
»Wichtig? Ja, das ist die Frage. Für wen ist der Empfang einer ›Goldenen Rose‹ wichtig? Für ihn selber? Für sein Land, seine Familie, seine Ver-

wandten, seine Freunde, sein Weiterkommen? Ehe andere es Euch – vielleicht mit einem hämischen Unterton – verkünden, möchte ich Euch, auch im Namen Eures engeren Freundeskreises, darüber informieren, dass Don Cesare die heuer erhaltene Tugendrose an eine Frau weitergereicht hat – an Donna Fiammetta.«
Er beobachtete genau ihre Reaktion, sah aber nichts außer einer leichten Betroffenheit.
»Was soll ich dazu sagen? Das ist allein seine Sache, denn die offizielle Verleihung ist an ihn erfolgt. Er hätte sie an jede und jeden Beliebigen weitergeben können – da gibt es nichts zu bedauern, nichts zu kritisieren.«
»Aber doch einiges zu bemerken. Wir alle sind der Meinung, dass dieses Geschenk nichts weiter ist als ein Honorar auf künftige Liebesdienste, denn Ihr müsst wissen, dass die Rose, genau betrachtet, ein – wenn auch kostbares – Dutzendgeschenk darstellt. Die erste wurde nachweislich vor etwa dreihundert Jahren verliehen, was nichts anderes heißt, als dass etwa dreihundert Menschen – überwiegend Frauen – sie inzwischen erhalten haben. Das nimmt dieser Auszeichnung die Besonderheit und lässt sie etwas abgenutzt erscheinen. Es ist nun auch so, dass die Päpste sie nicht beliebig verliehen, sondern damit stets eine Absicht verbanden, die sich in der Regel auf zuvor geleistete Dienste bezog. Also muss wieder das Wort Honorar oder schlicht Lohn gebraucht werden, und so gesehen – verzeiht mir schon – ist die Rose nichts anderes als ein geheimes Bestechungsgeld. Es wird sich weisen, was Donna Fiammetta dafür zu leisten hat …«
»Oder schon geleistet hat …«
»Ja, auch das ist möglich.«
Als Becuto sich verabschiedete, suchte er in Imperias Miene vergeblich nach einer Spur von Betroffenheit. Sie schien weder gekränkt noch neiderfüllt, doch er wusste, dass ihr stolzes Junogesicht unbewegt blieb, wenn sie es für richtig hielt.

Zwei Tage später – am Montag zur Mittagszeit – hatte sie Agostino Chigi zu einem Imbiss geladen, um mit ihm die Einrichtung ihres neuen Hauses zu besprechen.
Im hochsommerlichen Rom geschah derzeit nicht viel, die reichen Familien hatten sich auf ihre Landsitze in den Albaner oder Sabiner Bergen begeben, um der stickigen Hitze zu entgehen. Da spielte sich dann Jahr für

Jahr dasselbe ab. Konnten die *cortigiane oneste* sich in der Zeit von Oktober bis Juni vor Verpflichtungen kaum retten, so vereinsamten sie in der hochsommerlichen Zeit auf eine Weise, die kaum vorstellbar war. Ihre Kunden nämlich, mit wenigen Ausnahmen verheiratet, widmeten sich in dieser Zeit ganz ihren Familien. Dass sie die Kurtisanen nicht auf ihre Sommersitze einluden, verstand sich von selbst, denn in jeder Sippe gab es eine Reihe sittenstrenger Großmütter, Tanten und Basen, die das niemals zugelassen hätten.

Imperia, Fiammetta und einige andere der angesehensten Kurtisanen besaßen zwar *vigne* vor den Toren der Stadt, doch die wenigsten davon eigneten sich zum Wohnen über einen längeren Zeitraum. Nun wäre es vermessen zu behaupten, dass etwa Kurtisanen von der Art der Imperia oder Fiammetta in dieser Zeit völlig vereinsamten. Beide hatten ihre Mütter, und es gab immer Freunde, die keinen Sommersitz besaßen oder den ihren nach wenigen Wochen mieden, weil ihnen das Leben und Treiben der meist vielköpfigen Sippen schon bald über wurde.

Agostino Chigi besaß zwar Häuser in den Bergen, aber er hatte keine Lust, dort seine Familie zu besuchen. Der Vater war gestorben, und seine Mutter wartete mit einigen Verwandten nur darauf, ihm seine Ehelosigkeit vorzuwerfen. Da die meisten seiner Geschäfte um diese Zeit in eine Art Sommerschlaf versanken, befasste sich der Rastlose mit anderen Dingen oder, anders gesagt, er fand jetzt die Zeit, sich gründlich um die Angelegenheiten der Donna Imperia zu kümmern.

Nach der Begrüßung drängte es ihn, ein wenig gutmütigen Spott loszuwerden.

»Da Euer Herzensfreund jetzt verheiratet ist – seine Frau erwartet ein Kind, wie ich höre –, müsst Ihr ihn zur Ferienzeit entbehren. Der Kardinal de Cupis achtet streng darauf, dass sein Schwager zur Stelle ist. Kränkt Euch das nicht ein wenig?«

Imperia, lange genug an Angelo del Bufalos unstetes Wesen gewöhnt, schüttelte den Kopf.

»Im Gegenteil, ich fände es schon seltsam, wenn er seine Familie um diese Zeit im Stich ließe.«

Ein schwermütiges Lächeln flog über ihr majestätisch-schönes Gesicht.

»Dafür habe ich ja Euch, Don Agostino, und ich kann mich nur wieder herzlich für Eure Fürsorge bedanken. Zwar sollte eine Kurtisane solche

Sprüche vermeiden, aber ich kann nicht verhehlen, dass ich Euch sehr liebgewonnen habe.«

Wer den Bankherrn Agostino Chigi in Imperias *salotto* sitzen sah, musste zugeben, dass dieser Mann schon rein äußerlich eine Augenweide war. Meist war er in helle, heitere, aber nicht zu auffällige Farben gekleidet. Mit seinem offenen Gesicht, das mit den strahlenden, stets freundlichen Augen auf jedermann einnehmend wirkte, bot er das Bild eines Mannes, das die Frauen entzückte, die Männer aber manchmal auf eine falsche Fährte lockte. Es war ein Gesicht ohne Arg und verleitete dazu, die vermutete Gutmütigkeit auszunutzen. Nur war Don Agostino, was seine Geschäfte betraf, alles andere als gutmütig. Er konnte eine kristallene Härte an den Tag legen, ohne dabei seine freundliche hilfsbereite Gefälligkeit abzulegen. Eben das war die Mischung in Don Agostinos Wesen, die ihm Tür und Tor öffnete, die ihn den Borgia, seinen Geschäftspartnern und natürlich auch den Frauen so angenehm machte.

Das im Rohbau schon vollendete Haus war bereits überdacht und konnte gefahrlos bezogen werden. Don Agostino zog eine Liste aus seinem Wams.

»Ich schlage vor, dass wir gleich hinübergehen, ich Euch von Raum zu Raum führe und dabei meine Einrichtungsvorschläge unterbreite.«

Imperia schüttelte leicht den Kopf, während ihre großen dunklen Augen ihn nachsichtig betrachteten.

»Warum diese Hast, Don Agostino? Wir werden jetzt eine Kleinigkeit essen, dann – wie alle Welt – eine Siesta halten und die Kühle des frühen Abends zu unserem Rundgang nutzen.«

»Wie Ihr wollt, Donna Imperia. Auch möchte ich Euer entzückendes Geständnis meinerseits mit der Versicherung erwidern, dass auch Ihr mir über alle Maßen lieb geworden seid. Ihr gehört zu den Menschen, die das Leben bereichern, es festlich machen.«

»Ein wenig steif habt Ihr das schon hingesagt, aber Ihr seid ein *banchiere* mit Leib und Seele, da wird einem die Geschäftssprache wohl zur zweiten Natur.«

Chigi seufzte, und es klang ganz echt.

»Der Beruf ist wie eine zweite Haut, und wir sind keine Schlangen, die sich schnell dieser Hülle entledigen können. Aber Ihr kennt mich gut genug, um zu wissen, dass es ernst gemeint ist.«

Sie lächelte schwermütig.

»Männerworte sollte man nicht auf die Goldwaage legen ...«
»Gilt für Frauen nicht das Gleiche? Das Miteinander der Geschlechter lässt sich mit einem Kampf vergleichen, dessen Ausgang meist ungewiss ist.«
Imperia schüttelte leicht ihren Junokopf.
»In den meisten Fällen mag das stimmen, doch wir Kurtisanen liefern keinen Kampf, sondern treffen schon vorher die Wahl. Wer uns nicht passt, bleibt draußen vor der Tür, und wer eintritt, erwirbt einen Anspruch auf vielfältige Unterhaltung. Das muss nicht heißen, dass nach Mahl, Gespräch, Gesang, Musik immer die geöffnete *alcova* winkt ...«
Chigi lachte.
»Aber tatsächlich tut sie es, und die meisten der Herren denken wohl von Anfang an daran, mit Euch ins Bett zu hüpfen.«
»Wie ist das bei Euch, Don Agostino?«
»Unterschiedlich – je nachdem, wie sehr meine Geschäfte mich verbraucht haben – aber halt! Wenn ich es mir genau überlege, dann bin ich nach einem anstrengenden, aber erfolgreichen Tag eher zur Liebe geneigt, als wäre mir etwas nach vergeblichem Bemühen misslungen.«
Das anregende Gespräch hatte beide so munter gemacht, dass sie einen Teil ihrer Siesta gemeinsam im Bett und nicht nur zum Ruhen nutzten. Später dachte Agostino Chigi, was ihm schon mehrmals in ähnlicher Form durch den Kopf gegangen war. Genau überlegt, wäre Imperia die ideale Ehefrau: klug, von blendender Erscheinung, mit tadellosen Umgangsformen – und da sie schon ein Kind geboren hat, wären auch weitere zu erwarten. Wenn ich auch in meiner Lage auf eine Mitgift verzichten kann, so brächte sie doch ein beträchtliches Vermögen in die Ehe. Er seufzte. Seine Freunde und Verwandten würden kopfstehen ...
Wie besprochen, warteten sie ab, bis die Schatten der Häuser und Bäume so lang wurden, dass ein Hauch von Kühle aufkam, noch unterstützt durch einen leisen abendlichen Wind aus den Albaner Bergen.
Ehe sie aufbrachen, fragte sie plötzlich:
»Dass Fiammetta die ›Goldene Rose‹ erhalten hat, wisst Ihr vermutlich?«
Wie hätte er es nicht wissen sollen? Seit Cesare sich verplappert hatte, war es durch Rom gegangen – nicht wie ein Sturmwind, sondern leise säuselnd von Ohr zu Ohr, von Mund zu Mund.
»Natürlich weiß ich es, doch ich frage mich, ob Don Cesare dabei richtig gehandelt hat. Freilich kann er beschenken, wen er will, doch Donna

Fiammetta war – wenigstens in meinen Augen – vielleicht doch nicht die dafür Geeignete.«
»Derjenige, von dem ich es erfuhr, sah darin nur die Form eines Honorars für erwiesene Dienste.«
Chigi nickte eifrig.
»Ja, so wird es wohl gewesen sein – möglicherweise ist ihm sogar das Geld ausgegangen und er hat sie damit bezahlt.«
»Wenn es auch bei Weitem einen Kurtisanenlohn übertrifft …«
»Das mag stimmen, aber wir wissen nicht, was Donna Fiammetta – abgesehen vom Üblichen – sonst noch für ihn getan hat.«
Sie blickte ihn eindringlich an.
»Wie würdet Ihr denken, wenn ich die Rose erhalten hätte?«
»Mich freuen! Zu Euch würde sie weit besser passen – Ihr seid eine geborene Römerin und habt Euch – alles in allem gesehen – um den päpstlichen Hof überaus verdient gemacht.«
Sie wusste, was er meinte, doch sie ging nicht darauf ein.
»Wenn die ›Goldene Rose‹ so gut zu mir passt, dann könnt Ihr beim Heiligen Vater doch anregen, dass sie bei einer der nächsten Verleihungen an mich geht.«
Ein wenig verwunderte es Chigi schon, dass sie diese Sache so wichtig nahm. Hatte eine Imperia das nötig?
»Das kann ich schon tun …«, sagte er etwas lahm.
»Dass Ihr es könnt, weiß ich natürlich, aber wollt Ihr es auch?«
»Ist es Euch so wichtig?«
»Seit Fiammetta diese Auszeichnung hat – ja!«
Da stand sie vor ihm, zum Ausgehen fertig angekleidet. Sie trug einen leichten Sommermantel aus dunkelroter Seide mit aufgestickten goldenen Lorbeerzweigen, der – vorne offen – den Blick auf ein lindgrünes Oberkleid freigab. Unter der dunkelgrünen Samtkappe quoll die Flut ihres schimmernden kastanienfarbigen Haares hervor. Die großen dunklen Augen funkelten angriffslustig. Eine erzürnte Juno, dachte Chigi, der nicht recht wusste, was er jetzt sagen sollte.
»Ist es wert, sich darüber aufzuregen?«
»Ich rege mich nicht auf, ich äußere nur einen Vorschlag.«
Chigi versuchte sich die Reaktion des Papstes vorzustellen, doch immerhin bestand die Hoffnung, dass Alexander einen Frauenwunsch erfüllen würde.

»Ich werde Euren Wunsch dem Heiligen Vater bei passender Gelegenheit vortragen.«

Dass del Bufalo neuerdings Imperias Haus mied, war in Rom ebenso bemerkt worden wie Chigis immer häufigere Besuche.
Pasquino kommentierte:
Don Angelo ist neuerdings Ehemann
und meidet Imperias Haus,
dafür ist jetzt der Chigi dran,
dem geht das Geld niemals aus.

Anfang Juli war Don Cesare mit seinen Truppen nach Süden aufgebrochen, um den französischen König – der ja sein größter Lehnsherr war – beim Kampf um Neapel zu unterstützen. Es lief offenbar darauf hinaus, dass das Königreich Neapel zwischen Spanien und Frankreich geteilt werden sollte, und so machten die deshalb aufgenommenen Verhandlungen Don Cesares Anwesenheit entbehrlich. Noch ehe er Mitte September in Rom eintraf, erhielt Fiammetta einen überraschenden, nicht angekündigten Besuch.
Während der Ferienzeit war der päpstliche Kammerherr, Alberto Becuto – der Rom auch im Hochsommer niemals verließ –, wieder häufiger ihr Gast gewesen. An diesem Abend hatten sie gemeinsam das Nachtmahl eingenommen und Don Alberto hoffte auf eine angenehme Verlängerung in Fiammettas *alcova*, doch dazu schien sie heute nicht geneigt. Wieder drehte sich das Gespräch um die »Goldene Rose«, doch Becuto, der bei beiden Damen verkehrte, zog sich auf einen neutralen Standpunkt zurück.
»Natürlich hätte ich mir vorstellen können, dass diese Auszeichnung irgendwann an Donna Imperia geht, aber dazu bedürfte es doch gewisser Voraussetzungen.«
Fiammettas Türkisaugen hatten beim Licht der Kerzen eine dunklere Farbe angenommen. Becuto hob die Achseln und fügte hinzu:
»Ich weiß, was wir alle wissen, nämlich dass Ihr sie erfüllt habt, auch wenn man sich die Köpfe darüber zerbricht, was Ihr für Don Cesare Besonderes getan habt.«
Sie lächelte.
»Habt Ihr einen Verdacht?«

»Nein – im Übrigen vertrete ich die Ansicht, dass es Dinge gibt, die privat bleiben sollen und müssen, auch wenn sich einige Dutzend Klatschmäuler die Zungen darüber wund reden.«
»Ihr äußert manchmal so grundvernünftige Ansichten, dass ich mich frage, ob Ihr diese auch tatsächlich vertretet.«
Becuto berührte seine schiefe Nase, als wolle er sie zurechtrücken.
»Ein Philosoph muss nicht unbedingt vorleben, was er lehrt, aber für das meiste, was ich äußere, kann ich eintreten.«
Fiammetta gähnte und überlegte gerade, ob Zwerge tatsächlich Glück bringen, als Basilio hereinstürzte.
»Ich kann ihn nicht abwimmeln, er will Euch unbedingt persönlich sprechen!«
»Wer? Um diese Zeit ist kein Gast angemeldet …«
»Vielleicht solltet Ihr trotzdem …«
Sie erhob sich.
»Don Alberto – Ihr bleibt! Aber vielleicht ist es doch etwas Wichtiges.«
Im Flur stand Michelotto, schwarz gekleidet, hinter ihm ein Reitknecht.
Fiammetta erschrak.
»Don Michele – was gibt es? Ist etwas mit Don Cesare … ich meine …«
Michelotto zog schwungvoll seinen Hut und verneigte sich.
»Nein, nein, es ist nichts. Seine Gnaden sind schon auf dem Weg nach Rom. Ich bin sozusagen die Vorhut …«
Dann trat er beiseite und wies auf den Diener.
»Ich bringe Euch den längst erwarteten Gast. Alles Weitere habt Ihr ja bereits mit Seiner Gnaden vereinbart.«
Der Reitknecht lächelte, nahm die lederne Kappe ab, und da quollen dunkelblonde Haare hervor, die ihm auf die Schulter fielen.
Nach Fertigstellung des Anbaus hatte Fiammetta täglich auf das Erscheinen des Gastes gewartet, aber als nichts geschah, dachte sie immer seltener daran.
»Ich habe Euch lange erwartet, Donna …?«
»Diana. Nennt mich einfach Donna Diana. Leider sind Verzögerungen entstanden, an denen ich keine Schuld trage. Euch, Don Michele, danke ich für die Begleitung. Sagt Matilda, sie soll hereinkommen.«
Das Mädchen erschien und senkte den Kopf.
»Meine Zofe Matilda.«
Fiammetta nickte.

»Wir müssen wieder nach draußen, Eure Wohnung hat einen gesonderten Zugang. Basilio, du leuchtest uns.«
Der Mohr brachte die verspiegelte Blendlaterne und ging voran. Matilda schleppte allerlei Gepäck, und Michelottos Reitknecht schleifte ein unförmiges Bündel hinter sich her.
»Später kommt noch einiges nach«, erklärte Diana.
Fiammetta zeigte ihr die Zimmer. Da war der Schlafraum, daneben der *salotto* und gleich beim Eingang die Mägdekammer.
»Matilda, räume inzwischen die Schlafkammer ein – wir haben etwas zu besprechen.«
Zaghaft lächelten sich die beiden – nach Cesares Ansicht so ähnlichen – Frauen an, wobei sich erwies, dass es doch beträchtliche Unterschiede gab. Diana war fast einen halben Kopf größer und ihr Haar spielte eher ins Haselnussbraune. Ihr Gesicht war ein liebliches Oval und hatte kaum Ähnlichkeit mit Fiammettas keckem Rund. Dianas Nase war schmal, wohlgeformt und leicht gekrümmt, im Vergleich mit Fiammettas kleiner und zierlicher.
»Froh bin ich, jetzt meine Männerkleidung wieder ablegen zu können.«
»Ihr seid Donna Dorotea Malatesta – nicht wahr?«
»Das kann ich nicht leugnen, doch dieser Name darf niemals fallen. Hier bin ich Donna Diana, Eure entfernte Verwandte aus Florenz, die sich auf den Eintritt in ein römisches Kloster vorbereitet und deshalb keine Besuche empfangen kann und will.«
Fiammetta lächelte vielsagend.
»Dennoch werdet Ihr Besuche erhalten ...«
»Einen ganz bestimmten – ja.«

Becuto war brav sitzengeblieben, erhob sich aber sofort, als Fiammetta eintrat.
»Ein lang erwarteter Besuch ist gekommen, meine Base Donna Diana aus Florenz, die in aller Ruhe ein römisches Frauenkloster auswählen wird, um dort als Nonne einzutreten.«
»Da wird sie wohl ihren heidnischen Namen ablegen müssen.«
»Das ist zu erwarten. Ihr müsst mich jetzt entschuldigen, Don Alberto, es gibt noch einiges zu besprechen.«

Am nächsten Tag weihte sie ihr Hausgesinde ein, zuletzt Basilio.
»Ich wollte noch über etwas anderes mit dir reden. Wenn du willst, kannst du das Getändel mit diesem Domenico beruflich fortsetzen.«
Da verstand Basilio erst einmal gar nichts. Seine runden schwarzen Augen blickten sie erschreckt an.
»Wollt Ihr mich verkaufen, Signora?«
Sie tätschelte seine samtweiche, noch bartlose Wange.
»Ich muss dir das näher erklären. Damals war ich gezwungen, dich zu bestrafen, weil Domenicos Erzieher alles mit angesehen hatte und eigentlich beauftragt war, dem früheren Priesterschüler den Umgang mit Frauen schmackhaft zu machen.«
Basilio nickte eifrig.
»Ja, ja, davon hat er mir erzählt und gesagt, dass er mit Frauen nichts zu tun haben will, dass es unter Männern viel schöner ist ...«
Sie lächelte.
»Und war es schöner?«
»Signora – mir fehlt da jede Erfahrung, aber ich glaube schon, dass ich mit Frauen besser – also, es wäre mir lieber ...«
»Es hat ja im Grunde auch nichts damit zu tun. Ich sag dir jetzt ganz offen, um was es geht. Manchmal erscheinen hier Kunden, für deren Ansehen es wichtig ist, dass sie von Zeit zu Zeit berühmten Kurtisanen einen Besuch abstatten. In Wahrheit aber verabscheuen sie Frauen und sind dem ergeben, was wir hierzulande *sodomia* nennen. Sie gieren nach dem Verkehr mit Knaben oder glatthäutigen jungen Männern, die natürlich vorne keinen Zugang haben, sodass nur der *culo* bleibt. Da aber nun die Zeit bei mir viel Geld kostet, suchen diese Herren eine Entschädigung und verlangen, es mit mir genauso zu machen, weil sich der weibliche Körper auf der Rückseite vom männlichen kaum unterscheidet. Viele meiner Kolleginnen gehen darauf ein, weil sie keinen Kunden verlieren wollen und dabei nicht Gefahr laufen müssen, ein Kind zu empfangen. Hast du bis jetzt alles verstanden, Basilio?«
»Ja, Signora, ich glaube schon ...«
»Was diese Damen machen, ist ihre Sache – ich tue es nicht! In solchen Fällen könntest du einspringen und dir ein schönes Zubrot verdienen. Vor aller Welt hat der Kunde mich besucht und kann nicht als *sodomito* angeklagt werden, während du seine wahren Wünsche erfüllt hast. Die braune Haut wird dir da eher nützlich sein, du bist schön gewachsen,

bietest für einen *pederasta* einen durchaus erfreulichen Anblick. Was meinst du dazu?«

»Signora, ich weiß nicht recht …«

»Dein Körper gehört dir, Basilio, und es ist deine Sache, wie du dich entscheidest, doch eines solltest du bedenken: In einigen Jahren bist du zum Mann geworden, doch so werde ich dich nicht mehr brauchen können, weil du dann meinem Ansehen eher schadest. Dir bleibt nichts anderes, um dich durchzubringen, als Lasten zu schleppen, Latrinen zu leeren – jedenfalls keine schöne Arbeit. Anders, wenn du dir als Lustknabe in wenigen Jahren eine goldene Nase verdient hast. Du kannst dich dann in irgendeinem Beruf selbstständig machen, kannst heiraten und eine Familie gründen. Du kommst aus dem nördlichen Afrika; deine Haut ist braun und nicht schwarz und unterscheidet sich kaum von manchem Süditaliener. Die Entscheidung liegt bei dir, doch überlege es dir gut.«

»Aber ist es vor Gott nicht eine Sünde, sich mit einem Mann …?«

Da musste sie hellauf lachen.

»Aber Basilio, du bist noch ein rechtes Kind! Fast täglich gehen hier Priester aus und ein, eine Beichte ist dann schnell abgenommen. Manchmal kannst du sogar den Vorzug genießen, dem Mann, der deinen Hintern liebkost hat, gleich diese Sünde zu beichten.«

»Und er selber?«

»Beichtet dann bei einem Kollegen. Rom ist eine geistliche Stadt, an Pfaffen wird es hier kaum fehlen.«

»Signora, darf ich noch fragen, was dabei zu verdienen ist?«

»Die Frage ist berechtigt, doch ich kann sie nur ungefähr beantworten. Wie ich die Lage einschätze, werden wir deine künftigen Kunden in zwei Gruppen einteilen müssen. Die einen werden auf dem Schein bestehen – quasi als normale Männer –, mich und nur mich besucht zu haben, wenn sie auch im Stillen ihre Freuden bei dir genießen. Die anderen aber werden keine großen Umstände machen, mir flüchtig die Hand küssen, um dann sofort in dein Bett zu hüpfen. Diese kosten mich keine Zeit, und da werden wir uns den Lohn je zur Hälfte teilen. Mein Anteil ist die Bezahlung dafür, dass du hier Kost und Logis hast. Nun zu denen, die mich als Vorwand benutzen, um sich an dir zu erfreuen. Diese Herren wollen von mir aber unterhalten, verköstigt und umsorgt sein, das braucht viel Zeit, und da kann ich dir nur einen Bruchteil zugestehen. Selbst wenn sie nur den Mindestlohn von drei Dukaten entrichten, bleibt einer für dich und

wird mit deinen anderen Einkünften im Laufe der nächsten Jahre zu einer hübschen Summe werden. So über den Daumen gerechnet, hast du bei deinem Fortgang – also etwa mit fünfzehn – ein Kapital von vier- bis fünfhundert Dukaten angespart. Damit lässt sich schon etwas anfangen!«
So schlug Basilio eine neue Laufbahn ein, ohne seine bisherigen Pflichten zu vernachlässigen – als dekorativer Mohr der Kurtisane Fiammetta.

8

Als Cesare Borgia Mitte September des Jahres 1501 nach Rom zurückkehrte, war der Familie Borgia eine Macht zugewachsen, wie man sie bei der Papstwahl nicht für möglich gehalten hätte. Bestärkt durch die fortwährenden Siege seines Sohnes Cesare, die mittlerweile zum Besitz der gesamten Romagna geführt hatten, war der Papst auch in Rom nicht untätig geblieben. Schon im Frühjahr hatte er die in der Umgebung Roms gelegenen festen Burgen der Colonna besetzen lassen. Unterstützung fand diese uralte römische Adelssippe dabei nirgends, da alles vor der Habgier der Borgia zitterte und die großen Familien dabei waren, so viel Besitz wie möglich ins Ausland zu schaffen, was in diesem Fall meist Neapel oder Venedig bedeutete.
Als Nächstes kamen die Gaetani dran, während alle anderen die Köpfe nur noch weiter einzogen. Den Savelli erging es nicht besser, dann trat eine Pause ein, denn der geraubte Besitz musste neu verteilt werden. Umsichtig, wie er war, dachte Papst Alexander an die Zukunft, und so wurden hauptsächlich zwei Kinder bedacht: Rodrigo, Lucrezias Sohn vom ermordeten Don Alfonso, wurde zum Herzog von Sermoneta ernannt, was den Besitz der Städte Albano, Norma, Nettuno und vieler anderer mit einschloss. Da gab es noch den dreijährigen Giovanni Borgia, Sohn des Papstes mit Giulia Farnese, der den Titel eines Herzogs von Nepi und Palestrina erhielt, was wiederum die Herrschaft über ein gutes Dutzend weiterer Städte bedeutete. Dies wurde in einer Bulle vom 17. September niedergelegt – zwei Tage, nachdem Cesare aus Neapel zurückgekehrt war.

Inzwischen war Lucrezia Borgia durch einen Ehevertrag mit Don Alfonso von Ferrara verbunden worden – die Hochzeit war für Ende Dezember geplant. Das zog eine Kette von Festlichkeiten nach sich, die nur Ende September für zwei Wochen unterbrochen wurden, weil der Papst mit Cesare die gewaltsam erworbenen Besitzungen besichtigen wollte.

Ansonsten scheute der Valentino vor öffentlichen Auftritten zurück. Halb empört, halb erstaunt berichtete der Botschafter Ferraras an seinen Herzog, dass Don Cesare nie ohne Maske ausgehe, die übrige Zeit bleibe er in seinen Gemächern eingeschlossen. Dort aber ließ er jede Zurückhaltung fallen und feierte – so wurde geflüstert – die wüstesten Orgien. Dass Don Cesare seine Geliebte Dorotea mehrmals in der Woche besuchte, nahm Fiammetta kaum wahr, denn er benutzte stets den gesonderten Eingang, immer von zwei oder drei Männern begleitet, die den Anbau bewachten. Fiammetta nahm es ihm nicht übel, dass er dabei ihr Haus mied, war aber umso erstaunter, als er Ende Oktober seinen Besuch ankündigte.

Er küsste sie wie eine Schwester auf beide Wangen.

»Ich muss meine Begrüßung mit einer Entschuldigung verknüpfen, dass ich Euch nicht öfter besucht habe. Das geschah – ich schwöre es Euch – nicht aus Mangel an Zuneigung, sondern an Zeit.«

Sie lächelte fein.

»Habt Ihr sie jetzt?«

Er nickte und sie gingen in den *salotto*. Basilio brachte Wein und Gebäck und starrte dabei Don Cesare unverhohlen an.

»Was ist los, Basilio? Trage ich wie der Teufel Hörner auf dem Kopf, speie ich Feuer oder fällt dir sonst etwas auf?«

»Nein, Don Cesare – es ist nur – es ist, weil Ihr es seid ...«

»Aha, das ist ja eine tolle Begründung, aber ich verstehe schon, was du meinst. Sei jedenfalls froh, dass ich dich nicht behalten habe, das wäre ein aufregendes Leben gewesen. Hier geht es dir gut, die Arbeit ist nicht zu hart, und in Donna Fiammettas Dienst zu stehen, verleiht schon ein gewisses Ansehen.«

»Da habt Ihr ganz recht, Don Cesare.«

»Gut, dann verschwinde jetzt und sorge dafür, dass Michelotto draußen ein Glas Wein bekommt.«

Der Valentino kam gleich zum Thema.

»Für den letzten Oktobertag plane ich ein großes Fest, etwas nie Dagewesenes. Ich weiß, dass dies schwierig sein wird, denn es gibt nichts Neues unter der Sonne, wie die Philosophen behaupten. Ein Fest der Liebe und des Lebens soll es werden. Es soll im Großen Audienzsaal stattfinden, und da die Liebe gefeiert werden soll, brauchen wir Frauen, Frauen …«
»Es wird Euch nicht schwerfallen, welche zu finden.«
Er schmunzelte.
»Sie sind schon gefunden und einige ihrer Namen werdet Ihr sogar kennen. Es handelt sich um fünfzig der angesehensten Kurtisanen von Rom, aber es fehlen die wichtigsten, nämlich Ihr und Donna Imperia.«
»Sozusagen als Anführerinnen, nicht wahr, als Kaiserin und Königin?«
»Ihr gesteht Imperia den ersten Rang zu?«
»Warum nicht? Sie ist Römerin, war vor mir da …«
»Wie auch immer, Ihr würdet also daran teilnehmen?«
»Hat Imperia schon zugesagt?«
»Sie ist noch nicht gefragt worden.«
»Wann wollt Ihr sie fragen?«
»Nach Euch.«
Sie stand auf, und auch Don Cesare erhob sich sofort.
»Ein wenig Zeit zum Überlegen brauche ich schon.«
»Bis wann könnt Ihr Euch entscheiden?«
»Morgen, um diese Zeit.«
»Ist gut, aber es genügt, wenn Ihr mir einen Boten sendet.«
»Das werde ich tun, mein Freund.«
Dann war er gegangen und Fiammetta stellte doch ein wenig erstaunt fest, dass sein Anblick nichts in ihr bewegt hatte. Das Herz hatte nicht schneller geschlagen, ihre Hand war kühl und trocken geblieben und sie hatte nicht die geringste Lust verspürt, seinen Besuch zu verlängern. So ist es recht, dachte sie, eine Kurtisane kann und darf nicht anders empfinden. Als seine Konkubine habe ich ihn geliebt, das ist nun vorbei, ich bin ohne Bedauern zu meinem alten Beruf zurückgekehrt.
Die geforderte Bedenkzeit war freilich eine Finte. Sie hätte ohne zu zögern gleich nein sagen können, aber da gab es noch ein Hindernis. Sie musste herausfinden, wie Imperia darüber dachte, wohl wissend, dass eine Kurtisane ihres Ranges sich nicht mit fünfzig Huren an einen Tisch setzen würde. Oder doch? Wenn sie Cesare richtig verstanden hatte, dann sollten sie und Imperia als eine Art *ceremoniere* quasi die Leitung

übernehmen. Der Lohn würde beträchtlich sein, aber vielleicht auch der Verlust an *riputazione*. Weiß der Himmel, wie weit die Herren nach einigen Bechern Wein diese Orgie treiben würden. Kurz entschlossen holte sie ihr Schreibzeug.

Werte Kollegin – Gruß und Gesundheit zuvor. Ich muss mit Euch – wenn Ihr es wünscht, auf neutralem Boden – etwas Dringendes besprechen. Das müsste gleich morgen früh sein und ich schlage vor, dass wir uns etwa zur dritten oder vierten Tagesstunde im Hause meiner Mutter – Donna Tadea de Michelis – treffen. Das Haus liegt schräg gegenüber dem meinen. Ich bitte Euch um schnelle Antwort.

Dann schickte sie Basilio zu ihrer Mutter und fragte, ob sie am nächsten Morgen dort einen Gast zu einer wichtigen Besprechung treffen könne. Der Mohr war schnell zurück und richtete aus, dass um die genannte Zeit alles bereit sei. Danach musste Basilio den Brief an Imperia zum Borgo bringen. Sie gab ihm – es war schon dunkel geworden – einen Bewaffneten mit, wobei sie sich die Bemerkung nicht verkneifen konnte, dass sich in diesem Viertel viel Gesindel herumtreibe. Zwei Stunden später hielt sie die Antwort in Händen.

Ich glaube zu wissen, um was es geht, und komme um die fünfte Tagesstunde in Donna Tadeas Haus.

Fiammetta lachte verhalten und dachte: Eine Frühaufsteherin ist meine verehrte Kollegin gerade nicht. Dann fügte sie der Gerechtigkeit halber hinzu: Ich aber auch nicht.

Wenn Imperia einen angekündigten und öffentlichen Ausflug unternahm, thronte sie in ihrer Kutsche, angetan mit dem *habito romano*, begleitet von Zofe und Dienern. Bei intimen Besuchen aber – von denen es nur wenige gab – benutzte sie eine geschlossene Sänfte und war ganz einfach gekleidet.

Als Fiammetta schon am frühen Morgen erschien, konnte Tadea de Michelis ihre Neugier nur schwer unterdrücken.

»Warum kommt dein Besuch nicht zu dir? Wer ist es überhaupt? Gibt es da etwas zu verbergen?«

»Nein, Mama, um etwas zu besprechen – etwas Geschäftliches. Es ist eine Frau, die nicht in mein Haus kommen mag und ich nicht in das ihre.«

Da erlosch Donna Tadeas Neugier sofort.

»Eine Frau? Das hättest du ja gleich sagen können!«

Sie kicherte.
»Geratet Euch nur nicht in die Haare …«

Wie schon bei ihrem ersten Treffen dachte Imperia: Ein hübsches Ding, aber etwas mager, und die Nase ist entschieden zu klein.
Fiammetta stellte fest, dass die Besucherin ein wenig zu dick und ihre Nase zu groß sei.
Sie setzten sich ins *camerino*, einen kleinen intimen Raum, wo ihre Mutter wichtige Besucher empfing. Obwohl sie annehmen durfte, dass ihr Gast zu Hause schon gefrühstückt hatte, führte sie eine verschwenderisch gedeckte Tafel vor. Da gab es Räucherfisch, kaltes Geflügel, süß und sauer eingelegte Früchte, vier Sorten Käse, dreierlei Brot, dazu Milch, Wein und quellfrisches Wasser.
Imperia knabberte an einem Sesamkringel und trank dazu einen halben Becher Milch. Fiammetta nippte nur an einem Becher Wasser und bemerkte:
»Beim Essen halte ich mich immer zurück, weil ich für meine Freunde schlank bleiben will.«
Imperia hob erstaunt ihre dichten Brauen.
»Und sie schätzen das? Na ja, jeder nach seinem Geschmack. Warum habt Ihr mich so dringend gerufen?«
»Es geht um ein Fest im Vatikanischen Palast – seid Ihr …«
Imperia nickte hoheitsvoll.
»Natürlich weiß ich davon. Don Agostino hat mir davon berichtet.«
»Hat man Euch geladen?«
»Nein – bis jetzt nicht …«
»Mich hat man gefragt, bei Euch wird man es noch tun. Es sollen fünfzig Kurtisanen versammelt werden – wohl bessere *puttane* – zu einem Festmahl und allerlei Kurzweil. Don Cesare ist der Veranstalter, und wir beide sollen als Anführerinnen der … äh … Damenschar daran teilnehmen. Bis heute Abend will Don Cesare Bescheid wissen und vorher, so vermute ich, wird man Euch noch fragen.«
Imperia tauchte ihre Finger in eine Silberschale, auf der Rosenblätter schwammen, und trocknete sie am Mundtuch.
»Wie steht es mit der Bezahlung?«
»Davon war noch nicht die Rede, aber wie ich Don Cesare kenne, wird sie mehr als ausreichend sein.«

»Und wie werdet Ihr entscheiden?«
»Man verliert an Reputation, wenn man sich mit dem Hurenvolk gemein macht.«
Imperia nickte.
»Da bin ich ganz Eurer Meinung.«
»Dann steht es wohl fest, dass wir beide absagen?«
»Ich halte es für besser.«
Fiammetta lächelte fein.
»Aber ein wenig schwer fällt es Euch doch?«
»Um ganz ehrlich zu sein: Ja und nein. Auf so viel Geld zu verzichten, muss schon überlegt sein. Andererseits – im Reigen von Huren zu tanzen, das können wir uns einfach nicht leisten.«
»So ist es, aber wer ein prächtiges Haus geschenkt bekommt, kann auch großzügig sein ...«
Das war nur so scherzhaft dahin gesagt, doch Imperia nahm es ernst.
»Da hat man Euch – wie übrigens so oft – falsch informiert. In dem von Don Angelo erbauten Haus wohne ich zur Miete. Nicht ein einziger Stein davon gehört mir!«
Fiammetta ließ sich nicht aus der Ruhe bringen.
»Donna Imperia, Eure bisherigen Verhältnisse waren ja tatsächlich etwas beschränkt. Ein größeres Haus passt besser zu Eurem Ansehen.«
»So, meint Ihr das? Vielleicht würde auch die ›Goldene Rose‹ besser zu mir passen ...«
»Ja, das hat sich weit herumgesprochen, obwohl es eigentlich geheim bleiben sollte. Aber was da umging, war falsch. Für seine Verdienste um die Kirchenlehen der Romagna hat Seine Heiligkeit Don Cesare die Rose verliehen. Diese Auszeichnung ist nicht übertragbar, mit Don Cesares Person untrennbar verbunden. Was er an mich weitergereicht hat, war das Juwel, nicht die Ehre.«
Warum sage ich ihr das? Was geht es sie überhaupt an?
Imperia erhob sich.
»Das kann man so oder so sehen. Was das Fest im Vatikan betrifft, da sind wir uns jedenfalls einig?«
»Da gibt es nichts mehr zu bereden.«
Imperia rauschte hinaus und Fiammetta blickte ihr belustigt nach. Zwar ist sie die berühmteste Kurtisane von Rom, dachte sie, aber ich glaube, sie ist es nicht gern.

Nicht nur Fiammetta glaubte, Imperia habe das prächtige Haus von Chigi geschenkt bekommen – halb Rom war dieser Meinung, sodass Pasquino verkündete:
Imperia wohnt jetzt im Palast
und ganz umsonst – das noch dazu!
Wenn du Chigis Reichtum hast,
brächt's auch dich nicht aus der Ruh.

Im Laufe der letzten Wochen war es dazu gekommen, dass sich mit Dorotea Malatesta eine Verbindung ergab, die niemand geplant hatte, die aber von Don Cesare stillschweigend geduldet, ja sogar angeregt worden war.
Dorotea lud Fiammetta zu einem Glas Wein und sprach offen von ihren Schwierigkeiten.
»Auch wenn ich Don Cesare von Herzen liebe, so ist es doch, als hätte man mich aus einem schönen Fest herausgerissen und in eine Klosterzelle gesteckt. Bitte versteht mich nicht falsch: Meine Wohnung hier ist geräumig und enthält alles, was eine Dame aus guten Kreisen verlangt und braucht. Meine Zofe Matilda ist mir von Herzen ergeben, doch aufgrund ihrer einfachen Herkunft nicht imstande, ein kultiviertes Gespräch zu führen. Nun meine Frage, die zugleich eine von Herzen kommende Bitte ist: Könnte es sein, dass Ihr dann und wann für mich eine Stunde Zeit erübrigt? Für ein Gespräch, ein wenig Klatsch, einen Austausch von Neuigkeiten, der freilich von Euch kommen muss, denn was erfahre ich schon? Es ist, als sei ich von allem abgeschnitten …«
Ein paar Tränen flossen über die glatten Wangen, doch – so vermutete Fiammetta – die kamen wohl vom Selbstmitleid, ein Gefühl, das sie gut kannte, aber immer zu unterdrücken suchte.
»Don Cesare wird nichts dagegen haben?«
»Er hat es mir sogar angeraten.«
Das gab dann den Ausschlag. Die Liebe zu ihm hatte einem Gefühl Platz gemacht, das nur unzureichend mit Ergebenheit zu bezeichnen war. So weit wie irgend möglich, hätte Fiammetta fast jeden seiner Wünsche erfüllt, und in diesem Fall sprach nichts dagegen.
»Also gut, Dorotea, so schlage ich erst einmal vor, das Donna vor unseren Namen zu streichen. Um ganz offen zu sein, meine Zeit ist begrenzt, und bei dem Beruf, den ich ausübe, kommt es gerade darauf an,

viel davon für die Kunden aufzuwenden. Wenn etwa der Kardinal Farnese sich für einen Abend angesagt hat, dann gehört natürlich die Nacht dazu, und wenn es ihm einfällt, will er dann vielleicht noch bei mir zu Mittag essen. Hat sich danach ein anderer Gast angesagt, weniger wichtig als der Kardinal und im Rang unter ihm stehend, dann muss er auf später vertröstet werden. Ich muss Euch das alles sagen, Dorotea, weil Ihr die näheren Lebensumstände einer Kurtisane vermutlich nicht kennt.«

»Da habt Ihr recht, ich kenne sie tatsächlich nicht, doch versteht es sich von selber, dass ich mich in allem nach Euch richten werde.«

Fiammetta lächelte auf die ihr eigene keck-bezaubernde Art.

»Nicht in allem, meine Liebe, nur was das eben Gesagte betrifft. Halten wir es künftig doch so, dass ich nach Euch schicke, wenn die Umstände günstig sind. An Euch ist es dann, zu sagen: Ja, gerne, oder: Jetzt passt es mir nicht.«

Als Imperia gegen Mittag nach Hause zurückkehrte, wartete ein schwarz gekleideter Mann auf sie, und sie ahnte, wer es war, obwohl sie ihn noch niemals gesehen hatte.

»Michele Corella, mit einer Botschaft von Seiner Gnaden, dem Herzog Don Cesare.«

»Da bin ich aber überrascht! Ich kenne Don Cesare von einem Festmahl ... Aber kommt herein und setzt Euch. Ein Glas Wein?«

Michelotto lächelte düster.

»Ich trinke untertags nur Wasser.«

»Dann eben Wasser. Gebt Ihr mir jetzt das Schreiben?«

»Die Botschaft ist mündlich und lautet: Don Cesare würde sich freuen, Euch als Teilnehmerin bei seinem Fest am letzten Tag des Oktober zu sehen. Es findet im Großen Audienzsaal statt ...«

Sie tat überrascht.

»Ich bin noch nie zu einer Festlichkeit in den Vatikan geladen worden. Wisst Ihr nichts Genaueres?«

»Es werden dort an die fünfzig Eurer ... Eurer Kolleginnen sein. Ein freizügiges Fest mit Musik, Tanz, Wettbewerben ...«

»Wettbewerben?«

In Michelottos regloser düsterer Miene war eine gewisse Unsicherheit zu erkennen.

»So genau weiß ich das nicht, Donna Imperia. Don Cesare sagte, Liebe und Leben sollen gefeiert werden ...«
»Liebe? Darum also die fünfzig Damen. Es ist nur so, dass ich grundsätzlich an solchen Massenfesten nicht teilnehme, noch dazu in Gesellschaft solcher ... Damen. Ich lasse mich zu einer kleinen Herrengesellschaft laden, Don Michele, das schon, aber da bin dann ich der weibliche Mittelpunkt. So stehen die Dinge, mein Lieber, und davon werde ich – ja, kann ich nicht abweichen.«
»Aber Donna Imperia, eine Kurtisane wird doch – ich meine, gegen üppigen Lohn ...«
»Nein, Don Michele, ich bin nicht *eine* Kurtisane ... ich bin *die* Kurtisane von Rom und lasse vielleicht noch Donna Fiammetta und einige andere neben mir gelten, was heißen soll, dass ich *prima inter pares* bin, um den Kaiser Augustus zu zitieren.«
Michelotto verstand nichts mehr.
»Ich kann Euch nicht ganz folgen ...«
»Dann versuche ich es mit einem Beispiel zu erklären. Bei jedem Beruf gibt es Grenzen – fließende, aber auch feste. Würdet Ihr alle Befehle Eures Herrn befolgen?«
»Alle«, sagte Michelotto, ohne zu zögern.
»Das glaube ich nicht. Ein extremes Beispiel: Von Don Cesare kommt der Befehl, seinen Vater, den Papst, zu ermorden, weil er selber auf den Stuhl Petri gelangen will. Würdet Ihr diesen Befehl widerspruchslos ausführen?«
In Michelottos Gesicht begann es zu arbeiten. Er kniff die Augen zusammen, auf seiner Stirn erschienen Falten.
»So einen Befehl würde Seine Gnaden niemals erteilen.«
»Da gebe ich Euch recht, es sollte ja nur ein Beispiel sein. Also nochmals, würdet Ihr ihn befolgen? Für tausend Dukaten?«
»Nein, wahrscheinlich nicht ... der Papst ist schließlich ...«
»Ich weiß, was Seine Heiligkeit ist. Aber seht Ihr, so ist es auch bei mir. Es gibt fließende und es gibt absolute Grenzen. Es wäre das Äußerste, wenn ich an einer Damengesellschaft mit drei oder vier der ersten Kurtisanen teilnähme, die ich kenne und schätze, und die Herren müssten ranghoch und von einwandfreiem Ruf sein. Aber was Don Cesare mir vorschlägt, ist weit jenseits meiner Grenzen. Also nein und nochmals nein!«
Michelottos schwarze Augen verengten sich.

»Donna Fiammetta wird vielleicht teilnehmen ...«
Ein dunkles, heiser klingendes Lachen schlug ihm entgegen.
»So sehr wir uns sonst unterscheiden, in diesem Fall denkt sie wie ich. Auch sie wird nicht teilnehmen.«
»Woher wollt Ihr das wissen?«
»Wir haben uns abgesprochen, aber es steht Euch natürlich frei, sie zu befragen.«
Michelotto tat es nicht, weil er spürte, dass Imperia die Wahrheit sprach. Fiammetta aber löste ihr Versprechen ein und sandte am Nachmittag eine abschlägige Botschaft in den Vatikan. Als Cesare die Nachricht empfing, wäre zu vermuten gewesen, dass sie ihn geärgert oder zumindest verwundert hätte. Doch die Absage freute ihn, weil er sie erwartet hatte. Seine Fiammetta – ja, so dachte er – *seine* Fiammetta hatte sich geweigert, in solche Niederungen hinabzusteigen. Er wunderte sich, dass er so empfand, aber so wenig er Dorotea bei dieser Festlichkeit sehen wollte, so sehr hatte er auch gewünscht, Fiammetta würde sich dem entziehen. Als Michelotto dann Imperias Absage brachte, konnte Cesare ein Lachen nicht unterdrücken.
»Sieh da, sieh da – die Damen haben sich verständigt. Aber ich verstehe es schon, jede von ihnen hat auf einen gewissen Ruf zu achten, was man von den fünfzig Geladenen nicht sagen kann. Die tun alles oder doch fast alles für klingende Münze, und, genau betrachtet, Michelotto, haben auch sie auf einen Ruf zu achten, nämlich für jedermann und jeden Wunsch käuflich zu sein. Sie müssen imstande sein, ihre Kunden auszupeitschen oder sich selber verprügeln zu lassen; man muss sie in den Arsch ficken können, in den Mund – in jede Öffnung. Es soll sogar Kunden geben, die sich von ihnen ins Gesicht scheißen lassen, hättest du das für möglich gehalten?«
Er schüttelte angewidert den Kopf.
»Ich könnte damit nichts anfangen.«

Francisco Remolines, dem selten etwas Wichtiges entging, war zu dem Fest geladen, und als die Rede auf Fiammetta und Imperia kam, rechnete er fest mit ihrer Teilnahme. Sein wüstes habgieriges Naturell hielt es für undenkbar, dass Huren – bei sich nannte er auch die Kurtisanen so – etwas verweigerten, wofür sie gutes Geld bekamen. Da es niemand für notwendig hielt, ihn über deren gemeinsame Absage aufzuklären, erwartete er, sie am Abend des letzten Oktobertages zu sehen, und überlegte, auf welche Weise er Fiammetta, die er insgeheim noch immer hasste, würde demütigen können.

9

Die Tafel war so festlich gedeckt, als seien Staatsgäste zu erwarten. Einem Dutzend fünfarmiger Kandelaber gelang es nicht, den großen Raum auszuleuchten, sodass schon einige Ellen vom Tisch entfernt nichts mehr deutlich zu erkennen war. An der Stirnseite der Tafel hatte man absichtlich keine Leuchter postiert, damit die Gesichter der dort Sitzenden nicht zu erkennen waren. Noch standen dort die Sessel leer, als die Damen unter Gelächter und Getuschel Platz nahmen. Es waren frische, junge, fast unschuldig wirkende Gesichter darunter, aber auch solche von reifen Frauen, gespannt, erwartungsvoll, gelassen, auch misstrauisch. Cesare hatte im Gespräch mit Michelotto einige Namen erwähnt – Faustina, Adriana, Ortensia, Laura, Pandora, und dabei Kurtisanen von Rang genannt, aber doch solche, die nicht wie Imperia und Fiammetta in Palästen wohnten und deren Liebeslohn sich nur selten in Größenordnungen über zwei Dukaten bewegte.

Nach ihnen kamen die Männer herein – zögerlich, langsam, manche fast widerwillig, sodass sie von Saaldienern geschoben werden mussten. Da hatte man alles zusammengetrieben, was an junger männlicher Dienerschaft im Vatikan zu finden war, um jeder der fünfzig (tatsächlich waren es nur dreiundvierzig) Kurtisanen einen Partner zu verschaffen. Das waren Diener, Küchenhilfen, Stall- und Reitknechte, auch einige von Cesares Soldaten mussten einspringen. Man hatte ihnen nicht genau gesagt, was zu tun war, sondern sie nur ermuntert, auf Kosten von Don Cesare zu tafeln und mit den Damen zu schäkern. Eigentlich nichts Schlimmes, aber die meisten von ihnen waren noch junge Kerle, die nicht viel erlebt hatten und es gewohnt waren, für erwiesene Wohltaten etwas zu leisten. Dass sie hier ohne jeden Anlass etwas geschenkt bekommen sollten, machte sie misstrauisch und ließ sie zaudern. Freilich nicht alle mussten geschoben werden, es gab auch kecke junge Burschen, die – von der Anwesenheit der hübschen Kurtisanen entzückt – nichts dagegen hatten, tüchtig zuzulangen, bei Tisch wie auch bei der Tischdame.

Dann saßen sie alle, und es wurde aufgetragen. Das waren keine erlesenen Gerichte für Kenner, sondern Dinge, die jeder mochte: gebratene Hühner und Tauben, Spanferkel, Brot, Wein, Käse, Obst, aber kein Wasser. So musste der kühle, spritzige Frascati unverdünnt getrunken werden, und da man die Fleischgerichte absichtlich scharf gewürzt hatte, floss der Wein in Strömen. Bald herrschte eine ausgelassene Stimmung, und keiner der jungen Leute achtete darauf, dass die im Dunkeln liegenden Stuhlreihen mittlerweile besetzt worden waren.

Papst Alexander, Don Cesare und Donna Lucrezia hatten inzwischen Platz genommen, in dunkler einfacher Kleidung. Hinter ihnen standen Kardinal Farnese, Francisco Remolines, Agostino Chigi und noch einige Herren aus Don Cesares engerem Freundeskreis.

Im Nu waren die Speisen verschwunden, doch es wurden keine neuen aufgetragen, während man die leeren Weinkrüge sofort auswechselte. Inzwischen hatten sich beim Eingang die Musiker einer fünfköpfigen *cappella* eingefunden, die mit Flöten, Gamben und Handtrommeln zum Tanz aufspielten. Schon bei den ersten Klängen sprangen die jungen Leute auf und tanzten zuerst im Reigen, dann – vom Wein beflügelt – ohne erkennbare Ordnung durcheinander.

Plötzlich brach die Musik ab, Saaldiener nahmen die Kandelaber vom Tisch und stellten sie in einigem Abstand auf den Boden, sodass dort alles zu erkennen war. Dann warfen sie aus großen Körben Kastanien auf den Boden, die munter wie kleine Tiere herumhüpften, bis sie über die ganze Fläche des Saales verstreut lagen. Die Kurtisanen griffen nach den leeren Körben und begannen die harten, braun glänzenden Früchte einzusammeln, wobei sie – unter Stühle und Tische kriechend – die unterschiedlichsten Ausblicke auf ihre jetzt nackten Körper boten. So war es auch gedacht, und Don Cesare wies seinen Vater auf besonders köstliche Verrenkungen hin, die dieser leise beklatschte. Die Männerschar hatte sich hinter dem langen Tisch aufgestellt, um mit glänzenden Augen und heißen Wangen dieses verlockende Treiben zu beobachten.

Als sämtliche Kastanien wieder in ihren Körben lagen, schleppten Saaldiener verschiedene Kleidungsstücke herbei – Mäntel, Jacken, Mützen, Stiefel, Gürtel und andere Dinge aus Stoff oder Leder, die jeder junge

Mann brauchen, verkaufen oder tauschen konnte. Einer der Saaldiener – ein alter, klug aussehender Mann – hob die Hand, bis Schweigen eingetreten war. Mit großer Geste wies er auf die ausgelegten Kleidungsstücke.
»Dies alles sind Preise, die den Siegern eines Wettstreits zukommen, der jetzt ausgetragen werden soll. Die Damen haben die Wahl!«
Jede der nackten Kurtisanen griff sich einen der Burschen, bis das Dutzend voll war, und dann begannen sie es auf dem Boden zu treiben, wobei zwei Schreiber zusahen und sich Notizen machten.
Der Papst lachte leise und wandte sich um.
»Hat einer der Herren Lust, an dem Wettkampf teilzunehmen? Die Preise sind nicht zu verachten …«
Zuerst herrschte verlegenes Schweigen, dann sagte Remolines leise:
»Das schickt sich nicht für uns, glaube ich.«
Da stieß ihn Don Cesare in die Seite.
»Ach was! Wenn Seine Heiligkeit es erlaubt, dann ist es auch gestattet.«
Trotzdem wollte sich keiner der hohen Herrn unter das niedere Volk mischen, schon aus Angst, von einem der Diener erkannt zu werden.
Donna Lucrezia schwieg zu all dem; ihre Gedanken weilten bei der auf die letzten Dezembertage angesetzten Hochzeit. Sie hatte ihren Bräutigam, Don Alfonso, Kronprinz von Ferrara, noch nie gesehen, wusste aber, dass es lange Zeit und viele Versprechungen gekostet hatte, ihn dafür zu gewinnen. So etwas wie hier würde es in Ferrara nicht geben, und das, dachte sie, ist auch gut so.
Beim nächsten Dutzend gab es einige Aufregung, weil einer der Erwählten sich nicht auf den Boden legen wollte und auch der lockenden Einladung zweier geöffneter Schenkel widerstand.
»Ich kann das nicht!«, rief er weinerlich. »So etwas habe ich noch nie gemacht!«
Das erregte ziemliche Heiterkeit, und einer rief:
»Dann ist es höchste Zeit, dass du damit anfängst!«
Schließlich sprang ein anderer ein, mit hochrotem Kopf vor Hitze und Erregung.
Der Papst gähnte verhalten und wandte sich zu seinem Sohn.
»Bei ständiger Wiederholung verlieren auch solche Spiele ihren Reiz. Ich werde mich jetzt schlafen legen …«
Cesare stand auf und verbeugte sich.
»Wie Ihr wünscht, Padre Santissimo, soll ich Euch …?«

»Nein, nein, du bist heute der Gastgeber, da musst du schon bleiben.«
Beim letzten Dutzend beugte Remolines sich vor. Die eine da, die Schlanke, Zierliche, war das nicht ...? Das Flackerlicht der Kandelaber ließ keine Einzelheiten erkennen, doch ihm schien die Ähnlichkeit verblüffend. Die Haare freilich sahen anders aus, schienen kürzer, weniger blond ... Zuzutrauen wäre es ihr schon, dass sie vor aller Welt absagt, um dann insgeheim doch teilzunehmen – aus Habgier, vielleicht auch um Don Cesare einen Gefallen zu tun. Das redete er sich ein, obwohl er wusste, dass es nicht stimmte.
Weder Cesare noch der Papst hatten Geheimhaltung empfohlen, weil an diesem Fest zu viele Menschen beteiligt waren, und wenn zehn schwiegen, würde es der elfte weitererzählen.
Agostino Vespucci, der florentinische Gesandte am Heiligen Stuhl, schrieb an einen Freund:
Es bleibt nur noch zu sagen, dass hier jedermann weiß, mit welcher sittenlosen Schar der Papst umgeben ist. Jeden Abend kommen einige Dutzend Frauen in seinen Palast und bleiben bis weit nach Mitternacht. Der Vatikan ist zum größten Hurenhaus Roms geworden ...

Wie kam es nur, dass Pasquino als einer der ersten Bescheid wusste?
Wo war der Papst vor Allerseelen?
Wir wollen es euch nicht verhehlen:
Sie mussten nach Kastanien haschen
s'gab viele Weiber zu vernaschen ...

Bald sprach ganz Rom über das Kastanienfest, und wer in diesen Tagen Imperia besuchte, kam unweigerlich darauf zu sprechen. So auch Francisco Remolines. Sie behandelte ihn stets als willkommenen Gast, nicht weil sie ihn besonders mochte – seine dunklen blicklosen Augen jagten ihr kalte Schauer über den Rücken –, sondern weil er Auditor und als solcher in Notfällen von kaum zu ermessendem Wert war. Als er an diesem trüben Novembertag überraschend in ihr Haus kam, war Alberto Becuto gerade dabei, sich zu verabschieden. Remolines, der den verwachsenen Zwerg nicht mochte, zwang sich zu wohlwollender Höflichkeit, denn er hatte einen Plan.
»Ah – bleibt doch noch ein wenig, denn von mir könnt Ihr Authentisches über das berühmte Kastanienfest erfahren.«

Becuto, gleich misstrauisch geworden, weil sich dieser Herr ihm gegenüber sonst eher abweisend und hochmütig gab, ahnte, dass die Aufforderung einen Grund haben musste. Doch er spielte den Geschmeichelten und verbeugte sich.
»Gerne, Don Francisco, wenn Ihr es wünscht.«
Sie nahmen Platz und Remolines begann in harmlos-munterem Ton zu plaudern.
»Wisst Ihr eigentlich, dass auch ich Gast dort war?«
Ehe Imperia etwas sagen konnte, fragte Becuto schnell:
»Gast wobei? Verzeiht, aber ich verstehe nicht ...«
»Aber Don Alberto – natürlich ist die Rede vom Kastanienfest, das hatte ich doch zu Anfang gesagt.«
»Verzeiht, ja, natürlich, ich bin heute etwas zerstreut.«
Remolines nickte verstehend.
»Ja, das kenne ich ... Also, um es gleich vorweg zu sagen: Weder habe ich mich darum bemüht, dazu eingeladen zu werden, noch war ich begeistert, als es dennoch geschah. Ich schätze solche Massenveranstaltungen nicht, aber als enger Freund der Borgia – nun, eine Absage wäre wohl missverstanden worden. Was dabei geschah, werdet ihr ja inzwischen wissen, aber wen ich dort gesehen habe, werdet ihr kaum erraten.«
Ah, ging es Becuto durch den Kopf, jetzt lässt er die Katze aus dem Sack, und dabei braucht er offenbar mich als Zeugen.
»Halb Rom«, scherzte Imperia, doch Remolines schüttelte den Kopf.
»Ich meine nicht unter den Zuschauern – unter den Mitwirkenden.«
Becuto lachte.
»Es wäre ja schon seltsam, wenn Ihr als Mann von Rang und Gewicht nicht die eine oder andere der Damen ...«
»Gewiss, gewiss, aber es handelt sich dabei schon um eine ganz besondere, nämlich Donna Fiammetta.«
»Da müsst Ihr Euch wohl verschaut haben«, bemerkte Imperia ruhig, doch ihre dunkle Stimme zitterte ein wenig.
»Verschaut? Kann sein, denn die Beleuchtung war mehr als spärlich, andererseits hat Donna Fiammetta – etwa wie Ihr, verehrte Freundin – etwas so Eigenes, dass ich einen Irrtum fast ausschließen kann.«
»Fast«, sagte Becuto und da klang leiser Spott durch. Natürlich wusste der Reliquienhändler nichts von der Absprache zwischen den beiden Kurtisanen, und so fügte er hinzu:

»Wer sollte es ihr verbieten?«
»Der Stolz auf ihren Ruf«, meinte Imperia.
Becuto schüttelte den Kopf.
»Ich glaube, das muss man ganz nüchtern betrachten. Im Übrigen war ja die Rede von fünfzig der vornehmsten Kurtisanen. Ich sehe da Donna Fiammettas Ruf nicht gefährdet.«
Jetzt war es Remolines, der den Kopf schüttelte.
»Ein wenig doch. Bei Donna Imperia scheint es mir undenkbar, dass sie an einer solchen Veranstaltung teilnimmt – selbst als Zuschauerin!«
Das war nicht nur so hingesagt, er konnte es sich tatsächlich nicht vorstellen. Er wollte nur wieder einmal Unruhe stiften. Wenn er aber geahnt hätte, zu welchen Konsequenzen dies führen sollte, hätte er sich seine verleumderischen Behauptungen sorgfältiger überlegt.

Imperias immer vorhandene Schwermut machte ihr an solch grauen Novembertagen besonders zu schaffen, doch heuer konnte sie sich recht gut ablenken, wenn sie ihr neues Haus durchwanderte. Im September war es fertig geworden, und Agostino Chigi säumte nicht, sein Versprechen einzulösen, und ließ durch seinen Architekten Peruzzi die zum Teil leer stehenden Räume nicht allzu üppig, doch sehr erlesen ausstatten. Als sie ihm erzählte, dass del Bufalo – der den Bau bezahlt hatte – sich im rückwärtigen Teil einen Raum mit eigenem Zugang hatte schaffen lassen, schüttelte der *banchiere* den Kopf.
»Hat er das denn nötig? Da wohnt er nun in seinem Palast an der Via dell'Anima mit sage und schreibe zwei Dutzend Bediensteten, kann leben wie ein Fürst, und doch ist es ihm nicht genug. Er braucht noch ein Kämmerlein, um sich zurückziehen zu können. Dass ich nicht lache!«
Imperia verstand es selber nicht, doch sie liebte den bunten Vogel noch immer und war geneigt, ihm alle seine Schrullen zu verzeihen. Das musste aber Chigi nicht wissen, und so lenkte sie das Gespräch auf ein anderes Thema. Plötzlich schlug Chigi sich an den Kopf.
»Das hätte ich jetzt fast vergessen! Bei einem meiner letzten Gespräche mit Seiner Heiligkeit erwähnte ich Euer vorbildliches Leben, Eure großzügige Fürsorge für die Armen und die Belange der Kirche. Ich brachte die ›Goldene Rose‹ ins Gespräch und siehe da – Seine Heiligkeit war keineswegs abgeneigt. Allerdings seien die nächsten zwei oder drei Jahre schon vergeben, aber dann – warum nicht?«

Was Chigi verschwieg, war Alexanders unverhohlene Aufforderung, die mögliche Verleihung der Tugendrose mit einer Geldspende zu verbinden. »Euch, Don Agostino, fällt dies leicht und Cesare wird sich über die Unterstützung freuen. Eine Söldnerarmee ist ein Fass ohne Boden, da könnt Ihr hineinpumpen, so viel Ihr wollt – die Kasse ist immer leer.«
Imperia wusste, dass Chigi – im Gegensatz zu dem wankelmütigen del Bufalo – sich meist an die Wahrheit hielt, und in einem plötzlichen Gefühl warmer Zuneigung umarmte und küsste sie ihn.
»Ihr seid ein Schatz, Don Agostino und, ich darf sagen, eine Bereicherung für mein Leben.«
In seinem klugen offenen Gesicht zeigte sich Rührung, auch Überraschung.
»Verzeiht, aber bisher war ich der Meinung, Don Angelo sei Euer bevorzugter Herzensfreund.«
»Ich mochte ihn sehr, das gebe ich zu, doch seit seiner Heirat ... Das hat nichts mit Eifersucht zu tun, von solchen Gefühlen muss eine Kurtisane sich fernhalten, nein, ich möchte es eher Enttäuschung nennen. Dass er mir dieses prächtige Haus verschafft hat, ist hochherzig und ich schätze es sehr, doch werde ich das Gefühl nicht los, er betrachte es als Abgeltung, vielleicht als Abschiedsgeschenk. Dabei ist es kein Geschenk, sondern nur ein Wohnrecht, so lange ich lebe.«
»Löst Euch von solch trüben Gedanken und genießt das Hier und Jetzt. Keiner von uns weiß, welches Schicksal Gott für ihn bereithält, aber Ihr und ich dürfen – wenigstens bis jetzt – annehmen, dass der Himmel es gut mit uns meint.«
Sie lächelte.
»Da quäle ich mich mit unnützen Gedanken und habe Euch zu Gast! Wir leeren jetzt diesen Krug, dann hole ich meine Laute und trage etwas vor.«
Don Agostino aß und trank stets mäßig, doch gab es Stunden, da stellte er den Mischkrug beiseite und trank in langen durstigen Zügen, bis der Wein ihn auf rosige Wolken hob, er über allem schwebte und in wonniger Verachtung auf die Tagesgeschäfte herabschaute. So auch jetzt, und als Imperia mit ihrer Laute Platz nahm, ging ihm der Gedanke durch den Kopf, so etwa müsse es im Paradies sein. Dann hörte er ihre dunkle rauchige Stimme:
»*Iucundum, mea vita, mihi proponis amorem*
hunc nostrum ...

Das war ein etwas wehmütiges *carmen* des großen Catullus – eine Bitte um die Dauer des Glücks.«

Der schnell getrunkene Wein hatte ihn so schläfrig gemacht, dass er in seliger Betäubung sitzen blieb, bis er Imperias spöttische Stimme aus dem Nebenzimmer hörte.

»Wenn Ihr heute im Salon schlafen wollt, dann lasst Euch nicht weiter stören ...«

Leise lachend stand er auf, legte seine Kleider ab und lief nackt in ihre geöffneten Arme.

»Imperia«, stammelte er, »Imperia – du bist – ja, du bist die Frau, die ich liebe – ja, so ist es – so ist es bei Gott!«

Obwohl sie wusste, dass da ein Betrunkener sprach, rührten sie seine Worte so an, dass sie am späten Morgen mit ihnen erwachte. Der *banchiere* hatte sich schon bei Tagesanbruch stillschweigend auf den Weg zu seinen Geschäften gemacht. Es war eine bewegte Nacht mit wenig Schlaf gewesen, und so winkte sie ab, als die Zofe sie ankleiden wollte, gähnte ausgiebig und murmelte:

»Später ...«

War sie dann noch einmal eingeschlafen? Ihre Zofe musste sie wohl angekleidet haben, denn sie saß in ihrer Kutsche, die sich langsam und seltsam lautlos in Richtung auf den Ponte di Sant'Angelo bewegte. Schien die Sonne oder schien sie nicht? Ein geisterhaftes Licht lag über der Stadt, ließ alles grau erscheinen, und doch war Imperia froh gestimmt, denn sie war in den Vatikan bestellt worden, trug auch den vorgeschriebenen schwarzen Schleier über Kopf und Schultern. Die *guardia palatina* empfing sie mit Ehrenbezeugungen, der *Capitano* trat vor und geleitete sie durch zahllose Räume, Treppen, Innen- und Außenhöfe zur Wohnung des Papstes. Das muss wohl wegen der »Goldenen Rose« sein, dachte sie, als das Portal des Audienzsaales aufflog und sie Seine Heiligkeit am anderen Ende des Raumes im prunkvollen Pontifikalgewand thronen sah. Bis jetzt hatte sie den Papst immer nur bei Umzügen aus einiger Entfernung gesehen und so war es auch jetzt, als sie seinen weißseidenen Pantoffel küsste – sein Gesicht blieb verschwommen und undeutlich. Schweigend gab er einen Wink; ein schwarz gekleideter Herr erschien und trug auf einem grünen Samtkissen eine Rose – eine echte. Da gab es keine Rubine, Smaragde und Diamanten, das war eine wirkliche Rose mit grünen Blättern am Stängel und reichlich Dornen. Sie schüttelte enttäuscht

den Kopf, hob den Blick und sah, dass der schwarz gekleidete Herr Agostino Chigi war. Er lächelte ernst, und dann hörte sie den Papst sagen: »Wir erklären euch für Mann und Frau!« Statt der Rose lagen nun zwei Eheringe auf dem Kissen und sie hielt ihren Finger hin, doch Chigi gelang es nicht, ihr den Ring überzustreifen. Er schaute sie besorgt an, drückte und presste, als sie plötzlich aufwachte und auf ihre erhobene Hand starrte. Ja, da war ein Ring, der Schmuckring, den sie immer trug, ein Geschenk von Angelo del Bufalo.
War das jetzt ein Wunschtraum gewesen? Sie dachte nach, erforschte ihr Gewissen und kam zu der Erkenntnis, dass sie lieber Chigis Ehefrau als weiterhin Kurtisane sein wollte. Der Traum war der Auslöser gewesen, sich diesen Wunsch ehrlich einzugestehen, ohne sich dauernd vorwerfen zu müssen, dies seien für eine Kurtisane unziemliche und zudem nutzlose Gedanken. Sie seufzte schwer und musste an Fiammetta denken, die gewiss keine solchen Wünsche hegte.

Diese Vermutung war richtig, doch ihre Kollegin hatte in diesen Tagen alle Mühe, einem Gerücht entgegenzutreten. Die giftige Saat des Francisco Remolines war aufgegangen und hatte zum Teil recht seltsame Blüten getrieben. Das einfache und zudem falsche Gerücht hatte zunächst nur davon gesprochen, dass sie beim Kastanienfest zugegen gewesen sei. Doch die Vorstellung, dass die hochangesehene Fiammetta dort eine unter vielen war, erschien allen, die sie kannten, absurd. Sie müsste doch zumindest den Reigen der fünfzig Kurtisanen angeführt haben, und dafür hätte sie vermutlich ein phantastisches Honorar erhalten. Insgeheim machte sich aber bei ihren Freunden und Verehrern eine Enttäuschung bemerkbar, weil sie an diesem frivolen Fest teilgenommen hatte. Hatte sie das nötig? Eine Fiammetta! Da war Imperia klüger gewesen … Dafür gab es doch eine Faustina, eine Adriana, das war etwas für Laura, Pandora oder Ortensia, eine Fiammetta hätte sich da besser fernhalten sollen.
Aber wie hatte sie so schnell von dem Gerücht erfahren? Das war Alberto Becuto zu verdanken, der sowohl bei ihr wie auch bei Imperia ein gern gesehener Gast war, weil er die Frauen und ihre Probleme verstand. Er konnte so schön und verständig plaudern, was ihn wohltuend von fast allen anderen Herren unterschied. Das machte sein unvorteilhaftes Äußeres wett und manchmal wurden ihm auch Liebesfreuden der kürzeren Art zuteil – nachmittags und meist auf eine Stunde begrenzt. Ihm genüg-

te das, und er versorgte die beiden Damen regelmäßig mit Nachrichten von der anderen. So kam es, dass Fiammetta schon zwei Tage später über den Urheber des Gerüchts Bescheid wusste, und dass es Don Francisco war, erstaunte sie nicht. Remolines trug ihr noch immer die Abweisung nach und nutzte jede Gelegenheit, ihr zu schaden.

»Könnt Ihr wörtlich wiedergeben, wie Don Francisco sich ausgedrückt hat?«

Becuto fasste sich an seine schiefe Nase, als wolle er sie zurechtrücken.

»Wörtlich nicht, Donna Fiammetta, aber doch sinngemäß. Er sprach davon, dass die Beleuchtung zu schwach gewesen sei, um Euch mit letzter Sicherheit zu erkennen, doch Ihr hättet etwas so Eigenes, dass er einen Irrtum fast ausschließen könne.«

Fiammetta lachte unfroh.

»Das ist ja beinahe ein Kompliment, aber insgesamt muss ich es als bösartige Verleumdung ansehen. Wie hat Donna Imperia reagiert?«

»Ungläubig. Sie sprach vom Stolz auf Euren Ruf, und es war ihr anzumerken, dass sie diesem Herrn nicht glaubte.«

»So sehr mich das freut, aber ein in die Welt gesetztes Gerücht lässt sich nicht so leicht wieder daraus entfernen. Unklug wäre es, Don Francisco anzuzeigen, denn er hat das Ohr des Papstes und ist zudem Auditor. Da muss ich mir etwas anderes einfallen lassen.«

Den letzten Satz hatte sie sehr leise und wie zu sich selber gesprochen, doch Becutos scharfem Gehör war er nicht entgangen.

Fiammetta hatte fast von Anfang an über ihre Besucher Buch geführt, und so konnte sie jederzeit überprüfen, wer an welchem Tag zugegen gewesen war und wie viel er bezahlt hatte. Für den 31. Oktober aber brauchte sie nicht nachzusehen, denn dieser Herr war ihr durch verschiedene Umstände gut im Gedächtnis geblieben.

10

Wie zu Venedig, so hatte Cesare Borgia auch zu Siena ein gespanntes Verhältnis, allerdings mit dem Unterschied, dass er gegen die Serenissima so gut wie machtlos war, während Siena doch zu den – falls die Umstände es erlaubten – möglicherweise zu erobernden Stadtstaaten gehörte. Der dort seit 1497 tyrannisch herrschende Pandolfo Petrucci hatte zwar im Vorjahr einen Vertrag mit Cesare gegen Florenz unterzeichnet, doch der so schlaue wie grausame Gewaltherrscher wusste genau, dass dieser Borgia Siena wie einen reifen Apfel pflücken würde, falls die Gelegenheit günstig wäre.
Mit Härte und Rücksichtslosigkeit hatte Petrucci im Laufe der Jahre sämtliche Gegner vernichtet – sogar den eigenen Schwiegervater hatte er umbringen lassen. Dabei konnte er sich auf drei Söhne stützen – Borghese, der sein Nachfolger werden sollte, Alfonso, der auf eine kirchliche Laufbahn vorbereitet wurde, und für alle Fälle gab es noch den jungen Fabio, der notfalls für einen der älteren Brüder einspringen konnte.
Die Petrucci waren eine weit verzweigte, mit Handel und Bankgeschäften reich gewordene Sippe, aus der sich Pandolfo zum Tyrannen Sienas aufgeschwungen hatte. Um irgendwelchen Vettern, die den Namen Petrucci trugen, die Machtgelüste auszutreiben, ließ er sie – soweit ihnen nicht die rechtzeitige Flucht gelang – stillschweigend beseitigen.
Zu denen, die fliehen konnten, gehörte Paolo Petrucci, dessen Vater – ein *banchiere* – zu Pandolfos Opfern gehörte. Was der junge Paolo mit nach Rom brachte, war ein ansehnliches Vermögen und ein glühender Hass auf den Mörder seines Vaters. Eine kleine Genugtuung war es für ihn, dass er, noch ehe Pandolfo die Hand danach ausstrecken konnte, den größten Teil des Vermögens nach Rom hatte schaffen können. Er war bei Cesare Borgia vorstellig geworden und hatte ihm seine Dienste und einen Teil seines Vermögens angeboten, sobald es gegen Siena ging.
Cesare schüttelte verwundert den Kopf.
»Aber Ihr müsst doch wissen, dass ich mit Pandolfo Petrucci einen Vertrag zur Waffenhilfe gegen Florenz geschlossen habe?«
»Natürlich weiß ich das, aber das wird nicht der erste und auch nicht der letzte *contratto* sein, der gebrochen wird.«
»Seid Ihr ein Prophet, Don Paolo?«

»Nein, ich rechne nur mit dem Notwendigen. Verfügt über mich, wenn Ihr Pandolfo Petrucci vom Thron fegt. Ich werde einige Dutzend Söldner anwerben und aus eigener Tasche bezahlen. Ich bin meinem Vater das Leben dieses Bluthundes schuldig.«
»Das kann ich verstehen – in Rom seid Ihr jedenfalls persona grata.«
Paolo hatte nun beileibe nicht vor, das gerettete Vermögen hier zu verprassen, aber er gedachte das Leben eines Signore zu führen mit allem, was dazugehörte. Das waren natürlich auch und vor allem die Frauen, und so kam es, dass er am Abend des 31. Oktober bei Fiammetta seinen Antrittsbesuch machte. Don Cesare hatte ihm die Kurtisane empfohlen, mit der Versicherung, eine zweite dieser Art sei in Rom nicht zu finden.
»Was ist mit Imperia?«
»Wie ich sehe, habt Ihr Euch schon kundig gemacht. Donna Imperia ist etwas, mit dem man sich schmückt. Reiche ältere Bankherren, fett gewordene Prälaten, adlige Familienväter, aber nichts für uns junge Männer. Ihr werdet schon sehen, Fiammetta ist die Richtige.«
Das war sie nun tatsächlich, aber auch er gefiel ihr – auf den zweiten Blick. Auf den ersten wirkte er eher unscheinbar. Kaum mittelgroß, schlank, betont konservativ gekleidet, bartlos, mit bis zum Nacken gestutzten Haaren und einem verschlossenen Gesicht. Er bewegte sich mit Anmut, seine Gestik war sparsam, doch beredt, seine Stimme klang hell und scharf. Wie alt mochte er sein? Als hätte er ihre Gedanken erraten, sagte er leichthin:
»So junge Gäste werdet Ihr selten haben, Donna Fiammetta. Euch werden erfolgreiche ältere Herren besuchen – Erzbischöfe und Kardinäle, Träger von alten Adelsnamen ...«
Ihr Lachen klang hell durch den Raum.
»Aber wo denkt Ihr hin, Don Paolo, vor einigen Wochen war sogar ein Sechzehnjähriger bei mir, um die Freuden der körperlichen Liebe kennenzulernen.«
»Und? Kennt er sie nun?«
»Er zog meinen Mohren Basilio vor.«
Petrucci ging nicht darauf ein, verzog nur kurz wie angewidert sein beherrschtes Gesicht.
»Eines hat mich schon verwundert. Überall ist die Rede davon, dass die berühmten römischen Kurtisanen lange Wartelisten führen und man sich möglichst lange vorher anmelden soll. Bei Euch war das nicht der Fall ...«

Sie nickte.
»Aus gutem Grund, denn der letzte Oktobertag war für ein Fest im Vatikan reserviert. Nach einigen Überlegungen sagte ich ab und da seid nun Ihr als – als Lückenbüßer ...«
»Ein hartes Wort.«
»Ein Scherz.«
»Um Euch böse zu sein, müsste schon viel geschehen.«
»Was zum Beispiel?«
Sein junges frisches Gesicht wurde nachdenklich, dann straffte es sich.
»Wenn Ihr gesagt hättet, Ihr empfangt grundsätzlich keine Sienesen.«
»Das ist doch Unsinn!«
»Oder mein Name hätte Euch abgeschreckt.«
»Warum sollte er?«
»Ist Pandolfo Petruccis übler Ruf nicht bis hierher gedrungen?«
»Mit Politik befasse ich mich nicht.«
»Als Frau braucht Ihr es auch nicht zu tun. Was mich betrifft, so hätte ich meinem Vater in seiner Bank nachfolgen sollen. Als stets gehorsamer Sohn wagte ich nicht Nein zu sagen, aber ich glaube, das Schicksal hat mich zum Krieger bestimmt. Bogenschießen, Lanzenwerfen, Florettfechten, vom galoppierenden Pferd mit einem Pfeil ins Ziel zu treffen – solche Dinge lagen mir, und sie tun es noch. Seit Pandolfo meinen Vater heimtückisch hat ermorden lassen, fühle ich mich aufgerufen, ihn zu rächen. Wenn Ihr mich fragt, was ich heute Abend noch lieber getan hätte, als Euch zu besuchen, dann wäre das ein Dolchstoß in Pandolfos feiges Herz gewesen.«
Fiammetta zog die Stirn kraus.
»Auch ein Scherz?«
»Nein, bitterer Ernst. Jetzt habe ich mich wohl verplappert? Bitte vergesst, was ich gesagt habe.«
»Schon vergessen – soll ich Euch etwas auf der Laute spielen?«
Don Paolo Petruccis Besuch dauerte bis weit in den Morgen hinein. Trotz seiner Jugend erwies er sich als erfahrener Liebhaber, und als er sich am späten Vormittag verabschiedete, küsste er sie mit leidenschaftlicher Hingabe und sagte laut:
»Ich komme wieder! So lange ich in Rom bin, werde ich häufig meiner zweitliebsten Tätigkeit nachgehen.«
Er lachte und fügte hinzu:

»Da ich hier Petrucci nicht treffen kann, erkläre ich es vorübergehend zu meiner liebsten Tätigkeit.«

An den Tagen darauf hatte sie noch oft an ihn denken müssen, und je weiter sich das Gerücht verbreitete, sie habe am Kastanienfest teilgenommen, desto häufiger kam ihr in den Sinn, sich von Don Paolo bestätigen zu lassen, dass sie den Abend und die ganze Nacht mit ihm verbracht hatte. Hatte sie das nötig? Ja und nein. Ja, weil sie nicht ihre *riputazione* verlieren wollte, nämlich als *cortigiana onesta* – ein Ehrenname, der schwer zu verdienen, aber auch schnell zu verlieren war. Nein, weil ihr engerer Freundeskreis sie gut genug kannte, um zu wissen, dass sie auf solche Weise nicht käuflich war. Doch dieser Kreis von Freunden genügte nicht, um ihr das benötigte Einkommen zu verschaffen. Sie war darauf angewiesen, neue Kunden zu gewinnen wie etwa diesen Petrucci, und an ihm blieben jetzt ihre Gedanken hängen. Er als Einziger konnte bestätigen, dass sie in dieser Nacht zu Hause gewesen war. Aber warum sich nicht gleich an Don Cesare wenden? Er besaß ihre schriftliche Absage und musste ja bezeugen können, dass sie sich nicht unter den fünfzig Kurtisanen befunden hatte. Freilich, der Valentino war ihr ferngerückt, hatte in Dorotea eine feste Geliebte und wandte sich – wie vor dem Kastanienfest – nur noch an sie, wenn er etwas benötigte.
»Ich werde zuerst mit Dorotea sprechen«, sagte sie laut und rührte die Handglocke. Ihre Zofe erschien mit einem mürrischen Gesicht, denn sie war es nicht gewohnt, mitten in der Siestazeit gestört zu werden.
»Jetzt schau nicht so griesgrämig drein! Laufe hinüber zu Donna Dorotea und bitte sie um ihren Besuch.«
»Jetzt gleich?«
»Dachtest du, erst morgen?«, fauchte sie unwirsch. »Los, setze dich schon in Bewegung!«
Natürlich kam Dorotea nicht sofort, denn auch sie hatte einen Ruf zu wahren und war schließlich keine *serva*, die aufs Wort gehorchen musste. Fiammetta verstand das, hätte es genauso gehalten.
Sie küssten einander auf beide Wangen.
»Heute Abend bin ich frei und sehne mich nach weiblicher Gesellschaft, weil die Männer mir – offen gesagt – zum Halse heraushängen.«
Dorotea kicherte.
»Schlecht für Euren Beruf …«

»Dies ist kein Dauerzustand, es wird sich wieder geben. Darf ich Euch heute zur *cena* laden?«
»Das nehme ich gerne an.«
Fiammetta nickte.
»Es ist noch eine Weile hin ... Könnte es sein, dass Don Cesare Euch heute noch besucht?«
»Nein, er hat sich kürzlich bei mir entschuldigt, weil er so stark mit den Hochzeitsvorbereitungen befasst ist und in einigen Tagen der Abordnung aus Ferrara entgegenreiten muss. Der Brautzug wird etwa um die Weihnachtszeit in Rom erwartet.«
»Glückliche Donna Lucrezia! Für eine solche Heirat würde ich meinen Beruf gerne aufgeben. Herzogin von Ferrara, das ist schon etwas!«
»Da habt Ihr freilich recht, aber für unsereinen käme das ohnehin nicht in Betracht. Aber dass man mich mit diesem Caracciolo verkuppelt, hätte ich auch nicht erwartet. Da wäre ich lieber Kurtisane geworden, das sage ich Euch ganz offen.«
Fiammetta wiegte zweifelnd den Kopf.
»Stellt Euch das nicht zu rosig vor! Ihr müsst auch bedenken, dass die wenigsten von uns – aus welchen Gründen auch immer – so hoch hinauf gelangen, dass man schon fast wieder ehrbar wird. Die meisten bleiben auf der untersten Sprosse der Leiter hängen.«
Sie atmete tief ein und aus, als wolle sie Kraft suchen, und hob die Hand, als Dorotea etwas sagen wollte.
»Nein, wartet, ich muss noch etwas hinzufügen. Ist man jedoch oben angelangt, dann sammeln sich am Fuß der Leiter die Neider. Glaubt nur ja nicht, dass es sich dabei um Frauen handelt! Wir Kurtisanen achten einander und kaum eine versucht, den Kolleginnen das Geschäft zu verderben. Nein, es sind die Männer! Wehe, wir machen einmal von unserem Privileg Gebrauch, einen dieser Herren abzuweisen! Das empfindet der Betroffene als persönliche Kränkung, trägt es uns zeitlebens nach, brütet Rachegedanken und tut alles, uns zu schaden, zu kränken, zu verleumden. Da wir schon beim Thema sind, werde ich Euch jetzt etwas erzählen.«
Dann schilderte Fiammetta in groben Zügen das Gerücht um ihre Teilnahme am Kastanienfest.
»Fast immer sind die Urheber böswilliger Gerüchte unbekannt, doch in diesem Fall ist es ein einziger, und ich kenne seinen Namen. Da nun

andererseits sowohl Don Cesare als auch mein nächtlicher Gast vom 31. Oktober dieses Gerücht widerlegen können, so möchte ich Euch fragen, was ich tun soll oder besser – was würdet Ihr tun?«

Doroteas grau-grüne Augen glitzerten angeregt, und Fiammetta sah, dass es ihr Spaß machte, an dieser heiklen Sache teilzuhaben.

»Da habt Ihr freilich recht, ich kann Euch nur sagen, wie ich selber mich verhalten würde. Doch zuvor eine Frage: Wisst Ihr, warum der Gerüchtemacher Euch Böses will? Könnt Ihr mir seinen Namen nennen?«

»Warum nicht? – Es ist Francisco Remolines, ein Spanier und mit den Borgia befreundet. Er übt das Amt eines Auditors aus, und das wären schon zwei Gründe, die Finger von ihm zu lassen. Seine Rachsucht kann ich mir nur damit erklären, dass ich es ablehnte, ihn zu empfangen. In seinem Gesicht ist etwas Teuflisches, seine nachtschwarzen blicklosen Augen jagen mir Angst ein, vielleicht würden andere Frauen es anders empfinden. Bei Donna Imperia soll er gelegentlich verkehren, und dort hat einer meiner Bekannten seine Behauptung mit angehört, ich sei auf dem Kastanienfest gewesen.«

Dorotea blies die Backen auf und stieß geräuschvoll die Luft heraus.

»Also noch einmal: Zwei Herren können bestätigen, dass Ihr nicht dort wart – Don Cesare, der Eure Absage erhielt, und Euer nächtlicher Besucher an diesem Tag. Ist dieser Herr noch in Rom?«

»Aber ja, und ich bin sicher, dass er sich bald wieder melden wird. Es ist Don Paolo Petrucci, ein Vetter des Herrn von Siena und wohl sein ärgster Feind.«

Dorotea nickte entschlossen.

»Gut, dann ist dieser Herr auf Eurer Seite. Ich würde Remolines unter einem Vorwand hierher laden. Wenn Petrucci seine Anwesenheit ausdrücklich bestätigt, muss Remolines seinen Irrtum eingestehen. Sein Stolz wird ihm verbieten, von einer Lüge zu sprechen, also wird er sich auf einen Irrtum hinausreden. Außerdem kann es tatsächlich sein, dass eine dieser Damen Euch ähnelte und Remolines daraus sein Gerücht spann.«

»Ob es nun so ist oder anders, das Gerücht ist in der Welt und Remolines ist verpflichtet, es wieder hinauszuschaffen.«

Nun musste Fiammetta einen Vorwand finden, Remolines einzuladen, aber ihr wollte nichts Rechtes einfallen. Sie ging nochmals alle Möglichkeiten durch, denn er sollte ja auch nicht misstrauisch werden. Sein Beruf als Auditor – ja, das war es. Sie begann ihr Schreiben mit *Illustrissimo et*

Reverendissimo Signore, wie es eigentlich nur Kardinälen und Fürsten zustand. Da blieb es ihm frei, es als Ehrfurcht vor seinem Amt oder als versteckten Spott zu deuten. In wenigen Zeilen bat sie um seinen beruflichen Rat und setzte eine unverfängliche Tageszeit an, etwa um die vierte Tagesstunde.

Don Paolo Petrucci hatte sie zur selben Stunde gebeten, doch er sollte einen Überraschungsbesuch vortäuschen, und sie würde dann die Sprache auf das Gerücht bringen. Ein wenig albern erschien ihr die Sache schon, und sie überlegte, wie Imperia in einem solchen Fall gehandelt hätte. Freilich, bei ihr hätte niemand ernsthaft geglaubt, dass sie zu einem »Kastanienfest« erscheinen würde – auch nicht um hohen Lohn. Warum aber dachten viele – allzu viele –, ich sei dazu bereit, fragte sich Fiammetta und fand diese Frage zugleich ärgerlich. Ja, gerade deshalb musste sie etwas unternehmen, bis alle ihre Freunde und Bekannten von der Haltlosigkeit dieser Anschuldigung überzeugt waren.
Remolines war pünktlich, wurde in den *salotto* gebeten und nahm Platz. Fiammetta hatte sich zu diesem Besuch absichtlich so gekleidet, dass ihre Reize eher verborgen blieben. Ihr Haar hatte sie schmuck- und kunstlos aufgesteckt, ihr graues Gewand ähnelte einem Nonnenhabit – es war von Dorotea geliehen, die es vorsorglich mitführte. Keine Schminke belebte ihr Gesicht, nur die türkisfarbenen Augen ließen sich schlecht verbergen, und so vermied sie jeden direkten Blick. Es schauderte sie ohnehin vor dieser teuflischen Schwärze, bei der sogar die Pupillen unsichtbar blieben.
»Ich dachte bisher, dass ich hier nicht willkommen sei …«, eröffnete er das Gespräch.
Sie spielte die Zerknirschte.
»Oh – das tut mir leid, vielleicht haben wir uns missverstanden. Es ist auch mehr Euer Beruf, der mich die Einladung aussprechen ließ.«
»Euer Aufzug macht das deutlich«, entgegnete er trocken.
»Oh, ich wusste nicht …«
Ehe sie zu Ende sprechen konnte, kam Basilio herein und meldete einen Besucher, der sich nicht abweisen ließ.
»Wer ist es denn?«
Da wurde Basilio grob beiseitegeschoben und Petrucci kam herein.
Sie rief empört:

»Don Paolo – ich muss schon bitten!«
Wie abgesprochen, spielte er den Verwirrten.
»Aber heute ist doch – oh nein!« Er schlug sich vor die Stirn. »Da habe ich wohl einiges verwechselt …«
Ihr klingendes Lachen entspannte die Situation.
»Da Ihr nun schon einmal hier seid …«
Remolines hatte sich erhoben, und sie wies auf den Überraschungsgast.
»Don Paolo Petrucci aus Siena, und hier haben wir Don Francisco Remolines, Jurist und Auditor des Governatore unserer Stadt.«
Die Herren verneigten sich steif.
»Seid Ihr mit Don Pandolfo, dem Herrn von Siena, verwandt?«
»Ja, doch verwandt sein heißt nicht gut Freund sein. Darf ich mich verabschieden?«
Als Petrucci sich zum Gehen wandte, sagte Fiammetta schnell:
»Bleibt noch ein wenig hier, Don Paolo. Bei dem, was ich mit Don Francisco zu besprechen habe, könnte auch Euer Rat von Nutzen sein.«
Sie blickte auf Remolines' rechte Schulter.
»Gewiss habt Ihr von dem Gerücht gehört, ich sei Teilnehmerin jenes Kastanienfestes gewesen, das im Vatikan stattfand?«
Worauf wollte sie hinaus? Remolines spürte ein aufsteigendes Unbehagen und beschloss, sich bedeckt zu halten.
»Gehört schon, aber Gerüchte kümmern mich wenig, es gibt in Rom zu viele davon.«
Sein scharf geschnittenes Gesicht versuchte ein Lächeln, das aber die Augen nicht erreichte. Sie überwand ihren Widerwillen und ihr Blick begegnete dem seinen.
»Da Ihr dieses Gerücht selber in die Welt gesetzt habt, sollte es Euch schon kümmern.«
Er runzelte unwillig die Stirn.
»Wovon redet Ihr eigentlich?«
»Ich rede davon, dass Ihr vor einigen Wochen – noch dazu vor Zeugen – behauptet habt, ich sei eine dieser Damen beim sogenannten Kastanienfest gewesen.«
»Aber doch nicht mit letzter Sicherheit! Ich habe von einer Ähnlichkeit gesprochen, die auch vorhanden war, und wollte nicht …«
»Nein, Don Francisco! Ihr habt wirklich gesagt, ich hätte an mir so etwas Eigenes, dass ein Irrtum fast auszuschließen sei.«

»Das ist doch Wortklauberei!«, brauste er auf, »wie wollt Ihr übrigens beweisen, dass Ihr nicht doch dort gewesen seid?«
Da meldete sich Petrucci zu Wort.
»Ganz einfach, mein Herr. Weil ich an dem betreffenden Abend hier zu Gast war und bis zum nächsten Morgen geblieben bin.«
Wie eine heiße Flamme stieg brennender Zorn in Remolines auf.
»Und wer sagt mir, dass Ihr nicht zugunsten von Donna Fiammetta lügt?«
Petrucci war nicht der Mann, eine solche Unterstellung einfach hinzunehmen.
»Ich sage es Euch, aber die Sprache eines Ehrenmannes versteht Ihr offenbar nicht. So bin ich gezwungen, Euch nach draußen zu bitten, um Donna Fiammetta mit Eurer Dreistigkeit und frecher Anmaßung nicht weiter zu behelligen.«
Damit tat er Remolines sogar einen Gefallen, denn er musste seine Enttäuschung über den Verlauf einiger Dinge jemanden büßen lassen. Don Cesare oder dem Papst konnte er nichts antun, da kam ihm dieses Jüngelchen gerade recht. In seinem Zorn hatte er übersehen, wie straff und kriegerisch Don Paolo auftrat.
»Mit Vergnügen!«, fauchte Remolines und griff nach seinem Degengurt, den er – wie hier üblich – gleich nach dem Eintreten abgelegt hatte.
Petrucci tat es ihm nach, doch dann trat Fiammetta dazwischen.
»Meine Herren, lasst euch nicht vom Zorn zu etwas verleiten, das ihr später bereut. Don Paolo hat natürlich nicht gelogen, und Ihr, Don Francisco, habt Euch von einer Ähnlichkeit täuschen lassen. Können wir uns darauf einigen?«
Da Remolines verstockt schwieg, schlug Petrucci vor:
»Ihr seid der Ältere, ich muss Euch bitten, einen Entschluss zu fassen.«
»Der ist schon gefasst! Ich kann mich von Euch nicht unehrenhaft nennen lassen – Ihr müsst es zurücknehmen und Euch entschuldigen.«
»Ich werde mich nicht entschuldigen! Als sienesischer Edelmann habe ich das nicht nötig.«
Remolines' dunkle Augen flackerten vor Wut und Kampfeslust.
»Eure Verzögerungstaktik zeigt mir, dass Ihr im Grunde Eures Herzens ein *vigliacco* seid.«
Petrucci lachte laut und spöttisch.
»Ihr vergesst ganz, dass ich es war, der Euch nach draußen bat.«

Später fragte sich Fiammetta, warum sie zu all dem geschwiegen hatte, warum sie, nachdem ihre Vorschläge missachtet wurden, nicht weitere Versuche unternommen hatte, den Streit zu schlichten.
Die beiden gingen nach draußen, wo die Strahlen einer müden Wintersonne, die zur Mittagszeit so tief stand wie im Sommer erst gegen Abend, kaum den Dunst über der Stadt durchdrangen.
Seltsam genug, Francisco Remolines empfand gegen Petrucci keinen Hass – ja, der junge Mann gefiel ihm sogar in seiner betonten Ehrenhaftigkeit. Sein Zorn war im Grunde gegen eine Situation gerichtet, die seinen rasenden Ehrgeiz tief verletzt hatte. Statt Petrucci wäre ihm jeder recht gewesen, der gewollt oder ungewollt seinen Zorn erregt hatte. Bei all dem freute es ihn doch, wie sehr das Gerücht Fiammetta zugesetzt hatte. Aber das war jetzt nebensächlich, Petrucci ging an Doroteas Wohnung vorbei, tiefer in den verwilderten und jetzt völlig ausgetrockneten Garten hinein. Dann wandte er sich um.
»Bestimmt den Platz!«
»Mir ist jeder recht, und für Euch kann ich nur hoffen, dass Ihr regelmäßig mit der *spada* geübt habt.«
Petrucci lächelte kalt.
»Ihr werdet es gleich zu spüren bekommen.«
In diesem Augenblick hatte sich Remolines' glühender Zorn abgekühlt, und er musste sich fragen, ob es für einen römischen Auditor passend sei, sich mit einem jungen Sienesen zu schlagen, der noch dazu mit seinem Vetter Pandolfo verfeindet war und damit auf Don Cesares Seite stand. Töten durfte er den Kerl jedenfalls nicht.
Petrucci bewegten ähnliche Gedanken, denn er wusste von Fiammetta, dass dieser Remolines mit Don Cesare befreundet war. Töten darf ich ihn nicht, überlegte er, denn die Gewogenheit der Borgia muss mir wichtiger sein. Es gilt, einen anderen zu vernichten, und dieses Ziel darf ich durch nichts gefährden.
Das ging den beiden Herren durch den Kopf, während sie ihre Degen zogen und Aufstellung nahmen. Warum aber war Fiammetta ihnen nicht gefolgt, warum fuhr sie nicht dazwischen? Von ihrem Haus waren die Männer nicht zu sehen, weil der neue Anbau die Sicht versperrte. Sie konnte sich aber ausmalen, was jetzt geschah und dass es auf ihrem Grund und Boden stattfand. Doch sie sagte sich, Don Francisco ist Auditor und muss wissen, was er tut. Was Petrucci betraf, so war sie der

festen Überzeugung, dass der junge kriegerische Mann den Sieg davontragen würde – wie auch immer.
Dorotea saß vor dem Spiegel bei ihrer Morgentoilette, denn mit Fiammetta war abgemacht, sie nur im Notfall als Zeugin zu benennen, die Petruccis Besuch am Tag des Kastanienfestes beobachtet hatte. Auch sie konnte die Männer nicht sehen, weil sie im rückwärtigen Teil des Gartens hinter dem dichten Strauchbewuchs verborgen waren.
Beide gebrauchten den leichten spanischen Degen, der sich seit einigen Jahren in Italien verbreitet hatte, weil er durch sein geringes Gewicht besser zu führen war. Jeder war an dieser Waffe geschult, vor allem der kriegerisch gesinnte Petrucci hatte häufig mit ihr geübt. Auch Remolines war als spanischer Hidalgo im Degenfechten ausgebildet, hatte es aber inzwischen an Übung fehlen lassen.
Man kann beide Herren als Ehrenmänner bezeichnen, wenn auch recht unterschiedlicher Art. Petrucci stammte aus einer alten sienesischen Patrizierfamilie und war dazu erzogen worden, gewisse Regeln unbedingt zu beachten. Seine Art, einen Kampf zu führen, glich der Auffassung der alten französischen Ritter und *trovatori*, die dabei zwar Finten gebrauchten, aber nur solche der erlaubten Art.
Eine ähnliche Ausbildung hatte Remolines erfahren, der als spanischer Adliger im Fall eines Zweikampfes angehalten war, dem Gegner – falls er den Degen verlor – Zeit zu geben, die Waffe wieder aufzunehmen. Was bei Petrucci hell und lauter war – nicht einmal Don Pandolfo hätte er von hinten erstochen –, hatte bei Remolines eine finstere und unsaubere Richtung genommen. Freilich wäre auch er seinem Gegner niemals in den Rücken gefallen, doch man weiß, dass ein Angriff von vorne ebenso mit Tücke und Niedertracht geführt werden kann. Trotzdem – sie beide waren keine blutrünstigen *bravi*, die halt- und regellos aufeinanderstürzten, dabei blindwütend dreinschlugen, bis einer am Boden lag, dem der andere zur Sicherheit dann noch die Brust mit Stichen durchlöcherte.
Sie nahmen jetzt Fechterstellung ein, das heißt, jeder von ihnen stand auf einer gedachten Gefechtslinie. Ihre Degen berührten sich zeremoniell, und dann folgte Stoß auf Stoß, Hieb auf Hieb. Beide mühten sich, mit kräftigen Schlägen die Parade des anderen zu durchbrechen, doch Petruccis Gewandtheit und die Kraft seines Gegners verhinderten dies zunächst. Petrucci versuchte jetzt, mit Vor- und Zwischenstößen dem gegnerischen Hieb zuvorzukommen, und spürte sofort, dass Remolines dem

auf die Dauer nicht gewachsen war. Mit Kraft allein lässt sich kein Fechtkampf gewinnen, und Remolines hatte schon zwei kleinere Verletzungen einstecken müssen, ehe er mit einem überraschenden Nachstoß den Gegner am Oberarm traf. Da es der linke war, konnte Petrucci ohne Kraftverlust weiterkämpfen, täuschte Remolines mit einer geschickten Finte und schlitzte ihm die linke Wange auf. Als der Auditor stutzte, hätte ihn Petrucci mit einem Tempostoß schwer verletzen oder töten können, doch er ließ die *spada* sinken und trat einige Schritte zurück.

»Don Francisco, Ihr habt gefochten wie ein Ehrenmann, doch Ihr seid von Hause aus Jurist, während ich fast schon als Krieger auf die Welt gekommen bin. Diesen Vorteil will ich nicht nutzen, denke dabei auch an Don Cesares Reaktion, falls einer von uns beiden ...«

Remolines nickte und wischte sich das Blut aus dem Gesicht.

»Folgen wir Donna Fiammettas Schlichtungsvorschlag: Ich bin von einer Ähnlichkeit getäuscht worden und Ihr seid kein Lügner.«

Petrucci nickte und sie reichten einander die Hand, flüchtig nur, aber unter *uomini d'onore* von gültiger Verpflichtung.

Fiammetta atmete auf, als die beiden zurückkamen, und versorgte die Wunden mit Hilfe ihrer Zofe.

Als beide Männer später an diesen Kampf zurückdachten, bewegten sie unterschiedliche Gefühle. Petrucci, dem Remolines als Mensch gleichgültig war, wünschte sich, sein Gegner wäre Don Pandolfo gewesen, während Remolines nur bedauerte, dass Fiammettas Unbehagen von so kurzer Dauer gewesen sei. Es wäre, dachte er gehässig, schon ungeheuerlich gewesen, hätte einer von uns Ehrenmännern für diese Hure ins Gras beißen müssen.

11

Doch vor Lucrezias Hochzeit musste noch der Karneval gefeiert werden, und da wollte es ein alter Brauch, dass am 27. Dezember die Juden von Rom mit Greisen um die Wette liefen. Es wäre nun falsch zu glauben, dass Papst Alexander diesem Volk gegenüber irgendwelche Vorurteile hegte. Dabei sollte man sich daran erinnern, dass im Jahr 1492, kurz nach seiner Wahl, er es war, der für die aus Spanien vertriebenen Juden die Tore Roms weit geöffnet hatte. In maßloser Verblendung und völliger Missachtung der ökonomischen Verhältnisse hatte Königin Isabella die Juden von Kastilien und Aragon – falls sie sich nicht taufen ließen – aus dem Land gejagt und damit den wirtschaftlichen Niedergang ihrer Länder eingeleitet. Rom aber hatte durch den Zustrom der meist wohlhabenden Juden – vielen war es gelungen, ihr Vermögen hinauszuschmuggeln –, verbunden mit dem Heiligen Jahr, einen ungeheuren Aufschwung erlebt, der freilich in letzter Zeit durch Cesares gewaltige Ausgaben abgeschwächt worden war.

Papst Alexander glaubte an Geld und Macht, und wenn irgendwelche Ratgeber ihn davor warnten, weitere »Gottesmörder« in Rom aufzunehmen, dann schmunzelte er nur und sagte: »Das ist längst vorbei, und schließlich haben sie es durch die Vertreibung aus Jerusalem schwer gebüßt. Ein einziger Jude bewirkt mehr für Handel und Wandel als unsere trägen römischen Patrizier, die weder arbeiten noch Steuern zahlen. Wenn Königin Isabella die ergiebigsten Milchkühe aus dem Land jagt, dann bin ich doch der Klügere, wenn ich sie aufnehme und kräftig melke.« Das war nur schwer zu widerlegen, andererseits dachte Alexander nicht daran, die mit den Juden verbundenen und diese Menschen erniedrigenden Bräuche abzuschaffen. Er hatte das dem Oberrabbiner von Rom in einem vertraulichen Gespräch erläutert.

»Es gibt nun einmal in jedem Volk gewisse Schichten, die aus irgendwelchen Gründen gehasst oder verachtet werden. Viele Menschen leihen sich von Juden Geld, und fast jeder Schuldner hasst seinen Gläubiger. Mit den Huren ist es ähnlich – man braucht und verachtet sie. Wir sind nicht in der Lage, daran etwas zu ändern, und jetzt im Karneval will es der Brauch, dass Wir dem Rechnung tragen.«

Als dann am 27. Dezember auf der Straße zum Castel Sant'Angelo meist jüngere Juden mit wackeligen Greisen aus Armenspitälern um die Wette liefen, gewannen sie mit Leichtigkeit, und so war es auch gedacht. Damit wollte man für die Demütigung einen Ausgleich schaffen und den Juden wenigstens zu diesem jämmerlichen Sieg verhelfen.

Die Huren von Rom mussten an der Engelsburg Aufstellung nehmen und dann zur Peterskirche um die Wette laufen. Wurden diese Frauen dazu gezwungen oder taten sie es freiwillig? Zunächst einmal wäre anzumerken, dass nicht eine einzige Kurtisane dabei war, und wenn es in den

Berichten heißt: »Die Huren von Rom«, so waren es höchstens ein Fünftel oder weniger. Die jüngeren und dadurch besser verdienenden konnten sich freikaufen, andere nutzten diese oder jene Beziehung oder ließen sich von Ärzten eine Krankheit bescheinigen. Vielleicht nahmen nicht wenige sogar freiwillig teil, denn vor der Peterskirche gab es für sie eine üppige Bewirtung auf Kosten des Papstes.

Eine wüste und manchmal auch gefährliche Sache war das Rennen der halbwilden Eber. Das waren keine friedlichen Stallsäue, sondern Tiere, die, von Hirten oberflächlich bewacht, fast das ganze Jahr über im Freien lebten und nur zum Zeugen von Nachwuchs vorübergehend in einen Pferch gesperrt wurden. Von dem Lärm und den vielen Menschen verwirrt, bewegte die Eber nur ein Gedanke – weg von hier! Um dies zu verhindern, waren ihnen Stricke durch die Nasenringe gezogen worden. Während die Sauhirten versuchten, ihre struppigen Rücken zu besteigen, und sie unentwegt mit Stöcken schlugen, sorgten andere dafür, dass die Eber nicht in Seitenstraßen Zuflucht suchten. Die Sieger waren nur schwer auszumachen, denn in diesem Chaos behaupteten gleich mehrere, sie seien die Ersten am Ziel gewesen, was andere wieder bestritten, und das Eberrennen endete in einer blutigen Rauferei der Sauhirten. Auch das wurde beklatscht und bejubelt, denn der Pöbel will unterhalten werden – auf welche Weise auch immer.

Ja, in diesem Dezember kam das Volk auf seine Kosten, denn einige Tage zuvor war der Festzug aus Ferrara um die vierte Tagesstunde am Ponte Milvio angekommen. Dort wurden sie vom *governatore*, einigen Senatoren und den Capitani der Stadtmiliz empfangen. Diese Herren waren von etwa zweitausend Mann zu Fuß und zu Pferd begleitet. An der Porta del Popolo wartete Don Cesare mit hundert berittenen Edelleuten sowie zweihundert schwarz-gelb – die Farben des Papstes – gekleideten Schweizer Söldnern. Er wurde vom Botschafter Frankreichs begleitet, um auf sein Herzogtum Valence hinzuweisen.

Am Stadttor warteten neunzehn Kardinäle auf den Zug aus Ferrara, jeder von zweihundert Personen Gefolge begleitet. Wo aber blieb der Bräutigam? Don Alfonso war nicht mitgekommen, ihn vertraten seine jüngeren Brüder Ferrante, Sigismondo und Ippolito – Letzterer im Kardinalsgewand.

Nachdem er sich so lange gegen diese Verbindung gesträubt hatte, war ihm am Ende nur eines geblieben – er weigerte sich, nach Rom zu gehen. So war der nächstältere Bruder Ferrante damit beauftragt, den Bräutigam bei der Eheschließung zu vertreten.

Die Straßen und Gassen Roms waren durch diesen gewaltigen Empfang bis zum Bersten gefüllt, und eine ungenannte Zahl von Menschen wurde dabei totgetreten. Auf der Engelsburg waren Kanonen postiert worden, die aus allen Rohren einen Willkommensgruß feuerten und dabei einen solch ungeheuren Lärm verursachten, dass die Pferde scheuten und einige ihre Reiter abwarfen.

Papst Alexander schaute aus einem Fenster seines Palastes dem Treiben zu und fand das Geschiebe und Gedränge, das Krachen der Kanonen und die scheuenden Pferde so erheiternd, dass er unentwegt schmunzelte, manchmal auch laut lachte. Ja, das war sein großer Tag, mit dieser Hochzeit hatte sich erfüllt, wovon er geträumt hatte, nämlich, die geliebte Tochter auf einen der glänzendsten Fürstenthrone Italiens zu setzen und zugleich seinem Sohn Cesare den Rücken in der Romagna freizuhalten.

Donna Lucrezia stand am Portal des Palastes, begleitet von einem älteren schwarz gekleideten Edelmann. Er sollte zu ihrem prächtigen Auftritt den Kontrast bilden, und die drei Brüder aus dem Hause d'Este – ihre künftigen Schwäger – waren von ihrer Erscheinung geradezu geblendet. Über einem weißen, mit Goldstickerei verzierten Kleid trug sie einen Überwurf aus schwarzbraunem Samt mit Zobelbesatz. Ihren Kopf zierte ein feiner grüner, mit Perlen und Rubinen besetzter Schleier; die Perlenkette um ihren Hals verkörperte den Wert eines kleinen Landgutes.

Jetzt, da er seine Ziele erreicht hatte, ersparte Papst Alexander den Ferraresen nichts. Auch die drei Brüder d'Este mussten seinen seidenen Pantoffel küssen, ehe er sie hochzog und flüchtig umarmte. Doch in ihren Augen hatte er genau das Richtige getan, er war als Pontifex Maximus aufgetreten, als Vikar Christi auf Erden. So wollten sie ihn sehen, und er wusste das.

Lenken wir unsere Blicke auf die oberen Fenster der Engelsburg. Hinter dem eisernen Gitter waren zwei Köpfe zu sehen, die nicht alles, aber doch einen Teil des prachtvollen Aufzugs mit ansehen konnten. Es waren dies Astorre Manfredi, der frühere, jetzt 17-jährige Herr von Faenza, und sein jüngerer Bruder Ottaviano. Sie bewohnten im Castel Sant'Angelo einen bequemen, gut beheizten Raum, und in einer anschließenden Kammer schliefen ihre beiden Diener. So kam zum Ausdruck, dass Don Cesare diese beiden jungen Männer als wertvolle und bevorzugte Gefangene ansah. Er versäumte es nicht, sie regelmäßig zu besuchen, und in seinen Gesprächen mit Astorre betonte er stets, dass er dessen angebotene Dienste bald brauchen würde.

»Es ist nur so, verehrter Don Astorre, dass die Zeit dazu noch nicht reif ist und wir Geduld haben müssen. Seine Heiligkeit schließt sich dieser Meinung an und übermittelt Euch den päpstlichen Segen.«

Die beiden bekreuzten sich und sprachen ihren Dank aus.

Unterdessen schritten die Vorbereitungen zur Hochzeit fort, und am 28. Dezember erfolgte der Tausch der Ringe. Don Ferrante d'Este – in Stellvertretung für seinen Bruder Alfonso – legte den schlichten Goldring in Lucrezias Hand.

Die Predigt des Bischofs von Adria zog sich so in die Länge, dass Cesare aufstand und rief:

»Wir wissen, was Ihr sagen wollt, Exzellenz, aber das kann man auch kürzer tun. Wir erklären Eure Predigt für beendet – Amen!«

Ferrante und Kardinal Ippolito, sein Bruder, blickten einander vielsagend an. Auch wenn nach außen nichts davon zu erkennen war, so blieb beim Haus d'Este doch ein heimliches Misstrauen gegenüber dieser Borgia-Sippe. Ferrantes Blick wollte sagen: Da zeigt sich wieder das wahre Wesen dieses Bastards – herrisch, ohne Rücksicht auf andere, keinen Respekt vor der Kirche, dabei ist der Papst sein leiblicher Vater.

Es war noch keine drei Jahre her, da wurde hier die Hochzeit mit dem anderen Don Alfonso gefeiert, und der ihn ermorden ließ, tanzte jetzt mit dessen Witwe. Es war ein Wunsch Seiner Heiligkeit gewesen, dass Cesare mit Lucrezia den Tanz eröffne. Der Bruder flüsterte ihr ins Ohr:

»Wenn dein neuer Mann im Bett nichts taugt, dann komme ich nach Ferrara und zeige ihm, wie's geht.«

Sie lachte, als hätte sie einen köstlichen Scherz gehört.

»Ich will dich dort nicht sehen«, zischte sie zurück.

Keiner von ihnen, weder der Papst noch seine Söhne, dachten an den ermordeten Herzog Alfonso von Bisceglie, der politisch nutzlos und dadurch zur Last geworden war. Sein Tod machte diese Heirat möglich, und ein künftiger Herzog von Ferrara war allemal besser als ein Königsbastard.

Am 6. Januar des Jahres 1502 reiste Lucrezia mit einem Gefolge von zweihundert Edelleuten nach Norden, begleitet von 753 Köchen, Kellermeistern, Sattlern, Schneidern und anderen dienstbaren Geistern. Sogar ihren Goldschmied hatte sie dabei, der über den einwandfreien Zustand ihrer Juwelen wachte.

Am 1. Februar traf sie in Ferrara ein, wo die eigentliche Hochzeit mit Don Alfonso d'Este gefeiert wurde. Da gab es freilich kaum fröhliche Gesichter, und ein Beobachter notierte später, es sei »eine kalte Hochzeit« gewesen.

Im Laufe der Jahre aber gewann sie die Liebe ihres Mannes, dem sie drei Söhne gebar, errang auch die Zuneigung des Volkes und machte den Herzogspalast von Ferrara zu einem Musenhof, wo Dichter wie Ariosto, Bembo und Tasso häufig verkehrten. Lucrezia Borgia, Herzogin von Ferrara, hat weder ihren Vater noch die Stadt Rom jemals wiedergesehen.

Als in Rom der Bericht über Lucrezias Empfang und die dortige Hochzeitsfeier eintraf, bemerkte Cesare zu seinem Vater:

»Nun haben wir einen Fuß in Ferrara und können auf die Neutralität des Herzogs bauen.«

Der Papst nickte mehrmals.

»Ja, ja, da fühlen Wir wieder einmal das Wirken Gottes, der seine Kirche schützt und stärkt.«

Die respektlosen Römer aber sahen es nüchterner, und Pasquino fasste ihre Meinung in vier Zeilen:

Lucrezia ist glücklich zu preisen
Nun kriegt sie schon den dritten Mann,
Alexander will damit beweisen,
dass ein Papst fast alles kann.

Nun konnte Cesare sich aufmachen, die Städte Camerino und Sinigallia zu erobern, um sein Herzogtum nach Süden abzurunden. Damit waren alle wichtigen Orte der Romagna und der Marken in seiner Hand – später würde man weitersehen. Doch da gab es einen kleinen Schönheitsfehler. Aus Faenza kamen Berichte von Unruhen unter der Bevölkerung, die ihren Fürsten Astorre Manfredi zurückhaben wollte.

Cesare sprach mit Michele Corella darüber.

»Was lässt sich da machen, Michelotto?«

Der schwarz gekleidete Schatten des Valentino lächelte düster.

»Ich werde mit Don Astorre reden.«
»Ja, tu das. Du hast die Gabe, andere zu überzeugen.«

Als Michelotto sich bei den Brüdern Manfredi melden ließ, rief Astorre erregt:
»Endlich ist es so weit! Don Cesare wird uns am neuen Feldzug teilhaben lassen!«
Diesmal war Ottaviano der Misstrauische.
»Ich habe kein gutes Gefühl ... Warum kommt er mitten in der Nacht? Und warum hat Don Cesare nicht selber ...?«
Im selben Augenblick hatte sich die Tür geöffnet und Corella trat ein. Er drohte scherzhaft mit dem Finger.
»Das habe ich gerade noch gehört und kann darauf antworten. Don Cesare ist derart mit den Vorbereitungen zum neuen Feldzug beschäftigt, dass er sich durch mich von Euch verabschiedet.«
Astorre trat erschreckt einen Schritt zurück.
»Verabschiedet? Was heißt das? Ich dachte, er braucht uns, und jetzt ...«
Michelotto gab zur offenen Tür hin ein Zeichen. Zwei *bravi* huschten herein, und noch ehe die Brüder reagieren konnten, wurden sie mit dünnen seidenen Stricken erdrosselt. Kurz zuvor waren die beiden vertrauten Diener getötet worden und nun galt es, vier Leichen zu entsorgen. Der unterhalb der Engelsburg vorbeiströmende Tiber nahm sie auf – stumm, geduldig und längst gewohnt, den nutzlos Gewordenen als Grab zu dienen.

Einige Tage vor der Abreise kündigte Cesare seinen Besuch bei Fiammetta an. Er begann mit einem Scherz.
»Wie man hört, habt Ihr Euch nun doch für das Leben einer Konkubine entschlossen. Glücklicher Petrucci! Ein wenig beneide ich ihn schon ...«
»Ihr seid ja gut unterrichtet – werde ich von Euch bespitzelt?«
Lächelnd winkte er ab.
»Aber nein, diesen Petrucci will ich nur ein wenig im Auge behalten. Er gilt zwar als geschworener Feind des Pandolfo, aber er betont es zu oft – es klingt ein wenig eingelernt.«
»Aber sein Vater ist doch von Don Pandolfo ...«
»Ja, das ist eine Tatsache, und sie spricht genauso für ihn wie sein Angebot, mir ein Fähnlein Söldner zur Verfügung zu stellen. Das musste ich vorerst ablehnen, denn Siena hat noch eine Gnadenfrist. Jetzt behellige

ich Euch mit politischen Dingen, dabei wollte ich über etwas anderes sprechen. Es geht um Dorotea. Ich kann und darf sie auf diesen Feldzug nicht mitnehmen, es wäre für sie in verschiedener Hinsicht zu gefährlich, also muss ich sie hier in Rom lassen. Meine Abwesenheit kann sich über Monate hinziehen, und ich will ihr nicht zumuten, die ganze Zeit über eingesperrt auf mich zu warten.«

Da musste Fiammetta etwas richtigstellen.

»Das stimmt nicht ganz! Wir sind übereingekommen, so viel Zeit wie möglich miteinander zu verbringen, und ich darf sagen, dass sie mittlerweile meine Freundin geworden ist.«

»Das weiß ich, Fiammetta, sie hat es mir gesagt. Dennoch will ich ihr das Leben in Rom, so gut es eben geht, etwas erleichtern. Ich gehe von der Tatsache aus, dass sie hier niemand kennt. Selbst wenn der venezianische Botschafter vorbeikäme und sich mit ihr unterhielte, würde er nicht wissen, wer sie ist. Sie ist ja niemals nach Venedig gekommen, und ihre Ehe besteht nur auf einem fragwürdigen Papier. Damit will ich sagen, dass sie sich in Rom ruhig auch öffentlich zeigen kann, wenn ein gewisser Rahmen gewahrt bleibt. Euer Freundeskreis weiß, dass Donna Diana, eine entfernte Verwandte, bei Euch wohnt, um sich aufs Klosterleben vorzubereiten. Aber sie ist noch keine Nonne, warum soll sie dann nicht mit Euch in der Kutsche ausfahren, warum nicht einige Tage auf Eurer *vigna* verbringen, warum nicht Gast sein, wenn Ihr mit Freunden etwas feiert?«

Fiammetta hob lächelnd beide Hände.

»Warum nicht …?«

»Ihr habt also nichts dagegen?«

»Wie sollte ich? Sie ist eine Freundin, wir verstehen uns gut …«

»Wenn Euch dadurch Kosten entstehen, wendet Euch an Don Agostino Chigi, ich habe ihn informiert.«

»Das werde ich tun.«

Cesare erhob sich.

»Und ich werde Donna Dorotea meinen Abschiedsbesuch machen und ihr Eure Bereitschaft mitteilen.«

»Für Euch tue ich es gern.«

Da nun schon von Chigi die Rede war, soll von einer höchst kuriosen Begebenheit berichtet werden, die in Rom schnell die Runde machte und zum Gesprächsstoff für mehrere Wochen wurde.

Das war noch im Frühjahr gewesen – Ende März –, als ein Fischer unter Zeugen einen riesigen *siluro* aus dem Wasser zog. Hätte niemand dabei zugesehen, wäre der Fischer in aller Stille mit dem in ein Tuch gewickelten Wels nach Hause gegangen und seine Familie hätte tagelang zu essen gehabt. So aber halfen die lieben Zunftkollegen boshaft grinsend beim Vermessen und kamen auf über drei Ellen.
»Den musst du zum Stadtrat bringen, das ist Vorschrift.«
Das wusste der Fischer selber, und er konnte nur hoffen, das Entgelt möge einigermaßen günstig ausfallen. So war es dann auch, aber die Sache sprach sich herum und einige angesehene römische Bürger fragten auf dem Kapitol nach, wann und wo das Festessen stattfinde. Doch der Stadtrat, dem Kardinal Riario für einen Gefallen verpflichtet, gab den Fisch an ihn weiter. Riario, kein besonderer Freund solcher »Fastenspeisen«, sandte das Tier an Kardinal Sanseverino, dem er seit Langem eine Gegengabe schuldete. Dieser Würdenträger, bei Agostino Chigi hoch verschuldet, verehrte den Wels seinem *banchiere*, in der Hoffnung auf Prolongierung seiner Rückzahlungstermine.
Dieses Hin und Her hatte vom frühen Morgen bis in die Mittagsstunden gedauert, und wir brauchen nicht zu fragen, wem Chigi den Riesenfisch verehrte. Er sandte ihn mit Blumen umkränzt an Donna Imperia und lud sich gleich selber zur Mahlzeit ein.
Schon am nächsten Morgen spottete Pasquino:
Der neulich gefangene Riesenfisch
erlebte einige Abenteuer,
er wanderte von Tisch zu Tisch
doch nirgends war es ihm geheuer,
erst bei Imperia fand er zur Ruh
zum Essen kam noch Herr Chigi dazu ...

In Rom war es nicht unbeobachtet geblieben, wie viel Zeit Chigi in Imperias neuem Haus verbrachte. Der Fall mit dem Prachtfisch bestätigte nur, was inzwischen alle wussten: Imperia war die Kaiserin von Rom. Wäre sie irgendeinem Menschen stärker verpflichtet gewesen, so hätte der Wels seine Rundreise durch Rom gewiss noch fortgesetzt, aber Imperia war sozusagen die höchste Instanz für derartige Geschenke. Freilich hätte sie den Fisch auch an den Papst weitergeben können, doch das wäre als eine Anbiederung verstanden worden, die sie nicht nötig hatte.

Natürlich erfuhr auch Fiammetta davon, jedoch Neid und Missgunst gehörten nicht zu den Gefühlen, die sie selber empfand, auch deshalb, weil sie mit dem Erreichten zufrieden war und sich immer sagte: Imperia ist eine geborene Römerin – ihr gebührt der Vorrang. Dazu kam noch, dass Paolo Petrucci sie über die Maßen beschäftigte und am Ende fast eine ähnliche Stellung einnahm wie Chigi bei Imperia.
Wenn auch aus dem »Liebesnest« in den Bergen nichts geworden war, so verbrachten sie viele Tage in Fiammettas hochgelegener *vigna*, wo die Abende doch eine Kühle brachten, die unten in Rom nicht möglich war. So erlebte Fiammetta einen Mann, der beim Liebesspiel keinen besonderen Einfallsreichtum zeigte, dafür aber eine Ausdauer an den Tag legte, die bestenfalls mit der Cesare Borgias zu vergleichen war. Ansonsten unterschieden sich die beiden Männer in vielerlei Dingen. Petruccis Wesen war einfach, gerade, unkompliziert. Wenn er etwas sagte, dann deutlich und unumwunden. Er lüge höchst ungern, meinte er, und halte dann lieber den Mund, ehe er sich etwas Unwahres ausdenke oder die Wahrheit auf eine Weise verbiegen müsse, dass ein falsches Bild entstehe.
Bei Don Cesare lagen die Dinge anders. Immer im Licht der Öffentlichkeit stehend, war er es gewohnt, sich verbal niemals festzulegen und die Dinge immer so darzustellen, dass sie notfalls auch anders ausgelegt werden konnten. Sein Wesen war auch sonst schwer zu durchschauen, was besonders bei den Festlichkeiten anlässlich der Hochzeit von Donna Lucrezia zum Ausdruck kam. Einesteils gewann man den Eindruck, er sei ein Bruder Leichtfuß und habe nichts anderes im Sinn, als die Nächte zu durchtanzen und mit den Damen zu schäkern. Wer ihm dann näher kam – kein Mensch kam ihm jemals sehr nahe –, spürte den tiefen Ernst, mit dem er seinen vielfältigen Pflichten nachging. Er konnte sich tagelang einschließen, war für niemand zu sprechen, ausgenommen natürlich Michelotto oder vertraute Truppenführer, mit denen er über den kommenden Feldzug sprach – stundenlang, konzentriert und vernünftigem Rat durchaus zugänglich.

12

Die meisten der römischen Patrizier kehrten Anfang bis Mitte September aus ihren Sommersitzen in die Stadt zurück – sehnsüchtig erwartet von den Kurtisanen. Für die Huren von Rom gab es zum Ausgleich die sommerlichen Pilgerscharen, denn jeder, der den vom Papst verkündeten »vollkommenen Ablass« erwarb, sündigte zuvor noch mit allen Kräften. Die Kurtisanen hatten daran wenig Teil, denn nur ganz selten verirrte sich ein wohlhabender, hochrangiger Pilger etwa in die Häuser von Imperia oder Fiammetta. Dazu kam – das muss immer wieder betont werden – das Privileg der *cortigiane oneste*, sich ihre Kunden aussuchen zu dürfen. Weder Imperia noch Fiammetta hätten einen Mann ins Haus gelassen, dem die Franzosenkrankheit schon die Nase weggefressen hatte. Er hätte alle Schätze der Welt bieten können und wäre dennoch abgewiesen worden. Solche extremen Fälle traten zum Glück eher selten ein, aber es gab ein Dutzend anderer Gründe, um einen Kunden höflich, aber bestimmt abzuweisen.

In Fiammettas Haus hatte sich insofern eine Veränderung ergeben, als Dorotea jetzt häufiger zu Gast war – ja, fast die Rolle einer Hausgenossin spielte. Cesare Borgia war fern und ließ nur wenig von sich hören, aber Rom schwirrte vor widersprüchlichen Gerüchten. Einesteils hieß es, gegen die Borgia habe sich eine geheime Liga – mit dem französischen König an der Spitze – gebildet, um Cesare zu stürzen, andererseits war aber von seinen Heldentaten die Rede, wie etwa davon, dass er die Stadt Camerino in einem genialen Handstreich erobert hatte.
»Da bin ich wohl nicht mehr so wichtig«, bemerkte Dorotea, und Fiammetta hörte eine Bitterkeit heraus, die sie an ihr sonst nicht kannte.
»So ist das eben bei den Männern«, versuchte sie zu trösten, »wenn ihre Pflichten sie rufen, werden wir in die Ecke gestellt und haben zu warten, bis sie wieder Zeit für uns finden. Ihr sollt das nicht zu ernst nehmen, Dorotea, viele Frauen haben es erfahren und durchstehen müssen. Anstatt Trübsal zu blasen, werden wir etwas unternehmen!«
Auch Fiammetta war jetzt sozusagen »frei«, denn Paolo Petrucci war einem Ruf Cesares gefolgt, der nun plötzlich Petruccis Versprechen einforderte, ihn mit einem Fähnlein Söldner zu unterstützen.

»Er war so aufgeregt, dass er sich kaum von mir verabschiedet hat«, berichtete Fiammetta.
Petrucci aber kam bald dahinter, dass er mit seinen Männern nur eine Lücke zu füllen hatte und Don Pandolfo – der Mörder seines Vaters – noch keineswegs Cesares Angriffsziel war. Wer einen Feldzug mit Söldnern betreibt, muss stets gewärtig sein, dass sie gegen ein Aufgeld zu anderen Kriegsherren überlaufen. Zudem musste Cesare immer wieder feststellen, dass sein Oberbefehl als Geldgeber nicht in Frage stand, die Treue der Söldner aber nicht ihm, sondern ihren Führern galt. So war es bei den Schweizern und nicht anders bei den französischen oder spanischen Söldnertruppen. So war Cesares Truppenstärke stets schwankend, und manchmal, wenn er dringend mehr Leute brauchte, war es schwierig, einen beschäftigungslosen Condottiere mit ein paar hundert Mann aufzutreiben.
Nun, es ging trotzdem voran, und im Hochsommer 1502 waren fast alle Campagna-Städte in Cesares Hand. Wenig später fielen Camerino und Sinigallia. Das Gebiet um Rom war nach und nach enteignet und den Borgia zugeschlagen worden, mit Ausnahme des Orsinibesitzes. Einige Herren aus diesem Geschlecht standen nämlich als Condottiere in Cesares Diensten, und da galt es – vorerst wenigstens – Rücksicht zu nehmen.

Nun geriet Dorotea Malatesta in eine Gemütslage, die der von Fiammetta damals nach ihrer Trennung von Cesare nicht unähnlich war. Inzwischen waren sich die beiden Frauen so nahe gekommen, dass sie auch intime Dinge besprachen.
Einen der strahlenden und hitzeflirrenden Spätsommertage verbrachten sie auf Fiammettas *vigna*. Sie hatten gegessen und machten sich zur Siesta bereit, als Dorotea ihre Gastgeberin um Gehör bat.
»Bleibt noch ein wenig ... es drängt mich, Euch etwas zu sagen.«
Fiammetta unterdrückte ein Gähnen, doch sie nickte und schaute die Freundin erwartungsvoll an. Das tat auch Matilda, die sonst an fast allem, was ihre Herrin bewegte, teilhaben durfte, doch diesmal wollte Dorotea mit der Freundin alleine sein.
»Geh du schon voraus, Matilda, ich komme gleich nach.«
Für die Siestastunden gab es an der Nordseite des Hauses eine überdachte Terrasse, wo eine alte Steineiche jeden Sonnenstrahl abhielt.
Matilda gehorchte, wenn sie dabei auch schmollte und Fiammetta vorwurfsvoll anschaute.

Dorotea lächelte.
»Eine treue Seele, aber alles braucht sie auch nicht zu wissen. Es geht um Don Cesare. Ich habe jetzt eine Erfahrung gemacht, mit der ich nicht rechnete. Solange Cesare in Rom war, mich regelmäßig besuchte, mich mit Geschenken und seiner Liebe beglückte, prüfte ich manchmal mein Gewissen mit der Frage, wie ich mich verhalten würde, wenn er mir plötzlich sagte, er habe mich satt und ich könne ruhig nach Venedig weiterreisen. Meine spontane Antwort wäre gewesen: Dann bringe ich mich um! Ohne ihn will und kann ich nicht leben! Ich wusste freilich, dass er wieder fortmusste, doch das schloss die Gewissheit mit ein, er würde zu mir zurückkehren. Und nun stelle ich fest, dass der Zauber seiner Person mit der wachsenden zeitlichen Entfernung zu verblassen beginnt. In den ersten Wochen seiner Abwesenheit fühlte ich allein bei dem Gedanken an seine Rückkehr starkes Herzklopfen, litt unter Ohrensausen und Schweißausbrüchen. Jetzt aber bin ich so weit, dass ich kaum noch Freude empfinde bei der Vorstellung, er käme dort zur Tür herein. Was ist nur los mit mir? Bin ich leichtfertig, treulos, eine Feder im Wind, der es gleichgültig ist, ob sie da oder dorthin geblasen wird?«
Fiammetta schüttelte belustigt ihren Kopf.
»Weil ich eine etwa gleichaltrige Frau bin und Eure Freundin dazu, auch weil wir für kurze Zeit den gleichen Liebhaber hatten, kann ich Euch eine brauchbare Antwort geben. Wir beide wussten während unserer Liebschaft, dass der Valentino verheiratet ist und nicht die geringste Aussicht bestand, mit ihm vor den Altar zu treten. Zudem ahnten wir – auch wenn wir es uns nicht eingestehen wollten –, dass die Zeit mit ihm begrenzt war, dass wir stets mit seiner Abreise rechnen mussten, ohne die Gewissheit einer schnellen Rückkehr – im Grunde ohne jede Gewissheit, er konnte ja umkommen oder zu seiner Gemahlin nach Frankreich gehen. Dazu kam natürlich, dass unser Cesare mit Frauen umzugehen weiß und niemals etwas sagt oder tut, das uns verstören oder kränken könnte. Auch ist etwas Zauberisches um seine Person – ich weiß nicht, ob Ihr es auch so empfunden habt –, etwas, das uns magisch anzieht, wobei aber zu spüren ist, dass man zwar in seine Nähe, ihm aber niemals ganz nahe kommt. Doch dieser Zauber wirkt nur in seiner Gegenwart oder so lange er nahe ist. Verlässt er auf unbestimmte Zeit die Stadt, dann stellen wir mit Verwunderung fest, wie leicht wir ohne ihn leben können – ja, bei mir gab es sogar Augenblicke, da ich mir im Stillen sagte, es sei leichter ohne ihn.

Man hat dann mehr Ruhe, sehnt sich auch nach anderen Dingen als nur nach seiner Gegenwart, lebt nicht mehr in einem seligen Taumel, sondern bewusster, und die Augen öffnen sich wieder für Lebensumstände, die etwas ins Hintertreffen geraten sind: unsere Freunde, *scampagnate* in der Umgebung, Musik- und Liederabende, zwanglose Gesellschaften, eine üppige Tafel und so fort. Nicht dass er derlei ablehnt oder gar verbietet – oh nein, aber neben ihm werden diese Freuden schal und belanglos – ja, man schämt sich fast, sie gesucht und gebraucht zu haben.«
Fiammetta blies ihre Backen auf und stieß die Luft geräuschvoll wieder aus. Dann stand sie schnell auf.
»Bin ich geschwätzig gewesen? Dieser Mann lässt keine Frau sehr tief in sich hineinschauen, aber sein Wesen reizt zu Vermutungen, und man ist versucht, ihm einen Mythos anzudichten, den er nicht verdient.«
Auch Dorotea hatte sich nun erhoben.
»Ich kann nur sagen, dass ich ähnlich empfand und empfinde, wenn ich es auch nicht so geschickt und treffend ausdrücken kann. Vielleicht müsste man noch sagen, dass Don Cesare keine Treue verdient und sie wohl auch nicht verlangt. Jedenfalls wissen wir beide, dass es ein Gewinn ist, an seiner Seite gewesen zu sein, was aber nicht heißen soll, dass man seine Abwesenheit als schmerzlichen Verlust empfindet.«
»Da sprecht Ihr mir aus der Seele, und als Eure Freundin freut es mich, dass Ihr unter seiner Abwesenheit nicht leidet. Doch er wird zurückkommen – und was dann?«
Dorotea lachte unbekümmert.
»Dann sehen wir weiter! Am Ende steht Venedig, damit beginne ich mich abzufinden. Inzwischen habe ich erkannt, dass ich Don Cesare nur ein kleines Stück seines Lebensweges begleiten kann, während mein künftiges Dasein an Caracciolos Seite wohl von langer Dauer sein wird.«
»Er ist schon alt …«
Sie lachte.
»Das kann vielleicht ein Trost sein – wir werden sehen …«

Auch Basilio, der Mohr, war mit auf die *vigna* gegangen, betrachtete schaudernd die Bank vor dem Haus, wo der Gärtner ihm zwanzig Stockhiebe aufgezählt hatte. Doch damit war es jetzt vorbei, denn Basilio, dem Rat seiner Herrin folgend, begann auf bescheidene Art, Reichtum – so sah er es – anzusammeln. Dabei war freilich alle Vorsicht geboten, denn der Verkehr mit Knaben oder Männern wurde als Delikt – Sodomie genannt – betrachtet und unter Umständen auch verfolgt. Andererseits hatte sich bei der Geistlichkeit eine Einstellung breitgemacht, die den geschlechtlichen Verkehr mit Frauen zwar tolerierte, doch als Unkeuschheit ansah, den mit Knaben aber weitgehend duldete, denn dabei wurde schließlich kein Zölibat verletzt. Dennoch galt es, achtsam und misstrauisch zu sein. Fiammetta hatte ihm von dem Fall erzählt, der vor etwa fünf Jahren in Rom einige Aufmerksamkeit erregt hatte.

Die Kurtisane Corsetta hielt sich eine junge Mohrin, die in Wahrheit ein Knabe war, der auf Geheiß seiner Herrin Frauenkleider tragen musste. Ob sie dies ihres Rufes wegen tat oder um seine Liebhaber zu schützen, die scheinbar *sie* besuchten, ist ungeklärt. Jedenfalls wurde die Kurtisane denunziert und der arme Mohr musste in hochgebundenen Frauenkleidern durch die Straßen laufen, sodass sein wahres Geschlecht zu erkennen war. Die Kurtisane kam mit einer Geldstrafe davon, der Schwarze aber musste wenig später die Galgenleiter besteigen.

Genau betrachtet konnte Basilio nichts zustoßen, denn Fiammetta besaß bis in die höchsten Kreise großen Einfluss und Basilio täuschte nichts vor – er war ein junger Mann und kleidete sich auch so.

Inzwischen schätzten nicht wenige Herren die Möglichkeit, durch einen Besuch bei Fiammetta ein gewisses Ansehen zu gewinnen, sich in ihrem Haus aber die gesuchte Befriedigung bei einem dunkelhäutigen Jungen zu verschaffen.

Basilio hatte herausgefunden, dass besonders die jüngeren Päderasten – war ihr Begehren einmal entfacht – gerne auch ein paar Silberstücke, manchmal sogar einen Dukaten drauflegten, um ihre Lust zu befriedigen. Weniger spendabel, dafür auch weniger anstrengend waren die älteren Herren. Die meisten von ihnen wollten freilich zuvor ein Stündchen mit Fiammetta plaudern, was die Sache zwar verteuerte, aber – wie sie fest glaubten – ihr Ansehen doch beträchtlich hob. Mit ihnen hatte Basilio ein leichtes Spiel. Sie waren häufig nicht mehr potent genug, um ihn von hinten zu nehmen, und so liebkosten sie nur seine glatte dunkle Haut und ließen sich von seiner kundigen Hand bedienen. Freilich war die Zeit nicht mehr fern, da auch ihn die Lust ankommen würde, sich mit einem Mädchen zu vergnügen, denn es war schon so, dass ihm der Umgang mit den Männern keinen Spaß machte. Er sah das als eine Tätigkeit an, die er beruflich ausübte, und dachte daran, dass die Lastenträger bei den Tiberschiffen ihre schweren Säcke, Kisten und Körbe nicht zum Vergnügen herumschleppten, sondern um Geld zu verdienen.

Manchmal gab es auch Kunden, die verprügelt werden wollten, was bei Basilio zuerst ungläubiges Staunen erregt hatte. Er wusste ja selber, wie es schmeckte, wenn der Haselstock den Hintern gerbte, und mochte es nicht glauben, dass es Menschen gab, die dafür noch bezahlen. Natürlich hatte er seine Herrin gefragt, ob er dergleichen machen dürfe, und sie hatte gemeint, ja, schon, aber mit der gebotenen Vorsicht. So hatte er gelernt, sich auf die Wünsche dieser seltsamen Kunden einzustellen, von denen einige harte und kräftige Hiebe schätzten, während andere mit dem Stock quasi nur gestreichelt werden wollten. Basilio lernte schnell, vergab sich nichts und kassierte kräftig.

Dorotea wusste in groben Zügen Bescheid, doch das kümmerte sie nicht, denn sie beschäftigten andere Wünsche und Bedürfnisse. Inzwischen hatte sie die Rolle der frommen Diana, die ins Kloster wollte, aufgegeben. Sie wählte eine ansprechende, doch zurückhaltende Kleidung und war jetzt häufiger in der Öffentlichkeit zu sehen. Doch führten die beiden Frauen auch ein geheimes Leben als junge Männer, die aus Florenz stammten und für ihre Väter in Rom Geschäfte zu erledigen hatten. Fiammetta, die bisher niemals verkleidet aufgetreten war, hatte sich von ihrer Freundin dazu überreden lassen. Zuerst aber wollte sie nichts davon wissen.

»Was fällt Euch ein! Sobald man draußen unsere wahre Identität entdeckt, wandern wir in den Kerker.«

Dorotea lachte unbekümmert.

»Bei Euren Beziehungen würde das wohl nicht lange dauern – aber jetzt im Ernst. In wenigen Wochen beginnt der Karneval, und da ist eine Verkleidung geradezu Pflicht. Ein alter geheiligter Brauch, und die Behörden werden sich hüten, ihn abzuschaffen.«

»Ja, das schon, aber wisst Ihr auch, dass er offiziell nur an den elf Tagen vor Aschermittwoch gefeiert werden darf?«

Dorotea spielte die Erstaunte.

»Da hat mir Don Cesare etwas anderes erzählt, als er davon sprach, wir würden gemeinsam den Karneval feiern, sollte er Anfang des Jahres zurückkehren.«

Fiammetta nickte.

»Ja, aber damit hat er die privaten Feste gemeint, die schon nach Epiphania beginnen.«

Im Grunde war Fiammetta froh, dass eine Vertraute sie zu Festen, Banketten und manchmal auch zu öffentlichen Aufzügen begleitete.

Einige Tage nach Weihnachten hatte Kardinal Giambattista Ferrari eine Reihe von Gästen in seinen Palast gebeten, um seinen Namenstag zu feiern. Dieser hohe Herr gehörte zu den engsten Vertrauten des Papstes, betrieb eine Reihe von Finanzierungsgeschäften für den Heiligen Stuhl, meist in Verbindung mit Agostino Chigi. Die beiden mochten einander nicht, denn Chigi übte seinen Beruf heiter und mit lockerer Hand aus, während Ferrari von einer geradezu krankhaften Habgier zu bedenklichen Unternehmungen getrieben und dabei immer reicher wurde. Als gelegentlicher Gast bei Imperia wollte er sein Fest mit der berühmten Kurtisane schmücken, doch für diesen Abend hatte sich Agostino Chigi angesagt, und sie schlug die Einladung aus. Sie tat es nicht ungern, denn Ferrari galt als Knauser und Nehmen war ihm allemal lieber als Geben. Agostino Chigi aber atmete auf. Er hatte wegen dringender auswärtiger Geschäfte die Einladung abgesagt und war an dem betreffenden Abend quasi zu Imperia geflüchtet. Als Erstes bat er sie, seinen Besuch geheim zu halten, denn Ferrari war rachsüchtig und durchaus imstande, ihm zu schaden. Imperia lächelte auf ihre reizvolle und doch etwas schwermütige Art.

»Wir haben uns damit gegenseitig einen Gefallen erwiesen. Mit Kardinal Ferrari kann niemand, der auf sich hält, befreundet sein. Wer nicht muss, sollte die Finger von ihm lassen.«

»Ihr sprecht mir aus dem Herzen, Donna Imperia. Ehe Don Cesare abreiste, hat er eine Bemerkung über diesen Herrn gemacht, die mir zu denken gibt. Ich habe sie wortwörtlich im Kopf behalten: Ihr, Don Agostino, seid für uns so unentbehrlich, dass man Euch den Reichtum von Herzen gönnt. Kardinal Ferrari hingegen scheint sich immer mehr zu einem Parasiten zu entwickeln, der wenig gibt und viel nimmt. Ich glaube, dass Seine Heiligkeit schon dabei ist, diesen Missgriff zu bedauern.«

»Was kümmert das uns, Don Agostino? Jedes Mal, wenn Ihr mein Haus betretet, sehe ich es wie von einer Sonne erhellt.«

Da wurde Chigis Gesicht so ernst, wie er es selten zeigte.

»Ihr sagtet ›mein Haus‹, doch es gehört diesem del Bufalo, und das gefällt mir immer weniger. Wenn Ihr einverstanden seid, werde ich versuchen, es an mich zu bringen, um es Euch dann zu schenken.«

Sie machte eine abwehrende Geste, doch Chigi sprach schnell weiter.
»Warum denn nicht? Ihr seid mir so lieb geworden, dass ich Euch – ich gestehe es – nach Möglichkeit für mich haben will. So müsste ich immer denken, du betrittst Don Angelos Haus, und deshalb möchte ich, dass es Euch gehört – Euch allein!«
Der *banchiere* sprach Imperia aus dem Herzen, doch das wollte sie nicht zugeben.
»Da wird Don Angelo kaum einverstanden sein …«
»Ich kann ihn nicht zwingen, aber ich werde einen Weg finden. Außerdem gefällt es mir nicht, dass er sich hier eine geheime Zuflucht geschaffen hat.«
Da war sie dann doch überrascht.
»Woher wisst Ihr das? Don Angelo wollte es vor allen geheim halten, aber das scheint ihm nicht gelungen.«
Chigi lachte spöttisch.
»Dieser *ciarlone* ist gar nicht fähig, etwas geheim zu halten. Manchmal spreizt er sich wie ein Pfau, der die Pracht seiner schillernden Federn zeigt und sich dadurch vor allen entblößt. Ihr müsst mir verzeihen, wenn ich mich manchmal frage, was Euch an diesem Menschen so fasziniert hat.«
Imperia fragte sich das jetzt manchmal selber, doch widerstrebte es ihr, ihn und damit sich selbst schlecht zu machen.
»Das ist ganz einfach, mein Freund. Als ich mit ihm befreundet war, habe ich Euch noch nicht gekannt. Im Übrigen hat er durchaus seine guten Seiten, das müsst Ihr ihm schon zugestehen.«
Chigi hob ergeben beide Hände.
»Ich gebe es zu … Vor allem seine Schlauheit gilt es hervorzuheben. Er hat als einer der Ersten erkannt, wie man mit Altertümern gute Geschäfte macht, und dass er ein Mädchen mit beachtlicher Mitgift geheiratet hat, ist auch nicht zu verachten. Als wertvolle Dreingabe ist ihr Bruder dazu noch Kardinal – also, ich muss schon sagen, Don Angelo hat sein Leben auf einen Stand gebracht, der seine arme Herkunft vergessen lässt.«
»Was ist so schlecht daran?« Sie fragte es mit leiser Stimme, und es klang etwas aufsässig.
Chigi erkannte es, und da er Imperia nicht kränken wollte, meinte er:
»Das soll keine Kritik sein, auch will ich ihm seinen Aufstieg nicht neiden. Nehmt es einfach als nüchterne Feststellung.«

So kam es, dass Kardinal Ferrari sein Namensfest mit der Kurtisane Fiammetta schmückte, die von einer Frau begleitet wurde, die bisher niemand kannte.

Ferrari entstammte einer Patrizierfamilie aus Modena und hatte es von einem Beamten des Herzogs Ercole zum Kardinal und zum Amt eines Datars gebracht. Die ursprüngliche Aufgabe eines Datars war es, die richtige Datierung aller päpstlichen Dokumente zu überwachen, aber das Amt hatte in den letzten Jahrhunderten eine Erweiterung erfahren, die es Ferrari gestattete, sämtliche Geschäftsdokumente des Heiligen Stuhls zu überprüfen und den korrekten Ablauf aller Zu- und Verkäufe zu überwachen. Für den habgierigen Ferrari waren dadurch Tür und Tor zu Fälschung, Bestechung, Nötigung und allen sonstigen Kniffen geöffnet, die seiner maßlosen Habgier zugute kamen. Da war es schon verblüffend, dass in seinem Gesicht diese Eigenschaften keinerlei Spuren hinterlassen hatten. Als Mann um die fünfzig wirkte er überraschend jugendlich, sein Gesicht war faltenlos, wirkte vertrauenerweckend und ansprechend, wären nicht die kleinen stechenden Augen gewesen, die flink hin- und herhuschten und denen nichts entging. Sein Interesse an Frauen war nicht sehr ausgeprägt, auch wenn er sich dann und wann bei Imperia, manchmal auch bei Fiammetta sehen ließ. Er tat dies mehr, um seinem Ruf eines habgierigen Knausers entgegenzuwirken, als aus tatsächlichem Bedürfnis.

Für diesen Abend hatte er Agostino Chigi geladen, um herauszufinden, warum der Papst sich langsam, aber spürbar von seinem Datar zurückzog, ihn in seinen Aufgaben beschnitt und von wirklich bedeutsamen Ereignissen ausschloss. Doch Chigi hatte sich entschuldigt, was Ferrari freilich noch misstrauischer machte. Allerdings war Francisco Remolines der Einladung gefolgt, und ihm versuchte der Kardinal nun einiges zu entlocken. Ehe das Nachtmahl aufgetragen wurde, hatte er den Auditor in sein Arbeitszimmer gebeten. Ohne Umschweife begann er mit der Frage:

»Ihr, Don Francisco, der Familie Borgia lieb und wert, könnt mir vielleicht sagen, ob ich und womit ich bei ihr etwas falsch gemacht habe. Ich gehe wie immer meinen Pflichten nach und versuche – wie stets – Macht und Reichtum der Borgia zu mehren.«

Remolines, wieder einmal übel gelaunt, meinte spöttisch:

»Das mag schon sein, aber Ihr stellt mehr und mehr das eigene Wohlergehen an die Spitze Eurer Bemühungen. Unser kluger Valentino hat das erkannt, und nun ist wohl die Rede davon, Euch auszuwechseln.«

Mit dieser Behauptung stieß Remolines ins Ungewisse vor, aber sein Verlangen, jemanden leiden zu sehen, war so stark, dass er es bei der erstbesten Gelegenheit versuchte. Zudem sah er in jedem Kardinal, der abtrat, für sich eine wachsende Möglichkeit, die rote Robe zu erlangen.
Ferrari erbleichte. Wenn schon dieser Remolines davon sprach …
»Ja, Euer Vorwurf mag berechtigt sein. Ich werde es künftig unterlassen, zu sehr auf meinen Vorteil zu schauen – das schwöre ich bei allen Heiligen! Vielleicht wird es Euch möglich sein, dieses Versprechen vor Seiner Heiligkeit zu erwähnen?«
Remolines schüttelte bedächtig sein Haupt.
»Das wird schwierig sein … Ich übe ja jetzt ein weltliches Amt aus, das meine Tage bis zum Rand füllt, sodass meine Anwesenheit im Vatikan sich nur auf das Notwendigste beschränkt. Wollt Ihr einen Rat hören? Ich empfehle Euch dringend, den Feldzug von Don Cesare finanziell zu unterstützen, und zwar mit einer namhaften Summe.«
Das traf! Nichts schmerzte Ferrari mehr, als auch nur an die Möglichkeit zu denken, etwas wegzugeben. Das war, als müsse er sich ein Glied vom Körper schneiden lassen. Seine Klugheit aber gebot ihm, diesen Rat keineswegs in den Wind zu schlagen.
»Ja, Don Francisco, das werde ich tun! Ich habe es ohnehin schon erwogen, aber jetzt, da auch Ihr mir dazu ratet, steht mein Entschluss fest. Sobald Don Cesare nach Rom kommt, werde ich …«
»Nein, Eminenz, ich würde nicht damit warten. Bittet Seine Heiligkeit um eine Audienz und verkündet die Absicht, den Feldzug zu unterstützen. Das wird Euch gleich wieder zu einer persona grata machen.«
Die Tage darauf quälte sich Kardinal Ferrari mit der Frage, welche Summe er aufwenden sollte. Zehntausend? Nein, das war zu wenig. Noch fünftausend drauf? Auch das schien ihm nicht genug. Da kam es wie eine Erleuchtung über ihn. Er würde quasi den Kardinalshut ein zweites Mal erwerben, und dafür waren zwanzigtausend Dukaten der übliche Preis. Er wollte das in seiner Begründung mit einfließen lassen. So schaute Ferrari erleichtert in die Zukunft, die ihm nun nicht mehr schwarz erschien, sondern sich etwas aufhellte.
Zurück zum Namensfest des Kardinals, bei dem natürlich auch Angelo del Bufalo an der Seite seines Schwagers, des Kardinals Gian Domenico de Cupis erschien. Dieser Purpurträger war noch ein ziemlich junger Mann um die zwanzig, dem sein mit anrüchigen Geschäften schnell reich

gewordener Vater vor einigen Jahren die Kardinalswürde gekauft hatte – wohl wissend, dass dieser Spross für das Geschäftsleben wenig geeignet war. So ehrenvoll es war, einen Kardinal in der Familie zu haben, so wenig machte dies aus einem bürgerlichen Namen einen von Adel. Damit wenigstens seine Enkel einen solchen trugen, war seine Tochter Francesca mit einem römischen Patrizier verkuppelt worden – nicht sehr wohlhabend, aber von altem Adel.

Dass Donna Francesca heute ihren Gatten nicht begleitete, war dem Umstand zu verdanken, dass bei den Festen hoher Prälaten nur Herren mit »Freundinnen« zugelassen waren. Dadurch wollte man vermeiden, dass züchtige Ehefrauen mit Zuständen bekannt wurden, die sie dann gleich weitergaben und die manchen dieser Herren unnötigerweise bloßgestellt hätten.

Angelo del Bufalo hatte schon gehofft, hier auch Imperia anzutreffen, um ihr abgekühltes Verhältnis wieder ein wenig anzuwärmen, doch als er von ihrer Absage erfuhr, sah er sich anderweitig um.

Wer ihn aus früheren Zeiten kannte, bemerkte, dass mit ihm eine Wandlung vorgegangen war. Seine Kleidung war um einiges dezenter geworden, was den Schnitt und die Farbe betraf. Der sonst schamlos vorgestreckte Penisbeutel war jetzt von einem bis zu den Knien reichenden Wams verdeckt, die früher grellen Farben hatten freilich nicht dem Schwarz der meisten Herren Platz gemacht, doch aus dem Rot war ein Rotbraun geworden, das Blau hatte sich in lichtes Grau verwandelt und das leuchtende Grün in die sanfte Farbe unreifer Oliven.

Er und Kardinal Ferrari mochten einander nicht, aber del Bufalo bildete nach wie vor auf jedem Fest ein Glanzlicht, das man einfach aufstecken musste.

Die anwesenden Damen waren ihm alle bekannt – langjährige Konkubinen hoher Geistlicher, einige *cortigiane oneste*, häufig mit Freundinnen im Gefolge. Aber wer war dieses reizvolle Geschöpf an Donna Fiammettas Seite? Er hatte diese Dame noch nie gesehen, und einige Herren, die er fragte, schüttelten die Köpfe. Als er Kardinal Ferrari nach seinem Gespräch mit Remolines in den Raum treten sah, ging er schnell auf ihn zu. Dessen abwesender und auch abweisender Blick konnte del Bufalo nicht von der Frage abhalten, wer die Dame an Donna Fiammettas Seite sei.

»Eine Freundin«, murmelte Ferrari, »ich habe sie nie zuvor gesehen.«

Del Bufalo machte das umso neugieriger, und so trat er mit einer schwungvollen Verneigung vor die beiden hin.
»Angelo del Bufalo, immer zu Euren Diensten, meine Damen. Donna Fiammetta, ist die Frage gestattet, mit welcher neuen Perle Ihr dieses Fest noch festlicher macht?«
Ihr silbrig helles Lachen klang wie ein Harfenton durch den Raum. Sie wandte sich an ihre Begleiterin.
»So ist er immer – legt uns Frauen alles nur Mögliche zu Füßen, und noch ehe man etwas davon in Anspruch hätte nehmen können, räumt er es schnell wieder weg. Das ist Donna Diana, eine *cugina* aus Florenz. Sie weiß noch nicht, ob sie in Rom einen Klosterplatz oder einen Gatten suchen soll.«
»Um Himmels willen! Solche Schönheit an ein Kloster zu verschwenden nenne ich eine Sünde. Unser Herr Jesus Christus hat so viele Bräute zur Hand, da kann er eine weniger leicht verschmerzen.«
Dorotea senkte züchtig den Blick.
»Seid Ihr verheiratet, Don Angelo?«
»Das bin ich und ich bin es gern. Aber meine Ehe verbietet mir nicht, mich etwa jetzt mit Euch zu unterhalten. Die Ehe ist schließlich kein Gefängnis, aus dem man gleich wieder ausbrechen will, sondern ein schöner Garten, in dem man lustvoll wandelt, nicht ohne dann und wann über den Zaun zu gucken.«
»In den Nachbargarten?«
»Wenn es dort etwas Schönes zu sehen gibt ...«

13

Wenn auch in den ersten Tagen eines neuen Jahres davon noch nichts spürbar war, so begann nach dem Fest Epiphania ein neuer Herr sein Szepter über Rom zu schwingen. Ein neuer Herr? Warum ließ der Papst ihn gewähren? Warum ergriff Don Cesare nicht sofort strenge Maßnahmen? Ganz einfach: Weil auch die Borgia sich ihm unterwarfen.

Dieser Herrscher hieß Karneval und die ganze Stadt lag ihm willig zu Füßen. Wenn auch alte Vorschriften ein Maskentreiben nur während der elf Tage vor Aschermittwoch gestatteten, so konnte man doch schon früher da und dort einen *mascherato* durch die Gassen huschen sehen oder eine Kutsche mit grellfarbigen, als Narren gekleideten Figuren über die Straßen rattern hören. Doch die Milizen hielten sich zurück – auch wenn es von Tag zu Tag häufiger wurde. Freilich, solche Verstöße wagten nur die Wohlhabenden oder Ranghohen, die sich notfalls von der Strafe loskaufen konnten. Die kleinen Leute, die Tagelöhner und Lastenträger, die Händler und Handwerker hielten sich klug zurück, bis der elfte Tag vor Aschermittwoch angebrochen war. Dann aber fühlten auch die Ärmsten sich aufgerufen, dem Prinzen Karneval zu huldigen, und da waren staunenswerte Masken zu entdecken. Junge Mädchen nähten sich aus irgendwelchen Stoffresten phantasievolle Kleider zusammen, und zu einem bunten Band über die Augen mit zwei schmalen Sehschlitzen reichte es immer. Die Männer zeigten weniger Phantasie und behalfen sich mit gröberen Mitteln. Da zog einer den schadhaften Strumpf seiner Frau über den Kopf und spähte durch die Löcher, ein anderer stahl aus Mamas Wäschetruhe ein Leintuch, zog es über den Körper und gürtete sich mit einer rostigen Kette. Die Honoratioren aber, die zuvor dem Karneval hinter verschlossenen Türen gehuldigt hatten, traten nun ans Licht der oft schon recht warmen Märzsonne. Sie hatten freilich an nichts sparen müssen und überboten sich gegenseitig in der Pracht ihrer Gewänder. Kunstvoll waren auch ihre Masken gefertigt, und so mancher ältere Herr, so manche bejahrte Matrone setzten von Bildhauern gefertigte Larven auf, die eine strahlende Jugend vortäuschten. Als neige der Karneval zur Umkehrung aller Werte, waren es nicht selten junge Menschen, die sich Greisen-, Hexen- oder gar Totenmasken vor das Gesicht banden.
Fast alle diese Menschen, ob jung oder alt, ob arm oder reich wollten in eine andere Identität schlüpfen, taten alles, um nicht erkannt zu werden. Bei den *cortigiane oneste* hatte sich ein anderer Brauch durchgesetzt – sie wollten sehr wohl erkannt werden, gingen oder fuhren ohne Gesichtsmaske, doch in phantastisch aufgeputzten Kleidern.
Imperia hatte sich für ihre Auftritte ein Dutzend zusätzlicher Diener gemietet und trat als byzantinische Kaiserin auf. Die Römer, sonst das ganze Jahr über auf Berichte und Gerüchte über die berühmte Kurtisane

angewiesen, konnten sie nun leibhaftig bewundern. Sie trug den schweren Kopfputz einer Basilea mit schulterlangen Perlenohrringen, einer juwelenfunkelnden Krone und einem goldenen Schulterkragen, besetzt mit Gemmen und Kameen. Ihr bodenlanger offener Purpurmantel war mit goldenen Kreuzen übersät. Darunter war ein lindgrünes Unterkleid zu erkennen, mit silbernen Blumen und Pflanzen bestickt.
So fuhr sie langsam die Lungara auf und ab, während altertümlich gekleidete Soldaten mit stumpfen hölzernen Lanzen ihre Kutsche umringten. Waffen zu tragen war während des Karnevals verboten, was freilich die meisten Herren nicht daran hinderte, ein Stiletto unter dem Wams zu verbergen.
Eine Kaiserin solcher Art konnte es freilich nur einmal geben, und so hatte sich Fiammetta etwas anderes einfallen lassen. Eingedenk ihres Kosenamens »das Flämmchen« trat sie als eine Art Feuerhexe auf. Ihre Kutsche war mit züngelnden Flammen bemalt, ihr Gewand einem Feuerwerk nachgebildet. Den Kopf schmückte eine Kaskade aus funkelnden Sternen, ihre Ohrringe waren wie Blitze geformt. Das weiße Seidengewand zeigte alle Phasen eines Feuerwerks: vorne vom Boden abhebende Raketen mit feurigen Schweifen, die dann in einem betörenden Farbspektrum explodierten. Dies alles war aus Glas, Farben und billigem Flitter gefertigt und hatte einen Bruchteil dessen gekostet, was Imperia am Leibe trug. Auch hatte Fiammetta keine Lohndiener verkleiden müssen, denn ein begeisterter Freundeskreis begleitete ihre Kutsche, darunter Dorotea Malatesta, verkleidet als schmucker junger Mann.
Es gab viele, die sich, aus welchen Gründen auch immer, nicht unter die Maskenträger mischten, sondern von Fenstern und Balkonen, auch von am Straßenrand aufgestellten Stühlen das bunte Treiben beschauten.
In der verkehrten Welt des Karnevals geschehen oft die seltsamsten Dinge, und davon konnte nun auch Dorotea ein Lied singen. Bei der zweiten Triumphfahrt durch die Lungara zur Engelsburg gehörte Dorotea wieder zu denen, die huldigend Fiammettas Kutsche umtanzten, wozu sich nach und nach auch andere gesellten. Zwei Stunden dauerte es, bis sie am Castel Sant'Angelo kehrtmachten. Da kam aus der Menge ein als Stier verkleideter Mann und zwängte sich recht rüpelhaft neben Dorotea. Sein schlanker Körper war in ein Rinderfell gezwängt, sein Gesicht hatte er hinter einer täuschend echten Stiermaske verborgen, aus seinem Kopf ragten zwei gebogene, gefährlich spitze Hörner.

Es wäre anzumerken, dass Dorotea sich mit ihrer Verkleidung von Tag zu Tag weniger Mühe machte. Da ihre Brust eher klein war, fiel es ihr leicht, sie unter dem Männerwams mit einem breiten Band flachzudrücken. Das Haar hatte sie hochgesteckt und fest an den Kopf gebunden. Den breiten grünen Hut hatte sie mit einer roten Schärpe drapiert, die ihr Gesicht – wenn sie es wollte – verbarg, aber in ihrer heiteren Sorglosigkeit achtete sie kaum darauf.
Kaum hatte der rüpelhafte Stier sich an ihre Seite gedrängt, packte er sie am Arm und zischte ihr ins Ohr:
»Wisst Ihr, wer hinter diesem *toro* steckt, Donna Dorotea?«
Sie erschrak, auch deshalb, weil ihr die Stimme bekannt erschien. Doch sie fing sich schnell und sagte unbekümmert:
»Ich kenne keine Dorotea! Mein Name ist Giulio. Ich bin ein Page des Fürsten Orlando, der zurzeit in Rom weilt, um den Karneval zu genießen.«
Ein spöttisches Lachen drang an ihr Ohr.
»Und ich kenne keinen Fürsten Orlando, aber ich kenne Euch und Ihr mich gewiss auch, haben wir doch gemeinsam eine weite Reise unternommen.«
Mit einem Schlag wusste sie, wer er war, doch sie schüttelte schweigend den Kopf und achtete darauf, dass die Schärpe ihr Gesicht verbarg.
Das schien ihn so wütend zu machen, dass er ihr ins Ohr fauchte:
»Ich bin Diego Ramires und will jetzt nachholen, was man mir aus politischen Gründen angedichtet hat, nämlich Euch zu entführen.«
Natürlich wusste Dorotea, dass Don Cesare die Lüge verbreitet hatte, der heißblütige Spanier Diego Ramires hätte sie in seine Heimat entführt. Sie wusste auch, dass man ihn mit einer Hauptmannstelle bei der päpstlichen Leibwache entschädigt hatte. Jetzt gab sie sich zu erkennen.
»Euer Herr wird wenig erfreut sein, wenn ich ihm von Eurem Auftritt berichte.«
»Zum einen ist Don Cesare jetzt nicht mehr mein Herr und zum anderen wird er sich davor hüten, selbst als der Entführer dazustehen.« Er lachte laut und frech. »Auch Euch würde es schaden, wenn die Serenissima erführe, wo Ihr Euch verbergt. Der venezianische Botschafter stünde wenig später vor Eurer Tür.«
Sie konnten sich jetzt so unbehelligt unterhalten, weil Ramires die kaum Widerstrebende aus dem Lärm und Geschrei in einen stillen Winkel ge-

zogen hatte, wo die Mauer des Kastells von einem Eckturm unterbrochen wurde. Ramires hatte jetzt seine Stiermaske abgesetzt, und sie erkannte sein bärtiges, nicht unschönes Gesicht sofort wieder. Im Grunde waren sie alte Bekannte, denn er hatte – ehe Don Cesare ihn anwarb – bei der Palastwache des Herzogs von Urbino Dienst getan und sie, die damalige Hofdame der Herzogin, bei jeder Begegnung mit frechen Blicken verfolgt. Später begleitete er sie auf ihrer »Flucht« und brachte sie dann nach Rom.
Dorotea empfand keinerlei Furcht vor ihm.
»Und was habt Ihr jetzt vor?«
Er setzte ein höfliches Lächeln auf.
»Der wilde *toro* lädt den Pagen Giulio auf ein Glas Wein in die Locanda del Sole.«
Warum nicht?, dachte sie, auch weil ihr das Spiel Spaß zu machen begann.
Zu dieser Kneipe brauchten sie nur einige Schritte zu gehen, weil der Borgo Nuovo gleich gegenüber der Mauer des Castel Sant'Angelo begann. Natürlich quoll die Locanda vor Gästen über, doch für den hier anscheinend wohlbekannten Capo der päpstlichen Leibwache öffnete sich sofort die hinter der Theke verborgene Tür zu einem kleinen Raum. Da saßen zwar schon zwei Paare und der Wirt hob entschuldigend beide Hände, doch Ramires sagte:
»Sie stören uns nicht, wir setzen uns in die andere Ecke.«
Noch ehe der Wein gebracht wurde, fühlten sich offenbar die anderen gestört, setzten ihre Masken auf und verschwanden.
Ramires grinste.
»Zwei hohe Prälaten mit ihren Liebchen …«
»Das ist ja in Rom wohl nichts Neues«, sagte sie betont gelangweilt.
»Da habt Ihr wohl recht. Wie ist es Euch inzwischen ergangen? Hat Seine Gnaden Euch eingesperrt?«
»Aber keineswegs! Ich lebe mit meiner Zofe in einem schönen Haus und sehe Don Cesare sehr häufig.«
Ramires hob erstaunt seine kohlschwarzen buschigen Brauen.
»Übertreibt Ihr da nicht ein wenig? Meines Wissens ist Don Cesare schon monatelang nicht mehr in Rom gewesen.«
Sie lächelte.
»Ihr wisst eben auch nicht alles, um es nicht noch deutlicher zu sagen.«

»Ja, glaubt Ihr denn tatsächlich, dass mir, einem Hauptmann der päpstlichen Leibwache, sein Besuch entgehen würde?«
Sie hob die Schultern.
»Ihr werdet doch nicht jedem Mönch unter die Kutte schauen ...«
»Ah – Euer Herr und Meister läuft also verkleidet herum?«
»Habe ich das gesagt? Außerdem ist er nicht mein Herr und Meister, der mir Befehle erteilen kann. Wenn ich morgen zur venezianischen Botschaft gehe, bin ich eine Woche später auf dem Gebiet der Serenissima.«
Ramires grinste anzüglich.
»Wo Euer gehörnter Gatte Euch sehnlichst erwartet – wahrscheinlich mit einem Stock in der Hand ...«
Da lachte sie ihm laut ins Gesicht.
»Das soll er nur wagen! Dann mache ich sofort kehrt!«
»Mir scheint, Ihr eignet Euch nicht recht für die Rolle einer braven Ehefrau. Eher für die einer Geliebten ...«
»Wenn Ihr es meint – aber da bin ich bereits versorgt.«
»Mit einem Mann, der Euch sträflich vernachlässigt.«
»Wenn Don Cesare Euch so reden hörte, ließe er Euch an den nächsten Galgen knüpfen.«
»Wir haben einander nichts vorzuwerfen: Eine Zeit lang habe ich für ihn den Sündenbock gespielt und seine entführte Geliebte gehütet wie einen Augapfel. Ihr solltet mir dafür dankbar sein.«
Ramires erhob sich schnell, trat hinter ihren Stuhl, bog ihren Kopf zurück und küsste sie heftig. Sie ließ es geschehen, ohne die Küsse zu erwidern. Er spürte es sofort.
»Ihr mögt mich nicht?«
Sie nahm ihren Hut und stand auf.
»Das geht mir alles zu schnell ...«
»Und mir geht es nicht schnell genug ...«
»Ich kenne das von Don Cesare, auch bei ihm habe ich manchmal den Eindruck, was er heute will, sollte schon gestern geschehen sein.«
Auch sonst erinnerte Ramires sie an Don Cesare, dessen schnelle Rückkehr sie zuerst aus ganzem Herzen gewünscht hatte. Dann kam eine Zeit der Gleichmut, in der sie sich fast schämte, seine Gegenwart nicht zu vermissen. Nun aber – darüber hatte sie kürzlich ja mit Fiammetta gesprochen – wäre sie nicht sehr erbaut, käme er jetzt zur Tür herein.

Diego Ramires schien es nicht besonders zu schätzen, wenn sie ihn mit Cesare verglich.
»So ist es bei mir nicht! Eins nach dem anderen, ist meine Devise, und ich weiß, dass es Dinge gibt, die ihre Zeit brauchen. Freilich, wenn eine Frau mir gefällt, dann kann ich schon ungeduldig werden ...«
»Würdet Ihr uns besser kennen, so müsstet Ihr wissen, dass die meisten Frauen nicht hastig und überstürzt, sondern mit Bedacht geliebt werden wollen.«
Er deutete auf die Stühle.
»Warum setzen wir uns nicht wieder? Oder werdet Ihr erwartet?«
»Die Dame, bei der ich wohne, würde sich sehr wundern, wenn ich länger ausbliebe.«
Don Diegos dunkle Augen blitzten zornig.
»Ah, er hat Euch also eine Aufpasserin vor die Nase gesetzt! Und Ihr lasst Euch das so ohne weiteres gefallen?«
»Wo denkt Ihr hin? Sie ist wie eine Freundin, die sich um mich sorgt.«
Sie setzten sich wieder hin. Inzwischen war es Abend geworden. Ramires beugte sich vor.
»Darf ich etwas vorschlagen? Ich lade Euch zu einem opulenten Nachtmahl und Ihr sendet Eurer Freundin die Nachricht, dass Ihr heute Abend nicht kommen werdet. Oder heute Nacht ...?«
Sie schwieg und lächelte vielsagend, doch nach dem Mahl würde er sie nach Hause bringen müssen – ja, das erwartete sie!

Die Locanda del Sole war für einfaches, aber vorzügliches Essen bekannt, und als der Wirt einen betörend duftenden Lammtopf brachte, fielen sie ausgehungert darüber her. Freilich nicht wie das ewig hungrige Lumpengesindel in den Armenvierteln, aber es war ihnen doch eine gewisse Hast anzumerken, mit der sie in den Topf langten, oder die Schnelligkeit, in der das Brot verschwand. Auf Don Diegos Zwinkern hatte der Wirt den zweiten Weinkrug ohne Wasser gebracht, doch Dorotea schien es nicht zu merken. Wie bei den meisten Wirten war die Speise stark gewürzt, und so leerte sich der Krug – der immerhin ein *boccale* enthielt – ziemlich schnell. Das meiste davon floss zwar in Don Diegos Gurgel, aber Dorotea ließ sich auch nicht lumpen.
Die scharfen Gewürze und der schwere Wein erzeugten in ihr eine Hitze, die sich vom Kopf langsam auf Brust und Bauch ausdehnte. Ohnehin

eher zur Sorglosigkeit geneigt, flammte in ihr der Gedanke auf: Cesare ist fern, Ramires ist nah, und der alte Volksspruch: Warum denn in die Ferne schweifen, liegt das Gute doch so nah!, blitzte durch ihren Kopf und drängte sich ohne ihr Zutun auf die Zunge, und sie sang es nach der Melodie einer weltbekannten *canzonaccia* laut heraus.
Ramires stutzte und wiederholte mit lauter, wenn auch schon schwerer Zunge:
»Liegt das Gute doch so nah! Das Gute«, sagte er, »bin wohl ich? Darf ich es so verstehen?«
Der Wirt hatte ihm schon vorsorglich ein Zimmer im obersten Stockwerk reserviert, und als er den leeren Krug auswechseln wollte, wies Ramires ihn zurück und deutete vielsagend nach oben.
»Könnt Ihr mir einen Boten besorgen?«
Der Wirt nicke.
»Da lungern immer welche herum.«
»Wir müssen an Eure Freundin eine Botschaft senden.«
»So – müssen wir das?«
»Ich lasse Euch so nicht nach Hause gehen. Ruht Euch ein wenig aus, und später können wir …«
Da kam der Bote herein, ein dürrer älterer Mann mit einem pfiffigen Gaunergesicht, und fragte:
»Will der Herr etwas aufschreiben?«
»Nicht der Herr«, sagte Dorotea. »Ich will dir eine Botschaft auftragen – mündlich!«
Auf ihren strengen Blick wich Ramires in eine Ecke zurück und sie flüsterte dem Mann zu:
»Es geht an Donna Fiammetta – weißt du, wo sie wohnt?«
Der Alte nickte mehrmals und meinte:
»Wer wüsste das nicht?«
»Also richte ihr aus, dass Donna Diana diese Nacht nicht nach Hause kommt.«
Er nickte.
»Und wer bezahlt?«
Sie winkte Ramires herbei.
»Gebt Ihr ihm den Botenlohn?«
In das vom Halbmond dürftig erhellte Zimmer wollte der Wirt eine Lampe stellen, doch Dorotea wies ihn zurück. Der Mann verschwand, und in

trunkenem Übermut zogen sie sich die Kleider vom Leib. Als das Stierfell zu Boden fiel, sagte Dorotea:
»Verzeihung, mein Freund, aber da ich nicht Europa bin, kann ich mit einem *toro* nichts anfangen. Ihr müsst Euch in einen Mann zurückverwandeln ...«
Wie vorhin über den Lammtopf, fielen sie jetzt hungrig übereinander her. Ramires bedeckte ihren Körper mit Küssen, saugte an ihren Brüsten, die – von ihrem einschnürenden Band befreit – wieder ihre alte Form annahmen. Hätte er nur einen Becher mehr getrunken – er wusste genau, wie viel er vertrug –, so wäre es um seine Liebeskraft schlecht bestellt gewesen. So aber befeuerte ihn der Wein, und er stieß einen Triumphschrei aus, als er in ihre süße warme Feuchtigkeit eintauchte wie in ein wohliges Bad.
Das war eine Liebesnacht nach dem Geschmack des Diego Ramires, der meist bei Huren schlief, weil seine freie Zeit einfach nicht ausreichte, um eine feste Freundin zu finden. Und noch etwas kam hinzu: Er war Spanier und stammte aus demselben Gebiet wie die Borgia-Sippe, die sich früher Borja genannt hatte. Da war die Treue zu Don Cesare eine selbstverständliche Pflicht, und so hatte es kein Widerwort gegeben, als der Valentino ihn beauftragte, Donna Dorotea zu entführen. So war es abgemacht gewesen, auch Dorotea hatte in groben Zügen Bescheid gewusst. Es war aber nicht die Rede davon gewesen, dass er, Ramires, am Ende als der Alleinschuldige, der ruchlose Entführer dastehen sollte. Wäre er damals nur eine Elle auf venezianisches Gebiet vorgedrungen, so hätten sie ihn Tags darauf an den Galgen gehängt. Als er später seinen Herrn zur Rede stellte, sah ihn der nur enttäuscht an.
»Aber Don Diego, so viel Treue und Loyalität hätte ich schon von Euch erwartet! Nicht, dass ich mich dieser Tat schäme, aber man würde nicht nur mir, sondern auch Seiner Heiligkeit Vorwürfe machen, und so etwas schadet unseren politischen Zielen. Ich mache Euch einen Vorschlag: Anstatt Hauptmann in meiner Armee, sollt Ihr denselben Rang bei der päpstlichen Leibwache erhalten, mit einem weit höheren Sold. In Rom seid Ihr sicher und könnt – wenn Ihr wollt – eine Familie gründen.«
Nun, das klang nicht schlecht, aber ein Stachel blieb. Als stolzer Spanier verrannte er sich in die Vorstellung, er habe die Dame entführt, darum stünde ihm auch zu, sie zu genießen.

Das Risiko war äußerst gering, und Gefahr würde erst drohen, wenn Don Cesare aus der Romagna zurückkehrte. Bis dahin war Dorotea längst wieder im Haus ihrer Freundin und er tat seinen Dienst wie immer.
Sie war erwacht und schaute ihn zärtlich an.
»So tief in Gedanken?«
Er blickte auf ihre entblößte Brust, sah in ihren grau-grünen Augen das Begehren funkeln.
»Die beiden blicken mich so auffordernd an, dass ich ihre stumme Bitte erfüllen muss.«
»Und wie lautet sie?«
»Küss uns, Diego, küss uns!«
Das tat er dann auch, und seine Küsse gingen den Pilgerweg über den Bauch, wo seine Zunge den Nabel liebkoste, hinab zur Grotta di Venere, die sich wie durch Zauber weit öffnete.
»*Toro*«, hauchte Dorotea zärtlich, »komm *toro* – komm ...«
Danach ließen sie ein kräftiges Frühstück aufs Zimmer kommen und sie fragte:
»Musst du heute zum Dienst?«
»Nein, ich habe an Weihnachten Dienst getan. Die zwei freien Tage gehören dem Karneval.«
»Und mir ...«
Er küsste sie auf beide Wangen.
»Und dir, aber das habe ich zuvor nicht gewusst.«
Sie gähnte ausgiebig.
»Heute muss ich aber nach Hause.«
»Langweilst du dich mit mir?«
»Wie sollte ich? Doch deine freien Tage sind bald zu Ende ...«
»Ja, morgen früh muss ich wieder zum Dienst, da bleibt uns noch eine Nacht.«
»Ich weiß nicht recht ...«
»Überlege es dir. Was machen wir jetzt? Von draußen höre ich schon den Karnevalslärm.«
»Man darf uns nicht zusammen sehen.«
»Wer soll mich unter dem Stierkopf erkennen? Halt, da fällt mir etwas ein. In Spanien habe ich mich manchmal als Torero betätigt – übrigens auch hier während der Hochzeitsfeierlichkeiten für Donna Lucrezia.«

»Ich habe davon gehört. Don Cesare soll mit bloßen Händen einem Stier das Genick gebrochen haben.«
»Ja, einem *novillo*, das sind die jungen Stiere.«
»Immerhin ...«
Er ging nicht darauf ein, sondern rief plötzlich:
»Jetzt habe ich es! Ich hole aus meiner Wohnung die Stierkämpferkleidung, und wir treten zusammen auf!«
Lachend küsste er sie, schlüpfte in seine Kleider und lief hinaus.
Sie blieb liegen und die Gedanken wirbelten durch ihren Kopf wie jene *confetti*, mit denen die Menschen draußen einander bewarfen. Was unterscheidet die beiden Männer? Wenig, dachte sie, im Grunde sehr wenig. Beide sind sie unermüdliche Liebhaber – Cesare ist vielleicht ein wenig zärtlicher, kann sich besser in Frauen hineinversetzen, oder versucht es zumindest. Diego ist wilder, ungezügelter, aber er setzt sich Grenzen, die er niemals überschreitet. Wenn sie daran dachte, was Fiammetta ihr manchmal aus ihrem Berufsleben erzählt hatte ... Bei der Paarung, hatte sie gesagt, haben Männer manchmal die tollsten Einfälle und verlangen Dinge, die sich eine Frau gar nicht ausdenken kann. Freilich weiß inzwischen alle Welt, was ich gestatte und was nicht. Aber diese *pervertiti* gehen dann eben zu den Groschenhuren. Eine finden sie schon, die ihnen alle Wünsche erfüllt. So hatte Dorotea wenigstens erzählt bekommen, zu welch abartigen Wünschen manche Männer fähig sind, und nichts davon hatte sie bei Diego bemerkt. Ein normaler Mann. Ein richtiger Mann. Ein starker Mann. Ein liebevoller Mann? Nein, das traf eher auf Don Cesare zu.
Vor lauter Nachdenken schlief sie wieder ein, auch weil die Ruhestunden in der vergangenen Nacht eher kurz gewesen waren.
Diego weckte sie mit Küssen auf Mund, Nase und Stirn.
»Schau, was ich mitgebracht habe!«
Er breitete das farbenprächtige Torerokostüm auf dem Bett aus. Dann hielt er eine Augenmaske hoch.
»Und das Allerbeste: Hier ist die Maske, die einige Toreros tragen, weil sie Adelige sind und nicht erkannt werden wollen. Ich trug sie, weil es in Spanien den Soldaten verboten ist, sich als Stierkämpfer zu beteiligen. Ich stand damals im Dienst des Königs und ...«
»Das Kostüm wird mir kaum passen.«
»Probiere es einfach an.«

»Dreh dich um!«
Er lachte ungläubig.
»Aber das ist doch – ich meine, wir haben die ganze Nacht ...«
»Das ist etwas anderes! Dreh dich jetzt um!«
Er gehorchte und, siehe da, die eng anliegend geschneiderte Torerokleidung – Diego Ramires war sehr muskulös – wäre für Dorotea zu weit gewesen, doch ihre weibliche Brust und das breitere Becken glichen es wieder aus.
Mit der Augenmaske und dem Degen in der Hand bot sie das ideale Bild eines jungen Toreros. Sie wies auf die Waffe.
»Der ist ja aus Holz ...«
Diego nickte.
»Ich habe eine Übungswaffe der päpstlichen Wache stibitzt. Mit einem richtigen Degen würde dich die nächste Miliz sofort festnehmen.«
Dann führte Diego ihr vor, wie sie die *muleta* um den Degen zu wickeln hatte, zeigte ihr die Bewegungen, die den *toro* reizen sollten.
»Jedes Mal, wenn ich den Kopf zum Angriff senke, machst du diese Drehung.«
Er führte sie ihr vor und sie ahmte es recht gut nach.
»Das ist ja fast wie ein Tanz ...«
»Ja, für den Torero kann es tatsächlich zu einer *danza macabra* werden ...«

Als sie durch die Schenke hinausgingen, hatten sie schon ihre Verkleidung angelegt und erhielten auch gleich großen Beifall. Sobald sich dann im Maskentreiben ein freies Plätzchen bot, gaben sie ihre Vorführung zum Besten, was nicht immer auf Zustimmung stieß. In manchen römischen Kreisen waren die Spanier und alles, was an sie erinnerte, verhasst.

Als sie den Ponte di Sant'Angelo überquerten und auf der anschließenden Piazza ihre Schau boten, kam eine Reitergruppe über die Brücke und ihr Anführer hob die Hand. Auch er trug eine Maske und war von Kopf bis Fuß schwarz gekleidet.
»Siehe da – eine echte *corrida*! Ihr beide seid wohl Spanier?«
Er hatte spanisch gesprochen und Diego Ramires erkannte sofort die Stimme.
»So weit man uns lässt ...«
Da ertönte ein raues Lachen.

»Sie werden sich an uns gewöhnen müssen ...«
Dorotea und Diego wichen zurück, als die Reiter vorbeitrabten.
»Du weißt, wer das war?«
Sie nickte nur stumm und verschwand in der Menge. Zum Ponteviertel war es nicht weit, doch sie kam nur langsam voran. Als sie endlich vor Fiammettas Haus stand, wies der wachsame Pförtner sie ab.
»Ihr könnt hier nicht herein! Die Signora ist ausgegangen, und sie hat ausdrücklich ...«
Dorotea nahm schnell die Maske ab.
»Oh – Ihr seid es! In diesem Kostüm und mit der Maske habe ich Euch nicht erkannt.«
Sie lachte leise.
»Und das ist gut so ...«
Matilda kam ihr weinend entgegen.
»Ihr seid ge... gestern nicht gekommen und – und da hab – habe ich gedacht, dass Ihr – dass Ihr ...«
Dorotea tätschelte die Schultern ihrer Zofe.
»Aber ich habe der Signora doch mitteilen lassen, dass ich erst heute komme.«
»Ja – schon, aber ich bin hier so einsam und ...«
»Ist ja gut, es wird so bald nicht wieder vorkommen. Ich lege jetzt dieses Kostüm ab und du hast es niemals gesehen – niemals, verstanden?«
Sie verstand nichts, nickte und machte aus der Kleidung ein Paket, das sie auf Doroteas Geheiß zuunterst in einer Truhe versteckte. Den Stockdegen warf sie im Garten in eine Buschgruppe. Jetzt soll er nur kommen, dachte sie, aber er kam nicht.

14

Immer wenn Cesare Borgia in Rom erschien, brachte er neue Siegesmeldungen und stellte neue Geldforderungen. Nun verhandelte er seit Tagen mit dem Papst unter vier Augen in der Sala di Misteri, einem von Pinturicchio ausgemalten Raum innerhalb der privaten Wohnung. Es gehörte zu den wenigen Gemächern – unter einem Dutzend –, das an den Wänden religiöse Motive zeigte. Hier waren es unter anderem die Geburt Christi, die Anbetung der Könige und die Auferstehung. In letzterem Bild war der Papst kniend dargestellt, während der römische Soldat in der Mitte der Szene die Züge Don Cesares trug. Es war dem Künstler gelungen, etwas wie Sanftmut und Andacht in das Gesicht des Papstes zu legen, doch wer genauer hinsah, erkannte in der raubvogelhaft gekrümmten Nase und den wulstigen Lippen Zeichen von Habgier und Geilheit.

Seit zwei Tagen versuchte Don Cesare seinen Vater zu überzeugen, dass neue Kardinalsernennungen unbedingt notwendig seien.

»Es werden zu viele«, wandte der Papst ein, »ich höre schon jetzt die Vorwürfe, hauptsächlich aus Frankreich, wohin nicht wenige unserer Feinde geflohen sind – eine Schande, wenn ich bedenke, dass du mit einer französischen Prinzessin verheiratet bist.«

Cesare winkte verächtlich ab.

»Das wird sich geben, wenn wir die Stärke erreicht haben, die ich anstrebe. Das führt mich wieder zum alten, oft gesungenen Lied: Um das endgültige Ziel zu erreichen, brauche ich Geld – mehr Geld. Wenn Ihr meint, dass neue Kardinalserhebungen böses Blut machen, dann müssen eben für die neuen einige der alten gehen.«

Der Papst blickte seinen Sohn verstört an.

»Wie meinst du das? Eine Kardinalswürde gilt auf Lebenszeit ...«

Cesare nickte.

»Und wenn diese Zeit zu Ende ist, dann müssen wir die Lücke wieder schließen. Es gibt doch einige schon sehr alte Herren unter den Eminenzen, etwa die Kardinäle Ferrari, Michiel d'Almeida ...«

»Ja, gewiss, aber ihre Lebenszeit liegt in Gottes Hand; ein Sechzigjähriger kann neunzig werden und ein Fünfzigjähriger morgen sterben.«

»Das liegt in Gottes Hand, da habt Ihr völlig recht, aber manchmal muss man eben Gott zur Hand gehen.«

Den Papst schauderte es, und er ließ das Thema fallen.

»Jedenfalls sehe ich eine Fügung Gottes in der Tatsache, dass du die Verschwörung gegen dich rechtzeitig entdeckt hast. Auf diese Weise hatten wir endlich eine Handhabe, die Orsini zu entmachten.«

Vor einigen Monaten hatte es eine Verschwörung von Cesares Condottieri gegeben wegen der angeblich ungerechten Verteilung der Kriegsbeute. »Für sich nimmt er fast alles und uns bleibt fast nichts«, so redeten sie und beschlossen, Don Cesare unter Druck zu setzen, notfalls ihn sogar zu töten, um an die Beute zu kommen. Doch Cesare, der keinem so recht traute – Michelotto vielleicht ausgenommen –, hatte vom Vorsteher seiner Truppenführer Wind bekommen und beschlossen, sie allesamt zu vernichten.

Wie es stets seine Taktik war, ließ er sich nichts anmerken, sondern kündigte sein Kommen nach Sinigallia an, wo die Condottiere ihr Winterquartier hatten. Er bat sie, ihre Truppen in Nachbarorte zu verlegen, um Platz für seine eigenen Leute zu schaffen. Eigentlich hätte es schon Anlass zum Misstrauen gegeben, als Cesare an jenem frostigen Wintertag – es war der 31. Dezember 1502 – in voller Rüstung erschien, obwohl keinerlei Kampf zu erwarten war. Er begrüßte seine Truppenführer mit größter Herzlichkeit mit Händedruck und Umarmung, plauderte unbefangen, während hinter ihm an die tausend Schweizer Söldner in die Stadt einmarschierten.

Michelotto hatte zu der angesagten Besprechung ein Haus ausgesucht. Als die Condottiere im Innenhof versammelt waren, ließ Cesare sie ungeachtet ihrer Proteste festnehmen. Am nächsten Morgen wurden Oliverotto und Vitellozzo im Hof erwürgt, die drei Orsini – Paolo, Francesco und Roberto – ließ er gefangen abführen, zugleich wurde in Rom Kardinal Giampaolo Orsini verhaftet, während sein Vetter Kardinal Ippolito Orsini noch rechtzeitig fliehen konnte.

Kaum hatte Cesare diese Nachricht aus Rom erhalten, ließ er die drei Orsini-Condottieri töten. Der Papst ließ parallel dazu sämtliche Güter dieser Familie im römischen Hinterland besetzen.

Zu Michelotto bemerkte Cesare:

»Die Colonna werden sich freuen, wenn es ihre Hauptgegner über Generationen nicht mehr gibt.«

Michelotto lächelte düster und wiegte zweifelnd seinen Kopf.

»Sie sind nicht alle tot – ein halbes Dutzend von ihnen konnte sich in Sicherheit bringen.«

»Wir werden sie kriegen, mein Freund, da bin ich mir ganz gewiss.«

Nun gehörte aber Kardinal Orsini weder zu den Verschwörern, noch betrachtete er sich als Gegner der Borgia. Sein einziges Verbrechen war, dass er den Namen Orsini trug, dazu kam sein großer, im Laufe eines langen Lebens erworbener Reichtum.

Arglos eilte der Kardinal zum Vatikan, nachdem der Fall von Sinigallia bekannt geworden war. Um nur ja keinen Fehler zu machen, wollte er dem Papst seine Glückwünsche übermitteln. Nachdem er die Räume der Borgia betreten hatte, wurde er von Bewaffneten festgenommen und sogleich in die Engelsburg gebracht. Gleichzeitig wurde sein Palast auf dem Monte Giordano ausgeräumt, sein Vermögen beschlagnahmt. Seine uralte Mutter irrte durch Roms Straßen und niemand wagte, die Verzweifelte aufzunehmen, bis einige Verwandte sich erbarmten.

Aus Angst, ihr Sohn könnte im Kerker vergiftet werden, schickte sie ihm täglich Speisen dorthin, bis der Papst es verbieten ließ. Als eine Geliebte des Kardinals im Vatikan erschien und eine unsagbar wertvolle Perle dafür bot, dass man den Kardinal wieder mit Nahrung versorgte, hob der Papst sein Verbot auf.

In diesen Tagen kehrte Cesare nach Rom zurück, und als er hörte, dass Kardinal Orsini noch lebte, schickte er Michelotto zu dem vatikanischen Hostienbäcker, damit dieser eine der Oblaten mit einer besonderen Gewürzmischung versah. Auf Cesares Geheiß schickte sie der Papst dem Gefangenen in den Kerker mit der Nachricht, ihm sei alles verziehen und er käme bald frei. Mit großer Erleichterung und voll Andacht nahm Kardinal Orsini den Leib Christi, und am nächsten Tag verließ er die Engelsburg in einem Sarg. Auf Befehl des Papstes begleiteten vierzig Fackelträger und zahlreiche Kardinäle den Trauerzug. Sein gesamtes Vermögen fiel nach altem Gesetz an die Kirche, und diese Kirche hieß Borgia.

»Das genügt noch nicht«, bemerkte Cesare zu seinem Vater.

Der Papst runzelte die Stirn.

»Sein Tod hat immerhin an die hunderttausend Dukaten gebracht!«

»Ich brauche das Dreifache«, sagte Cesare ruhig und schaute dabei zum Fenster hinaus.

»Wir könnten von den reichsten der Kardinäle eine Spende verlangen – zum Wohl der Kirche.«

Cesare nickte.

»Eine gute Idee. Wer sind denn die reichsten?«

»Giovanni Michiel, würde ich sagen, der bezieht seine Einkünfte aus vielen Ämtern, dann natürlich Giambattista Ferrari, der durch uns reich geworden ist.«

Cesare blickte interessiert auf.

»Seit Chigi die ganzen Finanzen abwickelt, ist Ferrari ziemlich nutzlos geworden – meint Ihr nicht?«
»Er ist habgierig«, bemerkte der Papst und bewies das menschliche Paradoxon, die eigenen Laster bei anderen besonders übelzunehmen.
Cesare ließ Erkundigungen einziehen und erfuhr, dass der Majordomus von Kardinal Michiel sich mehrmals bei Freunden beklagt hatte, er sei schlecht bezahlt und werde wie ein Sklave behandelt. Michelotto, bei dergleichen Verhandlungen wohlerprobt, besprach sich in einem Nebenzimmer der Kneipe »La Zitella« mit Michiels *castaldo* – das Gift hatte er gleich mitgebracht. Der Kardinal schluckte es schon am nächsten Tag bei der *cena*, siechte noch drei Tage dahin und starb in der Nacht zum 11. April. Wenig später – noch bei Nacht – wurde sein Palast von päpstlichen Milizen völlig ausgeräumt. Die Beute dieser Mordtat betrug um die sechzigtausend Dukaten in bar, dazu weitere hunderttausend in Form von Silber, Einrichtungsgegenständen und einem Landgut mit Pferden, Rindern, Schafen und Feldern.
Pasquino bemerkte dazu:
Michiel war ein Kardinal
und hat wenig darauf geachtet,
dass er die Borgia bestahl –
und so haben sie ihn geschlachtet.

Der Verfasser des Pamphlets – ein stadtbekanntes Schandmaul – wurde beim Anheften des Zettels von einem seiner zahlreichen Feinde beobachtet und denunziert. Cesare ließ den laut Protestierenden am nächsten Tag auf die Engelsbrücke führen, wo ihm der Henker die Zunge herausschnitt und die rechte Hand abhackte. Dann wurde der Unselige am Brückengeländer erhängt.
Der Papst schüttelte ablehnend den Kopf.
»Die kleinen Leute solltest du unbehelligt lassen – Worte können uns nicht schaden.«
Da Cesare mit steinerner Miene schwieg, fuhr der Papst fort:
»Hast du jetzt genug Geld?«
»Genug? Nein, Heiliger Vater, es ist niemals genug! Oder anders gesagt, es ist zu früh, um aufzuhören. So lange ich aber Truppen brauche, um unsere Gebiete zu halten, sie vielleicht auch noch in diese oder jene Richtung abzurunden, so lange wird Geld benötigt.«

Der Kardinal Giambattista Ferrari begann mit dem Frühjahr neue Hoffnung zu schöpfen. Seine Heiligkeit zog ihn wieder öfter zu Rate und der Valentino begegnete ihm mit ausgesuchter Freundlichkeit. Dabei fielen gelegentlich tadelnde Worte über Agostino Chigi, dessen Bemühungen zur Geldbeschaffung für den Papst offenbar nicht mehr so große Früchte trugen.
Umso mehr strengte sich jetzt Ferrari an, was sofort erkannt und gelobt wurde. Er wurde sorglos, ließ sich kaum noch von Bewaffneten begleiten, beschäftigte aber weiterhin seinen *degustator*, der vor seinen Augen alles vorzukosten hatte.
An einem wunderschönen Tag Ende Mai ließ der Kardinal seinen *pranzo* draußen im Garten servieren. Da saß er dann behaglich unter einem Sonnendach und beobachtete zufrieden seine Diener beim Vorbereiten des Mahls. Sein Vorkoster, ein fast blinder früherer Koch, war froh um dieses Amt, denn sonst wäre ihm nichts anderes geblieben, als in ein Armenhospital zu gehen.
Das gefüllte *porcello* sah verlockend aus, auf dem gegarten bunten Frühjahrsgemüse zerlief in goldenen Bächen die darauf gesetzte Butter.
Ja, so lässt es sich leben, dachte Ferrari, während er dem Degustator genau auf die Finger schaute. Als der Mann von jeder Speise genossen und danach genickt hatte, begann der Kardinal zu speisen. Währenddessen musste der Vorkoster von den Weinen trinken und nickte wieder. Der Kardinal nahm einen Schluck.
»Der ist ja unverdünnt!«
Sein empörter Ruf lockte gleich einen Diener mit dem Wasserkrug herbei. Damit goss er nach, und jetzt leerte Ferrari mit Behagen den ganzen Becher. Wenige Minuten später verdrehte er die Augen, blickte gehetzt um sich und sank röchelnd vom Stuhl. Sein Leibarzt saß mit am Tisch und bemühte sich mit allen Kräften, den Kardinal ins Leben zurückzurufen, doch vergebens. Gegen ein Sonderhonorar – der Beutel trug das päpstliche Wappen – verfasste er einen langen gelehrten Bericht, der aussagte, dass das extrem heiße Wetter zusammen mit der schweren fettreichen Mahlzeit den Schlaganfall des Kardinals bewirkt habe. Eine Vergiftung sei auszuschließen, weil dabei gewöhnlich der Betroffene noch stunden-, manchmal sogar tagelang schwache Lebenszeichen von sich gebe. Seine Eminenz der Kardinal Ferrari aber sei sofort tot gewesen. Da auch der Vorkoster von allen Speisen und Getränken genommen hatte, sei eine Vergiftung mit absoluter Sicherheit auszuschließen. Dass der fast

blinde Degustator nicht auch den eilig herbeigeschafften Wasserkrug geprüft hatte, wurde dabei übersehen.

Noch während der Leibarzt sich um Ferrari mühte, rannte ein Spitzel zum Vatikan, sodass nur eine gute Stunde später der Palast besetzt und bewacht war. Was da für die Kirche an Vermögen zusammenkam, blieb geheim, doch Kenner schätzten es auf hundert- bis hundertfünfzigtausend Dukaten.

Eine Woche später kam Seine Heiligkeit der Anregung von Don Cesare nach und erhob am 31. Mai des Jahres 1503 neun Herren zu Kardinälen. Fünf davon waren Spanier, und darüber hatte der Papst mit Cesare eine Auseinandersetzung gehabt.

»Wir brauchen Geld! Ihr solltet nur solche Männer ernennen, die dafür auch bezahlen. Keiner der von Euch vorgeschlagenen Spanier kann zwanzigtausend Dukaten aufbringen. Das heißt, die rote Robe einigen Bettlern umzuhängen!«

Der Papst blieb ruhig, ließ Cesare ausreden und sagte dann:

»Jetzt höre mir einmal ganz genau zu. Ich bin heuer dreiundsiebzig Jahre alt geworden und fühle mich – das gebe ich gerne zu – wie ein Vierzigjähriger. Dennoch musst du damit rechnen, dass ich plötzlich nicht mehr da sein werde. Dann wird ein neuer Papst gewählt, und es kann einer sein, der als erste Amtshandlung dich in den Kerker steckt. Es kann aber auch einer sein, den die Mehrheit der spanischen Kardinäle erhoben hat. Eine solche kommt nur zustande, wenn genügend Spanier im Konklave sitzen. Mit einem von ihnen gewählten Papst kannst du deine Pläne weiterverfolgen, mit einem von Franzosen und Italienern bestimmten Nachfolger aber nicht. Ich hoffe, du siehst das ein.«

In solchen Fragen gab Cesare seinen Gefühlen keinen Raum, sondern er wog kalt und nüchtern alle Möglichkeiten ab. Was sein Vater gesagt hatte, traf zu, und da der Valentino – jetzt achtundzwanzig – noch ein langes Leben vor sich sah, lag es auf der Hand, dass er sich auch noch mit einem nächsten Papst auseinanderzusetzen haben würde.

Gemeinsam gingen sie die Kandidatenliste durch, und da stellte sich heraus, dass auch die Spanier insgesamt fünfzigtausend Dukaten aufgebracht hatten. Das war zwar nur die Hälfte dessen, was andere zu zahlen hatten, aber dafür waren es Spanier.

Unter ihnen befand sich nun endlich auch Francisco Remolines, der sich in den Jahren als Auditor so bereichert hatte, dass er ohne zu murren zwölftausend Dukaten hinlegte. Die Italiener brachten – zusammen mit dem Bischof von Brixen – achtzigtausend Dukaten auf, wovon der Graf von Lavagna dreißigtausend übernommen hatte. Dieser zweitgeborene Sohn einer reichen genuesischen Adelsfamilie war ein verlotterter und versoffener Taugenichts und kaum geeignet, seinem Geschlecht etwas wie kirchlichen Glanz zu verleihen. Doch als Genuese war er ein Gegner Venedigs und als solcher auf der Seite der Spanier.

Antonio Giustinian, der venezianische Gesandte in Rom, berichtete der Serenissima von den Ernennungen und fügte hinzu: *Die Meisten sind Männer von zweifelhaftem Ruf.*

Der Papst und sein Sohn Cesare betrachteten jedenfalls die nähere Zukunft als gesichert.

Die Kurtisane Imperia hegte ähnliche Gedanken, was ihre Zukunft betraf, und hatte auch allen Grund für ihre Zuversicht. Es begann damit, dass der *banchiere* Agostino Chigi ihr den Tod des Kardinals Ferrari meldete.

»*De mortuis nil nisi bene,* so möchte ich meinen Bericht beginnen. Das empfahl ein heidnischer Philosoph, doch ich finde, es solle auch für uns Christen gelten.«

»Gäbe es denn etwas Schlechtes zu berichten?«

»Er war kein Heiliger, und wir sind es auch nicht. Über jeden von uns gäbe es Gutes und Schlechtes zu sagen, aber was nun Ferrari betrifft, so empfiehlt es sich, einem höheren Richter das Urteil zu überlassen. *Requiescat in pace!*«

»Amen«, sagte Imperia, die spürte, dass Chigi nicht weiter darüber reden wollte. Der *banchiere* lächelte und tätschelte Imperias Hand.

»Ich habe das Bedürfnis, Euch ein Geschenk zu machen.«

Dann schwieg er und schaute sie mit seinen leuchtenden Augen liebevoll an.

»Zu welchem Anlass?«

»Dazu braucht es keinen Anlass – oder … Lasst es mich so sagen: Der Anlass ist die wachsende Zuneigung zu Euch, sodass mich ständig der Wunsch bewegt, Euch irgendeine Freude zu bereiten.«

»Aber das habt Ihr ja schon! Schließlich stammt gut die Hälfte der Einrichtung dieses Hauses von Euch. Außerdem glaube ich nicht, dass Don Angelo es verkaufen will. Er hat sich hier ein Zimmer vorbehalten, aber eigentlich sollte ich nicht davon sprechen. Es sollte geheim bleiben …«

Da lachte Chigi laut und herzlich.
»Geheim? Was bleibt in Rom schon geheim? Seit ich häufiger hier zu Gast bin, kursiert das Gerücht, wir wollten heiraten, und sollten wir einmal gemeinsam die Morgenmesse besuchen, wird man sagen, wir haben es nun heimlich schon getan. Don Angelo ist wohl noch der Einzige in dieser Stadt, der glaubt, er habe sich hier einen heimlichen Schlupfwinkel geschaffen.«
»Das kann ich nicht glauben!«
»Weil keiner Eurer Gäste aus Rücksicht und Höflichkeit es je erwähnen würde. Aber alle wissen es.«
Ihr Gesicht verdüsterte sich.
»Ist das noch von Belang, nachdem del Bufalo das Zimmer ohnehin kaum nutzt?«
»Warum sollte er auch? Sein Haus in der Via dell'Anima kann man ruhig einen Palast nennen, und dass er darin an die zwei Dutzend Bedienstete beschäftigt, ist kein Geheimnis. Überlassen wir ihn getrost seinem Familienleben und kümmern uns um die eigenen Angelegenheiten.«
Sie lächelte schwermütig.
»Was gibt es da schon? Alles geht seinen gewohnten Gang, meine Tochter wächst gesund heran und ...«
»Wie alt ist denn jetzt die Kleine?«
»Lucrezia ist kürzlich fünf Jahre alt geworden, und ich habe mir geschworen, sie von meinem Beruf fernzuhalten. Sie wird eine ansehnliche Mitgift bekommen und ich werde ihren Gatten mit Bedacht auswählen.«
»Aber Imperia, wer wird so weit in die Zukunft denken und sogar planen? Vielleicht reizt es Lucrezia, in die Fußstapfen ihrer Mutter zu treten? Umgekehrt kann es auch sein, dass sie Euer Leben für so unchristlich hält, dass sie es vorziehen würde, als Klosterfrau für uns arme Sünder zu beten?«
Imperia lächelte.
»Jetzt seid Ihr es, der Zukunftsbilder an die Wand malt. Kehren wir zur Gegenwart zurück!«
Rasch griff sie nach ihrer Laute, begann ein Lied von Petrarca, brach es bald wieder ab, sang kurz von Catullus' Geliebter, schüttelte den Kopf und stimmte Horaz und Ovid an. Dann stellte sie unwillig ihre Laute zur Seite.

»Heute will mir nichts so recht gefallen. Warum aber von Liebe singen, da wir doch einander gegenübersitzen – Mann und Frau?«

Ihre Wangen röteten sich, die großen dunklen Augen begannen erregt zu glänzen, als hätte sie zu viel Wein getrunken. Das war aber nicht der Fall, denn wie stets hatte sie an ihrem Becher nur genippt, während Chigi schon beim vierten war. Doch er wusste genau, wie viel er vertrug, und das war nicht wenig. So mancher Geschäftspartner hatte ihn dabei unterschätzt und war selber betrunken vom Stuhl gerutscht, während Chigi lachend zusah.

Angelo del Bufalo und neuerdings auch Agostino Chigi hatten an Imperia gewisse Seiten kennengelernt, die anderen Liebhabern verborgen blieben. Die meisten kannten und schätzten sie als zeremonielle Geliebte, die das Zusammenfinden der Geschlechter wie einen feierlichen Akt zelebrierte. Damit wollte sie andeuten, dass die Herren bei ihr nicht die von den Huren gebotene Alltagskost, sondern etwas ganz Erlesenes serviert bekamen. Wie vor Kurzem noch bei del Bufalo, so war auch jetzt aus dem Verliebtsein fast Liebe geworden – und das galt für beide. Warum aber nur fast? – Bei Imperia war es der tief verwurzelte Glaube, dass Liebe sie untauglich für ihren Beruf machen könne, und wenn sie auch bereit war, sich unter gewissen Umständen vom Kurtisanendasein zu lösen, so waren diese Umstände noch nicht eingetreten. Für Chigi bedeutete dieses »fast«, dass seine Familie – das waren seine uralte Mutter und dazu etliche Vettern und Basen – argwöhnisch auf die nächste eheliche Verbindung des Witwers wartete. Natürlich hatten sie gemerkt, dass sein Verhältnis zu Imperia enger und enger wurde, doch in seiner Stellung als vermutlich reichster Mann Roms und Vertrauter des Papstes hielten sie als Ehefrau für ihn nur noch eine Dame von Adel für geeignet. Sie musste nicht reich ein, aber ihr Name sollte glänzen. Imperia war reich und ihr Name glänzte sehr wohl, doch aus Gründen, die seine Familie nicht schätzte.

Halten wir uns nicht länger mit der Frage auf, ob Liebe oder Verliebtsein im Rausch der körperlichen Vereinigung einen Unterschied macht. Nachdem Imperia die Tür des *dormitorio* hinter sich geschlossen und den Schlüssel zweimal umgedreht hatte, ließen sie ihre Kleider fallen und stürzten aufeinander zu wie Verdurstende auf einen Krug Wasser.

Chigi tauche sein Gesicht in ihren Schoß, als wolle er dort eindringen, und sie schrie auf, als sie seine Zunge fühlte. Heute wartete die *alcova* um-

sonst auf ihre Gäste, denn diese wälzten sich am Boden und erprobten nie gekannte Variationen, ihre Körper in Flammen zu setzen, um sie dann in den Wogen der Lust wieder zu löschen. Agostino Chigi, nahe der vierzig, hatte sich niemals so jung gefühlt wie in diesen endlosen Augenblicken, und von Imperia war alles Imperiale abgefallen wie ein hinderlicher Ballast. Bei den anderen Liebhabern fühlte sie sich oft als Herrin, jetzt aber war sie nur Frau – nur Frau.
Am nächsten Morgen beim *primo pranzo* fragte Imperia:
»Wie steht es mit dem Bau Eurer Villa – oder muss ich Palast sagen?«
Er lächelte fein.
»Wenn das Gebäude steht, könnt Ihr Euch immer noch für das richtige Wort entscheiden. Ja, es geht voran und der gute Peruzzi überwacht die Arbeit von früh bis spät. Vorgestern wurde mit dem zweiten *piano* begonnen; darüber ist noch ein dritter für die *servi* geplant. Bei der von mir geforderten Höhe wären leicht vier oder fünf Stockwerke unterzubringen gewesen, aber ich will Säle haben und keine Kammern. Für die Ausmalung der Decken und Wände habe ich den jungen Santi gewinnen können – die ersten Skizzen liegen schon vor.«
Sie schaute ihn fragend an.
»Wer ist dieser Santi – ich habe den Namen noch nie gehört.«
»Ich auch nicht, aber er wurde mir von Perugino empfohlen, an den ich zuerst dachte. Doch ist dieser Meister derzeit mit Aufträgen aus ganz Italien so überhäuft, dass er mir seinen Schüler Rafaele Santi empfahl. Der Bursche ist kaum zwanzig, aber Perugino hat mich wissen lassen, dass er, der Altmeister, dem jungen Genius nichts mehr beibringen könne. Seine Zeichnungen sind jedenfalls so vielversprechend, dass ich ihn beauftragt habe, verschiedene Räume meiner Villa auszumalen. Daran möchte ich eine Frage knüpfen, genauer gesagt, es geht um den geplanten ›Saal der Galatea‹: Der Maestro braucht ein Modell für die Züge der Göttin. Er bat mich, die dafür geeignete Dame vorzuschlagen, und da habe ich gleich an Euch gedacht.«
Der Vorschlag schien sie zu verwirren.
»Galatea, die Tochter des Meeresgottes Nereus?«
»Ja, eine von fünfzig Töchtern. Polyphemos, den Odysseus später blendete, hatte sich in sie verliebt und flehte um Erhörung, aber sie hielt ihn nur zum Besten, denn sie liebte Akis, einen anmutigen Jüngling, den der enttäuschte Polyphemos schließlich mit einem Felsblock zerschmetterte.

Doch nicht umsonst war Galatea eine unsterbliche Göttin und erweckte den Geliebten wieder zum Leben.«

»Und das alles soll dargestellt werden?«

»Nicht alles, dazu wären mehrere Säle nötig, nein, nur die wichtigsten Phasen ihres Lebens.«

Über dieses an sich ehrenvolle Ansinnen entbrannte in Imperias Brust ein Streit, dessen Sieger jetzt noch nicht abzusehen war.

»Darf ich ein paar Tage darüber nachdenken?«

»Aber natürlich, meine Liebe, das hat Zeit. Inzwischen wird Santi weitere Skizzen fertigen und die Züge der Galatea bis zu Eurem Entscheid neutral halten.«

Zunächst versuchte Imperia, die Entscheidung zu verdrängen, doch das ging schon deshalb nicht, weil es der geliebte Chigi war, der ihren Bescheid erwartete. Wer aber war es, der in ihrem Innern diesen Streit um Ja oder Nein austrug? Etwas, das sie selber nicht benennen konnte, das wir vielleicht als Scheu vor Entblößung bezeichnen müssen, wehrte sich dagegen, ihr Abbild der Öffentlichkeit preiszugeben. Das reichte bis in die Wurzeln einer *cortigiana onesta*. Gerade die angesehensten Kurtisanen – auch wenn sie im Karneval prunkvoll auftraten – scheuten die Öffentlichkeit. Das war, als würden Frauen ein kostbares Schmuckstück nur im Kreis von Freunden und Verwandten zu Schau stellen, und so durften sich nur ranghohe geistliche oder weltliche Herren mit Imperia schmücken. Ihre Auswahl war noch strenger als die von Fiammetta, die manchmal einer plötzlichen Laune folgte und einem hübschen, aber armen Studenten oder Künstler die Tür öffnete. Imperia tat dies nicht, sie wollte und durfte sich nicht unter Wert verkaufen.

Sie fragte ihren Beichtvater:

»Reverendissimo, ist es eine Sünde, sich auf einer Malerei als heidnische Göttin darstellen zu lassen?«

Als der Pater nähere Auskunft forderte, erzählte sie ihm von Don Agostinos Wunsch.

»Meine Tochter, ich möchte es nicht als Sünde bezeichnen, aber in Eurem Fall solltet Ihr es doch bei der einen Sünde belassen, mit der Ihr Euren Unterhalt verdient. Versteht mich bitte nicht falsch! Eine Kurtisane von Eurer Art, die durch Frömmigkeit und Wohltätigkeit einen Ausgleich schafft, findet gewiss Gnade vor Gott. Deshalb würde ich davon abraten, Euch als heidnische Göttin darstellen zu lassen.«

Das gab dann den Ausschlag, und Chigi musste ihre Ablehnung hinnehmen – insgeheim sogar erleichtert. Sollte Imperia tatsächlich einmal seine Gemahlin werden, dann hielt er es für besser, sie nicht an der Decke als Göttin der Öffentlichkeit zu präsentieren. Rafaele Santi nahm diese Nachricht gelassen auf. Schöne Römerinnen gebe es zuhauf, antwortete er keck, und er stehe nicht an, bald eine Geeignete zu finden.

15

Dorotea, die an jenem bewegten Karnevalstag überstürzt in ihre Wohnung geflüchtet war, hätte sich die Sorge ersparen können. Der Verdacht, Don Cesare könnte auf seinem Umritt auch sie besuchen, erwies sich als falsch – er ließ sich auch in den nächsten Tagen nicht sehen. Inzwischen war sie mit Fiammetta so vertraut geworden, dass sie ihr von jener Nacht erzählte. Häufig unterbrach ihr silberhelles Lachen den Bericht.
»Warum sollen immer nur die Männer in fremden Gärten wildern? Ihr seid mit dem Valentino weder verheiratet noch sonst durch ein Versprechen gebunden.«
Dorotea blickte ihre Freundin nachdenklich an.
»Das stimmt schon, aber er würde es anders sehen.«
»Gerade das ist ja so reizvoll, dass die Herren manches anders sehen. So versetzen wir uns gegenseitig mit den unterschiedlichen Sichtweisen in Erstaunen und es wird nicht langweilig.«
»Das ist aber nur die eine Seite der Münze. In der fehlenden Langeweile liegt manchmal auch eine Gefahr verborgen. Ich spreche davon, dass einem Ehemann von aller Welt ohne Weiteres fremde Liebschaften nach Lust und Laune zugestanden werden, während die Damen brav zu Hause sitzen müssen, um demütig darauf zu warten, dass der Herr des Hauses einmal Zeit für sie findet.«
Fiammetta zuckte gleichmütig mit den Schultern.
»Wollt Ihr die Welt ändern? Es ist nun einmal, wie es ist, und sollte sich doch etwas ändern, dann nicht über Nacht. Dazu braucht es einige Generationen ...«

»Da gebe ich Euch recht, aber Euer Gleichmut hat gute Gründe. Ihr Kurtisanen müsst euch ja nicht mit einer Welt abfinden, die so ist, wie sie ist. Freilich gelten auch bei euch gewisse Regeln, doch sonst habt ihr alle Freiheiten. Klopft einer an die Tür, der euch nicht gefällt, dann wird er eben abgewiesen, und ihr müsst nicht einmal Gründe nennen.«

Fiammetta hob warnend einen Finger.

»Stellt es Euch nicht zu einfach vor! Zum einen wird von uns erwartet, dass sich unsere Bildung weit über den Durchschnitt anderer Frauen erhebt. Die Herren erwarten nämlich nicht nur, dass wir von Zeit zu Zeit ein gefälliges Liedchen vortragen, sondern auch ein Wissen um Dichtung und Kunst haben. Wenn Ihr Petrarca für einen Maler haltet, vielleicht sogar nicht einmal seinen Namen kennt, dann geht besser in die *casa* beim Ponte Sisto. Da wird nichts weiter verlangt, als dass Ihr jedem, der zahlt, die Schenkel öffnet. Und noch etwas, Dorotea. Glaubt nur ja nicht, dass ein bisschen Musik zu klimpern und einige der Werke von Catull, Ovid oder Petrarca zu kennen, schon die Kurtisane ausmacht. Fast noch wichtiger ist eine gründliche Menschenkenntnis oder besser ein Wissen um Art und Wesen der Männer. Ihr müsst Euch nicht hineindenken können, wie das ist, wenn man einen *cazzo* mit sich herumträgt, denn am Ende findet er immer seine *potta*. Doch müsst Ihr die komplizierten Ehrbegriffe der Herren genau kennen und, ebenso wichtig, die oft recht verwickelte Rangordnung. Wenn Ihr etwa glaubt, ein *cameriere* des Papstes – ein echter natürlich – stünde als *servo* im Rang ganz unten, dann irrt Ihr Euch gewaltig. Etwa der *barbiere* des Papstes sieht den Fürsten der Christenheit täglich und schabt in seinem Gesicht herum. Glaubt Ihr vielleicht, er tut das schweigend? Oh nein, Barbiere haben ein loses Maul, und was der Papst von der Welt da draußen nicht weiß, das wird ihm dieser Mann aus dem Volk erläutern. Wenn er geschickt ist, hat er das Ohr des Papstes und kann manchmal mehr erreichen als ein hochrangiger Bittsteller, der in der *anticamera* schon seit Tagen auf eine Audienz wartet. So ist es als Kurtisane besser, solche vertrauten Diener von Päpsten oder Fürstlichkeiten im Rang über einen Grafen aus der Provinz zu stellen. Versteht Ihr, was ich meine?«

Dorotea schmunzelte.

»Durchaus, meine Liebe, aber Ihr hattet ja in Eurer Mutter die beste Lehrmeisterin. In einen derartigen Beruf muss man jahrelang hineinwachsen, und ich bin so ehrlich zu gestehen, dass ich es nicht wagen würde, aus

dem Stegreif zu Eurer Profession überzuwechseln. Anscheinend hat mir das Schicksal lediglich doch den Stand einer braven Ehefrau in die Wiege gelegt.«
Fiammetta nickte.
»Mag sein, aber das ist gewiss nicht das Schlechteste.«
Vor einigen Tagen hatte Alberto Becuto sie besucht und gleich betont, er komme nicht in eigenen, sondern in fremden Angelegenheiten.
Fiammetta hatte ihn freundlich angelächelt.
»Ihr wisst ja, dass Ihr in meinem Haus immer willkommen seid, wenn es mir auch lieber wäre, Ihr würdet Euch vorher …«
»Oh – verzeiht, verzeiht! Aber mein Auftrag ist schnell erledigt. Seine Eminenz, Kardinal Francisco Remolines, möchte sich für das Euch zugefügte Unrecht wegen seiner damals unbedachten Wortwahl entschuldigen. Für ihn bestände längst kein Zweifel mehr, dass Ihr am Kastanienfest nicht teilgenommen habt.«
Fiammetta nicke ungeduldig.
»Gut – vergeben und vergessen.«
Becuto fasste sich verlegen an die etwas schiefe Nase, als wolle er sie zurechtrücken.
»Da ist noch etwas. Seine Eminenz wünscht, Euch zu sehen und aus Eurem Mund zu erfahren, dass der Fall bereinigt ist.«
Plötzlich sah sie seine schwarzen Augen, die sie aus dem scharf gemeißelten Gesicht blicklos anstarrten. Was tun?
Becuto räusperte sich und fragte leise:
»Wollt Ihr es Euch noch überlegen, Donna Fiammetta?«
Nein, das konnte sie nicht machen, nicht bei einem Kardinal.
»Wenn Seine Eminenz darauf besteht …«
»Ich denke schon.«
Danach machte sie sich Vorwürfe, dass die rote Robe ihre Meinung beeinflusst hatte, doch sie tröstete sich mit dem trotzigen Gedanken, dass ihre Abneigung gegen Remolines gleich geblieben war, und sah es als ein Gebot der Höflichkeit, ihn zu empfangen.
Der neu ernannte Kardinal war dennoch überrascht. Als Jurist und Freund der Borgia, auch später als Auditor hatte sie es abgelehnt, ihn zu sehen, aber der Kardinalspurpur schien ihre Abneigung besiegt zu haben. Nein, sagte er sich nüchtern, nicht die Abneigung, nur die Ablehnung.

Der grausame und zwiespältige Charakter des Francisco Remolines hatte durch den hohen geistlichen Rang keine Änderung erfahren, sondern sich eher verstärkt. Als Auditor war er in Rom eine öffentliche Person, von der allgemein Anstand und Gerechtigkeit erwartet wurde. Als Kardinal war er nur dem Papst verantwortlich, einem Menschen, der sich dauernd und ohne Hemmung in Unzucht wälzte. Eine Reihe von Kardinälen tat es ihm nach – ergo brauchte er jetzt auf nichts und niemanden mehr Rücksicht zu nehmen.

Nun aber kam von Becuto die überraschende Nachricht, Donna Fiammetta wolle ihn empfangen. Lieber wäre es ihm gewesen, sie hätte abgelehnt und damit seinen Hass am Leben erhalten. Er hätte jetzt seinerseits absagen können, wusste aber nicht, was sie mehr fürchtete – seinen Besuch oder sein Fernbleiben. Doch er ahnte, dass »fürchten« für diese Frau nicht das rechte Wort war. Es mag sein, dass sie sich vor Alter und Krankheit, vielleicht auch vor der Hölle fürchtete, aber es gab keinen Mann, der ihr hätte Angst einjagen können. So jedenfalls schätzte er sie ein, aber – so dachte er stolz – da sind wir uns ähnlich, denn es gibt auch keine Frau, die ich zu fürchten hätte. Eine aber doch, meldete sich die innere Stimme, die er mit den Worten niederbrüllte: »Jetzt werde ich sie erst recht besuchen.«

Hatte er nicht etwas vergessen? Er schüttelte den Kopf. Was sollte das sein? Petrucci! Wer? Don Paolo Petrucci! Jetzt fiel es ihm wieder ein, das war doch dieser grüne Knabe gewesen, der es gewagt hatte, ihn zum Zweikampf zu fordern. Im Grunde war es eine Narretei, auch wenn der Bursche nicht schlecht gefochten hatte. War sie es wert, dass zwei Ehrenmänner ihr Leben aufs Spiel setzten? Ich sollte sie nicht besuchen.

Aber dann machte er sich doch auf den Weg zu ihr, während ein warmer heftiger Aprilregen ihn bis auf die Haut durchnässte. Die Kardinalsrobe hatte er klugerweise abgelegt. Warum habe ich keine Sänfte genommen?, dachte er unwillig, aber dann stand er schon vor ihrem Haus.

Fiammetta empfing den völlig Durchnässten – wie sie sonst Fremde empfing – mit kühler Höflichkeit. Wäre er ein Freund gewesen, so hätte sie ihn mit den Worten begrüßt: »Nun, Eminenz, wie trägt sich die rote Robe? Lastet sie schwer auf Euch?« So aber sagte sie nur: »Das ist ja wie eine zweite Taufe. Ich beglückwünsche Euch zu der neuen Würde, der Ihr gewiss – mit Gottes Hilfe – alle Ehre machen werdet.«

Er verneigte sich stumm, und sie gingen in den *salotto*. Hatte Basilio ihn nicht frech angegrinst, als er die Tür öffnete? Nein, so dumm war der Mohr nicht, aber Remolines hätte ein kurzes höfliches Lächeln für angebracht gehalten. Er drückte seine nassen Kleider Basilio in den Arm, auch seinen Wams, was Fiammetta ihm mit einem Nicken gestattet hatte. Er fühlte sich seltsam befangen, als habe man ihn gezwungen, sich nackt auszuziehen.
»Kein Überraschungsgast heute?«
Fiammetta spielte die Unwissende.
»Was meint Ihr damit, Eminenz?«
»Nun, damals platzte dieser Sienese zur Tür herein ...«
Fiammetta lächelte kalt.
»Ein Irrtum, für den er sich entschuldigt hat. Das habt auch Ihr getan, wenn auch nur durch einen Mittelsmann ...«
»Darum bin ich hier, um es nochmals in eigener Person zu tun. Ich hoffe, Ihr tragt mir diese – diese Verwechslung nicht nach?«
»Warum sollte ich? *Errare humanum est* – das gestanden schon die alten Römer jedem Menschen zu.«
Fiammettas in langen Jahren erworbene Männerkenntnis ließ sie die Unsicherheit dieses Menschen spüren. Er saß verkrampft da, in seinem scharf gemeißelten Gesicht war keine Regung zu erkennen, seine nachtschwarzen Augen mieden die ihren.
Um Himmels willen, dachte sie, dieser Mann müsste doch überglücklich sein, da er das höchste geistliche Amt nach dem Papst erreicht hat. Sie war nahe daran, etwas Mitleid zu empfinden, sagte sich aber dann: Das verdient er nicht!
Um die Stimmung aufzulockern, ließ sie kalte Speisen und zweierlei Wein servieren. Remolines, der gerne scharf gewürzt aß, bat um Salz und Pfeffer. Schnell hintereinander trank er einige Becher Wein und spürte, wie sein Körper lockerer wurde. Wie hatte er diese Frau nur hassen können? Schlank und rank saß sie da, mit einem Lächeln auf ihrem kecken runden Gesicht, und dann spürte er – wie viele Männer vor ihm –, wie sehr sie sich von Imperia unterschied. Sie hätte Hure und nicht Kurtisane werden sollen, blitzte es ihm durch den Kopf, aber sie hat etwas an sich, etwas, das ...
»Schmeckt es Euch, Eminenz?«
Er nickte.

»Ich bitte Euch, mich nicht mit diesem Titel anzureden. Den Kardinal habe ich draußen vor der Tür gelassen, hier bin ich – wenn Ihr es gestattet – nur Don Francisco.«

Sie musste lachen.

»Ich gestatte es. Darf ich nach dem Befinden Seiner Heiligkeit fragen?«

Wie verblüfft wäre er gewesen, hätte sie gesagt »nach dem Befinden meines Vaters«, aber so weit durfte sie nicht gehen – niemals!

»Dieser Papst ist wie ein Wunder! Da und dort wird schon von Hexerei und Teufelswerk getuschelt, aber das ist natürlich Unsinn. Dennoch verblüfft er jeden, der ihn näher kennt, mit seiner jugendlichen Tatkraft, seiner Energie und der durch nichts zu trübenden Heiterkeit. Abgesehen davon, dass er ja einstimmig erwählt worden ist, ruht der Segen Gottes doch sichtbar auf ihm.«

»Und auf Don Cesare ...«

»Seine immerwährenden Siege sprechen eine deutliche Sprache.«

Remolines wunderte sich. Sonst geriet er nach drei oder vier Bechern Wein in eine gefährliche Stimmung, die ihn Menschen suchen ließ, die er beleidigen, schlagen, demütigen konnte. Er hatte sich geschworen, schon beim geringsten Ansatz zu einer solchen Anwandlung den Abend zu beenden. Aber da kam nichts, und so trank er weiter, während Fiammetta sorgsam darauf achtete, dass nur der Mischkrug in seiner Reichweite stand. Weit davon entfernt, ihn nun plötzlich sympathisch zu finden, spürte sie heute keine Abneigung mehr. Warum? Sie wusste es nicht.

In Remolines' vom Wein erhitzten Körper regte sich ein Liebesverlangen – anfangs zart, dann immer drängender. Dieses Verlangen bei Fiammetta zu stillen, erschien ihm so sonderbar, dass er nach einer Entschuldigung grübelte, um sich schnell verabschieden und in ein Hurenhaus gehen zu können. Ihm fiel nichts Rechtes ein, als er sie plötzlich fragen hörte:

»Wollt Ihr heute Nacht hierbleiben, Don Francisco?«

»Wie? Was?« Hatte er recht gehört?

»Eure Kleider sind noch lange nicht trocken. Ihr könntet Euch verkühlen.«

Mit allem hatte er gerechnet, aber nicht damit. Aber jetzt einen Rückzieher machen, das ging nicht. Warum auch? Das kam ihm doch gerade recht, sein *cazzo* pochte so ungeduldig, als wolle er die Hose sprengen. Was es kostet? Unwichtig, ein Kardinal darf sich nicht lumpen lassen.

Sie gingen in die Schlafkammer, doch Fiammetta zierte sich, als er an ihrem Gewand nestelte. Sie gab sich verschämt wie eine *virgo*, drückte seine suchenden Hände beiseite und tat damit genau das, was Remolines – im Gegensatz zu anderen – gar nicht schätzte. Imperia hatte das schnell erkannt und schlüpfte wie der Blitz aus ihren Kleidern.
Sein Atem ging schneller und schneller, seine Hände begannen zu zittern, und dann war sie endlich nackt, schlank wie eine junge Birke, anders als Imperia, in deren Üppigkeit man wohlig versinken konnte. Warum dachte er jetzt ständig an die andere?
Endlich lagen sie dann im Bett; Fiammetta hatte nur eine Kerze am Fenstersims brennen lassen, sodass seine schwarzen blicklosen Augen eins mit der Dunkelheit wurden.
Nun geschah etwas, was Remolines nur aus den verstörten Berichten anderer kannte: Das lange Warten hatte seinen steinharten Phallus zu einer weichen Masse schrumpfen lassen und nichts, aber auch gar nichts vermochte ihn aus seinem Schmollwinkel hervorzulocken. Natürlich hatte Fiammetta das auch bei anderen Männern erlebt, doch solche Störungen ließen sich meist mit Geduld und Geschick wieder beheben.
»Ihr habt zu viel getrunken, Don Francisco. Schlaft jetzt ein wenig und Ihr werdet sehen ...«
»Nein – nein, nein!«
Wie ein Rasender sprang er aus dem Bett, riss den Vorhang der *alcova* halb herunter, schimpfte draußen mit Basilio herum und war so schnell aus dem Haus, dass sie nicht einmal in ihren Schlafrock schlüpfen konnte, um ihn zurückzuhalten. Wollte sie das überhaupt? Nein, aber die Höflichkeit hätte es geboten – ach was, zum Teufel mit der Rücksichtnahme! Den Kerl hatte sie für immer los, und das war gut so.
Am nächsten Tag kam ein Bote und übergab ihr ein verschnürtes Päckchen. Da waren zwei Dukaten in ein Papier gewickelt, auf dem der Satz stand: *Halber Dienst – halber Preis*. Diesen Humor hätte sie ihm gar nicht zugetraut; es klang so, als trage er ihr nichts nach. Das war allerdings ein Irrtum, denn Remolines war tief gekränkt und versuchte die Ursache seines Versagens auf Fiammetta zu schieben, die ihn zu lange hatte warten lassen, anstatt sich blitzschnell die Kleider vom Leib zu reißen. Den wahren Grund aber hatte er bei sich selber gefunden, denn sein Hass hatte einer Furcht Platz gemacht, die er sich freilich niemals eingestand und die nun wieder in Hass umschlug. Damit kam er besser zurecht, und er

wusste, es würde sich irgendwann eine Gelegenheit finden, dieses Weib zu vernichten.

Am nächsten Tag gestand Fiammetta sich ein, dass sie Remolines' Liebesversagen in keiner Weise bedauerte. Sie war froh, dass es nicht zu einer Vereinigung gekommen war und schalt sich selber eine dumme Gans, dass sie ihm nicht nur erlaubt hatte, ihr Haus zu betreten, sondern ihn sogar noch aufgefordert hatte, die Nacht bei ihr zu verbringen.

Für den Dienstag hatte sich ein junger Maler aus Florenz angesagt – Rafaele Santi, Schüler von Perugino. Seinen Namen hatte sie noch nie gehört, doch den seines Lehrers kannte sie, weil er in Florenz eine große Werkstatt unterhielt. Dieser Besuch entsprang mehr oder weniger einem Zufall. Als Santi von seinem Auftraggeber Agostino Chigi erfuhr, dass Imperia es ablehne, Modell zu stehen, hatte er sich kaum betroffen gezeigt.
»Das ist nicht so wichtig, so hat es mich Maestro Perugino gelehrt. Wir Maler haben da unsere weiblichen Idealtypen vor Augen – etwa die Madonna – lieblich-ernst – oder Maria Magdalena – wunderschön-demütig. Für die Galatea denke ich mir, dass ihre Miene einen heiteren Triumph zeigen soll.«
Chigi nickte.
»Ja, das würde es treffen, aber es soll Euch nicht hindern, weiter Ausschau zu halten. Hier habt Ihr ein paar Namen von Frauen notiert, die Ihr besuchen könnt und wo Ihr natürlich gegen Bezahlung auch Entgegenkommen findet, vielleicht sogar ein Vorbild für unsere Galatea.«
Da aber Santi gleich hinter der Piazza Navone Quartier bezogen hatte und es zum Haus der Fiammetta nur einige Schritte waren, ließ er sich bei ihr anmelden. Er sollte nach der Siesta kommen, aber die war im kühleren Florenz schon um die zehnte Tagesstunde zu Ende, während man hier in der Regel eine Stunde länger ruhte. So musste er im Flur eine Weile warten, und schon was er hier an Bildern, Teppichen und Ziergegenständen sah, versetzte ihn in Erstaunen. Als sie kam, sprang er sofort auf, verneigte sich tief, küsste die dargebotene Hand und stellte sich vor:
»Rafaele Santi aus Urbino, in Florenz war ich Schüler von Maestro Perugino. Jetzt bin ich in Rom, um für Don Agostino Chigi einen Auftrag auszuführen.«

Er war mittelgroß, schlank, mit einem sanften, fast weiblichen Gesicht. Die Haare fielen ihm lose bis auf die Schultern, seine Kleidung war betont einfach und in gedeckten Farben gehalten.
Sie lächelte ihn an.
»Auch ich kam mit meiner Mutter aus Florenz, lebe aber schon seit über zehn Jahren in Rom.«
»Kanntet Ihr meinen Meister?«
»Wir wussten, dass es ihn gibt, aber gekannt haben wir nur Maestro Botticelli, weil mein Bruder dort Lehrling war.«
Sein Gesicht leuchtete auf.
»Ein Kollege! Was ist aus ihm geworden?«
»Er wurde mit vierzehn von Savonarolas Mörderbanden erschlagen.«
»Oh – das tut mir aber leid …«
»Das ist vorbei, doch vergessen kann ich es nicht.«
Dann gingen sie in den *salotto,* und sie wies auf das Madonnenbild.
»Das ist alles, was von Francesco geblieben ist.«
Santi nickte anerkennend.
»Sehr begabt und ganz nach der Art seines Meisters.«
»Sprechen wir jetzt von Euch. Was hat Euch nach Rom geführt?«
»Ein sehr ehrenvoller Auftrag und mein erster großer, zu dem ich wohl einige Gehilfen brauche. Don Agostino Chigi ist dabei, sich am Tiber eine Villa zu errichten, und ich soll einige Räume malerisch gestalten. Es geht um die ›loggia del giardino‹, die sich zum Garten öffnet. Don Agostino möchte den Triumph der Galatea dargestellt haben, das war eine Tochter des Meergottes Nereus, die …«
Lächelnd unterbrach sie ihn.
»Seid Ihr gekommen, um mich über die griechische Mythologie zu belehren?«
»Nein, nein, ich wollte … also, ich bin auf der Suche nach – nach der Galatea.«
»Wenn es die Dame gegeben hat, dann ist sie wohl längst tot.«
Sein jungenhaftes, meist ernstes Gesicht strahlte vor Eifer.
»Sie ist eine Göttin – also unsterblich!«
Fiammetta versuchte gelassen zu bleiben.
»Gut, dann müsst Ihr den Weg zum Olymp suchen, doch ich fürchte, dass die Götterwelt der Alten im Lichte des Christentums untergegangen ist.«

»Ich glaube, wir missverstehen uns, Donna Fiammetta. Wenn ich sage, ich sei auf der Suche nach Galatea, dann heißt das, ich suche ein Modell.«
»Habt Ihr es schon gefunden?«
Da traf es ihn wie ein Blitz, denn Galatea stand ja vor ihm. Ihr frisches heiteres Gesicht, strahlend vor Jugend und Anmut, die leuchtenden Türkisaugen, das goldblonde Haar ...
»Ja«, rief er, »ja, ich habe sie gefunden! Ihr seid es, Signora, Ihr allein!«
Fiammettas silberhelles Lachen erfüllte den Raum.
»Und ich dachte, Ihr wollt mich haben ... Ihr wisst aber schon, welchen Beruf ich ausübe?«
Santi zeigte sich verwirrt.
»Beruf? Don Agostino hat mir Namen von Frauen genannt, die bereit seien, Modell zu stehen – seid Ihr eine Witwe?«
»Nein, mein Freund, ich bin eine Kollegin von Imperia, deren Name Euch vielleicht bekannt ist.«
»Ja, Don Agostino verkehrt in ihrem Haus ...«
Nun wurde Fiammetta ungeduldig.
»Aber Ihr wisst doch, dass es Kurtisanen gibt, in Rom und anderswo?«
»Ja, natürlich – ah, jetzt verstehe ich! Aber seid beruhigt, Signora, ich will mit Euch keine Nacht, sondern eher den Tag verbringen – einen möglichst hellen Tag, damit ich Euer schönes Antlitz zeichnen kann.«
»Habe ich denn schon zugesagt?«
Er stutzte.
»Nein, das habt Ihr nicht, aber Ihr werdet doch bereit sein ...«
Sie unterbrach ihn gewollt schroff.
»Das ist eine Kostenfrage!«
»Ja, natürlich ... Zwei Vormittage würden mir genügen.«
»Gleich zwei? Dann komme ich Euch entgegen und nehme nur fünf Dukaten.«
Er schaute sie so bestürzt an, als habe sie ihm befohlen, sich ein Messer in die Brust zu stoßen.
»Aber Signora ...«, stammelte er.
»Wer sich eine *cortigiana onesta* leistet, muss schon etwas springen lassen, aber Chigi wird Euch den Betrag erstatten, da bin ich sicher.«
Er schüttelte den Kopf, dass seine Haare flogen.
»Fünf Dukaten bekomme ich für ein kleines Madonnenbild, aber das kostet mich acht bis zehn Tage Arbeit ...«

»Mag sein, aber Ihr müsst bedenken, was ich mit meinem Einkommen zu unterhalten habe: ein großes Haus, eine mehrköpfige Dienerschaft, dazu die Kutsche, teure Kleider, Almosen an Kirche und Armenhäuser. Da bleibt mir von den fünf Dukaten bestenfalls einer.«
Sie hatte so ernst gesprochen, dass er betroffen schwieg.
Da riet sie ihm:
»Versucht es doch bei der Malerzunft, dort wird man Euch sagen, wo Modelle zu finden sind.«
»Nein, nein, ich will Euch, und ich werde Don Agostino die Kosten anrechnen.«
»Gut so. Dieser Mensch ist so reich, dem würde ein Verlust von tausend Dukaten höchstens ein Lächeln entlocken.«

Am Abend erzählte sie Dorotea vom Besuch des jungen Malers.
»Ein richtiger Bub ist das noch, aber wenn es um seine Arbeit geht, dann schaut sein Gesicht gleich zehn Jahre älter aus.«
»Und er will Euch tatsächlich nur als Modell?«
»Ich glaube, er sieht den Unterschied zwischen Mann und Frau noch darin, dass wir andere Kleidung und längere Haare tragen.«
Da musste Dorotea so laut lachen, dass sie sich gleich selber den Mund zuhielt.
»Wenn Ihr Euch nur nicht täuscht! In Urbino diente ein Page am Hof, der höchstens zwölf Jahre alt war und ein so herziges Gesicht hatte, als würde ihn seine Mama noch stillen. Innerhalb von wenigen Monaten schwängerte dieser Spitzbube drei Dienerinnen und hätte es wohl so weiter getrieben, wäre er nicht vom Herzog unter die Soldaten gesteckt worden.«
»Ja, so etwas gibt es, aber der junge Maestro hat betont, dass er mich nicht für eine Nacht, sondern für zwei Vormittage braucht – weil das Licht dann besser ist.«
Da brachen sie beide in Lachen aus – ein liebliches Duett, bei dem sich Fiammettas Silberklang mit dem dunkleren Ton der Freundin aufs Reizvollste mischte.
Danach erzählte Dorotea von Don Cesares nächtlichem Besuch, der freilich Fiammetta nicht verborgen geblieben war, weil die Wachen im Garten nicht gerade leise auftraten. Dorotea berichtete gleichmütig von den Ereignissen, die sie zur Verzweiflung getrieben hätten, wären sie vor einigen Monaten eingetreten.

Der Valentino küsste sie flüchtig auf beide Wangen, er schien zerstreut, sein Gesicht war bleich und abgespannt. Kaum hatte er Platz genommen, begann er unzusammenhängend etwas zu erklären.

»Ihr müsst wissen, wir sind jetzt ganz oben, wenigstens scheint es so, dabei ist noch so vieles im Ungewissen ... Die Franzosen marschieren wieder einmal auf Rom, und Gaeta ist noch immer nicht gefallen. Ich müsste längst in Umbrien bei meinen Truppen sein; das Warten kostet Geld, Geld, Geld. Woher nehmen?«

Er schüttelte mehrmals den Kopf, dann blickte er Dorotea an und es war etwas von Trauer und Vergeblichkeit in seinem Blick.

»Jetzt zu Euch, meine Liebe. Meine Zuneigung ist unverändert, was man von der politischen Lage nicht sagen kann. Es ist so vieles in der Schwebe, das meine ganze Aufmerksamkeit erfordert. Die Politik ist dabei, mich aufzufressen, mit Haut und Haar, Leib und Seele. Darum bitte ich Euch um Verständnis, dass ich im Augenblick Herzensdinge hintanstellen muss, aber ich darf Euch versichern, es kommt die Zeit – kommt die Zeit ...«

Verwirrt hielt er inne, straffte sich dann und sagte mit fester Stimme: »Donna Dorotea, unter solchen Umständen muss ich es Eurem Entscheid überlassen, ob Ihr weiterhin in Rom bleiben oder doch die Reise nach Venedig antreten wollt. Wünscht Ihr das nicht, so müsst Ihr damit rechnen, mich erst im Herbst, vielleicht sogar im Winter wiederzusehen.«

War das ein verbrämter Abschied? Sie wollte ihn auf die Probe stellen.

»Bis zum Herbst werde ich warten, Cesare, länger nicht.«

Erleichterung zeigte sich auf seinem Gesicht, vielleicht sogar eine Spur Freude. Er stand auf.

»Ich werde mich bemühen, zur Stelle zu sein, meine Herzensfreundin. Mit Eurer Entscheidung habt Ihr mir eine große Freude bereitet.«

Dann gab es wieder zwei Wangenküsse, und der Valentino eilte davon. So schilderte sie es ihrer Freundin, und dann kam die Frage:

»Habe ich das Richtige getan, Fiammetta? Ich möchte Eure ehrliche Meinung hören.«

»Was ist richtig, was ist falsch? Das könnt nur Ihr für Euch selber entscheiden. Dass die Sache irgendwann ein Ende haben wird, muss Euch ja bewusst gewesen sein. Oder hattet Ihr die Ewigkeit im Sinn?«

»Ihr braucht nicht zu spotten, Fiammetta. Ihr solltet mich inzwischen gut genug kennen, um zu wissen, dass ich so Unsinniges niemals gedacht

hätte. Allerdings hatte ich gehofft, dass sein Anblick in mir wieder die alte Liebe oder wenigstens Verliebtheit weckt, doch das war nicht der Fall. Don Cesare ist ein Mann, den man sich vom Schicksal nur ausleihen kann – für länger oder kürzer. Es widerstrebt ihm, einer Frau ganz zu gehören.«
Fiammetta hob in gespielter Hilflosigkeit beide Hände und rief pathetisch:
»Trifft das nicht für alle Männer zu?«

16

Als Agostino Chigi Ende Juli zu einer Audienz in den Vatikan gebeten wurde, war er gerade dabei, sich für seinen Sommersitz in den Albaner Bergen zu rüsten. So konnte er die Frage nicht unterdrücken:
»Um diese Zeit sind Eure Heiligkeit doch immer in kühlere Gefilde gezogen?«
Er vermied die direkte Frage, aber Papst Alexander verstand ihn richtig.
»Ja, das stimmt, aber heuer muss ich eine Ausnahme machen. Don César ist auch noch hier; Unsere Planung hängt von gewissen Entwicklungen ab.«
Und dann kam, was Chigi schon erwartet hatte: Der Papst hielt Ausschau nach neuen Geldquellen, wollte gerüstet sein für einen möglichen Überfall der Franzosen, die ihn vielleicht in Bezug auf Neapel erpressen könnten. Dass der Papst auf Seite der Spanier stand, war ein offenes Geheimnis. Die vor einigen Jahren erfolgte Teilung des Königreichs zwischen Spanien und Frankreich hielt nicht lange und nach einigen erfolgreichen Schlachten fiel Neapel an die spanische Krone, doch König Ludwig XII. von Frankreich mochte sich damit nicht abfinden und hatte in der Lombardei eine Armee von etwa zehntausend Mann zusammengezogen.
Chigi wusste das alles, doch er gab zu bedenken:
»Zurzeit sind alle Möglichkeiten erschöpft, außerdem ist halb Rom vor der Hitze in die Berge geflohen. Ich fürchte, dass erst im Herbst die Geschäfte so richtig wieder in Gang kommen werden.«

Der Papst kannte den *banchiere* gut genug, um zu wissen, dass jetzt nichts zu machen war. Für den Notfall gab es noch einen Plan, aber der ging Don Agostino nichts an. So wurde er in Gnaden verabschiedet und beugte sich demütig unter dem flüchtigen Segenskreuz der päpstlichen Hand. Plötzlich fiel ihm der sehnliche Wunsch seiner Herzensfreundin ein.
»Eure Heiligkeit mögen verzeihen, aber da ist noch etwas …«
Alexander tupfte sich mit einem seidenen Tuch den Schweiß von der Stirn.
»Ja, aber macht schnell, es ist höchste Zeit für Unsere Siesta.«
Wenn der Papst ihm gegenüber die *pluralis majestatis* gebrauchte, hieß es sich in Acht zu nehmen.
»Es geht um die Verleihung der *rosa aurea* im nächsten Jahr – da hätte ich einen Vorschlag zu machen …«
»Und der wäre?«
»Ich würde Lucrezia de Cognatis die Rose zuerkennen.«
»Wer soll das sein?«
»In Rom nennt man sie Donna Imperia. Sie ist ein Ausbund an Bescheidenheit und christlicher Tugend.«
»Ja, mag sein, aber wer übernimmt die Kosten?«
»Das werde ich tun, Eure Heiligkeit.«
Die Augen des Papstes begannen vor Habgier zu funkeln.
»Alle Kosten – großzügig und umfassend?«
»Darüber haben Eure Heiligkeit zu bestimmen.«
»Gut, dann werden Wir die nächste ›Goldene Rose‹ der Donna Imperia zuerkennen.«
Chigi wusste natürlich, dass ihn dies viel Geld kosten würde, aber er wusste ebenso, dass er nächstes Jahr um diese Zeit um ein schönes Stück reicher geworden sein würde. Auf jeden Fall sollte Imperia es wissen, ehe er Rom verließ.
Als ihr Haus in Sicht kam, sah er von Weitem, wie Angelo del Bufalo vom Pferd stieg. Er lockerte die Zügel und preschte heran.
»Ah – Don Agostino! Ihr mutet ja Eurem Pferd bei dieser Hitze allerhand zu.«
»Habt Ihr etwas Zeit für mich?«
Aus dem Stutzer war nun auch äußerlich ein römischer Patrizier geworden. Zwar kleidete er sich noch immer recht farbenfroh, aber nicht mehr frivol. Sein weinrotes Wams reichte bis an die Knie, an seiner dunkel-

grünen Kappe prangte keine Feder mehr und beide Hosenbeine waren in der gleichen Farbe – rotbraun – gehalten.
»Ja, natürlich, ich wollte nur aus meinem Zimmer etwas holen.«
Der ebenerdige Raum schaute auf den Garten und hatte einen eigenen Zugang. Das durch einen türlosen Mauerbogen unterbrochene Doppelzimmer war in betonter Nüchternheit gehalten. Im kleineren Raum stand ein schmales Bett, dem anzusehen war, dass es wenig gebraucht wurde; der größere Teil wurde von einem massigen Schreibtisch und zwei Bücherregalen beherrscht. Dort gab es einen kleinen Tisch mit zwei Stühlen, und sie nahmen Platz. Del Bufalo schaute seinen Gast fragend an.
Chigi seufzte schwer.
»Diese Hitze setzt mir so zu, dass ich nur noch von den kühlen Bergwinden träume. Ich komme gerade von einer Audienz bei Seiner Heiligkeit und kann Euch nur sagen, dass noch heuer einiges in Gang kommt. Bei Sichtung meiner Finanzen habe ich mich entschlossen, eine Umschichtung vorzunehmen, und dazu gehört, dass ich dieses Haus hier kaufen will.«
Del Bufalo erschrak und versuchte Chigis päpstliche Audienz mit diesem Wunsch in Verbindung zu bringen, doch er konnte keinen Zusammenhang erkennen. Anderseits wäre es nicht klug, dem Intimus des Papstes einen Wunsch ohne Begründung abzuschlagen.
»Das kommt für mich recht überraschend, denn ich hatte nie daran gedacht, dieses Haus zu verkaufen, ohne dass die Umstände es erfordern. Weiß Donna Imperia davon?«
»Nein, es soll eine Überraschung werden …«
»Darf ich die Sache überschlafen?«
»Das wäre mir nicht recht, da ich morgen in die Berge reise.«
»So schnell kann ich mich nicht entscheiden – da muss ich leider ablehnen.«
Chigi war kein boshafter Mensch, sein Sinn war auf das Nützliche und Notwendige gerichtet, und damit geriet er jetzt in Widerstreit, denn dieses Haus zu erwerben war weder nützlich noch notwendig. So ärgerte er sich, und das bekam del Bufalo zu spüren. Seine Stimme klang scharf.
»Überlegt es Euch gut, ob diese Weigerung klug ist. Es könnte etwa sein, dass Seine Heiligkeit einiges Vermögen für die Kirche bewahren will und mich beauftragt, Immobilien zu erwerben.«
»Für die Kirche bewahren? Das verstehe ich nicht …«

»Es ist kein Geheimnis, dass Hunderttausende von Dukaten in Don Cesares Feldzüge fließen. Das könnte den Papst veranlassen, für innerkirchliche Zwecke etwas – nun, abzuzweigen.«
Was er sagte, war natürlich Unsinn, aber er wollte del Bufalo unter Druck setzen und gaukelte ihm daher eine päpstliche Absicht vor.
»Und Ihr gebt das so ohne Weiteres preis?«
»So ohne Weiteres gewiss nicht, aber Ihr seid ein römischer Patrizier und zudem mit einem Kardinal verschwägert, sodass ich annehmen darf, Ihr steht auf der Seite des Papstes.«
»Natürlich, aber da ist gewiss noch etwas anderes. Darf ich raten?«
Er sagte dies mit einem Lächeln und so freundlich, dass Chigi spontan bekannte:
»Es ist auch wegen Donna Imperia. Wir sind uns sehr nahe gekommen, und mich stört es, dass hier noch ein Fremder wohnt.«
Diese Wortwahl erregte del Bufalos Zorn.
»Ein Fremder? Was redet Ihr da? Ich kann doch für Euch kein Fremder sein, und für Imperia erst recht nicht!«
Da mag er zwar recht haben, dachte Chigi, aber er braucht nicht darauf anzuspielen, dass er bei ihr quasi mein Vorgänger war.
»Ihr habt Imperia viel Kummer bereitet, vergesst das nicht!«
»Kummer? Dann vergesst Ihr bitte nicht, dass eine Kurtisane wechselnde Liebhaber hat – haben muss, weil sie sonst den notwendigen Aufwand nicht bestreiten kann. Oder wollt Ihr die Dame vielleicht heiraten?«
»Warum nicht? Und was ginge es Euch an?«
Das ist es also, dachte del Bufalo und fühlte, wie sein Gemüt zur Ruhe kam. Vielleicht wurde er sich seiner Schäbigkeit Imperia gegenüber bewusst und war froh, dass Chigi tat, was er selber nicht gewagt hatte.
»Da habt Ihr freilich recht – es geht mich nichts an und ich will mich auch den Finanzplänen Seiner Heiligkeit nicht in den Weg stellen. Natürlich möchte ich bei der Kirche keinen Gewinn machen, und so umfasst der Kaufpreis nur, was ich selber dafür bezahlt habe. Ich werde beim Notar das Nötige veranlassen und ersuche Euch, die Summe beim Bankhaus Calvi einzuzahlen. Eines aber wundert mich schon, nämlich dass Seine Heiligkeit diese Geldgeschäfte hinter dem Rücken von Don Cesare betreibt.«
Chigi hob erstaunt die Brauen.
»Wie kommt Ihr denn darauf? Er heißt solche Vorsichtsmaßnahmen durchaus gut. Der Valentino ist ein sehr weitsichtiger Mann …«

Del Bufalo glaubte nichts davon, aber er zog es vor, sich mit dem einflussreichen *banchiere* gut zu stellen. Sie erhoben sich und gingen zur Tür. Da blieb Chigi stehen.

»Noch eines, Don Angelo – ich möchte Euch bitten, über den Inhalt unseres Gesprächs zu schweigen, und zwar über jeden Punkt.«

»Ich habe verstanden, Don Agostino. Da dieses Haus nun künftig Euch gehört, solltet Ihr vielleicht den Park mit einigen Statuen verschönern. Bei Grabungen im Bereich der Villa Adriana ist einiges zutage gekommen, das Euch den Atem verschlagen wird.«

»Alle Welt weiß, dass ich ein Freund schöner Dinge bin – also herbei damit!«

Del Bufalo hatte wegen seiner reichen Heirat seine Antikengeschäfte stark eingeschränkt, aber wenn ein schöner Gewinn winkte, griff er zu. Er nahm sich vor, diesem Chigi das Dreifache zu berechnen, und er wusste jetzt schon, dass der Bankherr klaglos bezahlen würde.

Als Agostino Chigi Imperia mit einer Umarmung begrüßte, meinte er:

»Es sieht nun so aus, als käme ich mit leeren Händen, doch habe ich zwei ganz besondere Geschenke für Euch. Da dürft Ihr jetzt raten: Das eine ist so groß, dass es in kein Zimmer passt, und auf das andere müsst Ihr noch eine Weile warten.«

Imperia hatte die unsinnige Hoffnung gehabt, er würde sie um ihre Hand bitten, aber danach sah es nicht aus.

»Verzeiht, aber die Hitze hat mir heute den Verstand gelähmt. Da wage ich nicht einmal zu raten.«

Chigi lachte und rieb sich die Hände.

»Dann werde ich Euch aufklären. Das in kein Zimmer passende Geschenk besteht aus Zimmern – es ist dieses Haus! Don Angelo hat es mir eben verkauft!«

»Das glaube ich nicht!«, rief sie verblüfft. »Oder Ihr habt ihn auf irgendeine Weise erpresst?«

»So will ich es nicht nennen, aber ich halte es für besser, dass er nicht mehr hier wohnt.«

»Warum?« Sie fragte es mit kleiner Stimme.

»Weil ich es inzwischen als unser Haus betrachte.«

Sie war so klug, nicht weiter zu fragen.

»Und das andere Geschenk?«

»Seine Heiligkeit hat sich bewogen gefühlt, die ›Goldene Rose‹ des Jahres 1504 an Euch zu vergeben.«
Sie fiel ihm um den Hals.
»Ist das wahr – ist das wirklich wahr?«
»Ich schwöre es bei allen Heiligen!«
Ja, dachte sie zufrieden, dann muss Fiammetta doch in die zweite Reihe zurück, denn ihr wurde die *rosa aurea* nur geschenkt – an mich aber wird der Heilige Vater sie verleihen.
»Das muss gefeiert werden! Seid heute Abend auf der *vigna* mein Gast.«
»Und heute Nacht?«
»Natürlich auch!«
Es war sonst nicht Imperias Art, in laute Begeisterung auszubrechen, aber heute tat sie es – ungeachtet der mörderischen Hitze. Innerlich hatte sie von Angelo del Bufalo längst Abschied genommen, denn ihre Hoffnung, er würde sie jedes Mal besuchen, wenn er sich in sein Zimmer zurückzog, hatte sich nicht erfüllt. Zum einen benutzte er diese »Zuflucht« kaum, zum anderen zog ihn die verschwägerte Familie in ihren Kreis, denn die Eltern seiner Gattin lebten noch, außerdem gab es zahlreiche Vettern und Basen, die sich nun mit dem Namen des angeheirateten Adligen schmückten.
Freilich gab es da noch etwas – zumindest wurde viel davon geredet. Am Kurtisanenhimmel war ein neuer Stern aufgegangen, nämlich die blutjunge Ambrosina, die ihre Laufbahn als Konkubine eines steinreichen Colonna begonnen, sich später von ihm gelöst und eine eigene palastähnliche Villa bezogen hatte. Betörende Schönheit und umfassende Bildung wurden ihr nachgesagt, aber weder Fiammetta noch Imperia konnten glauben, dass eine kaum Achtzehnjährige über derartige Vorzüge verfügte. Beide hätten aber gerne Näheres über sie gewusst, zu deren ständigen Liebhabern jetzt Angelo del Bufalo sowie einige der reichsten Prälaten gehörten.
Imperia ging die Liste ihrer ständigen Besucher durch, doch keinem traute sie zu, für sie den Kundschafter zu spielen. Ja, Becuto, der würde es tun, aber ob dieser unscheinbare, fast krüppelhafte Mann … Sie grübelte nicht lange, sondern bat den päpstlichen Kammerherrn und erfolgreichen Devotionalienhändler zu sich. Nachdem sie einige Höflichkeiten ausgetauscht hatten, kam Imperia auf ihren Wunsch zu sprechen.

»Ihr wisst, dass ich nicht zu denen gehöre, die voll Argwohn, Neid oder Eigensucht andere ausspionieren. Dazu bin ich mir zu gut und es entspricht auch nicht meiner Berufsauffassung. In diesem Fall aber glaube ich, wäre es doch angebracht, einige Gerüchte auf ihren Wahrheitsgehalt zu prüfen. Wollt Ihr das für mich tun?«
Becuto lächelte entgegenkommend und drückte auf seine etwas schiefe Nase, als wolle er sie zurechtrücken.
»Ihr habt mir noch nicht gesagt, um wen oder was es geht.«
»Tatsächlich? Ach, verzeiht, die Hitze ... Es ist diese Neue – wie heißt sie doch gleich?«
»Ein wenig näher müsst Ihr es mir schon erläutern.«
Becuto hatte bereits eine Vermutung, doch wollte er es ihr nicht zu leicht machen.
»Ja, jetzt fällt es mir ein – Ambrosina, so heißt sie!«
»Ja, ja, ich habe davon gehört. Ein Colonna hat sie blutjung an sich gebracht, reich ausgestattet – mehr weiß ich auch nicht.«
Sie blickte ihn mit hoheitsvoller Zuneigung an. Da war dieser bestimmte Blick, den manche Männer nur auf sich bezogen, der ihr aber jederzeit zur Verfügung stand.
»Ich will aber mehr wissen, nicht aus Neugier – oh nein!«
Becuto half ihr schnell weiter.
»Aus Geschäftsinteresse?«
»Ja, so könnte man sagen ...«
»Da kann ich Euch nur zustimmen. Wenn es um den eigenen Beruf geht, sollte man über alles umfassend Bescheid wissen.«
Da blühte Imperia auf.
»Ja, nicht wahr? Da muss mir doch jeder recht geben!«
Jeder vielleicht nicht, dachte Becuto, aber ich kann sie schon verstehen.
Auch Fiammetta hatte von Ambrosina gehört, doch ihre Neugier hielt sich in Grenzen. Zu Dorotea bemerkte sie:
»Wäre es ihr nicht gelungen, diesen Colonna eine Weile an der Angel zappeln zu lassen, hätte niemand ein Wort über sie verloren. Es heißt, die Familie Colonna sei allmählich in Sorge geraten, weil einer der ihren offensichtlich mit dieser jungen Konkubine vor den Traualtar treten wollte. Da haben sie ihr lieber ein schönes Haus geschenkt, um ihr den Weg in die Kurtisanenlaufbahn zu ebnen. Jetzt liegt es an ihr, was sie daraus macht.«

Dorotea schüttelte ihren Kopf.
»Für mich wäre das nichts. Es muss doch für ein junges, hübsches und angeblich auch gebildetes Mädchen noch einen anderen Weg geben. Sie hätte von den Colonna eine Mitgift erpressen und sich dann einen Mann suchen sollen.«
Fiammettas silberhelles Lachen zauberte auch auf Doroteas Gesicht ein Lächeln.
»Ich sehe schon, Ihr seid die geborene Ehefrau und Euer Ausflug ins Konkubinendasein war eben nur ein Ausflug, ein Erkunden anderer Möglichkeiten. Säße in Venedig nicht der alte *Capitano*, sondern ein junger feuriger Mann, so wärt Ihr längst dort.«
»Ich weiß nicht ...«
Aber ihre Freundin hatte schon recht, denn was war von Cesare noch zu erwarten? Offensichtlich steckte er bis über die Ohren in politischen Aktivitäten, vielleicht auch in Schwierigkeiten. So, wie es gewesen war, würde es niemals wieder werden, selbst wenn seine Feldzüge beendet waren und wieder friedliche Zeiten herrschten. Dann würde er sich nach Frankreich aufmachen, um mit seiner Gattin einen Sohn zu zeugen. Was bleibt dann für mich? Diese Frage stand im Raum und ließ sich nicht mehr vertreiben. Ein wenig wollte sie noch abwarten, um dann – sobald Cesare Rom wieder verlassen hatte – auf geradem Weg den venezianischen Botschafter aufzusuchen.

Alberto Becuto hatte eine Lebensform gefunden, die ihm sehr zusagte. Dass er vor nicht allzu langer Zeit den päpstlichen Notar Giacomo Stella hatte ermorden lassen, war ihm zwar noch erinnerlich, hatte aber die Form einer lässlichen Sünde angenommen, die er zudem noch gebeichtet hatte. Auf andere Art als del Bufalo – der jetzt immer häuslicher wurde – hatte er fast schon dessen Rolle in der Gesellschaft übernommen. Er war nun freilich kein Paradiesvogel, hatte nichts Buntes oder Schillerndes an sich, doch seine körperliche Erscheinung – klein, leicht bucklig und mit schiefer Nase – verlieh auch ihm etwas Besonderes. Dazu kam seine Beredsamkeit, seine geschliffene Sprache, sein tiefes Verständnis für jede Situation und nicht zuletzt sein stets wachsendes Wissen um die Menschen, mit denen er verkehrte. Wenn eine Frau ihm, dem Verständnisvollen, ihr Herz öffnete und ihn an ihren intimsten Wünschen und Gedanken teilhaben ließ, dann bedeutete das auch, dass sie es niemals versäumte, ihn zu all ihren Festen und Empfängen zu bitten. Die Damen konnten dann feststellen, dass ihre Geheimnisse bei Becuto wohlverwahrt blieben und dass keine der Freundinnen Andeutungen machte, die nur aus Becutos Wissen hätten kommen können.

Vor einigen Wochen hatte ihn ein entfernter Verwandter zur Erstkommunion seines Sohnes eingeladen. Der schon ältere Herr – ein päpstlicher Beamter – hatte, früh verwitwet, vor sieben Jahren ein bildhübsches Mädchen geheiratet. Becuto kam mit ihr ins Gespräch, und, wie es ihm bei Frauen häufig erging, bat sie ihn zum Luftschöpfen in den Garten. Ohne besonders gebildet zu sein, zeigte sie ein freies, offenes Wesen, und dann gestand sie ihm aus dem heiteren Himmel – oder besser gesagt im Schutze der Nacht –, dass ihr Sohn nicht der des Hausherrn sei, von dem aber ihre vierjährige Tochter stamme. Wie immer in solchen Fällen vermied Becuto es, Worte der Teilnahme zu äußern, zeigte sich aber auch nicht verschlossen, sondern wartete ab. Dann sprach sie weiter.

»Das war jener Sommer, als Donna Giulia Farnese unter dem Druck ihrer Familie zu ihrem Gatten zurückkehrte.«

Jetzt begann sie kaum hörbar zu flüstern, doch Becutos scharfe Ohren vernahmen jedes Wort.

»Da schickte Seine Heiligkeit Männer aus, die willige Jungfrauen gegen hohen Lohn dem Papst in finsterer Nacht zuführten. Meine Eltern handelten mit Landprodukten, kauften den Bauern Eier, Obst, Nüsse, Honig und dergleichen ab. Mit einem Krug von besonders köstlichem Honig schickten sie mich zum Vatikan, und Seine Heiligkeit muss mich wohl aus einem der Palastfenster beobachtet haben. Als die Männer kamen, zögerte mein Vater, doch die Mutter setzte sich durch, und so wurde ich vom Papst entjungfert und durfte ihm dann im Laufe von einigen Wochen noch viermal das Bett wärmen.«

Sie kicherte und packte Becuto am Arm.

»Zuerst hielt ich ihn für einen hohen Prälaten, aber sein Gesicht war mir von den Prozessionen her bekannt und er tat nichts, um es zu verbergen. Ein Mann war das, ein Mann …«

Sie verfiel in nachdenkliches Schweigen, sodass Becuto ihr weiterhalf.

»Und dann kam das Kind?«

»Ja, ich wurde von Seiner Heiligkeit schwanger, und als mein Sohn zur Welt kam, sollte er in einer geordneten Umgebung aufwachsen. So wurde ich von Seiner Heiligkeit in eigener Person mit einem seiner Beamten getraut, und die Mitgift - na ja, sie hätte höher sein können, dafür aber wurde mein Gatte befördert. Wir leben in guter Ehe - ja, das kann man schon sagen ...«

Aus dem Haus hörten sie das Lärmen der Festgäste und plötzlich wurde ihr Name gerufen.

»Ja, ich komme gleich, bin mit Don Alberto im Garten!«

»Dann ist also alles in bester Ordnung?«

Becuto hatte im Frageton gesprochen.

»Ja - nein, eigentlich schon, doch ich muss immer wieder daran denken, dass hier in unserem einfachen Haus ein Sohn Seiner Heiligkeit heranwächst, so unbemerkt, als wäre es irgendein Kind.«

»Das kann ich durchaus verstehen, aber da gibt es zweierlei anzumerken. Zum einen ist es bei diesem Papst wohl so, dass die Heiligkeit draußen bleibt, wenn er mit einer Frau sein *dormitorio* betritt. Zum anderen teilt Ihr dieses Schicksal mit nicht wenigen Frauen.«

»Was meint Ihr damit?«

»Das Schicksal, ein Kind Seiner Heiligkeit auszutragen. Gut, die Kinder der Vanozza de Cattanei hat er quasi zu seiner Familie erwählt, aber - und da könnt Ihr sehr stolz darauf sein - Euren Sohn hat der Papst anerkannt. Das will heißen, er behält dieses Kind im Auge und Ihr vergebt Euch nichts, wenn Ihr von Zeit zu Zeit eine Eingabe für eine Beihilfe zur Erziehung Eures Sohnes macht.«

»Aber Don Alberto - wie soll das gehen? Ich kann doch nicht dem Papst einen Brief schreiben, ihn an sein Kind erinnern, wo es doch noch so viele andere gibt ...«

Becuto ließ ein leises Lachen hören.

»Natürlich nicht, aber wenn Ihr wollt, kann ich für Euch ein Schreiben entwerfen - aber halt! Weiß Euer Mann Bescheid?«

»Er spricht nicht davon, aber da der Papst ihn persönlich gebeten hat, mich zur Frau zu nehmen, brauchte er nur eins und eins zusammenzählen.«

Eine verständige Frau, dachte Becuto, während sie ins Haus zurückgingen.

Nun aber stellte sich ihm die Frage, auf welche Weise er sich bei der Kurtisane Ambrosina anmelden sollte. Freilich, sie konnte seinen Rang als päpstlicher *cameriere* nicht missachten und musste ihm einen Höflich-

keitsbesuch gestatten. Dann aber kam er zu dem Entschluss, sich als Devotionalienhändler einzuführen.
Er entwarf ein kurzes Schreiben des Inhalts, dass er als Freund und Berater der ehrenwerten Damen Imperia und Fiammetta eine Reliquie anzubieten habe, die für den Beruf einer *cortigiana onesta* unverzichtbar sei. Jeder Berufsstand habe und verehre einen Patron, und bei den Damen ihres Metiers sei dies vor allem die heilige Maria Magdalena.
Allerdings sah Becuto davon ab, auch ihr ein Haar der Heiligen anzudrehen, dafür würde es eine winzige Glasphiole sein, die etwas von dem Wasser enthielt, in dem Jesus seine Füße gebadet hatte. Dazu entwarf er die Legende, dass Magdalena nach Christi Weggang diese geheiligte Flüssigkeit nicht weggegossen, sondern in kleinen Mengen an seine Jünger verteilt hatte. Das erschien ihm dann so plausibel, dass er selber daran glaubte, als er das Fläschchen in den Händen hielt. Die Approbation des Papstes war nur noch eine Formsache und wurde gegen Gebühr sofort erteilt.

Ambrosinas Haus stand nahe dem Ponte Sant'Angelo; der schöne gepflegte Garten grenzte an den Tiber. Donna Tullia, ihre Mutter, führte den Haushalt, dem Dutzend dienstbarer Geister war sie eine strenge Herrin. Es verstand sich von selbst, dass eintreffende Nachrichten zuerst durch ihre Hände gingen, und sie entschied auch, ob und wie man sie beantworten sollte. Donna Tullia war niemals verheiratet gewesen, hatte sich aber durch verschiedene ertragreiche Konkubinate – einem davon entstammte Ambrosina – ein kleines Vermögen geschaffen. Mutter und Tochter lebten im besten Einvernehmen, weil keine sich in die Angelegenheiten der anderen mischte. So ließ Ambrosina ihre Mutter etwa frei über den Haushalt verfügen, und wenn Dienstboten entlassen oder eingestellt wurden, war das allein Tullias Sache.
Ambrosina hingegen entschied über die Auswahl der *clienti*, wie sie ihre Besucher nannte. Freilich fiel dieses Wort niemals in Gegenwart einer der Herren, die sie – wie die meisten Kurtisanen – mit Monsignore ansprach, die Kardinäle natürlich ausgenommen. Diese Eminenzen wurden so lange mit ihrem Titel angeredet, bis man sich auf etwas anderes einigte. So jung sie auch war – Ambrosina wusste stets, was sich gehörte. Was nun ihre gerühmte Bildung betraf, so hatte sie die Jahre als Geliebte eines Colonna in seinem kunstsinnigen Haus verbracht und alles, was sie dort ver-

nahm, aufgesogen wie ein Schwamm. Das Lautenspiel hatte sie so nebenbei von einer Verwandten des Hausherrn erlernt, die – dreimal verwitwet – hier einige Räume bewohnte und ohne Scheu von Zeit zu Zeit meist viel jüngere *amanti* empfing.

Ambrosina besaß zudem die Eigenschaft, auch treffend anzuwenden, was sie sich angeeignet hatte. So kannte sie eine Reihe von Zitaten der alten Dichter und Philosophen und streute sie so passend in ihre Gespräche ein, dass sie ihre Besucher verblüffte. Freilich auch deshalb, weil diese verzückt in ihr wunderschönes Gesicht starrten, das blass, schmal und edel wirkte, so als hätte es ein Künstler in einer Sternstunde geschaffen.

Als Donna Tullia an diesem schwülen Julitag zwei Nachrichten empfing, gähnte sie zuerst einmal ausgiebig. Welcher Mensch von Bedeutung, dachte sie, kann um diese Zeit noch in Rom sein?

Das eine Schreiben lud Donna Ambrosina in höflichen Worten zu einem Sommerfest auf eine *vigna*, das andere aber – Tullia stutzte. Da bot ein Mensch ihrer Tochter an, ihr eine der heiligsten Reliquien zu verschaffen, die gerade für eine *cortigiana onesta* von hohem Wert und großer Bedeutung sei. Was genau es war, wurde nicht gesagt, aber der Absender – ein gewisser Alberto Becuto, *cameriere* – bot an, ihr die Reliquie bei einem Besuch genauer zu erläutern. Donna Tullia hätte das Schreiben erst einmal beiseitegelegt, wäre da nicht die Berufsbezeichnung *cameriere* gewesen. Freilich konnte auch ein päpstlicher Kammerherr ein Gauner sein, wie es sie ja schließlich in jedem Berufsstand gab. Dennoch wollte sie sich nicht nachsagen lassen, sie habe etwas Heiliges zurückgewiesen.

Ambrosina ergriff das Schreiben mit spitzen Fingern und überflog es.

»Warum nicht? Der Sommer ist ohnehin die langweiligste Zeit des Jahres, und ich sage Euch eines, Frau Mama, noch heuer werde ich uns eine *vigna* anschaffen. Man muss sich ja fast schämen, seine Gäste nicht ins Freie laden zu können.«

Donna Tullia runzelte die Stirn.

»Wir sind bisher auch ohne solchen Firlefanz ausgekommen. Wenn dir nach so etwas zumute ist, dann lasse dich von anderen dazu bitten.« Sie streckte ihr den Brief hin. »Hier ist schon eine solche Einladung.«

Ambrosina überflog das Schreiben.

»Ich werde es mir überlegen. Diesen Alberto Becuto werde ich übermorgen empfangen – teile ihm das mit.«

Donna Tullia mischte sich niemals in solche Belange, aber sie befürchtete doch, dass dieser Becuto ihrer Tochter für viel Geld etwas Unsinniges aufschwatzen könnte. Im finanziellen Bereich gab es keine scharfen Grenzen, doch Donna Tullia achtete genau darauf, wofür ihre Tochter Geld ausgab und wie viel. Freilich ergaben sich mit Ambrosina keine Probleme, abgesehen von den Aufwendungen für ihre Kleidung, die sich manchmal in Höhen bewegten, die das Einkommen einer *cortigiana onesta* bedenklich überstiegen. Doch Ambrosina zeigte Einsicht und übte »Kleiderfasten« – so nannte sie es –, bis ein ungefährer Ausgleich geschaffen war.

In dieser Zeit des Hochsommers lud Ambrosina ihre *clienti* zu später Stunde ein, während andere Besucher am frühen Morgen erscheinen mussten.

So betrat Alberto Becuto das Haus der Donna Ambrosina um die zweite Tagesstunde und wurde sogleich von ihr empfangen.

Das ist kein Mann fürs Bett, dachte sie nüchtern, denn wer so – so bescheiden aussieht, darf nicht erwarten, dass ... Becuto erstickte ihre Überlegungen mit einem gedrechselten Kompliment.

»In Rom ist jetzt viel von Eurer Schönheit und Anmut die Rede, aber das wird Eurer wahren Erscheinung nicht gerecht.«

»Nicht gerecht? Seid Ihr von meinem Aussehen enttäuscht, Don Alberto?«

»Enttäuscht? Wenn ich sage, nicht gerecht, dann meine ich, dass Euer Anblick Worte wie Schönheit und Anmut verblassen lässt und man Ausdrücke finden oder erfinden müsste, die eine Steigerung dieser Begriffe bedeuten. Dabei muss ich bescheiden zurücktreten, denn ich bin weder Dichter noch Philosoph.«

»Aber Ihr redet wie ein Dichter! Ich weiß das, weil bei mir seit einiger Zeit Matteo Bandello verkehrt, ein Priester zwar, aber auch ein anerkannter Dichter. Er schreibt wunderschöne Geschichten und liest manchmal daraus vor. Habt Ihr es schon damit versucht?«

»Womit?«

»Mit dem Geschichtenschreiben.«

»Nein, Donna Ambrosina, mein Amt als päpstlicher Kammerherr und meine Tätigkeit im Devotionalienhandel lassen mir keine Zeit dazu. Den Grund meines Besuches habe ich Euch ja genannt. Hier, diese *casetta* birgt die von mir angekündigte Reliquie.«

Er stellte das lederne Kästchen auf den Tisch.
»Mit Eurem Hinweis, dass diese Reliquie besonders für Kurtisanen von Bedeutung ist, habt Ihr mich schon ein wenig neugierig gemacht.«
Er nickte und öffnete mit feierlichen Bewegungen das Kästchen. Da lag die gläserne Phiole auf violettem Samt gebettet. Becuto deutete ehrfürchtig darauf, nahm ein gesiegeltes Papier aus der Tasche und hob es hoch.
»Das Siegel des Papstes! Und nun lese ich Euch vor, was es damit auf sich hat.«
Ambrosina schaute ihn gespannt an, und Becuto musste feststellen, dass keine Gesichtsregung – welcher Art auch immer – die elfenhafte Schönheit dieses Gesichts verändern konnte.
Um der Reliquie mehr Authentizität zu verleihen, hatte Becuto das Gutachten um einige Jahre zurückdatiert.
»Also: Gegeben zu Rom, drei Tage nach dem hochheiligen Osterfest anno 1493. Nach sorgfältigem Erkunden und bestem Wissen wird hierdurch bestätigt, dass dieses gläserne Behältnis Wasser enthält, in dem Jesus Christus, wie die Evangelisten Lukas und Johannes berichten, seine Füße gebadet hat. Maria Magdalena hat das durch den Herrn geheiligte Wasser voll Ehrfurcht bewahrt und für seine Jünger in kleine Behältnisse abgefüllt. Die heilige Helena hat von ihrer Reise ins Heilige Land etliche davon mitgebracht und in kostbare Glasphiolen umfüllen lassen.«
Ambrosina hatte mit vorgeneigtem Kopf gelauscht und beugte sich nun über das Kästchen. Dann sagte sie leise:
»Dass es besonders für Kurtisanen geeignet ist, spielt wohl auf Maria Magdalena an – die Sünderin?«
»Das sind jetzt Eure Worte, Donna Ambrosina, die ich bestätige – mit aller Hochachtung vor Eurem Beruf.«
»Eine derartige Kostbarkeit ist gewiss sehr teuer?«
Becuto fasste sich an die etwas schiefe Nase, als wolle er sie gerade rücken. Seine Stimme klang ernst und feierlich, als er sagte:
»Ich glaube nicht, dass der Wert einer solchen Kostbarkeit in einer Geldsumme auszudrücken ist. Selbst wenn ich dafür tausend Dukaten ansetze, ist das ein Nichts, gemessen an der Heiligkeit des Gegenstandes. Nein, Donna Ambrosina, eine solch bedeutsame Reliquie kann nur verschenkt werden, und Ihr seid dafür die geeignete Empfängerin – davon bin ich überzeugt!«

Ambrosina schaute ihn bestürzt an.
»Aber Don Alberto – das kann ich nicht annehmen.«
Becuto lächelte sanft.
»Ihr könnt es, denn ich fordere ein Gegengeschenk.«
Jetzt kommt es, dachte sie ernüchtert, am Ende zielen sie alle aufs Bett.
»Ja?«
»Ihr müsst mir gestatten, dann und wann mit Euch zu plaudern – aber nur, wenn Eure Zeit es zulässt und Ihr Verlangen nach einem angenehmen Gespräch habt.«
»Aber ja, gerne. Schon im Frühjahr habe ich einen *giorno di visita* eingeführt, der ist jeweils der erste Montag eines Monats. Dazu seid Ihr herzlich eingeladen.«
»Ich werde künftig alles zurückstellen, um diesen Tag freizuhalten. Kenne ich einige der Besucher? Ist etwa Don Angelo del Bufalo unter ihnen?«
Wie fast ganz Rom wusste natürlich auch Becuto Bescheid über Don Angelos neue Liebschaft. Aber er wollte nur einmal auf den Busch klopfen. Ihr schönes Gesicht zeigte keine Regung. Dann lächelte sie leise und sagte:
»Wer kennt Don Angelo nicht? Unter meinen Montagsgästen werdet Ihr ihn allerdings nicht finden.«
Becuto hielt es für unhöflich, das Thema weiter zu verfolgen.
»Darf ich mich verabschieden, Donna Ambrosina? Die Pflichten rufen ...«
»*Necessitati parendum est!* – Der Notwendigkeit muss man sich beugen! So lehrt es uns Cicero, und ich kann ihm nur zustimmen.«
Becuto, sonst nicht leicht zu verblüffen, blieb die Sprache weg. Noch ehe er etwas sagen konnte, fügte sie hinzu:
»Übrigens sagt Cicero auch: *Jucundi acti labores* – angenehm sind die vollbrachten Arbeiten, und ich glaube, auch da müssen wir ihm beipflichten.«
Becuto schluckte, räusperte sich und stieß hervor:
»Ja, ja, Donna Ambrosina, großartige Sentenzen voll Weisheit und Wahrheit. Lest Ihr denn regelmäßig in Ciceros Werken?«
»Nein, regelmäßig nicht, denn auch Horaz, Juvenal und Seneca verdienen unsere Beachtung, von den alten Griechen ganz zu schweigen. Platon hingegen mag ich nicht, denn er stellt uns Frauen als zweitrangig hin, manchmal sogar als die naturgegebenen Sklavinnen der Männer.«

Becuto hatte keine Ahnung, worauf sie anspielte, doch er stimmte ihr sofort zu, worauf sie ihm ein strahlendes Lächeln schenkte.

»Sehr Ihr, Don Alberto, ich habe Euch gleich zu Anfang richtig eingeschätzt. Ihr seid ein Mann von Geist, Bildung und Einsicht.«

Als er wenig später in die Sonne hinaustrat, brummte ihm der Schädel. Er hatte schon Angst gehabt, sie würde seine Kenntnisse der antiken Autoren prüfen. Er schüttelte mehrmals den Kopf. Und das bei einer Achtzehnjährigen! Kaum zu glauben! Wie sollte er es Imperia beibringen, ohne dass sie sich unterlegen fühlte? Immerhin hatte er noch zwei Tage Zeit, es sich zu überlegen.

Doch ihm fiel nichts ein. Bei Donna Fiammetta hätte er sofort die richtigen Worte gefunden, wie aber sollte er es der stolzen und eigenwilligen Imperia schildern? Schließlich beschloss er, einfach drauflozureden, sie dabei genau zu beobachten und, sollte sich ihr Unwille zeigen, sofort einen anderen Ton anzuschlagen.

Sie hatte ein Nachtmahl für einige Gäste gerichtet und deutete bei der Begrüßung an, dass er noch bleiben sollte, wenn die anderen gegangen waren.

Die Gesellschaft war sterbenslangweilig, und Becuto gab es bald auf, interessante Themen anzuschneiden, weil niemand darauf reagierte. Einen Gast hatte er bisher noch nicht gesehen, es war der kürzlich ernannte Kardinal Adriano Castellesi da Corneto. Der gelehrte Humanist war lange Jahre Apostolischer Nuntius in London gewesen und hatte sich dort so bewährt, dass König Heinrich VII. ihm unter anderem das reiche Bistum Herford übertrug. Kurze Zeit führte er mit Becuto ein Gespräch über englische Heilige und vor allem über Thomas Becket, den auf Befehl König Heinrich II. ermordeten Erzbischofs von Canterbury. Doch plötzlich wirkte der Kardinal bedrückt und brach das Gespräch ab.

Als sie allein waren, zügelte Imperia sichtlich ihre Neugier, doch Becuto sah ihr an, wie sehr sie seinen Bericht erwartete. Und jetzt, quasi in letzter Minute, fiel ihm die richtige Strategie ein.

»Lasst es mich gleich vorweg sagen: Donna Ambrosina ist hübsch und liebenswert, aber das Besondere an ihr ist ihre Jugend, und diese sehe ich weder als Verdienst, noch hat sie Bestand. Eine glückliche Fügung hat sie schon früh – es heißt als Zwölf- oder Dreizehnjährige – in das Haus jenes Colonna geführt, der sie in maßloser Verliebtheit ehelichen wollte,

was seine Familie zum Glück verhindert hat. Für sie ist ein schönes Haus abgefallen, da lebt sie nun mit ihrer Mutter und versucht sich als Kurtisane.«
Imperia hatte mit stolz-strenger Miene gelauscht und fragte nun:
»Wie ist das zu verstehen – sie versucht es? Hat sie nicht schon beträchtlichen Erfolg damit?«
»Es scheint so, aber wir müssen uns fragen, bei wem? Don Angelo gilt neuerdings als ihr besonderer Verehrer, aber wenn Ihr ihn auch weit besser als ich kennt, so wissen wir doch alle, dass die Ehe aus diesem bunten Vogel keinen Stubenhocker gemacht hat, obwohl es manchmal so schien. Er flattert hierhin und dorthin, doch nichts hat Bestand. Im Übrigen wundert sich alle Welt, wie es Euch gelungen ist, diesen schlüpfrigen Fisch so lange zu halten. Heute ist es Ambrosina, morgen Pandora, dann flattert er weiter zu Laura und am Ende versucht er es wieder bei Euch.«
Ihre Augen blitzten zornig.
»Da wird er keinen Erfolg mehr haben! Die Trennung ist vollzogen, dieses Haus hier hat Don Agostino erworben ...«
Sie biss sich auf die Zunge. Das hätte sie nicht sagen sollen, doch Becuto lächelte nur.
»Ja, das hat sich inzwischen herumgesprochen. Was nun Ambrosina betrifft, so gibt es nur noch zu sagen, dass sie kürzlich einen *giorno di visita* eingeführt hat, wo sich am ersten Montag jeden Monats ein zwangloser Freundeskreis trifft.«
»Ist das nicht ein wenig lästig?«
Er hob unschlüssig die Schultern.
»Wenn Ihr es wünscht, werde ich hingehen und so die Dame im Auge behalten.«
Sie drohte ihm lächelnd mit dem Finger.
»Das tut Ihr wohl nicht nur für mich ...«
Becuto berührte flüchtig seine etwas schiefe Nase und sagte schnell:
»*Militat omnis amans!*« (Jeder Liebende leistet Kriegsdienst.)
»Kommt mir nicht damit! Ihr tut ja gerade, als hätte ich Euch in den Krieg geschickt, aber lassen wir es dabei. Das Zitat kann nur von Ovid sein, der ja zeitlebens im Banne der Venus stand.«
Das wäre jetzt ein Anlass gewesen, von Ambrosinas Bildung zu sprechen, doch hielt er es für besser, davon zu schweigen.

Da Imperia seine Dienste keineswegs unterschätzte, gewährte sie ihm eine Liebesstunde, deren Flüchtigkeit nicht zu übersehen war, doch Becuto fühlte sich dennoch reich beschenkt.

17

Nicht nur die Patrizier und Adligen spürten, dass sich die innenpolitische Lage im Patrimonium Petri zunehmend verändert hatte. Auch dem Volk blieben die wahren Zustände nicht verborgen, die Pasquino in den Vers fasste:
Der Valentino ist nun daran
halb Italien aufzufressen.
Im Dienst der Kirche – wohlan,
so ist immer die Rede gewesen.
Nun zeigt sich aber dreist,
dass die Kirche Borgia heißt.

Adriano Castellesi da Corneto stand jetzt im vierundvierzigsten Jahr und durfte sagen, dass sein Leben bis jetzt glücklich und erfolgreich verlaufen war. Humanistisch hochgebildet, war er eher geneigt, sich selber die Verdienste daran zuzuschreiben, als einem Gott, an den er nicht recht glauben konnte. Freilich gab es da irgendwo eine unfassbare Macht, aber Castellesi hielt es für vergebliche Mühe, sich diesem Phänomen geistig zu nähern oder es gar erfassen zu wollen. Doch diese Einstellung hinderte ihn nicht daran, seine jeweiligen Aufgaben mit peinlicher Gewissenhaftigkeit zu erfüllen und, wo er diese Denkart nicht vorfand, deutliche Kritik zu üben.

In Rom, das musste er sich bald eingestehen, war davon wenig zu finden. Wenn der Papst auch bei jeder Gelegenheit betonte, dass all seine Mühen der Kirche und nur ihr galten, so war dies wenig glaubhaft, wenn man seine Taten näher betrachtete. Die Kirche, das war offensichtlich, trug den Namen Borgia. Alles durch Gewalt, Mord und Hinterlist Erraffte fiel nicht in den Schoß der Kirche, sondern in die Hände eines

Mitglieds der Borgia-Sippe. Was den Caetani, Savelli, Orsini und anderen geraubt worden war, wurde als Lehen an Träger des Namens Borgia vergeben – häufig sogar an unmündige, von diesem lüsternen Greis gezeugte Kinder.

Wenn Castellesi es auch für sich behielt, so musste er sich eingestehen, dass die Kardinalserhebung ihm wenig Freude bereitet hatte. Von den acht anderen gab es nicht einen einzigen, der diese Würde durch positive Eigenschaften verdient hätte. Allein die fünf Spanier bewiesen schon, worauf es dem Papst ankam, nämlich die Macht der Borgia im Konsistorium zu stärken. Wenn er sich diese Leute näher betrachtete, kam Castellesi ein Grausen an. Dieser Remolines mit seinem harten Gesicht und den blicklosen Augen war für jeden, der mit ihm verkehren musste, eine Zumutung. Dass er ein Intimus von Don Cesare war, machte ihn nur noch fragwürdiger.

Um es kurz zu sagen: Kardinal Adriano Castellesi war ein hochgebildeter Mann, dessen Tun von Moral und christlicher Ethik getragen und der nicht gesonnen war, irgendwelche Zugeständnisse zu machen. Auch wenn ihm die Gottesnähe fehlte, so empfand Castellesi diesen zum Papst gewordenen habgierigen und mordbereiten Wüstling als Zumutung für die katholische Kirche. Auch wenn hinter vorgehaltener Hand behauptet wurde, Alexander sei eine wächserne Puppe in den grausamen Händen seines schrecklichen Sohnes, so ließ Castellesi dies keinesfalls als Entschuldigung gelten. Wenn das Schicksal einen Mann zum König bestimmt hatte, dann musste er handeln wie ein König und wenn er Papst geworden war, dann war es seine Aufgabe, als Stellvertreter Christi auf Erden zu wirken. Hätte Castellesi an Satan geglaubt, so wäre es für ihn naheliegend gewesen, in der Wahl dieses Borgia ein Werk des Teufels zu sehen. So aber sah er es als unverzeihlichen Fehlgriff der Kardinäle, dieses Monstrum auf den Stuhl Petri gesetzt zu haben. Ein Fehler aber, davon war Castellesi überzeugt, ließ sich korrigieren, und er hatte sich entschlossen, dies zu tun.

War dieser Entschluss allein von Moral und christlicher Ethik getragen? – Nicht nur, denn Castellesi handelte dabei zugleich aus Notwehr. Er liebte sein Leben, seinen Beruf, und was er bei der Priesterweihe vor dem Altar geschworen hatte, hielt er nicht aus Angst vor der Strafe Gottes, sondern weil der Schwur an sich für ihn etwas Heiliges in der Menschengemeinschaft bedeutete. Dass er gelegentlich bei Imperia verkehrte, bedeutete für ihn nur eine Zerstreuung, ohne die Absicht, einer Kurtisane dann vom Tisch in das Bett zu folgen.

Auch wenn seine Kardinalswürde kaum zwei Monate alt war, so erkannten sich die Gegner der Borgia unter den wenigen Mitbrüdern, die noch nicht die lebensrettende Flucht ergriffen hatten, an gewissen Blicken und Gesten. Die ausländischen Kardinäle, aus politischen Erwägungen vor Don Cesares Verfolgung geschützt, nahmen dabei weniger Rücksicht. So wurde Castellesi Anfang Juli von Kardinal Georges d'Amboise zu einem Bankett geladen und später zu einem Gespräch unter vier Augen gebeten.

Die fast Gleichaltrigen hatten sich von Anfang an gut verstanden. Was sie vor allem verband, war eine strenge Berufsauffassung, die keine oder nur unbedingt notwendige Kompromisse gestattete. Wie Castellesi sprach auch d'Amboise ein geschliffenes Latein, denn der stolze Franzose hielt es für unangemessen, sich mit der Landessprache zu befassen. Damit machte er sich bei den Borgia nicht gerade beliebt, da der Papst wie auch sein Sohn das Lateinische nur unzureichend beherrschten. D'Amboise war Erzbischof von Narbonne und Rouen, auch König Ludwig XII. hielt sehr viel von ihm. Als ehrgeizige und tüchtige Männer hatten sie es beide zu etwas gebracht, doch ihre Beweggründe unterschieden sich. Castellesis Bestreben galt den eigenen Ansprüchen, und von sich selber verlangte er Disziplin und hohe Leistung. Bei d'Amboise war es der feste Wille, seinem König – und damit Frankreich – mit allen Kräften zu dienen.

Nach der Mahlzeit entwickelte sich ein lebhaftes Gespräch, denn d'Amboise lud nur Menschen von Geist und Bildung zu sich. Mehrmals sprach er dabei laut und für alle vernehmbar von einigen Neuerwerbungen für seine Büchersammlung, die er nachher unbedingt seinem verehrten Mitbruder Castellesi zeigen wolle. Er rechnete immer damit, dass irgendein Zuträger der Borgia unter den Gästen war, und lieferte so für Castellesi den Vorwand für längeres Bleiben.

Dann saßen sie in der Bibliothek einander gegenüber und d'Amboise sagte lächelnd:

»Neue Bücher gibt es freilich auch, doch davon soll heute nicht die Rede sein. Da ich Euch überaus schätze und Eure Einstellung diesen Spaniern gegenüber teile, muss ich Euch dringend vor einer vielleicht schon sehr nahen Gefahr warnen.«

Castellesi blieb ruhig und hob leicht die Brauen.

»Ihr werdet sie mir näher erläutern, diese Gefahr.«

»Deshalb sitzen wir hier. Ihr wisst, dass ich in der Regel von Gerüchten nicht viel halte, aber hier handelt es sich um einen begründeten Verdacht. Vor Kurzem habt Ihr zu mir gesagt, dass die Kardinalswürde Euch wenig bedeute und Ihr selber nicht recht wisst, warum der Papst sie Euch übertragen hat.«
Castellesi nickte.
»Ja, so ist es …«
D'Amboise beugte sich vor und sagte mit leiser, scharfer Stimme:
»Ich aber weiß es! Es ist Euer Reichtum, der die Habgier des Papstes und seines schrecklichen Sohnes erweckt hat. Manchmal sprechen sie ganz offen davon und meine Zuträger haben einiges vernommen. Don Cesare ist jetzt in einer Lage, die ihn zwingt, immer neue Truppen anzuwerben, und was das kostet, könnt Ihr Euch denken. Das ist auch der Grund, dass Ihr – vermutlich als Einziger – nichts für den roten Hut habt zahlen müssen. Sie schielen allein auf Euer Vermögen, das, da Ihr nun Kardinal seid, bei Eurem Tod an die Kirche fallen wird. Ich vermute, dass Ihr in den nächsten Tagen zu einem Mahl geladen werdet; eine Absage wird dann schwierig sein. Man wird Euch auffordern zuzulangen, aber jede Speise, jedes Getränk kann das Gift enthalten. Als einzigen Ausweg sehe ich nur Euren Arzt, der ein Attest über eine ansteckende Krankheit in den Vatikan schickt.«
Die schlimme Nachricht erzeugte in Castellesi weder Furcht noch Verzagtheit, sondern eine Anspannung, die seinen Geist aufs Äußerste schärfte und in ihm schnell einen Entschluss reifen ließ. Dass sich Don Cesares Finanzen bald bessern würden, war kaum zu erwarten. Einmal oder höchstens ein zweites Mal konnte er die Einladung absagen, aber damit war das Problem nicht gelöst, sondern nur etwas Zeit gewonnen. Flucht? Wohin? Sein Heimatstädtchen Corneto lag noch mitten im Kirchenstaat, da blieben höchstens Venedig oder Frankreich. Doch das widerstrebte ihm, zumal wenn er daran dachte, dass Don Cesare ihn aufspüren würde – wo auch immer.

Zwei Tage später wurde er zu einem Konsistorium gerufen, in dem der Papst noch einmal die Gründe erläuterte, die ihn zu dieser Jahreszeit in Rom festhielten. Seine Heiligkeit sprach von der ungewissen politischen Lage und davon, dass vieles noch offen sei. Dann schloss er mit den Worten:

»Doch Unser Vertrauen auf Gott ist so groß, dass Wir voller Zuversicht sind und fest an einen Sieg der heiligen römischen Kirche glauben. Die Abreise Unseres geliebten Sohnes Don Cesare ist auf den neunten August festgelegt, und jeder von Euch möge für sein erfolgreiches Wirken beten.«
Castellesi war so in eigene Gedanken verstrickt, dass er kaum hinhörte, aber plötzlich in den gedämpften Ruf ausbrach:
»Das ist es!«
Der Papst hielt inne und schaute den Kardinal fragend an.
»Oh – ich bitte Eure Heiligkeit um Verzeihung. Ich werde später noch etwas dazu sagen.«
Nach der Rede gesellte er sich zu der Gruppe, die mit dem Papst am offenen Fenster stand. Alexander sah ihn kommen und rief:
»Also, Castellesi, jetzt könnt Ihr Euer seltsames Verhalten begründen.«
Die anderen, darunter die Kardinäle Farnese und Remolines, blickten ihn erwartungsvoll an. Castellesi verneigte sich vor dem Papst.
»Ich hatte plötzlich daran denken müssen, wie sehr wir uns alle nach kühleren Orten sehnen, und erlaube mir, Eure Heiligkeit und Don Cesare auf meine *vigna* zu laden, zu einem Abschiedsmahl für unseren siegreichen Gonfaloniere.«
Der Papst nickte.
»Wir danken Euch und hoffen nur, dass Don Cesare dafür Zeit findet. Ihr werdet noch heute Bescheid erhalten.«

Alexander war erstaunt über dieses Angebot und zugleich erfreut, denn damit ergab sich eine günstige Gelegenheit. Don Cesare war der gleichen Meinung.
»So liefert er sich selber ans Messer! Für uns gibt es keine bessere Möglichkeit, um mit sauberen Händen dazustehen, denn nicht wir hatten ihn eingeladen, sondern er uns. Ich werde ein Geschenk für ihn vorbereiten ...«
Der Papst fragte nicht weiter, doch er hatte verstanden.
Wenn Castellesi später an diese Tage zurückdachte, sah er sich selber in der Rolle des Rächers in einer *farsa* – einem Possenspiel. Er, der Kardinal Adriano Castellesi, stand dabei draußen unter den Zuschauern, während sein Doppelgänger auf der Bühne agierte.

Zwei Tage vor dem Abschiedsmahl begehrte nach Sonnenuntergang ein Vermummter Einlass im Palast des Kardinals. Der Pförtner wollte ihn verjagen, doch der Mann zischte ihm zu:
»Es geht um Leben und Tod deines Herrn!«
Einer der Wächter suchte ihn nach Waffen ab, dann wurde der Kardinal geholt.
»Ich muss Euch allein sprechen …«
»Gut, wir gehen in diesen Raum. Das Fenster ist vergittert, vor der Tür stehen zwei Wachleute. Einverstanden?«
Der Mann nickte und sie gingen in den Raum, der sonst den Wächtern zum Aufenthalt diente. Nun schlug er seine Kapuze zurück.
»Ich bin einer der Köche Seiner Heiligkeit. Don Cesare hat mich beauftragt, für den geplanten Besuch bei Euch ein Körbchen mit Konfekt vorzubereiten, als Gastgeschenk sozusagen und als *pospasto*. Von diesen Zuckerplätzchen wird es zwei Sorten geben – mit grünen Pistazien besetzte und rote mit Himbeerpaste. Die grünen sind vergiftet, die roten nicht.«
Das Gesicht des noch jungen Mannes wirkte verschlagen und angstvoll zugleich.
»Und warum verrätst du deine Herren?«
»Weil ich weiß, was danach mit mir geschieht …«
»Was könnte es sein?«
»Am Morgen nach Eurer Einladung werden sie mich tot aus dem Tiber fischen – mit einem Strick um den Hals, vielleicht auch mit Messerstichen in Rücken und Brust.«
»Und was schlägst du vor?«
»Ich kehre den Spieß um und werde das rote Konfekt vergiften.«
»Einverstanden, und was willst du dafür?«
»Fünftausend Dukaten und einen Schutzbrief mit falschem Namen nach Venedig.«
»Das lässt sich machen, aber erst, wenn sich die Wirkung gezeigt hat.«
»Dann kann es zu spät sein …«
»Du hast recht, aber wenn du mich betrügst, wird dein Name in meinem Testament stehen, doch ich kann dir versichern, dass es dabei nicht ums Erbe, sondern um Vergeltung geht.«
Der Koch schüttelte heftig seinen Kopf.
»Nein, nein, Eminenz, es wird alles so geschehen, wie ich es gesagt habe.«

»Gut, das Geld und der *salvocondotto* werden für dich am Abend des fünften August hier bereitliegen.«

Vor dem Einschlafen hatte der Kardinal das Possenspiel vor Augen und der Zuschauer Castellesi fragte den Schmierenschauspieler Castellesi, ob er nicht vor der Rolle eines Mörders zurückschrecke. Aber der lachte nur und rief zurück, auf der Bühne gehe es genauso zu wie im Leben. Dann setzte er noch hinzu: »Wir spielen nur nach, was ihr da unten uns vorspielt.«

Dieser seltsame Zwiespalt hielt auch während der nächsten Tage an. Der Schmierenkomödiant Castellesi war es, der am Abend des fünften August dem päpstlichen Koch fünftausend Dukaten und einen Schutzbrief in die Hand drückte. Danach bestieg er seine Sänfte und ließ sich – umringt von seinen Wachleuten – in seine nahe gelegene *vigna* bringen.

Eine Stunde später trafen seine Gäste ein, begleitet von zahlreichen Dienern und Bewaffneten.

Während das Mahl aufgetragen wurde, scherzte Alexander:

»Der Monat August ist für Päpste sehr gefährlich – das hat mir Burcardus kürzlich berichtet. Mein Onkel Callistus III., aber auch Pius II. und Sixtus IV. sind im August gestorben.«

Castellesi winkte lächelnd ab.

»Was bedeutet das schon bei über zweihundert Vorgängern, die fast alle den August überlebt haben?«

Cesare schaute Castellesi freundlich an und fügte hinzu:

»Wie viele Kardinäle mag Gott im August abberufen haben?«

Castellesi hob eine Hand, als wöge leicht, was er jetzt sagte.

»Wer spricht schon davon? Wir sind nur schlichte Diener der Kirche und verwehen wie Staub.«

Das einfache Mahl traf genau Alexanders Geschmack. Gebratenes Geflügel, ein *manicaretto* aus Lamm und Kalb, sauer eingelegter Aal, zweierlei Brot, dazu Frascati und quellfrisches Wasser.

Der Papst tupfte sich den Mund ab und gab dem Diener einen Wink.

»Und was muss eine so köstliche Mahlzeit beschließen?«

Der Diener stellte ein Körbchen auf den Tisch und Alexander sprach weiter:

»Natürlich Pistazienkonfekt, gefertigt von Unserem dafür berühmten *confettiere*.«

Der Korb wurde herumgereicht und Castellesi nahm sich zwei grüne und ein rotes heraus. Auch der Papst und Don Cesare nahmen von beiden. Alexander biss von dem roten Konfekt ab, Don Cesare tauchte das seine – auch ein rotes – in den Wein. Castellesi sah ihnen lächelnd zu, nahm ein grünes, steckte es in den Mund, schluckte und griff nach dem zweiten Pistazienkonfekt.
Das Gesicht des Papstes lief rot an; er begann zu würgen, griff nach dem Pokal, um zu trinken, doch das Gefäß entglitt seinen Fingern, fiel um und ein großer Fleck breitete sich auf dem Tischtuch aus.
»Mir ist schlecht«, stöhnte er, »ich glaube, ich muss – ich muss …«
Er sank vom Stuhl, doch der Leibdiener konnte ihn noch auffangen.
Cesare stand schwankend auf.
»Mir ist auch nicht ganz wohl …«
Castellesi erhob sich und sagte schnell:
»Am Wein kann es nicht liegen … Wir haben schließlich alle das Gleiche getrunken und gegessen.«
Zusammen mit dem Diener trug Cesare seinen Vater zur Sänfte und schwang sich dann selber aufs Pferd, gepeinigt von einem feurigen Brennen im Magen und einer zunehmenden Kraftlosigkeit.
Der Schmierenkomödiant Castellesi tat ein Übriges und stürzte ächzend zu Boden. Seine Diener trugen ihn zur Sänfte und er spielte die Rolle des Mitvergifteten, bis er vor seinem Palast ankam. Von zwei *servi* gestützt wankte er ins Haus und lallte:
»Holt sofort einen Arzt!«
Der *medicus* konnte nichts feststellen, kassierte einen Dukaten und versprach, am Morgen wiederzukommen.
Gleich nach Tagesanbruch diktierte Castellesi seinem Sekretär ein Schreiben, in dem er sich nach dem Befinden Seiner Heiligkeit erkundigte und sich selber wegen Krankheit entschuldigen ließ. Zudem bedauerte er, dass dieses Nachtmahl so schlimm enden musste, doch er sei überzeugt, dass sie alle mit Gottes Hilfe bald wieder ihre Arbeit würden aufnehmen können.
Das war absichtlich im Ungewissen gehalten und sollte nur dazu dienen, dem Papst und Don Cesare glauben zu machen, auch er sei von dieser »Krankheit« betroffen.
Doch diese beiden hatten jetzt andere Sorgen, vor allem um sich selber.
Die Ärzte wandten gegen das hohe Fieber einen Aderlass an, der dem

Papst Erleichterung brachte, Cesare aber eher schwächte. Die nächsten Tage vergingen mit Fieberschüben, schweren Krämpfen und Phasen von Tiefschlaf.

Don Cesare nutzte jeden wachen Augenblick, um sich mit Michelotto für den Fall zu beraten, dass der Papst die »Krankheit« – von nichts anderem war die Rede – nicht überlebte.

Als sich Cesares Zustand nach einer Woche fast von Stunde zu Stunde verschlechterte, besprachen sich die Ärzte und wandten ein letztes Mittel an. Dabei wurde ein großer Ölkrug mit quellfrischem Wasser gefüllt und Don Cesare dort für etwa zehn Minuten untergetaucht. Die eher negative Wirkung brachte es mit sich, dass sich seine Haut in großen Stücken abschälte.

Beim Papst wagte man eine solche Gewaltkur nicht; sein Zustand war ohnehin so schlecht geworden, dass man den Bischof Petrus von Culm zur Beichte rief. Mit Bedacht wählte man einen nur zeitweise in Rom weilenden Ausländer, damit dieser mit seinem Wissen wieder nach Norden reiste. Als der Bischof nach draußen ging, brach er bewusstlos zusammen und verließ zwei Tage später die Stadt Rom in einer Eile, als ergreife er die Flucht.

Am selben Abend erlag Papst Alexander VI. seiner Krankheit, während bei Don Cesare eine überraschende Besserung eintrat. Kaum war die Leiche des Papstes aufgebahrt, erschien der finstere Michelotto mit seinen Kriegern und ließ die Privaträume der Borgia besetzen. Der Kardinalkämmerer zog es vor, der Gewalt zu weichen. Da der Befehl offenbar von Don Cesare ausging, hätte eine Verweigerung alles nur noch schlimmer gemacht.

In aller Ruhe und sehr gründlich durchstöberte Michelotto mit seinen Leuten die Papstwohnung, ohne Bedeutsames zu entdecken. Doch Don Cesare hatte ihm eingeschärft, jede Ritze abzusuchen, denn er wisse mit Sicherheit von einem großen Schatz. Als sie nichts fanden, klopfte Michelotto mit seinem Schwertgriff systematisch die Wände ab und, siehe da, hinter der *alcova* klang es verdächtig hohl. Er ließ das schwere Bett – hier war der Papst vor zwei Stunden gestorben – beiseiteschieben, fand eine getarnte Tapetentür und brach sie auf. Zuerst entdeckte er in dem kleinen muffigen Raum nichts Besonderes, aber nach und nach kamen die nur oberflächlich versteckten Truhen, Kassetten und Lederbeutel zutage. Da blitzte und blinkte es, da klirrten Gold und Silber, da leuchteten

fahl die großen kostbaren Perlen. Zudem fanden sich in einer Wandnische zwei kleine feste Truhen, die zusammen etwa hunderttausend Dukaten enthielten. Zur Belohnung gestattete Michelotto seinen Männern, sich alles nicht Niet- und Nagelfeste anzueignen.
Maestro Burcardus hatte unterdessen dafür gesorgt, dass sein verstorbener Herr in der Sala del Papagallo aufgebahrt wurde, gekleidet in einen kostbaren Ornat aus Goldbrokat. Von den Kardinälen war keiner zu sehen und die meisten Diener hatten es vorgezogen, zu verschwinden, um nicht die Rache der Borgia-Gegner auf sich zu ziehen.
Burcardus, der auch im Dienst der Borgia keinem geschadet hatte, blieb im Vatikan und sorgte dafür, dass die Leiche des Papstes von vier Bettlern – so wollte es der Brauch – in die Peterskirche getragen wurde. Zwei Mönche begleiteten den Zug mit brennenden Wachskerzen, die ihnen einige Palastwachen – unbeaufsichtigt und zügellos – mit Gewalt abnehmen wollten. Burcardus, ruhig und besonnen wie immer, gelang es, die Bahre hinter den Hochaltar schaffen zu lassen, wo sie durch eiserne Gitter geschützt war. Als Burcardus am späten Nachmittag nach ihr schaute, bot sich ihm ein Anblick, den er – wie alles andere – in seinem *diario* festhielt.
Das Gesicht hatte die Farbe von Maulbeeren oder dem schwärzesten Tuch angenommen und war mit blauschwarzen Flecken bedeckt. Die Nase war geschwollen, der Mund war verzerrt und die Zunge zurückgebogen, und die Lippen schienen alles auszufüllen. Das Aussehen des Gesichts war grauenhafter als alles, was man je zuvor gesehen oder berichtet hatte …
Am Abend gelang es Burcardus mit viel Geld und gutem Zureden, sechs Männer für die Grablegung anzuheuern, die den grässlich entstellten Leichnam in den zu klein geratenen Sarg stopften. Den trugen sie dann in die Gruft, ohne die sonst übliche Begleitung von Priestern und Würdenträgern. Wäre Cesare nicht in einem so schlechten körperlichen Zustand gewesen, er hätte mit eiserner Faust für eine würdige Grablegung gesorgt, aber so musste er seine verbliebenen Kräfte dazu nutzen, um an der Macht zu bleiben. Das zunächst Wichtigste war ihm geglückt – er hatte sich die Geldmittel seines Vaters angeeignet, konnte seine Söldner bezahlen und sich in der Engelsburg verschanzen, bis er wieder zu Kräften kam. Zudem wusste er die spanischen und einige andere Kardinäle – das war ein gutes Drittel – auf seiner Seite, sodass die Wahl eines neuen Papstes nicht unbedingt auf einen seiner Gegner fallen musste.

Als Cesare sich besser fühlte, empfing er eine Abordnung des Kardinalskollegiums, und es lief darauf hinaus, dass er Rom so schnell wie möglich verlassen sollte.

Zum Sprecher der Kardinäle war Georges d'Amboise ernannt worden, dem diplomatische Klugheit nachgesagt wurde, aber auch deshalb, weil er als Franzose mit dem Herzog von Valence quasi von gleich zu gleich sprechen konnte.

D'Amboise, wohl wissend, dass seine Warnung den Kardinal Castellesi zum Handeln veranlasst – ja, gezwungen hatte, machte sich für das bevorstehende Konklave nun selber Hoffnungen, auf den Stuhl Petri zu gelangen. Doch dies konnte ohne die Mitwirkung der spanischen Kardinäle nicht geschehen und so beschloss er, sich bis an die Grenze des Möglichen kompromissbereit zu zeigen.

Cesare empfing ihn sitzend, doch es war nicht zu übersehen, dass er sich nur mit Mühe aufrecht hielt. Sein fahles, schweißbedecktes Gesicht war abgemagert, aber die dunklen Augen blickten wach und lebhaft.

»Ja, Don Cesare, es tut mir sehr leid, es Euch so deutlich sagen zu müssen, aber die Mehrheit der Kardinäle besteht auf Eurem Abzug aus Rom.«

Cesare lächelte mühsam.

»Da kann man wohl nichts machen … Ich werde mich diesem Wunsch nicht verweigern, muss aber einige Bedingungen stellen.«

D'Amboise nickte.

»Damit haben wir gerechnet – ich höre.«

»Zunächst die drei wichtigsten: Das Kollegium muss für die Dauer der Sedisvakanz mein Amt als Gonfaloniere bestätigen. Des Weiteren muss meine persönliche Sicherheit garantiert sein, und das gilt auch für die der spanischen Kardinäle.«

Dem kann ich zustimmen, dachte d'Amboise, vielleicht dauert die Sedisvakanz nur einige Tage.

»Das müsste zu machen sein, Don Cesare.«

»Ich will es schriftlich, von sämtlichen in Rom anwesenden Kardinälen unterschrieben.«

»Morgen um diese Zeit – also um die Mittagsstunde, liegt die Erklärung auf Eurem Tisch.«

»Das ist noch nicht alles«, sagte Cesare mit krächzender Stimme. Er griff nach dem Becher und tat einige mühsame Schlucke.

»Ihr müsst Euch dafür einsetzen, dass Venedig nichts gegen mich – gegen die Romagna-Städte – unternimmt, sie weiterhin als Lehen der heiligen Kirche achtet.«
D'Amboise nickte.
»Das müsste auch der nächste Papst mit Nachdruck fordern, wer immer es sein wird.« Ich würde es jedenfalls tun, setzte er in Gedanken hinzu.
Cesare brachte ein verzerrtes Lächeln zustande.
»Dass es diesmal kein Spanier mehr werden wird, ist zu erwarten, aber ich könnte mir auch einen Franzosen vorstellen ...«
»Die Wahl trifft der Heilige Geist«, sagte d'Amboise fromm.
Cesare blickte ihn spöttisch an.
»So – meint Ihr? Ist da nicht auch Gold mit im Spiel? Wie auch immer – wann soll ich Rom spätestens verlassen?«
»Besser heute als morgen, oder, nüchtern gesagt, sobald Ihr reisefähig seid.«
»Gut, es gibt ja ohnehin nur zwei Möglichkeiten: Entweder ich erliege meiner Krankheit oder ich erhole mich. In einer Woche wissen wir mehr.«
Als Kardinal d'Amboise die Burg verließ und seine Sänfte bestieg, hatte er eine Vision. Das außen angebrachte und vom Kardinalshut gekrönte Wappen der d'Amboise hatte sich im grellen Mittagslicht verwandelt: Aus dem breiten Kardinalshut war die Tiara geworden, die auf den zwei gekreuzten Schlüsseln ruhte. Aber d'Amboise kannte auch den alten Spruch: Wer als Papst ins Konklave geht, kommt als Kardinal wieder heraus.

18

Langsam, ganz langsam nur begann sich Rom von dem Druck zu befreien, der während der letzten drei Jahre vor allem auf den römischen Patriziern gelastet hatte. Die geflohenen Kardinäle und – soweit sie noch lebten – die Häupter der Familien Savelli, Orsini, Colonna, della Rovere, Riario und Gaetani kehrten nach und nach in ihre Stadt zurück. So lange Cesare sich in Rom aufhielt, hatte es keiner gewagt, aber nun, am 2. September 1503, war es endlich so weit: Umgeben von grimmig blickenden, bis an die Zähne bewaffneten Leibwachen, wankte die mit roten Damastvorhängen verdeckte Sänfte nach Norden, getragen von acht kräftigen Hellebardieren. Dahinter wurde sein Schlachtross geführt, das an der Satteldecke sein silbergesticktes Wappen mit Herzogkrone trug. Zwei Tage vor seiner Abreise hatte Cesare einen Rückfall erlitten, mit hohem Fieber und einer solchen körperlichen Schwäche, dass er sich kaum auf den Beinen halten konnte.

Wenn vorhin von einem Druck die Rede war, den die Borgia auf die meisten der römischen Patrizier ausgeübt hatten und der sich im letzten Jahr gewaltig verstärkte, so war im Volk davon wenig zu spüren. Händler und Handwerker gingen ihrem Gewerbe nach, Arbeiter und Taglöhner mühten sich ab, mit dem kargen Lohn ihre Familien durchzubringen. Auch die Huren merkten nichts davon, denn wo immer sich das Geld befand, ein Teil davon floss in ihre Taschen. Bei den Kurtisanen verhielt es sich nicht anders; ob nun die Dukaten aus den Händen der Borgia und ihrer Anhänger in die Häuser der *cortigiane* wanderten oder ob die geflohenen Prälaten und Patrizier nach ihrer Rückkehr den Tod des Papstes bei ihnen feierten – die Quelle versiegte nicht, sie wechselte nur ihren Ursprung.

Zwei Tage vor Cesares erzwungener Abreise – etwa in der vierten Nachtstunde – pochte es leise, aber nachhaltig an Fiammettas Tor. Der Pförtner aber wusste, dass der für heute angesagte Gast schon seit einer Stunde bei seiner Herrin war, und so öffnete er die Tür nur spaltbreit und fauchte:
»Die Signora empfängt heute keinen Besuch!«
Dabei hob er die Lampe, um das Gesicht zu erkennen, doch im Türspalt erschien ein gefährlich funkelnder Dolch. Der *portiere*, an Frechheit kaum, an Mut aber leicht zu übertreffen, ließ vor Schreck die Lampe fallen und wich einige Schritte zurück. Der Dolch verschwand, die Tür wurde aufgestoßen, und da stand Michelotto mit einem kürbisgroßen und offensichtlich schweren Ledersack in der Hand. Er lächelte düster.
»Ich weiß, dass ich ungelegen komme, doch die Sache duldet keinen Aufschub!«
Der Pförtner nickte verschreckt und klopfte an die Tür des *salotto*. Fiammetta, gerade dabei, die Laute abzusetzen, um den intimeren Teil des Abends zu beginnen, rief ungehalten:
»Wir wollen nicht gestört werden!«

Der Pförtner streckte den Kopf ins Zimmer und flüsterte:
»Ein – ein Bote von Don Cesare ...«
Der Besucher, Inhaber einer kleinen Bank an der Lungara, wurde ungehalten und rief:
»Mit den Borgia ist es doch jetzt aus und vorbei! Was will der Kerl?«
Fiammetta beruhigte ihn und flüsterte:
»Für die Störung gibt's eine Stunde gratis ...«
Dann huschte sie nach draußen, wo Michelotto sich tief verneigte und sich nochmals entschuldigte. Fiammetta blickte auf den Lederbeutel und begann etwas zu ahnen.
»Gehen wir in den *camerino*.«
Mit einer Handbewegung scheuchte sie den *portiere* fort und schloss dann die Tür ihres kleinen Privatzimmers sorgfältig ab.
»Don Cesare lässt Euch bitten, für ihn etwas aufzubewahren.«
Mit einem Ruck hob er den Sack hoch und stellte ihn so unsanft auf die Fensterbank, dass ein leises Klirren nicht zu überhören war.
»Wie Ihr Euch denken könnt, gibt es jetzt nicht mehr viele Menschen in Rom, denen Don Cesare vertrauen kann.«
Sie nickte schweigend.
»Zu den wenigen gehört Ihr, Donna Fiammetta.«
Sie spürte ein leises Unbehagen und sagte – vielleicht schroffer, als es gemeint war:
»Das ehrt mich, aber was kann ich für den Herzog tun?«
Michelotto wies auf das Säckchen.
»Das hier aufbewahren, bis es gebraucht wird.«
Behutsam befühlte sie den Beutel.
»Geld, nehme ich an?«
»Ja, etwa zehntausend Dukaten.«
»Wer weiß noch davon?«
»Drei Kardinäle – zwei davon sind mit Don Cesare verwandt: Juan Borgia und Ludovico Borgia.«
»Und der dritte?«
»Don Francisco Remolines.«
Der Name traf sie wie ein Schlag, aber sie ließ sich nichts anmerken.
»Gut, und wie soll es weitergehen?«
»Das Geld soll dazu dienen, Don Cesares Angelegenheiten in Rom günstig zu gestalten. Darum werden sich die drei vorhin genannten Eminen-

zen bemühen, doch Don Cesare hielt es für besser, das Geld nicht in ihre Hände zu geben. Wird etwas davon benötigt, so werde ich oder Don Jofré bei Euch vorstellig.«
»Don Cesares Bruder ist in Rom?«
Michelotto lächelte düster.
»Ein Held ist er gerade nicht, aber wir können ihm trauen. Wo werdet Ihr das Geld aufbewahren?«
»Das weiß ich noch nicht – mir wird schon etwas einfallen.«
Michelotto schwieg und wandte sich zur Tür.

Am Morgen des 19. August war die Schreckensnachricht – für viele war es eher eine freudige – wie ein Sturm durch das hitzeflirrende Rom gebraust. Dorotea wollte sofort zur venezianischen Botschaft eilen, doch Fiammetta riet ihr ab.
»Ich habe zwar noch keine Sedisvakanz erlebt, aber ich kann mir denken, dass viel lichtscheues Gesindel diese herrenlose Zeit für seine Zwecke nützt.«
»Und wenn ich mich als Mann verkleide?«
»Das wird Euch wenig helfen, diese Leute erschlagen Euch und reißen Euch die Kleidung vom Leib. Wartet lieber ab, bis sich die Lage beruhigt hat.«
»Und wann wird das sein?«
»Spätestens bis zur Wahl eines neuen Papstes.«
»Wie lange wird das dauern?«
»Bei meinem – bei Papst Alexander waren es über zwei Wochen.«
Fast hätte sie gesagt »bei meinem Vater«, und dabei kam ihr zum Bewusstsein, dass er jetzt, da er gestorben war, sich wieder in Rodrigo Borgia zurückverwandelt hatte, der Geliebte ihrer Mutter – ihr leiblicher Vater. Dorotea dachte nach.
»Ich könnte Giustinian eine Nachricht senden, vielleicht schickt er mir eine bewaffnete Eskorte.«
Fiammetta lachte hellauf.
»Ach, Dorotea, der Botschafter hat jetzt gewiss andere Sorgen. Wartet einfach ab.«
Sie versprach es, und als sie gegangen war, erschien Donna Tadea.
»Aber Mama«, rief Fiammetta. »Ihr könnt doch jetzt nicht auf die Straße …«

Sie winkte verächtlich ab.
»Freunde haben mich begleitet – gehen wir hinein. Kein Besuch heute?«
»So früh? Nein, außerdem ist es im Sommer immer sehr ruhig.«
»Ja, das weiß ich.«
Donna Tadea, jetzt eine Frau um die vierzig, hätte mit ihrem alterslosen Gesicht auch dreißig oder fünfzig sein können. Sie kleidete sich zurückhaltend und war – zusammen mit ihrem Freund und Geschäftspartner – zu einer Institution geworden, besonders für die Lösung von hoffnungslos erscheinenden Geldproblemen. Da war etwa jener Mann, den eine unglückliche Liebschaft zu einer habgierigen Kurtisane um Geld, Besitz und Ansehen gebracht hatte. Nachdem Donna Tadea sich davon überzeugt hatte, dass er von seinem Liebeswahn geheilt war, ließ sie ihre Verbindungen spielen und kaufte ihm ein kleines Amt beim päpstlichen Stuhl. Ein Drittel seines Lohnes musste er für die Rückzahlung seiner Schulden verwenden, und damit er dies nicht vergaß oder auf die leichte Schulter nahm, war ihr Partner jedes Mal zur Stelle, wenn er seinen Lohn kassierte. Da ihre Zinsen geringer als die der Juden oder der beruflichen Geldverleiher waren, liefen ihre Geschäfte gut, und auch der *ricevitore* – der Steuereinnehmer – erhielt seinen Teil, den er nicht abführte und der ihm den Mund versiegelte.
Fiammetta ließ den von ihrer Mutter geschätzten Fruchtsaft kommen, schenkte ein und goss ein wenig Wasser nach. Beide Frauen schwiegen eine Weile, dann sagte Donna Tadea mit leiser Stimme:
»Du wirst ja gehört haben, dass dein Vater tot ist?«
»Ganz Rom weiß es ...«
»Ja, und macht es dich traurig?«
»Ein wenig schon.«
Sie ging nicht darauf ein.
»Für mich war Rodrigo Borgia schon gestorben, als er Papst wurde. Jetzt, da er tot ist, wird er in meiner Erinnerung wieder lebendig als Don Rodrigo, der schöne Herzensbrecher, der Mann, der mich als Erster fühlen ließ, dass – dass ich ... Ach was! Dich geht das nichts an!«
Fiammetta lächelte nachsichtig.
»Da mögt Ihr schon recht haben, aber in einem empfinde ich ähnlich – mit seinem Tod ist Papst Alexander wieder zu meinem Vater Rodrigo Borgia geworden.«
»Mit dessen Sohn Cesare du fröhlichen Inzest getrieben hast!«

»Aber Frau Mama, da widersprecht Ihr Euch jetzt selber. Als Papst ist er doch nicht mehr Euer Geliebter und deshalb auch nicht mein Vater gewesen. Da ich für Don Cesare niemals schwesterlich empfunden habe, ist mein Gewissen rein.«

»Das musst du mit dir selber abmachen. *Tempi passati!* Um deinen Geliebten steht es jedenfalls schlecht. Stirbt er nicht am Fieber – wie sie es nennen –, dann werden die von ihm Gedemütigten und Beraubten ihre Rache nehmen.«

»Er ist nicht mein Geliebter – schon lange nicht mehr, und was das andere betrifft, so bin ich überzeugt davon, dass er sich zu helfen weiß.«

Donna Tadea wies höhnisch lächelnd in Richtung auf Doroteas Wohnung.

»Wird sie das auch tun?«

»Wovon redet Ihr?«

»Von seiner derzeitigen Buhlschaft natürlich – ob sie sich auch zu helfen weiß?«

»Sie wird wissen, was zu tun ist. Es hat sich also herumgesprochen, dass sie hier wohnt?«

»Was bleibt in Rom schon geheim? Die Stadt ist wie ein offenes Buch.«

Dorotea wartete einige Tage, dann richtete sie an den venezianischen Botschafter Antonio Giustinian einen höflichen Brief und bat ihn, sich einer der nächsten Reisegruppen anschließen zu dürfen, die zur Serenissima aufbrachen. Die Antwort ließ einige Tage auf sich warten, und sie war kurz und schroff.

Die Republik Venedig sieht keinen Handlungsbedarf, was Euren Wunsch betrifft. Die Kosten dieser Reise werdet Ihr aus Eigenem bestreiten müssen.

Als sich das Gerücht verbreitete, Don Cesare werde in den ersten Septembertagen nach Norden aufbrechen, sandte sie ihm eine Botschaft. Sein Sekretär antwortete noch am gleichen Tag.

Seine hochfürstliche Gnaden, der Herzog von Valence, würde Euch gerne wieder als Page an seiner Seite sehen. Findet Euch am frühen Morgen des zweiten September auf dem Petersplatz ein.

Sie verstand den Hinweis und berichtete ihrer Freundin lachend von dem Kuriosum, dass sie als junger Mann in Rom eingezogen sei und es als solcher wieder verlassen werde.

Fiammetta schüttelte den Kopf.
»Und Ihr findet das noch lustig?«
»Warum nicht? Wie langweilig wäre das Leben, hielte es nicht dann und wann solche Überraschungen bereit.«
»Habt Ihr es bereut, mit ihm nach Rom gekommen zu sein?«
Ohne lange nachzudenken, schüttelte Dorotea den Kopf.
»Nein, was gäbe es da zu bereuen? Wir beide waren Don Cesares Geliebte und haben erkannt, dass er ein Mann ist wie kein anderer – ein Geschenk für uns Frauen, aber eines auf Zeit.«
Fiammetta lachte laut und herzlich.
»*Un prestito!* Nennen wir ihn besser eine Leihgabe. Jedenfalls haben wir ihn länger für uns gehabt als seine rechtmäßige Gattin.«
»Was wird aus ihr werden?«
»Das hängt vom nächsten Papst ab. Doch die Borgia haben es sich mit allen verdorben. Eigentlich gibt es keine Adelsfamilie, die ihm zu Dank verpflichtet wäre. Sie wurden ermordet, bestohlen, betrogen, außer Landes gejagt oder zur Flucht gezwungen. Sie haben es versäumt, sich Freunde zu schaffen, waren überzeugt, dass die vielköpfige Borgia-Sippe auch nach Alexanders Tod die Fäden der Macht in der Hand behielt. So ist es aber nicht. Mit jedem Papst bricht ein neues Zeitalter an.«
»Ihr redet ja wie ein *professore*«, sagte Dorotea erstaunt.
Fiammetta lächelte.
»Ich gebe zu, dass diese Redeblüten nicht in meinem Garten gewachsen sind. Diese Weisheiten stammen von Becuto, der, wäre er äußerlich nicht so unscheinbar, es zu weit mehr als einem *cameriere* hätte bringen können.«
»So gut kenne ich ihn nicht.«
Dann traten ihr Tränen in die Augen. »Für uns heißt es jetzt, Abschied zu nehmen. Ob wir uns jemals wiedersehen, liegt in Gottes Hand, aber ich glaube nicht, dass er es so fügt.«
Fiammetta küsste die Freundin auf beide Wangen.
»Lassen wir uns doch Zeit mit dem Abschiednehmen, schließlich sind es noch fünf Tage bis zu Don Cesares Abreise. Ich mache Euch einen Vorschlag: Für heute und morgen Abend hat sich niemand angesagt. Also lade ich Euch ein, diese beiden Nächte mit mir zu verbringen. Dann können wir plaudern, bis uns vor Müdigkeit die Augen zufallen.«

Dorotea war gerne einverstanden, aber als sie dann vor Erschöpfung einschliefen, trug nicht ein angeregtes Gespräch die Schuld daran.
Matilda, das war zu erwarten, zeigte sich beleidigt und schmollte. Sie sei dann ganz allein im Haus, schutzlos Räubern und Frauenschändern ausgesetzt.
»Aber Matilda, der Garten ist bewacht und unsere männlichen Dienstleute sind mit Waffen vertraut. Castor und Pollux streifen nach Einbruch der Dämmerung frei herum; sie ließen nicht einmal eine Maus das Grundstück betreten. Jetzt nimm dich zusammen und strenge inzwischen dein Köpfchen an, was wir noch alles für die Reise brauchen.«
Matilda musste sich fügen, nahm in Fiammettas Haus mit den anderen das Nachtmahl ein und dann begleitete sie Basilio mit dem Dolch in der Hand zur Gartenwohnung.
Unterwegs flüsterte er ihr zu:
»Ich könnte bei Euch übernachten, dann seid Ihr sicherer.«
Grinsend schwenkte er seinen Dolch, der im Mondlicht funkelte. Matilda blieb stehen.
»Sicherer? Ich weiß nicht …«
Am Ende war es ihr doch lieber, dass der Mohr wieder ins Haus zurückging.
Fiammetta und Dorotea tranken noch einige Gläser Wein und wechselten dann angeregt plaudernd ins *dormitorio* über. Sie kleideten sich unter Scherzen und Gelächter aus, worauf Dorotea feststellte, sie habe ihr Nachthemd vergessen.
Fiammetta winkte ab.
»Aber ich bitte Euch! Zu dieser Jahreszeit schlafe ich nackt – Ihr nicht?«
»Ja, schon, aber es ist nur …«
»Ach was! Wir Frauen müssen uns doch vor einander nicht schämen …«
Die *alcova* war aber nicht breit genug, um zwei Körpern freien Raum zu bieten, und es war unvermeidlich, dass sich bei der kleinsten Bewegung Schenkel, Arme oder Hüften berührten. So kam es, dass eine immer stärkere Erregung bei den jungen Frauen die Müdigkeit verscheuchte. Wortlos und schwer atmend verflochten sich ihre Körper, und beide waren kundig genug, um jeweils der anderen die Lust zu bereiten, die man sich selber wünschte. Ehe sie liebessatt und vor Erschöpfung einschliefen, murmelte Dorotea träge:
»Dazu braucht es keinen Mann …«

»Dazu nicht«, flüsterte es zurück, »nein, dazu nicht ...«
Am Morgen meinte Fiammetta gähnend:
»Da wird dein *Capitano* sich schon anstrengen müssen, um dir etwas Ähnliches bieten zu können.«
»Vielleicht kann ich ihm etwas beibringen ...«
»Dann wird er fragen, wo du es gelernt hast.«
»Bei einer Frau – dagegen kann er doch nichts haben.«
»Wer weiß ...«

Der Kutscher wurde beauftragt, für Dorotea und Matilda ein gutes Reitpferd und ein kräftiges Maultier zu kaufen, wobei es ihm gelang, etliche Silberstücke in seine Tasche zu leiten.
Um die Freundin zu verabschieden, war Fiammetta für ihre Verhältnisse sehr früh aufgestanden. Draußen warteten das gesattelte Pferd und für Matilda ein Maultier. Das wenige Gepäck war auf die beiden Tiere verteilt.
Die Frauen küssten einander und Dorotea nahm den Zügel.
»Ah – Fiammetta, in meiner Wohnung liegt ein kleines Geschenk. Es könnte Euch beim nächsten Karneval gute Dienste leisten ...«
In der Morgendämmerung wäre niemand auf den Gedanken gekommen, dass sich unter der schmucken Herrenkleidung eine Frau verbarg. Um ja nicht aufzufallen, hatte ihr Matilda – natürlich unter Jammern und Klagen – das Haar etwas kürzen müssen, und Fiammetta dachte bei ihrem Anblick sofort an den Maler Santi, dessen weiche Züge mit dem schulterlangen Haar an eine verkleidete Frau denken ließen. Wie schon auf der Herreise sollte Matilda die Schwester des jungen Pagen sein.
Der Abschied hatte schon zuvor in den beiden lusterfüllten Nächten stattgefunden, und so machten sie es jetzt kurz.
Als Fiammetta, von Neugier geplagt, zu Doroteas Wohnung hinüberging, fand sie auf das Bett gebreitet die Kleidung eines Toreros. Aus den Erzählungen der Freundin wusste sie, was es damit auf sich hatte, doch ihr nüchterner Geist warnte sie davor, den Anzug zu benutzen, weil er zu sehr an die verhassten Spanier erinnerte. Vielleicht würde Basilio ihn tragen können?
Im Haus zurück kam ihr sofort die *borsa* in den Sinn, die sie in der kleineren, eisenbeschlagenen Truhe zuunterst versteckt hatte. Sie wusste, dass bei einem Einbruch jeder Dieb zuerst dieses abschließbare Behältnis

aufsprengen würde. Da ihr Leibdiener Basilio jetzt für Stunden aus dem Haus war und die Zofe nur kam, wenn sie gerufen wurde, entschloss sich Fiammetta, schnell zu handeln. Mit einiger Mühe schleppte sie den Lederbeutel hinauf in den niedrigen, kaum benutzten Dachspeicher. Trotz der Morgenkühle war es dort oben so heiß, als hätte sich die gesamte Hitze des Vortags hier gehalten. Allerlei Gerümpel hatte sich im Lauf der Jahre angesammelt. Unter einem zerborstenen *crivello di farina* lag ein zerschlissener Sack, der nach Aussehen und Geruch offenbar jahrelang als Mäusenest gedient hatte. Sie hob das Gespinst mit spitzen Fingern hoch, legte den Geldsack darunter und das Mehlsieb wieder obenauf.

Als sie unten ankam, klebten ihr die Kleider am Leib und ihr Haar war so schweißfeucht, als habe sie im Regen gestanden. Sie rief ihre Zofe und sie gingen gemeinsam zur Waschküche hinüber, wo eine *serva* in einem großen Zuber gerade Wäsche einweichte. Vor Erstaunen ließ das Mädchen ein Unterhemd fallen, denn noch niemals hatte die Herrin sich hierher verirrt.

Die Zofe rief ihr zu:

»Hole zwei Eimer Wasser vom Brunnen!«

Inzwischen hatte Fiammetta sich ausgekleidet und die Zofe rieb sie mit flüssiger Seife ein. Dann goss sie langsam das brunnenfrische Wasser aus den Kübeln, was Fiammetta spitze Schreie entlockte. Nach dem Abtrocknen schlüpfte sie in einen Hausmantel, und sie gingen durch die Gartentür ins Haus zurück.

»Soll ich Euch jetzt ankleiden, Signora?«

Fiammetta lauschte und legte den Finger auf ihren Mund. Dann flüsterte sie der Zofe ins Ohr:

»Hörst du nichts?«

Jetzt hörte auch sie es: heftig streitende Männerstimmen. Die Zofe huschte hinaus, kam aber schnell wieder zurück.

»Es ist der Maler! Er behauptet, heute mit Euch verabredet zu sein.«

»Heute Vormittag? Nicht dass ich wüsste ...«

Doch sie ging auf den Flur, wo der *portiere* vergeblich versuchte, den jungen Maler wieder hinauszudrängen.

»Ah – Maestro Santi! Ihr müsstet inzwischen wissen, dass ich mir unangemeldete Besucher aus verschiedenen Gründen nicht leisten kann. Soviel ich weiß ...«

»... bin ich für morgen angemeldet – ja, das stimmt, und ich möchte mich entschuldigen. Der Grund ist, dass Don Agostino mich überraschend für morgen und übermorgen zu einer gründlichen Planung gebeten hat, weil er dann für einige Tage verreisen muss. Nun, er ist mein Auftraggeber, noch dazu mein erster großer ...«
»... und da müsst Ihr seinen Wünschen Rechnung tragen. Das kann ich verstehen und nehme Eure Entschuldigung an.«
Über Rafaele Santis weiches Gesicht flog ein Lächeln, das ihn – so empfand Fiammetta es – ein wenig männlicher erscheinen ließ.
Der Pförtner hatte sich grummelnd zurückgezogen, die Zofe war verschwunden.
»Ich habe eben gebadet und werde mich jetzt ankleiden lassen.«
»Dann seid Ihr unter diesem Mantel nackt?«
Die Frage klang so unbefangen und professionell, dass Fiammetta ihn nicht zurechtwies.
»So ist es, und darum werde ich mich ...«
»Nein, nein!«
Er öffnete seine Zeichenmappe. Sie berührte seinen Arm.
»Nicht hier, zwischen Tür und Angel.«
Sie gingen in den *salotto* und Santi hielt ihr die geöffnete Mappe hin.
»Da, schaut Euch das an! Die Galatea ist nackt gedacht, doch ein rotes Tuch soll ihre Scham, der rechte Arm ihre Brüste verdecken.«
Sie beugten sich gleichzeitig über das Blatt, und ihre Stirnen stießen mit einem dumpfen Laut zusammen. Santi wurde vor Verlegenheit rot, doch Fiammetta rieb sich lachend die Stirn. Das tat sie mit der Hand, die zuvor den klaffenden Hausmantel zugehalten hatte. Der öffnete sich jetzt, und Santi konnte einen Blick auf Fiammettas makellosen Körper erhaschen. Sie bemerkte es sofort, doch sie ließ sich Zeit, die Öffnung wieder zu schließen. Im Übrigen tat sie, als sei nichts gewesen, und sagte:
»Zwei harte Köpfe – ich fürchte, das gibt eine Beule.«
»Verzeiht, Signora!«
»Die halbe Schuld trifft mich, aber was diese Vorzeichnung betrifft: Ist denn Nacktheit eine Schande? Der Zustand, in dem Gott uns erschaffen hat?«
Sie deutete auf die von einem Nöck umfangene Nixe.
»Was ist mit der da? Sie zeigt ja auch ihre Brüste ...«

Santi sagte mit belehrender Stimme:
»Das ist die Rangordnung. Eine Göttin hat gewisse Rücksichten zu nehmen, eine Nixe kann sich gehen lassen – ja, von ihr ist ein bestimmter Leichtsinn zu erwarten.«
»Ja, wenn das so ist ...«
Sie lächelte etwas befangen.
»So ist es von Menschen erdacht, weil sie selber nicht anders handeln. Jeder Stand hat sich eine Rangfolge geschaffen, auch bei den Kurtisanen gibt es vermutlich Unterschiede. Wie Don Agostino mir versichert hat, steht Ihr im obersten Rang Eurer Profession und würdet wohl einiges als Zumutung empfinden, das Eure minderen Kolleginnen gewähren müssen.«
»Ihr bringt das so trocken vor, als ginge es um Bankgeschäfte. Freilich habt Ihr im Großen und Ganzen recht – darf ich mich jetzt ankleiden?«
»Wenn es Euch nichts ausmacht, möchte ich Euren Körper nackt sehen, nur für eine kurze Skizze.«
Sie drohte ihm mit dem Finger.
»Zuerst haltet Ihr eine Predigt über die Notwendigkeit der Rangfolge, dann verlangt Ihr etwas, das sie wieder ad absurdum führt. Ich müsste es extra berechnen ...«
So ernst sie es sagte, so spaßhaft war es gemeint, aber Santi fiel darauf herein.
»Don Agostino wird dafür aufkommen«, sagte er beflissen, holte sogleich ein leeres Blatt und den Silberstift hervor. Ihr gefiel seine Beharrlichkeit, und wie achtlos ließ sie den Mantel fallen. Santi begann mit großer Schnelligkeit zu zeichnen, immer unterbrochen von kurzen Anweisungen.
»Hebt jetzt den linken Arm, dreht ein wenig den Kopf, stellt Eure Beine, als wolltet Ihr gehen ...«
Sie folgte dem ohne Widerspruch, und schon nach etwa zwanzig Minuten legte der junge Maler den Stift weg. Er lächelte fein.
»Jetzt könnt Ihr Euch ankleiden lassen.«
Fast war sie enttäuscht, dass er nicht mehr von ihr verlangte, doch sein Beruf schien ihm über alles zu gehen.
Dann kam sie in einem leichten hellen Hauskleid zurück und fragte:
»Ob Don Agostino vom Tod des Papstes Nachteile zu erwarten hat?«

»Nein, das glaube ich nicht. Darf ich kurz berichten, was mein Lehrer – Maestro Perugino – zu dem Thema Macht gesagt hat?«
Sie nickte ein wenig zerstreut und setzte sich an den Tisch. Fast hätte sie gesagt: Wenn es sein muss, doch ihr gefiel der junge Künstler, und da konnte sie nicht anders als höflich sein. Ohne seine Arbeit zu unterbrechen, begann Santi zu reden.
»Macht gewinnt je nach ihrer Zugehörigkeit eine andere Gestalt. Hatte Don Cesare vor wenigen Wochen nicht noch die Macht in Händen? Sogar Venedig fürchtete seinen Einfluss und war zu Verhandlungen bereit. Mit dem Tod des Papstes ist der größte Teil seiner Macht dahin, und er wurde gezwungen, Rom zu verlassen. Fazit: Macht in Händen von Fürsten jeglicher Art muss sorgsam gehütet, muss gepflegt und gehätschelt werden, damit sie sich nicht einen besseren Herrn sucht. Ganz anders steht es mit der Macht, die Künstler oder Dichter erringen können. Freilich hat diese Art von Macht ein völlig anderes Gesicht: Beim Dichter ist es die Macht über das Wort, beim Bildhauer über Stein und Erz, beim Maler über die Farbe. Er verwandelt die formlosen Kleckse auf seiner Palette in blühendes Leben, wobei seiner Phantasie keine Grenzen gesetzt sind. Wenn ich die Wände und Decken der Chigi-Villa mit Fresken schmücke, stelle ich Ereignisse dar, die niemals stattgefunden haben, das heißt, ich mache die von Menschen ersonnenen und aufgezeichneten Mythen sichtbar, auch für die nicht Schriftkundigen. Zuletzt noch ein Beispiel, wie politische Macht mit der eines Künstlers zusammenstoßen kann und wer den Sieg davon trägt. Als der große Leonardo vor über zehn Jahren in den Dienst der Mailänder Sforza trat, zwang ihn deren Sturz vor vier Jahren zur Flucht, aber von seiner Macht, von seinem Ruhm hat er nichts eingebüßt. Geistliche und weltliche Auftraggeber belagern ihn mit Aufträgen, die er meist ablehnt oder so zögerlich ausführt, dass nur wenig zur Vollendung gelangt. Schadet es ihm? Keineswegs, denn sein Ruhm als universeller Genius, der gleichermaßen Kunst und Technik beherrscht, ist so gefestigt, dass jedermann in Europa ihn kennt, schätzt und bewundert.«
»Und Ihr wollt in seine Fußstapfen treten?«
Santi lächelte stolz.
»Nur als Maler, aber ich bin gewiss, dass mein Name durch die Jahrhunderte am Leben bleiben wird und ich Bilder hinterlassen werde, die beweisen, dass ich mir Farbe und Form untertan gemacht habe.«

Er verkündete dies so gelassen, als spräche er über Alltägliches. Fiammetta beeindruckte diese Sicherheit, zugleich aber reizte es sie, ein wenig an ihr zu rütteln.
»Wie steht es bei euch Künstlern mit der Macht über Frauen?«
Sofort wurde er unsicher, mied ihren Blick und strichelte eifrig auf dem Blatt herum. Um seine Verlegenheit zu überspielen, versuchte er aufzutrumpfen.
»Macht über Menschen heißt auch Macht über Frauen! Schaffe ich ein Damenbildnis, so steht es in meiner Macht, alles Unschöne oder auch alles Schöne zu betonen. Ein zu kurzer Hals, eine zu große Nase, zu kleine Augen, zu schmale Lippen – dies alles kann so korrigiert werden, dass aus einer Hässlichen zumindest eine Anmutige wird. Umgekehrt natürlich lässt sich leicht aus einer Schönen eine ziemlich Alltägliche machen, das heißt also ...«
Sie schnitt ihm das Wort ab.
»Ihr habt mich völlig missverstanden. Was Ihr mir begreiflich machen wollt, ist der Umstand, dass die Macht über Farbe und Form Euch zur Verfälschung in die eine oder andere Richtung fähig macht. Aber wie ist es, wenn Pinsel und Palette zu Hause bleiben und Ihr nur als Mann einer Frau gegenübersteht, die so ist, wie sie ist, die Ihr – mit nackten Händen – weder schöner noch hässlicher machen könnt? Dann seid Ihr allein auf Eure Erscheinung, auf Euer Wort angewiesen. Was bleibt dann von einem Leonardo, einem Perugino, einem Santi?«
Was blieb dem jungen Maler übrig, als sich jetzt in höfliche Ironie zu flüchten?
»Ihr habt natürlich recht, und ich habe zu spät erkannt, dass Ihr nicht nur wunderschön, sondern auch klug und beredt seid.«
Rafaele Santi, der zwanzigjährige Maler aus Urbino, als Künstler so sicher wie selbstbewusst, spürte seine verbale Unterlegenheit dieser gleichaltrigen Frau gegenüber – fast war ihm zumute, als lausche ein gescholtener Junge den erprobten Lebensregeln seiner Mutter.
Fiammetta fühlte sich als Siegerin, wollte jetzt – wie es ihre Art war – versöhnlich und großmütig sein. So wischte sie seine anerkennenden Worte mit einer hochherzigen Geste beiseite.
»Nicht selten hat jeder auf seine Weise recht, und wäre ich nicht klug, so würde ich mein Brot vielleicht nicht hier, sondern in der *casa* am Ponte Sisto verdienen. Dennoch, Maestro, muss ich zugeben, dass mir Eure

Gesellschaft angenehm ist. Könnt Ihr Euer Bleiben noch bis zum *pranzo* ausdehnen?«

Nun wurde er auch noch rot, doch sie übersah es.

»Wenn ich darf?«

»Es macht mich nicht ärmer, ein zweites Gedeck aufzulegen.«

19

Wenn Agostino Chigi in Rom oder anderswo Feinde besaß, dann hatten sie sich bisher nicht zu erkennen gegeben. Jetzt, da sein Gönner und auf Umwegen auch der Mehrer seines Reichtums tot war, traf er da und dort auf vorher nie gekannte Widerstände und Hindernisse. Vor allem die Bankhäuser im Ponteviertel, die Calvi und Spinelli, die Picasoli und Medici, versuchten in seine vielseitigen Unternehmungen einzudringen und daran teilzuhaben. Chigi fand das eher erheiternd, aber nicht der Mühe wert, etwas dagegen zu unternehmen. Sein Geschäftsimperium hatte inzwischen Dimensionen erreicht, die ihn selbst überraschten und von denen die zuvor genannten Bankhäuser keine Vorstellung hatten, weil nicht immer der Name Chigi damit verbunden war. Seine Niederlassungen in muslimischen Ländern – etwa in Kairo, Alexandria und Konstantinopel – trugen einheimische Namen, und nur der jeweilige Geschäftsführer kannte die Zusammenhänge. Nicht anders war es bei seinen fünf Dutzend Handelsschiffen, die in den Weltmeeren kreuzten. Oft wusste nicht einmal der jeweilige Kapitän um den wahren Eigner der von ihm befehligten Karavelle.

Einige Tage nach Don Cesares Abreise, die recht besehen eine Flucht war, sprach Imperia ihren Freund darauf an.

»Wie Ihr wisst, mische ich mich niemals in die Geschäfte der Männer, weil ich nichts davon verstehe und weil es sich nicht gehört. Ihr aber seid mehr als einer meiner sonstigen Gäste – Ihr seid mein Herzensfreund, aber das ist Euch ja bekannt.«

Aus seinem offenen, stets heiteren Gesicht blickten seine klugen Augen sie liebevoll an.

»Aber Imperia, es bedarf doch keiner Einleitung, wenn Ihr mir etwas zu sagen habt – also freiheraus!«

»Ich mache mir Sorgen um – ja, um Eure Geschäfte. Der Papst ist tot, Don Cesare auf der Flucht, aber sie waren es doch, mit denen Ihr die wichtigsten Geschäfte machtet, vermutlich haben die Borgia nichts hinterlassen, außer Schulden, Hass und Abscheu.«

»Das trifft schon zu, aber es ist nur ein Teil der Wahrheit – ein kleiner Teil. Die Päpste wechseln, die Kirche bleibt und sie ist auch für die Schulden verantwortlich, die ein Pontifex hinterlassen hat. Um diese Aussage noch zu erweitern: Die Päpste wechseln, doch das Bankhaus Chigi bleibt. Selbst wenn Alexanders Nachfolger mich hasst und verachtet, er kann sich seinen Verpflichtungen nicht entziehen. Im Übrigen habe ich unter den Kardinälen zwar viele Schuldner, aber gewiss keinen Feind, weil jeder von ihnen weiß, dass mir nichts mehr am Herzen liegt, als einen gangbaren Ausweg zu finden.«

Er lachte und griff nach ihrer Hand.

»Ich sehe Eurem Gesicht die Erleichterung an und freue mich, dass Ihr Euch meinetwegen Sorgen macht – unnütze Sorgen, wie ich Euch versichern kann.«

Sie glaubte ihm, auch weil sie wusste, dass er Lügen hasste und lieber schwieg, als die Unwahrheit auszusprechen. Als er gelegentlich erwähnte, dass Maestro Santi nun Donna Fiammetta als Vorbild für die Galatea ausgewählt hatte, fühlte sie einen feinen Stich. Sie hatte sich dem verweigert, aber nun musste sie sich eingestehen, dass ihr jede andere lieber gewesen wäre als Fiammetta. Warum? Das hätte sie selber nicht sagen können, da weder Brotneid noch irgendein Zwist ihr Verhältnis belastete. Grüblerisch, wie Imperia nun einmal angelegt war, schob sie es auf die »Goldene Rose«. Fiammetta besaß sie und Papst Alexander, der sie ihr zugesagt hatte, war tot. Der nächste Papst würde andere Sorgen haben, als die Tugendrose einer Kurtisane zu verleihen. Freilich hätte es einen Triumph für sie bedeutet, diese Auszeichnung vom Papst eigenhändig überreicht zu bekommen, während Fiammetta sie nur als Geschenk ihres Buhlen erhalten hatte – genau genommen eine Bezahlung für Liebesdienste. Ein Hurenlohn. Ja, warum sollte man es nicht beim Namen nennen?

Ein Trost war es ihr dennoch nicht, der Stachel blieb. Chigi traf keine Schuld, er hatte sich redlich darum bemüht, und Alexander, bei ihm ver-

mutlich hochverschuldet, hatte der Bitte entsprochen. So trübte nichts ihr Verhältnis zu Don Agostino, wenn sie auch den Verdacht nicht loswurde, das jetzt ihr übertragene Haus und der größte Teil der Einrichtung sei ein Lösegeld dafür, dass er sie nicht heiraten wollte. Vielleicht wollte er es, aber er konnte nicht, weil Verwandte und Freunde sich dagegen stellten. Nicht, dass sie darüber Tag und Nacht grübelte, aber eine leise Angst blieb, dass aus dem Verdacht eines Tages bittere Gewissheit werden konnte. Hätte er sie wenigstens gebeten, ihr Kurtisanendasein aufzugeben, um mit ihr als seine Konkubine zu leben, so wäre dies in ihren Augen der erste Schritt in die erhoffte Richtung gewesen. Aber so ... Freilich gab es auch wieder Tage, da sie Gott für diesen Mann dankte und versuchte, sich einzureden, für eine Kurtisane sei es schon viel, einen solchen Menschen so lange an sich fesseln zu können. Fiammetta hatte Don Cesare nur drei Monate lang halten können ...
Agostino Chigi, der stets zu den Ersten gehörte, die über alles Wichtige unterrichtet waren, gab sein Wissen, was das bevorstehende Konklave betraf, an seine Freundin weiter.
»Gestern ist Don Cesare abgereist, und wer ist der Erste, der aus dem Exil zurückkehrt?«
Sie schüttelte lächelnd den Kopf.
»Ihr werdet es mir gleich sagen ...«
»Giuliano della Rovere, nach fast zehnjähriger Verbannung! Kardinal Colonna – er hatte sich fünf Jahre in Sizilien versteckt – folgte ihm auf dem Fuß, dann kamen Riario und Sforza. Georges d'Amboise machte sich Hoffnung auf die Papstwürde. Daraus wird aber nichts werden, weil die Italiener und jetzt auch die Spanier nicht gewillt sind, einen Franzosen auf dem Stuhl Petri zu dulden.«
»Ihr sprecht ja wie ein rechter Prophet! Woher wollt Ihr das alles wissen?«
»Weil diese Herren fast alle bei mir verschuldet sind und weil ich eins und eins zusammenzähle.«
Das war seine liebste Bemerkung, wenn ihn jemand fragte, woher seine Weisheiten kamen. Dann rief er lachend: »Weil ich eins und eins zusammenzähle!«

Doch Imperia erfuhr nichts davon, dass der Kardinal della Rovere den *banchiere* Chigi wenige Tage nach seiner Rückkehr zu sich bestellte.

Der aus bescheidenen Verhältnissen stammende frühere Franziskanermönch war nahe der sechzig, aber nur das von einem grauen Vollbart gerahmte Gesicht verriet sein Alter. Groß, schlank, aufrecht, ungebeugt ging er wie ein Junger auf Chigi zu.

»Don Agostino, schön, dass Ihr kommen konntet!«

Sein Mund lächelte, seine Augen nicht. Wie graue Kieselsteine sahen sie aus, von buschigen Brauen beschattet, und verliehen seinem straffen hageren Gesicht eine unerbittliche Strenge, die der schmale, gepresste Mund noch unterstrich.

Chigi, ein guter Menschenkenner, spürte sofort, dass dieser Mann mit allen Mitteln durchführte, was er beschlossen hatte.

»Wenn die Kirche mich ruft ...«

»Ich bin nicht die Kirche, Don Agostino, nur ein Teil davon. Kommen wir zur Sache. Darf ich annehmen, dass Ihr auch unter dem nächsten Papst Finanzberater des Heiligen Stuhles bleiben wollt?«

»Ich muss, Eminenz! Die Interessen der Kirche sind mit den meinen so innig verbunden, dass es für beide sehr schmerzlich wäre, dieses Geflecht zu zerreißen.«

»Ich verstehe. Das Konklave ist auf den 16. September angesetzt, und meine Mitbrüder wie auch ich vertreten die Ansicht, dass nach einem Papst, der mit Habgier und Wollust den Stuhl Petri befleckt hat, eine Phase der Besinnung notwendig ist. Versteht Ihr, was ich meine?«

»Ihr habt Euch verständlich ausgedrückt, aber Worte sind vieldeutig. Könnt Ihr es konkretisieren?«

Der Kardinal blickte zum Fenster, wo gedankenschnell ein Vogelpärchen vorbeiflog, einander so nahe, als sei es ein einziges Wesen.

»Nein, Don Agostino, das kann ich nicht, aber ich werde es weniger poetisch ausdrücken, um Euch mit Tatsachen vertraut zu machen, die Ihr vermutlich schon kennt. Die spanischen Kardinäle sind vor allem daran interessiert, einen Papst zu wählen, der Don Cesare nicht feindlich gesonnen ist, während die italienischen um keinen Preis für d'Ambois stimmen werden, der sich schon auf dem Heiligen Stuhl sieht.«

»Warum keinen italienischen Papst, warum nicht Ihr?«

In die grauen Augen kam ein leiser Glanz.

»Eine gute Frage, Don Agostino, die leicht, wenn auch ein wenig kryptisch zu beantworten ist: Die Zeit ist noch nicht reif dafür.«

Das Konklave brauchte sechs Tage für einen Entscheid, der am 22. September auf den kranken und greisenhaften Kardinal Piccolomini fiel. Einmal hieß es, er sei schon achtzig, dann wieder, er stehe kurz davor – andere sagten, er sei es noch lange nicht, nur die Krankheit habe ihn so stark geprägt. Eines jedoch stand fest: Die Wahl war auf einen der würdigsten Männer gefallen, die am Konklave teilnahmen. Seit über vier Jahrzehnten trug er den Kardinalspurpur, war hochgebildet, seine Lebensführung war ohne Makel. Dass er nicht zu den Gegnern der Borgia gehörte, war hinreichend bekannt und gab den Ausschlag dafür, dass die spanischen Kardinäle ihn wählten. Freilich gab es da noch einen Grund: Cesare Borgias erbitterter Gegner Giuliano della Rovere durfte nicht Papst werden – jetzt noch nicht.

Francisco Remolines, erst seit wenigen Monaten Kardinal, hatte seine sonst notdürftig bewahrte innere Ruhe verloren, seit Don Cesare aus der Stadt geflohen war. Auch vor anderen nannte er es eine Flucht, ein feiges Davonstehlen. Der Valentino hätte doch genug Geld und Truppen gehabt, um hier bis zum Konklave auszuharren und es in seinem Sinne zu beeinflussen. Aber er hatte der Stadt den Rücken gekehrt und damit sich selber, seine Freunde und seine Ziele aufgegeben. Dann waren sie in die Stadt geströmt, die ehemals Verfemten und Verbannten, an der Spitze dieser heimtückische Mönch aus obskurem Haus – Giuliano della Rovere. Warum hatten die Borgia mit ihm so viel Geduld gehabt? Dieser Mann war nichts, hatte nichts, war keinem verpflichtet. Zwar hatte ihn sein Onkel Sixtus IV. zum Kardinal gemacht, ihn dann aber sich selber überlassen, denn dieser Papst war kunstbesessen gewesen, und das gesamte Kirchenvermögen floss in die Taschen der Maler, Bildhauer und Baumeister. Wie gesagt, Giuliano della Rovere war ganz auf sich gestellt, doch seine eiserne Beharrlichkeit hatte Remolines vergessen zu erwähnen. Warum? Das ist schwer zu sagen und hatte wohl die unterschiedlichsten Gründe. Ein Teil der älteren Kardinäle hatte noch andere Zeiten erlebt und sah in den von Alexander ernannten Mitbrüdern freche, unfähige Emporkömmlinge von zweifelhaftem Charakter. Ein eiserner Besen musste her, um dieses Gesindel auszukehren. Dem Kardinal della Rovere trauten sie dies zu – ihm vor allem. Andere, schwächere Naturen spürten eine geistige Kraft, die von diesem Mann ausging, erkannten sein Bemühen, die Kirche wieder auf den rechten Weg zu führen. Er hatte stets betont, die simonistischen Papstwahlen seien ihm ein

Gräuel, ebenso das von Alexander und seinen Vorgängern eifrig gepflegte Nepotentum.

Nun aber war Piccolomini gewählt, der sich Pius III. nannte und zum Dankgebet an den Altar der Peterskirche getragen werden musste. Aber er handelte so, wie es die spanischen Kardinäle erwartet hatten, und sandte ein Breve nach Nepi, wo der Valentino, noch immer geschwächt, dringend auf die päpstliche Entscheidung wartete. Pius bestätigte Cesare als Vikar der eroberten Städte, aber er ging noch weiter. Venedig erhielt eine scharfe Rüge, weil seine Truppen in Cesares Gebiete eingefallen waren, und dem Tyrannen von Perugia wurde streng untersagt, etwas gegen den Valentino zu unternehmen. Die Entschlossenheit des Papstes bewirkte, dass der so hässliche wie feige Pandolfo Malatesta aus Rimini floh.

Doch diese Entschlüsse von Pius III. kamen nicht aus vollem Herzen, und gegenüber dem venezianischen Botschafter äußerte er freimütig, dass er unter dem Druck der spanischen Kardinäle diese Breve versandt habe, aber das sei nun wirklich alles, was er für Don Cesare tun könne. Er sei ein friedliebender Mensch und wünsche dem Herzog nichts Böses, aber er fürchte, dass dieser ein schreckliches Ende nehmen werde.

Warum aber machte Kardinal della Rovere seinen Einfluss nicht geltend? Aus zwei Gründen: Zum einen hätte es seinen eigenen Prinzipien widersprochen, den Entscheid eines Papstes beeinflussen zu wollen, zum anderen wusste er, dass Cesare Borgias Macht am Erlöschen war – der Papst konnte diese notwendige Entwicklung zwar verlangsamen, aber nicht aufhalten.

Cesare Borgia war da freilich anderer Meinung. Obwohl seine Truppenmacht stark geschrumpft war, weil Frankreich und Spanien seine Söldner zurückrief, lebte er in der festen Überzeugung, dies alles ließe sich mit der Unterstützung des Papstes zum Guten wenden. Der Abzug seiner Haupttruppen veranlasste ihn, Nepi aufzugeben und dorthin zu gehen, wo er am meisten erreichen konnte – nach Rom. Michelotto riet ihm ab.

»Auch wenn der Papst Euch wohl will, so wartet doch Euer mächtigster und entschlossenster Gegner – Giuliano della Rovere. Unter seinem Einfluss wird Pius bald seine Meinung ändern.«

»Stimmt, Michelotto, und nur wenn ich dort bin, kann ich es verhindern. Die beste Methode, seine Feinde zu überlisten, ist noch immer, ihnen entschlossen entgegenzutreten.«

Michelotto kannte die Maxime seines Herrn, hieß sie auch gut, doch etwas warnte ihn, sich jetzt in die Höhle des Löwen zu begeben. Andererseits hatten gerade Don Cesares schnelle Entschlüsse bewirkt, dass er seinen Feinden immer um eine Nasenlänge voraus war. Er achtete bei allen seinen Unternehmungen darauf, seine Gegner zu täuschen, und so ließ er das Gerücht ausstreuen, er sei todkrank und kehre nur nach Rom zurück, um dort zu sterben. Um dieses Gerücht zu untermauern, sandte er Botschaften an Chigi, Remolines, die Borgia-Kardinäle und andere einflussreiche Leute. Mit unterschiedlichen Worten sagten diese Nachrichten das Gleiche: Er fühle sich dem Tode nah, sei in der Fremde von Feinden umgeben und wolle im Kreis seiner Familie und mit dem Segen des Heiligen Vaters sein irdisches Dasein beenden.

Wer ihn näher kannte, traute diesen Worten nicht, denn der Valentino hatte schon so oft seine Gegner getäuscht und damit überlistet. Papst Pius, immer zu Mitleid und Erbarmen bereit, fiel auf die List herein und sagte zum Gesandten von Ferrara:

»Ich hätte nie gedacht, dass ich Mitleid mit dem Herzog haben könnte, und doch bedaure ich ihn von Herzen. Die spanischen Kardinäle versichern mir, dass er sehr krank ist und nach Rom zurückkehren möchte, um hier zu sterben, und dazu habe ich ihm die Erlaubnis erteilt.«

Der Gesandte unterdrückte eine ironische Anmerkung, denn dass sich die Erlaubnis des Heiligen Vaters auch auf das Sterben bezog, war gewiss nicht so gemeint, aber von vielen erwünscht.

Als Don Cesare am 3. Oktober in Rom eintraf, sah der Fall anders aus. Inmitten seiner Truppen saß er aufrecht und sichtbar gesund zu Pferd – zur tiefen Enttäuschung seiner Gegner und zur grimmigen Genugtuung von Kardinal della Rovere, der nichts anderes erwartet hatte. Er konnte sich die Bemerkung dem Papst gegenüber nicht versagen:

»Eure Heiligkeit hätten dem Herzog die Rückkehr nicht erlauben sollen.«

Pius hob hilflos seine mit Gichtknoten übersäten Hände.

»Ich bin weder ein Heiliger noch ein Engel, sondern ein Mensch, der irren kann.«

Trotzdem nahm der redliche Papst nichts von seinem Versprechen zurück und bestätigte Cesare Borgia am 8. Oktober – am Tage seiner Krönung – als Gonfaloniere und Generalkapitän der Kirche.

Giuliano della Rovere knirschte hörbar mit den Zähnen, aber er hatte so lange gewartet, da kam es auf ein paar Tage mehr oder weniger auch nicht an; zudem ging es mit dem Papst sichtlich zu Ende. Schon seine Krönung hatte er nur noch sitzend überstehen können, und als della Rovere seine Ärzte befragte, sagte einer der *medici* kopfschüttelnd:
»Es ist ein Wunder, dass Seine Heiligkeit überhaupt noch am Leben ist.«
Das Wunder ging am Abend des 17. Oktober zu Ende und Papst Pius III. starb nach einer Herrschaft von nur sechsundzwanzig Tagen.

Cesare hatte schon vor einer Woche in die Romagna abreisen wollen, um dort durch seine persönliche Anwesenheit seiner zerfallenden Macht wieder aufzuhelfen. Als vom Papst bestätigter Generalkapitän war er dazu durchaus imstande, da das gesamte Heer des Kirchenstaates unter seinem Befehl stand. Seine Feinde suchten dies zu verhindern, und so schmiedeten die notorischen Gegner Orsini und Colonna ausnahmsweise ein gemeinsames Komplott, um den Valentino zu vernichten. Cesare verschanzte sich mit seinen unterlegenen Truppen in der Engelsburg, und nicht wenige glaubten, dass mit dem Tod des Papstes nun auch *sein* Ende gekommen sei. Das Gegenteil trat ein. Nun war alles Bestreben auf die Papstwahl gerichtet, was die Bündnispartner Colonna und Orsini zwang, in sede vacante – so lautete das Gesetz – ihre Truppen aus Rom zurückzuziehen. Als die spanischen Kardinäle zu erkennen gaben, dass sie nur am Konklave teilnehmen wollten, wenn Don Cesares persönliche Sicherheit garantiert war, gaben seine Gegner ihren Mordplan vorerst auf.
Nun sah der Valentino sich in der Rolle des »Königsmachers«, und er nutzte sie weidlich aus. Begleitet von nur wenigen Leibwachen bewegte er sich frei in Rom, als sei er der Herr dieser Stadt. Mochte dies im Augenblick auch zutreffen, so hatte seine Abwesenheit und die damit verbundenen Gerüchte von seiner Entmachtung in der Romagna eine Wandlung bewirkt. Nach und nach kehrten die früheren Tyrannen in ihre Herrschaften Forlì, Faenza, Rimini und Pesaro zurück – nur Cesena und Imola hielten Cesare vorerst die Treue. Jetzt sah er nur noch einen Weg, um mit ausreichender Truppenmacht dort Ordnung zu schaffen: Der neue Papst musste ihn als Generalkapitän der Kirche bestätigen. Er hatte bisher Georges d'Amboise begünstigt und »seine« Kardinäle angewiesen, den Franzosen zu wählen, aber da war ein hartes Ringen in einem vielleicht

viele Wochen dauernden Konklave zu erwarten. So biss Cesare Borgia in den sauren Apfel, erstickte seine Bedenken, überwand seine Abneigung und sprang über den eigenen Schatten.
Das Konklave war für den 31. Oktober festgesetzt, und zwei Tage vorher trafen sich Cesare Borgia und »seine« Kardinäle mit Giuliano della Rovere. Dem graubärtigen Kardinal war nicht anzumerken, ob er Triumph oder Bedauern empfand, denn zu beidem hätte er Grund gehabt.
Das kurze Abkommen lautete, dass della Rovere, im Fall seiner Wahl zum Papst, Cesare in allem Bisherigen bestätigen werde – als Gonfaloniere und Generalkapitän der Kirche und als Verwalter der Lehen in der Romagna. Dafür gaben alle spanischen Kardinäle ihr Wort, Giuliano della Rovere zu wählen. Dieses Abkommen war simonistisch und della Rovere schwor sich, dies als Papst ein für alle Mal zu untersagen. Aber das konnte er nur, wenn sie ihn wählten und so war in seinen Augen diese Simonie – sprich Amtserschleichung – verzeihlich.
Die Rechnung ging auf. Es brauchte am letzten Oktobertag nur einen Wahlgang, dann erscholl am Morgen des ersten November der Ruf: Habemus Papam!
Nur flüchtig und eher ironisch betrachtete Cesare Borgia die Tatsache, dass der ärgste Feind seines Vaters – Widersacher von Anfang an – nun mit seiner Hilfe auf den Stuhl Petri gelangt war. Doch Cesare war sich sicher, dass sein Vater vorrangig den Zweck gesehen hätte, der dann die Mittel heiligte.
Der Papst schien Wort zu halten. Cesare siedelte von der Engelsburg in den Vatikan über, wo er im Palazzo Camera – dem Gästehaus – wohnte und auch Platz für seine etwa vierzig Bediensteten fand. Aus den Fenstern zum Hof konnte er einige Räume des Appartamento Borgia sehen, die jetzt Papst Julius II. bezogen hatte. Ihm war, als schaute er in die eigene Vergangenheit, die ihm umso glänzender erschien, je mehr er seine jetzige Lage überdachte. Ganz Rom verfolgte den Niedergang des Valentino, den jetzt auch sein verschwägerter Vetter, König Ludwig XII. von Frankreich, fallen gelassen hatte, nachdem Cesare die Unterstützung des Kardinals Georges d'Amboise zugunsten von Giuliano della Rovere verweigert hatte.
Dass jetzt im Vatikan ein anderer Wind wehte, war schnell bekannt geworden. Die fröhliche Laune und das heitere Genussleben eines Alexander war jetzt einem strengen, freudlosen Regiment gewichen. Julius

scherzte nie, lachte kaum, barst vor Tatkraft und brach in fürchterlichen Zorn aus, wenn seine Befehle missdeutet oder verzögert wurden.

Frauen, ja, die hatte es einmal in seinen Leben gegeben, aber das war lange her. Auch drei erwachsene Töchter waren da, doch sie mieden die Öffentlichkeit, weil ihr Vater es so wollte. Das noch vor Kurzem hier herrschende Lotterleben war schon unter dem todkranken Pius III. zu Ende gegangen – jetzt unter dem schrecklichen Julius II. kehrte es nicht mehr zurück und musste einer eisernen kriegerischen Disziplin Platz machen, der sich alle, ob sie nun Waffen trugen oder nicht, bedingungslos zu unterwerfen hatten.

Unter Alexander war eher weggesehen worden, wenn eine verschleierte Frau im Vatikan verschwand, unter Julius wurden Besucher und Bittsteller einer genauen Prüfung unterzogen, und kein weibliches Wesen wagte es mehr, ihrem Liebhaber – ob Kardinal, Bischof oder Kammerherr – im Vatikan einen Besuch abzustatten.

Vom ersten Tag seines Pontifikats an beobachtete Rom genau, wie dieser Papst handelte und dachte, wobei sich so mancher hohe Prälat verwundert fragte, warum sein Barbier, sein Sekretär, sein Leibdiener, warum diese *servi* oft eher und genauer Bescheid wussten als er, die Exzellenz oder Eminenz. – Das ist ziemlich leicht zu erklären. Was immer im Vatikan, in den Palästen der Kardinäle oder der Adligen, auch in den Häusern der berühmten Kurtisanen gesagt oder getan wurde – es geschah meist vor Zeugen. Wann jemals war der Papst, war ein Kardinal, war ein römischer Patrizier allein? Von früh bis spät, vom Ankleiden bis zur Nachtruhe, bemühten sich dienstbare Geister um ihre Herren, die aber den Fehler machten, diese Menschen quasi als Sachen zu betrachten. Eine Vase oder ein Schrank, eine Truhe oder ein Teppich, ein Tisch oder ein Stuhl erlebten alles mit und verrieten nichts. Eine *serva* aber, die den Tisch deckte, ein *servo*, der auftrug, ein Leibdiener, der die Stiefel auszog und den *orinale* leerte, eine Zofe, die heimliche Briefe besorgte, ein Sekretär, der am Fenster saß und nur schrieb, wenn ihm etwas diktiert wurde, aber auch zuhörte, wenn es nichts zu schreiben gab – sie alle waren unfreiwillige Zeugen der wichtigen Ereignisse in Rom, und nicht alle waren so verschwiegen wie etwa der treue Michelotto.

So war Giuliano della Rovere kaum Papst geworden, da wusste ganz Rom bereits, was Julius II. von seinem Vorgänger unterschied. Die Kurtisanen, weder von Sixtus IV. noch von Innozenz III. behindert, belästigt

oder durch strenge Gesetze beschränkt, hatten unter Alexander VI. ihre wahrhaft goldene Zeit erlebt. Pius III. war nur eine kurze Episode gewesen, aber wie würde der grimmige Julius II. zu dem in seiner schönsten Blüte stehenden Kurtisanenwesen stehen? Es hatte Zeiten gegeben, da mussten sie ein Schattenleben führen, ohne Glanz und im Stillen, verehrt von nur wenigen, verachtet von den meisten. Das war nun endgültig vorbei, aber würde es unter diesem finsteren Papst so bleiben? Die Straßen- oder Bordellhuren machten sich darum keine Sorgen. Es hatte sie zu allen Zeiten gegeben, und jedermann sprach vom ältesten Gewerbe der Welt.
Unbekümmert blieben auch Imperia und Fiammetta, aber aus unterschiedlichen Gründen. Imperia, weil sie stärker denn je hoffte, Agostino Chigi würde sie bald zur Frau nehmen, und Fiammetta, weil sie Geld und Besitz genug hatte, um einen ihrem Metier nicht wohlgesinnten Papst zu überstehen, der überdies schon sechzig Jahre alt war. Wirklich um ihren Lebensunterhalt fürchten mussten die Kurtisanen der unteren Ränge, die zwar nicht schlecht, aber von der Hand in den Mund lebten. Würde man sie einschränken, so blieb nur der Weg ins Bordell oder ins Kloster.
Imperia hörte auf Chigis Rat, machte sich unsichtbar und wartete ab. Das heißt, sie verließ ihr Haus nicht mehr, unternahm keine Kutschenfahrten und zeigte sich im Habito Romano nur noch bei der sonntäglichen Messe. Auch die hohen Prälaten warteten ab. Sie mieden die Häuser der Kurtisanen, einige legten sich Konkubinen zu, die als ferne Verwandte galten und mit im Haus lebten.
Als der päpstliche Kammerherr und Devotionalienhändler Alberto Becuto an einem frostigen Novemberabend bei ihr zu Gast war, fragte ihn Fiammetta geradeheraus:
»Habt Ihr davon gehört, wie der Papst über uns Kurtisanen denkt und ob er irgendwelche Einschränkungen plant?«
Becuto fasste sich an die Nase, als wolle er sie gerade biegen. Das war bei ihm ein Zeichen intensiven Nachdenkens, das allerdings niemals lange dauerte.
»Mein Titel stammt zwar von Papst Alexander, aber Julius hat ihn bestätigt – natürlich gegen Gebühr. Diesbezüglich hat sich wenig verändert, denn sämtliche Ämter und Titel sind nach wie vor käuflich.«
Er lachte vergnügt.

»Es hat sich auch daran nichts verändert, dass ich weiterhin über die Stimmung im Vatikan unterrichtet bin, und so kann ich Euch beruhigen, Donna Fiammetta. Seine Heiligkeit hat jetzt andere Sorgen, als sich über die Kurtisanen und ihre Besucher Gedanken zu machen, denn die politische Lage ist für ihn nicht einfach. Kurz und knapp gesagt: Einesteils möchte Julius an den Romagnastädten – allesamt Kirchenlehen – festhalten, andererseits ist Venedig dabei, sich nach und nach kleinere oder größere Stücke aus diesem Kuchen herauszubeißen. Ja, die Serenissima ist gefräßig wie ihr Wappentier, der Löwe.«
Fiammetta schüttelte heftig ihren Kopf.
»Jetzt muss ich Euch doch unterbrechen, Don Alberto. Im Vatikan mit dem Papst Tür an Tür wohnt doch der denkbar fähigste Feldherr, der schon einmal der Serenissima getrotzt hat und die Stadttyrannen das Fürchten lehrte. Don Cesare ist doch nach wie vor Bannerträger der Kirche und von den Tyrannen gehasst und gefürchtet wie kein anderer. Ein Befehl Seiner Heiligkeit, und der Valentino schafft mit seinen Truppen binnen Kurzem wieder Ordnung.«
Becuto lächelte geduldig.
»Die spanischen Kardinäle, und nicht nur sie, haben Seiner Heiligkeit genau diesen Vorschlag schon Dutzende Male gemacht und werden ihn wieder machen. Doch der Papst zögert, weil er dem Valentino nicht über den Weg traut. Don Cesare ist nicht irgendein Condottiere, der Krieg führt, so lange man ihn bezahlt, er ist auch Herzog von Valence und mit der französischen Majestät verschwägert. Dieselbe ist zwar zurzeit verschnupft, doch das kann sich ändern. Also wird Don Cesare in seinem Hausarrest – es ist ja tatsächlich einer – so lange schmoren, bis er etwas Unbesonnenes tut. Dann landet er in der Engelsburg, aber nicht als Gast, und Ihr könnt die Sterbegebete sprechen. Papst Julius II. ist kein Mensch, der seinen ärgsten Feind am Leben lässt.«
Becuto hatte sich an seiner Rede berauscht und war weiter gegangen, als er es gewollt hatte.
»Verzeiht, ich habe Euch erschreckt, das sehe ich. Wer hat Don Cesare besser gekannt als Ihr? Dann werdet Ihr auch wissen, dass er sich mit aller Kraft gegen sein Schicksal wehrt und es nicht einfach hinnimmt. Ich jedenfalls traue ihm zu, dass er auch diesmal einen Weg findet, sich zu behaupten.«
Auch Pasquino schien sich nicht schlüssig, wohin dieser Zustand führen sollte.

*Papst Julius der Zweite hat
den Valentino nach Rom geholt.
Ist das nicht eine mutige Tat?
Nein, wenn der Kopf des Borgia rollt,
dann muss er ihn im Auge haben.
Über dem Vatikan kreisen schon die Raben ...*

Cesares großer Bewunderer, der florentinische Gesandte Nicolo Machiavelli, lebte um diese Zeit in Rom und schrieb regelmäßig Berichte in seine Heimatstadt. Der jetzt Fünfunddreißigjährige, ein luzider Geist und erfahrener Kenner der Politik in jeder Form, hatte die Situation erkannt.

Nicht wenige glauben, dass der Papst, nachdem er den Herzog bei seiner Wahl benötigt und ihm daher große Versprechungen gemacht hat, es nun für ratsam hält, den Herzog mit Hoffnungen abzuspeisen; und sie fürchten, dass Letzterer, wenn er sich nicht zu einer anderen Handlungsweise entschließt, als in Rom zu bleiben, dort länger festgehalten werden könnte, als ihm angenehm sein mag, denn der eingefleischte Hass des Papstes auf ihn ist allgemein bekannt. Und es ist nicht anzunehmen, dass Julius II. die zehn Jahre Verbannung so rasch vergessen haben wird, die er unter Papst Alexander VI. zu erleiden hatte.

Wie aber dachten seine Freunde und Mitstreiter, wie verhielten sich die spanischen Kardinäle? Ihre Proteste begannen zu erlahmen und sie gerieten mehr und mehr in eine Minderheit. Die Kardinäle der Colonna, Orsini, Savelli und Riario rieten dem Papst in einem Konsistorium ganz offen, diesen Borgia zu vernichten. Den meisten anderen war anzusehen, dass sie den Vorschlag guthießen, und einige nickten deutlich dazu. Francisco Remolines fühlte sich mit den anderen Borgia-Kardinälen in eine feindliche Ecke gedrängt und verfluchte zum hundertsten Mal seinen Ehrgeiz, die rote Robe angestrebt zu haben. Er wälzte manchmal abenteuerliche Pläne, die aber schon im Ansatz daran scheitern mussten, dass er kein Geld besaß. Eine Flucht nach Venedig oder Frankreich wäre nur sinnvoll gewesen, wenn er dort – ausreichend mit Geld versorgt – das Pontifikat des alten Julius hätte abwarten können. In Spanien, wo er Verwandte besaß, hätte seine dort noch lebende Frau sofort ihre Ansprüche geltend gemacht. Immer, wenn er darüber nachdachte, wie er zu Geld kommen könnte, fielen ihm die zehntausend Dukaten ein, die bei Fiammetta versteckt lagen. Aber es gab keine Möglichkeit, auf ehrliche Weise an das Geld zu kommen, weil dies nur mit Einverständnis der Kardinäle Juan und Ludovico Borgia geschehen konnte. Vermutlich würden sie auch noch darauf bestehen, Michelotto über das Vorhaben zu unterrichten. Freilich, diese Herren hatten jahrelang Zeit gehabt, Geld zusammenzuraffen, und notfalls konnten sie sich zu den spanischen Borja absetzen, eine weitverzweigte und nicht gerade arme Sippe.

Was seine Lebensführung betraf, so hatte Kardinal Remolines nach und nach jeden Halt verloren. Das rote Habit trug er nur noch, wenn er im Vatikan erscheinen musste, ansonsten lief er in zunehmend weniger gepflegter Kleidung herum und besuchte auch wieder das Hurenhaus am Ponte Sisto. Nachdem er dort zweimal so auffällig geworden war, dass der Bordellwirt ihn hinauswarf, nahm er sich ein wenig zusammen, ließ sich auch wieder bei Imperia sehen. Er schilderte ihr kurz seine fatale Lage, und sie versuchte ihn ein wenig zu trösten:

»Ach, Don Francisco, der Mensch ist kein Stein im Gebirge, das seine Lage über Jahrtausende nicht ändert. Unser Leben ist bunt und allerlei Wandlungen unterworfen, die bei den einen schneller, bei anderen in längeren zeitlichen Abständen eintreten. Natürlich wird man nicht so bald vergessen, dass Ihr ein Freund der Borgia wart und dass Alexander Euch zum Kardinal erhoben hat. Was aber Papst Julius immer beherzigen sollte und es wohl auch tun wird, das ist, Euer geistliches Amt von den weltlichen, sprich politischen Umständen zu trennen. Kein Papst kann Euch die Kardinalswürde nehmen, es sei denn, Ihr begeht einen Mord oder übt Hochverrat an der Kirche. Schaut doch diesen Farnese an! Wer spricht heute noch vom ›Schürzenkardinal‹, wer nimmt ihm weiterhin übel, dass Alexander ihm diese Würde nur verlieh, weil er beide Augen schloss, wenn seine Schwester Giulia das Bett des Papstes wärmte? Ich will damit nur dartun, wie kurz oft das Gedächtnis der Menschen ist und wie vor einem wichtigen Ereignis ein anderes ins Bedeutungslose schrumpft. Gehorcht dem Papst und haltet still, bis die Ereignisse wieder in Gang kommen.«

Remolines, der sich sonst kaum beeinflussen ließ, schöpfte tatsächlich Trost aus diesen Worten. Nur ruhig abwarten – das konnte er nicht. Noch ehe er einen entscheidenden Entschluss fassen konnte, kam der Papst ihm zuvor und berief für den 9. November ein Konsistorium ein.

Der von Hoffnung und Enttäuschung zerrissene Valentino fand zu seiner alten Tatkraft zurück. Im Überschwang seiner Gefühle umarmte er Michelotto und rief:
»Jetzt geht es los, ihr werdet es alle sehen. Der Papst wird mich als Generalkapitän der Kirche bestätigen, und am nächsten Tag brechen wir auf.«
Der stets skeptische und misstrauische Michelotto teilte den Jubel seines Herrn zwar nicht, aber er wollte nicht als der ewige Stänkerer dastehen und brummte:
»Der Papst scheint vernünftig geworden zu sein ...«
So war es dann doch nicht, denn Cesares Titel wurden nicht einmal erwähnt, aber ihm wurde zugesagt, Florenz um freies Geleit zu bitten, wenn seine Truppen durch die Toskana zogen. Zudem wollte der Papst ihm einige Galeeren für die Seereise nach La Spezia zur Verfügung stellen. Nun hieß es warten, bis die Antwort aus Florenz kam, und Cesare wünschte sich magische Kräfte, um die Zeit bis dahin auf einen Tag schrumpfen zu lassen. Da dies nicht möglich war, stürzte er sich in hektische Betriebsamkeit. Dazu sollte auch der immer wieder aufgeschobene Besuch bei Fiammetta gehören.
Einen Tag zuvor traf ihn jedoch ein schwerer Schlag, der ihn in einen Abgrund von Verzweiflung stürzte und ihn schaudern ließ vor einer Zukunft, die schwarz war und keine Hoffnung bot. Florenz hatte ihm in kurzen und schroffen Worten den freien Durchzug verweigert.

20

Anfang November hatte es zu stürmen begonnen, ein eisiger Wind riss von den älteren Pinien die morschen Äste ab, schleuderte sie wie Wurfgeschosse auf Straßen und Dächer. Rom war seit jeher eine Stadt, in der das Feuer nur zum Kochen und Braten benutzt wurde, niemals aber zum Heizen. Die Wohlhabenden wussten sich freilich zu helfen: Auf einen Wink setzten die Diener ein oder zwei Dutzend *scaldini* in Brand – kleine Holzkohleöfen, die dann in dem Raum, wo die Herrschaft sich aufhielt, verteilt wurden. Fiammetta hielt es nicht anders, und Basilio hatte genug zu tun, um die kleinen rauchenden Wärmetöpfe in Gang zu halten. Seit einigen Tagen hatte der Sturm nachgelassen, tobte sich aber noch von Zeit zu Zeit in stoßartigen Böen aus, die manchmal Dächer abdeckten oder Bäume entwurzelten.

Vor einigen Wochen war Paolo Petrucci wieder in Rom erschienen – enttäuscht, um einiges ärmer geworden, aber nach wie vor vergnügt und guter Dinge.

»Es ist alles schiefgegangen«, gab er lächelnd zu, »mein Vetter Pandolfo darf sich weiterhin seines Lebens erfreuen und neue Mordtaten aushecken. Die Hälfte meines Vermögens ist für meine Söldner draufgegangen und nun hat der Tod des Papstes alles zunichtegemacht. Vielleicht werde ich mir ein Hauptmannspatent bei der päpstlichen Truppe kaufen. Julius ist ja gerade dabei, seine Truppe aufzurüsten.«

Fiammetta genoss seine Besuche, die Farbe und Leben in diese kalten und trüben Novembertage brachten. Don Paolo hatte zwar einiges von seinem Geld, nichts aber von seiner Fähigkeit verloren, einer Frau die Nächte kurzweilig zu gestalten. Ein Gedanke, der Fiammetta nur ganz selten und meistens sehr kurz beschäftigte, kam ihr bei seinen Besuchen wieder in den Sinn: Wäre das ein Mann zum Heiraten? Vielleicht schon, gab sie sich selber zur Antwort, und schalt sich eine dumme Pute.

Für heute Abend hatte er sich wieder angesagt und Fiammetta erwartete ihn mit einiger Ungeduld. Doch passte es nicht zu Don Paolo, bei einem abendlichen Besuch schon um die zehnte Tagesstunde ans Tor zu pochen, und so war es auch ein anderer, der Einlass begehrte – Michele Corella, genannt Michelotto. Ihr, die sich schlecht verstellen konnte, war anzusehen, wie wenig ihr dieser Besuch heute passte. Michelotto bemerkte es und hob wie entschuldigend seine überraschend kleine und schlanke Hand.

»Ich komme ungelegen, verzeiht, aber die Lage gestattet keinen Aufschub.«

Im *salotto* forderte sie ihn zum Sitzen auf, doch er lehnte ab.

»Don Cesare will in aller Stille von Euch Abschied nehmen, und nicht nur das. Bei Euch ist etwas deponiert, von dem er einen Teil benötigt.«

»Ich verstehe.«

»Gut, dann erwartet heute Abend seinen Besuch.«

»Da hat sich schon ein Gast angesagt.«

Michelotto lächelte düster.

»Es tut mir leid für diesen Herrn, aber Don Cesare wird Euch von der Dringlichkeit seines heutigen Besuches überzeugen.«
»Gut, dann müsst Ihr auf dem Rückweg eine Botschaft überbringen.«
Es machte ihr Spaß, den früher so Gefürchteten zum Botenjungen zu degradieren. Doch Michelotto verzog keine Miene.
»Das werde ich gerne tun.«
Sie schrieb Don Paolo, dass sie heute leider verhindert sei und er auf weitere Nachricht warten solle.
Zwei Stunden später erschien Don Cesare und entschuldigte sich sogleich für den – wie er es nannte – Überfall und die vielen Begleiter.
»Rom ist für mich unsicher geworden, und ein Brustpanzer allein reicht nicht hin. Meine Leute verteilen sich im Garten ums Haus, doch sie werden uns nicht weiter belästigen.«
Don Cesares Gesicht war fahl und durchscheinend geworden, seine Hände flatterten unruhig, auch ging er immer wieder ans Fenster und starrte in die spätherbstliche Dunkelheit.
Fiammetta ließ einen schweren Rotwein kommen und zwang ihren Besucher auf einen Stuhl.
»Hier seid Ihr in Sicherheit, Don Cesare, kein Ungebetener wagt mein Haus zu betreten.«
Cesare lächelte gequält.
»Das höre ich gerne, aber es gibt Menschen, die mich vernichten wollen, und denen ist keine Mauer zu hoch, kein Tor zu fest, keine Heimstätte heilig.«
»Auch das wird vorbeigehen ...«
»So – meint Ihr? Freilich, alles geht vorbei, doch auf welche Weise? Ich möchte das Heft in der Hand behalten, will Täter und nicht Opfer sein.«
»Das kann ich gut verstehen ...«
Das für Paolo Petrucci vorbereitete Nachtmahl ließ sie jetzt für den Valentino auftragen, doch schien er kaum wahrzunehmen, was er in den Mund stopfte. Er ist ein anderer geworden, dachte sie, fast wie ein Fremder. Dabei – auch das war früher nicht seine Art gewesen – redete er unentwegt.
»Ich kann einfach nicht verstehen, dass Papst Julius unsere gleichgearteten Ziele nicht erkennt. Er will die Kirchenlehen bewahrt wissen – ich habe das Gleiche im Sinn. Wie ich erkennt er durchaus die von Venedig

ausgehende Gefahr, wie mich ärgert ihn die ablehnende Haltung von Florenz. Dass jetzt die alten Stadttyrannen ihre Nester zurücknehmen, macht ihn rasend, und er weiß, dass nur ich dieses Gelichter wieder vertreiben kann. Warum tut er nichts? Warum verdoppelt er nicht seine Truppen, setzt mich an ihre Spitze und dann geht es in Eilmärschen nach Norden. Mein Ruf wird mir vorauseilen, und das ist schon eine halb gewonnene Schlacht.«

Sein Gesicht verzerrte sich und er schlug mit der Faust auf den Tisch, dass der Wein aus seinem Becher schwappte. Dann rief er empört:

»Was eigentlich will dieser Julius? Er sollte sein Alter bedenken und sich beeilen! Ich weiß natürlich, was ihn davon abhält, mir zu vertrauen. Da sind jetzt gewisse Kardinäle aus der Fremde zurückgekehrt, die dem Papst Tag und Nacht im Ohr liegen, der Borgiaschlange den Kopf zu zertreten. Ein Rest von Vernunft wird ihm sagen, dass er sich damit selber seines Schutzes beraubt. Wo – frage ich dich – wo gibt es einen Heerführer, bei dessen Namen die Feinde erzittern? Condottieri gibt es zuhauf, käuflich wie feile Huren, aber nur tätig, so lange das Geld reicht. Ist es verbraucht, schließt die Hure ihre Schenkel und der Condottiere zieht mit seinen Leuten ab. Ich aber bin Generalkapitän und Gonfaloniere der heiligen römischen Kirche und lasse die Waffen erst sinken, wenn die letzte Schlacht erfolgreich geschlagen ist. Anstatt dies alles nüchtern zu bedenken, lässt er sich von den Savelli und Riario, von den Colonna und Orsini Gift in die Ohren träufeln. Gut, sie mögen zurückbekommen, was mein Vater ihnen genommen hat, und dann endlich Ruhe geben, um zu erkennen, wo ihre wahren Feinde sitzen. Die heißen Malatesta und Petrucci, Manfredi und Sforza.«

Er schaute sie verwirrt an.

»Was rede ich da? Was gehen dich diese Dinge an? Aber wem soll ich es sonst sagen? Julius verweigert mir Audienzen, seine falschen Ratgeber verkriechen sich in ihren Palästen – alle wenden sich von mir ab.«

Sie schaute ihn aufmunternd an, ihre Türkisaugen leuchteten.

»Aber Cesare – du warst dir doch immer selbst genug! Freilich kommt man ohne die Unterstützung von Freunden und Ratgebern nicht aus, aber du bist noch immer der Valentino! Lass sie es spüren: Zeige ihnen, dass kein Schicksalsschlag imstande ist, dich zu zerschmettern! Magst du dich unter den Sturmwinden auch biegen, du brichst nicht, und wenn der Sturm vorbei ist, richtest du dich wieder zur alten Größe auf!«

Er hatte ihr gespannt zugehört, dabei unablässig trinkend. Doch ihre Worte schienen das Gegenteil zu bewirken. Sein fahles Gesicht verzog sich zu einer weinerlichen Fratze, und heiser stieß er hervor:
»Was und wie es sein sollte, weiß ich selber! Aber es ist nicht so – nichts ist so! Ein gepanzerter Ritter ist nur zu fürchten, wenn er in jeder Hand eine Waffe trägt. Ohne Schwert und Lanze, ohne Dolch und Morgenstern ist er eben nur gepanzert. Die schönste Rüstung hält nicht ewig und wird von Schwertern und Äxten zerhauen. Man muss zurückschlagen können! Nur das zählt – Täter sein und nicht Opfer. Wenn das so weitergeht, beginne ich mich als Opfer zu fühlen ...«
Er schluchzte leise und legte seinen Kopf auf ihre Schulter. Was sollte sie dagegenhalten? Sie streichelte seine dunklen Haare.
»Warte einfach ab. Du bist jung, Julius ist alt, er wird als Erster die Geduld verlieren – zuerst mit der jetzigen Lage, dann mit seinen falschen Ratgebern. Das ist so sicher wie das Amen in der Kirche!«
»Und wenn ich es bin, der die Geduld verliert? Ja, ich habe noch Freunde! *In angustiis amici apparent* – wer ein wahrer Freund ist, erweist sich in der Not! Auf zumindest sieben Kardinäle kann ich zählen und Julius darf niemals vergessen, dass sie ihn gewählt haben, weil ich es ihnen befahl! Freilich, wenn die Tiara auf dem Haupt sitzt, dann löscht sie einen Teil der Vergangenheit, und zwar den, der gewisse Gegenleistungen erfordert. Er soll sich nur nicht täuschen, dieser verschlagene Franziskanermönch, soll nur darauf achten, dass der Stuhl Petri nicht zu wackeln beginnt! Wenn ich meinem Vetter Ludwig die Lage schildere, dann wird er dafür sorgen, dass ein Konzil einberufen wird, und da kann auch ein Papst abgesetzt werden. Weißt du das, Fiammetta?«
Er schaute sie flehend an, als hinge alles von ihrer Antwort ab.
»Nein, mein Freund, davon weiß ich nichts.«
Da wurde er ganz eifrig.
»Siehst du, siehst du! Aber der Papst müsste es wissen und recht bedenken, dass auch er nicht unangreifbar ist. Jetzt höre mir gut zu! Vor ungefähr hundert Jahren gab es in Rom einen Papst Johannes XXIII., der früher Pirat gewesen war und eigentlich Baldassare Cossa hieß. Er kaufte sich den Kardinalshut und gelangte mit List und Tücke auf den Stuhl Petri, wo er sich geschlagene vier Jahre hielt. Es gab zwei Gegenpäpste, doch Johann fühlte sich stark genug, den Kaiser um die Einberufung eines Konzils zu bitten. Dieses tagte in Konstanz und der ehemalige Seeräuber

eilte frohgemut dorthin, um sich als rechtmäßiger Pontifex bestätigen zu lassen. Die zwei Gegenpäpste zogen es vor, dem Konzil fern zu bleiben. Aber was geschah? Alle drei wurden abgesetzt und das Konzil wählte mit Martin V. einen neuen rechtmäßigen Papst. Cossa wurde gefangen gesetzt und ging nach seiner Entlassung ins Exil nach Florenz. Auch Julius wird diesen Fall kennen, und wenn ihm die Tiara nicht alle Vernunft geraubt hat, muss er wissen, dass sein Thron zu wackeln beginnt, sobald der Kaiser ein Konzil einberufen hat. Zum Teufel, das muss er doch wissen!«
Fiammetta nickte beruhigend.
»Er wird es wissen und in Betracht ziehen. Jetzt aber Schluss mit der Politik, Euer Gnaden! Ihr seid bei einer alten Freundin zu Gast, und da werden sich bessere Themen finden.«
Cesare lachte trunken, wollte nach dem Becher greifen und stieß ihn dabei um. Das verstärkte nur seine falsche Heiterkeit.
»Ah – ich sehe schon alles doppelt! Das – das kann nur von Vorteil sein, denn so komme ich in den Genuss von zwei Fiammettas ... An welche aber soll ich mich halten – welche wählen? ... ich hoffe, das gibt sich wieder, denn zweimal einen Julius könnte ich nicht aushalten ...«
Er kicherte und wiederholte:
»Zwei Päpste Julius – bei allen Heiligen, das wäre zu viel des Guten, besser gesagt, des Schlechten. Ich müsste seinen Mundschenk bestechen, dass er den Pontifex trunken macht, bis er mich zweimal sieht ... Das wäre doch etwas! Der gefürchtete Valentino mit einem Doppelgänger, einem Zwillingsbruder ... Da könnten wir dann zu viert ins Bett steigen – hihihi.«
Niemals hatte Fiammetta ihn so albern erlebt, auch nicht betrunken.
»Wir sollten uns jetzt ausruhen – oder wollt Ihr wieder zurück in den Vatikan?«
»Nein – nein, diese – diese Na-Nacht gehört dir ...«
Er versuchte aufzustehen, fiel aber wieder in den Sessel zurück. Er wies auf die Tür.
»Ho-hole Michelotto und sa-sage ihm ...«
Sie ging hinaus und fand Cesares Schatten vor der Tür.
»Euer Herr will die Nacht über hierbleiben.«
»Das muss er mir schon selber sagen.«
Fiammetta ließ die Tür offen und ging voraus.
»Darf ich alleine mit ihm reden?«

Sie trat zurück und die Tür fiel zu. Bald kam Michelotto wieder heraus.
»Ihr solltet ihn spätestens zur zweiten Tagesstunde wecken.«
Sie nickte und trat in den *salotto*. Cesare stand schwankend neben dem Sessel und hielt sich an der Lehne fest. Er wies auf die Tür zum *dormitorio*.
»Dort erwartet uns Venus, und Mars muss draußen bleiben.«
Seine Stimme war wieder sicherer geworden, doch beim Gehen schwankte er leicht.
»Bin doch froh, dass es dich nur einmal gibt«, scherzte er, »denn für zwei Frauen fehlt mir heute die Kraft ...«
Sie lachten und zogen sich – so hatten sie es damals gehalten – gegenseitig die Kleider vom Leib.
»Schön bist du, Fiammetta, schön wie eine Quellnymphe ... Ich sollte dich mitnehmen, aber du gehörst nach Rom ...«
Er lachte.
»Dorotea passte im Grunde nicht hierher. Für eine Weile schenkte sie mir ihr Herz, aber ihr Kopf weilte schon in Venedig, wo ein Ehemann auf sie wartete. Vielleicht hat sie doch nicht ihr Glück, aber Zufriedenheit gefunden. Ach was – komm her, mein Mädchen!«
Er zog sie ungestüm an sich.
»Wir hätten beisammen bleiben sollen ... Du bist mehr wert als das ganze Weibervolk, das mein Vater in den Vatikan zog. Das waren noch Zeiten! Unter Julius wird keine Frau den Vatikan betreten, die nicht ein Nonnenkleid trägt. Der alte Graubart – viel Bart, wenig Hirn! Aber glaube mir, ich werde es ändern – vieles wird sich ändern ...«
Sie fielen auf das Bett und Cesare begann ihren Körper zu erkunden, als sehe und fühle er ihn zum ersten Mal. Dann legte er sich zurück.
»Jetzt reite mich, *bambina*, heute will ich unten liegen ...« Er lachte leise.
»Unten liegen, wie ich es jetzt auch im Leben tue, aber das ist nur eine *finta*, und alle werden darauf hereinfallen – wie früher ...«
Er stöhnte laut, wand sich, spreizte die Schenkel.
»Einmal eine Frau sein, Liebste, wie wäre das?«
Sie packte seine Hüften, ließ ihr Becken kreisen, bis er sich aufbäumte und sich mit einem heiseren Schrei so heftig in sie entlud, dass sein Samen wie ein silberner Quell aus ihrem übervollen Schoß perlte. Dann schliefen sie schnell ein, doch einige Stunden später weckte er sie sanft.

»Es lässt mir keine Ruhe«, flüsterte er, »ich hätte auch davon reden sollen, dass mir alles fehlschlägt, dass es sich ändern wird, aber nicht zu meinen Gunsten. Früher war es nicht meine Art, eine solche Möglichkeit überhaupt in Erwägung zu ziehen, aber so wie die Dinge jetzt stehen ...«
Sie ließ ihn eine Weile schweigen und sagte dann:
»Du wirst auch diesmal siegen, wenn du dem Papst die zurückgewonnenen Kirchenlehen in die Hand legst – auf Knien und ohne Gegenforderung. So, wie ich Julius einschätze, wird ihn das überzeugen.«
»Da müsste er aber für mich zu sprechen sein«, sagte Cesare bitter, »aber er lässt mich durch seine Lakaien abwimmeln wie einen lästigen Bittsteller.«
»Weil er dich fürchtet.«
»Daran glaubst du?«
»Ja, er wird es niemals zeigen oder gar zugeben, aber so schätze ich ihn ein.«
Es hielt den Valentino nicht mehr im Bett. Schnell kleidete er sich an und ließ Michelotto zusammen mit Fiammetta in das Speichergeschoss steigen. Dann stand der pralle Lederbeutel auf dem Tisch und Cesare sagte:
»Zum Nachzählen fehlt mir die Zeit ...«
Er schüttete die Münzen auf den Tisch und teilte sie in zwei gleich große Haufen.
»Die eine Hälfte nehme ich mit, die andere versteckst du wieder, bis ich sie brauche. Wenn nicht, dann gehört sie dir.«
Sie krauste die Stirn.
»Was soll das heißen – wenn nicht?«
Er lächelte sie freundlich an.
»Wenn ich tot bin. So lange ich lebe, ist Hoffnung, und Geld kann sie nähren.«
Sie wirkte befangen, als sie sagte:
»Daran werde ich nicht einmal denken. Ihr seid jung, gesund, im Besitz einer ansehnlichen Truppe ...«
Er schüttelte den Kopf.
»Das mag schon stimmen, aber alles steht auf so wackeligen Beinen ... Na ja, vielleicht streckt mir Fortuna wieder ihre Hand hin.«
Er zögerte, beugte sich vor und flüsterte:
»Wagst du es noch, auch weiterhin mit ›Fiammetta di Valentino‹ zu firmieren? Nein, sage jetzt nichts. Ich erlaube dir, meinen Namen

auch künftig zu benutzen – vielleicht ist es das einzige, was von mir bleibt.«

Einige Tage später war Cesare Borgia auf dem Weg nach Ostia, denn die florentinische Verweigerung eines Durchzugs zwang ihn zu einer Schiffsreise. Es war, als atme ganz Rom auf. Es gab nicht mehr viele, die seinen Weggang bedauerten, aber allgemein herrschte die Ansicht, die Ära der Borgia sei für Rom nun endgültig abgeschlossen.
Während Cesare auf einen günstigen Wind wartete, traf in Rom eine Schreckensnachricht ein: Faenza hatte sich den Venezianern ergeben, und damit war Imola von jeder Versorgung abgeschnitten. Da erwachte Papst Julius aus seiner scheinbaren Lethargie. Er wusste, dies könnte der Auftakt zur Rückeroberung der gesamten Romagna sein, und so fertigte er ein *breve*, das Cesare Borgia das gesamte noch unter seiner Verwaltung stehende Gebiet entzog und der Kirche übereignete. Auf einem eilig einberufenen Konsistorium verkündete er diesen Entschluss, und es war zu hören, wie ein befreites Aufatmen durch die Reihen der Kardinäle ging. Julius musterte sie mit finsterem Blick, seine steingrauen Augen wanderten von einem zum anderen. Bei den Borgia-Kardinälen verweilte sein Blick, und dann hörten sie seine leise, scharfe Stimme.
»Mein *breve* muss Don Cesare so schnell wie möglich zugestellt werden.«
Sein Blick bohrte sich in die schwarzen, wie blind wirkenden Augen des Francisco Remolines.
»Wart Ihr nicht sein Vertrauter, Eminenz? Eine Hiobsbotschaft sollte nicht irgendwer, sondern ein Freund aus besseren Tagen überbringen – nicht wahr?«
»Wie Eure Heiligkeit befehlen.«
»Und Ihr, Soderini, sollt Euren Mitbruder begleiten, damit einer dem anderen auf die Finger schaut.«
Kardinal Francesco Soderini, ehemals auf Seite der Borgia, war inzwischen davon abgerückt, denn als Bruder von Don Piero, dem Generalkapitän der florentinischen Truppen, hatte er jetzt andere Ziele zu verfolgen. Die Borgia-Kardinäle hassten den »Abtrünnigen«, doch der hatte ihnen zu verstehen gegeben, dass seine Treue dem lebenden, jetzt regierenden Papst gehöre und nicht einem Toten.

Francisco Remolines, der seine rote Robe am liebsten ins Feuer geworfen hätte, beschloss, da er sie nun einmal trug, sie zu seinem Vorteil zu benutzen. Bei seinen Streifzügen durch die Huren- und Kurtisanenhäuser der Stadt war ihm eine Frau begegnet, die hohnlachend auf seine zügellosen und abartigen Wünsche einging – ja, ihn sogar dazu ermunterte, neue Varianten zu erproben. Sie nannte sich Scorpia, und dieser Name war gut gewählt, denn wenn ihr etwas nicht passte, dann stach sie wütend zurück. Sie bezeichnete sich als Kurtisane, war aber eine recht kostspielige Hure für Sonderwünsche. Das hatte sich herumgesprochen und so war ihr Haus zu einem Treffpunkt für *perversi* aller Arten geworden. Obwohl er immer in unauffälliger Kleidung gekommen war, hatte sie schnell herausgefunden, dass ihr neuer Kunde eine Eminenz war. Sie tranken bis zum Exzess, schlugen sich gegenseitig mit Birkenruten, wetteten manchmal, wer die größere Zahl von Hieben ertrug. Als Remolines verlangte, dass sie nach und nach ihre anderen Kunden aufgab, nannte sie die Zahl hundert. Er blickte auf.
»Hundert – was?«
»Dukaten natürlich, Monat für Monat. Dann gehöre ich dir allein.«
»Und wenn ich dich heirate?«
Er fragte es mehr im Scherz. Sie lächelte höhnisch.
»Als Kardinal?«
»Du könntest meine Konkubine werden.«
»Das will ich nicht. Noch nicht …«
Mit Scorpia war es nicht einfach, aber Remolines genoss es. Mit dem Untergang der Borgia waren seine Geldquellen versiegt, und sein Einkommen als Kardinal reichte gerade hin, den Hausstand zu unterhalten. Aber da waren noch die zehntausend Dukaten in Fiammettas Hand, und nun musste er einen Weg suchen, das Geld an sich zu bringen. So lange es Don Cesare und seinen bösen Schatten Michelotto gab, würde das sehr schwierig sein. Aber eines nach dem anderen.
Am Morgen des 22. November machte er sich – zusammen mit Kardinal Soderini – auf den Weg nach Ostia. Die Herren sprachen wenig, sie hatten sich nichts zu sagen. Einmal hatte Soderini den Satz hingeworfen:
»Ihr seid ja mit ihm so gut Freund gewesen, da könnt Ihr ihm die Nachricht übermitteln.«
»So, könnte ich das? Der Papst hat es mir nicht aufgetragen.«
»Uns – er hat es uns aufgetragen.«
»Warum lange reden? Es steht alles im *breve*.«

Cesare hatte im Haus des Hafenkommandanten Quartier bezogen, seine kleine Begleittruppe war in Zelten untergebracht.

»Ah – Remolines, Euch sehe ich gerne, gerade jetzt, da alle guten Freunde sich rar machen. Was gibt es Neues?«

Remolines wich dem forschenden Blick aus.

»Wir sind nur Boten Seiner Heiligkeit ...«

»Aha – und Julius braucht gleich zwei Eminenzen, um mir etwas mitzuteilen?«

Die beiden schwiegen und sahen zu, wie Cesare mit vor Ungeduld zittrigen Fingern das päpstliche Siegel brach und sich über das Schriftstück beugte. Dann blickte er auf und sie schauten in eine vor Hass und Empörung verzerrte Fratze.

»Und das soll ich hinnehmen?«, fragte er mit gefährlich leiser Stimme. »Mit einem Federstrich mein Lebenswerk zerstören, das würde diesem hinterhältigen und wortbrüchigen Franziskaner so gefallen.«

Sein Gesicht lief rot an, seine Stimme gellte so laut, dass man sie bis auf die Straße hörte.

»Aber da hat er die Rechnung ohne den Wirt gemacht, dieser feine Herr. Und ihr habt ihn zum Papst erhoben! Nur die allerdümmsten Kälber wählen ihren Metzger selber! Zuerst schlachtet er mich ab und dann die anderen! Sagt eurem feinen Herrn, dass ich keines meiner Kastelle freigebe, dass ich mit Klauen und Zähnen verteidigen werde, was mich so viel Kraft, Blut und Geld gekostet hat! Hinaus! Hinaus mit euch!«

Sie ritten eilig zurück, und Remolines schwor sich im Stillen, dass er danach keinen Fuß mehr in den Vatikan setzen würde.

Don Cesares Antwort löste beim Papst einen nicht weniger heftigen Wutanfall aus als zuvor beim Valentino.

»Das ist Hochverrat! Festnehmen, sofort festnehmen und anklagen! Aber ich bin ja selbst schuld! Warum habe ich mit dieser heimtückischen Schlange so viel Geduld gehabt? Jetzt ist Schluss mit christlicher Milde! Jetzt weht ein anderer Wind! Und wehe dem – wehe, wehe, der diesem Satan noch einmal die Hand reicht! Ich erkläre Cesare Borgia zum Feind der Kirche, zum Feind Gottes – ja, zum Feind der ganzen Menschheit!«

Niemand zweifelte daran, dass diesen deutlichen Worten Taten folgen würden, am wenigsten die Borgia-Kardinäle. Remolines traf sich mit den wichtigsten – Juan und Ludovico – an einem geheimen Ort.

»Unser Heil liegt nur noch in der Flucht. Die nächste Möglichkeit ist Neapel, denn dort herrscht ein Spanier und er wird uns nicht ausliefern. Natürlich werden wir nichts gemeinsam unternehmen, das würde nur auffallen, denn wir sind von Spitzeln umgeben. Ich werde das bei Fiammetta versteckte Geld an mich nehmen, und dann treffen wir uns ein letztes Mal, um die Summe aufzuteilen.«
Die anderen wagten keinen Widerspruch, gaben durch Unterschrift ihr Einverständnis. Leider aber kannten sie Francisco Remolines nicht gut genug, um seinem Vorschlag zu misstrauen. Er wollte sich nämlich mit Scorpia zusammentun, um dann irgendwo in Sicherheit ein neues Leben zu beginnen. Dazu brauchte er Geld, und zwar alles. Da er von Cesares letztem Besuch bei Fiammetta nichts wusste, rechnete er mit der vollen Summe, und mit einem Teil davon wollte er sich im Königreich Neapel ein schönes Amt kaufen. Schließlich war er ausgebildeter Jurist, hatte als Professor gewirkt und war immerhin Auditor von Rom gewesen. Remolines sah die Zukunft in rosigen Farben, er durfte jetzt nur nichts Unüberlegtes tun.

Da von den Borgias und ihren Freunden kaum jemand zu Imperias Freundeskreis gehört hatte, war hier der Papstwechsel fast spurlos vorübergegangen. Es hatte sich freilich insofern etwas geändert, als Imperia ihren Freundeskreis nur noch zu Banketten, Namens- oder Geburtstagsfesten und zu vormittäglichen Plauderstunden empfing. Die Nächte gehörten Agostino Chigi, der inzwischen mit Papst Julius einige längere Gespräche gehabt hatte, die alle in eine Richtung zielten: Was immer an Kirchenlehen abgefallen war oder unter Don Cesares Verwaltung gestanden hatte, musste zurückgewonnen werden, und dazu kamen noch die neuerdings von Venedig okkupierten Gebiete. Bei einem dieser Gespräche hatte der Papst mit harter Faust auf die Landkarte geklopft.
»So wie es aussieht, gibt es nur eine Möglichkeit: Krieg! Krieg! Krieg! Mit Gottes Hilfe werden wir alles zurückerobern, was kleine Tyrannen, das große Venedig und die habgierigen Borgia sich angeeignet haben.«
Dass dies keine leeren Worte waren, sollte sich bald erweisen. Für Agostino Chigi hatte sich die Lage insofern zum Vorteil verändert, als Papst Julius zwar viel von Politik und Kunst verstand, so gut wie nichts aber von Finanzgeschäften. Darüber hatte er mit dem Bankherrn ganz offen gesprochen.

»Euch, Don Agostino, würde es leichtfallen, Uns zu betrügen. Unser Vorgänger hat leere Kassen hinterlassen, und was nicht in die Taschen der vielköpfigen Borgia-Sippe geflossen ist, hat Don Cesare für seine Kriege verbraucht. Mit Eurer Hilfe werden Wir alles nur irgend Mögliche unternehmen, um das Schatzhaus Petri wieder zu füllen, denn Uns beschäftigen vor allem drei Pläne. Das erste und wichtigste Ziel – mit Euch hat es nichts zu tun – ist Unser Bestreben, dem Papsttum wieder das Ansehen zu verleihen, das es verdient und das unter Unseren Vorgängern arg gelitten hat. Die beiden anderen Vorhaben kosten Geld, das Ihr Uns beschaffen sollt. Da sind einmal die Kriege, die Wir führen müssen, um das Patrimonium Petri im alten Glanz wiedererstehen zu lassen. Das zweite ist der Neubau von San Pietro in Vaticano, und es soll die größte und prächtigste Kirche der Christenheit werden. Ihr schaut so fragend drein, Don Agostino – also stellt Eure Fragen.«

»Der Plan ist nicht neu, schon ein Vorgänger Eurer Heiligkeit hat ...«
Ungeduldig winkte der Papst ab.

»Ja, ja, Papst Nikolaus hat 1452 den Grundstein gelegt, da war ich gerade neun Jahre alt. Doch geschehen ist nichts – nichts! Jetzt aber werden Wir das große Werk beginnen und dazu die besten Baumeister und begnadete Künstler heranziehen. Aber eines nach dem anderen, denn zuerst müssen Wir selber als Baumeister wirken und den zertrümmerten Dom des Patrimonium Petri wiedererstehen lassen.«

Als Chigi noch am selben Tag mit Imperia über sein Treffen mit Julius sprach, blickte sie ihn erstaunt an.

»Das sind ja ganz neue Töne! Papst Alexander hat zeit seines Pontifikats keinen Kreuzer für Kirchenbau ausgegeben, und dieser Julius will nun die größte Kirche der Christenheit errichten?«

»So sagt er wenigstens – warten wir es einfach ab. Ich aber bin und bleibe der *tesoriere* des Papstes – vielleicht mehr noch, als ich es bei den Borgia war.«

Sie lächelte schwermütig.

»Kannst du überhaupt noch reicher werden?«

Auch außerhalb des Bettes hatten sie sich auf das vertrauliche »du« geeinigt, das aber wegfiel, sobald sie in Gesellschaft waren. Etwas drängte Chigi, das Folgende nicht zu sagen, aber es wollte heraus – musste heraus.

»Jedenfalls bin ich reich genug, um auch eine Frau ohne Mitgift zu heiraten, aber das werde ich nicht tun, denn du, meine Beniamina, bist ja bekanntlich nicht unvermögend.«
Imperia erbleichte.
»Soll das – soll das ein Antrag sein?«
Er lachte leise.
»So ist es wohl zu verstehen, aber wir sollten es vorerst für uns behalten. Es werden noch einige Fragen zu klären sein … Da sind gewisse Verwandte, die glauben, ein Wort mitreden zu müssen, auch wenn es um die privatesten Dinge geht.«
Imperia wiegte zweifelnd ihr schönes Haupt.
»So privat ist eine Heirat auch wieder nicht. Da soll ein quasi fremder Mensch in die Familie Chigi aufgenommen werden …«
»Wir wollen nichts überstürzen, meine Liebe, und ich möchte dich bitten, vorerst nichts an deinem bisherigen Leben zu ändern – ausgenommen die Nächte, die möchte ich nur für mich.«

21

Wenn die zahlreichen Freunde von Angelo del Bufalo noch vor einiger Zeit gespottet hatten, der Gute sei nun endlich häuslich geworden, so mussten sie es jetzt wieder zurücknehmen. Fast schien es, als hätte Ambrosina ihn mit Teufelskünsten an sich gebunden, denn er war ihrem elfenhaften Reiz so verfallen, dass er die unsinnigsten Dinge für sie anstellte. Als sie einmal spaßhaft verlauten ließ, ihr größter Herzenswunsch sei, ihn als ihren Sänftenträger zu sehen, und zwar am Sonntag beim Kirchgang, nickte er nur, und sie dachte, der Scherz sei verstanden und vergessen. Am nächsten Sonntag aber trat er des Morgens an, kaufte einen Sänftenträger von der Arbeit frei und trug mit dem anderen Ambrosina zur nahe gelegenen Kirche San Apollinare. Das wurde natürlich sofort seinem Schwager hinterbracht, dem Kardinal Gian Domenico de Cupis. Der stellte ihn mit der Autorität seines hohen geistlichen Amtes zur Rede.

»Also, Don Angelo, ich muss schon bitten! Hierzulande würde man es keinem erwachsenen Mann verbieten, eine Kurtisane aufzusuchen, aber Ihr macht Euch vor aller Welt zum Narren! Wer würde Ambrosina nicht reizend finden, doch ihr als Sänftenträger zu dienen, das geht zu weit. Alle waren wir heilfroh, als Euer höchst eigenwilliges Auftreten einem würdigen Benehmen Platz gemacht hat, und nun bietet Ihr der Welt ein solches Schauspiel. Beschränkt Euren Verkehr mit dieser Kurtisane auf ihren *giorno di visita* und benehmt Euch wie ein römischer Patrizier.«
Natürlich wusste del Bufalo, was er seinem Schwager und dem eigenen Namen schuldig war, doch weder brach er den Verkehr zu Ambrosina ab, noch erschien er zu ihrem Besuchstag. Er verspürte keine Lust, einer unter vielen zu sein und mit ansehen zu müssen, wie die Männer sich an diesem Tag um die schöne Ambrosina balgten, die blass, schmal und edel unter ihnen saß und sie mit ihren literarischen Kenntnissen verblüffte.
Alberto Becuto hingegen ließ keinen dieser Sonntage aus und genoss besonders bei Ambrosinas Mutter, Donna Tullia, das höchste Ansehen. Ihrer Auffassung nach hatte er ehrsam und selbstlos gehandelt, als er ihrer Tochter das von Jesus geheiligte Wasser kostenlos überließ.
»So handelt ein echter Cavaliere«, hatte sie mehrmals gesagt, und als er dann regelmäßig an den Besuchstagen erschien, versäumte sie es niemals, ihn persönlich zu begrüßen. An seinem Äußeren nahm sie keinen Anstoß, denn sie war es gewohnt, die Herren nach anderen Kriterien einzuschätzen. In ihren Augen machte er das mit seinem Auftreten und seiner Redegewandtheit wett. Dass ihn seine Geschäfte mehr als wohlhabend gemacht hatten, übersah sie keineswegs, wie auch die Art seiner Geschäfte ihrem frommen Sinn entgegen kam. Kurzum: Schon nach wenigen Besuchen begann Becuto zu spüren, dass sie nicht Ambrosina, sondern Donna Tullia galten.
Sie waren etwa gleich alt und ihre Ansichten zu verschiedenen Dingen wichen kaum voneinander ab. Tullia war eine lebenserfahrene Frau, die oft Kompromisse hatte machen müssen, ohne dabei ihr heiteres Wesen zu verlieren. Die bei Ambrosina edel und elfenhaft angelegte Schönheit war bei ihrer Mutter gröber ausgefallen, ohne sich ins Hässliche zu verkehren. So war es Becuto auch lieber, denn bei Ambrosina empfand er ein peinliches Gefühl der Unterlegenheit, das nur schwer zu definieren war. Schnell hatte er gemerkt, dass ihr Zitatenschatz nur angelesen war und einer ernsthaften Diskussion nicht hätte standhalten können. Viel-

leicht war es, weil sie blass, schmal und vornehm in ihrer Schönheit ruhte, wie eine Perle in der Muschel, und sich – wenn Argumente fehlten – unangreifbar dorthin zurückzog. Ihre Besucher akzeptierten das klaglos, denn allein die Tatsache, zum *giorno di visita* zugelassen zu sein, war ein Grund, nicht unangenehm aufzufallen.

Angelo del Bufalo aber kam zu anderen Zeiten, denn er wollte Ambrosina für sich haben – nur für sich. Sie aber, Exkonkubine eines Colonna, wusste mit Patriziern umzugehen – wusste es nur zu gut. Wenn er auch – trotz seines Schwagers Mahnung – die Verbindung zu Ambrosina nicht abbrach, so führte er seine Antikengeschäfte weiterhin mit Bedacht fort, verstand es, sich bei einigen Kunden so unentbehrlich zu machen, dass sie gar nicht auf den Gedanken kamen, es anderswo zu versuchen. So hatte er immer genügend Geld zur Verfügung, oder anders gesagt, sein Hausstand mit Francesca de Cupis musste nicht etwas entbehren, das insgeheim Ambrosina zugute kam.

Diese in ihre privaten Angelegenheiten verstrickten Menschen horchten verschreckt auf – nur wenige taten es freudig –, als man hörte, Don Cesare sei als Gefangener nach Rom zurückgekehrt.
Remolines, der mit seiner längeren Abwesenheit gerechnet hatte, entfaltete nun eine fieberhafte Tätigkeit. Er hatte sich einen Bart stehen lassen und die rote Robe vorerst weggesperrt. Nun trug er eine Art Professorenkleidung mit langem schwarzem Mantel und einer tief in die Stirn gezogenen dunklen Kappe. Schnell hatte es sich herumgesprochen, dass Michelotto in florentinische Gefangenschaft geraten war und so in seine Pläne nicht hineinpfuschen konnte. Die Borgia-Kardinäle hielten sich irgendwo versteckt, und Remolines, der vor Scorpia nichts geheim hielt, rieb sich zufrieden die Hände.
Die Kurtisane – schlank, dunkelhaarig, mit bräunlicher Hautfarbe – hörte ihm genau zu, als er ihr seinen Plan unterbreitete.
»Wir müssen damit rechnen, dass Don Cesare in den nächsten Tagen das Geld bei Fiammetta abholen lässt. Da es Michelotto nicht tun kann, wird er jemand anderen damit beauftragen. Noch aber habe ich das Recht, das Geld an mich zu nehmen – das Einverständnis der beiden Borgia-Kardinäle liegt vor. Wenn wir es dann haben – wohin damit? Im Augenblick wäre es unklug, aus Rom zu verschwinden – Julius ist bei allem, das die Borgia betrifft, ungeheuer misstrauisch. Das Geld muss versteckt werden,

bis die Lage sich beruhigt hat, und wer es bei mir einfordern will, dem sage ich, ich hätte es an einen Beauftragten von Don Cesare weitergegeben. Gut, der Mann ist verschwunden, aber was kann ich dafür?«
»Nichts«, sagte Scorpia kalt, »doch sollten wir jetzt nicht lange herumreden. Das Geld muss versteckt werden, und ich weiß schon, wo.«
Remolines schaute auf, und sie starrte furchtlos in seine schwarzen, blicklosen Augen. Von einer bestimmten Zeit an hatte sie die Furcht vor den Männern verloren und die Gabe entwickelt, ihren schwachen Punkt herauszufinden. Bei Remolines war es seine Lust, Frauen zu demütigen – in Wort und Tat. Als er sie einmal wieder mit der Peitsche bearbeitete, riss sie ihm das Folterinstrument aus der Hand und schrie den Überraschten an: »Niederknien! Sofort!« Als er zögerte, fauchte sie ihn an: »Wenn du es nicht tust, siehst du mich niemals wieder!«
Er tat es, und sie versetzte seinem nackten Körper Peitschenhiebe, wohin sie ihn auch traf. Dann winselte er um Gnade, worauf sie ihm einen letzten, klatschenden Hieb über den Rücken zog. So ähnlich verliefen auch die künftigen »Liebesstunden«, und am Ende war er dieser Frau so verfallen, dass er blindlings ihren Wünschen folgte, ihren Worten vertraute.
Scorpia hatte einen Lebensplan, und dem wollte sie folgen – um jeden Preis. Sie hatte im Armenhaus der Stadt Palestrina das für sie vorerst noch sehr trübe Licht der Welt erblickt. Die Mutter starb früh, den Vater kannte sie nicht. Wenn die Kinder zwölf wurden, konnten Herrschaften sie in Dienst nehmen; das Armenhaus nahm dafür fünf Dukaten. Es war ein verdeckter Sklavenhandel, denn wer so viel Geld hinlegt, kann von der Ware Mensch auch etwas fordern.
Scorpia – damals hieß sie noch Maria – kam als Küchenhilfe auf das Gut eines kleinen Landbarons, der sie, noch ehe sie in der Küche etwas angerührt hatte, im Stall vergewaltigte – immer wieder. Wenn sie vor Schmerzen stöhnte, grinste der Signore und meinte, nun mache es ihr doch Spaß. Als der junge Kaplan der vielköpfigen Gutsherrnfamilie ihr die Beichte abnahm, zerrte er sie auf den Boden und sagte, das könne sie dann gleich mit beichten. Mit vierzehn lief sie davon, schlüpfte bei einem Trupp marodierender Soldaten unter, von denen sie jede Nacht einem anderen zu Dienst sein musste. So gelangte sie nach Rom, wo sie der Hurenwirt am Ponte Sisto kennerisch betrachtete und gleich anstellte. Zum ersten Mal verdiente sie ihr eigenes Geld, das sie behalten und nach Belieben verwenden durfte. Ihr angeborener scharfer Verstand ließ sie

schnell erkennen, das manche Herren Liebesspiele besonderer Art schätzten, nicht selten oft solche, die ihre Kolleginnen ablehnten. So kam sie in den Ruf eines Mädchens für »das Besondere« und machte sich bald selbstständig. Dabei schwor sie sich, sie würde lieber ins Kloster gehen, als auf den Stand einer billigen Straßenhure herabzusinken. Doch ihr Ruf machte sich bezahlt, und hinter vorgehaltener Hand flüsterten sich die Herren zu, da gäbe es eine, die keinen, auch nicht den seltsamsten Wunsch abschlage. Sie lebte sparsam, ihr Geld wanderte auf eine solide Bank. Dabei ließ sie ihr Fernziel niemals aus den Augen: Wenn es so weit war, würde sie als »Witwe« in eine kleine Stadt ziehen, sich ein Haus kaufen und tun, was ihr Spaß machte – außer einem: Sie würde niemals mehr einen Mann berühren. Ein wenig seltsam muss dieses Vorhaben schon erscheinen, denn das einzige, was ihr – zumindest jetzt – wirklich Spaß machte, war das oft recht grausame Spiel, das die Kunden mit ihr und sie mit ihnen anstellte.

Als sie erkannte, wie sehr Remolines ihr verfallen war und um welche Geldsummen es ging, sah sie ihr noch fernes Ziel plötzlich in greifbare Nähe rücken und entwickelte selber einen Plan. Ihrem Liebhaber schlug sie vor:

»Ich wüsste schon, wohin damit. Vor einiger Zeit habe ich im Süden der Stadt – nahe der Porta S. Paolo – eine heruntergekommene *vigna* erworben. Die Reben sind längst verwildert und mit Macchia durchwachsen. Im unteren Teil gibt es einen versiegten Brunnen, der ziemlich tief ist ...«

Sie sprach nicht weiter, schaute ihn fragend an. Die *vigna* hatte sie zwar nicht erworben, sondern als Liebeslohn von einem geizigen Geldverleiher überschrieben bekommen. Als er für wochenlange Dienste kein Geld geben wollte, tat er großzügig und bot ihr den Weinberg an. Sie akzeptierte und ließ es bei einem Notar amtlich machen, ohne freilich die *vigna* genau angesehen zu haben. Jetzt konnte sie ihr gute Dienste leisten ...

»Ah – ich verstehe. Und es besteht keine Gefahr, dass ein Schäfer dort nach Wasser sucht oder ein Neugieriger ...«

Sie lachte rau und hustete ausgiebig.

»Du musst es dir einmal ansehen – das Gebiet ist so wüst, dass einem die Neugier vergeht. Damit ein Schäfer sich dorthin verirrt, müsste die *vigna* erst einmal gerodet werden – nein, nein, einen besseren Ort kann ich mir nicht denken.«

Noch am selben Tag sandte Remolines einen Boten zu Fiammetta und kündigte für den nächsten Abend sein Kommen an. Sicherheitshalber fügte er hinzu, es geschehe im Auftrag von Don Cesare.
Fiammetta, sonst eher gutgläubig, empfand Remolines gegenüber ein Misstrauen, das sich nicht unterdrücken ließ. So bat sie Paolo Petrucci, sich an diesem Abend in Doroteas früherer Wohnung zu verbergen, damit sie ihn notfalls um Hilfe bitten konnte. Er tat ihr gern den Gefallen, nahm sogar noch zwei Bewaffnete mit.
Remolines kam allein, wegen seines bärtigen Gesichts hätte sie ihn fast nicht erkannt. Aber es waren unverkennbar seine schwarzen, blicklosen Augen und seine scharfe Stimme mit dem spanischen Unterton. Er legte eine sonst nie gezeigte Höflichkeit an den Tag und begründete sein Kommen.
»Don Cesare steht unter Hausarrest im Vatikan, kann aber jederzeit Botschaften verschicken ...« Er lächelte und fügte hinzu: »... mündliche natürlich. Hier habe ich die Einverständniserklärung der Kardinäle Juan und Ludovico Borgia und bitte Euch, mir das hinterlegte Geld auszuhändigen.«
Sie nickte.
»Was noch davon da ist – ja.«
Remolines erschrak sichtlich und behielt nur mühsam die Fassung.
»Was soll das heißen? Wer hat es gewagt ...«
Sie unterbrach ihn schroff.
»Michelotto hat im Auftrag von Don Cesare etwa die Hälfte abgeholt – damals, als sie nach Ostia gingen.«
Dann sind noch fünftausend übrig, dachte Remolines, und das ist auch nicht wenig. Dennoch malten sich Enttäuschung und Zorn auf seinem Gesicht, dessen harte Züge durch den Bart gemildert wurden.
Fiammetta wurde misstrauisch.
»Hat Don Cesare Euch das nicht mitteilen lassen?«
»Nein – vielleicht hat der Bote die Nachricht falsch übermittelt ...«
Basilio musste in den Speicher klettern, kam laut schnaufend zurück und stellte den prallen Beutel behutsam auf den Tisch. Remolines griff sofort danach, hob ihn wägend hoch und nickte.
»Er wird es brauchen können«, sagte er unbestimmt.
»Über unsere mündliche Absprache seid Ihr informiert?«
Jetzt nur keine Verwirrung zeigen, dachte er.

»Da gab es mehrere ...«
Sie nickte.
»Mag sein, ich spreche über Don Cesares Zusage, mir dreihundert Dukaten auszubezahlen, wenn das Geld aus dem Haus ist.«
»Ach das – natürlich weiß ich davon.« Er wies auf den Beutel. »Bedient Euch ...«
»Besser, Ihr zählt es ab, um die Richtigkeit zu bezeugen.«
Natürlich tat Remolines auch das – er hätte noch viel mehr getan, um an das Geld zu kommen. Fiammetta hatte mit ihrer Forderung nur auf den Busch geklopft und wunderte sich über den schnellen Erfolg.
»Und wie wollt Ihr den Schatz sicher zum Vatikan bringen? Ihr seid doch von einer Wachmannschaft begleitet?«
Welche unangenehmen Fragen mochten ihr noch einfallen? Er hätte sie erwürgen können!
»Don Cesare hat geboten, kein Aufsehen zu erregen. Eine Wachmannschaft weist nur zu deutlich darauf hin, dass etwas Kostbares unterwegs ist. Ich habe einen alten Sack mitgebracht und den binde ich auf mein Maultier. Darüber einige dürre Äste ...«
So geschah es dann auch, und Fiammetta atmete auf, als die Schritte des Maultieres draußen verklangen. Remolines wusste natürlich um das Wagnis, in finsterer Nacht einen Sack mit Dukaten zu transportieren, doch Papst Julius hatte mit eiserner Faust dafür gesorgt, dass Rom wieder sicherer wurde. Die privaten Truppen der einzelnen Adelssippen wurden verboten, jeder des Straßenraubes auch nur Verdächtige sofort gehängt. Das Waffentragen war nur noch den päpstlichen Truppen und der römischen Stadtmiliz erlaubt; wer dabei erwischt wurde, musste schwer mit Geld- oder Leibesstrafen büßen – eine gezogene Waffe bedeutete den Tod. Zwar begann das Volk schon nach wenigen Monaten Julius *Il Papa terribile* zu nennen, doch seine Maßnahmen führten zu einigem Erfolg.
Remolines bot das Bild eines einfachen Bürgers, der etwas Brennholz und einen Sack mit Getreide nach Hause brachte. Es war noch keine Stunde vergangen, da empfing ihn Scorpia an der Schwelle ihres Hauses.
Viel Freude hatte ihr das Dasein bisher nicht gebracht, und wenn doch ein kleines Glück winkte, glaubte sie erst daran, wenn es geschehen war. Aber was hier ins Haus kam, war der große Wurf, war die Schicksalswende schlechthin – bedeutete nichts weniger als ein vorzeitig erreichtes Ziel, das sonst noch in weiter Zeitenferne gelegen hätte. Sie hatte nicht

einen Augenblick daran gedacht, das Geld mit Remolines zu teilen, denn ihr Zukunftsplan sah für das ehrbare Leben einer wohlversorgten Witwe keinen Mann vor. Sollte es sich ergeben – warum nicht?, aber der perverse Lüstling Remolines sollte es keinesfalls sein; mit Männern seiner Art hatte sie sich ihr Leben lang abplagen müssen. Auch wenn es häufig Spaß machte – für Späße solcher Art durfte in ihrem künftigen Leben kein Platz sein.

Sie verhängten die Fenster und gaben dem *portiere* einen Dukaten mit der Weisung, niemanden einzulassen – wer es auch sei. Dann begannen sie zu zählen und kamen auf viertausendachthundertdreiundvierzig Dukaten.

»Nicht so viel, wie ich erwartet hatte, aber für einen Neuanfang reicht es.«

Sie setzte ein zuversichtliches Lächeln auf.

»Daran zweifle ich nicht ...«

In Gedanken fügte sie hinzu: Aber ohne dich ... Es gibt Menschen, die auch nach einem Leben voll Demütigungen und Leid ihr Wesen nicht verändern und immer wieder voll Zuversicht und Gottvertrauen in die Zukunft blicken. Scorpia gehörte nicht dazu. Jedes Leid, das ihr zugefügt wurde, jede Kränkung, jeder Gewaltakt hatte sie härter und dazu fähig gemacht, die nächsten Schläge noch fühlloser hinzunehmen. Aber das sollte jetzt ein Ende haben. Sie bewegte sich auf ein gewisses Alter zu und wusste, wie gefährlich es für ihr Metier war, dreißig oder darüber zu sein. Die Herren wollten junges blühendes Fleisch, auch wenn es ihnen Spaß machte, die Blüte zu zertreten, das Fleisch zu prügeln, bis es sich verfärbte. Dann blieb nur noch das Kloster oder eine jämmerliche Existenz als Groschenhure unter Brücken oder zwischen antiken Trümmern und da nur noch nachts, wo die Verwüstungen des Alters und des Hurenlebens nicht so deutlich zu sehen waren. Da würde sie sich lieber einen Stein an die Füße binden und in den Tiber springen. Freilich, in drei oder vier Jahren würde sie so viel erspart haben, um ihren Lebensplan zu verwirklichen, aber was konnte bis dahin alles geschehen? Einer totgeprügelten Hure weinte niemand eine Träne nach und die Stadtmiliz rührte für die Aufklärung keinen Finger. Dann die Krankheiten! Seit der *mal francese* umging, konnte jeder Kunde einem so etwas anhängen, ganz abgesehen von den tödlichen Gefahren des römischen Sommers. Sie konnte und wollte es sich nicht leisten, den August in den Bergen zu verbringen, auch wenn um diese Zeit Hunderte am berüchtigten Faulfieber starben.

Ja, das Leben war ein Wagnis, und das einer Hure barg noch besondere Gefahren. An den Gott der Kirche glaubte sie nicht und auch nicht daran, sich von Sündenstrafen loskaufen zu können. Seit der junge Kaplan sie vor der Beichte vergewaltigt hatte, hatte sie kein Sündenbekenntnis mehr abgelegt, und die Sonntagsmesse besuchte sie nur, um in ihrem Viertel nicht aufzufallen. Ab und zu warf sie einen Quattrino in die Armenkasse, um nicht als *avara* ins Gerede zu kommen. Wenn sie später als ehrbare Witwe in einer hübschen kleinen Stadt leben würde, musste sich das freilich ändern. Dann würde sie alles tun, um fromme Wohlanständigkeit an den Tag zu legen ...

Jetzt aber saß sie vor einem Haufen matt schimmernder Dukaten, während Remolines mit schwerer Zunge seine Zukunftspläne entwickelte. Vor Erleichterung über den geführten Streich hatte er schon während des Zählens zu trinken begonnen und was er jetzt von sich gab, war nur noch eine wirre Folge von Halbsätzen.

»Wir müssen ga... ganz schlau sein ... Nie... niemand darf merken, dass ... schlau sein, sage ich ... Wenn Julius mich zu... zum Kon... Konsistrium – äh – Konsistorium lädt, ja dann – dann ...«

Scorpia hatte ihn bei seinem Besäufnis noch unterstützt, in der Furcht, er könnte seinen Triumph auf eine Art feiern, die sie heute vermeiden wollte, um einen klaren Kopf zu bewahren. So hatte sie ihm häufig zugetrunken, aber selber nippte sie nur am Wein und achtete darauf, dass sein Becher stets gefüllt war. Während er mit glasigen Augen zusah, füllte sie die Münzen in den Beutel zurück, zählte aber hundert Dukaten ab und schob sie ihm hin.

»Für alle Fälle ...«

Er schüttelte den Kopf und dann fielen ihm die Augen zu. Sie zwickte ihn hart in den Arm, er zuckte zurück, gähnte und ließ sich von ihr ins Schlafzimmer führen.

Am nächsten Morgen herrschte ein Wetter, das sie sich beide gewünscht hatten. Ein scharfer Westwind peitschte Regenschauer durch die fast leeren Straßen, und niemand achtete auf ein zerlumptes Paar, das mit einem holzbeladenen Maultier durch die Straßen nach Süden zog. Schon nach kurzer Zeit waren die beiden gebeugten Gestalten völlig durchweicht, doch sie spürten es kaum, denn unter dem gebündelten Holz lag ein Schatz, den es zu verbergen galt. Am grasbewachsenen Schutthügel des Monte Palatino vorbei bogen sie in Höhe der Porta San Paolo nach Osten

ab. Scorpia ging voraus, Remolines stolperte mit dem Maultier hinterdrein. Eine wilde, manchmal dornige Macchia wurde dichter und dichter, sodass sie nur noch langsam vorankamen. Der Regen hatte nun nachgelassen, aber die Kleider hingen jetzt ohnehin wie feuchte Lappen an ihren Körpern, da kam es auf mehr oder weniger Nässe von oben nicht mehr an. Scorpia war diesen Weg in den letzten Tagen mehrmals gegangen, um ihren Plan vorzubereiten.
Zu Füßen des kleinen, völlig verwilderten Weinbergs war ein Brunnen gegraben worden. Die Öffnung war schon so überwachsen, dass nur noch Kenner des Geländes sie hätten finden können. Scorpia lächelte ihrem Begleiter vielsagend zu, als sie den Bewuchs schnell entfernte. Zuvor hatte sie das Strauchwerk in tagelanger Arbeit aus dem Boden gerissen, um das Wasserloch zu tarnen.
Remolines nickte.
»Das ist gut, aber woher willst du wissen, dass der Grund sich eignet? Da kann noch Wasser sein, es könnte sich Schlamm gebildet haben …«
Sie schüttelte ihren Kopf und nahm einen Stein von dem daneben aufgeschichteten Haufen, den der Vorbesitzer bei der Arbeit hier zusammengetragen hatte. Sie warf ihn hinab und es war deutlich ein dumpfes Poltern zu hören.
»Klingt das nach Wasser oder Schlamm?«
»Nein, aber ich werde trotzdem nachschauen.«
Unter einer verkrüppelten Eibe hatte Scorpia eine lange schmale Leiter versteckt, die sie nun gemeinsam hinabließen. Da oben noch einige Ellen herausragten, sagte Remolines:
»Das ist gar nicht so tief – jedenfalls muss die Leiter danach sehr gut versteckt werden.«
Dann stieg er auf die Sprossen, verweilte kurz und schaute Scorpia mit seinen nachtschwarzen blicklosen Augen lange an. Sie hielt seinem Blick stand und fürchtete schon, ihn habe eine Ahnung gepackt und er würde sich weigern, hinabzusteigen. Dann aber flog ein Lächeln über sein hartes, wie gemeißeltes Gesicht.
»Damit beginnt ein neues Leben!«
Ja, dachte sie, aber nur für mich.
Unten angekommen drang seine Stimme dumpf und verwischt nach oben.
»Der Grund ist einigermaßen fest, es wird schon gehen.«

Sie antwortete nicht, hatte schon zuvor einige große Steine an den Rand gelegt. Davon warf sie jetzt einen nach dem anderen hinab. Es war, als würde jeder dieser Steine einen der Männer treffen, die sie vergewaltigt, gedemütigt und missbraucht hatten. Schmerzenslaute ertönten, unverständliche Worte wurden gebrüllt, dann nur noch Stöhnen und bald völlige Stille. Sie zog an der Leiter, doch die stak so fest, dass sie vermutete, Remolines habe sich sterbend mit Händen und Füßen daran geklammert. Um ganz sicherzugehen, warf sie einige Dutzend größere und kleinere Brocken hinterher – Steine, Erde, Wurzelwerk. Zuletzt stopfte sie noch die beiseitegeräumten Äste und Sträucher in die Öffnung und bedeckte damit auch das Ende der Leiter.

Nun zeigte sich auch die Sonne, hüllte die triefende und stark verwilderte *vigna* in ihren goldenen Schein, der die an Reben und Sträuchern hängenden Regentropfen tausendfach funkeln ließ.

Scorpia band das Maultier los, und nun wanderte der Schatz wieder zurück in ihr Haus. Zu dem bescheidenen, überwiegend aus Holz errichteten Gebäude gehörte ein kleiner Garten mit einem gemauerten Backofen. Sie selber hatte ihn noch nie benutzt, aber nun kam er gerade recht, um den Beutel darin zu verstecken. Von ihr war sein Inneres quasi als Mülltonne verwendet worden; in mühsamer nächtlicher Arbeit räumte sie die Abfälle heraus, deponierte den Beutel und stopfte den Unrat wieder zurück.

Jetzt hieß es nur noch abzuwarten. Sie zog in Betracht, dass einige von Remolines' Besuchen in ihrem Haus wussten, aber was bedeutete das schon? Er gehörte zu den verfemten Borgia-Kardinälen; daher lag es nahe, an eine Flucht zu denken. Dass Kardinal Ludovico Borgia in diesen Tagen auf spanisches Gebiet ins Königreich Neapel geflohen war, würde diese Vermutung unterstützen. Auch in der folgenden Zeit wurde Francisco Remolines von keinem Menschen vermisst. Als Julius sein zweites Konsistorium einberief und er nicht erschien, ließ der Papst ihm seine Würde wegen Hochverrats an der Kirche aberkennen.

Cesare Borgia aber, als Gefangener im Vatikan, hatte anderes zu tun, als sich um das Schicksal seines früheren Freundes zu kümmern. Er führte einen stillen beharrlichen Kampf mit dem Papst, den seine Berater in Bezug auf die von borgiatreuen Männern gehaltenen Kastelle warnten. Würde man den Valentino nicht bald freilassen, so bestünde die Gefahr, dass die Kastellane sich von Venedig kaufen ließen. Vielleicht war es ein politischer Wandel, der Julius bewog, mit Cesare eine Abmachung zu treffen. Das französische Heer war endgültig in Neapel gescheitert und Spanien hatte dort wieder die volle Macht übernommen. Das stärkte auch die Position der spanischen Kardinäle, und gemeinsam pressten sie dem Papst die Erlaubnis ab, Cesare in ein Gefängnis nach Ostia zu überführen. Dort stand er unter der Obhut des spanischen Kardinals Carvajal, der Cesare am 19. April auf eigene Verantwortung freiließ. Papst Julius schäumte vor Zorn, zerschmetterte zwei kostbare Kaminvasen und jagte den Unglücksboten mit Stockschlägen davon. Doch wagte er es nicht, Cavajal zur Verantwortung zu ziehen, denn dieser alte Kardinal hatte Kaiser Maximilian einige Gefallen erwiesen und stand mit ihm in enger Verbindung. So blieb dem Papst nichts anderes übrig, als den entwichenen Vogel so schnell wie möglich wieder in einen Käfig zu sperren.

Das römische Leben blieb von solchen politischen Querelen völlig unbeeindruckt. Imperia hatte schon befürchtet, dass ihre bisherigen Gäste – ein Teil davon waren auch ihre Liebhaber – ihr die Freundschaft aufkündigen würden, nachdem Agostino Chigi die Nächte für sich frei gehalten wissen wollte. Es trat eher das Gegenteil ein. Nachdem ganz Rom wusste, dass man auf Imperias Festen meist auch den berühmten und steinreichen *banchiere* antraf, wurde ihr Bankettsaal oft zu klein, um all die Gäste aufzunehmen. Lud sie einen bestimmten Prälaten ein, so kam dieser mit einem Freund oder mit seiner Konkubine, und so war es bei fast allen. Es lässt sich mit Fug und Recht behaupten, dass Imperia und Agostino Chigi in den ersten Regierungsjahren von Papst Julius das berühmteste Liebespaar von Rom waren und ihr Haus zum Treffpunkt der allerersten Gesellschaft wurde.

Fiammetta betrachtete diese Entwicklung ohne Neid. Der Hauptteil ihrer Gäste war jung und kam aus den ersten römischen Familien. Ihr häufigster Besucher war wohl Paolo Petrucci, der sich entschlossen hatte, in Rom zu bleiben und nun doch seiner Familientradition zu folgen. Er wurde Teilhaber eines Bankhauses im Pontoviertel und verdrängte seine Rachegelüste, deren Verwirklichung nun fast unmöglich geworden war. Pandolfo Petrucci saß wieder fest und sicher in Siena, wo er nun als großer Bauherr und Mäzen der Künste auftrat.

»Alle seine Feinde sind tot«, bemerkte Paolo dazu bitter, »jetzt kann er es sich leisten, Kunst und Wissenschaft zu fördern.«
»Das ist doch wenigstens etwas«, wandte Fiammetta ein, »die Malatesta und Baglioni tun nichts dergleichen.«
»Trotzdem schmerzt es mich, dass ich meinen Vater nicht rächen konnte.«
»Er hat nichts davon und du bringst dich nur in Schwierigkeiten.«
Doch Paolos Bewunderung galt nach wie vor dem Valentino.
»Er hätte noch so viel bewirken können, und nun schleppen sie ihn von Gefängnis zu Gefängnis.«

Niemand weinte Cesare Borgia eine Träne nach, und Pasquino verkündete:
Der Valentino hat alles verloren,
den ganzen Besitz und die Freiheit dazu.
Man fühlt sich in Rom wie neugeboren,
jetzt herrschen Frieden und sorglose Ruh.
Papst Julius hat mit eiserner Hand
die Feinde vertrieben aus Stadt und Land.

Papst Julius hatte seinen Widersacher festnehmen und in Neapel einsperren lassen. Nun wandten sich sogar die Spanier gegen ihn und schafften den Gefürchteten nach Valencia, wo er in der Bergfestung Chinchilla eingekerkert wurde. Diese Nachrichten drangen zwar nach Rom, doch Cesare Borgia war Vergangenheit und man blickte lieber in eine Zukunft, die recht verheißungsvoll schien. Papst Julius hatte mit eiserner Faust die ewigen Streiterein der römischen Barone unterdrückt; Handel und Wandel begannen mächtig aufzublühen.

Die Villa des Bankherrn Agostino Chigi war nun in ihrem unteren Teil vollendet und Rafaele Santi hatte in der *loggia del giardino* den letzten Pinselstrich zu »Triumph der Galatea« getan. So hatte Chigi sich entschlossen, die Fertigstellung des wichtigsten Teiles seines Hauses mit einem opulenten Festmahl zu krönen.
Inzwischen hatte ein milder Spätherbst seine Herrschaft angetreten; die *vendemmia* auf den Hügeln um Rom war schon abgeschlossen und ehe es den jungen Wein zu kosten gab, schenkten die Wirte den *mosto* aus – das war ein halbvergorener Traubensaft von betörender Süße.

Alles, was in Rom Rang und Namen besaß, war zu dem Fest geladen, und Chigi gab zu verstehen, dass er dabei lieber Ehefrauen als Konkubinen an der Seite der Herren sehen möchte. Auch fünf Kardinäle waren zu Gast, aber nur einer wagte es, mit seiner Geliebten zu erscheinen. Angelo del Bufalo konnte seine hochschwangere Frau guten Gewissens entschuldigen, aber es war ihm gelungen, Alberto Becuto und Ambrosina auf die Gästeliste setzen zu lassen.
In einer kurzen Ansprache stellte Chigi den Meister der Fresken vor, nicht ohne zu erwähnen, dass Fiammetta das Vorbild für die Galatea gewesen war. Imperia bedauerte nun doch, damals das Angebot abgelehnt zu haben, dafür aber saß sie Chigi quasi als Hausherrin gegenüber, und jeder der Gäste wusste, dass der *banchiere* ernsthaft erwog, sie zu ehelichen. Wohl wissend, dass Imperia zu festlichen Anlässen den prunkvollen *habito romano* trug, hatte Fiammetta sich griechisch gekleidet – in lange fließende Gewänder, ihr loses offenes Haar war an der Stirn durch eine schmale Goldspange gehalten. Sie trug sonst keinen Schmuck, während Imperia heute ihre kostbarsten Geschmeide zur Schau stellte: Perlenketten, Rubinarmbänder, Ringe mit Saphiren und Smaragden. Zu ihr passte es, von einer Imperia, einer Kaiserin, erwartete man einen solchen Prunk. Als die beiden Kurtisanen einige Worte wechselten, konnte sich Imperia die Bemerkung nicht versagen:
»Maestro Santi wollte ursprünglich mich als Modell für die Galatea, aber es erschien mir zu frivol, mich halb nackt an Decken und Wänden zu zeigen.«
Fiammettas silberhelles Lachen klang durch den Raum, und alle Gäste waren still geworden, um die Antwort nicht zu überhören.
»Aber Donna Imperia, nicht die Darstellung ist frivol, sondern der Geist, mit dem wir die Szene betrachten. Was dem einen ein Lehrstück in griechischer Mythologie bedeutet, erregt bei anderen unzüchtige Gedanken.«
»Das kommt auf den Stand der Bildung an«, sagte Imperia und wandte sich ab.
Angelo del Bufalo rief fröhlich in den Saal:
»Da wir hier ohne Ausnahme hochgebildet sind, bleibt kein Raum für unkeusche Gedanken!«
Alles lachte, und dann wurde ein Festmahl aufgetragen, das auch in Rom ohne Beispiel war. Die Tische waren auf der weiträumigen Loggia ange-

richtet. Das Licht der zahllosen Lampen, Kerzen und Fackeln spiegelte sich in den ruhigen Fluten des Tibers, und es war, als würden die Flussgötter ihr eigenes Fest feiern.

Chigis Bankette hatten in Rom ohnehin einen Ruf erreicht, der alles andere in den Schatten stellte, aber was er heute seinen Gästen bot, übertraf das bisherige. Zudem wurden alle Fischgerichte auf silbernen, alle Fleischgerichte auf goldenen Tellern serviert. Heute hatte es dem Gastgeber gefallen, das Mahl der Zahl sieben zu unterstellen. So waren es nicht nur sieben Gänge, sondern jede Speise gab es in siebenerlei Varianten. Das bedeutete aber nicht, dass etwa sieben verschiedene Fischsorten gereicht wurden – nein, es gab Aal, Brasse, Forelle und Calamare, aber drei davon gab es in zwei so unterschiedlichen Zubereitungen, dass man schon ein gewiefter Kenner sein musste, um den gleichen Ursprung herauszufinden. Beim Fleisch allerdings waren es tatsächlich sieben Tierarten: Fasan, Rebhuhn, Lamm, Rind, Schwein, Hase und Ziege. An einem Ort wie Rom war es nicht schwierig, sieben Weinsorten zu bekommen, wenn auch zwei davon – Samos und Malaga – aus anderen Ländern stammten. Zuletzt gab es sieben verschiedene Süßspeisen, doch die meisten waren so satt, dass sie nur noch ein wenig davon naschen konnten.

Dann wurde abgeräumt, und es erregte einiges Staunen, dass die *servi* das gebrauchte Geschirr nicht wegtrugen, sondern auf breiten Tischen stapelten. Niemand wagte, danach zu fragen, denn Chigi liebte Überraschungen und hasste es, ihnen durch vorzeitige Neugier den Reiz zu nehmen. Als nur noch die Weinpokale auf den Tischen standen, erhob er sich und sofort verstummten alle Gespräche. Seine Augen leuchteten, sein anmutiges bartloses Gesicht strahlte vor Wärme und Heiterkeit.

»Eminenzen, Monsignori, Freunde – meine lieben und verehrten Damen! Zu meiner Freude seid ihr nicht nur meiner Einladung gefolgt, sondern habt von den gebotenen Köstlichkeiten so regen Gebrauch gemacht, dass ich meine Köche nicht schelten muss.« Er wies auf die seitwärts gestapelten Teller und Schüsseln. »Gebraucht ist nun auch dieses Geschirr, und zwar von euch, meine lieben Freunde. Es ist mir von Herzen zuwider, diese Gefäße von anderen benutzen zu lassen, die mir weniger lieb, weniger vertraut sind. Darum habe ich mich entschlossen, sie den Flussgöttern zu opfern zum ewigen Gedenken an unser heutiges Fest.«

Er winkte die *servi* herbei und diese warfen, ohne zu zögern, Stück um Stück in die aufschäumenden Fluten des Tiber. Laute Rufe des Bedauerns

ertönten, ein Teil davon klang echt und unverstellt, andere aber – vor allem die besonders lauten – waren gespielt. Wer Chigi kannte, wusste, dass er großzügig sein konnte und für seine Freunde an nichts sparte, doch er war kein Verschwender.
Angelo del Bufalo – er hatte sich sofort zu Ambrosina gesetzt – flüsterte seiner Geliebten ins Ohr:
»Über die ganze Breite des Flusses sind unter Wasser Netze gespannt. Sobald die Gäste gegangen sind, werden Fischer das Geschirr wieder heraufholen.«
Ambrosina – blass, schmal und elfenhaft – schön, wie eine junge Göttin, lachte leise.
»Aber die Fischer könnten doch einiges verschwinden lassen ...«
Del Bufalo schüttelte belustigt den Kopf.
»Die Stücke sind gezählt und registriert, da geht kein Schälchen verloren.«
Alberto Becuto, der natürlich wusste, dass er nur als Ambrosinas Begleiter dienen durfte, nahm es nicht übel. Er war mit ihrer Mutter, Donna Tullia, übereingekommen, in der Weihnachtswoche zu heiraten.
Die Nacht war kühl geworden, doch ehe die Gäste aufbrachen, durften sie noch Rafaele Santis Fresken in der *loggia del giardino* bewundern. Diener mussten sich mit Fackeln auf Leitern stellen, um die Fresken auf Decken, Lünetten und Wänden ausreichend zu beleuchten. Das war nun aber kein ruhiges Licht wie tagsüber, sodass die Nöcke und Nereiden, die geflügelten Genien und Amoretten sich in der Luft oder auf den schäumenden Wellen zu bewegen schienen. Auf dem Hauptbild stand Galatea in ihrer von zwei Delphinen gezogenen Muschel und blickte schräg nach oben. Ihr Gesicht zeigte gesammelten Ernst mit einem Hauch von Triumph.
So wenigstens sah es Fiammetta, und es drängte sich ihr der Gedanke auf, ob dies nicht nur der Triumph über den getäuschten und gedemütigten Polyphemos war, sondern der Triumph über die Welt der Männer. Da wurde ihr ganz leicht zumute und ein beschwingendes Gefühl durchströmte sie. Sie schaute auf den neben ihr stehenden Maestro Santi, der mit schüchternem Stolz um sich blickte und bei jedem lobenden Wort eine Verneigung machte. Er tat ihr leid – alle Männer taten ihr leid. Vom greisen, schon zittrigen Prälaten bis zu diesem jungen Maler mit dem weichen Gesicht – sie alle heischten um Mitgefühl, um Erbarmen, um Ver-

ständnis. Die meisten von ihnen waren nicht mit einem goldenen Löffel im Mund geboren worden, sie mussten sich abrackern, um zu Amt und Würden zu gelangen. Der junge Maler musste besser sein als alle anderen, musste seinem Meister auffallen, um von ihm mehr und mehr zur Mitarbeit herangezogen zu werden. Auf andere Weise galt dies ebenso für die Kardinäle und Adligen, für geistliche und weltliche Amtsträger, während sie, die Kurtisane Fiammetta, nur zu winken brauchte, und die Herren kamen angerannt – eifrig, dienstbereit, mit offener Börse. Wie dankbar sie waren für einige Liebesstunden, und wie sehr sie sich anstrengten, ihr einen Gefallen zu tun, ihr alles recht zu machen.
Ja, sagte sie zu sich selber, du hast schon den richtigen Weg gewählt. Bei Imperia bin ich mir da nicht so sicher, sie hat etwas Unsicheres, etwas Gehetztes an sich, denn aus der Kurtisane soll ja eine Ehefrau werden. Aber kann sie da so sicher sein? Agostino Chigi ist ein Mann von großem Reichtum und Einfluss. Seine Sippe sucht nach einer Frau für ihn – nach einer Dame von Stand. Man hat Margarita Gonzaga im Auge, eine natürliche Tochter des Markgrafen von Mantua. Arme Imperia, ob sie davon weiß? Fiammetta hatte es von Becuto erfahren, dem es irgendwie gelang, aus der römischen Gerüchteküche die besten Brocken zu erhaschen. Plötzlich tat ihr Imperia leid. Sie empfand nicht ein herablassendes, sondern ein schwesterliches Mitgefühl, und das fasste sie beim Abschied in Worte.
»Donna Imperia, dieses Fest war in seiner Art ohne Beispiel und ich bin überzeugt, dass Ihr daran einen regen Anteil hattet. Für die Zukunft wünsche ich Euch von Herzen das Allerbeste – möge Gott es so fügen, dass es zu Eurem Glück ausschlägt.«
Imperia bekam vor Rührung feuchte Augen, und sie bat der Kollegin im Stillen einiges ab.
»Seid bedankt für Eure Wünsche, die ich von Herzen erwidere, und ich hoffe, in Zukunft von Euch zu hören, dass Ihr gesund seid und dass es Euch gut geht.«
Das waren die letzten Worte der beiden berühmten Kurtisanen, die sie persönlich gewechselt hatten.

Epilog

Die meisten Menschen haben sich – von einem bestimmten Alter an – einen Lebensplan erdacht, der je nach Veranlagung aus hochfliegenden Träumen, aber auch aus vernünftigen Vorstellungen bestehen kann. Am Ende wollen wir nun die Pläne derer verfolgen, die uns bei Chigis Festbankett begegnet sind, aber auch einiger anderer, die dort nicht zu finden waren, die uns aber durch ein Jahrzehnt begleitet haben. Etwas Merkwürdiges vorweg: Genau besehen haben nur zwei Menschen genau das erreicht, was sie sich vorgenommen hatten, nämlich Papst Julius II. und die Hure Maria Lopez, die sich früher Scorpia nannte. Was aber ist aus dem Valentino geworden, dem mehrfachen Herzog und künftigen König der Romagna? Während Agostino Chigi sein großes Fest feierte, schmachtete Cesare Borgia in der spanischen Festung Chinchilla. Für ihn gab es wenig Hoffnung auf Freiheit oder gar auf eine Wiedergewinnung der früheren Macht. Auf Umwegen hatte er erfahren, dass die Katholischen Könige – Ferdinand und Isabella – ihn des Mordes an seinem Bruder Juan und an Alfonso Bisceglie anklagen wollten. Aus Frankreich war keine Hilfe zu erwarten, denn der verärgerte König Ludwig hatte nicht vergessen, dass Cesare dem Kardinal d'Amboise seine Unterstützung bei der Papstwahl verweigert hatte, und so war ihm sein Herzogtum Valence entzogen worden. Wo gab es da noch Hoffnung? Im winzigen Ländchen Navarra herrschte der mit ihm verschwägerte und ihm durchaus wohlgesinnte König Jean, und zu ihm wollte er sich durchschlagen. Als hätten seine Bewacher geahnt, dass das Raubtier seinen Käfig verlassen wollte, überführten sie den noch immer Gefürchteten nach La Mota, einer Festung im Herzen Kastiliens, die als ausbruchsicher galt. Inzwischen aber war Königin Isabella gestorben und wenig später folgte ihr Philipp von Habsburg, der mit ihrer Tochter Johanna verheiratet gewesen war. Das brachte einige Verwirrung in das spanische Königshaus, die Cesare zu einer Flucht am 25. Oktober 1505 nutzte. Mit viel Mühe gelang es ihm sogar, sich nach Navarra durchzuschlagen, wo ihn König Jean erfreut empfing. In Spanien, Frankreich und Italien breitete sich großes Unbehagen aus, denn einem Cesare Borgia war alles zuzutrauen. Ja, er fühlte sich wieder obenauf und wälzte große Pläne. Zuvor aber wollte er seinem Schwager Jean einen Gefallen tun. Es ging um den unbotmäßigen Grafen von Lerin, der sich gegen seinen Lehnsherrn empört und in seiner Festung Viana verschanzt hatte. Da konnte Cesare nur lachen. Er, der sämtliche Tyrannen aus der Romagna gejagt hatte, würde diesem rebellischen Grafen eine harte Lektion erteilen. Siegesgewiss stürmte er an der Spitze seiner Truppen los, geriet in einen Hinterhalt und wurde von den Soldaten des Grafen Lerin getötet. Er war erst einunddreißig Jahre alt und alle seine hochfliegenden Pläne hatten sich in Luft aufgelöst.

Zurück nach Rom. Nach dem Tod Alexanders VI. wurden die »Borgia-Kardinäle« nicht gerade mit Wohlwollen betrachtet, umso weniger, als die meisten von ihnen Gauner und Glücksritter waren. So hat es auch keiner von ihnen zu etwas gebracht – mit einer Ausnahme. Das war Alessandro Farnese, der »Schürzenkardinal«. Aus diesem Bruder Leichtfuß wurde im Laufe der Jahre ein verantwortungsbewusster Kirchenfürst, der würdig auftrat, klug und willenskräftig handelte. Ob es sein Lebensziel war, einmal auf den Stuhl Petri zu gelangen, wissen wir nicht; zumindest sah es so aus, als genügten ihm der Kardinalspurpur und sein Amt als Bischof von Parma und Ostia. Jedenfalls trauten ihm seine Mitbrüder diese Aufgabe zu und wählten ihn als Sechsundsechzigjährigen zum Papst. Als er fünfzehn Jahre später starb, hatte er viel für die Reform der Kirche getan, wenn er auch – wie seine Vorgänger – einem schrankenlosen Nepotismus huldigte.

Begeben wir uns wieder in das vertraute Ponteviertel, wo Fiammetta lebte und zeitlebens stolz mit dem Zusatz »di Valentino« unterzeichnete. Einer wie Cesare Borgia war so hoch aufgestiegen, dass er nur noch fallen konnte. Einer wie Fiammettas Mohr Basilio jedoch war so tief unten, dass er nur noch aufsteigen konnte. Als er fünfzehn geworden war, entdeckte er die Frauen und wurde regelmäßiger und auch gern gesehener Gast in dem Haus am Ponte Sisto. Ein Schwarzer, das war schon was, und da er den Mädchen stets höflich und liebevoll begegnete, war er in kurzer Zeit zur persona grata des ganzen Hauses geworden. Da wurde es ihm leid, den Herren Prälaten weiterhin seinen Hintern zu präsentieren, zudem verdross seine zunehmende Männlichkeit die meiste Kundschaft. Er müsse nun einen anderen Lebensweg einschlagen, riet ihm Fiammetta, und das tat er dann auch. Er nahm Unterricht bei einem erfahrenen Waf-

fenmeister und zeigte sich mit der *balestra* besonders geschickt, aber auch das Schwertfechten ging ihm gut von der Hand. So verließ er Fiammettas Haus, und als er so waffentauglich war, dass er es mit anderen aufnehmen konnte, kaufte er sich bei Julius II. ein Hauptmannspatent und zog mit den päpstlichen Truppen in den Krieg zur Rückgewinnung der Romagna. Irgendwie spukte es in seinem Kopf herum, er müsse nun durch draufgängerischen Mut im Dienst der Kirche sein sündiges Leben abbüßen. Als Papst Julius im Mai 1509 die Romagna zurückgewann, stürmte er laut brüllend an der Spitze seiner Männer gegen den Feind. Noch ehe es zu einem Zusammenstoß kam, traf ihn ein Armbrustbolzen durchs Auge in den Kopf, und er war schon tot, ehe er vom Pferd stürzte.
Angelo del Bufalo – seinem flatterhaften Wesen entsprechend – hatte sich niemals ein Lebensziel gesetzt, lebte in den Tag hinein, wurde älter – und träger. Er blieb an Ambrosina kleben, zuletzt als ihr Hausfreund, der sie in allen Lebensfragen beriet. Seine Frau hatte sich abgefunden, ihn mit der Kurtisane teilen zu müssen, und so verlieren wir den einstmals so bunten Vogel aus den Augen.
Das aber soll mit Dorotea Malatesta nicht geschehen, auch wenn sie nach dem Tod Alexanders VI. aus Rom verschwunden war. Sie gelangte mit zweijähriger Verspätung doch noch in die Arme ihres ferngetrauten Gatten, des Hauptmanns Giambattista Caracciolo. Der beschloss, an ihrer Behauptung, sie sei in einem Kloster festgehalten worden, nicht zu zweifeln und nahm sie freundlich und ohne Vorwurf bei sich auf. Der *Capitano* ging schon auf die sechzig zu, doch die junge Frau weckte seine Lebensgeister und gebar ihm in den folgenden Jahren vier Kinder.
Nun zu Fiammetta, mit der Dorotea von Zeit zu Zeit Briefe wechselte. Wie del Bufalo hatte auch die berühmte Kurtisane sich keinen Lebensplan gemacht. Ihr einziger Wunsch war es, nicht in Armut zu sterben, und dafür hatte sie gesorgt. Als sie auf ihr dreißigstes Jahr zuging, gehörten ihr vier Häuser, eines davon bewohnte sie selber. Davon hätte sie auch ohne Einkommen gut bis ins hohe Alter leben können, aber das war ihr nicht vergönnt. Im Februar des Jahres 1512 war sie so unbedacht gewesen, sich leicht bekleidet bei eisigem Wind vor dem Haus mit einer scheidenden Freundin zu unterhalten. Das hatte ein heftiges Fieber zur Folge; zwei *medici* mühten sich vergeblich, es einzudämmen. Sie starb im Kreis von Freunden – Paolo Petrucci hielt ihre Hand und bemühte sich krampfhaft um Heiterkeit. Er versprach ihr, sie im kommenden Sommer

mit ans Meer zu nehmen, und glücklich seufzend verschied sie mit einem Lächeln.

So gut traf es Imperia leider nicht. In den kommenden Jahren äußerte Agostino Chigi nichts, das vermuten ließ, er habe seine Absicht, Imperia zu heiraten, geändert. Sie selber und ihr ganzer Freundeskreis warteten quasi von Monat zu Monat auf eine Festsetzung des Hochzeitstermins. Aber es waren auch noch andere Kräfte am Werk, und zwar seine Familie, die mit Argusaugen darüber wachte, dass er nichts Unbesonnenes unternahm. Besonders seine Mutter hatte für ihren einzigen Sohn – Lorenzo war ja damals beim Sturm umgekommen – etwas anderes im Auge, als Schwiegermutter einer Kurtisane zu werden, die noch dazu bereits eine sechsjährige Tochter besaß. Eine *virgo* sollte es sein, ein Mädchen aus erlauchten Kreisen – ja, da waren ihr die Enkel willkommen. So gelang es ihr – mit Hilfe von Verwandten –, eine Verbindung nach Mantua zum Haus Gonzaga herzustellen. Der stets in Geldnöten steckende Herzog Francesco Gonzaga zeigte sich interessiert, als er hörte, seine Tochter Margarita sei nicht nur ohne Mitgift willkommen, sondern Chigi würde ihm zehntausend Dukaten für diesen Ehebund zahlen.

Am Ende scheiterte der Plan an Margaritas Widerstand, deren Sinn nach einem adligen Bräutigam stand und die eine Übersiedlung nach Rom scheute. Agostino Chigi, ohnehin nur mit halbem Herzen bei der Sache, stellte es Imperia gegenüber so hin, als sei er es gewesen, der diese Verbindung abgelehnt habe. »Allein du bist meine Herzensfreundin«, versicherte er ihr, und seine Augen strahlten sie liebevoll an. Damit aber mochte sie sich nicht mehr zufriedengeben, und sie beging den Fehler der meisten eifersüchtigen oder sitzengelassenen Frauen: Sie klammerte sich an ihn, wollte über jede Minute seines Lebens Bescheid wissen, fragte ihn aus, ließ ihn beobachten. Das wurde ihm dann zu viel und er entfloh in die Albaner Berge, wo er für sich und seine Familie einen Sommersitz errichtet hatte. Dass sie ihn da nicht begleiten konnte, wusste sie, und so fühlte sie sich in diesen lähmenden Augusttagen allein gelassen wie ein verwaistes Kind. Da ihr Wesen ohnehin etwas schwermütig angelegt war, überkam sie eine Verzweiflung, die alles schwarz und hoffnungslos erscheinen ließ. Sie rührte einen Löffel Rattengift in schweren süßen Rotwein und trank den Becher in großen Zügen leer. Entweder war das Gift durch lange Lagerung schwächer geworden, oder ihr starker, gesunder Körper wehrte sich dagegen – jedenfalls trat der erhoffte Tod nicht sofort ein. Ihre Zofe fand sie stöhnend und schmerzverkrümmt, holte zwei Ärzte und benachrichtigte Chigi, der sein Pferd fast zuschanden ritt, um der Geliebten beizustehen. Doch es half alles nichts – zwei Tage später starb sie, während draußen ein Hagelsturm über Rom hinwegbrauste. Sie hatte noch ihr Testament machen können und der von Chigi benachrichtigte Papst übersandte ihr die Generalabsolution »in articulo mortis«. Trotz der hochsommerlichen Jahreszeit drängten sich so viele Menschen in dem Trauerzug zur Kirche San Gregorio, dass einige Rompilger vermuteten, der Papst sei gestorben.

Was nun Agostino Chigi angeht, so traf ihn dieser Verlust schwer, und er hat es lange bereut, Imperia nicht auch gegen den Willen seiner Verwandten geheiratet zu haben. Wenigstens blieb ihm später die Genugtuung, mit seiner zweiten Ehe die Erwartungen seiner Familie tief zu enttäuschen. Auf einer Geschäftsreise in Venedig hatte er sich in ein wunderhübsches Mädchen aus ärmeren Kreisen verliebt. Kurz entschlossen ließ er sie entführen und in ein Kloster zur gründlichen Ausbildung bringen. Den Protest ihrer Familie erstickte er mit Geldzahlungen. Später wurde sie seine Geliebte, doch er konnte sich so lange nicht zur Ehe entschließen, bis sie ihr viertes Kind gebar und Papst Leo ihn zu sich befahl. Der maßlose Prasser und Mäzen unzähliger Dichter, Maler, Baumeister und Bildhauer steckte unendlich viel Geld in Literatur und Kunst, aber Mätressen gab es keine und eine gewisse Sittlichkeit wollte er doch bei seinem ersten *banchiere* gewahrt wissen.

»Es gefällt Uns ganz und gar nicht, dass Ihr den Segen der Kirche Eurer Geliebten Donna Francesca vorenthaltet. Sie hat Euch vier Kinder geschenkt und sehr wohl verdient, endlich vor den Altar geführt zu werden.«
Chigi verneigte sich tief und stammelte:
»Gewiss, gewiss, Eure Heiligkeit ...«
Wenig später wurde das Paar von Papst Leo in Person getraut, aber es war auch höchste Zeit, denn kaum ein Jahr darauf starb Chigi an einem plötzlichen Schlagfluss.
Vorhin war von Papst Leo die Rede gewesen, dem Nachfolger des schrecklichen Julius, von dem eingangs gesagt wurde, er gehöre zu den wenigen, deren Lebensplan sich wunschgetreu erfüllt hatte. Aber worin bestand dieser Plan? Die Antwort liegt schon darin, mit welchem Ehrentitel dieser Papst von den Historikern kurz nach seinem Tod geschmückt wurde: »Retter der Kirche«. Wie aber kam es dazu?

Giuliano della Rovere, der spätere Papst Julius II., übernahm im Herbst des Jahres 1503 ein Patrimonium Petri von hoffnungsloser Zerrissenheit. Die Entmachtung der Borgia-Sippe steigerte diese Verwirrung noch, denn Alexander VI., von Habgier getrieben, hatte so vieles unrechtmäßig an sich gerissen, das jetzt rückverteilt werden musste, was nicht ohne Schwierigkeiten vonstatten ging. Noch schlechter stand es mit den Kirchenlehen in der Romagna, denn Venedig nutzte sofort das Machtvakuum nach Alexanders Tod und Cesares Niedergang, um in diese Gebiete einzufallen. Die Herren der Serenissima hätten Papst Julius besser kennen sollen. Der Sechzigjährige warf sein weißes Gewand beiseite, legte einen Harnisch an und stellte sich an die Spitze seiner Truppen. Drei Jahre später musste Venedig sich zurückziehen, auch die Tyrannen von Perugia und Bologna wurden ins Exil gejagt. Venedig aber gab keine Ruhe, sodass Julius ein Bündnis mit Frankreich und Spanien schloss, deren Armee in der Entscheidungsschlacht bei Cremona im Mai 1509 Venedig vernichtend schlug. Im Jahre darauf wurde Frieden geschlossen, aber Frankreich fühlte sich benachteiligt, und fünf verräterische Kardinäle flüchteten nach Bologna ins französische Lager.

Nun ging es mit den hochfliegenden Plänen von Papst Julius anscheinend abwärts. Er verlor entscheidende Schlachten, brachte aber zuletzt noch eine Liga mit Spanien und Venedig zustande. Vor dieser geballten Macht zogen die Franzosen sich zurück, das Patrimonium Petri war endgültig gerettet und Kaiser Maximilian gab dazu seinen Segen. Auf dem Sterbebett konnte sich der Siebzigjährige mit Fug und Recht sagen, dass er alle seine politischen Ziele erreicht hatte. Dass es ihm daneben noch gelang, den Bau der Peterskirche entscheidend voranzutreiben und den störrischen Michelangelo zur Ausmalung der Sixtina zu zwingen, sollte noch angemerkt werden.

Ja, da war noch der päpstliche Kammerherr Alberto Becuto – klein, etwas verwachsen und mit schiefer Nase, aber so wortgewandt wie verständnisvoll, dass man ihn überall gerne als Gast sah. Sein Lebensplan war es gewesen – nachdem er Donna Tullia kennengelernt hatte –, eine Familie zu gründen und Nachkommen zu zeugen. Das Aufgebot war bereits bestellt, die Freunde geladen, als Becuto auf einem nächtlichen Weg vom Borgo ins Pontevierte erschlagen und beraubt wurde. Das war im Rom der Borgia nichts Ungewöhnliches, doch unter dem schrecklichen Julius besserten sich die Zustände beträchtlich. Von dem kleinen und dürftigen

Becuto erwarteten die Straßenräuber keine Gegenwehr, und so geschah es dann auch. Zwar trug er nur wenig Silbermünzen bei sich, dafür aber einen Krug guten Weines, den er Donna Tullia mitbringen wollte. So konnten die beiden *bravi* sich mit einem Besäufnis über den wenig ertragreichen Raubmord hinwegtrösten.

Nun zu Scorpia, die mit zäher Beharrlichkeit, so umsichtig wie vorsichtig, ihren Lebensplan Stück um Stück in die Tat umsetzte. Nachdem das Geld im alten Backofen sicher untergebracht war, führte sie ihr Leben wie bisher weiter, wenn es auch kleine Veränderungen gab. Die Herren mit Sonderwünschen – oft von Stammkunden empfohlen – wies sie jetzt unter Vorwänden ab. Einmal war sie krank, dann wieder auf Verwandtenbesuch. Ihre Hausbesorgerin – für jeden Extradienst reichlich entlohnt – erwies sich als klug und geschickt, erkannte schnell, worauf es der Signora ankam. Nach einigen Monaten waren es nur noch Stammgäste – alte Kunden, die nicht lange zu erklären brauchten, was sie wollten.

Zumindest eines hatte sich unter der Herrschaft von Julius II. – verglichen mit seinen Vorgängern – nicht geändert: Auch bei ihm war alles käuflich – Ämter, Titel, Urkunden, Ablässe. Seine Kriege kosteten nicht weniger Geld als die von Cesare geführten, allerdings mit dem Unterschied, dass nichts davon in seine eigenen Taschen floss.

Nach vorsichtigen Erkundigungen hatte Scorpia herausgefunden, wo es falsche Urkunden zu kaufen gab. Sie ließ sich zwei Bescheinigungen ausstellen. Eine bestätigte ihre Ehe mit einem gewissen Juan Lopez aus Jativa in Spanien, Schreiber eines Bischofs, der inzwischen verstorben war. Natürlich war darin ihr tatsächlicher Vorname – Maria – genannt. Scorpia – das war eine andere, und mit der wollte sie nie mehr etwas zu tun haben. Die zweite Urkunde bestätigte seinen Tod an einem hitzigen Fieber vor vier Jahren. Das kostete einiges Geld, aber Scorpia brauchte nicht zu sparen. Sie wartete zwei Jahre ab, ließ dann ihre wenigen Stammkunden wissen, dass sie den Sommer bei entfernten Verwandten am Lago di Bolsena verbringen werde, und bereitete ihre Abreise vor. Das Geld hatte sie bis auf einige hundert Dukaten in kleineren Raten nach und nach beim Bankhaus Chigi eingezahlt, das in Neapel eine Zweigstelle besaß. Um kein Aufsehen zu erregen, ließ sie ihr Haus unverändert zurück – es war auch kaum etwas von Wert vorhanden. Der Hausbesorgerin drückte sie ein paar Dukaten in die Hand und sagte, sie sei spätestens zur Weinlese zurück. Sie schloss sich einer Reisegruppe nach Ostia an und bestieg mit

diesen Leuten einen großen Küstensegler, der allerdings vier Tage nach Neapel benötigte, weil er unterwegs an jedem größeren Hafen anlegte. Dann betrat sie erstmals in ihrem Leben fremden Boden, denn über das Königreich Neapel herrschten die Spanier, und auf den Münzen, die sie dort eintauschte, war Ferdinand von Aragon abgebildet. Dann besuchte sie das Bankhaus Chigi, wies ihre Papiere vor, und als der Angestellte den Einzahlungsbeleg sah, pfiff er anerkennend durch die Zähne.
»Und nun wollt Ihr Euch in Neapel niederlassen, Donna Maria?«
Sie nickte hoheitsvoll.
»Nicht direkt in der Stadt, ich habe an Portici gedacht ...«
»Ein schönes Städtchen, am Meer gelegen, Ruhe, gute Luft ...«
»Genau so etwas habe ich gesucht und werde damit ein Versprechen einlösen, das ich meinem verstorbenen Mann gegeben habe.«
Sie zerdrückte einige Tränen, wischte sie dann verstohlen ab.
»Darf ich fragen, welches ...«
»Das ist kein Geheimnis, Signore, Juan wollte, dass ich – sollte er vor mir sterben – nach Spanien reise, aber ich möchte mich von meiner Heimaterde nicht trennen, und spanischer Boden ist das hier auch.«
»Gewiss, Donna Maria, eine anständige und vermögende Dame ist uns jederzeit willkommen.«
Sie hatte sich so weit von ihrer Vergangenheit entfernt, dass es ihr jetzt schien, als sei sie schon immer Donna Maria Lopez gewesen. Schon in Rom hatte sie sich die Kleidung einer vornehmen Witwe schneidern lassen, und so sprach sie beim *podesta* von Portici vor.
»Ihr wollt Euch hier niederlassen, Donna Maria? Neubürger sind uns immer willkommen ...«
»Ich habe an ein kleines Haus gedacht, mit Garten, Brunnen und Stall, nicht zu weit von der Kirche entfernt, denn ich möchte auch bei schlechtem Wetter keine Messe versäumen.«
»Das ist löblich gedacht, ich werde mich umsehen und Euch Bescheid geben.«
Und so kam es dann, dass Maria Lopez, früher Scorpia, die Hure für Sonderwünsche, in einem schmucken Haus mit *serva* und einem stämmigen, etwas beschränkten Mann lebte, der je nach Bedarf den Pförtner, Gärtner oder Stallburschen abgeben musste. Sie trat der *cura di poveri* bei, war auch von Zeit zu Zeit ehrenamtlich als Armenpflegerin tätig. Auf diese Weise lernte sie einen vermögenden Witwer mit zwei Töchtern kennen,

der bald um ihre Hand anhielt. Dass sie selber wegen einer schweren Krankheit unfruchtbar geworden war, sagte sie ihm gleich und verschwieg natürlich den wahren Grund – eine verpfuschte Abtreibung, an der sie fast gestorben wäre.
Sie heirateten und Maria zog in sein großes Haus, das ihre wurde vermietet. Jungen großzuziehen, wäre ihr schwergefallen, aber den kleinen Mädchen wurde sie eine fürsorgliche Mutter. Ihre ehelichen Pflichten erfüllte sie anfangs mit zusammengebissenen Zähnen, später mit verständnisvoller Nachsicht, denn ihr Mann hegte dabei keine besonderen Wünsche. Nur eines machte Donna Maria zu schaffen: Mit ihrer Wandlung zur frommen Ehefrau war ihr christliches Gewissen erwacht, und immer häufiger träumte sie von den dumpfen Todesschreien des Francisco Remolines aus dem Brunnenschacht. Sie suchte eine entfernte Kirche auf und fand für ihre Beichte die Formulierung: »Im rasenden Zorn habe ich den Tod eines Mannes verursacht.« Als der Priester nachfragen wollte, schob sie zwei Golddukaten unter dem Beichtgitter durch und er schwieg. Mit den Albträumen verschwand auch die Erinnerung an Remolines, an ihr ganzes früheres Leben.
Wäre zehn Jahre danach von einer gewissen römischen Hure namens Scorpia die Rede gewesen, so hätte Donna Maria nur angeekelt den Kopf geschüttelt. Mit solch widerlichen Geschichten wollte sie nichts zu tun haben. Aber niemand erzählte davon und als in Rom ihr letzter Kunde das Zeitliche gesegnet hatte, war es, als hätte es eine Scorpia niemals gegeben.
Was sagte Pasquino zu all dem? Manchmal äußerte er sich nicht nur zu bestimmten Ereignissen, sondern fasste sie in einem nachdenklichen Ton zusammen.
Päpste kommen, Päpste gehen,
doch das Volk bleibt immer gleich,
und bei hellem Licht besehen
bleibt es arm, wird niemals reich.
Anders geht's den Kardinälen ...
den Kurtisanen ebenso.
Die Herren verdienen beim Päpstewählen,
bei den Damen landet's dann sowieso.
Es ist das alte Lied
seit jeher mit dem Geld,
was immer auch geschieht:
Das Geld regiert die Welt.

Fesselnder Lesegenuss:
Bücher von Siegfried Obermeier

Um Liebe und Tod. Das lasterhafte Leben des François Villon
408 S., ISBN 978-3-485-01063-4, nymphenburger

Salomo und die Königin von Saba
400 S., ISBN 978-3-485-01007-8, nymphenburger

Messalina. Die lasterhafte Kaiserin
400 S., ISBN 978-3-485-00916-4, nymphenburger

Sappho
448 S., ISBN 978-3-485-00885-3, nymphenburger

Mein Kaiser, mein Herr
648 S., ISBN 978-3-485-01035-1, nymphenburger

Das geheime Tagebuch König Ludwigs II. von Bayern
160 S., ISBN 978-3-485-00862-4, nymphenburger

»So spannend kann Geschichte sein.«
Berliner Morgenpost

»Ein Meister der Erzählung über prominente Personen.«
Lausitzer Rundschau

Lesetipp

BUCHVERLAGE
LANGENMÜLLER HERBIG NYMPHENBURGER
WWW.HERBIG.NET